70 YEARS

NEW CHINA
EXCELLENT LITERARY
WORKS LIBRARY

1949–2019

新中国70年
优秀文学作品文库

中篇小说卷
N O V E L L A S

梁鸿鹰／主编

6
第 六 卷
2001–2007

中国言实出版社

本卷目录

（2001—2007）

玉米　毕飞宇 / 2267

歇马山庄的两个女人　孙惠芬 / 2318

马嘶岭血案　陈应松 / 2356

喊山　葛水平 / 2397

命案高悬　胡学文 / 2428

一个人张灯结彩　田　耳 / 2472

跑步穿过中关村　徐则臣 / 2511

逝者的恩泽　鲁　敏 / 2568

亲爱的深圳　吴　君 / 2603

玉米

—

毕飞宇

再往前二十年或三十年，在江苏北部的乡村，一个瘦的、黝黑的孩子，他注视着无边无际的田野，泪水涌上他惊喜的眼睛，我听到他说："玉米。"

一　施桂芳生了小八子

出了月子施桂芳把小八子丢给了大女儿玉米，除了喂奶，施桂芳不带孩子。按理说施桂芳应该把小八子衔在嘴里，整天肉肝心胆的才是。施桂芳没有。坐完了月子施桂芳胖了，人也懒了，看上去松松垮垮的。这种松松垮垮里头有一股子自足，但更多的还是大功告成之后的懈怠。施桂芳喜欢站在家门口，倚住门框，十分安心地嗑着葵花子。施桂芳一只手托着瓜子，一只手挑挑拣拣的，然后捏住，三个指头肉乎乎地翘在那儿，慢慢等候在下巴底下，样子出奇的懒了。施桂芳的懒主要体现在她的站立姿势上，施桂芳只用一只脚站，另一只却要垫到门槛上去，时间久了再把它们换过来。人们不太在意施桂芳的懒，但人一懒看起来就傲慢。人们看不惯的其实正是施桂芳的那股子傲气，她凭什么嗑葵花子也要嗑得那样目中无人？施桂芳过去可不这样。村子里的人都说，桂芳好，一点官太太的架子都没有。施桂芳和人说话的时候总是笑着的，如果正在吃饭，笑起来不方便，那她一定先用眼睛笑。现在看起来过去的十几年施桂芳全是装的，一连生了七个丫头，自己也不好意思了，所以敛着，客客气气的。现在好了，生下了小八子，施桂芳自然有了底气，身上就有了气焰。虽说还是客客气气的，但是客气和客气不一样，施桂芳现在的客气是支部书记式的平易近人。她的男人是村支书，她又不是，她凭什么懒懒散散地平易近人？二婶子的家在巷子的那头，她时常提着丫叉，站在阳光底下翻草。二婶子远远地打量着施桂芳，动不动就是一阵冷笑，心里说，大腿叉了八回才叉出个儿子，还有脸面做出女支书的模样来呢。

施桂芳二十年前从施家桥嫁到王家庄，一共为王连方生下了七个丫头。这里头还不包括掉掉的那三胎。施桂芳有时候说，说不定掉走的那三胎都是男的，怀胎的反应不大同，连舌头上的淡寡也不一样。施桂芳每次说这句话都要带上虚设往事般的侥幸心情，就好像只要保住其中的一个，她就能一劳永逸了。有一次到镇上，施桂芳特地去了一趟医院，镇上的医生倒是同意她的说法，那位戴着眼镜的医生把话说得很科学，一般人是听不出来的，好在施桂芳是个聪明的女人，听出意思来了。简单地说，男胎的确要娇气一些，不容易挂得住，就是挂住了，多少也要见点红。施桂芳听完医生的话，叹了一口气，心里想，男孩子的金贵打肚子里头就这样了。医生的话让施桂芳多少有些释怀，她生不出男孩也不完全是命，医生都说了这个意思了，科学还是要相信一些的。但是施桂芳更多的还是绝望，她望着码头上那位流着鼻涕的小男孩，愣了好大一会儿，十分怅然地转过了身去。

王连方却不信邪。支部书记王连方在县里学过辩证法，知道内因和外因、鸡蛋和石头的关系。关于生男生女，王连方有着极其隐秘的认识。女人只是外因，只是泥地、温度和墒情，关键是男人的种子。好种子才是男孩，种子差了则是丫头。王连方望着他的七个女儿，嘴上不说，骨子里头却是伤了自尊。

男人的自尊一旦受到挫败反而会特别地偏执。王连方开始和自己犟。他下定了决心，决定排除万难去争取胜利。儿子一定要生。今年不行明年，明年不行后年，后年不行大后年。王连方既不渴望速胜，也不担心绝种。他预备了这场持久战。说到底男人给女人下种也不算特别吃苦的事。相反，施桂芳倒有些恐惧。刚刚嫁过来的那几年，施桂芳对待房事是半推半就的，这还是没过门的时候她的嫂子告诉她的。嫂子把她嘴里的热气一直哈到施桂芳的耳垂上，告诫桂芳一定要夹着一些，捂着一些，要不然男人会看轻了你，看贱了你。嫂子用那种晓通世故的神秘语气说，要记住桂芳，难啃的骨头才是最香的。嫂子的智慧实际上没有能够派上用场。连着生了几个丫头，事态反过来了，施桂芳不再是半推半就，甚至不是半就半推，确实是怕了。她只能夹着，捂着。夹来捂去的把王连方的火气都弄出来了。那一天晚上王连方给了她两个嘴巴，正面一个，反面一个。"不肯？儿子到现在都没叉出来，还一顿两碗饭的！"王连方的声音那么大，站在窗户的外面也一定能听得见。施桂芳"在床上不肯"，这话传出去就要了命了。光会生丫头，还"不肯"，绝对是丑女多作怪。施桂芳不怕王连方打，就是怕王连方吼。他一吼施桂芳便软了，夹也夹不紧，捂也捂不严。王连方像一个笨拙的赤脚医生，板着脸，拉下施桂芳的裤子就插针头，插进针头就注射种子。施桂芳怕的正是这些种子，一颗一颗地数起来，哪一颗不是丫头？

老天终于在一九七一年开眼了。阴历年刚过，施桂芳生下了小八子。这个阴历年不同寻常，有要求的，老百姓们必须把它过成一个"革命化"的春节。村子里严禁放鞭炮，严禁打扑克。这些严禁令都是王连方在高音喇叭里向全村老少宣布的。什么叫"革命化"的春节，王连方自己也吃不准。吃不准不要紧，关键是做领导的要敢说。新政策就是做领导的脱口而出。王连方站在自家的堂屋里，一手握着麦克风，一手玩弄着扩音器的开关。开关小小的，像一个又硬又亮的感叹号。王连方对着麦克风厉声说："我们的春节要过得团结、紧张、严肃、活泼。"说完这句话王连方就把亮锃锃的感叹号揿了下去。王连方自己都听出来了，他的话如同感叹号一般，紧张了，严肃了，冬天的野风平添了一股浩荡之气，严厉之气。

二　玉米长大了

初二的下午王连方正在村子里检查春节，他披着旧大衣，手上夹了半截子飞马牌香烟。天气相当地阴冷，巷子里萧索得很，是那种喜庆的日子少有的冷清，只有零星的老人和孩子。男将们不容易看得到，他们一定躲到什么地方赌自己的手气去了。王连方走到王有庆的家门口，站住了，咳了几声，吐出一口痰。王有庆家的窗户慢慢拉开一道缝隙，露出了王有庆老婆的红棉袄。有庆家的面对着巷口，越过天井敞着的大门冲王连方打了一个手势。屋子里的光线太暗，她的手势又快，王连方没看清楚，只能把脑袋侧过去，认真地调查研究。这时候高音喇叭突然响了，传出了王连方母亲的声音，王连方的老母亲掉了牙，主要是过于急促，嗓音里夹杂了极其含混的气声，呼噜呼噜的。高音喇叭喊道："连方啊连方啊，养儿子了哇！家来呀！"王连方歪着脑袋，听到第二遍的时候听明白了。回过头去再看窗前的红棉袄，有庆家的已经垂下了双肩，脸却靠到了窗棂口，面无表情地望着王连方，看上去有些怨。这是一张好看的脸，红色的立领裹着脖子，对称地竖在下巴底下，像两只巴掌托着，格外地媚气了。高音喇叭里杂七杂八的，听得出王连方的堂屋里挤的都是人。后来唱机上放上了一张唱片，满村子都响起了《大海航行靠舵手》，村里的空气雄赳赳的，昂扬着，还一挺一挺的。有庆家的说："回去吧你，等你呢。"王连方用肩头簸了簸身上的军大衣，兀自笑起来，心里说："妈个巴子的。"

玉米在门口忙进忙出。她的袖口挽得很高，两条胳膊已经冻得青紫了。但是玉米的脸颊红得厉害，有些明亮，发出难以掩饰的光。这样的脸色表明了内心的振奋，却因为用力收住了，又有些说不出来路的害羞，绷在脸上，所以格外地光滑。玉米在忙碌的过程中一直咬着下嘴唇，就好像生下小八子的不是母亲，而是玉米她自己。母亲终于生儿子了，玉米实实在在地替母亲松了一口气，这份喜悦是那样地深入人心，到了贴心贴肺的程度。玉米是母亲的长女，而从实际情况来看，不知不觉已经是母亲的半个姐妹了。事实上，母亲生六丫头玉苗的时候，玉米就给接生婆做下手了，外人终究是有诸多不便的。到了小八子，玉米已经是第三次目睹母亲分娩了。玉米借助于母亲，目睹了女人的全部隐秘。对于一个长女来说，这实在是一份额外的奖励。二丫头玉穗只比玉米小一岁，三丫头玉秀只比玉米小两岁半，然而，说起晓通世事，说起内心的深邃程度，玉穗玉秀比玉米都差了一块。长幼不只是生命的次序，有时候还是生命的深度和宽度。说到底成长是需要机遇的，成长的进度只靠光阴有时候反而难以弥补。

玉米站在天井往阴沟里倒血水，父亲王连方走进来了。今天是一个大喜的日子，王连方以为玉米会和他说话的，至少会看他一眼。玉米还是没有。玉米没穿棉袄，只穿了一件薄薄的白线衫，小了一些，胸脯鼓鼓的，到了小腰那儿又有力地收了回去，腰身全出来了。王连方望着玉米的腰身和青紫的胳膊，意外地发现玉米已经长大了。玉米平时和父亲不说话，一句话都不说。个中的原委王连方猜得出，可能还是王连方和女人的那些事。王连方睡女人是多了一些，但是施桂芳并没有说过什么，和那些女人一样有说有笑的，有几个女人还和过去一样喊施桂芳嫂子呢。玉米不同。她嘴上也不说什么，背地里却有了出手。这还是那些女人在枕头边上告诉王连方的。好几年前了，第一个和王连方说起这件事的是张富广的老婆，还是个新媳妇。富广家的说："往后我们还是轻手轻脚的吧，玉米全知道了。"王连方说："她知道个屁，才多大。"富广家的说："她知道，我知道的。"

富广家的没有嚼蛆，前两天她和几个女的坐在槐树底下纳鞋底，玉米过来了。玉米一过来富广家的脸突然红了。富广家的瞥了玉米一眼，目光躲开了。再看玉米的时候玉米还是看着她，一直看着她。就那么盯着。从头到脚，又从脚到头。旁若无人，镇定得很。那一年玉米才十四岁。王连方不相信。但是没过几个月，王大仁的老婆吓了王连方一大跳。那一天王连方刚刚上了王大仁老婆的身，大仁家的用两只胳膊把脸遮住了，身子不要命地往上拱，说："支书，你用劲，快弄完。"王连方还没有进入状态，稀里糊涂的，草草败了。大仁家的低着头，极慌张地擦换，什么也不说。王连方叉住她的下巴，再问，大仁家的跪着说："玉米马上来踢毽子了。"王连方眨巴着眼睛，这一回相信了。但是一回到家，玉米一脸无知，王连方反而不知道从哪儿说起了。玉米从那个时候开始不再和父亲说话了。王连方想，不说话也好，总不能多了一个蚊子就不睡觉。然而今天，在王连方喜得贵子的时刻，玉米不动声色地显示了她的存在与意义。这一显示便是一个标志，玉米大了。

王连方的老母垂着两条胳膊，还在抖动她的下嘴唇。她上了岁数，下嘴唇耷拉在那儿，现在光会抖。喜从天降对年老的女人来说是一种折磨，她们的表情往往很僵，很难将心里的内容准确及时地反映到脸上。王连方的老爹则沉稳得多，他选择了一种平心静气的方式，慢慢地吸着烟锅。这位当年的治保主任到底见过一些世面，反而知道在喜上心头的时刻不怒自威。

"回来啦？"老爹说。

"回来了。"王连方说。

"起个名吧。"

王连方在回家的路上打过腹稿，随即说："是我们家的小八子，就叫王八路吧。"

老爹说："八路可以，王八不行。"

王连方忙说："那就叫王红兵。"

老爹没有再说什么。这是老家长的风格。老家长们习惯于用沉默来表示赞许。

三　玉米的心事

接生婆又在产房里高声喊玉米的名字了。玉米丢下水盆，小跑着进了西厢房。王连方看着玉米的背影，她在小跑的过程中已经知道将两边的胳肢窝夹紧了，而辫子在她的后背却格外地生动。这么多年来王连方光顾了四处莳弄，四处播种，再也没有留意过玉米，玉米其实也到了谈婚论嫁的岁数了。玉米的事其实是拖下来的，王连方是支书，到底不是一般的人家，不大有人敢攀这样的高枝。就是媒婆们见到玉米通常也是绕了过去。皇帝的女儿不愁嫁，哪一个精明的媒婆能忘得了这句话。玉米这样的家境，这样的模样，两条胳膊随便一张就是两只凤凰的翅膀。

农民的冬天并不清闲。用了一年的水车、槽桶、农船、丫叉、铁锹、钉耙、连枷、板锹，都要关照了。该修的要修，该补的要补，该淬火的要淬火，该上桐油的要上桐油。这些都是事，没有一件落得下来。最吃力气、最要紧的当然还是兴修水利。毛泽东主席都说了，水利是农业的命脉。主席做过农民，他老人家要是不到北京去，一定还是个好把式。主席说得对，水、肥、土、种、密、保、管、工，"八字方针"水为先。兴修水利大多选择在冬天，如果摊上一个大工程，农民们恐怕比农忙的时候还要劳累一些。

冬天里还有一件事是不能忘记的，那就是过年。为了给过去的一年做一道总结，也为了给下一个来年讨一个吉祥，再懒散、再劳苦的人家也要把年过得像个样子。家家户户用力地洗、涮、炒花生、炒蚕豆、炒瓜子、爆米花、掸尘、泥墙、划糕、蒸馒头，直到把日子弄得香气缭绕的，还雾气腾腾的。赶上过年了当然又少不了一大堆的人情债、世故账，都要应酬好。所以，到了冬天，主要是腊月和正月，农活是没有了，人反而更忙了。"正月里过年，二月里赌钱，三月里种田"。这句话说得很明白了。农民们真正清闲的日子其实也只是阴历的二月，利用这段清闲的日子走一走亲戚，赌一赌自己的手气。到了阴历的三月，一过了清明，也就是阳历的四月五号，农民们又要向土地讨生活了。别的事再重要、再复杂，但农民的日子终究在泥底下，开了春你得把它翻过来，这样才过得下去。城里的人喜欢伤叹"春日苦短"，那里的意思要文化得多，心情里修饰的成分也多得多。农民们说这句话可是实打实的，说的就是这二三十天。春天里这二三十天的好时光实在是太短暂了，连伤叹的工夫都没有。

整个二月玉米几乎没有出门，她在替她的母亲照料小八子。没有谁逼迫玉米，带小八子完全出于玉米的自愿。玉米是一个十分讷言的姑娘，心却细得很，主要体现在顾家这一点上，最主要的一点又表现在好强上。玉米任劳，却不任怨，她绝对不能答应谁家比自家过得强。可是家里没有香火，到底是他们家的话把子。玉米是一个姑娘家，不好在这件事情上多说什么，但在心里头还是替母亲担忧着，牵挂着。现在好了，他们家也有小八子了，当然就不会留下什么缺陷和把柄了。玉米主动把小八子揽了过来，替母亲把劳累全包了，不声不响的，一举一动都显得专心致志。玉米在带孩子方面有些天赋，一上来就无师自通，没过几天已经把小八子抱得很像那么一回事了。她把小八子的秃脑袋放在自己的胳膊弯里，一边抖动，一边哼唧。开始还有些害羞，一些动作一下子做不出来，但害羞是多种多样的，有时候令人懊恼，有时候却又不了，反而叫人特别地自豪。玉米抱着小八子，专门往妇女们中间钻，而说话的对象大多是一些年轻的母亲。玉米和她们探讨，交流一些心得，诸如孩子打奶嗝之后的注意事项，婴儿大便的颜色，什么样的神态代表了什么样的需求，就这些，很琐碎，很细枝末节，却又十分地重大，相当地愉悦人心。抱得久了，玉米抱孩子的姿势和说话的语气再也不像一个大姐了。她抱得那样妥帖，又稳又让人放心，还那么忘我，表现出一种切肤的、扯拽着心窝子的情态。一句话，玉米通身洋溢的都是一个小母亲的气质。而"我们"小八子似乎也把大姐搞错了，只要喝足了，并不贪恋施桂芳。他漆黑的眼珠子总是对着玉米，毫无意义，却又全神贯注，盯着她。

　　玉米和"我们"小八子对视着，时间久了，平白无故地陷入了恍惚，憧憬起自己的终身大事。玉米习惯于利用这样的间隙走走神，黑灯瞎火地谋划一下自己的将来。这是身不由己的。玉米至今没有婆家，村子里倒是有几个不错的小伙子，玉米当然不可能看上他们。但是他们和别的姑娘有说有笑，玉米一掺和进来，他们便局促了，眼珠子像受了惊吓的鱼，在眼眶子里头四处逃窜。这样的情形让玉米多少有些寥落。老人说，门槛高有门槛高的好，门槛高也有门槛高的坏，玉米相信的。村子里和玉米差不多大的姑娘已经"说出去"好几个了，她们时常背着人，拿着鞋样子为未来的男人剪鞋底。玉米看在眼里，并不笑话她们，习惯性地偷看几眼鞋底，依照鞋底的长宽估算一下小伙子的高矮程度。这样的心思在玉米的这一头实在有点情不自禁。好在她们在玉米的面前并不骄傲，反而当了玉米的面自卑了。她们说："我们也就这样了，还不知道玉米会找怎样好的人家呢。"玉米听了这样的话当然高兴，私下里相信自己的前程更要好些。但终究没有落到实处，那份高兴就难免虚空，有点像水底下的竹篮子，一旦提出水面都是洞洞眼眼的了。这样的时候玉米的心中不免多了几缕伤怀，绕过来绕过去的。好在玉米并不着急，也就是想想。瞎心思总归是有酸有甜的。

四　长女持家

　　不过母亲越来越懒了。施桂芳生孩子一定是生伤了，心气全趴下了。她把小八子交给玉米也就算了，再怎么说也不该把一个家都交给玉米。女人活着为了什么？还不就是持家。一个女人如果连持家的权利都不要了，绝对是一只臭鸡蛋，彻底地散了黄了。玉米倒没有抱怨母亲，相反，很愿意。做姑娘的时候早早学会了带孩子、持家，将来有了对象，过了门，圆了房，清早一起床就是一个利索的新媳妇、好媳妇，再也不要低了头，从眼眶的角落偷偷地打量婆婆的脸色了。

玉米愿意这样还有另外一层意思，玉穗、玉秀、玉英、玉叶、玉苗、玉秧，平时虽说喊她姐姐，究竟不服她。老二玉穗有些憨，不说她。关键是老三玉秀。玉秀仗着自己聪明，又会笼络人心，不管是在家里还是在村子上，势力已经有一些了。还有一点相当要紧，玉秀有两只双眼皮的大眼睛，皮肤也好，人漂亮，还狐狸精，屁大的委屈都要歪在父亲的胸前发嗲，玉米是做不出来的，所以父亲偏着她。但是现在不同，玉米带着小八子，还持起了家，不管管她们绝对不行了。母亲不撒手则罢，母亲既然已经撒了手了，玉米是老大，年纪最大，放到哪里说都是这样。

玉米的第一次掌权是在中午的饭桌上。玉米并没有持家的权力，但是，权力就这样，你只要把它握在手上，捏出汗来，权力会长出五根手指，一用劲就是一只拳头。父亲到公社开会了，玉米选择这样的时机应当说很有眼光了。玉米在上午把母亲的葵花子炒好了，吃饭之前也提好了洗碗水。玉米不声不响的，心里头却有了十分周密的谋划。家里人多，过去每一次吃饭母亲都要不停地催促，要不然太拖拉，难收拾，也难免鸡飞狗跳。玉米决定效仿母亲，一切从饭桌上开始。

中饭到了临了，玉米侧过脸去对母亲说："妈，你快点，葵花子我给你炒好了，放在碗柜里。"玉米交代完了，用筷子敲着手上的碗边，大声说："你们都快点，我要洗碗的，各人都快一点。"母亲过去也是这样一边敲打碗边一边大声说话的。玉米的话产生了效应，饭桌上扒饭的动静果真紧密了。玉秀没有呼应。咀嚼的样子反而慢了，骄傲得很，漂亮得很。玉米把七丫头玉秧抱过来，接过玉秧的碗筷，喂她。喂了两口，玉米说："玉秀，你是不是想洗碗？"玉米说这话的时候并没有抬头，话说得也相当平静，但是，有了威胁的力量。玉秀停止了咀嚼，四下看了看，突然搁下饭碗，说："等爸爸回来！"玉米并没有慌张。她把玉秧的饭喂好了，开始收拾。玉米端起玉秀的饭碗，把玉秀剩下的饭菜倒进了狗食盆。玉秀退到西厢房的房门口，无声地望着玉米。玉秀依旧很骄傲，不过，几个妹妹都看得出，玉秀姐脸上的骄傲不对称了，绝对不如刚才好看。

玉秀在晚饭的饭桌上并没有和玉米抗争，只是不和玉米说话。好在玉米从她喝粥的速度上已经估摸出玉秀的基本态度了。玉秀自然是不甘心，开始了节外生枝。她用筷子惹事，很快和四丫头玉英的筷子打了起来。玉米没有过问，心里却有了底了，一个人如果开始了节外生枝，大方向首先就不对头，说明她已经不行了，泄气了，喊喊冤罢了。玉英的年岁虽然小，并不示弱，一把把玉秀的筷子打在了地上。玉米放下手里的碗筷，替玉秀捡起筷子，放在自己的碗里，用粥搅和干净，递到玉秀的手上，小声告诫的却是玉英："玉英，不许和三姐闹。"玉米当着所有妹妹的面把玉秀叫作"三姐"，口气相当地珍重，很上规矩。玉秀得到了安抚，脸上又漂亮了。这一来委屈的自然是玉英。玉米知道玉英委屈，但是怪不得别人，在两强相争寻找平衡的阶段，委屈必然要落到另一些人的头上。

玉秀第一个吃完了。玉米用余光全看在眼里。狐狸精的气焰这一回彻底下去了。不要看狐狸精猖獗，狐狸精有狐狸精的软肋。狐狸精一是懒，二是喜欢欺负比她弱的人，这两点你都顺了她，她反而格外地听话了。所有的狐狸精全一个样。玉米要的其实只是听话。听了一次，就有两次，有了两次，就有三次。三次以后，她也就习惯了，自然了。所以第一次听话是最最要紧的。权力就是在别人听话的时候产生的，又通过要求别人听话而显示出来。放倒了玉秀，玉米意识到自己开始持家了，洗碗的时候就有一点喜上心头，当然，绝不会喜上眉梢的。心里的事发展到了脸上，那就不好了。

五　玉米的无声通告

阴历的二月，也就是阳历的三月，玉米瘦去了一圈。她抱着王红兵四处转悠了。

王红兵也就是小八子，但是，当着外人，玉米从来不说"小八子"，只说"王红兵"。村子里的男孩一般都不用大号，大号是学名，只有到了课堂上才会被老师们使用。玉米把没有牙齿的小弟弟说得有名有姓的，这一来特别地慎重、正规，和别人家的孩子区分开来了，有了不可相提并论的意思。玉米抱着王红兵的时候，说话的腔调和脸上的神色已经是一个老到的母亲了。其实也不是什么无师自通，都是她在巷口、地头、打谷场上从小嫂子们身上学来的。玉米是一个有心的人，不论什么事都是心里头先会了，然后才落实到手上。但是，玉米毕竟还是姑娘家，她的身上并没有小嫂子们的拉挂、邋遢，抱孩子抱得格外地好看。所以玉米的腔调和神色就不再是模仿而来的，有了玉米的特点，成了玉米的发明与创造。

玉米带孩子的模样给了妇女们极为深刻的印象。她们看到的反而不是玉米抱孩子抱得如何好看，说来说去，还是玉米这丫头懂事早，人好。不过村子里的女人们马上看出了新苗头，玉米抱着王红兵四处转悠，不全是为了带孩子，还有另外一层更要紧的意思。玉米和人说着话，毫不经意地把王红兵抱到有些人的家门口，那些人家的女人肯定是和王连方上过床的。玉米站在他们家的门口，站住了，不走，一站就是好半天。其实是在替她的母亲争回脸上的光。

富广家的显然还没有明白玉米的深刻用意，冒失了，她居然伸出胳膊想把王红兵从玉米的怀里接过去，嘴里还自称"姨娘"，说："姨娘抱抱嘛，肯不肯吗？"玉米一样和别人说话，不看她，像是没有这个人，手里头抱得更紧了。富广家的拽了两下，有数了，玉米这丫头不会松手的。但是当着这么多的人，又是在自家的门口，富广家的脸上非常下不来。富广家的只好拿起王红兵的一只手，放到嘴边上，做出很香的样子，很好吃的样子。玉米把王红兵的手抢回来，把他的小指头含在嘴里，一根一根地吮干净，转脸吐在富广家的家门口，回过头去呵斥王红兵："脏不脏！"王红兵笑得一嘴的牙床。富广家的脸却吓白了，又不能说什么。周围的人一肚子的数，当然也不好说什么了。

玉米一家一家地站，其实是一家一家地揭发，一家一家地通告了。谁也别想漏网。那些和王连方睡过的女人一看见玉米的背影禁不住地心惊肉跳，这样的此地无声比用了高音喇叭还要惊心动魄。玉米不说一句话，却一点一点揭开了她们的脸面，活活地丢她的人，现她的眼。这在清白的女人这一边特别的大快人心，还特别的大长志气。她们看在眼里，格外地嫉妒施桂芳，这丫头是让施桂芳生着了！她们回到家里，更加严厉地训斥自己的孩子。她们告诫那些"不中用的东西"："你看看人家玉米！""你看看人家玉米"，这里头既有"不怕不识货，就怕货比货"的意思，更有一种树立人生典范的严肃性、迫切性。村子里的女人比以往的任何时候都更喜欢玉米了，她们在收工或上码头的路上时常围在玉米的身边，和玉米一起逗弄王红兵，逗弄完了，总要这样说："不知道哪个婆婆有福气，能讨上玉米这样的丫头做儿媳。"妇女们羡慕着一个虚无的女人，拐了一个弯子，最终还是把马屁结结实实地拍在玉米的身上。这样的话玉米当然不好随便接过来，并不说什么，而是偷偷看一眼天上，鼻尖都发亮了。

人家玉米已经快有婆家啦！你们还蒙在鼓里呢！玉米的婆家在哪里呢？远在天边，近在眼前，就在七里远外的彭家庄。"那个人"呢，反过来了，近在眼前，却又远在天边。这样的事玉米绝不会随随便便让外人知道的。

六　丫头该有婆家了

　　春节过后王连方多了一件事，一出去开会便到处托人——玉米是得有个婆家了。丫头越来越大了，留在村子里太不方便。急归急，王连方告诉自己，一般的人家还是不行。女孩子要是下嫁了，委屈了孩子还在其次，丢人现眼的还是父母。依照王连方的意思，还是要按门当户对的准则找一个做官的人家，手里有权，这样的人家体大力不亏。王连方在四周的邻乡倒是打听到几个了。王连方让桂芳给玉米传了话，玉米那头没有一点动静。王连方猜得出，玉米这丫头心气旺得很，有他这样的老子，她对做官人家的男人肯定不放心。后来还是彭家庄的彭支书说话了，他们村子里的箍桶匠家有个小三子。王连方一听到"箍桶匠""小三子"就再也没有接话，不会是什么人高马大的人家。彭支书解释说："就是前年验上飞行员的那个。全县才四个。"王连方咬紧了下嘴唇，"嘶"了一声。这一来不同寻常了。要是有一个飞行员做女婿，他王连方也等于上过一回天了，他王连方随便撒一泡尿其实就是一天的雨了。王连方马上把玉米的相片送到彭支书的手上，彭支书接过照片，说："是个美人嘛。"王连方说："要说最标致，还要数老三。"彭支书默无声息地笑了，说："老三还太小。"

　　箍桶匠家的小三子把信回到彭支书那边去了。这封信连同他的相片经过王连方、施桂芳的手，最后压在了玉米的枕头底下。小伙子叫彭国梁，在名字上面就已经胜了一筹，因为他是飞行员，所以他用"国家的栋梁"做名字，并不显得假大空，反而有了名副其实的一面，顶着天，又立着地，听上去很不一般。从照片上看，彭国梁的长相不好。瘦，有些老相，滑边眼，眯眯的，眼皮还厚，看不出他的眼睛有什么本领，居然在天上还认得回家的路。嘴唇是紧抿的，因为过于努力，反而把门牙前倾这个毛病突现出来了，尽管是正面像，还是能看出拱嘴。然而，彭国梁穿着飞行服，相片又是在机场上拍摄的，画面上便有了常人难以想象的英武。彭国梁的身旁有一架银鹰，也就是飞机，衬托在那儿，相当容易激活人的想象力。玉米的心思跨过了彭国梁长相上的不足，心气已经去了大半，自卑了，无端端地自惭形秽。说到底人家是一个上天入地的人哪。

　　玉米恨不得一口就把这门亲事定下来。彭国梁在信封上写了一个详细到最小单位的地址，意思已经很明确了。玉米知道，她的终身大事现在完全取决于自己的回信了。这件事相当大，不能有半点马虎。玉米原计划到镇上再拍几张相片的，想了一想，彭国梁肯给彭支书回信，说明他对自己的长相已经满意了，没有必要节外生枝。现在的问题就是信本身了。彭国梁的信写得相当含混，口

玉
米

气虽然大，好像自己也不太有底。他只是强调自己"对家乡很有感情"，然后强调他在飞机上"恨不得飞到家乡，看看家乡的人民"，最露骨的一句话也只是表扬了"彭叔叔"，说"彭叔叔看上的人"，他"绝对信得过"。但是，到底没有把话挑破了，更没有完完全全地落实到玉米的身上。所以是不能一上来就由玉米挑破了的。那样太贱。不好。一点不说更不行，彭国梁要是误解了麻烦反而大了，挽回的余地都没有。彭国梁近在眼前，毕竟远在天边。遥远的距离让玉米自豪，到底也是伤神的地方。

玉米的信写得相当低调。玉米想来想去决定采取低调的办法。她简单地介绍了自己，用笔是那种适当的赞许。然而，笔锋一转，玉米说："我一点点也比（配）不上（你）。你们在天上，天上的先（仙）女才比（配）得上。我没有先（仙）女好，没有先（仙）女好看。"玉米的话说得一点都不失体面。一个人说自己没有仙女好看，毕竟是应该的。信的最后玉米说："我现在天天看天上，白天看，晚上看。天上是老样子，白天只有太阳，夜里只有月亮。"信写到这儿已经相当抒情了，关键是玉米的胸中凭空涌起万般眷恋，结结实实的，却又空无一物，很韧，很折磨人。玉米望着自己的字，竟难以掩抑，无声地落泪了，心中充满了委屈。玉米想说的话其实不是这些，她多想让彭国梁知道，自己对这一门亲事是多么满意。要是有一个人能替自己说，把彭国梁全说明白了，让彭国梁知道她的心思，那就太好了。玉米封好信，寄了出去。玉米在寄信的时候多了一分心思，她留的是王家庄小学的地址，"高素琴老师转"。信是寄出去了，玉米却活生生地瘦去了一圈。

七　书记王连方的斗争史

有了儿子，王连方的内心松动多了。施桂芳他是不会再碰她的了，攒下来的力气都给了有庆家的。要是细说起来，王连方在外面弄女人的历史复杂而又漫长。第一次是在施桂芳怀上玉米的时候。老婆怀孕对男人来说的确是一件伤脑筋的事。施桂芳刚刚嫁过来的那几十天，两个人都相当地贪，满脑子都是熄灯上床。可是问题立即来了，第二个月桂芳居然不来红了。怎么说好景不长久的呢。桂芳自豪得很，她平躺在床上，两只手护着肚子，拿自己特别地当人，说："我这是坐上喜，就是的，我知道的，我肯定是坐上喜，就是的。"自豪归自豪，施桂芳并没有忘记给王连方颁布戒严令。施桂芳说："从今天起，我们不了。"王连方在黑暗中板起了面孔。他还以为结了婚了就能够甩开膀子七仰八叉的，原来不是，结婚只是老婆怀孕。施桂芳把王连方的手拉过来，放到自己的肚子上去。王连方无声地叹了一口气，指头却活动得很，在施桂芳的肚子上蠕动。蠕动了几下，手指头全挺起来了，忍不住往下面去。施桂芳抓住王连方的手，用力掐，是那种建功立业之后特有的放肆。王连方很急，却又找不到出路。这种急还不容易忍，你越忍它反而越是急，跳墙的心思都有。

王连方忍了十来天。他再也没有料到自己会有胆量做那样的事，他在大队部居然把女会计摁在了地上，扒开来，睡了。王连方睡她的时候肯定急红了眼了，浑身都绷着力气，脑子里却一片空。相关的细节还是事后回忆起来的。王连方拿起了《红旗》杂志，开始回忆，后怕了。那是中午，他怎么突然起了这份心的？一点过渡都没有。女会计大他十多岁，长他一个辈分，该喊她婶子呢。女会计从地上爬起来，用揩布擦了擦自己，裤子提上来，系好，捋了捋头发，前前后后掸了掸，把揩布锁进了柜子，出去了。她的不动声色太没深没浅了。王连方怕的是出人命。一出人命他这个全公社最年轻的支书肯定当不成了。那天晚上王连方在村子里转到十一点钟，睁大了眼睛四处看，竖起了耳朵到处听。

第二天他一大早就到大队部去了，把所有的屋梁都看了一遍，没有尸体挂在上面。还是不放心。大队部陆续来了一些人，到了九点多钟，女会计进门了，一进门客客气气的，眼皮并不红肿。王连方的心到了这个时候才算放下了，发了一圈香烟，开始了说笑。后来女会计走到了他的身边，递过一本账本，指头下面却压着一张纸条。小纸条说："你出来，我有话说给你。"因为是写在纸上的，王连方听不出话里话外的语气，一点好歹都没有，刚刚放下来的心又一次提上去了，还咕咚咕咚的。王连方看着女会计出门，又隔着窗棂远远地看着女会计回家去了。王连方很不安。熬了十几分钟，很严肃地从抽屉里取出《红旗》，摊开来，拉长了脸用指头敲了几下桌面，示意人们学习，出去了。

王连方一个人来到了会计家。王连方作为男人的一生其实正是从走进会计家的那一刻开始的。作为一个男人，他还嫩。女会计辅导着他，指引着他。王连方进入了前所未有的好光景，他算什么结了婚的男人？这里头绪多了。王连方和女会计开始了斗争，这斗争是漫长的，艰苦卓绝的，你死我活的，危机四伏的，最后却又是起死回生的。王连方迅速地成长了起来，女会计后来已经不能辅导了。她的脸色和声音都很惨。王连方听到了身体内部的坍塌声、撕裂声。

在斗争中，王连方最主要的收获是锻炼了胆量。他其实不需要害怕。怕什么呢？没有什么需要害怕的嘛。就算她们不愿意，说到底也不会怎么样。女会计在这个问题上倒是批评过王连方，女会计说："不要一上来就拉女人的裤子，就好像人家真的不肯了。"女会计晃动着王连方裆里的东西，看着它，批评它说："你呀，你是谁呀？就算不肯，打狗也要看主人呢，不看僧面看佛面呢。"

长期和复杂的斗争不只是让王连方有了收获，还让王连方看到了意义。王连方到底不同于一般的人，是懂得意义和善于挖掘意义的。王连方不仅要做播种机，还要做宣传队，他要让村里的女人们知道，上床之后连自己都冒进，可见所有的新郎官都冒进了。他们不懂得斗争的深入性和持久性，不懂得所有的斗争都必须进行到底。要是没有王连方，那些婆娘们这一辈子都要蒙在鼓里。

关于王连方的斗争历史，这里头还有一个外部因素不能不涉及。十几年来，王连方的老婆施桂芳一直在怀孕，她一怀孕王连方只能"不了"。施桂芳动不动就要站在一棵树的下面，一手扶着树干，一手捂着腹部，把她不知好歹的干呕声传遍了全村。施桂芳十几年都这样，王连方听都听烦了。施桂芳呕得很丑，她干呕的声音是那样的空洞，没有观点，没有立场，咋咋呼呼，肆无忌惮，每一次都那样，所以有了八股腔。这是王连方极其不喜欢的。她的任务是赶紧生下一个儿子，又生不出来。光喊不干，扯他娘的淡。王连方不喜欢听施桂芳的干呕，她一呕王连方就要批评她："又来作报告了。"

八　彭国梁回信了

王连方虽然在家里"不了"，但是并没有迷失了斗争的大方向。在这个问题上施桂芳倒是个明白人，其他的女人有时候反而不明白了。她们要么太拿自己当回事，要么太忸怩。王裕贵的老婆就是一个例子。王连方一共才睡了裕贵家的两回，裕贵家的忸怩了，还眼泪鼻涕的一把。裕贵家的光着屁股，捂着两只早就被人摸过的奶子，说："支书，你都睡过了，你就省省，给我们家裕贵留一点吧。"王连方笑了。她的理论很怪，这是能省下来的么？再说了，你那两只奶子有什么捂头？过门前的奶子是金奶子，过了门的奶子是银奶子，喂过奶的奶子是狗奶子。她还把她的两只狗奶子当作金疙瘩，紧紧地捂在胳膊弯里。很不好。王连方虎下了脸，说："随你，反正每年都有新娘嫁过来。"这个女人不行。后来连裕贵想睡她她都不肯，气得裕贵老是揍她。深更半夜的，老是在床上被裕贵揍得鬼叫。王连方不会再管她了。她还想留一点给裕贵，看起来她什么也没有留。

十几年过去了，眼下的王家庄最得王连方欢心的还是有庆家的。除了把握村子里阶级方面的问题，王连方其余的心思全扑在有庆家的身上。十几年了，王连方这一回算是遇上真菩萨了。有庆家的上床之后浑身上下找不到一块骨头，软塌塌地就会放电。王连方这一回绝对遇上真菩萨了。一九七一年的春天，王连方的好事有点像老母猪下崽，一个跟着一个来。先是儿子落了地，后是玉米有了婆家，现在，又有了有庆家的这么一台发电机。

彭国梁回信了。信寄到了王家庄小学，经过高素琴，千里迢迢转到了玉米的手上。玉米接到回信的时候正在学校那边的码头上洗尿布。玉米以往洗尿布都是在自家的码头，现在不同，女孩子的心里一旦有了事，做任何事情都喜欢舍近求远了。玉米弯着身子，搓着那些尿布片。每一片尿布都软软的，很苍白，看上去忧心忡忡。玉米的手上在忙，心里想的其实还是彭国梁的回信。她一直在推测，彭国梁到底会在信上和她说些什么呢？玉米推测不出来。这是让玉米分外伤怀的地方，说到底命运捏在人家的手上，你永远不知道人家究竟会说什么。

高素琴后来过来了，她来汰衣裳。高素琴把木桶支在自己的胯部，顺着码头的石阶一级一级地往下走。她的步子很慢，有股子天知地知的派头。玉米一见到高老师便是一阵心慌，好像高老师捏着她的什么把柄了。高素琴俯视着玉米，只是笑。玉米看见高素琴的笑脸，预感到将要发生什么事。但是高老师光是笑，并不说什么。这一来还是什么事都没有了，相当地惆怅人。玉米也只能赔着笑，还能怎样呢。要是说起来，高老师是玉米最为佩服的一个人了。高老师能说普通话，她在阅读课文的时候，能把教室弄得像一个很大的收音机，她就呆在收音机里头，把普通话一句一句播送到窗户外面。她还能在黑板上进行四则混合运算。玉米曾亲眼看见高老师把很长的题目写在黑板上，中间夹杂了许多加、减、乘、除的标记，还有圆括号和方括号。高老师一个步骤一个步骤地，一连写了七八个等于，结果出来了，是"0"。三姑奶奶说："高老师怎么教这个东西，忙了半天，屁都没有。"玉米说："怎么没有呢，不是零嘛。"三姑奶奶说："你倒说说，零是多少？"玉米说："零还是有的，就是这样一个结果。"

高老师现在就蹲在玉米的身边，微笑着，脸上的皱纹像一个又一个圆括号和方括号。玉米吃不准高老师的心里在怎样地加、减、乘、除，结果会不会也是"0"呢？

高老师终于说话了。高老师说："玉米，你怎么这么沉得住气？"玉米一听这话心都快跳出嗓子了。玉米故意装着没有听懂，咽了一口，说："沉什么气？"高老师微笑着从水里提起衣裳，直起身子，甩了甩手，把大拇指和食指伸进口袋里，捏住一样东西，慢慢拽出来。是一封信。玉米的脸吓得脱去了颜色。高老师说："我们家小二子不懂事，都拆开了——我可是一个字都没敢看。"高素琴把信递到玉米的面前，信封的确是拆开了。玉米又是惊，又是羞，又是怒。更不知道说什么了。玉米在大腿上一正一反擦了两遍手，接过来，十个指头像长上了羽毛，不停地扑棱。这样的惊喜实在是难以自禁的。但是，这封宝贵的信到底被人拆开了，玉米在惊喜的同时又涌上了一阵彻骨的遗憾。

九　示范性的恋爱

玉米走上岸，背过身去，一遍又一遍地读彭国梁的信。彭国梁称玉米"王玉米同志"，这个称呼太过正规、太过高尚了，玉米其实是不敢当的。玉米第一次被人正经八百地称作"同志"，内心涌起了一股难言的自爱，都近乎神圣了。玉米一看到"同志"这两个字已经喘息了，胸脯顶着前襟，不停地往外鼓。彭国梁后来介绍了他的使命，他的使命就是保卫祖国的蓝天，专门和帝修反做斗争。玉米读到这儿已经站不稳了，幸福得近乎崩溃。天一直在天上，太远了，其实和玉米没有半点关系。现在不同了，"天"和玉米捆绑起来了，成了她的一个部分，在她的心里，蓝蓝的，还越拉越长，越拉越远。她玉米都已经和蓝蓝的天空合在一起了。最让玉米感到震撼的还是"和帝修反做斗争"这句话，轻描淡写的，却又气壮如牛。帝、修、反，这可不是一般的地主富农，它太遥远、太厉害、太高级了，它既在明处，却又深不见底，可以说神秘莫测，你反而不知道他们究竟在哪里了。你听一听，那可是帝、修、反哪！如果没有飞机，就算你顿顿大鱼大肉你也看不见他们在哪儿。

彭国梁的信几乎全是理想和誓言，决心与仇恨。到了结尾的部分，彭国梁突然问：你愿意和我一起，手拉手，和帝修反做斗争吗？玉米好像遭到了一记闷棍，被这记闷棍打傻了。神圣感没有了，一点一点滋长起来的却是儿女情长。开始还点点滴滴的，一下子已经汹涌澎湃了。"手拉手"，这三个字真的是一根棍子，是一根擀面杖，玉米每读一遍都要从她松软的身子上碾过一遍。玉米的身子几乎铺开来，十分被动却又十分心甘情愿地越来越轻、越来越薄。玉米已经没有一点力气了，面色苍白，扶在树干上吃力地喘息。彭国梁终于把话挑破了。这门亲事算是定下来了。玉米流出了热泪。玉米用冰凉的巴掌把滚烫的泪水往两只耳朵的方向抹。但是，抹不干。玉米泪如泉涌。抹干一片立即又潮湿了一片。后来玉米索性不抹了，她知道抹不完的。玉米干脆蹲下身去，把脸埋在肘弯里头，全心全意地往伤心里头哭。

高素琴早就汰好衣裳了。她依旧把木桶架在胯部，站在玉米的身后。高素琴说："玉米，差不多了，你看看你。"高素琴，向河边努了努嘴，说："玉米，你看看，你的木桶都漂到哪里去了。"玉米站起来，木桶已经顺水漂出去十几丈远了。玉米看见了，但是视而不见，只是僵在那儿。高素琴说："快下去追呀，晚了坐飞机都追不上了。"玉米还过神来了，跑到水边，顺着风和波浪的方向追逐而去。

当天晚上玉米的亲事在村子里传开了。人们在私下里说的全是这件事。玉米"找了"一个飞行员，专门和帝修反做斗争的。玉米这样的姑娘能找到一个好婆家，村子里的人是有思想准备的，但是"那个人"是飞行员，还是大大超出了人们的预料。这天晚上，每一个姑娘和每一个小伙的脑子里都有了一架飞机，只有巴掌那么大，在遥远的高空，闪闪发亮，屁股后面还拖了一条长长的气尾巴。这件事太惊人了。只有飞机才能在蓝天上飞翔，你换一只老母猪试试？要不换一头老公牛试试？一只老母猪或一头老公牛无论如何也不能冲上云霄，变得只有巴掌那么大的。想都没法想。那架飞机不仅改变了玉米，肯定也改变了王连方。王连方过去很有势力，说到底只管着地上。现在，天上的事也归王连方管了。王连方公社里有人，县里头有人，如今天上也有人了。人家是够得上的。

玉米的"那个人"在千里之外，这一来玉米的"恋爱"里头就有了千山万水，不同寻常了。这是玉米的恋爱特别感人至深的地方。他们开始通信。信件的来往和面对面的接触到底不同，既是深入细致的，同时又还是授受不亲的。一来一去使他们的关系笼罩了雅致和文化的色彩。不管怎么说，他们的恋爱是白纸黑字，一竖一横，一撇一捺的，这就更令人神往了。在大多数人的眼里，玉米的恋爱才更像恋爱，具有了示范性，却又无从模拟。一句话，玉米的恋爱实在是不可企及。

人们错了。没有人知道玉米现在的心境。玉米真是苦极了。信件现在是玉米的必需，同时也成了玉米没日没夜的焦虑。它是玉米的病。玉米倒是读完初小的，如果村子里有高小、初中，玉米当然也会一直读下去。村子里没有。玉米将将就就只读了小学三年级，正经八百地识字只有两年。过了这么多年，玉米一般地看看还行，写起来就特别地难了。谁知道恋爱不是光"谈"，还是要"写"的呢。彭国梁一封一封地来，玉米当然要一封一封地回。这就难上加难了。玉米是一个多么内向的姑娘，内向的姑娘实际上多长了一双眼睛，专门是向内看的。向内看的眼睛能把自己的内心探照得一清二楚，所有的角落都无微不至。现在的问题是，玉米不能用写字的方式把自己表达在纸上。玉米不能。那么多的字不会写，玉米的每一句话甚至每一个词都是词不达意的。又不好随便问人，这太急人了。玉米只有哭泣。要是彭国梁能在玉米的身边就好了，即使什么也不说，玉米会和他对视，用眼睛告诉他，用手指尖告诉他，甚至，用背影告诉他。玉米现在不能，只能把想象当中见面的场面压回到内心。玉米压抑住自己。她的一腔柔情像满天的月光，铺满了院子，清清楚楚，玉米一伸手地上就会有手的影子。但是，玉米逮不住它们，抓一把，张开来还是五只指头。玉米不能把满天的月光装到信封里去。玉米悄悄偷来了玉叶的《新华字典》，可是这又有什么用？字典就在手头，玉米却不会用它。那些不会写的字全是水里的鱼，你知道它们就在水的下面，可哪一条也不属于你。这是怎样的费心与伤神。玉米敲着自己的头，字呢！字呢？——我怎么就不会多写几个字的呢？写到无能为力的地方，玉米望着纸，望着笔，绝望了，一肚子的话慢慢变成了一脸的泪。她把双手合在胸前，说："老天爷，可怜可怜我，你可怜可怜我吧！"

十　恋爱被公开了

玉米抱起了王红兵，出去转几圈。家里是不能呆的。一呆在家里她总是忍不住在心里"写信"，玉米恍惚得很，无力得很。"恋爱"到底是个什么东西？玉米想不出头绪。剩下来的只能是在心里头和他说话了，可是，说得再好，又不能写到信上去，反而堵着自己，叫人分外难过。玉米越发不知道怎样好了。玉米就觉得愁得慌，急得慌，堵得慌，累得慌。好在玉米有不同一般的定力，并没有在外人面前流露过什么，人却是一天比一天瘦了。

玉米抱着王红兵来到了张如俊的家门口。如俊家的去年刚生了孩子，又是男孩，所以和玉米相当地谈得来。如俊家的长得很不好，眼睛上头又有毛病，做支书的父亲是不会看上她的。这一点玉米有把握。一个女人和父亲有没有事，什么时候有的事，逃不出玉米的眼睛。如果哪个女人一见到玉米突然客气起来了，反而提醒了玉米，玉米会格外地警惕。那样的客气玉米见多了，既心虚，又巴结，既热情周到，又魂不附体。一边客气还要一边将头发，做出很热的样子。关键还是眼珠子，会一下子活络起来，什么都想看，什么都不敢看，带着母老鼠的鼠相。玉米想，那你就客气吧，不打自招的下三滥！再客气你还是一个骚货加贱货。对那些骚货加贱货玉米绝不会给半点好脸的。说起来真是可笑，玉米越是不给她们好脸她们越是客气，你越客气玉米越是不肯给你好脸。你不配。个臭婊子。长得好看的女人没有一个好东西，王连方要不是在她们身上伤了元气，妈妈不可能生那么多的丫头。玉秀长得那么漂亮，虽说是嫡亲的姊妹，将来的裤带子也系不紧。

　　人家如俊家的不一样，虽说长得差了点，可是周正，一举一动都是女人样，做什么事都得体大方，眼珠子从来不躲躲藏藏的，人又不笨，玉米才和她谈得来。玉米对如俊家的特别好还有另外的一层，如俊不姓王，姓张。王家村只有两个姓，一个王姓，一个张姓。玉米听爷爷说起过一次，王家和张家一直仇恨，打过好几回，都死过人。王连方有一次在家里和几个村干部喝酒，说起姓张的，王连方把桌子都拍了。王连方说："不是两个姓的问题，是两个阶级的问题。"当时玉米就在厨房里烧火，听得清清楚楚。姓王的和姓张的眼下并没有什么大的动静，风平浪静的，看不出什么，但是，毕竟死过人，可见不是一般的鸡毛蒜皮。死去的人总归是仇恨，进了土，会再一次长出仇恨来。表面上再风平浪静，再和风细雨，再一个劲地对着姓王的喊"支书"，姓张的肯定有一股凶猛的劲道掩藏在深处。现在看不见，不等于没有。什么要紧的事要是都能看见，人就不是人了，那是猪狗。所以玉米平时对姓王的只是一般地招呼，而到了姓张的面前，玉米反而用"嫂子"和"大妈"称呼她们了。不是一家子，才要像一家子对待。

　　玉米抱着王红兵，站在张如俊的院子门口和如俊嫂子说话。如俊家的也抱着孩子，看见玉米过来了，把自己的孩子送进里屋，拿出了板凳，却把王红兵抱过去了。玉米不让，如俊家的说："换换手，隔锅饭香呢。"玉米坐下了，向远处的巷头瞅了几眼。如俊家的看在眼里，知道玉米这些日子肯到她这边来，其实是看中了她家的地段，好等邮递员送信呢。如俊家的并不点破，一个劲地夸耀王红兵。千错万错，夸孩子总是不错。扯了一会儿咸淡，如俊家的发现玉米直起了上身，目光从自己的头顶送了出去。如俊家的知道有人过来了，低了头仔细地听，没听到自行车链条的滚动声，知道不是邮递员，放心了。身后突然响起了一阵哄笑，如俊家的回过头，原来是几个年轻人过来了，他们把脑袋攒在一处，一边看着什么东西一边朝自己的这边来，样子很振奋，像看见了六碗八碟。

　　慢慢来到了张如俊的家门口，小五子建国抬起了头，突然看见了玉米。小五子招了招手，说："玉米，你过来，彭国梁来信了。"玉米有些将信将疑，走到他们的面前。小五子一手拿着信封，一手拿着信纸，高高兴兴地递到了玉米的面前。玉米看了一眼，上头全是彭国梁的笔迹。是自己的信。是彭国梁的信。

玉
米

2285

玉米的血冲上了头顶，羞得不知道怎样才好，好像自己被扒光了，被游了好几趟的街。玉米突然大声说："不要了！"小五子看了一眼玉米的脸色，连忙把信叠好了，装进了信封，再用舌头舔了舔，封好了递过去。玉米一把又把小五子手上的信打在了地上，小五子捡起来，解释说："是你的，不骗你，是彭国梁写给你的。"玉米抢过来，再一次扔在地上。玉米说："你们一家都死光！"巷子里僵持住了。玉米平时不这样，人们从来没有发现玉米动过这么大的脾气。事态已经很严重了。

麻子大叔一定听到巷子里的动静，挺了一只指头，走到小五子的面前，捡起信，对着小五子拉下了脸。麻子大叔厉声说："唾沫怎么行？你看看，又侈口了！"麻子大叔用指头上的饭粒把信重新封好，递到玉米的面前，说："玉米，这下好了。"玉米说："他们看过了！"麻子大叔笑了，说："你兴旺大哥也在部队上，他来信了我还请人念呢。"玉米说不出话了，只是抖。麻子大叔说："再好的衣裳，上了身还是给人看。"麻子大叔说得在理，笑眯眯的，他一笑滚圆的麻子全成了椭圆的麻子。可是玉米的心碎了。高素琴老师拆过玉米的两封信，玉米关照过彭国梁，往后别再让高素琴转了。这有什么用？难怪最近一些人和自己说话总是怪声怪气的，一些话和信里的内容说得似是而非，玉米还以为自己多心了，看来不是。彭国梁的信总是全村先看了一遍，然后才轮到她玉米。别人的眼睛都长到玉米的肚脐眼上了，衣裳还有什么用？玉米小心掖着的秘密哪里还有一点秘密！麻子大叔宽慰了玉米几句，回去了。玉米的脸上已经了无血色，而两道泪光却格外地亮，在阳光下面像两道长长的刀疤。如俊家的都看在眼里，一下子不知所措，害怕了。连忙侧过身去，莫名其妙地解上衣的纽扣，刚露出自己的奶子，一把把王红兵的小嘴摁了上去。

十一　有庆家的柳粉香

有庆家的是从李明庄嫁过来的。李明庄原来叫柳河庄，一九四八年出了一个烈士，叫李明，后来国家便把柳河庄改成了李明庄。有庆家的姓柳，叫粉香，做姑娘的时候是相当有名气的。主要是嗓子好，能唱，再高的音都爬得上去。嗓子好了，笑起来当然就具有号召力，还有感染力。而她的长相则有另外一些特点，虽说皮肤黑了一些，不算太洋气，但是下巴那儿有一道浅浅的沟，嘴角的右下方还有一颗圆圆的黑痣，这一来她笑起来便有了几分的媚。最关键的是，她的目光不像乡下人那样讷，那样拙，活动得很，左盼右顾的时候带了一股眼风，有些招惹的意思。人们私下说，这是她在宣传队的戏台上落下的毛病。柳粉香微笑的时候先把眼睛闭上，然后，睫毛挑了那么一下，睁开了，侧过脸去接着笑。关于柳粉香的笑，李明庄的人们有个总结，叫作听起来浪，看上去骚，天生就是一个下作的坯子。

柳粉香的名气大，不好的名声当然也跟着大。人们私下说："这丫头不能惹。"话说得并不确切，反而让人浮想联翩，听上去黏糊得很，有了"母狗不下腰，公狗不上腔"的意思，也许还有摊上谁就是谁的味道。有些话就这样，不说则罢，只要说了，越看反而越像，一刀子能捅死人。不管怎么说，柳粉香是带着身子嫁到王家庄来的，这一点毋庸置疑。眼力老到的女人曾深刻地指出："至少四个月！"屁股在那儿呢。柳粉香肚子里的孩子到底是谁的，不容易弄得清。尖锐的说法是，柳粉香自己也弄不清。那阵子柳粉香在各个公社四处汇演，身子都让男人压扁了。身子扁了下去，肚子却鼓了起来。女人就这样，她们的肚子和她们的嘴巴一样，藏不住事。柳粉香被她的肚子弄得声名狼藉，赔大了。但是王家庄的王有庆却赚了，可以用喜从天降和喜出望外来双倍地形容。柳粉香办婚事的速度比她肚子的成长速度还要快，称得上雷厉风行，真是说时迟，那时快。才听说王有庆刚刚订了婚了，一转眼，柳河庄的柳粉香已经在王家庄变成有庆家的了。柳粉香连一套陪嫁的衣裳都没有捞到，就算王有庆置得起，以她现在的腰身，还浪费布证做什么。

有庆家的并没有把孩子生下来。她结结实实地摔了一跤，当晚见红，当夜小产了。据说，只能是据说了，谁也没有亲眼看见，是她的婆婆"一不小心撞了她的屁股"，把她从桥上推了下去。那还是有庆家的过门不久的日子，有庆家的和她的婆婆一起过桥，两个人在桥上说说笑笑的，像一对嫡亲的母女。快到岸边的时候，婆婆一个趔趄，冲到她的屁股上。婆婆站稳了，有庆家的却栽了下去，一屁股坐在了河岸上。有庆家的一躺就是一个月，婆婆屋里屋外地伺候，有庆家的还吃了半斤红糖，一只鸡。婆婆对人说："我们家的粉香把小腰闪了。"婆婆真是精明得过了分了，精明的人都有一个毛病，喜欢此地无银。谁还不知道有庆家的躺在床上坐小月子呢。

不过有庆家的说起来也怪，带着身孕过门的，过了门之后却又怀不上了。转眼都快两年了，有庆家的越来越苗条。最先沉不住气的还是婆婆。婆婆相当地怨。她在有庆的面前嘟囔说："我算是看出来了，这丫头当着不着的，是个外勤内懒的货。"有庆听了这话不好交代，委屈得很，但是有庆太老实，只能在床上加倍地刻苦，加倍地努力。然而，忙不出东西。可是有庆他不该在老婆的面前搬弄母亲的话。有庆家的一听到"外勤内懒"这四个字脸都气白了，她认准了是婆婆在嚼舌头。有庆老实巴交的样子，放不出这样阴损毒辣的屁。有庆家的发了脾气，大骂有庆，一字一句却是指桑骂槐而去。有庆家的一不做，二不休，勒令王有庆和寡母分了家。"有她没我，有我没她。"有庆家的把婆婆扫地出门之前留下了一句狠话。"×老了，别想夹得死人！"其实婆婆说那句话是事出有因的，有庆家的总是生不出孩子，外面的话开始难听了，好多话都是冲着有庆去的。做母亲的怎么说也要偏着儿子，所以才对儿媳有怨气。外面是这样看待有庆的："有庆也不像是有种的样子。"

有庆家的心里头其实有一本明细账，她是生不出孩子来了。只不过有庆太死心眼，在床上又是那样地吃苦，不忍心告诉他罢了。她小产的那一次伤得太重，医生已经说得很明白了。有庆家的自己当然也不肯甘心，又连着吃了三四个月的中药，还是没有用。说起中药，有庆家的最怕了。倒不是怕中药的味道，而是别的。按照吃中药的规矩，药渣子要倒到大路的中央去，作践它，让千人踩，万人跨，这样药性才能起作用。有庆家的不想让人知道她在吃药，不想让人知道她有这样的把柄，很小心地瞒着。好在有庆家的在宣传队上宣传过唯物主义，并不迷信，她把药渣子倒进了河里。但是瞒不住，中药的气味太大，比煨了一只老母鸡味道还传得远。只要家里头一熬药，过不了多久，天井的门口肯定会伸头伸脑的，门缝里挤进来的目光绝对比砒霜还要毒。这一来有庆家的不像是吃药了，而像在家做贼，吃药的感觉上便多了一倍的苦。有庆家的后来放弃了，哑巴苦当然是不吃的好。

十二　有庆家的和王连方

有庆家的和王连方的事并不像外面传说的那样。事实上，他们没有事。王连方真正爬上有庆家的身，还是在一九七〇年的冬天。时间并不长。要是细说起来，有庆家的坐完小月子不久就和王连方在路口上认识了。王连方和蔼得很，目光甚至有点慈祥。但是有庆家的只看了他一眼，立即看出王连方的心思来了。有了一官半职的男人喜欢这样，用亲切微笑来表示他想上床。有庆家的对付这样的男人最有心得。她冲王连方很不好意思地笑了笑，知道被他睡是迟早的事，什么也挡不住的。有庆家的心里并不乱，反而提早有了打算。无论如何，这一次她一定要先怀上有庆的孩子，先替有庆把孩子生下来。这一条是基本原则。还有一点不能忘记，既然是迟早的事，迟一步要比早一步好。男人都是贼，进门越容易，走得越是快。有庆家的在这个问题上有教训，历史的经验不能忘。

但是王连方急。有庆家的认识王连方的时间不算长，已经感受到这一点了。他在寻找和创造与她单独见面的机会。不管怎么说，当着外人的面王连方还是不好太冒失。猫都知道等天黑，狗还知道找角落里呢。王连方要是逛到她家的天井里来了，有庆家的热情得很，嗓门扯得像报幕，还到隔壁去讨开水，高声说："王支书来了，看我们呢。"王连方很窝火。但是你不能对人家的热情生气，只能亲切，再加上微笑。有庆家的大大方方的，把一切全做在明处。这和胆小慎为和时刻小心的女人大不相同了，你反而不好下手。你不能像公鸡那样爬上去就揿母鸡的脑袋。王连方有一次都跟她把话说破了，说："有庆这个呆子，我哪一天才享到有庆那样的呆福。"有庆家的心口咯噔了一下，都有点心动了。但是有庆家的装出一脸的没心没肺，嗓子还是那么大，反而把王连方弄得提心吊胆了。

不过有庆家的却拿捏着分寸，决不会让王连方对她绝望。王连方要是对你绝望了，到头来你一定比他更绝望。有庆家的知道自己，懒。懒的人必须有靠山，没靠山只能是等死了。那一回生产队长已经摊派有庆家的沤肥去了。沤肥是一个又脏又累的活儿，工分又低。生产队长这样摊派有庆家的，显然是给她颜色了。有庆家的扛着钉耙，夹在男人堆里一路说说笑笑地向田里去。迎面却走来了王连方，一起招呼过了，走出去十来步，有庆家的却回过身，来到王连方的面前。她把王连方衣领上的头皮屑掸干净，随后扯出一根线头。有庆家的没有用手，而是把脸俯上去，用牙齿咬住了，咬断，在舌尖上打成结，很波俏地吐了出去。有庆家的小声说："死样子，一点不像支书，替我沤肥去！"有庆家的没头没脑地丢下这句话，王连方被弄得魂不守舍，幸福得两眼茫茫。有庆家的当然没有和那些男人一起沤肥，她只是在地头站了一会儿，把绿格子方巾从头顶上摘下来，窝在手里头，说"不行"，说她得"先回去"。有庆家的当着队长的面扛上钉耙打道回府了。屁股一扭一扭的，像拖拉机上的两只后轮。没有人敢拦她。谁知道她什么"不行"了呢？谁知道她"先回去"干什么呢？

到了一九七〇年的冬天，有庆家的对自己彻底死了心了。她不可能再怀上。有庆似乎也放弃了努力，他忙不出什么头绪来。一赌气，有庆上了水利工地。大中午王连方来了。有庆家的刚刚哭过，想起自己的这一生，慢慢地有了酸楚。她不知道自己错在哪儿，怎么会落到这一步的。有庆家的当初是一个心气多旺的姑娘，风头正健，处处要强，现在却处处不甘，处处难如人意了，越想越觉得没有指望。王连方进门了，背着手，把门反掩上了。人是站在那儿，却好像

玉
米

2289

已经上了床了。有庆家的并没有吃惊，立起身，心里想，他也不容易了，又不缺女人，惦记着自己这么久，对自己多少有些情意，也难为他了。再说了，作为男人，他到底还是王家庄最顺眼的，衣有衣样，鞋有鞋样，说出来的话一字一句都往人心里去，牙也干净，肯定是天天刷牙的。有庆家的这么一想，两只肩头松了下去，望着王连方，凄凉得很。眼泪无声地溢了出来。有庆家的慢慢转过身，走进屋里，侧着身子缓缓地拿屁股找床沿，揿下头，脖子拉得长长的，一颗一颗地解。解完了，有庆家的抬起头，说："上来吧。"

有庆家的到底是有庆家的，见过世面，不惧王连方。就凭这一点在床上就强出了其他女人。王连方最大的特点是所有的人都怕他。他喜欢人家怕他，不是嘴上怕，而是心底里怕。你要是咽不下去，王连方有王连方的办法，直到你真心害怕为止。但是让人害怕的副作用在床上表现出来了。那些女人上了床要不筛糠，要不就像死鱼一样躺着，不敢动，胳膊腿都收得紧紧的，好像王连方是杀猪匠，寡味得很。没想到有庆家的不怕，关键是，有庆家的自己也喜欢床上的事。有庆家的一上床便体现出她的主观能动性，要风就是风，要雨就是雨。没人敢做的动作她敢做，没人敢说的话她说得出，整个过程都惊天动地。做完了，还侧卧在那儿安安静静地流一会儿眼泪，特别地招人怜爱，特别地开人胃口。这些都是别别窍的地方。王连方一下子喜欢上这块肉了。王连方胃口大开，好上了这一口。

十三　玉米最恨之入骨的女人

这一回王连方算是累坏了，最后趴在了有庆家的身上，睡了一小觉。醒来的时候在有庆家的腮帮子上留下了一摊口水。王连方拖过上衣，掏出小瓶子来，倒出一只白色的小药片。有庆家的看了一眼，心里想，准备工作倒是做得细，真是不打无准备之仗呢。王连方笑笑，说："乖，吃一个，别弄出麻烦来。"有庆家的说："凭什么我吃？我就是要给王家庄生一个小支书——你自己吃。"从来没有人敢对王连方说这样的话，王连方又笑，说："个要死的东西。"有庆家的歪过了脑袋。不吃。无声地命令王连方吃。王连方看了看，很无奈，吃了一颗。有庆家的也吃了一颗。王连方看了看有庆家的，把药片吐出来了，放在了手上。接着笑。有庆家的抿了嘴，也是无声地笑，慢慢把嘴唇咧开，两排门牙的中间咬着一颗小白片。王连方很幸福地生气了，是那种做了长辈的男人才有的懊恼，说："一天到晚和我闹。"赌气吃下去一颗，张开嘴，给她普查。有庆家的用舌尖把小白片舔进去，喉头滚动了一下，吐出长长的舌头，伸到王连方的面前，也让他普查。她的舌头红红的，尖尖的，像扒了皮的小狐狸，又顽皮又乖巧，挑逗得厉害。王连方很孟浪地搂住了有庆家的，一口咬住了。有庆家的抖了一下，小药瓶已经给打翻在地，碎了，白花花地散了一屋子，像夏夜的星斗。两个人都吓得不轻，有庆家的说："才好。"王连方急吼吼的，却又开始了。有庆家的吐出嘴里的药片，心里想，我就不用吃它了，这辈子没那个福分了。这个突发的念头让有庆家的特别地心酸。是那种既对不起自己又对不起别人的酸楚。但是有庆家的立即赶走了这个念头，呼应了王连方。有庆家的一把勾紧了王连方的脖子，上身都悬空了，她对着王连方的耳朵，哀求说："连方，疼疼我！"王连方说："我在疼。"有庆家的流出了眼泪，说："你疼疼我吧！"王连方说："我在疼。"他们一直重复这句话，有庆家的已经泣不成声了，直到嘴里的字再也连不成句子。王连方快活得差一点发疯。

王连方尝到了甜头，像一个死心眼的驴，一心一意围着有庆家的这块磨。有庆在水利工地，正是一寸光阴一寸金，寸金难买寸光阴。可是有些事情还真是人算不如天算，那一天中午偏偏出了意外，有庆居然回来了。有庆推开房门，他的老婆赤条条的，一条腿架在床框上，一条腿搁在马桶的盖子上，而王连方也是赤条条的，站在地上，身子紧贴着自己的老婆，气焰十分地嚣张。有庆立在门口，脑子转不过来，就那么看着，呆在那儿。王连方停止了动作，回过头，看了一眼有庆。王连方说："有庆哪，你在外头歇会儿，这边快了，就好了。"

有庆转身就走。王连方出门的时候房门、屋门和天井的大门都开在那儿。王连方一边往外走一边把门带上。王连方对自己说："这个有庆哪，门都不晓得带上。"

玉米现在的主攻目标是柳粉香，也就是有庆家的。有庆家的现在成了玉米的头号天敌。这个女人实在不像话了，把王连方弄得像新郎官似的，天天刮胡子，一出门还梳头。王连方在家里几乎都不和施桂芳说话了，他看施桂芳的眼神玉米看了都禁不住发冷。施桂芳天天在家门口嗑葵花子，而从骨子里看，施桂芳已经不是这个家的人了。在王连方的那一边，施桂芳一生下小八子这个世上就没有施桂芳这么一个人了。王连方有时候都在有庆家的那边过夜了。玉米替母亲寒心。但是这样的状况玉米只能看在眼里，不可以随便说。这一切都因为什么？就因为有了那只骚狐狸！这一切全是骚狐狸一手做的鬼！玉米对有庆家的已经不是一般的恨了。

关于有庆家的，玉米的感觉相当复杂。恨是恨，但还不只是恨。这个女人的身上的确有股子不同寻常的劲道。是村子里没有的，是其他的女人难以具备的。你能看得出来，但是你说不出来。就连王连方在她的面前都难免流露出贱相。这是她出众的地方、高人一头的地方。最气人的其实也正是这个地方。比方说，她说话的腔调或微笑的模样，村子里已经有不少姑娘慢慢地像她了。谁也不会点破，谁也不会提起。这里头无疑都是她的力量。也就是说，每个人的心里其实都有一个柳粉香。而男人们虽说在嘴上作践她，心里头到底喜欢，一和她说话嗓子都不对，老婆骂了也没用，不过夜的。玉米嘴上不说，心里还是特别地嫉妒她。这是玉米恨之入骨的最大缘由。

十四　彭国梁要来相亲

玉米一直想把王红兵抱到她的家门口去，但是有庆家的并没有躲躲藏藏的，她和王连方的事都做在明处，还敢和王连方站在巷口说话，那样做就没什么意思了。这个女人的脸皮太厚，小来来羞辱不了她。不过玉米还是去了。玉米想，你生不出孩子，总是你的短处。你哪里疼我偏偏要往哪里戳。玉米抱上王红兵，慢悠悠地来到有庆家的门口。一起跟过来很多人。一些是无意的，一些是有意的。她们的神情相当紧张，又有些振奋。有庆家的看见玉米来了，并没有把门关上，而是大大方方地出来了。她的脸上并没有故作镇定，因为她的确很镇定。她马上站到这边和大家一起说话了。玉米不看她。她也不看玉米。甚至没有偷偷地睃玉米一眼。还是玉米忍不住偷偷瞄她了。玉米还没有开口，有庆家的已经和别人谈论起王红兵了。主要是王红兵的长相。有庆家的认为，王红兵的嘴巴主要还是像施桂芳，如果像王连方反而更好。她对王连方嘴巴的赞美是溢于言表的。不过长大了会好一点，有庆家的说，男孩子小时候像妈，到了岁数骨架子出来了，最终还是像老子。玉米都有点听不下去了。而王红兵的耳朵也有问题，有些招风。其实王红兵不招风，反而是有庆家的自己有点招风。玉米侧过身，看着她，毫不客气地对着她的脸说："也不照照！"玉米的出手很重了，换了别的女人一定会惭愧得不成样子，笑得会比哭还难看。但是有庆家的没听见。话一出口玉米已经意识到上了这个女人的当了，是自己首先和她说话的。

有庆家的还是不看她，和别人慢慢拉呱。这一回说的是玉米，反而像说别人。有庆家的说："玉米这样漂亮的女孩子，就是嘴巴不饶人。"有庆家的没有说"漂亮的丫头""漂亮的姑娘"，而是说"漂亮的女孩子"，非常的文雅，听上去玉米绝对是鸡窝里飞出的金凤凰。她的话锋一转，却帮着玉米说话了，她说：

"我要是玉米我也是这个样子。"她很认真地说了这句话。玉米没法再说什么了，反而觉得自己厉害得不讲方寸，像个泼妇了。而她偏偏就说玉米漂亮，她这么一说其实已经是定论了。有庆家的又和别人一起评价起玉秀的长相了，有庆家的最后说："还是玉米大方。玉米耐看。"口气是一锤子定音的。玉米知道这是在拍自己的马屁，但她的脸上没有一点巴结玉米的神色，都没有看自己，完全是有一说一，有二说二的样子。看来是真心话。玉米其实蛮高兴的，这反而气人。玉米最不能接受的还是这个女人说话的语气，这个女人说起话来就好像她掌握着什么权力，说怎样只能是怎样，不可以讨价。这太气人了。她凭什么？她是什么破烂玩意儿！玉米"哼"了一声，挖苦说："漂亮！"口气里头对"漂亮"进行了无情打击，赋予了"漂亮"无限丰富和无限肮脏的潜台词。都是毁灭性的。玉米说完这句话走人了。这在看客的眼里不免有些寡味。玉米和有庆家的第一次交锋其实没有什么实质性的成绩。充其量也就是平手。不过玉米想，日子长呢，你反正是嫁过来的人。你有庆家的有把柄，你的小拇指永远夹在王家庄的门缝里头。

彭国梁原计划在夏忙的季节回家探亲，他的爷爷却没有等到那个时候，开春后匆匆地咽了气。真是黄泉路上不等人。一份电报过去，彭国梁探亲的日程只好提前。彭国梁已经回到彭家庄了，玉米的这边还没有半点消息。彭国梁没有能够和爷爷见到最后一面，他走进家门的时候爷爷做死人已经做到第三天了。爷爷入了殓，又过了四天，烧好头七，彭国梁摘了孝，传过话来，他要来相亲。

玉米失措得很。这件事是不好怪人家的。彭国梁这个时候回来，本来就是一件意外。问题是，玉米连一件合适的衣裳都没有。玉米打算穿上过年的新衣裳，试了一下，那是加在棉袄上的加褂，上身之后大了一号挂在身上，有点疯疯傻傻的，很不好看。重做吧，还要到镇上扯料子，无论如何来不及。玉米惆怅得很，心情相当地压抑，老是想哭，但到底心里头是欢喜，一直没哭出来。这反而更压抑了。

十五　家里来了解放军

玉米没有料到有庆家的会把她拦在路口。看上去好像前几天她们一点也没有发生过什么事，都好像没有见过面。有庆家的把玉米叫住，还没等玉米开口，有庆家的先说话了。有庆家的说："玉米，你恨我的吧。"玉米没有料到有庆家的先把话题挑开来，一时嘴更笨了。玉米想，这个女人的脸皮是厚，换了别人把裤子穿在脸上也不敢这样说话。有庆家的说："飞行员快来相亲了，你这身衣裳怎么穿得出去。"玉米盯着有庆家的，想一想，说："你都有人要，我怎么会嫁不出去。"有庆家的显然没想到玉米说出这样的话。这句话打脸了。玉米自己都觉得过分了。但这个女人脸太厚，不这样不足以平民愤。有庆家的从胳肢窝里取下小布包，用方巾裹着，递到玉米的手上。她一定预备了好多话的，但是玉米的话究竟让有庆家的有些乱，一时忘了想说的东西，所以手上的动作分外地快。

有庆家的说："这件衣裳是我在宣传队上报幕时穿的，没用处了。"这个举动大大出乎玉米的意料。有些出格。但是不管她是什么用意，她的东西玉米怎么可能要。玉米没有打开，推了回去。有庆家的说："玉米，做女人的可以心高，却不能气傲，天大的本事也只有嫁人这么一个机会，你要把握好。可别像我。""天大的本事也只有嫁人这么一个机会"，这句话玉米听进耳朵里去了。有庆家的又把包裹塞到玉米的怀里，回头便走。走出去四五步，有庆家的突然回过头，冲着玉米笑。她的眼眶里头早就贮满泪光了，闪闪烁烁的，心碎的样子。"可别像我。"玉米没有想到有庆家的会说这样的话。看起来这个女人并不气盛，没想到她对自己的评价这样低。玉米再也没有料到这个女人心中盘着那样的怨结，差一点心软了。有庆家的这一个回头给了玉米极其疼痛的印象。玉米这一回算是大胜了有庆家的，但是胜得有点寡味，不知道是哪里出了毛病了。玉米站在那儿，望着手里的衣裳，脑子里一直翻卷的都是有庆家的那句话："你要把握好，可别像我。"

玉米想扔了的，但是，毕竟是有庆家的"报幕"时穿的，这件衣裳一下子有了特殊的诱惑。这是一件小开领的春秋衫，收了一点腰身。虽说玉米的体形和有庆家的有点类似，可是玉米还是觉得紧了一些。玉米走到大镜子前，吓了自己一大跳。自己什么时候这样洋气、这样漂亮过？乡下的女孩子大多挑过重担，压得久了，背部会有点弯，含着胸，盆骨那儿却又特别地侉。玉米不同，她的身体很直，又饱满，好衣服一上身自然会格外地挺拔，身体和面料相互依偎，一副体贴谦让又相互帮衬的样子。怎么说人靠衣裳马靠鞍呢。最惊心动魄的还在胸脯的那一把，凸是凸，凹是凹，比不穿衣服还显得起伏，挺在那儿，像是给全村的社员喂奶。柳粉香当年肯定正是那样，挺拔四方，漂亮得不像样子。玉米无法驱散对柳粉香当年的设想，可是，设想到最后，玉米却设想到自己的头上去了。这个念头极其危险了。玉米相当伤感地把衣服脱了下来，正正反反又看了几回。想扔，舍不得。玉米都有点恨自己了，什么事她都狠得下心，为什么在一件衣裳面前她反而软了？玉米想，那就放在那儿，绝对不可以上身。

彭国梁被彭支书领着，来到了玉米家的大门口，施桂芳正站在门框旁边，看见彭支书领着一个当兵的冲着自己的大门走来，心里有数了。她把葵花子放进口袋，做出站相，微笑也预备好了。彭支书来到施桂芳的面前，喊过"嫂子"，彭国梁跨上来一步，立正，"啪"，一个军礼。施桂芳的胳膊一阵乱动，把客人请进了堂屋。施桂芳很欢喜，只是毛脚女婿的军礼让她觉得事态过于重大了，光会赔笑，不会说话了。好在施桂芳是支书的娘子，处惊不乱。她打开广播，对着话筒说："王连方，请你立即回到家里来，家里来了解放军！请你立即回到家里来，家里来了解放军！"

　　广播也就是通知。只是一会儿工夫，玉米家的大门口立即挤满了人，男男女女老老少少高高矮矮胖胖瘦瘦的。"解放军"是什么意思，不用多说了。后来王连方过来了，大步流星，一边走一边系下巴底下的风纪扣。人们让开了一条道。王连方来到彭支书的面前，握过手。彭国梁起立，立正，"啪"，再一个军礼。王连方掏出香烟，给了彭支书一根，也给了彭国梁一根。彭国梁再一次起立，立正，"啪"，又一个军礼。彭国梁说："报告首长，彭国梁不吸烟。"王连方笑起来，说："好。好。"气氛相当客气，但是有点肃穆，甚至紧张。王连方大声说："你回来啦？"这句话其实是废话。彭国梁说："是。"门外围观的人们似乎也受到了感染，他们不说话。他们相当崇拜彭国梁的军礼，他的军礼很帅，行云流水，却又斩钉截铁。

十六　万事开头难

　　玉米的到来把故事推向了高潮。玉米被人们拖回来了。王红兵早就被女人们抢过去抱走了。人们同样给玉米让开了一道缝隙。这一幕人们盼望已久了。只有这一幕看到了，大伙儿才能够放心。玉米被人拥着，推着两条腿一左一右地在地上走，其实是别人的力量，她的身子几乎后仰了。到了家门口，玉米胆怯了，不走。两个胆子大的闺女把玉米一直推到彭国梁的面前，人们以为彭国梁又要给玉米敬军礼了，没有。四周静悄悄的。彭国梁不仅没有敬礼，甚至没有立正，差不多也没了站相，只是不停地咧嘴，又不停地吃力地抿上。玉米迅速地瞥了一眼彭国梁，看到了他的神情，玉米放心了，但是人已经羞得不成样子。腰那一把像蛇。玉米的脸庞红彤彤的，把眼珠子衬得更黑，亮闪闪地到处躲。可怜极了。门外的人再也没有想到玉米会这样扭捏，一点都不像玉米。他们想，到底还是个姑娘家。门外的人一起哄了几声，高潮过去了，气氛轻松下来了。他们为彭国梁高兴，但主要的还是为了玉米。

王连方来到门口敬烟，是男人都有份儿。王连方最后给张如俊的儿子也敬了一根，如俊的儿子被如俊家的抱在怀里，傻头傻脑的。王连方把香烟夹到他的耳朵上，说："带回去给你老子抽。"人们没有想到王支书这样客气，都说笑话了。门口响起了一阵大笑。气氛相当地好。王连方对着门外掸了掸手，人们散去了。王连方关上门，深深地吸了一口气。

施桂芳安排彭国梁和玉米烧水去了。作为一个过来人，施桂芳知道厨房对于年轻男女的重要意义。初次见面的男女都这样，生疏得很，拘谨得很，两个人一同坐到灶台的后面，一个拉风箱，一个添柴火，炉膛里的火把两个人烤得红红的，慢慢会活络的。施桂芳带上厨房的门，把玉英玉秀她们都哄了出去。这几个丫头不能留在家里，她的七个女儿，除了玉米，别的都是人来疯。

玉米烧火的时候彭国梁给了玉米第二份见面礼。第一份是按照祖传的旧规矩预备的，无非是面料和毛线那一路的东西。彭国梁到底有不同凡俗的地方，另外又准备了一份。一支红管英雄牌铱金笔，一瓶英雄牌蓝黑墨水，一札四十克信笺，二十五只信封，外加领袖的夜光像章一枚。这一份礼物更有了私密性，同时兼备了文化和进步的特征。彭国梁把它们放在风箱上，旁边还有他的军帽。军帽上有一颗红色五角星，鲜红鲜红的，发亮，是闪闪的红星。这几样东西组合在一起，此时无声胜有声了。彭国梁拉着风箱，他的每一个动作都要反映到炉膛里的火苗上。在他做推手的动作时，东倒西歪的火苗立即竖了起来，像一根柱子，相当有支撑力。玉米则把稻草架到那根火柱子上，这一来他们的手脚暗地里有了配合，有了默契，分外地感人。稻草被火钳架到火柱子上去，跳跃了一下，柔软了，透明了，鲜艳了，变成了光与热，两个人的脸庞和胸口都被炉膛里的火苗有节奏地映红了，他们的喘息和胸部的起伏也有了节奏，需要额外地调整与控制。空气烫得很，晃动得很，就好像两个人的头顶分别挂了一颗大太阳，有点烤，但是特别的喜庆，是那种发烫的温馨。就是有点乱，还有一点催人泪下的成分，不时在胸口一进一出的。玉米知道，自己恋爱了。玉米望着火，禁不住流下了热泪。彭国梁显然看见了，还是不说什么，只是掏出了他的手帕，放在玉米的膝盖上。玉米拿起来，没有擦眼泪，却捂住了鼻子。手帕有一股香皂的气味，玉米一闻到这股气味差一点哭出了声音。好在玉米即刻忍住了。泪水却是越忍越多。他们到现在都没有说一句话，没有碰一下手指头。玉米想，这就对了，恋爱就是这样的，无声地坐在一起，有些陌生，但是默契；近在咫尺，却一心一意地向遥远的地方憧憬、缅怀。就是这样的。

玉米望着彭国梁的脚，知道了是四十二码的尺寸。这个不会错。玉米知道了彭国梁所有的尺寸。女孩子的心里一旦有了心上人，眼睛就成了卷尺，目光一拉出去就能量，量完了呼啦一下又能自动收进来。

按照旧规矩，玉米过门以前，彭国梁不能在王家庄这边住下来。但是王连方破字当头，主张移风易俗。王连方发话了，住。王连方实在是喜欢彭国梁在他的院子里进进出出的，总觉得这样一来他的院子里就有了威武之气，特别地无上光荣。施桂芳小声说："还是不妥当。"王连方瞪了施桂芳一眼，极其严肃地指出："形而上学。"

彭国梁在玉米的家里住下了。不过哪里也没有去。除了吃饭和睡觉，几乎都是和玉米呆在了灶台后面。灶台的背后真是一个好地方。是乡村爱情的圣地。玉米和彭国梁已经开始交谈了，玉米有些吃力，因为彭国梁的口音里头已经夹杂了一些普通话了。这是玉米很喜欢的。玉米自己说不来，可是玉米喜欢普通话。夹杂了普通话的交谈无端端地带上了远方的气息，更适合于爱情，是另一种天上人间。炉膛里的火苗一点一点暗淡下去。黑暗轻手轻脚地，笼罩了他们。玉米开始恐惧了，这种恐惧里头又多了一分难言的企盼与焦虑。当爱情第一次被黑暗包裹时，因为不知后事如何，必然会带来万事开头难这样的窘境。两个人都相当地肃穆，就生怕哪儿碰到对方的哪儿。是那种全神贯注的担忧。

十七　终于手拉手了

彭国梁握住了玉米的手。玉米终于和彭国梁"手拉手"了。虽说有些害怕，玉米等待的到底还是这个。玉米的手被彭国梁"拉"着，有了大功告成的满足。玉米在内心的最深处彻底松了一口气。玉米其实也没有拉着，只是伸在那儿，或者说，被彭国梁拽在那儿。彭国梁的手指开始很僵，慢慢地活了，一活过来就显得相当地犟。它们一次又一次地往玉米的手指缝里抠，而每一次似乎又是无功而返的，因为不甘，所以再重来。切肤的举动到底不同一般，玉米的喘息相当困难了。彭国梁突然搂住玉米，把嘴唇贴了玉米的嘴唇上。彭国梁的举动过于突然，玉米明白过来的时候已经晚了，赶紧把嘴唇紧紧地抿上。玉米想，这一下完蛋了，嘴都让他亲了。但是玉米的身上一下子通了电，人像是浮在了水面上，毫无道理地荡漾起来，失去了重量，只剩下浮力，四面不靠，却又四面包围。玉米企图挣开，但是彭国梁的胳膊把她箍得那样紧，玉米也只好死心了。

玉米相当害怕，却反而特别地放心了。玉米渐渐把持不住了，抿紧的双唇失去了力量，让开了一道缝，冷冷的，禁不住地抖。这股抖动很快传遍全身了，甚至传染给了彭国梁，他们搅在一起抖动，越吻越觉得吻的不是地方，只好闷着头到处找。其实什么也没有找到。自己的嘴唇还在自己的嘴上。这个吻差不多和傍晚一样长，施桂芳突然在天井里喊："玉米，吃晚饭了哇！"玉米慌忙答应了一声，吻才算停住了。玉米愣了好大一会儿，调息过来了。抿着嘴，无声地笑，就好像他们的举动因为特别地隐蔽，已经神不知鬼不觉了。两个人从稻草堆上站起身，玉米的膝盖软了一下，差一点没站住。玉米捶了捶腿，装着像是腿麻了，心里想，恋爱也是个体力活儿呢。玉米和彭国梁挪到稍亮一点的地方，相互为对方掸草屑。玉米掸得格外仔细，一丝一毫都不肯放过，玉米不能答应彭国梁的军服上有半根草屑。掸完了，玉米从彭国梁的身后把他抱住了，整个人像是贮满了神秘的液体，在体内到处流动，四处岔。人都近乎伤感了。玉米认定自己已经是这个男人的女人了。都被他亲了嘴了，是他的人，是他的女人了。玉米想，都要死了，都已经是"国梁家的"了。

第二天的下午彭国梁突然把手伸进玉米的衣襟。玉米不知道彭国梁想干什么，彭国梁的手已经抚住玉米的乳房了。虽说隔着一层衬衫，玉米还是吓得不轻，觉得自己实在是胆大了。玉米和他僵持了一会儿，但是，彭国梁的手能把飞机开到天上去，还有什么能挡得住？彭国梁的搓揉差点要了玉米的命，玉米搂紧了彭国梁的脖子，几乎是吊在彭国梁的脖子上，透不过气来。可是彭国梁的指头又爬进玉米的衬衫，直接和玉米的乳房肌肤相亲了。玉米立即摁住彭国梁的手，央求说："不能，不能啊。"彭国梁停了一会儿，对着玉米的耳朵说："好玉米，下一次见面还不知道是哪一年呢。"这句话把玉米的心说软了，说酸了。一股悲恸涌冲进了玉米的心窝，无声地汹涌了。玉米失声痛哭。顺着那声痛哭脱口喊了一声"哥哥"。这样的称呼换了平时玉米不可能叫出口，而现在完全是水到渠成了。玉米松开手，说："哥哥，你千万不能不要我。"彭国梁也流下了眼泪，彭国梁说："好妹子，你千万不能不要我。"虽说只是重复了玉米的一句话，但是那句话由彭国梁说出来，伤心的程度上却完全不同了，玉米听了都揪心。玉米直起身，安静地贴了上来。给他。彭国梁撩起玉米的衬衫，玉米圆溜溜的乳房十分光洁地挺在了他的面前。彭国梁含住了玉米的左乳。咸咸的。玉米突然张大了嘴巴，反弓起身子，一把揪紧了彭国梁的头发。

最后的一个夜晚了。第二天的一早彭国梁要回到彭家庄去，而下午他就要踏上返回部队的路。玉米和彭国梁一直吻着，全心全意地抚摸，绝望得不行了。

他们的身体紧紧地贴在一起，困苦地扭动。这几天里，彭国梁与玉米所做的事其实就是身体的进攻与防守。玉米算是明白了，恋爱不是由嘴巴来"谈"的，而是两个人的身子"做"出来的，先是手拉手，后是唇对唇，后来发展到胸脯，现在已经是无遮无掩的了。玉米步步为营，彭国梁得寸进尺，玉米再节节退让。说到底玉米还是心甘情愿的。这是怎样的欲罢不能，欲罢不能哪。彭国梁终于提出来了，他要和玉米"那个"。玉米早已是临近晕厥，但是，到了这个节骨眼上，玉米的清醒与坚决却表现出来了。玉米死死按住了彭国梁的手腕。他们的手双双在玉米的腹部痛苦地拉锯。"我难受啊。"彭国梁说。玉米说："我也难受啊。""好妹子，你知道吗？""好哥哥，我怎么能不知道。"彭国梁快崩溃了，玉米也快崩溃了。但是玉米说什么也不能答应。这一道关口她一定要守住。除了这一道关口，玉米什么都没有了。她要想拴住这个男人，一定要给他留下一个想头。玉米抱着彭国梁的脑袋，亲他的头发。玉米说："哥，你不能恨我。"彭国梁说："我没有恨你。"玉米说到第二遍的时候已经哭出声音了，玉米说："哥你千万不能恨我。"彭国梁抬起头，想说什么，最后说："玉米。"

玉米摇了摇头。

十八　有庆家的怀上了

彭国梁最后给玉米行了一个军礼，走了。他的背影像远去的飞机，万里无云，却杳无踪影。直到彭国梁的身影在土圩子的那头彻底消失，玉米才犯过想来，彭国梁，他走了。刚刚见面了，刚刚认识了，又走了。玉米刚才一直都傻着，现在，胸口一点一点地活动了。动静越来越大，越闹越凶，有了抵挡不住的执拗。但是玉米没有流泪，眼眶里空得很，真的是万里无云。她只是恨自己，后悔得心碎。说什么她也应当答应国梁、给了国梁的。守着那一道关口做什么？白白地留着身子做什么？还能给谁？肉烂在自家的锅里，盛在哪一只碗里还不都一样？"我怎么就那么傻？"玉米问自己，"国梁难受成那样，我为什么要对他守着？"玉米又一次回过头，庄稼是绿的，树是枯的，路是黄的。"我怎么就这么傻。"

有庆家的这两天有点不舒服，说不出来是哪儿，只是闷。只好一件一件地洗衣裳，靠搓洗衣裳来打发光阴。衣裳洗完了，又洗床单，床单洗完了，再洗枕头套。有庆家的还是想洗，连夏天的方口鞋都翻出来了，一左一右地刷。刷好了，有庆家的懒了下来，却又不想动了。这一来更加无聊了。王连方又不在家，彭国梁前脚离开，他后脚就要开会去。他要是在家或许要好一点。有庆家的以往都是这样，再无聊，再郁闷，只要和王连方睡一下，总能顺畅一点。有庆现在不碰她，都不愿意和她在一张床上睡。村里的女人没有一个愿意和她搭讪，有庆家的现在什么都没有，反而只剩下王连方了。有时候有庆家的再偷一个男人的心思都有，但是不敢。王连方的醋劲大得很。有庆家的和别人说几句笑话王连方都要摆脸色。那可是王连方的脸色。你说女人活着为什么？还有什么意思？就剩下床上那么一点乐趣。说到底床上的乐趣也不是女人的，它完全取决于男人在什么时候心血来潮。

有庆家的望着洗好的东西，一大堆，又发愁了。她必须汰一遍。可她实在弯不下腰了。腰酸得很。有庆家的只好打起精神，拿了几件换身的衣裳，来到了码头。刚刚汰好有庆的加褂，有庆家的发现玉米从水泥桥上走了过来。从玉米走路的样子上来看，肯定是刚刚送走了彭国梁。玉米恍惚得很，脸上也脱了色。她行走在桥面上，像墙上的影子，一点重量都没有。玉米也真是好本事，她那样过桥居然没有飘到河里去。有庆家的想，玉米这样不行，会弄出毛病来的。有庆家的爬上岸，守候在水泥桥头。玉米过来了，有庆家的堆上笑，说："走啦？"玉米望着有庆家的，目光像烟那样，风一吹都能拐弯。玉米冷得很，不过总算给了有庆家的一点面子，她对着有庆家的点一下头，过去了。有庆家的一心想宽慰玉米几句，但是玉米显然没有心思领她的这份情。有庆家的一个人侧在那儿，瞅着玉米的背影，她的背影像一个晃动的黑窟窿。有庆家的慢慢失神了，对自己说，你还想安慰人家，再怎么说，人家有飞行员做女婿——离别的伤心再咬人，说到底也是女人的一分成绩，一分运气，是女人别样的福。你有什么？你就省下这份心吧，歇歇吧，拉倒吧你。

玉米离开之后有庆家的跑到猪圈的后面，弯下身子一顿狂呕。汤汤水水的，竟比早上吃下去的还要多。有庆家的贴在猪圈的墙上，睁开眼，眼睫挂了细碎的泪。有庆家的想，看来还是病了，不该这么恶心。这么一想有庆家的反而想起来了，这两天这么不舒服，其实正是想吐。有庆家的弯下腰，又呕出一嘴的苦。有庆家的闭上眼，兀自笑了笑，心里说，个破烂货，你还弄得像怀上小支书似的。这句作践自己的话却把有庆家的说醒了，两个多月了，她的亲戚还真是没有来过，只不过没敢往那上头想罢了。转一想，有庆家的却又笑了，挖苦自己说，拉倒吧你，你还真是一个外勤内懒的货不成。

医生说，是。有庆家的说，这怎么可能。医生笑了，说你这个女的少有，这要问你们家男人。有庆家的又推算了一次日子，那个月有庆在水利工地上呢。

有庆家的眼睛直了，有庆再木咕，但终究不是二憨子，这件事瞒得过天，瞒得过地，最终瞒不过有庆。要还是不要。有庆家的必须给自己拿主张。

有庆家的炒了一碗蛋炒饭，看着有庆吃下去。掩好门，顺手从门后拿起了捣衣棒。有庆家的把捣衣棒放在桌面上。有庆家的说："有庆，我能怀的。"有庆还在扒饭，没有听明白。有庆家的说："有庆，我怀上了。"有庆家的说："是王连方的。"有庆听明白了。有庆家的说："我不敢再堕胎了，再堕胎我恐怕真的生不出你的骨肉了。"有庆家的说："有庆，我想生下来。"有庆家的说："有庆，你要是不答应，我死无怨言。"有庆家的看着桌面上的捣衣棒，说："你要是咽不下去，你打死我。"有庆最后一口饭还含在嘴里，他把筷子拍在了桌子上，脖子和目光一起梗了。有庆站起身，拿起捣衣棒。有庆把捣衣棒握在掌心，胳膊比捣衣棒还要粗，还要硬。有庆家的闭上了眼睛。再睁开的时候有庆已经不在了。有庆家的慌了，出了门四处找。最后却在婆婆的茅棚里找到了。有庆家的追到茅棚的门口，看见有庆跪在婆婆的面前，有庆说："我对不起祖宗，我比不上人家有种。"有庆嘴里的那口蛋炒饭还含在嘴里，这刻儿黄灿灿的喷得一地。有庆家的身子骨都凉了，和婆婆对视了一眼，退了回来。回到家，从笸斗里翻出一条旧麻绳，打好活扣，扔到屋梁上去。有庆家的拽了拽，手里的麻绳很有筋骨。放心了。有庆家的把活扣套上脖上，一脚蹬开脚下的长凳。

婆婆却冲开门进来了。婆婆多亮堂的女人，一看见儿媳的眼神立即知道要出大事了。婆婆一把抱住有庆家的双腿，往上顶。婆婆喊道："有庆哪，快，快！"有庆已经被眼前的景象弄呆了，不知道前后的几分钟里他都经历了什么。木头木脑的，四处看。有庆把媳妇从屋梁上割下来，婆婆立即关上了屋门。老母亲兴奋异常，弯着腿，张开胳膊，两只胳膊像飞动的喜鹊不停地拍打屁股。她压低了嗓子，对儿媳说："怀上就好，你先孵着这个，能怀上就好了哇！"

十九　出了大事

春风到底是春风，野得很。老话说"春风裂石头，不戴帽子裂额头"，说的正是春风的厉害。一年四季要是说起冷，其实倒不在三九和四九，而在深秋和春后。三九四九里头，虽说天冻地冻，但总归有老棉袄老棉裤裹在身上。又不怎么下地，反而不觉得什么。深秋和春后不一样，手脚都有手脚的事，老棉袄老棉裤绑在身上到底不麻利，忙起来又是一身汗，穿戴上难免要薄。深秋倒是没什么风，但是起早贪黑的时候大地上会带上露水的寒气，秋寒不动声色，却

玉米

是别样的凛冽。春后又不一样了，主要是风。春风并不特别地刺骨，然而有势头，主要是有耐心，把每一个光秃秃的枝头都弄出哨声，像嚎丧，从早嚎到晚，好端端的一棵树像一大堆的新寡妇。春寒的那股子料峭，全是春风捣的乱。

麦子们都返青了。它们一望无际，显得生机勃勃。不过细看起来，每一片叶子都瑟瑟抖抖的，透出来的还是寒气。春天里最怕的还是霜。只要有了春霜，最多三天，必然会有一场春雨。所以老人们说，"春霜不隔三朝雨"。虽说春雨贵如油，那是说庄稼，人可是要遭罪。雨一下就是几天，还不好好下，雾那样，没有瓢泼的劲头，细细密密地缠着你，躲都躲不掉。天上地下都是湿漉漉的，连枕头上都带着一股水汽，把你的日子弄得又脏又寒。

王家庄弥漫着水汽，相当濡。风一直在吹。人们睡得早，起得迟，会过日子的人家赶上这样的光景一天只吃两顿。这也是先辈的老传统了。青黄不接的时候，多睡觉，横着比竖着扛饿。吃得少，人当然要懈怠了，这就苦了猪圈里的猪。它们要是饿了不可能躺下来好好睡觉的，它们会不停地喊。猪喊得很难听，不像鸡，叫起来喜喜庆庆的；也不像狗，狗的叫声多少有那么一点安详，远远地听上来让人很心安。猪让人烦，天下所有的猪都是饿死鬼投的胎。一天到晚就知道喊冤。

天上没有太阳。没有月亮。天黑了，王家庄宁静下来了。天又黑了，王家庄又宁静下来了。

出大事了。

王连方被堵在秦红霞的床上事先没有一点预兆。王家庄静悄悄的，只有公猪母猪的饿叫声。烧晚饭的光景，家家户户的屋顶上都冒着炊烟，炊烟缠绕在傍晚的雾气里头，树颠的枝杈上都像冒着热气。其实蛮祥和的。突然来了动静，王连方和秦红霞一起被堵在了床上。怪只怪秦红霞的婆婆不懂事，事后人们都说，秦红霞的婆婆二百五，真是少一窍！你喊什么？喊就喊了，你喊"杀人"做什么？王连方要是碰上一个聪明的女人，肯定过去了，偏偏碰上了这样一个二百五。一切都好好的，秦红霞的婆婆突然喊："杀人啦，杀人啦！"村子里的水汽重，叫喊的声音传得格外远，分外地清晰。左邻右舍们抄起了家伙，一起冲进了秦红霞的天井。秦红霞的男将张常军在河南当炮兵，去年秋天在部队上解决了组织问题，到了今年秋天差不多该退伍了。张常军不在，邻居们平时对红霞一家还是相当照顾的，她的婆婆喊"杀人"，这样重大的事，不能不出面。秦红霞的婆婆站在天井的中央，上气不接下气，光会用手指头指窗户。窗户已经被秦红霞的婆婆拉开了，半开着，门却捂得极死。天井里站的全是人。拿扁担的小心翼翼地来到了窗户跟前，而扛着钉耙的急不可耐，一脚把门踹开了。王连方和秦红霞正在穿戴，手上忙得很，却是徒劳，没有一个纽扣扣得是地方。王连方虽说还能故作镇静，到底断了箍，散了板了。他掏出飞马香烟说："抽烟，大家抽。"

这怎么抽。

形势很严峻。平时人家给王连方敬烟，王连方还要看看牌子。现在王连方给别人敬的是飞马，他们都不抽。形势很严峻了。

当天晚上王家庄像乱葬岗一样寂静，真的像杀了人了，杀光了那样。而王连方已经来到了镇上，站在公社书记的办公桌前。公社的王书记很生气。王书记平时和王连方的关系相当不一般，但是现在，他对着王连方拍起了桌子："怎么搞的！弄成这样嘛！幼稚嘛！"王连方很软了，双眼皮耷拉下来，从头到脚都不景气。王连方很小心地说："要不，就察看吧。"王书记正在气头上，又拍桌子："你呕屎！军婚，现役嘛！高压线嘛！要法办的！"形势更严峻了。王连方不是不知道，这件事弄不好就"要法办的"，但是第一次没有事，第二次也没有事，最终到底出事了。现在王书记亲自说出"要法办的"，性质已经变了。王书记解开了中山装，双手叉腰，两只胳膊弯把中山装的后襟撑得老高。这是当领导的到了危急关头极其严峻的模样，连电影上都是这样。王连方望着王书记的背影，王书记一推窗户，对着窗外摊开了胳膊："都被人看见了，你说说，怎么办？怎么办嘛！"

事情来得快，处理得也快。王连方双开除，张卫军担任新支书。这个决定相当英明，姓王的没有说什么，姓张的也不好再说什么。

二十　王连方家倒了

日子并不是按部就班地过，它该慢的时候才慢，该快的时候却飞快。这才几天，王连方的家就这么倒了。表面上当然看不出什么，一砖一瓦都在房上，一针一线都在床上，但是玉米知道，她的家倒了。好在施桂芳从头到尾对王连方的事都没有说过什么。施桂芳什么都没有说，只是不停地打嗝。作为一个女人，施桂芳这一回丢了两层的脸面。她睡了好几天，起床之后人都散了。这一回的散和刚刚出了月子的那种散到底不同，那种散毕竟有炫耀的成分，是自己把自己弄散的，顺水而去的，现在则有了逆水行舟的味道，反而需要强打起精神头，只不过吃力得很，勉强得很，像她开口说话嘴里多出来的那股子傻味。

玉米现在最怕的就是和母亲说话。她说出来的话像打出来的嗝，一定是沤得太久了。让玉米心寒的还有玉穗，小婊子太贱，都这个岁数了，还有脸和张卫军的女儿在一起踢毽子，每一回都输给人家。张卫军的女儿小小的一个人，小小的一张脸，小鼻子小眼的，小嘴唇又薄又嚣。姓张的的确没一个好货。她踢的毽子那还能算毽子？草鸡毛罢了。玉穗肯输给她，看来天生就是吃里扒外的坯子。玉米算是看透她了。

玉米把一切都看在眼里，反而比往常更沉得住。就算彭国梁没有在天上开着解放军的飞机，她玉米也长不出玉穗那样的贱骨头。被人瞧不起都是自找的。玉米走得正，行得正，连彭国梁的面前她都能守得住那道关，还怕别人不成？玉米照样抱着王红兵，整天在村子里转。王连方当支书的时候别人怎么过，她玉米就能怎么过。王玉米的"王"摆到哪儿都是三横加一竖，过去不出头，现在也不掉尾巴。

最让玉米瞧不起的还是那几个臭婆娘，过去父亲睡她们的时候，她们全像臭豆腐，筷子一戳一个洞。现在倒好，一个个格格正正的，都拿了自己当红烧肉了。秦红霞回来了，小骚货出事之后带着孩子回娘家去了，一去就是十来天。返村的时候秦红霞的脸上要红有红，要白有白，弄得跟回娘家坐月子似的。她还有脸回来！河面上又没有盖子，她硬是没那个血性往下跳，做做样子都不敢。秦红霞走在桥上，还弄出不好意思的样子，好像全村的男人一起娶她了。秦红霞快下桥口的时候不少妇女都在暗地里看玉米，玉米知道，她们在看她。她们想看看玉米怎么面对这件事，怎么面对那个人。秦红霞过来了，玉米抱着王红兵，站起来，换了一下手，主动迎了上去。玉米笑着，大声说："红霞姨，回来啦！"所有的人都听到了。过去玉米一直喊秦红霞"红霞姐"，现在喊她"姨"，意味格外地深长了，有了难以启齿的暗示性。妇女们开始还不明白，但是，只看了一眼秦红霞的脸色，领略了玉米的促狭和老到。又是滴水不漏的。秦红霞对着玉米笑得十分别扭，相当地难看。一个不缺心眼的女人永远不会那样笑的。

王连方打算学一门手艺。一家子老老少少，十来张嘴呢。从今年的秋后开始，不会再有往年那样的分红了。和社员们一起做农活，王连方没有那个身板了，主要还是丢不下那个脸面。王连方对自己有一个基本的认识，虽说支书不当了，但他这一辈子睡过那么多的女人，够本了，值得。回过头来再和自己的老部下一起挑大粪、挖墒沟、插秧割麦，很不成体统。妥当的办法是赶紧学一门手艺。王连方做过很周密的思考，他时常一手执烟，一手叉腰，站到《世界地图》和《中华人民共和国地图》的面前，把箍桶匠、杀猪匠、鞋匠、篾匠、铁匠、铜匠、锡匠、木匠、瓦匠放在一起，进行综合、比较、分析、研究，经过去粗取精、去伪存真、由里而外、由现象到本质，再联系上自己的身体、年纪、精力、威望等实际，决定做漆匠。漆匠有这样几个好处：一、不太费力气，自己还吃得消；二、技术上不算太难，只要大红大绿地涂抹上去，别露出木头，终究难不到哪里；三、成本低，就一把刷子，不像木匠，锯、刨、斧、凿、锤，一套一套的，办齐全了有几十件；四、学会了手艺，整天在外面讨生活，不用呆在王家庄，眼不见为净，心情上好对付一些；五、漆匠总归还算体面，像他这样的身份，做杀猪那样的脏事，老百姓看了也会寒心，漆匠到底不同，一刷子红，一刷子绿，远远地看上去很像从事宣传工作。主意定下来，王连方觉得自己的方针还是比较接近唯物主义的。

二十一　玉米成了家长

有庆家的这边王连方有些日子不来了。时间虽说不长，毕竟是风云变幻了。王连方中午喝了一顿闷酒，一直喝到下午两三点钟。王连方站起来，决定在离家之前再到有庆家的身上疏通一回。别的女人现在还肯不肯，王连方心里没底。不过有庆家的是王连方的自留地，他至少还可以享一享有庆的呆福。王连方推开有庆家的门，有庆家的正在偷嘴，嚼萝卜干。有庆家的背过身，已经闻到了王连方一身的酒气。王连方大声说："粉香啊，我现在只有你啦。"话说得虽然凄凉，但在有庆家的这边还是有几分的感动人心的，反而有了几分温暖了。王连方说："粉香啊，下次回来的时候你就喊我王漆匠吧。"有庆家的转过脸，王连方的脸上有了七分醉了，特别地颓唐，有庆家的想安慰他几句，却不知从哪里说起。虽说秦红霞的事伤了她的心，到底还是不忍看见王连方这副落魄的样子。有庆家的当然知道他来做什么。如果不是有了身孕，有庆家的肯定会陪他上床散散心的。但现在不行。绝对不行。有庆家的正色说："连方，我们不要那样了——你还是出去吧。"王连方却没有听见，直接走进西厢房，一个人解，一个人脱，一个人钻进了被窝。等了半天，王连方说："喂！"又等了半天，王连方说："——喂！"王连方一直听不到动静，只好提着裤子，到堂屋里找。有庆家的早已经不在了。

王连方再也没有料到这样的结果，两只手拎着裤带，酒也消了，心里滚过的却是世态炎凉。王连方想，好，你还在我这里立牌坊，早不立，晚不立，偏偏在这个时候立，你行。王连方一阵冷笑，自语说："妈个巴子的！"回到西厢房，再一次扒光了，王连方重新爬进被窝，突然扯开了嗓子。王连方吼起了样板戏。是《沙家浜》。王连方睡在床上，一个人扮演起阿庆嫂、胡传魁和刁德一。他的嗓门那么大，那么粗，而他在扮演阿庆嫂的时候嗓子居然捏得那么尖，那么细，直到很高的高音，实在爬不上去了，又恢复到胡传魁的嗓音。王连方的演唱响遍了全村，所有的人都听到了，但是没有一个人过来，好像谁都没有听见。王连方把《智斗》这场戏原封不动地搬到了有庆的床上，一字不差，一句不漏。唱完了，王连方用嘴巴敲了一阵锣鼓，穿好衣裳，走人。

其实有庆家的哪里也没有去。她进了厨房，站在厨房的门后面。有庆家的再也想不到王连方会来这一手，吓得魂都掉了。稍稍镇定下来，有庆家的涌上了一股彻骨的悲伤，只觉得自己这半年的好光景还是让狗过了。有庆家的手脚一起凉了。她摸着自己的腹部，恨不得用指头把肚子里的东西挖出来。可又不忍。有庆家的颤抖了，她低下头，看着自己的肚子，对自己的肚子说："狗杂种，狗杂种，狗杂种，个狗杂种啊！"

王连方四十二岁出门远行，出去学手艺去了。一个家其实就交到了玉米的手上。家长不好做。不做当家人，不知柴米贵，玉米现在算是知道这句话的厉害了。当家难在大处，说起来却也是难在小处。小处琐碎，缠人，零打碎敲，鸡毛蒜皮，可是你没有一样能逃得过去，你必须面对面，屁大的事你都不能拍拍屁股掉过脸去走人。就说玉叶，虚岁才十一岁的小东西，前几天刚刚在学校里头砸烂了一块玻璃，老师要喊家长；现在又把同学们的墨水瓶给打散了，泼得人家一脸的黑，老师又要喊家长了。玉叶看上去没什么动静，嘴巴慢，手脚却凌厉，有些嘎小子的特征。这样的事要是换了过去，老师们会本着一分为二的精神来看待玉叶的。现在有点不好办，老师毕竟也有老师的难处。

玉米是作为"家长"被请到学校里去的，第一次玉米没说什么，只是不停地点头，回家抓了十个鸡蛋放在了老师的办公桌上。第二次玉米又被老师们请来了，玉米听完了，把玉叶的耳朵一直拎到办公室，当着所有老师的面给了玉叶一嘴巴。玉米的出手很重，玉叶对称的小脸即刻不对称了。玉米这一次没有把鸡蛋抱到学校，却把猪圈里的乌克兰白猪赶过来了。事情弄大了，校长只好出面。校长是王连方多年的朋友，看了看老师，又看了看玉米，手心手背都不好说什么。校长只好看着猪，笑起来，说："玉米呀，这是做什么，给猪上体育课哪？"噘着嘴让工友把乌克兰猪赶回去了。玉米看着校长和蔼可亲的样子，也客气起来，说："等杀了猪，我请叔叔吃猪肝。"校长慢腾腾地说："那怎么行呢。"玉米说："怎么不行，老师能吃鸡蛋，校长怎么不能吃猪肝？"话刚刚出口，玉叶老师的眼睛顿时变成了鸡蛋，而一张脸却早已变成猪肝了。

玉米一到家就摊开了四十克信笺，她要把满腔的委屈向彭国梁诉说。玉米现在所有的指望都在彭国梁那儿了。玉米没有把家里的变故告诉彭国梁，那件事玉米不会向彭国梁吐露半个字的。玉米不能让彭国梁看扁了这个家。这上头不能有半点闪失。只要国梁在部队上出息了，她的家一定能够从头再来，玉米对着信笺说："国梁，你要提干。"玉米看了看，觉得这样太露骨，不妥当。玉米把信撕了，千叮咛、万嘱咐，最后变成了这样一句话："国梁，好好听首长话，要求进步！"

二十二　妹妹被糟踢了

公社的放映队又来了。这些天施桂芳老是喊心窝子疼，玉米不打算看电影去了。玉米其实是爱看电影的，母亲倒是从来不看。那时候玉米还在心里头嘀咕，怎么人到了岁数连电影都不想看了呢。现在玉米算是明白了，母亲不愿意往人多的地方去，再说了，电影也实在是假得很，那么多的人挤在一块白布里头过日子，就一块白布，它知道什么是暖，什么是冷？这么一想玉米也觉得自己到了岁数了，只是觉得自己的心也冷。心冷一次岁数自然要长一次。人就是以这种方式一次又一次地长大的，心同样也是这样一次又一次地死掉的。这和年月反而没有什么关系了。

刚吃过晚饭，玉秀偷了一把葵花子想早点出去，玉米把她拦住了。玉米不让玉秀这么早出去有玉米的道理，以往放电影，玉秀都要去抢位置。大白布还没有扯上去，玉秀扛着板凳已经把放映机前最好的位置抢下来了。玉秀每次能抢到地盘，当然不是玉秀的能耐，说到底还是人家让着她。现在玉秀再指望有人让她显然就太不知趣了，弄不好又是一番口舌。玉米不怕口舌，可是以现在的光景，多一事当然不如少一事。玉米得拦着，不要找不自在。玉秀没有听玉米的，却撅过来一句话，说："你烦不烦，你看看我有没有带板凳？"玉秀是个聪明人，这丫头还是知道深浅的。玉米说："那你也得把玉叶带上。"玉秀说："我不带，她自己又不是没长腿。"玉米说："你带不带？要不哪里也别想去。"玉米现在绝对是家长了，声音一大肯定是说一不二。玉秀这一回没有顶嘴，顺手又多抓了两把葵花子。老三玉秀带着老五玉叶，老二玉穗带着老六玉苗，老四玉英自顾自，老七玉秧留在家里睡觉。

这样安顿完了，玉米点上煤油灯，抱着王红兵来到了母亲的床前。母亲瘦了，然而，这种瘦倒没有体现在脸盘的大小上，而是反映在面部的皱纹上。施桂芳脸上的皱纹一条一条地都挂了下来，呈现出水往低处流的格局。一句话，一副哭丧相。玉米把新炒的葵花子端到母亲的面前，施桂芳说："玉米，往后别炒了。"玉米说："为什么？"施桂芳说："别丢那个人了。"玉米看着自己的母亲，厉声说："妈，你不能不吃。"母亲说："这是怎么说的？"玉米说："吃给别人看。"施桂芳笑笑，想说什么，但终于没有开口，只是把手放在了玉米的手背上，拍了两下。玉米感觉出来了，母亲的拍打有劝解的意思，更多的却还是认命的意思。玉米站起来了，说："妈，为了我们，你就当药吃。"施桂芳拍了拍床沿，示意玉米坐下来。虽说天天在一个屋子里头，但是这样安心地和玉米说说话，还真是少有的光景。再怎么说，有这样一个女儿和自己说说话，打通打通心里的关节，多少能够去痰化瘀。

夜很静了，是那种清心寡欲的静，施桂芳听了一会儿，却听出了孤儿寡母的那种静。王红兵已经睡着了，在玉米的怀里乖巧得很。施桂芳接过来，端详了好大的工夫，他倒是睡得安稳，没心没肺的憨样。施桂芳抬起头来再看玉米。灯芯照亮了玉米的半张脸，玉米的半个面侧被油灯出落得格外标致，只不过另外的半张脸却陷入了暗处，使玉米的神情失去了完整性，有了见首不见尾的深不可测。这时候外面吹过了一阵风，把电影里枪炮的声音吹到这边来了。玉米伸长了脖子，侧着耳朵，十分仔细地从枪炮声中分辨飞机俯冲的声音。施桂芳猜得出玉米这一刻的心思，说："去看看吧。"玉米没有动，只是望着灯芯，目光专注而又恍惚。施桂芳长长地叹了一口气，灯芯顺着施桂芳的叹息扭了一下腰肢，好像也躲着她了，心思早已经坐飞机了。房间里黯淡了一下，玉米半张明亮的脸即刻也暗淡下去了。施桂芳突然直起了上身，打了一连串的馊嗝，同时用力拍打着床面，说："还是这样好，还是这样好哇。"母亲的突发性举动没有一点由头，没有一点过渡，吓了玉米一跳。玉米看了看母亲，"呼"地一下吹灭了煤油灯，说："早点睡吧。"

玉穗带着玉苗回家的时候玉米已经偎在枕边睡了一小觉了。接下来回家的是玉英。玉米坐在床沿，关照她们几个用水。玉米要等的其实是玉叶，玉叶这丫头真是个假小子，懒得很，你要是不逼着她她就是不肯用水，钻进被窝一焐，一双脚臭得要了命，身上还臊烘烘的。玉叶由玉米带着睡，除了玉米，谁还肯和玉叶的那双臭脚裹一个被窝？电影已经散了，玉叶还不回来，一定是玉秀拉着玉叶在外头疯。玉米知道玉秀的心思，有玉叶陪着，回家之后她才好把屎盆子往别人的头上扣。等了一会儿，外面已经没什么动静了，玉秀和玉叶还没有回来。玉米生气了。玉米披上棉袄，拔上两只鞋后跟，怒冲冲地出门去了。

玉米最后在打谷场的大草垛旁边找到玉秀和玉叶，电影早就散场了，大草垛的旁边围了一些人，还亮着一盏马灯。玉米大声喊："玉秀！玉叶！"没有声音回应。草垛旁边的脑袋却一起转了过来。四周黑漆漆的，只有转过来的脸被马灯的光芒自下而上照亮了，悬浮在半空，呈现出古怪的明暗关系。他们不说话，几张脸就那么毫无表情地嵌在夜色之中，鬼气森森的。玉米怔了一下，一股不祥的预感在胸口迅速地飞窜。玉米走上去，人们让开了，玉秀和玉叶的下身一丝不挂，傻乎乎地坐在稻草上。玉秀玉叶的身上到处都是草屑，草屑缀满了乱发、牙缝和嘴角。玉秀一动不动，眼睛在眨巴，但目光却已经死了。玉米已经明白发生什么了，张大了嘴巴，望着她的两个妹妹。围在旁边的人看了看玉米，丢下马灯，一个又一个离开了。他们的背影融入了夜色。夜色里空无一人，但更像站满了人。

二十三　最后的支柱

玉米跪在地上，给她们穿上裤子。玉秀和玉叶的裆部全是血，外加许多黏稠的液汁。她们的裤子上洋溢着一股陌生而又古怪的气味。玉米用稻草帮她们擦干净，拉紧她们的手，左手一个，右手一个。玉米拽着自己的两个妹妹，在黑色的夜里往回走。马灯还放在原来的地方。漆黑的夜色中，巨大的草垛被马灯照出了一轮金色的光轮。一阵夜风吹了过来，吹乱了玉米的头发，几乎盖在了脸上。玉秀和玉叶都哆嗦了一下。她们在夜风的吹拂下像两个摇摆的稻草人。玉米突然立住，蹲在玉秀的面前，一把揪紧了玉秀的双肩。

玉米问："告诉我，谁？"玉米扳着玉秀的肩头，拼命摇晃，大声问："是谁？"玉米摇晃玉秀的时候自己的头发却汹涌澎湃，玉米吼道："——谁？！"

玉叶接过了问话，玉叶说："不知道。好多。"

玉米一屁股坐在了地上。

彭国梁远在千里之外，然而，村子里的事显然没有瞒得过彭国梁。彭国梁来信了，他的来信只有一句话，"告诉我，你是不是被人睡了？！"虽然远隔千里，玉米还是感受到了彭国梁失控的体气，空气在晃动。玉米差不多被这句话击倒了，全身透凉，没有了力气。玉米无端地恐惧了。玉米看到了一只手，这只手绕过了玉秀还有玉叶，慢慢伸向她玉米了。阳光普照，但那只手却伸手不见五指。玉米知道了，村子里的人不仅替玉米看彭国梁的信，还在替玉米给彭

玉
米

国梁写信。玉米怎么回答彭国梁呢？这样的问题玉米如何说得出口呢？玉米实在不知道怎样回答这个问题。人都想呆了。彭国梁现在是玉米和玉米家最后的一根支柱，他这架飞机要是飞远了，玉米的天空真是塌下来了。

玉米把四十克信笺摊在桌面上，团了好几张，又撕了好几张。玉米发现这一刻自己只是一张纸，飘飞在空中，无论风把她抛到哪儿，结果都是一样的，不是被撕毁，就是被踩满了脚印。哪一只脚能放过地上的一张纸呢。脚的好奇心决定了纸的命运。夜深人静了，玉米把红管英雄牌铱金笔捏在手上，她其实并不想写信，只是以这种空洞的方式和彭国梁说说话。玉米憋了很久，却发现信笺上已经写着一行话了，这句话把玉米自己都吓了一跳。玉米自己也不知道是什么时候写的，特别地大胆，特别地放纵。信笺上写道："国梁哥，我的心上人，你是我最亲最爱的人。"玉米只觉得自己的脸皮也已经厚了，这样的话也有胆子说了。

玉米想了想，壮起胆子，又写下了一行："国梁哥，我的心上人，我的亲人，你是我最亲最爱的人。"写到第二遍，玉米的胸脯拼命地向外鼓了。她望着灯芯，拿灯芯当彭国梁，好让彭国梁亮亮地、暖暖地在她的面前立正。玉米又写了一行："国梁哥，我的心上人，我的亲人，你是我最亲最爱的人。"玉米说不出别的什么来了，前前后后就是这一句。这是玉米心中藏得最深的一句，需要加倍地吃力才敢说得出。玉米从来没敢说过，玉米终于把它说出来了。别的还有什么呢？就是从头再说，玉米还是这一句，只有这一句，就是这一句。玉米一口气写了五页纸，因为信笺只有最后的五页了。五页纸上写的全是同样的一句话。第二天的上午玉米把这五页纸横着竖着又看了几遍，看到最后玉米自己都不敢再看了，一页一页的泪。玉米告诉自己，要是心底的话国梁哥还是听不见，那只能是山太高，水太长，说什么也是白说了。玉米把信寄了出去。信件寄出去之后玉米还想找点什么事情做做，但是没有找到。那就坐下来歇歇吧。玉米坐在那儿，后来睡着了。玉米睡着了，坐在那儿。

等信的那几天玉米把王红兵交给了玉穗，她要亲自到桥头慢慢地等候。她现在对彭国梁的回信没有一点把握。要是彭国梁不要她了，说什么也不能让这封信丢到别人的手上。玉米丢不起那个人，谁要是有胆子把玉米的这封信拆开来，玉米会让他吃刀子，玉米守在桥头，等，没有等到彭国梁的来信，却等来了一个包裹。那是玉米的相片，还有玉米写给彭国梁的所有信件。全是玉米的笔迹，很难看。玉米望着自己的相片、自己的笔迹，不知道怎么弄的，并没有预想的那样难过，却特别地难为情。不知道怎么弄的，特别地难为情。太难为情了，就想一头撞死。

二十四　了断自己

　　有庆家的偏偏在这个时候出现了。玉米想把手里的东西掖紧一些，一不小心却弄掉了一样东西，是玉米的相片。相片躺在地上，一副不知好歹的下作相，居然还有脸面笑。玉米想用脚踩住，还是迟了，有庆家的已经看在了眼里，她的脸上已经明白了。玉米羞愧得连有庆家的都不敢看了。有庆家的捡起相片，一抬头便从玉米的眼里看到了危险。玉米的眼睛特别地坚决，是那种随时都可以面对生死才有的沉着和坚定。有庆家的一把抓住了玉米的胳膊，拽起来就往自己的家里跑。有庆家的把玉米一直带进自己的卧房，卧房的光线很不好，但是玉米的目光却出奇的亮，出奇的硬。然而配着一脸的痴，那种亮和硬分外地吓人了。有庆家的拉过玉米的手，央求说："玉米，你要是还拿我当人，你就哭！"

　　这句话把玉米的目光说松动了，玉米的目光一点一点地移过来，望着有庆家的，嘴角撇了两下，轻声说："粉香姐。"玉米的声音并不大，听上去却像是喷涌出来的，带着血又连着肉，给人以血光如注的错觉，有庆家的呆住了，她再也没有料到玉米会喊她"粉香姐"。嫁到王家庄这么长时间了，她有庆家的算什么？一条母猪、母狗。谁拿她当过人？有庆家的被玉米的"粉香姐"打翻了五味瓶，竟比玉米还要揪心了。有庆家的没有能够憋住，一口放开了嗓子。有庆家的一把扑在了玉米的肩头，顺便把嘴巴捂在了玉米的胸前。这时候她的肚子里面却是一阵动，有庆家的感觉到了，那是小王连方在踢她的肚子了。有庆家的一想起自己的肚子气又短了，不敢再出声了——要是没有王连方，她和玉米不知道会成为多好的姊妹。可她偏偏就是王连方的大女儿。这个想法把有庆家的塞住了，说都没法说。有庆家的调息了半天，总算把自己收拢回来了。

　　有庆家的抬起头，抹去了眼泪，却发现玉米已经在看着她。没事的样子。又吓了有庆家的一跳。玉米的脸上虽然没有一点血色，可神情已经恢复得近乎平常了。有庆家的有些不相信，可玉米的样子在那儿呢，这是装不出来的。有庆家的到底不放心，小心地说："玉米。"玉米的头让开了，说："我不会去死。我倒要好好看看——你别给我说出去，就算帮过我了。"玉米说这句话的时候居然还笑了一下，虽说不太像，但是嘲讽的意思全有了。有庆家的想，玉米这是怨我多事了。玉米脱下自己的上衣，把相片与信件包裹起来，什么也没有说，开门出去了。有庆家的一个人被丢在卧房里，僵在那儿。有庆家的想，这下好

玉
米

2311

了，多事有事，这件事要是传出去，玉米又要恨自己一个洞。

玉米睡了一个下午，夜深人静时分，玉米来到了厨房，一个人躺在了灶台后面。她把自己解开来了，轻轻地抚摸自己的乳房。手虽然是玉米自己的，但是，那种感受和国梁给她的并无差异。就是手是自己的，这一点太遗憾了。玉米的手慢慢滑向了下身，当初国梁的手正是到了这儿被玉米挡住的，现在，玉米要替国梁哥做他最想做的事。玉米无力地瘫在了稻草上，身子慢慢地烫了，越来越烫，难以按捺，只好吃力地扭动。但是不管怎样扭，总觉得哪儿不对，特别地心愿难遂，更需要加倍地扭动了。玉米的手指再怎么努力都是无功而返，就渴望有个男人来填充自己，同时也了断自己。不管他是谁，是个男人就可以了。夜深人静，后悔再一次塞满了玉米。玉米在悔恨交加之中突然把手指头抠进了自己。玉米感到一阵疼，疼得却特别地安慰。大腿的内侧热了，在很缓慢地流淌。玉米想，没人要的 ×，你还想留给洞房呢！

二十五　过日子要有权

不幸的女人都有一个标志，她们的婚姻都是突如其来的。正是三夏大忙的时候，农民们都在和土地争抢光阴。谁也没有料到玉米会把她的喜事办在这个节骨眼上。麦子们大片大片地黄在田里，金光灿烂的，每一颗麦粒上都立着一根麦芒，这一来每一只麦穗都光芒四射，呈现出静态的喷涌之势。这个时节的阳光都是香的，它们带着麦子的气味，照耀在大地上，笼罩在村庄上。但是农民们在这个时候顾不上喜悦，因为这个时候的大地丰乳肥臀，洋溢着排卵期的孕育热情。它们按捺不住，它们在阳光下面松软开来了，一阵又一阵地发出厚实而又圆润的体气，它们渴望着借助于铁犁翻个身，换个体位，让初夏的水弥漫自己，覆盖自己。它们在得到灌溉的刹那发出欢娱的呻吟，慢慢失去了筋骨，满足了，安宁了，在百般的疲惫中露出了回味的憨眠。土地换了一副面孔，它们是水做的新媳妇，它们闭着眼睛，脸上的红润潮起潮落，这是无声的命令，这还是无声的祈求："来，还要，还要。"农民不敢懈怠，他们的头发、衣襟和口腔里全是新麦的气味。他们把新麦的气味放在一边，欣欣鼓舞，强打精神，手忙脚乱，他们捏住了秧苗，一棵一棵地，按照土地的意愿把秧苗插到土地最称心如意的地方。农民们弓着身子，这里面没有偷工减料，每一棵秧苗的插入都要落实到农民的每一个动作上。十亩，百亩，千亩，秧苗一大片一大片的，起先是蔫蔫的，软软的，羞答答的，在水中顾影自怜。而用不了几天大地就感受到身体的秘密了。大地这一回彻底安静了，懒散了，不声不响地打起了它的小呼噜。

就在这个手忙脚乱的时候玉米办起了喜事。回过头来看看，玉米把自己嫁出去实在是太过匆忙了，就像柳粉香当初的那样。不过玉米婚礼的排场柳粉香就不能比了，玉米是被公社干部专用的小快艇接走的，驾驶舱的玻璃上贴着两个鲜红的纸剪双喜。

说起来给玉米做媒的还是她的老子王连方。清明节刚刚过去，天气慢慢返暖了，正是庄稼人浸种的时刻，王连方从外面回到王家庄，他要拿几件换身的衣裳。王连方吃过晚饭，一时想不起去处，坐在那儿点香烟。玉米站在厨房的门口把王连方叫出来了。玉米没有喊"爸爸"，而是直呼其名，喊了一声"王连方"。

王连方听见了玉米的叫喊声，他听到了"王连方"，心里头怪怪的。掐掉烟，王连方慢悠悠地走进了厨房。玉米低了眼皮，只是看地，两只手背在背后，贴住墙。王连方找了一张小凳子，坐下来，重新点上一根烟，说："你说说，什么形势？"玉米静了好半天，说："给我说个男人。"王连方闷下头。知道了玉米那边所有的变故，不说话了，一连吸了七八口香烟，每吸一口，香烟上的红色火头都要狠狠地后退一大步，烟灰翘在那儿，越拉越长。玉米仰起脸，说："不管什么样的，只有一条，手里要有权。要不然我宁可不嫁！"

玉米的相亲进行得十分保密，款式也相当新鲜，选择在县城的电影院，一上来便有了非同一般的一面。傍晚时分玉米被公社的小汽艇给接走了，王家庄的许多人都在石码头上看到了这个壮丽景象。小汽艇推过来的波浪十分地疯狂，一副敢惹是、敢生非的模样，没头没脑地拍打王家庄的河岸，把那些可怜的小农船推搡得东倒西歪的。因为这条小汽艇，玉米走得相当招摇，但是她出去做什么，谁也弄不清。王家庄的人只是知道，玉米"到县里去了"。

玉米到县城里相亲来了。她要见的人其实不在县里工作，而是在公社。姓郭，名家兴，是分管人武的革委会副主任，职务相当的高了。玉米在小汽艇上想，幸亏她在父亲的面前发了那样的毒誓，要是按照一般的常规，她玉米决不会有这样的机会的。玉米肯定是补房，郭家兴的年纪肯定也不会小了，这一点玉米有准备。刀子没有两面光，甘蔗没有两头甜，玉米无所谓。为了自己，玉米舍得。过日子不能没有权。只要男人有了权，她玉米的一家还可以从头再来，到了那个时候，王家庄的人谁也别想把屁往玉米的脸上放。在这一点上玉米表现得比王连方更为坚决。王连方肯定是过分考虑了年龄方面的问题了，他在玉米的面前显得吞吞吐吐的，有些欲言又止的样子。玉米把王连方想说的话拦在了嘴里。他要说什么，玉米肚子里亮堂。说什么都是放屁。

玉米第一次踏进县城，已经天黑了，马路的两侧全是路灯，尽管是晚上，还是欣欣向荣的好景象。玉米走在路上，心里相当地杂，有点像无头的苍蝇。玉米对自己没有一点信心，但是无论如何，玉米要拼打一回，争取一回，努力一回。说到底现在的玉米不是那时的玉米了，心气已经大不如过去，但是，却比以往更坚决、更犟。路过一家水果店的时候，玉米站住了，水果们一个个半悬在空中，却没有滚下来。玉米愣了半天总算弄明白了，是镜子斜放在上面，悬挂在上面的都是水果的影子。但是玉米马上从镜子中间看到了自己，玉米的穿戴土得很，在营业员的面前一比较全出来了。玉米真是后悔，说什么也应该把柳粉香的那一身演出服穿出来的。司机看了一眼玉米，以为玉米想吃水果，抢了要买。玉米一把把他拉回来。司机笑着说："你这位小社员力气大得很嘛。"

二十六　秘密相亲

关键时刻再一次来到了。玉米来到了新华电影院的门口。电影院的高墙上挂着一幅红色的横幅，"热烈祝贺全县人武工作会议胜利召开！"玉米知道了，原来郭家兴是在县里头开会呢。司机把电影票交到玉米的手上，说："我在外面等你。"玉米想，你真是会拍领导的马屁，要你等什么？我还没嫁过来呢。不过玉米转又想，你想等那就等，有机会我会给你说几句好话的。电影已经开映了，玉米掀开布帘，放映大厅里黑咕隆咚的，彩色宽银幕却大得吓人，一个公安人员正在银幕上吸烟，他的鼻孔比井口还要大。电影真是不可相信，一个人想大就大，想小就小，哪里有这样便宜的事。玉米捏着票，四处看了几眼，有点紧张了，不知道下一步要做什么。好在过来了一个女的，她拿着一把手电，把玉米送到座位上去了。

玉米的心口疯狂地跳跃了。好在玉米有过相亲的经验，很快把自己稳住，坐了下来。左边是一个男的，五十多岁；右边也是一个男的，六十多岁。两个人都在看电影。玉米不敢动，弄不清一左一右到底是哪一个，又不好乱看。玉米想，到底是公社的领导，在女人的面前就是沉得住气。王连方要是有这样的定力，何至于落到这般田地。玉米告诉自己，郭家兴不愿在这样的地方和自己说话，肯定有他的道理。还是不要东张西望的好。

玉米的这场电影看得真是活受罪，有一搭没一搭的。好在光线很暗，她可以不停地用余光察看左右。总的说来，玉米对五十多岁的那一个印象要稍好一些。如果玉米能够选择，玉米还是希望郭家兴是年轻的这一个。但是他的那一头一直没有动静。他哪怕用脚碰一碰玉米也好哇，那样玉米也好有个数。玉米望着彩色宽银幕，心里头没有一点底，又慌又急。玉米想，你就碰一碰我又怎么样？不能算什么作风问题。但是不管怎么说，要是郭家兴是六十多岁的那个，玉米也还是会答应的。过了这个村就没这个店了。做官的男人打光棍的可不多。不过呢，总还是五十多岁的好一些。玉米就像摸彩的时候等手气那样看完了整场电影，累得想喘。电影上说了什么，玉米一点都不知道。反正结尾也不复杂，就是那个最像坏人的人终究不是好人，被公安局拉走了。

灯亮了，电影结束了。五十多岁的向左走，六十多岁的向右走，玉米被丢在了座位上。这样的结果玉米始料未及。怎么连一声招呼都没有。玉米突然明白过来了，人家第一眼就没有看上自己，自己还在这儿挑，还在这儿东一榔头西一棒呢。玉米羞愧万分。难怪司机都要说在外面等着她，人家司机早都看出来了。

玉米一个人走出电影院，自尊心又扒光了一回。司机一直守候在柱子旁边。玉米再也不好意思看司机了。司机说："都给你安排好了。"玉米相当疲惫，只想早一点躺下来，玉米厚着脸对司机说："你还是送我回家吧。"司机没有表情，说："郭主任怎么说，我怎么做。"

玉米躺在人民旅社的315房间。玉米恍恍惚惚的，早就睡下了。好像睡着了，又好像一直没有睡。要不就是在做梦。大约十点钟的光景，房门响了。外面说："在吗？我姓郭。"玉米被吓得不轻，有些疑神疑鬼的。门又响了。玉米不敢迟疑，打开灯，小心翼翼地拉开一道门缝。一个陌生的男人已经推着门进来了，一脸的寒气，没有任何表情。好在玉米已经看见他胸前的会议出入证了，上面有他的名字：郭家兴。玉米一阵狂喜，既像绝处逢生，又像劫后余生，原来郭家兴没有去看电影哪。玉米低下头，这才想起来还没有穿外衣呢。玉米瞥了一眼郭家兴，刚想穿衣服，但是郭家兴的脸色立即让玉米不踏实了，郭家兴从头到脚看不出"相亲"的风吹草动，像一个路过客人。玉米的心提上来了，在嗓子那儿跳。郭家兴坐到椅子上，说："倒杯水。"玉米一时没有了主张，因为没有了主张，所以格外地听从指挥。郭家兴接过水，玉米傻站在郭家兴对面，忘了穿了。

玉
米

二十七　紧张初夜

　　郭家兴端着杯子，目光既不看玉米，也不回避玉米。玉米注意到他的眼珠子是褐色的，对着正前方，看，十分地专注，却又十分地漠然。郭家兴一口一口地喝，喝完了，玉米说："还要不要？"郭家兴没有接玉米的话，而是把杯子放在了桌面上，这就是不要了。因为找不到合适的话，玉米只好继续站在郭家兴的跟前，反而拿不定是穿还是不穿。他怎么这么冷静？他怎么就这么镇定？什么也不说，什么也不做，脸上布置得像一个会场。玉米禁不住紧张了。玉米想，完了，人家没看上。可是也不对。郭家兴的脸上没有满意，说到底也没有不满意。或许他觉得这门亲事已经妥当了呢？这应该是领导的作风，不管什么事，只要他觉得行，事情就定下来了，没有必要再咋咋呼呼。这就更不像了，玉米好歹还是个姑娘，哪里是木头？这里又没有人，他不该一点动静都没有的。玉米傻站了半天，居然也冷静下来了。玉米自己也觉得奇怪，怎么自己也这么冷静，像是参加人武会议了。但是冷静归冷静，玉米实实在在已经害怕了郭家兴了。

　　郭家兴说："休息吧。"

　　郭家兴站起身，开始解自己的衣裳。郭家兴好像是在自己的家里面，面对的只是自己的家人。郭家兴说："休息吧。"玉米明白过来了，他已经坐到床上了。玉米这一下子更慌神了，脑子却转得飞快，但是不管什么样的决定都是不妥当的。郭家兴虽说解得很慢，毕竟就是几件衣服，已经解完了。郭家兴上了床，是玉米刚才睡的那张床，是玉米刚才睡的那个地方。玉米还是站在那儿。郭家兴说："休息吧。"口气是一样的，但是玉米听得出，有了催促的意思。玉米不知道该怎么弄。玉米这一刻只盼望着郭家兴扑过来，把她撕了，就是被强奸了也比这样好哇。玉米还是个姑娘，为了嫁给这个人，总不能自己把自己扒光了，再自己爬上床——这怎么做得出来呀？

　　郭家兴看着玉米，最后还是玉米自己扒光了，自己爬进了被窝。玉米觉得自己扒开的不是衣裳，而是自己的皮。只能这样。柳粉香说过，女人可以心高，但女人不可以气傲。玉米赤条条的，郭家兴也赤条条的。他的身上散发出淡淡的酒精味，像是医院里的那种。玉米侧卧在郭家兴的身边，郭家兴用下巴示意她躺开。玉米躺开了，他们开始了。玉米紧张得厉害，不敢动，随他弄。起初玉米有一点疼，不过一会儿又好了，顺畅了。看来郭家兴对玉米还是满意了。他在半路上说了一句话，他说："好。"到了最后他又重复了一遍："好。"玉米这下放心了。不过事情有了一些周折，郭家兴检查床单的时候没有发现什么颜色。郭家兴说："不是了嘛。"这句话太伤人了。玉米必须有所表示，但是，表示轻了不行，表示重了也不行，弄得不好收不了场。玉米想了想，坐起来穿衣服。其实这样的举动等于没做，也只能安慰一下自己。玉米自己都知道自己的心里虚了一大块。玉米直想哭，不太敢。郭家兴闭上眼睛，说："不是那个意思。"

玉米重新躺下了，卧在郭家兴的身边。玉米眨巴着眼睛，想，这一回真的落实了。玉米应该知足了。不过玉米突然又想起彭国梁来了。要是给了国梁了，玉米好歹也甘心了，一直留到现在，这样打发了，一股说不出的自怜涌上了心房。好在玉米忍住了，到底有所收成，还是值得。郭家兴抽了两根烟，再一次翻到玉米的身上，因为是第二次，所以舒缓多了。郭家兴的身体像办公室的抽屉那样一拉一推，一边动一边说："在城里多住两天。"玉米听懂了他的意思，心里头更踏实了。她的脑袋深陷在枕头里，侧在一边，门牙把下嘴唇咬得紧紧的。玉米点了几下头，郭家兴说，"医院里我还有病人呢。"玉米难得听见郭家兴说这么多话，怕他断了，随口问："谁？"郭家兴说："我老婆。"玉米一下子正过脸，看着郭家兴，突然睁大了眼睛。郭家兴说："不碍你的事。晚期了，没几个月。她一走你就过来。"玉米的身上立即弥漫了酒精的气味。就觉得自己正是垫在郭家兴身下的"晚期"老婆。玉米一阵透心的恐惧，想叫，郭家兴捂住了。玉米的身子在被窝里疯狂地颠簸。郭家兴说："好。"

原载《人民文学》2001 年第 4 期

第三届鲁迅文学奖

玉
米

歇马山庄的两个女人

孙惠芬

　　李平结婚这天，潘桃远远地站在自家门外看光景。潘桃穿着乳白色羽绒大衣，脸上带着浅浅的笑。潘桃也是歇马山庄新媳妇，昨天才从城里旅行结婚回来。潘桃最不喜欢结婚大操大办，穿着大红大紫的衣服，身前身后被人围着，好像展览自己。关键是，潘桃不喜欢火爆，什么事情搞到最火爆，就意味已经到了顶峰，而结婚，只不过是女孩子人生道路上的一个转折，哪里是什么顶峰？再说，有顶峰就有低谷，多少乡下女孩子，结婚那天又吹又打披红挂绿，俨然是个公主、皇后、贵妇人，可是没几天，不等身上的衣服和脸上的胭脂褪了色，就水落石出地过起穷日子。潘桃绝不想在一时的火爆过去之后，用她的一生，来走她心情的下坡路，于是，她为自己主张了一个简单的婚礼，跟新夫玉柱到城里旅行了一趟。城就是玉柱当民工盖楼那个城，不小也不算大，他们在一个小巷里的招待所住了两晚，玉柱请她吃了一顿肯德基，一顿米饭炒菜，剩下的，就是随便什么旮旯小馆，一人一碗葱花面。他们没有穿红挂绿，穿的，是潘桃在镇子上早就买好的运动装，两套素色的白，外边罩着羽绒服。他们朴素得不能再朴素，平常得不能再平常，然而越平常，越朴素，越不让人们看出他们是新婚，他们的快乐就越是浓烈。他们白天坐电车逛商场只顾买东西，像两个小贩子，回到招待所，可就大不一样。他们晚上回来，犹如两只制造了隐私的小兽，先是对看，然后大笑，然后就床上床下毫无顾忌地疯。事实证明，幸福是不能分享的，你的幸福被别人分享多少，你的幸福就少了多少。这是一道极简单的减法算式，多少大操大办的人家，一场婚事下来，无不叫喊打死再也不要办了，简直不是结婚，是发昏。可是在歇马山庄，没有谁能逃脱这样的宿命。潘桃这看似朴素的婚礼，其实是一种经心的选择，是对宿命的抗拒。潘桃的朴素里,包含了真正的高雅。潘桃的朴素里,其实一点都不朴素,是另外一种张扬。它真正张扬了潘桃心中的自己。有了这样巨大的幸福,有了这样巨大的与众不同,从城里回来,潘桃与以前判若两人,见人早早打招呼说话,再也不似从前那样傲慢。不但如此,今天一早,村东头于成子家的鼓乐还没想起,潘桃就走出屋子,随婆婆一道,站在院外墙边,远远地朝东街看着。

　　同是看光景,潘桃的看和婆婆的看显然很不一样。潘桃尽管在笑,但她的看是居高临下的,或者说,是因为有了居高临下的态度,她才露出浅浅的笑。她笑里的目光,是审视,是拒绝与光景中的情景沟通和共鸣的审视,好像在说,看吧,看能热闹到什么程度! 也好像在说,看呗,不就是热闹吗! 婆婆的看却是投入的,是极尽所能去感受、去贴近那热闹的。她先是站在院外墙边,当鼓乐通过长长的街脖传过来,就三步并成两步窜到大街对面的菜地里。婆婆张着嘴,目光里的游丝是顺着地垄和街脖爬过去的,充满了眼气和羡慕。歇马山庄多年来一直时兴豆子宴,潘桃的婆婆为儿子结婚攒了多少年的豆子,小豆黄豆绿豆花生豆,偏厦里装豆的袋子烂了一茬又一茬,陈换新新压陈,豆子里的虫子都等绿了眼睛,可是,就在临近婚期半个月的时候,潘桃亲自上门宣布了旅行结婚的计划。大妈,俺想旅行结婚。潘桃语气十分柔和,眼里的笑躲在两湾清澈的水里,羞怯中闪着小心翼翼的波光。可是在婆婆看来,潘桃清澈的眼睛里躲的可不是笑,而是彻头彻尾的严肃;羞怯里闪动的,也不是小心翼翼,而是理直气壮的命令。因为潘桃说完这句话,立即又跟上一句"玉柱也同意旅行结婚"。婆婆的眼睛于是也像豆子里的虫子,绿了起来。潘桃婆婆嫁到歇马山庄,真就没怵过谁,她当然不会怵潘桃,但是她还是没有说出自己的想法。她淡淡地说,玉柱同意旅那就旅吧。

　　其实潘桃婆婆最了解自己,她怵的从来都不是别人,而是自己,是自己在儿子面前的无骨。她流产三次保住一个儿子,打月子里开始,儿子的要求在她那里就高于一切。儿子打喷嚏她就头痛,儿子三岁时指着大人脚上的皮鞋喊要,她就爬山越岭上县城买,儿子十六岁那年,书念得好好的,有一天放学回来,把家里装衣服的木箱拆了,说要学木匠,她居然会把另一只木箱也搬出来让他拆。村里人说,这是命数,是女人前世欠了别人的,这世要在她的儿子身上还。潘桃从她最无骨的地方下刀子,疼是阵疼,空虚却是持久的,儿子带儿媳出去旅行那几天,看着空落寂寞的院落,她空虚的差点变成一只空壳飘起来。别人家的热闹当然不是自己家的热闹,但潘桃婆婆还是像看戏一样,投入了真的感情,只要投入了真的感情,将戏里的事想成自家的事,照样会得到意外的满足。

李平是十点一刻才来到歇马山庄屯街上的。这时候人们并不知道她叫李平，大家只喊成子媳妇。来啦，成子媳妇来啦。男人女人，在街的两侧一溜两行。冬天是歇马山庄人口最全的时候，也是山庄里最充闲的时候，民工们全都从外边回来了。男人回来了，女人和孩子就格外活跃，人群里不时地爆出一声喊叫。红轿子在凹凸不平的乡道上徐徐地爬，像一只瓢虫，轿子后边是一辆黄海大客，车体黄一道白一道仿佛柞树上的豆虫，黄海大客后边，便是一辆敞篷车，一个穿着夹克的小伙子扛着录像机正瞄准黄海大客的屁股。成子家在屯子东头，女方车来必经长长的屯街，这一来，一场婚礼的展示就从屯西头开始了。人们纷纷将目光从鼓乐响起的东头拉回来，朝西边的车队看去。人们回转头，是怕轿车从自己眼皮底下稍纵即逝，可万万没想到，领头的红轿车爬着爬着，爬到潘桃家门口时，会停下来。红轿子停下，黄海大客也停下，唯敞篷车不停，敞篷车拉着录像师，越过大客越过红轿开到最前边。敞篷车开到前边，录像师从车上跳下来，调好镜头，朝轿车走去。这时，只见轿车门打开，一对新人分别从两侧走下，又慢慢走到车前，挽手走来。山庄人再孤陋寡闻，也是见过有录像的婚礼，可是他们确实没有见过刚入街口就下车录像的，关键这是大冬天，空气凛冽得一哈气就能结冰，成子媳妇居然穿着一件单薄的大红婚纱，成子媳妇的脖子居然露着白白的颈窝，人们震惊之余，一阵唏嘘，唏嘘之余，不免也大饱了一次眼福。

坐轿车、录像、披婚纱，这一切，在潘桃那里，都是预料之中的，最让潘桃想不到的，是车竟然在她家门口停了下来。车停下也不要紧，成子媳妇竟然离家门口那么远就下了车。因为出其不意，潘桃的居高临下受到冲击，她本是一个旁观者的，站在河的彼岸，观看旋涡里飞溅的泡沫、拍岸的浪花，那泡沫和浪花跟她实在是毫无关系，可是，她怎么也不能想到，转眼之间，她竟站在了旋涡之中，泡沫和浪花真的就湿了她的眼和脸。距离改变了潘桃对一桩婚事的态度，不设防的拉近使潘桃一时迷失了早上以来所拥有的姿态，她脸上的笑散去了，随之而来的是不知所措，是心口一阵慌跳。慌乱中，潘桃闻到冰冷的空气中飘然而来的一股清香，接着，她看到了一点也没有乡村模样的成子媳妇。一个经心修饰和打扮的新娘怎么看都是漂亮的，可是成子媳妇眼神和表情所传达的气息，绝不是漂亮所能概括，她太洋气了，太城市了，她简直就是电影里的空姐。她的目光相当专注，好像前边有磁石的吸引，她的腰身相当挺拔，好像河岸雨后的白杨。她其实真的算不上漂亮，眼睛不大，嘴唇略微翻翘，可是潘桃被深深震撼了，刺疼了，潘桃听到自己耳朵里有什么东西响了一下，接着，身体里某个部位开始隐隐作疼，再接着，她的眼睛迷茫了，她的眼睛里闪出了五六个太阳。

潘桃和成子媳妇的友谊，就是从那些太阳的光芒里开始的。

一

同样都是新媳妇，潘桃结婚，人们还叫她潘桃，潘桃从歇马山庄嫁到歇马山庄，人们不习惯改变叫法。成子媳妇却不同，她从另一个县的另一个村嫁过来，人们不知她的名字，就顺理成章叫她成子媳妇。至于成子媳妇结婚那天到底有多风光，潘桃只看那么一眼，就能大约有所领会。那一天鼓乐声在村东头没日没夜地贯彻，村里所有男女老少都跟了过去。一些跟成子家没有人情来往的人家，为了追求现场感，都随了礼钱。潘桃婆婆现跑回家翻箱底儿，她的儿子没操没办没收礼，她是可以理直气壮不上礼的，豆子霉在仓里本就亏了本，再搭上人情，那是亏上加亏。可是，成子和成子媳妇在街上那么一走，鼓乐声那么大张旗鼓一闹腾，不由得不叫人忘我。那一天东头成子家究竟热闹到什么程度，成子媳妇究竟风光到什么程度，潘桃一点都不想知道。她其实心里已经很是知道，她只是不想从别人嘴里往深处知道。她本是可以往深处知道的，一早站在院墙外等待，就是抱定这样一个姿态，谁知看那一眼使事情的性质发生了变化。可是潘桃越不想知道，她的忘我参与过的婆婆越是要讲，呀，那成子媳妇，那么好看，还温顺听话，叫她吃葱就吃葱，叫她坐斧就坐斧，叫她点烟就点烟。婆婆话里的暗弦，潘桃听得懂，是说她潘桃太各色太不入流太傲气。潘桃的脸一下子就紫了，从家里躲出来。可是刚到街上，邻居广大婶就喊，去看了吗潘桃，那才叫俊，画儿上下来似的，关键是人家那个懂事儿。潘桃的脸一下子就白了，又不能马上调头，只有嗯呵地听下去。就这样，那一天成子家的热闹，成子媳妇的风光，在潘桃心中不可抗拒地拼起这样一幅图景：成子媳妇，外表很现代，性格却很传统，外表很城市，性格却很乡村，一个彻头彻尾的两面派！

别人的好心情有时会坏掉自己的好心情，这一点人生经验潘桃没有，一个与自己毫不相干的别人的婚礼，一次性地坏掉了潘桃新婚之后的心情，潘桃猝不及防。以往的潘桃，在歇马山庄可是太受宠了，简直被人们宠坏了。潘桃的受宠有历史的渊源，是她母亲打下的基础。她的母亲曾是歇马山庄的大嫂队长，一个有名的美人儿。一般的情况下，女人的好看，是要通过男人来歌颂的，男人们不一定说，但男人走到你面前就拿不动腿，像蜜蜂围着花蕊。潘桃母亲既吸引男人又吸引女人。潘桃的母亲被女人喜欢，其原因是她那双眼睛。她的眼睛温和安静、清澈。她的眼睛看男人，静止的深潭一样没有波光，没有媚气，让男人感到舒适又生不出非分之想；她的眼睛看女人，却像一泓溪流直往你心窝里去，让女人停不上几分钟，就想把心窝里的话都掏出来。潘桃母亲当了十几年大嫂队长，女人心中的委屈、苦难听了几火车，极少有谁家女人没向她掏心窝子，男女间的口风却从没有过。这是多么难能可贵的事情呵！女人们说，是人家嫁了好男人，人家男人在镇子上当工人，有技术又待她好，她当然安心。自以为懂一些男女之事的男人却说，怪不得男人，风流女人嫁再好的男人该守不住照样守不住，这是人家祖上的德行。潘桃三四岁时，被母亲领到街上，就有人上来套近乎，说俺儿比桃大一岁，男大一，黄金起。也有的说，俺儿比桃小三岁，女大三，抱金砖。潘桃小时看不出多么漂亮，但却比母亲幸运，母亲用多少年的实际行动换来了大家的宠爱，而她，头上刚长满细软的头发，就吸来了那么多父母的目光。潘桃六七岁时，能在街上跑动，动辄就被人揽到怀里。潘桃十几岁时，上到初中，身边男孩一群一群地围。十几岁的潘桃招人喜欢已经不是依靠母亲的光环，潘桃到十几岁时已经出落得相当漂亮，走到哪里，都一朵云一样，早上的日光照去，是金色的，正午的日光照去，是银色的，晚上的日光照去，是红色的，潘桃走到哪里，都能听到啧啧的赞美声。那些赞美声是怎样误了她的学业还得另论，总之被宠的潘桃自认为自己是歇马山庄最优秀的女子是大有道理的。

女人的心里装着多少东西，男人永远无法知道。潘桃结了婚，可算得上一个女人了，可潘桃成为真正的女人，其实是从成子媳妇从门口走过的那一刻开始的。那一刻，她懂得了什么叫嫉妒，还懂得了什么叫复杂的情绪。情绪这个尤物说来非常奇怪，它在一些时候，有着金属一样的分量，砸着你会叫你心口钝疼；而另一些时候，却有着烟雾一样的质地，它缭绕你，会叫你心口郁闷；还有一些时候，它飞走了，它不知怎么就飞得无影无踪了。从腊月初八到腊月二十三，整整半个月，潘桃都在这三种情绪中往返徘徊。某一时刻，心口疼了，她知道又有人在议论成子媳妇了，常常，不是耳朵通知她的知觉，而是知觉通知她的耳朵，也就是说，议论和她的心疼是同时开始的。某一时刻，烟雾绕心口一圈圈围上来，叫你闷得透不过气，需长嘘一口，她知道她目光正对着街东成子家了。潘桃后来极少出门。潘桃不出门，也不让玉柱出门，因为只有玉柱在家，她的婆婆才不会喋喋不休讲成子媳妇。玉柱一天天守着潘桃，玉柱把潘桃的挽留理解成小两口间的爱情。事实上，小两口的爱情确实甜蜜无比，潘桃只有在这个时候，整个一个人才轻盈起来，放松起来。过了小年儿，玉柱身前身后绕着，潘桃都快把那个叫着情绪的东西忘了，可情绪这东西要多微妙有多微妙，就在玉柱被潘桃缠得水深火热的夜里，那莫名的东西从炕席缝钻了出来。当时玉柱正用粗糙的手抚着潘桃细腻的小脸亲吻，亲着亲着，自言自语道，要不是旅行结婚，真的不会发现你是那么疯的人，看在城里那几天把你疯的。潘桃突然僵在那里，眼盯住天棚不动了。她不知道那个东西怎么又来了，它好像是借着"旅行"这个字眼来的，它好像一场电影的开头，字幕一过，眼前便浮现了一段洁白的颈窝，一身大红婚纱，耳边便响起了欢快的鼓乐声，婆婆尖锐的话语声：看人家，叫吃葱就吃葱。潘桃的眼窝一阵阵红了，一种说不出的委屈，被冲击的饭渣一样泛上来。潘桃把脸转到玉柱肩头，任玉柱怎么推搡追问，就是不说话。

　　一场婚礼成了潘桃的一块心病，这一点成子媳妇毫无所知。结婚第二天，成子媳妇就换了一身红软缎对襟棉袄下地干活了。成子媳妇没有婆婆，成子的母亲去年八月患脑溢血死在山上，刚过门的新媳妇便成了家庭里的第一女主人。成子媳妇早上六点就爬起来，她已经累了好几天了，前天，娘家为她操办了一通，她人前人后忙着，昨天，演员演戏一样绷紧神经，挺了一整天，夜里，又碎掉了似的被成子揉在骨缝里。但新人就是新人，新人跟旧人的不同在于，新人有着脱胎换骨的经历，新人是怎么累都累不垮的，反而越累越精神。成子媳妇脸蛋红红的，立领棉袄更突现了她的几分挺拔。她烧了满满一锅水，清洗院子里沾满油污的碗和盆。院子里一片狼藉的静，偶尔，公公和成子往院外抬木头，弄出一点声响，也是唯一的声响。这是可想而知的局面，宴席散去，热闹走远，真实的日子便大海落潮一样水落石出。作为这海滩上的拾贝者，成子媳妇有着充分的精神准备。她早知道，日子是有它的本来面目的，正因为她知道日子有它的本来面目，才有意制造了昨天的隆重和热闹，让自己真正飘了一次，仙了一次。一个乡下女人的道路，确实是过了这个村就没这个店了，告别了这个日子，你是要多沉有多沉，你会结结实实夯进现实的泥坑里。这是成子媳妇和潘桃的不同。潘桃怕空前绝后，成子媳妇就是要空前绝后，因为成子媳妇了解到，你即使做不到空前，也肯定是绝后的。成子媳妇过于现实过于老到了。成子媳妇之所以这么现实老到，是因为她曾经不现实过。那时她只有十九岁，那时她也是村子里屈指可数的漂亮女孩，她怀着满脑子的梦想离家来到城里，她穿着紧身小衫，穿着牛仔裤，把自己打扮得很酷，以为这么一打扮自己就是城里的一分子了。她先是在一家拉面馆打工，不久又应聘到一家酒店当服务小姐。因为她一直也不肯陪酒又陪睡，她被开除了好几家。后来在一家叫作悦来春的酒店里，她结识了这个酒店的老板，他们很快就相爱了。她迅速地把自己苦守了一个季节的青春交给了他。他们的相爱有着怎样虚假的成分，她当时无法知道，她只是迅速地坠入情网。半年之后，当她哭着闹着要他娶她，他才把他的老婆推到前台。他的老婆当着十几个服务员的面，撕开了她的衣服，把她推进要多肮脏有多肮脏的万丈深渊。从污水坑里爬出来，她弄清了一样东西，城里男人不喜欢真情，城里男人没有真情。你要有真情，你就把它留好，留给和自己有着共同出身的乡下男人。用假情赚钱的日子是从做起又一家酒店的领班开始的，用假情赚钱的日子也就是她寻找真情的开始。没事的时候，她换一身朴素的衣服，到酒店后边的工地转。那里面机声隆隆，那里全是她熟悉又亲切的乡村的面孔，可是，就像她当初不知道她的迅速堕入情网是自己守得太累有意放纵自己一样，她也不知道她的出卖假情会使她整个人也变得虚假不真实。她在工地上，大街上，转了两年多，终是没有一个民工敢于走近她。那些民工看见她，嬉皮笑脸拿眼讥讽她、挑逗她，小姐，五角钱，玩不玩？与成子相识，就是这样一次遭到挑衅的早上。她从一帮正蹲在草坪上吃早饭的民工前走过，一个民工喝一口稀粥，向天上一喷，嗷的一声，小姐，过来，让俺亲一下。她没有回头，可是不大一会儿，只听后边有人撕打起来，有一个声音摔碎了瓦片似的，粗裂地震着她的后背——她是谁？她是俺妹，你要戏俺妹就是不行。一行热泪蓦地流出了她的眼窝。与成子的相识是她的大德，他人好，会电工手艺，是工地上的技术人员。为了她的大德，她辞掉领班，回到最初打工的那家拉面馆；为了她的大德，她在心里为自己准备了一场隆重的婚礼，她要用她挣来所有不干净的钱，结束那场城市繁华梦——那哪里是梦，那就是一场十足的祸难！

　　一场热闹的婚宴既是结束又是开始，结束的是一个叫着李平的女子的过去，开始的是一个叫着成子媳妇的未来。腊月的日子，小北风在草垛间穿行，掀动了带有白霜的草叶，空气里到处弥漫着冻土的味道，田野、屯街，空空荡荡。腊月的日子，无论怎么说都更像结束而不像开始。但是，你只要看看成子家门楣上的双喜字，门口石柱上的大红对联，看看成子媳妇脸颊上的光亮，你就知道许多开始跟季节无关，许多开始是隐藏在一张红纸和门板之间的，是隐藏在一个人的内心深处的。成子媳妇在结婚之后的第一个上午，脸颊上的光亮是从毛孔的深处透出来的，心里的想法是通过指尖的滑动流出来的。她洗碗刷锅，家里家外彻底清扫了一遍，她的动作麻利又干净，一招一式都那么迅捷。因为不了解歇马山庄邻里乡亲们的情况，她没有参与公公和成子还桌还盆的事，到了正午，她在锅里热好剩菜剩饭，门槛里一手抚着门框，响脆的声音飘出屋檐，爸——成子——吃饭啦——女主人的派头已经相当的足了。

就像一只小鸟落进一个陌生的树林，这里的一草一木，成子媳妇都得从头开始熟悉：萝卜窖的出口，干草垛的岔口，磨米房的地点，温泉的方位。因为出了腊月就是正月，出了正月就是民工们离家出走的日子，成子媳妇不想忽视每顿饭的质量，包饺子，蒸豆包，蒸年糕，炸豆腐泡。成子媳妇尤其不想忽视每一个同成子在一起的夜晚，腿、胳膊、脖子、后背、嘴唇、颈窝、胸脯，组合了一架颤动的琴弦，即使成子不弹，也会自动发出声音。它们忽高忽低，它们时而清脆悦耳，时而又沙哑苍劲。当然成子是从不放过机会的。她的光滑，她的火热，她的善解人意，都没法不让他全身心地投入，彻头彻尾地投入，寸草寸金地投入。被一个人真心实意地爱着的感觉是多么幸福！在这巨大的幸福中，成子媳妇对时光的流逝十分敏感，每一夜的结束都让她伤感，似乎每一夜的结束对她都是一次告别。到了腊月二十八，年近在眼前，成子媳妇竟紧张得神经过敏，好像年一过，日子就会飞起来，成子就会飞走，于是大白天的，就让成子抱她亲她。成子是个粗人，也是一个不很开放的人，不想把晚上的事做到白天，就往旁边推她，这一推，让成子媳妇重温了从前的伤痛，她趴到炕上，突然地就哭了起来。她哭得肝肠寸断，一抽一抽的，仿佛受了天大的委屈。成子傻子一样站在那里，之后趴下去用力扳住她的肩膀，一句不罢一句地询问到底怎么啦，可越问成子媳妇越哭得厉害，到后来，都快哭成了泪人。

二

日子过到年这一节，确实像打开了一只装着蝴蝶的盒子，扑棱棱地就飞走了。子夜一过，又一年的时光就开始了，而正月初一刚刚站定，不觉之间，准备送年的饺子馅又迫在眉睫。接着是初六放水洗衣服，是初七天老爷管小孩的日子又要吃饺子，是初九天老爷管老人的日子要吃长寿面，是初十管一年的收成要吃八种豆子的饭，当那面乎乎的绿豆黄豆花生豆吃进嘴里，元宵节的灯笼早就晃悠悠挂在眼前了。被各种名目排满的日子就是过得快，这情形就像火车在山谷里穿行，只有有村庄树木、河流什么的参照物，你才会真切地感受到速度，而一下子落入一马平川无尽荒野，车再快也如静止一般。在这疾速如飞的时光里，潘桃没有像成子媳妇那样，一进婆家门就没命忘我地干活。潘桃旅行结婚，潘桃的婚事没有大操大办，没有大操大办的婚礼如同房与房之间没有墙壁没有门槛，你家也是我家。仪式怎么说都是必要的，穿着一身素色衣服从城里回来的潘桃，一点都不觉得跟从前有什么两样，不觉得自己从此就是为人媳妇，就是人家的人了。一早醒来睁开眼睛，身边出现的是玉柱，是公婆而不是爹妈，反而让她感到委屈，更懒得做活。当然，潘桃不能死心塌地地投入刘家日子的重要原因还在她的婆婆身上，她的婆婆对她太客气了，一脸的谦卑。只要潘桃在堂屋出现，她就慌得不知该做什么，对着潘桃的脸儿傻笑，好像潘桃是她的婆婆；要是潘桃想去刷碗，人还没到就会被她连推带拽推回屋里。这让潘桃一直就觉得自己是一个局外人。在这疾速如飞的时光里，潘桃一点点从一种莫名的阴影中跋涉出来，虽然不时地还能从婆婆嘴里、邻居嘴里、娘家母亲嘴里，听到一些有关成子媳妇的袅袅余音，但她已经不能真切地感受那到底是一种什么东西了。感觉这东西，是会被时间隔膜的，感觉这东西，也会在时间的流动中长出一层青苔。有时，潘桃会不由自主地想，当初那是怎么了呢？怎么会被俗不可耐的大操大办搞坏了心情？再怎么讲，旅行结婚也是与众不同的，自己要的，难道不是与众不同吗？！潘桃隔膜了最初的感觉，也就不太忌讳人们怎么谈论成子媳妇了。当然人们在谈论成子媳妇时，总不免要捎上她：桃，你怎么不能大张旗鼓办一下，让我们看看光景？你就顾自个儿上城看光景，那里就是好吗？潘桃不会讲为什么不办，也不会讲城里光景好不好，那一切都是自己的事，自己的事要不得别人掺和。但在这疾速如飞的时光里，有一个东西，有一个看不见摸不着的东西，却一直在她身前身后晃动，它不是影子，影子只跟在人的后边，它也没有形状，见不出方圆，它在歇马山庄的屯街上，在屯街四周的空气里，你定睛看时，它不存在，你不理它，它又无所不在；它跟着你，亦步亦趋，它伴随你，不但不会破坏你的心情，反而叫你精神抖擞神清气爽，叫你无一刻不注意自己的神情、步态、打扮；它与成子媳妇有着很大的关系，却又只属于潘桃自己的事，它到底是什么？

潘桃搞不懂也不想搞懂，潘桃只知道无怨无悔地携带着它，拜年、回娘家、上温泉洗衣服。潘桃再也不穿旅行结婚时穿的那套休闲装了，对于休闲的欣赏是需要品位的，乡下人没有那个品位。潘桃换了一套大红羊毛套裙，外面罩上一件红呢大衣，脚上是高靿皮靴。她走起路来脚步平推，不管路有多么不平，都要一挺一挺。她见人时，满脸溢笑。潘桃一旦把自己打扮起来，一旦注意起自己的举止，喝彩声便像冬日里的雪片一样飘至而下，好像来了一场强劲的东风，把昔日飘荡在村东成子媳妇家的喝彩一遭刮了过来。潘桃几乎都感到村东头的空荡和寂寞了。

如此一来，原来是潘桃自己都没有搞清楚的想法，被人们口头表达了出来：你说是成子媳妇好看，还是潘桃好看？当然是潘桃，那成子媳妇要是不化妆，根本比不上咱村的潘桃。你说是成子媳妇洋气还是潘桃洋气？怎么说呢，在早真没觉得潘桃洋气，就是个俊，谁知这结了婚，那么有板有眼打扮起来，还真的像个城里人。人们把这些比较当着潘桃说出来，是怎样满足着潘桃失落已久的心情呵！潘桃脸上的笑会毫无拘束地向四处溢开。潘桃不谦虚，不否定，也不张扬，该干什么干着什么，一如既往。但是人们在这句话后面，往往还跟着另一句话：这两个新媳妇，还比上了。这样的话，就没有前边的话含蓄，也没有前边的话中听，好像一只扒苞米的锥子，一下子就穿透本质。潘桃在心里说，谁比了，分明是你们大家比的嘛，俺自从大街上看过她一眼就再没见过面，她长的什么样都记不得了，俺凭什么跟她比。但是嘴上没说。

不管在心里怎么跟别人犟，潘桃还是不得不承认，成子媳妇，已经驱之不去地深入了她的内心，深入了她的生活。她最初还是隐蔽的、神秘地绕在她的身边，后来，她被人们揭破，请了出来。她一旦被人们揭破，请了出来，又反过来不厌其烦地警醒着潘桃——她在跟成子媳妇比着。这是一个剪不断理还乱的事实，也是一个不容置疑的事实。许多时候，走在大街上，或上温泉洗衣服，她都在想，成子媳妇在家干什么呢，成子媳妇会不会也出来洗衣服呢，为什么就一次也见不到她呢？

真正清楚这个事实的，还是农历三月初六这天，这是歇马山庄大部分民工离家的日子，这一天一大早，潘桃就把玉柱闹醒，潘桃掀着被窝，直直地看着玉柱。潘桃看着玉柱，目光里贮存的，不是留恋，也不是伤感，而是一种调皮。潘桃显然觉得分别很好玩，很浪漫，她甚至迅速地穿上衣服，一高跳到地下，一边捉迷藏似的躲着玉柱对她身体的纠缠，一边一只挑逗老猫的耗子似的叽叽笑着。潘桃真的是过于浪漫了，不知道生活有多么残酷，不知道残酷才是一只隐藏在门缝里的老猫，一旦被它逮住，你是想逃都逃不掉。直到看着玉柱和一帮民工乘的马车消失在山岗，潘桃还是带着笑容的。可是，当她返回身来，揭开堂屋的门，回到空荡荡的新房，闻到弥漫其中的玉柱的气息，她一下子就傻了，一下子就受不了了。她好长时间神情恍惚，搞不清楚自己为什么会来到这里，来到这里干什么，搞不清楚自己跟这里有什么关系，剩下的日子还该干什么。潘桃在方寸小屋转着，一会揭开柜盖，向里边探头，一会儿又放下柜盖，冲墙壁愣神，潘桃一时间十分迷茫，被谁毁灭了前程的感觉。后来，她偎到炕上，撩起被子捂上脑袋躺了下来。这时，她眼前的黑暗里，出现了一个人，这个人不是离别的玉柱，而是成子媳妇——她在干什么？她也和自己一样吗？

　　成子媳妇第一次知道潘桃，还是听姑婆婆说起的。成子母亲走了，住在后街冈梁上的成子的姑姑，就隔三岔五过来指导工作。成子奶奶死得早，成子姑姑一小拉扯成子父亲和叔叔们长大，一小就养成了当家做主说了算的习惯，并且敢想敢干，哪里有困难，哪里就有她的身影。出嫁那天，正坐在喜床上，忽听婆家的老母猪生崽难产，竟忽地就跳下炕，穿过坐席的人群跳进猪圈。后来媒人引客人到新房见新媳妇，就有人在屋外喊，在猪圈里哪。这段故事在歇马山庄新老版本翻过多次，每一次都有所改动，说淑梅结婚那天是跟老母猪在一起过的夜。翻新的版本自然有夸张的成分，但成子的姑姑爱管闲事爱操心确名符其实。还是在蜜月里，姑婆婆的身影就云影一样在成子家飘进飘出了。她一开始回娘家，并不说什么，手卷在腰间的围裙里，这里站站那里看看。成子媳妇让她坐，她说坐什么坐，家里一摊子活儿呢。可是一摊子活，却又不急着走。姑婆婆想拥有婆婆的权威，肯定不像给老母猪生崽那样简单。老母猪生崽有成套的规律，人不行，人千差万别，只有了解了千差万别的人，你才能打开缺口。过了年，也过了蜜月，瞅两个男人不在家的时候，姑婆婆来了。姑婆婆再来，卷在围裙里的手抽了出来，袖在了胯间。姑婆婆进门，根本不看成子媳妇，而是直奔西屋，直奔炕头。姑婆婆掀开炕上铺的洁白的床单，不脱鞋就上了炕。在炕上坐直坐正后，将两只脚一上一下盘在膝盖处，就冲跟进来的成子媳妇说：成子媳妇你坐，俺有话跟你讲。成子媳妇反倒像个客人似的委到炕沿，赶忙溢出笑。大姑，你讲。姑婆婆说，俺看了，现在的年轻人不行，太飘！姑婆婆先在主观上否定，成子媳妇连说是是。姑婆婆说，就说那潘桃，结了婚，倒像个姑奶奶，泥里水里下不去，还一天一套衣裳地换，跟个仙儿似的，那能过日子吗？姑婆婆从别人身上开刀，成子媳妇又不知道潘桃是谁，便只好不语。姑婆婆又说，当然啦，你和潘桃不一样，俺看了，你过门后就换过一套衣裳，还死心踏地地干活。不过，光知干活不行，得会过日子！什么叫会过日子，得知道节省！节省，也不是就不过了，年还得像年节还得像节，俺是说得有松有紧，不能一马平川地推。姑婆婆并没有直接指出成子媳妇的问题，但那一层层的推理，那戛然而止的语气，比直接指出还要一针见血，这意味着成子媳妇身上的问题大到不需要点破就可明白的程度。成子媳妇眼睑一程程低下去，看见了落到炕席上的沉默。这沉默突然出现在她和姑婆婆中间，怎么说也是不应该的。眼睑又一程一程抬起来，从中射出的光线直接对准了姑婆婆的眼睛。成子媳妇开始检讨自己了。成子媳妇说，姑姑你说得对，年前年后我天天做这做那的，是有些大手大脚了，我只想到爸和成子过了年又要走，给他们改善改善，就没想到改善也要有时有刻。话里虽有辩解的意思，但目光是柔和的，声调也是柔软的，问题又找得准确，姑婆婆在侄媳妇面前的权威便从此奠定了基础。

节俭，可以说是乡村日子永恒的话题，也是乡村日子的精髓，就像爱情是人生永恒的话题，是人生的精髓一样。姑婆婆由这样的话题打开缺口，一些有关日常生活如何节俭的事便怎么扯也扯不完了。缸里的年糕即使想吃，也不要往桌子上端了，要留到男人离家的时候。打了春，年糕不好搁，必须在缸盖上放一层牛皮纸，纸上面散一层干苞米面子，苞米面吸潮又隔潮。圈里的壳郎猪不用喂粮食，刷锅水上漂一层糠就行，猪不像人，猪小的时候喝浑水也会疯长……耐心而细致的教导如河水一样无孔不入地渗透着成子家的日子没人知道，成子媳妇吸纳着，接受着这一滴滴水珠的同时，清晰地照见了自己的过去。她十九岁以前在乡下时，满脑子全装的是外面的世界，就从没留心母亲怎么过的乡村日子；十九岁之后进了城里，被影子样的理想吊着，不知道节气的变化也不懂得时令的更替，尤其见多了一桌一桌倒掉的饭菜，有时真的就不知自己从哪里来到哪里去，不知道自己是谁……因为一心一意要操持好这个家，过好小日子，成子媳妇对姑婆婆百般服从百般信赖，开始一程一程用心地检讨自己。成子媳妇想到自己的大操大办，成子原本是不太同意的，只说简单摆几桌，都是她的坚持。于是成子媳妇说，要是没结婚时就跟姑姑这么近，大操大办肯定就不搞了，当时只图一时高兴，只想到一辈子就这么一回，就没想到细水长流。成子媳妇的检讨是由浅入深完全发自内心的，时光的流动在她这里，也同样隔膜了最初的感觉，长出了一层青苔，让她忘记了锣鼓齐鸣张灯结彩送走一个旧李平，划出心目中一个崭新的时代对她有多么重要。然而正是成子媳妇的检讨，使潘桃的名字又一次出现在姑婆婆的话语中。不能这么想啊成子媳妇，这一点浪费俺是赞成的，庄稼人平平淡淡一辈子，能赶上几个好时候？有那么一半回吹吹打打，风光一下，也展一展过日子的气象，提一提人的精神。不都讲潘桃吗，她和你一样，也找了咱屯子里的手艺人，人也好看，没过门那会儿，她在咱屯子里呼声最高，可就因为你操办了她没操办，你一顿家伙就把她比下去了，灰溜溜的。听说你结婚那天从她家门口走过，看你一眼，笑都不自在了。咱倒不是为了跟谁比好看不好看，咱是说结婚操办总是会办出些气象。气象，这是了不得的。

姑婆婆的节俭经是有张有弛的，并不是一成不变的，这一点让成子媳妇相当服气，也对自己的盲目检讨不好意思。然而从此，让成子媳妇格外上心的，不是如何有张有弛地过节俭日子，而是一个叫着潘桃的女子。有事没事，她脑中总闪着潘桃这两个字，她是谁？她凭什么吃醋？

那是歇马山庄庄稼人奢侈日子就要结束的一天。这一天，成子、成子父亲和出民工的男人一样，就要打点行装离家远行了。在成子的传授下，成子媳妇效仿死去的婆婆，在男人们要走之前的两天里，菜包菜团弄到锅里大蒸一气。在此之前，成子媳妇以为婆婆的蒸，只为男人们准备带走的干粮，当她真正蒸起来，将屋子弄出密密的雾气，才彻底明白这蒸中的另一层机密。有了雾气，才会有分离前的甜蜜，蒸汽灌满屋子看不见人的时候，平素粗心的成子，大白天里就在她身后蹭来蹭去。雾气的温暖太像一个人的拥抱。往年这个日子，是母亲把成子支出去，如今，公公一大早出了院门，吃饭时不找绝不回屋。雾气里的机密其实是一种潮湿的机密，是快乐和伤感交融的多滋多味的机密，那个机密一旦随雾气散去，日子会像一只正在野地奔跑的马驹突然闯进一个悬崖，万丈无底的深渊尽收眼底。送走公公和成子的上午，成子媳妇几乎没法待在屋里，没有蒸汽的屋子清澈见底，样样器具都裸露着，现出清冷和寂寞，锅、碗、瓢、盆、立柜、炕沿神态各异的样子，一呼百应着一种气息，挤压着成子媳妇的心口。没有蒸汽的屋子使成子媳妇无法再待下去，不多一会儿，她就打开屋门，走出来，站在院子里。眼前一片空落，早春的街头比屋子好不到哪去，无论是地还是沟还是树，一样的光秃裸露，没有声响，只有身后猪圈的壳郎猪在叫。这时，当听到身后有猪的叫声，成子媳妇有意无意地走到猪圈边，打开了圈门。成子媳妇把白蹄子壳郎猪放出来，是不知该干什么才干的什么，可是壳郎猪一经跑出，便飞了一般朝院外跑去。成子媳妇毫无准备，惊愕片刻立即跟在后边追出来。成子媳妇一倾一倒跟在猪后的样子根本不像新媳妇，而像一个日子过得年深日久不再在乎的老女人。壳郎猪带成子媳妇跑到菜地又跑到还没化开的河套，当它在冰碴上撒了个欢儿又转头跑向屯街，成子媳妇发现，屯街上站了很多女人，她还发现，在屯街的西头，有一团火红正孤零零仃在灰黄的草垛边。看到那团火红，成子媳妇眼睛突然一亮，一下子就认定，是潘桃。

三

大街上遥遥的一次对视，成子媳妇是否真正认出了潘桃，这一点潘桃毫不怀疑。虽然成子媳妇从外边嫁过来，如夜空中滑过一颗行星，闪在明处，不像潘桃，在人群里，是那繁星中的星星点点，在暗处，但不知为什么，潘桃就是坚信，那一时刻，成子媳妇认出了自己。人有许多感受是不能言传的，那一双迷茫的眼睛从远处爬过来，准确地泊进她的眼睛时，她身体的某个部位深深地旋动了一下。

在大街上远远地看到成子媳妇，潘桃的失望是情不自禁的。在潘桃的印象中，成子媳妇是苗条的、挺拔的，是举手投足都有模有样的，可是河套边的她竟然那么矮小、臃肿，尤其她跟着猪在河套边野跑的样子，简直就是一个被日子沤过多少年的家庭妇女。与一个势力上相差悬殊的对手比试，兴致自然要大打折扣，一连多天，潘桃都懒洋洋的打不起精神。

在歇马山庄，一个已婚女人的真正生活，其实是从她们的男人离家之后那个漫长的春天开始的。在这样的春天里，炕头上的位子空下来，锅里的火就烧得少，火少炕凉，被窝里的冷气便要持续到第二天。在这样的春天里，河水化开，土质松散，一年里的耕种就要开始，一天要有一天的活路。这样的春天里，鸡鸭畜类，要从蛋壳里往外孵化，一只只尖嘴圆嘴没几天就叽叽喳喳把原本平整的日子喝出一些黑洞，露出生活斑驳零乱的质地。因为有个婆婆，种地的事，养鸡的事，可以不去操心，不去细心，可是你即使什么都不管，活路还是要干一些的，即使你什么都不管，时间一长，结婚的感觉和没结婚的感觉还是大不一样的。没结婚的时候，潘桃一个人睡在母亲西屋，被窝常常是凉的，潘桃走在院子里，鸡鸭猪脚前脚后地围着，一不小心，会踩到一泡鸡屎，但是因为潘桃的心思悬在屋子之外院子之外，甚至十万八千里之外，从来不觉得这一切与自己有什么关系。那时候，潘桃总觉得她的生活在别处，在什么地方，她也不清楚。但这不清楚不意味着虚飘、模糊，这不清楚恰恰因为它太实在、太真实了。它有时在大学校园的教室里，朗朗的读书声震动着墙壁；它有时在模特表演的舞台上，胯和臀的每一次扭动都掀起一阵狂潮；它有时在千家万户的电视里，她并不像有些主持人那样，一说话就把手托在胸前翻来倒去，好像那手是能够发音的，她手不动，但她的声音极其的悦耳动听。这些实在且真实的场景组成的是另一个空间，它鬼魂附体一样附在了潘桃现实的身体里，使现实的潘桃只是一个在农家院子走动的躯壳。没结婚时，身边什么都有，却像是没有，有的全在心里。而结了婚，情形就大不相同，结了婚，附了体的鬼魂一程一程散去，潘桃的灵魂从遥远的别处回到歇马山庄，屋子里的被窝、院子里的鸡鸭、野地里长长的地垄，与她全都缔结了一种关系。屋子，明显是归宿，是永远也逃不掉的归宿，且这归宿里，又有着冰冷和寂寞；院子里的鸡鸭，明显是指望，是一天一个蛋的指望，且这指望里，要一瓢食一瓢糠的伺候；野地里的地垄，明显是一寸一寸翻耕的日子，且这日子里，要有风吹日晒露染汗淋的付出。结了婚，身边什么都有，也便真正是有，可是，因为心出不去，身边的有便被成倍成倍放大。屋子，是夜晚的全部，冷而空；院子，是白天里的全部，脏而旷；地垄，是春天的全部，旷而无边。没结婚的时候，你是一株苞米，你一节一节拔高，你往空中去，往上边去，因为你知道你的世界在上边；结了婚，你就变成一棵瓜秧，你一程一程吐须、爬行，怎么也爬不出地面，却是因为你知道你的世界在下边。在这漫长的春天里，潘桃确有一种埋在土里的瓜秧的感觉，爬到哪里，都觉得压抑，都感到是在挣扎——好容易走出冰凉的夜晚，又要走进叽叽喳喳的畜群里；好容易走出叽叽喳喳的畜群，又要走进长长的地垄里。关键是，玉柱和公公走后，潘桃的婆婆完全变了一个人，她再也不冲潘桃笑了，再也不挡潘桃手中的活了，以往小辈人似的谦卑一概地被大风刮去，这且不说，她笑收了回去，话却从嘴边一日多似一日地淌了出来，仿佛那话是笑的另一种物质，是由笑做成的。十七岁那一年呵，俺妈找人给俺算命，说俺将来一准儿得儿子济，生玉柱那回，俺肚子疼了三天三夜，都不想活了，可一想起算命先生的话，就咬紧了牙，可那时谁也想不到，养个儿子大了会上外边，要媳妇守着，你说俺这当妈的真能得济？前年，俺在后腰甸子上耪地，和成子他姑耪到对面，她说二嫂呀，可不能这么惯孩子，这么惯早晚是祸根，没听说儿子上刑前把妈妈奶头咬掉的故事吗，你得小心，你说她这不是狗咬耗子多管闲事？俺惯俺宠有俺惯和宠的福，你说对不对潘桃？婆婆的话不管淌到哪，都跟儿子有关，婆婆的话不管淌到哪，都要潘桃表态。潘桃最初还能躲着，你在堂屋讲，我躲到西屋，你在院子讲，我躲到娘家——娘家成了潘桃的大后方。可是当春种开始，大田的长垄上就两个人，空气里的追赶和追逼无论如何都驱之不去了。这时的婆婆，好像深知你再躲也躲不到哪去了，淌出来的水竟卷了草叶和泥沙滚滚而下。淤积在女人人生沟谷里的水到底有多少，潘桃真是不曾知道也不想知道，它在潘桃耳畔流动时本是看不到面积也看不到体积的，可是用不了两天，潘桃的心里就满满当当了，流满了泥沙的水库一满，不及时泄洪便大有决堤的危险。

　　潘桃泄洪的办法之一还是回娘家。因为在一个屯子里，前街后街的距离，以往每天都是要回的。然而这次，潘桃不是回，而是住下不走了。潘桃泄洪，不是再把那些话流淌出去，那些话，一旦变成水淌到她的心里，就不再是话，而是一种心情了。潘桃的心情相当的坏，潘桃平素话就少，坏了心情之后，就更是什么也说不出了。母亲对潘桃要多好有多好，脸对脸地看着，眼对眼地瞅着，不让她上灶，不让她下田，她变成了这里的客人。母亲懂得女儿的不快乐是因为什么，母亲因为这懂得，便有意和她说一些有关玉柱的话，目的在以毒攻毒。分明在想一个人，你就是不提，岂不掩耳盗铃。可是潘桃的毒根不在思念，而在于自己变成了一个到处碰壁的瓜秧，是玉柱将她变成了这样一棵瓜秧，母亲的话反而让潘桃更烦。这时候，潘桃看到了另一个泄洪的办法，那就是，去找成子媳妇。

经历了猪跑人撵那个日子，成子媳妇的心情十分沮丧，屯街上远远看着自己的那些女人的脸，潘桃的脸，常常浮现在她眼前。她想自己那天多么狼狈呵，简直像疯子。然而许多时候坏上加坏又是一种好，就像数学里的负负得正。惦念着村里女人怎么看她，倒使她从万丈无底的空虚中解脱出来。惦念，因为有那样一个惊心动魄的场景，变成了实实在在的内容，供她在静下来的时光里咀嚼。尽管咀嚼的结果让人脸红和难堪，但总比空落着好，总比在空落时，回想这个家曾如何热腾腾装满了雾气要好。那回想的一瞬倒是美好，可是只要定睛一瞅，不免又要落到万丈深渊。因为羞怯和难堪常常在转念之中跳出来与她做伴。成子媳妇的心思开始往屯子女人身上转了。她非常想在某一个时辰，换上一身好衣服，大摇大摆走到她们面前，像结婚那天那样，让她们看看她还是原来那个样子。这种想法是如何拯救了家里彻底空下来的成子媳妇，她自己真是一点都不知道。

因为有姑婆婆的监督，成子媳妇没有常换衣服，但她每天早起，第一件事就是站在镜前描眉画眼。她在城里学会化一手淡妆，看似没化，其实比化了还叫人舒服。她脱掉了结婚时母亲给她做的絮得很厚的棉袄，换上一身锈红色毛衣外套。这件毛衣外套是在一家叫着沃尔玛的超市里买的，也是一次告别城市的挥霍，花了她四百块钱。这件衣服的好处是既现代又古朴，它的领子和袖子上镶着花边，是白线黑线两种，有一点不中规矩，但它的腰身却很收，也很长，是传统中式服装的样子，两边留着开衩。结婚之后，她一直没舍得在家里穿，想留到开春后上集或回娘家时穿。现在，既然在家变得这么重要，成子媳妇便慷慨地从衣柜里抽出它。穿了锈红色毛衣外套的成子媳妇，不管是在堂屋烧火，还是在院子里喂猪，或是到大田翻地，都希望有人看她。乍暖还寒，一件毛衣风一吹就透，可是越冷越能提醒着什么。她在灶坑烧火，她的风门是打开的，她在院里喂猪，她的眼神是不看猪槽的，当她走出门口来到河套边的大田，她的后脑勺便又长出一双眼睛。事实上她确实看到了很多眼睛，门口的立柱上长着眼睛，墙头的枯草上长着眼睛，歇马山庄的大街到处都是眼睛，在这些眼睛中，潘桃的眼神尤其专注而投入，似要往她的心上看去的那种。事实上，在这空寂又漫长的春天里，成子媳妇只吸来了一双眼睛，那便是她的姑婆婆。姑婆婆的目光从敞开的大门口射进来，是藏在一条窄窄的缝隙里，她先是眯着上下眼皮，之后抻开了眼角睁开来，是把她推到远处再拉近的样子。姑婆婆把她从眼睛中推出去再拉进来，却没有一句批评，接着就去讲买什么样的鸡崽的事。但姑婆婆的不批评，是要告诉她她的问题已经相当严重。然而在这件事上，成子媳妇恰恰没有立即检讨，她希望用时间来告诉姑婆婆，她一春天也不会换掉它的，她会用日光和泥土来弄旧它，从而告诉她，这其实就是下地干活穿的衣服。

然而，成子媳妇做梦不曾想到，在她目光跳到躯体之外，常常以局外人的角度打量自己，因而很少向自己的真实生活细看时，她的家里来了潘桃。地瓜的须蔓从村西爬到村东经历了怎样的难度成子媳妇无法知道。地瓜的须蔓在爬进一方孤零的宅院时，一张苍白的脸上嵌着两只葡萄一样黑幽幽的眼睛。当时成子媳妇正在为新买的鸡崽夹园子，突然转头，看见了潘桃。成子媳妇初见潘桃，一下子惊呆，你……潘桃笑了，葡萄汁里闪出两颗灵动的核，没有说话。

你是潘桃！

做出这样果断的判断之后，成子媳妇眼睛一亮，蓦地站起，扔掉手中的苞米秸子。成子媳妇在最初的一瞬，还肤浅地想到了自己身上的毛衣，以为是毛衣吸来了潘桃。后来，当看到潘桃灵动的眼仁，她的心一下子从半空落到底处。这种落，不是落到踏实的平地，而是往泥坑里陷，因为潘桃的眼仁里，正扩散着蒙蒙雨雾一样的忧伤，成子媳妇的眼窝，一下子就潮湿了。

你叫什么名字？

李平。

你的毛衣挺好看的，显得人苗条。

唔……

走在路上时，潘桃并不知道见到成子媳妇该说什么，更不知道自己会进门就夸她，都因为潘桃心中的成子媳妇，还是河边那个臃肿的成子媳妇。

人怕见面。这是一句颠扑不破的真理。对于一个善良的人而言，见了面，就意味着见了心，见了心底的真。而一旦见了心底的真，说了真话，局面便立即变成另一个样子。成子媳妇十分清醒潘桃夸自己，并不是她的本意，但她也十分清醒潘桃的夸绝对是发自内心的。因为有了这样一层感受，成子媳妇觉得自己在从泥坑往上升，往上浮，眼睛的潮湿瞬间蒸发，留下股微微的凉意。随之，成子媳妇眼睛里汪满了笑，说，都说潘桃是咱村最漂亮的媳妇，果真不假。

相互道出肺腑之言，两人竟意外地拘谨起来，不知道往下该怎么办。那情形，就仿佛一对初恋的情人终于捅破了窗户纸，公开了相互的爱意之后，反而不知所措。她们不是恋人，她们却深深地驻扎在对方的内心，然而那不是爱，也不是恨，那是一份说不清楚的东西，它经历了反复无常的变化，尤其在潘桃那里。她们对看着，嘴唇轻微地翕动，目光实一阵虚一阵，实时，两个人都看到了对方目光中深深的羞怯，虚时，她们的眼睛、鼻子、脸，统统混作了一团，梦幻一般。一阵迷乱之后，成子媳妇终于笑出声来，说，看我，还不请你到家里坐。

屋子一如所有乡村人家的屋子，宽大的灶台宽大的餐桌，公公的屋是两间屋连着的，长长的炕能睡十几个人的样子。炕与柜之间，便是一个长长的空间，犹如城市里的客厅。这是歇马山庄新时期里最时尚的房屋结构，有没有客人来并不重要，重要的是要有客厅的感觉。潘桃娘家婆家全是这个样子。与潘桃的娘家婆家不同的是，成子媳妇家客厅里的餐桌上，蒙的不是塑料布而是米色台布，柜子上放的，不是塑料花而是一株灰蓬蓬的干草，炕上铺的，不是地板革而是雪白的床单，这一点不经意间勾起了潘桃某种感觉，是早已被时光淹埋起来的疼。应该承认，成子媳妇家里的样子与她结婚那天留给潘桃的印象相当一致，是静静中有着一种洋气和高雅。然而，昔日的潘桃可以躲避，今天的她无法躲避，今日的潘桃也根本不想躲避，因为她看到，纵有天大的差别，天大的不同，独一种东西她们是相同的——她们都是新媳妇，她们的新房里都是空落的，没有男人。她是因为这相同才来的，她们有着相同的命！潘桃说，李平，你真行，还能用心过日子，玉柱一走，我的心一下子就空了，我就像掉了魂，还心烦。

成子媳妇看着潘桃，脸一程程热起来，是那种通电般的涨热。潘桃一句话直通她的心窝。成子媳妇不由得靠到潘桃身边，握住她的手。潘桃，我其实也一样，你心空，还有烦，我心空，连烦都没有。

四

潘桃主动上门——这是多么重要的举动呵！为了答谢潘桃，李平在一周以后，锁了家里的风门和大门，带上一条黑地白点的纱巾从街东走到街西，来到潘桃家。因为潘桃在成子家喊了自己的名字，成子媳妇在往潘桃家走时，觉得自己不是成子媳妇而是李平。潘桃无意中把李平从以往的岁月中发掘出来，对李平并非什么好事，但李平并不计较，潘桃是无辜的，这恰恰看出潘桃对她这个人的尊重。其实，那一天她们由心烦开始的许多话题，都是关于结婚前的，都是属于李平而不是成子媳妇的。她们讲她们曾经有过多么美好的理想，为那些理想走了一圈才发现她们原来原地没动。潘桃说，刚下学那会儿，一听到电视播音员在电视里讲话，就浑身打战，就以为那正在讲话的人是自个儿。李平说，我和你不一样，光听，对我不起作用，我得看，一看见有汽车在乡道上跑，最后消失到远处，就激动得心跳加速，就以为那离开地平线的车上正载着自个儿。潘桃说，我这个人心比天大胆却比耗子小，就从来不敢出去闯，有一年镇上搞演讲，我准备了两个月，结果，还是没去。李平说，我和你不一样，我想做什么就敢去做，刚下学那年，背着二十块钱就离家上了城里，找不到活竟挨了好几天的饿。潘桃说，所以到最终我连歇马山庄都没离开，空有了那么多理想。李平说，其实，离开与不离开也没有什么不同，离开又怎么样，到头来不也一样嫁给歇马山庄。咱俩的命其实是一样的，只不过我比你多些坎坷多些经历而已。李平在打开自己过去岁月时，尽管和潘桃一样，采取了审视自己的姿态，但终归是一种抽象的、宏观的审视，是只看见山而没有看见岩石，只看见水而没有看见水里的鱼的审视。而一个抽象的李平，十九岁出门，在城里闯荡五年，挣了一点钱，又遇到了厚道老实的手艺人，并不是太坏的命运。那一天，与潘桃谈着，李平有好长时间转不过方向，仿佛又回到了从前。潘桃让她又回到了从前，不是因为她们谈起从前，而是她们谈话那种氛围，太像青春期的女伴了。

李平能在几日之后就来潘桃家，是在潘桃预料之中的。地瓜的须蔓爬到另一垄地之后爬了回来，带回了另一棵须蔓，这是一份极特殊的感觉。那天离开李平，从街东往街西走着，潘桃就觉得有条线样的东西拴在了手中，被她从屯东牵了回来；或者说，她觉得她手上有把无形的钩针，将一条线样的物质从李平家钩到了自己的家，只要闲下来，她就在心里一针一针织着。看上去，织的是李平，是李平的人和故事，而仔细追究，织的是自己，是漫长的时光和烦躁的心绪。从李平家回来，时光真的变得不再漫长，潘桃也能够老老实实待在家里了，也能够忍受婆婆随时流淌的污泥浊水了——婆婆不管讲什么，她都能像没听见一样。这时节，潘桃确实觉得那股烦躁的心绪已被自己织决了堤，随之而来的，是近在眼前的、实实在在的盼望。

新中国 70 年优秀文学作品文库

中篇小说卷

盼望李平登门的日子，潘桃把自己新房、堂屋、婆婆的房间好一顿打扫，那蒙被的布单，那茶几上的蒙布，还有门帘，从结婚到现在，已经四五个月了，就一直没有洗过，尤其脸盆盆架，门窗框，上边沾满了灰尘。等待李平登门的日子，潘桃发现，她结婚以来，心一点也没往日子上想，飘浮得连家里的卫生都不讲究了，这让潘桃有些不好意思。等待李平登门的日子，潘桃心中仿佛装进一个巨大的气球，它压住她，却一点也不让她感到沉重，它让她充实、平静，偶尔，还让她隐隐地有些激动、不安。她时常独自站在镜前，一遍遍冲镜子里的自己笑，把镜子里的自己当成李平。这是多么美妙的时光呵，它简直有如一场恋爱！

李平如期而至。李平走到潘桃家门口时，潘桃正在院子里晾晒衣服。潘桃听到大铁门吱扭一声响，血腾一下升上脑门，之后李平李平叫个不停。李平与潘桃两手相握，都有些情不自禁。潘桃细细地看着李平，一脸的能够照见人影的喜气。李平还穿那件锈红毛衣，李平的脸比前几天略黑了些，上边生了几颗雀斑，这又有什么关系呢。李平先是跟潘桃一样，认真端详对方，可没一会儿，她就把目光移到另一个人身上——潘桃的婆婆。潘桃的婆婆此时正在园子里打芸豆架，看见李平，赶忙放下手中的槐条。李平背过潘桃，走向她的婆婆。李平隔着院墙，喊了声大婶——潘桃婆婆立即三步并成两步，从园子里跑出来，一声不罢一声地喊着，成子媳妇怎么是你？

被潘桃冷了多日的婆婆见了李平，会热情到什么程度是可想而知的。在媳妇都是人家的好，姑娘都是自己的好这铁的事实面前，整整有二十分钟是潘桃的婆婆跟李平说话，而潘桃只好一动不动站在一边。二十分钟之后，实在有些忍不住，潘桃开口，潘桃说，李平，快到屋里坐吧。

在潘桃房间，潘桃有两三分钟一直不说话，任李平怎么夸她的衣柜实用窗帘好看，就是不接言。李平愣住了，毫不设防地愣住了。李平知道潘桃着急，但她想不到潘桃会生气。她也不愿意和老人说话，但这是礼节。结婚前，李平的母亲曾告诉过她，必须放下为姑娘时的架子，尤其在村里的女人面前，她们的嘴要是没遮拦就能一口一口吃了你。李平直直地盯着潘桃，好像在问，你怎么啦？潘桃哪里知道自己怎么了，她就是不想说话。潘桃起初是知道自己怎么了的，可是不想说话这种现实，让她越发地有些迷失，越发地不知道自己怎么了。潘桃的迷失造成了李平的迷失，李平看着潘桃的目光里，几乎都流露出痛苦了。

不知过了多久，潘桃终于说话，潘桃说，李平，你太会做人了，你可给我婆婆弄住了。

李平将目光里的痛苦眨巴了一下，说，你这是……

潘桃说，你千万别以为我和我婆婆之间有矛盾，不是的，我是说，咱俩真的不一样，我知道该对她们好，可是我做不到，我一见她们就烦。李平不语，李平没有想过这个问题，在这一点上，她们有什么不一样吗？

潘桃说，你看上去很洋气，像似很浪漫，实际你很现实，我和你正好相反。

李平终于警醒过来，是被现实和浪漫这样的字眼警醒的。她想，她并不是没有想过这个问题，这个问题在她还没有变成成子媳妇的时候早已经想透了，她是因为想透了，才要那样大张旗鼓地结婚，她那样结婚，就是要告别浪漫，要跟乡村生活打成一片。李平目光中的痛苦淡下去，有一些明亮映出来。潘桃，你说对了，咱俩确实不一样，你是因为没有真正浪漫过，所以还要当珠宝戴着它，我不行，我浪漫得大发了，被浪漫伤着了，结了婚，怎么都行，就是不想再浪漫了，现实对我很重要。

不管是李平还是潘桃，都没有想到，她们在热切地盼着的第二次见面里，会一开场，就谈起这么深刻的话题。关键是，这话题搞坏了她们之间的感情，这话题，好像王母娘娘画在牛郎织女之间的那条河，把她们不经意间隔了开来。

潘桃被罩在五里雾中。在她心里，浪漫是一份最安全的东西，它装在人的思想里，是一份轻盈的感觉，有了它，会让你看到乌云想到彩虹，看到鸡鸭想到飞翔，看到庄稼的叶子想到风，它能把重的东西变轻，它是要多轻就有多轻的物体，它怎么会伤人？

现实、浪漫、伤人，李平在开始说这些话时，还以为找到了一些能够说清楚自己的宝贝，可是说着说着，就觉得这些宝贝变了脸，变成了一根阴险狠毒的细针，向她心口的某个部位扎去。它们后来还不光是针，而是铁器，是砸到心上的铁器，让她感到一种麻麻的疼。

是怎么从潘桃家走出的，李平一点都不知道，她只知道，潘桃在门口送她时，眼里流动着深深的疑惑和失望，她还知道，她经心备好的送给潘桃的纱巾，又被她揣了回来。

从潘桃家回来，成子媳妇把黑地白点的纱巾掖到箱子底下，转身就拿起锄头朝大田走去。其实大田里的苞米苗已经间完，草也已经除掉，她是将这一些活做完才上潘桃家的。可是此时此刻，她就是要上大田，只有上大田才能离开什么甩掉什么，那东西好像只有距离才能解决。成子媳妇往大田走时，故意拐了好几个弯，并且脱了入春以来一直穿在身上的毛衣。在大田边坐着，晒着烈烈的日光，看着绿油油的庄稼，成子媳妇一点点看到自己内心的疼痛成了被锄掉晒干的蚂蚱菜一样的干尸。

成子媳妇决定，再也不去找潘桃了。潘桃倒没什么不好，只是潘桃能够照见自己的过去，这比一般的不好还要不好，她不要过去，她要的只是现在，是一个山村女人的日子，是圈里的猪，院子里的鸡，地里的庄稼，是屋子里的空荡和寂寞。经历了一次揭疼的成子媳妇，在后来很长一段时间里，都忘了在那空落日子中走进一个潘桃曾让她多么高兴，忘了成子和公公刚离家时自己空落成什么样子。经历了一次揭疼的成子媳妇，在后来很长一段时间里，觉得屋子里的空荡和寂寞是她最想要的，只要走进屋子，就觉得日子是殷实的充实的。倒是姑婆婆要时常走进这空荡里，给她的寂寞洒一点露带一点风，不过这没什么，姑婆婆的露和风都是现在的露现在的风，即使有过去，那过去也不跟她发生关系，是关于歇马山庄的过去，是关于公公婆婆舅公舅婆的过去，而在成子媳妇那里，凡是她不知道的事情，不管是谁的，都是她的现在。

可是，成子媳妇怎么也不会想到，正是因为现在，她才再一次想起潘桃。现在，时光进入了夏季，大量的农活已经结束，山庄里的人闲成了一摊泥。现在，李庄一个叫张福广的养车人从城里捎回了成子和公公脱下来的棉衣棉裤，棉衣的内兜里，夹了一封成子写来的信。成子的信，使早已散去的蒸汽又在屋子弥漫了起来。成子媳妇读着读着，就掉进了一汪迷雾里。那伸腿撸胳膊的字迹，仿佛节日里杵在锅底的木棒，将她的心烧得嘎巴嘎巴直响的同时，蒸出她一身一身潮湿。读成子来信之后的日子，成子媳妇既不愿离开屋子又怕离开屋子。不愿离开，是因为屋子里的雾气有成子汗津津的手和热乎乎的嘴唇；怕离开屋子，是因为成子的手和嘴唇只要你一用心去体会，就悄没声地离她而去，扔下她仿佛掉进油锅的小兽，扑棱挣扎。不知是第几次扑棱、挣扎，正眼睁睁地追着成子远去的背影，视线里，走来了潘桃，她眼睛黄黄的，一脸憔悴。潘桃朝她正面走来。潘桃一看见她眼窝就红了起来，潘桃说，想死人啦！

想念的本是成子，走来的却是潘桃。事实上，当厮守和见面都不能成为事实，想念变成一种煎熬时，成子媳妇看到了她跟潘桃相同的命运。潘桃走来，不是因为她想她，而是因为她们相同的命运。可是，一旦因为同病相连想起潘桃，想见潘桃的愿望比任何时候都更强烈。

成子媳妇毫不顾忌地就走上了通往潘桃家的路。而只要走向通往潘桃家的路，成子媳妇就知道自己不是成子媳妇而是李平。不过这没关系，李平又怎么样呢，她本来就是李平嘛。歇马山庄的屯街有多短促真是只有李平知道。她迈着碎步，没用五分钟就来到了潘桃家。可是，潘桃的婆婆却告诉她，潘桃上镇烫头去了。

歇马山庄的屯街有多么漫长真是只有李平知道，从街西通往街东的路她走了整整一个世纪。

掌灯时分，潘桃一个新锃锃的人走进了成子媳妇家。这也是成子媳妇预料之中的事。成子媳妇由街头拐进院子，刚刚打开风门，她的脑中就出现了这样的信息。因而，成子媳妇过了一个充实又有奔头的下午，她先是把黑地白点的纱巾从箱底再一次翻出来，放到炕梢最显眼的地方，然后打一盆凉水放到井台边晒，当水在盆子里被烈日滋滋地烤着的时候，她趴到炕上踏踏实实睡了一觉。好几天了，她都白天也是晚上晚上也是白天，困死了。下半晌，成子媳妇醒来，把晒好的水端进偏厦，坐到里边洗了个透澡，好像要洗掉所有的煎熬。洗着洗着，姑婆婆来了，姑婆婆一进院就大声吵叫，怎么大敞着门不见人，死到哪里去了？姑婆婆自从在成子媳妇跟前找到做婆婆的感觉，用词越来越讲究，什么话都要流露点骂意。成子媳妇细细的声音从偏厦飘出来，姑姑，在这，洗澡哪。姑婆婆一听，语气更泼，男人不在家洗给哪个死鬼看嘛，再说大夏天的干吗不上河套？成子媳妇赶忙说，就不兴为女人洗。这是一句即兴的玩笑话，可是说完，成子媳妇美滋滋地笑了。

潘桃进门时，成子媳妇的姑婆婆已经走了，堂屋里，成子媳妇正在扒土豆，眼睛不时地瞅着门外。当挎着红色皮包、穿着紫格呢套裙的潘桃在视野里出现，成子媳妇眼眶里突然地就涌满泪花。她从灶坑徐徐站起，她站起，却不动，定定地看着潘桃，任潘桃在她的泪花中碎成万紫千红。

见李平眼泪在腮上滚动，潘桃一拥就将李平拥进怀里，低吟道，真想你。

潘桃的一拥，拥进了太多太多，拥进了从春到夏她们之间所有的罅隙。潘桃紧紧拥着李平，许久，才松开来，开始自己的诉说。她说自从上次分手，她一直很后悔，后悔那天不该生李平的气；她说像她婆婆那样的人，即使你不理她她也不会放过你，先和她把话说尽了反而更清静，当时都因为太盼李平太想李平，一时间昏了头脑；她说这些日子天天都想过来看李平，向她赔不是，可是天天都下不了决心，不是放不下面子，而是怕李平不给面子；她说她三天一趟河套两天一趟河套，以为能在那里遇上，可后来有人说，李平根本不上河套洗澡；她说今天回家来，听说李平来过，门都没进就过来了。

潘桃不停地诉说，每一句话，每一个字都是真实的，可是说着说着，被自己的真实吓住了。她低下头，打开身上的皮包，从中取出一个发夹，往李平刚刚洗过的头上别。李平戴上发夹，抹一把眼泪，把潘桃拽进里屋，拿起放在炕上的纱巾，打开，给潘桃系上。李平说，上次去你家就带去了，结果……两个人说着，同时来到镜前，见她们的双眼皮都有些红肿，都禁不住孩子似的笑了起来。

第二天，潘桃一早起来，梳洗完毕，吃罢午饭，系上李平给的纱巾，就朝李平家走去。纱巾的位置看上去是在脖子上，而实际这是朋友友情在心目中的位置——纱巾的位置有多显赫，朋友在你心中的位置就有多显赫。潘桃朝李平家走去，可是刚刚走出门口不远，就见李平戴着她送的发夹款款走来。她们会意地向对方走近，脸上洋溢着喜悦——既为看到对方喜悦，又为看到对方的积极喜悦。因为离潘桃家近，她们就势返回潘桃家，而这一次，在院中看到潘桃婆婆，李平礼节性地笑笑，一步不停地朝屋里走，好像一旦停下就伤害了潘桃。

因为第一次的任性导致了不该有的煎熬，友谊伊始，两个人都小心翼翼，仿佛那友谊是只鸡蛋，不能碰，一碰就会碎掉。就这样，她们今天你家明天我家，后来，为了减轻没有必要的负担，她们干脆就上李平家，或者就到门口的树荫下，或者，找一个理由到镇子上逛。

五

夏天的美好是用水做成的。白日里树下的倾谈是那山里小溪的水，有着潺潺的、晶莹的形态；去往镇子的公路上，肩并着肩的倾谈是那渠道里的水，有着丰满然而规则的势头；夜晚里，一铺炕上头对头的倾谈是那湖里的水，有着深不见底幽暗无边的模样。水的流动推动了时光的流动，时光的流动全然就是水的流动，霞光满天的早上流走的是每日一小别之后各自细琐的经历，蝉声嘶哑的午间流走的是身边一些女伴和同学的故事，寂静无声的夜晚流走的，却是她们自己的故事。有时，她们就那么静静的，谁也不说话。她们眼睛看着路上的行人，远处的山脊，灯光下的天棚，任时光流成一眼深井里的水。但更多的时候，她们心中的水和时光的水还是要同时流淌的。她们有时是平铺直叙，没有选择，遇到什么讲什么。路上看到青蛙跳到水里，潘桃就说，小时候看到青蛙，常常想要是托生个青蛙多么不幸，一辈子就坝上坝下地跳，有什么意思，谁想到自个儿长大了，也和青蛙差不多，只在街东街西地走。李平说，还说你浪漫，浪漫的人是绝不会悲观的，人怎么能和青蛙一样，人街东街西地走，是为了寻找知音，有知音的人和只知哇啦哇啦叫的青蛙能一样吗？有知音的人和没有知音的人都不能一样。讲到青蛙和人，自然就讲到了命，讲到命，自然就讲到了那个决定她们命运是这样而不是那样的恋爱。而讲到恋爱，她们却要讲一点技法，要倒叙或者插叙，要搞一点悬念卖一点关子。潘桃说，你知道我是怎么爱上玉柱的吗？李平说，还不是他答应你把你的户口办到城里到城里安家，好多做美梦的女孩都是这么被人骗到手的。潘桃说才不是呢，有条件在先那叫什么爱情？李平说，你难道没有条件？潘桃说，要不怎么说我浪漫，那时候我高中毕业，在镇上开理发店，到理发店里追我的人相当多，镇长的儿子厂长的侄子都有，可是我没一个往心里去。那时我正迷恋孙国庆《走四方》那首歌，其实也说不清是迷孙国庆还是迷《走四方》，有一天下班，往家走的路上，正唱着，就发现前边有一个人背着行李，大步流星地走在夕阳里的山岗上，那山岗就是歇马山庄的山岗，因为是下坡，那个人走起路来一冲一冲，简直就跟 MTV 中的孙国庆一模一样。我放开车闸，快速冲下山岗，撵上那个人，我喊了一声孙国庆，你猜听到我的喊他怎么样？怎么样？他听我喊，顿了一下，接着，嗷的一声就唱了起来，"走四方，水迢迢路长长，迷迷茫茫一村又一庄——"当天晚上，我们就在小树林里约会了。李平静静地看着潘桃，羡慕地说，你真是爱情的宠儿，够浪漫的。

她们有时尽量给对方一些机会，让对方说，自己静静地听，似乎多说了，就多占了便宜，而她们都宁愿对方多占便宜。但有时，却是需要交换的，是需要你一段我一段的，比如潘桃讲了自己的恋爱，李平就必须讲她的恋爱。这种时候，不用潘桃逼，一个静场，李平就知道该自投罗网了。在进入夏季之后，在与潘桃有了密切交往之后，李平发现，她一点也不在乎提起过去了，这并非因为只有过去，才能解决她们的现在，而是她已经拥有了挑选和省略某些过去的能力，拥有了虚构过去的能力。这其实一点都不难，只要你略微地谨慎稍微地用心。李平说，你知道我是怎么爱上成子的吗？潘桃说，我当然知道，肯定是他答应你在城里给你盖栋高楼，要不一个在城里打工的小姐哪肯嫁他。李平说，你真聪明，我这人确实和你不同，我开始是有条件的，我把条件看得很重，我从进城打工那天，就没想再回乡下，所以我的眼光就从来没想看什么民工。与成子相识，完全是个偶然，他跟他的包工头到酒店吃饭，我给上茶倒酒，一下撞了他的手，后来他就老来纠缠我，我开始反感他反感得要命，觉得是癞蛤蟆想吃天鹅肉，可是有一天，他给我送来一封信，信上说，我不是一般的民工，我是我们包工头的侄子，我在城里不但有房子，还可以给你找工作。我看完信就约了他。就这么的，我被骗回了歇马山庄。李平在说自己恋爱过程时，没有讲出属于爱情肌理那一部分，但这一点潘桃并不追究，她不追究，不是相信李平就是那样功利的人，而是把这看成是李平对自己的一份情谊——故意用自己的不好衬托别人的好，潘桃说，好你个李平！

李平和潘桃好上了，这在歇马山庄两个新媳妇中间，既是心理的，又是身外的。心理上，她们谁也离不开谁了，她们一早醒来，只要睁开眼睛，就看到对方的笑脸。她们的好，既像是恋爱中的女孩，又有别于恋爱中的女孩。像的是，她们都因为生活中有着另一个人，才有了交谈的内容和热情，不像的是，恋爱中的女孩没有敞在院子里漫长的日子，而她们有日子。现在，她们发现，她们彼此就是对方的日子。有一回，她们正趴在墙头，彼此眼对眼地看着，李平突然说，潘桃，你想没想过，一个人一生中，面对的和感兴趣的，其实就一个人。潘桃懵懂，轻轻地眨巴眼睛，你什么意思？李平说，我上小学时，有一个叫兰子的女伴，她皮筋跳得好，我俩只要离开课堂，天天在一起；上中学，又有个叫迟梅的同学，她妈是知青，我被她头上的红发卡吸引，上学放学，总要一起走；进城，在第一家饭店，有一个比我小一点的同乡，普通话说得好，有事没事，我总愿去找她，听她讲话；结了婚，有了成子，就谁都不在心上了，谁知，成子一走，心里空了，老天就派来了你。有了你，我都快把成子忘了。潘桃不语，似在琢磨。李平说，细想想，女人的世界其实没多大，就两个人，两个人就是世界；细想想，世界多大都跟你没关系，玉柱是你丈夫，可是现在，此时此刻，你能说他跟你有什么关系吗？潘桃终于琢磨出头绪，说，李平，你很深刻。潘桃一边佩服地看着李平，一边用手抚着李平肩上的头发，那样子好像她与李平的关系，因为李平深刻的提示而更加深入了一层。地瓜蔓爬到这一程，真的是不可只用长度来度量了。

心里的东西，无疑要溢到身外，就像瓜熟了总要裂出沟痕。潘桃和李平相好之后的那个秋天，动辄就肩并肩地穿过屯街穿过田野向镇上走去。潘桃一直是注重打扮，现在则更加地注重了，不过她再也不化浓妆，不穿艳丽衣服，而像李平那样化淡妆，穿灰调子的衣服。随着与李平友情的加深，她认识到，李平的洋气，是从对色彩的选择开始的。李平自从那件穿了一个春天的毛衣外套脱掉，再也不守一件衣服只要穿就穿脏穿旧的原则了，不换衣服其实是对自己青春时光美好时光的作践，她开始由最初的半月一换到后来的一周一换。随着与潘桃友情的加深，李平渐渐认识到，结了婚就逼迫自己进入一种乡下女人的日子是多么大的错误，人生不会有几度青春，在青春里要毫不气馁地挽住，青春这东西，你抓住一百，才能留住五十，你如果只抓五十，就连二十都留不住。

潘桃身上那种不向现实就犯的孩子气，确实唤醒了李平一段时间来极力用理性包裹着的东西。事实上，理性永远是理性，理性包不住热情，就像纸包不住火。两个人由友情的加深开始了相互的欣赏，由相互欣赏开始了形影不离，好像只有这样，才能使她们有一种相加的力量——她们在大街上走时，心底里感到的是一种相加的力量。

潘桃和李平好上，这是大家有目共睹的事实。入秋之后，一些不很中听的议论便像秋雨后的蘑菇一样长了出来。现在的年轻人，学好不能，学坏可是太快了，那成子媳妇，刚来时还本本分分的，现在可倒好，日子都不想过了，地里的庄稼十天半月也不去看一回。要俺看，不是潘桃把成子媳妇带坏，而是成子媳妇把潘桃带坏，她在城里待过，再说，潘桃她妈在咱村子里，谁不知道是最会过日子的人，根儿在那呢。

对于谁带坏谁的问题，潘桃婆婆和李平的姑婆婆都表现得比较谦虚，潘桃婆婆一再说是让她的儿媳妇带坏了，成子媳妇刚结婚时，并没这样，人家一春天就穿一件衣服。李平姑婆婆却说，还是让她的侄子媳妇带坏了，怎么说潘桃是天天上她的侄子媳妇家，而不是她的侄子媳妇上潘桃家，要是她的侄媳妇不拿什么引逗她，她怎么能老去！再说，潘桃早先搞过烫发，也没变过发型，现在可倒好，几天一变几天一变，绝对是她的侄媳妇带坏了潘桃。然而，不管谁带坏了谁，不管有多少议论，潘桃和李平是不在乎的。对于不在乎的人，议论，就像肥料对于一株已死的稻苗，不会起半点作用。相反，有村里人的议论，有两个婆婆的议论，潘桃和李平不向山庄女人就犯的理想更清晰起来。

好是真好，但是偶尔的，一点微妙的不快，也还是时有发生。有一次，在镇子一家理发店烫头，一个曾经追过潘桃的小伙一边梳理潘桃的头发，一边开玩笑说，有一种办法可以叫你们烫头不花钱。李平说，什么办法？小伙子说，亲一口。李平说，这可是个不错的交易，我看行。小伙子分明是撩人，李平也分明是迎合了这种撩，潘桃一下子就生气了，从理发店出来，潘桃绷着脸，一路上不跟李平说话。见潘桃生气，李平知道不经意间，露出了自己在城里学坏的小尾巴，快到家门口时，就主动邀请潘桃，说，今晚到我家睡吧。其实，走到半路，潘桃已经不生气了，可是一时又拉不回来，听李平邀她，便赶紧答应，好，不回家了，就让婆婆痛痛快快讲去吧。

一场不快，引出的就是这样一个结果，往友情的深度再走一步，像赎罪，更像奖赏，且这奖赏又往往是你给一寸我给一尺，你给一尺我给一丈。潘桃背着在婆婆面前夜不归宿的风险住了下来，李平便毫无疑问要掏自己最最真挚的东西。然而那东西是什么，一时并不清楚，还需一点点留心一点点寻找。关门之后，屋子一下变得温馨起来，宁静起来。以往，潘桃也在晚饭后到李平家坐过，但因为没有想不走，感觉还是很不一样。要走的夜晚，温馨和宁静往往浮在表面，与人的肌肤和喘息离得很近，让你时刻担心它会一瞬之间溜走；而决定不走的夜晚，温馨和宁静却是沉在墙壁里和天棚上，是那种旷远的、与人隔着距离的凝视，专注而深情。关了屋门，拉了窗帘，洗了脚，放了褥子和被，钻进被窝的潘桃和李平，第一次萌生了孤独的感觉。村庄的山野，黑夜，万事万物都离她们那么远，它们注视着她们，却离她们那么远。或者，它们是因为注视，才让她们觉得远，觉得孤独、孤单。有了孤独的感觉，同病相怜的感觉尤其重了。看着潘桃黑幽幽熟透了葡萄一样的眼睛，黑里透红的瓜子脸，丰满的小猪一样蜷在被子里的身体，李平突然地就知道该给潘桃什么东西了。李平说，潘桃，咱俩好是不是？潘桃说，这还用问！李平说，要好，就该像姐妹那样掏心窝子，不能说谎是不是？潘桃翘起脑袋，警觉道，我跟你说什么谎了吗？李平笑了，说，你觉什么惊嘛，我是说我自个儿。潘桃翘起的脑袋又陷下去。你说谎了吗？李平收回笑，目光里有一泓清澈的水雾喷出来。潘桃，李平说，语调十分的轻也十分的亲：我其实骗了你，我和成子的恋爱，其实并不是我上次讲的那个样子。潘桃说，这你不说我也知道，你是故意把自个儿说得很坏。李平说，不，不，你不知道，你不可能知道，我其实嫁给成子时，已经不是女儿身了。潘桃愣住，眼睛直直瞅着李平。李平说，十八九岁时，我比你浪漫，我那时太幼稚，以为只要有真心，城里肯定有我的份，实际上完全不是那么回事。城里狼虎成群，你有真心，只能是喂狼喂虎。进城第二年，我爱上一个酒店经理，也确实是因为他的身份吸引了我，可是他骗了我，他有老婆，他和我好只是为占便宜。后来，他让他老婆当着众人的面寒碜我……受了伤害，堕落两年，赚了些钱，那时我以为自己从此就完了，那时我对男人充满仇恨，对人生十分绝望，也想不到还会有什么真情。算是老天可怜我，让我遇到成子……遇到成子，我就发誓，我要把自己最真的东西给他，一生一世……李平说得十分平静，仿佛在说别人的故事，可是，泪却从她的眼眶漫了出来。潘桃伸出手，抹了李平眼角的泪，紧紧攥住李平的手，说不出话。李平说，那些男人，没一个好东西，越是知道你是假的，越是要上，真的，她们反而吓得往后退，就不知道这是为什么。潘桃往李平身边挪了挪，靠得更近了。潘桃说，李平，不能想象那是什么样的日子，真的不能想象。不过，有些经历，并不是坏事，不管好经历坏经历。我其实很羡慕一个人有经历，经历是财富。潘桃说着，赶紧揭开被子，钻到李平被窝。李平感激地搂住潘桃，说，你真的是这么想吗，你不觉得我脏吗？潘桃说——气哈在了李平脸上，当然是真的，在我眼里，你是世界上最最干净的人。

这样的夜晚，你一尺，我一丈，你一丈，我十丈，她们一步步往前走，走出一片沼泽，一片湖泊，走出一条康庄大道。她们没走进时，根本不知道那里有什么，会怎么样，她们一旦走进去，便看到了无穷无尽的景色——她们不管穿过的是什么，最终的结果，都是看到了无穷无尽的景色。

六

有了伴的日子要多快有多快，转眼之间，夏天过去，秋天也过去了，整个歇马山庄苞米都收光了，只剩成子家的苞米还在地里独立寒秋。见再不收已经说不过去，李平便携了潘桃来到自家苞米地里。这一天，听到树叶哗啦啦响，从另外的空间感受了时光的流逝，李平想起，自己居然四五个月没有回一趟娘家了。她于是告诉潘桃，苞米收完，她要回趟娘家，住个三天五天。李平正说着，潘桃砍苞米的手不动了。许久，她转过脸，对李平说，娘家这么远，看不看其实都一样，全是形式，我都不怎么回。李平说，这可不是形式，是牵挂，你不回，隔三岔五总能望见，能听见。潘桃明知道李平的话是在理的，可是偏偏不往理上说。她说你总改不了你的面面俱到，把自己搞得不像自己，你要走，我就上城里去看玉柱。不叫有你，我不知去了几千回了。这一回，仿佛一颗子弹打中了李平。潘桃上城看玉柱，这和李平没有一点关系，可是这话却像颗子弹，一下子就制服了李平，她长时间不语。事情弄到这步田地，这么你一尺我一丈地往深处走，她们都看到，等在前边的，绝不是什么美好景色，谁就此打住谁才是聪明的。李平当然不是傻子，再也不提回娘家的事了。她不提回娘家，潘桃也不说上城，两个人便一心一意地砍着地里的苞米。

然而，这一事件之后，无论是李平还是潘桃，都隐隐地感到，她们之间，有了一道阴影。那道阴影跟她们本人无关，而是跟她们所拥有的生活有关，但又不是她们眼下的生活，而是在她们眼下的生活之外，是她们的更大一部分生活，只是她们暂时忘了它们而已。还好，她们并没有就此想得更多，她们也根本没往深处想，她们只是希望在她们暂时的生活中发生一些什么事情来驱走阴影。

事情确实发生过。是在第一场霜落到歇马山庄山野地面那天发生的。那一天，李平姑婆婆天还没亮，就来到成子家拽开了屋门。姑婆婆显然没有洗脸，眼角滞留着白白的眼屎。姑婆婆进到屋里，不理李平，两手捏着腰间的围裙，气哼哼直奔李平新房。当她站在新房地中央，看到了炕上被窝里确如她预料的那样，还躺着一个人，嘴唇一瞬间哆嗦起来。你……你……姑婆婆先是指着炕上的人，然后仿佛这么指不够准确，又转向了从后面跟进来的李平。姑婆婆的脸青了，如一张茄子皮，之后，又白了，如干枯的苞米叶。姑婆婆看定她眼中的成子媳妇，眼里有一万支箭往外射。姑婆婆终于说出话来：我告诉你成子媳妇，我们于家说的可是一个媳妇，不是两个！看你把日子过成什么样子，弄那么一个妖不妖仙不仙的人在身边，这是过日子吗？！李平起初还决定忍让，让姑婆婆尽情抖威风，可是见出语伤人，又伤的是潘桃，便说，大姑，别这么说话，不好是我不好。这时，潘桃从炕上翻了起来，嗷的一声，李平你没有错你凭什么认错，要错是你大姑的错，她嫁出去的姑娘泼出去的水，凭什么回来管你于家的事！于家的日子怎么过，跟她有什么关系！然而潘桃刚说完话，堂屋里就冲出了另一个人的声音：潘桃你是谁家媳妇，你能说你不是老刘家的媳妇吗？谁允许老刘家的媳妇住到老于家？

　　进门的是潘桃的婆婆。显然，李平的姑婆婆和她早已串通好；显然，两个年轻媳妇形影不离时，两个老媳妇也早就形影不离剑拔弩张了。见两个婆婆一齐指向潘桃，李平终于忍不住，李平说，这确实是我的家，你们这么一大早闯进别人家吵架，是侵犯人权，都什么时候了，都新世纪了。李平的声音相当平静，语调也很柔和，但谁都能听出其中的不平静，其中的凌厉。这一点潘桃很感意外，似乎终于从李平身上看到了对浪漫的维护。

　　李平能说出这样的话，自己也毫无准备。但那话一旦出口，就有了一种理直气壮的感觉，站稳站直的感觉。这感觉对此刻的她，要多重要就多重要。有了这感觉，可以从骨子里轻视姑婆婆们的尖刻话语，可以冲她们笑，可以听了就像没听到一样。说出那样的话之后，李平转身就离开屋子，到院子里打水洗脸。潘桃也跳下炕，随她来到院子里，留下两个婆婆在屋子里疯狂地自言自语。

　　人与人之间的关系，说来也是非常奇妙，你硬了，她反而软了，两个婆婆从屋里走出来时，居然彻底地改过脸色，好像刚才满脸乌紫的她们从后门走了，现在走出来的是她们的影子。她们在院中央停了下来，潘桃的婆婆说：桃，我都是为了你好，都是村里人在说。李平的姑婆婆说：侄媳妇，就算俺狗咬耗子多管闲事，你可千万别生气，你俩可要好长远点。说罢，她们飘出院子，剩下潘桃李平四目相对。

一场胜利不但将潘桃和李平的友谊往深层推了一步，抹去了阴影，且让她们深刻地认识到，她们的好，绝不是一种简单的好，她们的好是一种坚守、一种斗争，是不向现实屈服的合唱。她们的友谊有了这样的升华，真让她们始料不及，有了这样的升华，夜里留在李平家睡觉的意义便不再是说说话而已，睡觉的意义变得不同凡响了。因为睡觉的意义有了这样重大的不同凡响，后来的日子，她们即使没有话讲，也要在一起。她们在一起，看一会儿电视，就进入睡梦，仿佛是个简单的睡伴。

然而，她们的未来生活，潜伏着怎样的危机，姑婆婆那句意味深长的话，到底有着怎样的寓意，她们一点都不曾知道。

那个山庄女人现有的生活之外的生活，那个属于她们的更大一部分生活，是在什么时候又转回山野，转回村庄，转回家家户户的，谁也说不清楚。它们既像地球和太阳之间的关系，是公转的结果，又像地球和自己的关系，是自转的结果。说它公转，是说它跟季节有着紧密的联系，说它自转，是说它跟乡村土地的瘠薄留不住男人有着直接联系。它最初磕动山庄女人们的心房，是从寒风把河水结成冰碴那一刻开始的。其实是那日夜不停的寒风扮演了另一部分生活的使者，让它们一夜之间，就铺天盖地地袭击了乡村，走进了乡村女人等待了三个季节的梦境。它们先是进入乡村女人梦境，而后在某个早上，由某个心眼直得像烧火棍一样的女人挑明——上冻啦，玉柱好回来啦——她们虽然心直，挑明时，却不说自家男人，而要从别人家的男人打开缺口。而这样的消息一经挑明，家家户户的院子里便有了朗朗的笑声，堂屋里便有了霍刺霍刺的铲锅声。潘桃，正是从婆婆用铲子在锅灶上一遍一遍翻炒花生米时，得知这条消息的。到了冬天，在外做民工的男人们要打道回府，这是早就展现在她们日子里的现实，可一段时间以来，她们被一种虚妄的东西包围着，她们忘掉了这个现实之外的现实，或者说，她们进入了一个近在眼前的现实。那个属于山庄每一个女人的巨大的现实向潘桃走近时，潘桃竟一时间有些惶悚，不知所措。那情景就仿佛当初玉柱离她而去那个早上。潘桃将这个消息转告李平，李平的反应和潘桃一样，一下子愣在那里。她俩长时间地对看着，将眼仁投在对方的眼仁里。看着看着，眼睛里就同时飞出了四只鸥鸟。它们开始，还羞羞答答，不敢展翅，没一会儿，就亮开了翅膀，飞向了眼角、眉梢，飞向了整个脸颊。对另一部分生活的接受不需要太多的时间，它们原本就是她们的，它们原本是她们的全部，她们曾为拥有这样的生活苦苦寻觅，她们原以为一旦觅到就永远不会离开，可是，它们离开了她们，它们毫不留情，它们一走就根本不管她们，让她们空落、寂寞，让她们不知道干什么好，竟然把猪都放了出去，让她们困在家里觉得自己是一个四处乱爬的地瓜蔓子。一程一程想到过去，李平感激地看着潘桃，潘桃也感激地看着李平。李平说，真不敢想象，要是不遇到你，我这一年怎么打发？潘桃说，我也不敢想象，要是你也旅行结婚，不在大街走那么一回，让我看见你就再也放不下，我的生活会是什么样子。李平说，其实跟怎么结婚没有什么关系，主要是缘分，还是命运，谁叫我们都是歇马山庄的新媳妇。潘桃说，我同意缘分，也同意命运，但有相同命运的人不一定能走到一块儿，就说你姑婆婆家的两个闺女，结婚当年就生了孩子，就乳罩都不戴了，整天晃着脏乎乎的前胸在大街上走，你能跟那样的人交往？潘桃说完，两人竟咯咯地笑起来，最后，李平说，潘桃，看来我们需要暂时地分开了。潘桃说可不是，真讨厌，他们倒回来干什么？！

矫情归矫情，盼望还是一点点由表及里地进入了她们的日常生活。潘桃不再动辄就往李平家跑了，而是在家里里外外收拾卫生。李平不但地下棚上家里家外扫了个遍，还到镇子上买来天蓝色油漆，重新漆了一遍门窗。盼望在她们做完了这一切之后，又由表及里地进入了她们身体，在夜深人静的时候，在她们分别从内心里赶走对方，一个人在新房里默默地等待一个如胶似漆的拥抱的时候，一种刻骨铭心的身体里的饥渴竟山塌地陷般率先拥抱了她们。

冬月初三，歇马山庄的民工们终于有回来的了。他们先是由后街的王二两带头，然后山路那边，就出蘑菇一样，一个一个钻出来。他们由小到大，由远到近，几乎两三天里，就一股脑儿拥进村子。他们背着行李，大步流星走在山路上。歇马山庄，一夜之间，弥漫了鸡肉的香味烧酒的香味。这是庄户人一年中的盛典，这样日子中的欢乐流到哪里，哪里都能长出一棵金灿灿的腊梅。

然而，欢乐不是乡村的土地，不可以平均分配。在欢乐被搁浅在大门外的人家，腊梅是一棵只长刺不开花的枝条。当捎口信的人说，玉柱和他的父亲，和一家装修公司临时签了合同，要再干俩月，空气里顿时就长出了有如梅花瓣一样同情的眼睛。在外边，谁能揽到额外的活谁就是英雄好汉，谁就被人羡慕，可回到家里，就完全不同，捎信人倒变成了英雄好汉。捎口信的人刚走，潘桃就晃晃悠悠回到屋子，一头栽到炕上。

在婆婆眼里，潘桃的表现有些夸张了，无非是晚回来几天，又不是遇到什么风险，是为了赚钱，大可不必那个样子。再说了，就是真的想男人想疯了，人面上也得装一装，那个样子，太丢人现眼了。但是，婆婆没有说出对潘桃的不满。自从寒风把男人们要回来了的消息吹了回来，婆婆也变了样子，变回到年初潘桃刚结婚时那个样子，一脸的谦卑，好像寒风在送回山庄女人丢失在外的那一部分生活时，也带回了温和。潘桃的婆婆不让潘桃干活，不停地冲潘桃笑，当天晚上，还做了两个荷包蛋端到西屋，小心翼翼说，桃，起来吃呵，总归会回来的嘛。

一连好几天，潘桃都足不出户，她的母亲闻声过来叫过她，要她回娘家住几天，潘桃没有答应。父亲回来了，娘家的欢乐属于母亲而与她无关。婆婆劝她上外边走走，散散心，或到成子媳妇家串串，潘桃也没有理会。山庄的女人一旦被男人搂了去，说话的声调都变得懒洋洋了，她不想听到那样的声音。李平倒不至于那么肤浅，会当她的面藏着掖着，故意说男人回来的不好，甚至会说多么想她，可是，好是藏不住也掖不住的，相反，越藏越掖越露了马脚。冬月，腊月，两个月的时光横亘在潘桃面前，实在是有些残酷了，它的残酷，不在于这里边积淤了多少煎熬和等待，而在于这煎熬和等待无人诉说，而在于这煎熬和等待里，抬头低头，都必须面对一个人——婆婆。

女人的世界其实没多大，就两个人。李平实在了不起，李平的总结太精辟了。李平的男人回来了，就有了她的又一个世界，李平有了那样男人女人两个人的世界，便抛下她，撇下她，婆婆便成了她唯一的世界。最初的日子，潘桃对婆婆是拒绝的，不接受的，婆婆冲她笑，她不看她，婆婆把饭做好，喊她吃饭，她爱理不理，即使吃，也要等着婆婆的喊停下十几分钟之后，那样子好像是婆婆得罪了她，是婆婆导演了这天大的不公。结婚以来，她一直拒绝着与婆婆交流，她将一颗心从李平那里收回来，等待的本是玉柱那巨大的怀抱，现在，那怀抱不在，却出现了躲避大半年的婆婆，这哪里是什么不公，简直就是老天爷冥冥之中对她的惩罚，那意思好像在说，这一回看你怎么办。

老天爷对潘桃的惩罚自然就是对潘桃婆婆的奖赏，老天爷把儿媳妇从成子媳妇那里夺回来，又不一下子送到儿子怀抱，潘桃婆婆真是不敢相信这是真的。十几年来，男人一直在外边，独自守日子惯了，男人早回来晚回来，已不是太在乎，换一句话说，在乎也没用，你再在乎，为过日子，他该出去还得出去，该什么时候回来，还是什么时候回来，凡是命中注定的事，就是顺了它才好。而儿媳妇就不一样，命中注定儿媳妇要守在你身边，如何与她相处，做婆婆的可是要当一回事的。潘桃婆婆也知道，这新一茬的媳妇心情飘得很，跟那春天的柳絮差不多，你是难能捉到的，尤其一进门男人又扔下她们走了。但她抱定一个想法，她们总有孤寂的时候，她们孤寂大发了，她们那颗心在天空中飘浮得累了、乏了，总要落下来，落到草垛间和墙头上。她们一旦落下来，便要多缠绵有多缠绵，有时候，都可能缠绵得为一句话、一个眼神争得脸红或吵起架来。歇马山庄新媳妇不到半年就闹分家，就跟婆婆打得不可开交的实在太多了，为了能和儿媳处好，潘桃婆婆在潘桃孤寂下来那段日子，拼命和她说话，恨不能把自己大半生心里的事都敞给她，有时说得自己都不知为的哪一出，可是想不到这反而把儿媳说远了，把儿媳推给了成子媳妇。她怎么也想不到，村子里居然出了个成子媳妇。那段日子，做婆婆的心底下翻腾得什么似的，都快成一块岩浆了，飘飞的柳絮没落到自家的墙头落进了人家，实在叫她想不通，这且不说，忽而的进进出出，她看她都不看，把这个家当成了一个旅馆，饭店，这也可以不说，关键是，她从来就没叫她一声妈！这就等于她们还没缠绵就吵了起来，等于她们压根儿就没有好过。她们为什么要这样呢？这样子其实两边不讨好，人们会说，一边没娶上好媳妇，一边没遇上好婆婆，这实在是丢了刘家祖宗的脸。也是的，拉不近儿媳，心里气不过，就和成子媳妇的姑婆婆好上了，也是同病相怜的好，她们原来一点都不好。成子媳妇的姑婆婆曾苦天哀地地买了潘桃婆婆家一只老母鸡，说是娘家老爹得了风湿病，要杀给老爹吃，结果，潘桃婆婆在让利十块钱卖给的第二天，就听人说她拿到集上卖了十五块。为此她们三四年没说话。两个被儿媳妇和侄媳妇抛弃的女人不得不又好上，把各自的媳妇讲得一塌糊涂，然而潘桃婆婆无论怎么讲，唯一一点是清醒的，那就是，只要儿媳妇回到她身边，她是肯定不会再讲她的。现在，这样的机会终于来了，虽然做婆婆的还弄不清楚，儿媳妇人在身边，心是否也在，可是她的心不在这又能在哪呢，人家成子媳妇抛了她。人在自信时总会变得聪明，儿媳的心从外边收回来了，潘桃婆婆为了这个收，尽量找一些合适的话来说。婆婆知道说别人潘桃不会感兴趣，就说成子媳妇。她当然不能说她好，成子媳妇现在已经够好的了，好得都把潘桃忘了，再说她好她就该飞上天了；也当然不能说她的不好，毕竟她是潘桃的朋友，她们好时差不多穿了一条腿裤子。婆婆的话是那些不好也不坏的中间性的话。这有些不好把握，如履薄冰，但自信有时候还给人勇气，潘桃婆婆是一步步试探着往前走的。婆婆说，成子媳妇也不容易，爹妈都不在身边儿，又没有婆婆。这话的潜台词是，哪里像你，爹妈在身边又有婆婆，你该知足。婆婆说，成子媳妇倒挺随和，可怎么随和，那脸上都有一些冷的东西，叫人不舒坦。这话的潜台词是，你尽管不随和，各色一些，但面相上还是看不出的。婆婆说，成子媳妇看上去老实本分，其实村里人都说她很风流，是那种不显山不露水的风流，她脸上那一点冷，就是遮盖着她的风流。这句话的潜台词是，你尽管看上去很浪，但其实骨子里是本分的。婆婆所有的话，都是要从潘桃和成子媳妇的比较中找到潘桃的优势，从而巧妙地达到安慰的效果。然而，这些话恰恰是最致命的。安慰本身，就是一种照镜子，婆婆实际上是搬了成子媳妇这面镜子来照自己，自己无论怎么样，都在这面镜子里。自己难道是要成子媳妇来照的吗？！当然，最致命的，还不是这个，而是那些关于谁最风流的话。风流，在歇马山庄，并不是歌颂，是最恶毒的贬斥，这一点没有人不清楚，可是此时此刻，在潘桃心中，它经历了怎样的化学反应，由恶性转为了良性，潘桃一点都不知道。她只知道在听到婆婆强调李平的风流时，她的心一瞬间疼了一下，就像当初在街门口，看到成子媳妇与成子挽手走过时，心疼了一下那样，她想我潘桃怎么就不风流呢？她的眼前出现了李平被成子拥在怀中的场景，出现了李平被许多城里男人拥在怀里的场景。李平被成子拥在怀中，被一些城里男人拥在怀中，并不是在歇马山庄里与自己厮守了大半年的那个李平，而正如婆婆说的，是风流的，是从眼睛到眉梢，从脖子到腰身，通通张狂得不行了的李平。堂屋里的空气一层层凝住了，有如结了一层冰。这让潘桃婆婆有些意外，她说的话在她看来是最中听的话。潘桃婆婆先是从潘桃眼中看到了冰凌一样刺眼的东西，之后，只听潘桃说，当然成子媳妇风流，你们哪里知道，她结婚之前，做过三陪，跟过好多男人了。

说出这样的话，潘桃自己没有防备。她愣了一下，日光中婆婆的眼睛也瞬间瞪大，愣了一下。但是话刚出口，她就觉出有一股气从肺部窜了出来。多日来，那股气一直堵着她，在她的胸腔里肺腑里鼓胀，现在，这股气变成了一缕轻烟，消失在堂屋里，潘桃感到了从未有过的轻松。

七

在与成子团聚的时候，李平并没有像潘桃想象那样多么放纵多么恣肆，李平十分收敛，新婚时毫无顾忌的样子一点都不见了，好几次，成子从院里走进堂屋，顺手往她的胸上摸一把，她都没好气地说，你——粗鲁！晚上，成子不顾一切，把炕上的石板弄出声响，也希望李平有点动静，可李平就是不出声。成子着急，胳肢她笑，李平恼怒着说，怎这么没脸皮。李平不够放松，有意收敛，激起了成子的恼火，你，刚分手不到一年就变了心，为什么？见成子恼火，李平直直看着他，目光忧郁着说，成子，你才变了，年初你还是个孝子，怎么不到一年就变得这么粗鲁，你不想想，咱们是两个人，可爸在外干了一年回来，还是一个人，你不为他想想。见媳妇的拘谨是出于一份善良，成子的恼火转成感动，热烈的亲密便只缩到被窝深处，并且，一场酣畅淋漓的亲密之后，两个人往往看着天棚，听着窗外寂静的夜声，会立即陷入一种静默，好像她们做了什么不该做的事，有了罪过。刚进于家，因为不能设身处地，李平并没有这么深入地体会公公，那天，成子和公公从外面回来，她做了一桌好菜，她和成子有说有笑，可是公公吃了几口就放下筷子出去了，公公出院儿，李平也放下筷子跟了出去，见公公直奔西山顶婆婆坟地，那一刻，李平知道这个春节、这个团聚的日子该怎么过了。她绝不让成子在大白天走近她，而且有的活，比如杀鸡，她和成子追上抓着，却要一手拿刀一手拿鸡走到公公跟前，要公公杀。而干活时，又总是跟公公无话找话，说夏天的干旱，说村长收了几回水利费和农业税，说壳郎猪不知为什么有几个月不爱吃食，说养了十只母鸡结果就三只下蛋。李平所说的一切，都是乡下人一年当中最最关心的事情，是乡村日子在一年中的重要部分。李平说这些，单单没提潘桃。在过去的一年中，潘桃是李平日子中最最重要的部分，可是李平没说。李平没说，绝不是有意回避，而是当着公公，她根本想不起潘桃。和公公说话，过去生活中那些被忽视的、不重要的事情，你方唱罢我登场似的，纷纷涌到她的眼前，而与她朝朝夕夕在一起，险些让她忘了鸡鸭猪狗的潘桃，却云一样，转眼间无影无踪了。

压抑着团聚的欢乐，每时每刻替公公着想，是李平目前面临的最大的现实，这样的现实又牵连出过去生活中另外一部分现实，使潘桃变成了与现实对立的一个虚无。此刻，潘桃确实成了李平生活中的一段虚无，她已把她忘了，她的每一时刻都是有着紧凑的具体的安排的，比如什么时候磨米磨面，什么时候杀鸡杀猪，什么时候浆洗衣服，什么时候买布料做衣服。唯有上集时，李平才想起了潘桃，想应该喊她一块儿去，可是在家里一直放不开手脚与媳妇亲密的成子早就骑车等在村西路口了。

这一天，与成子上集采买年货的这一天，李平还真的一程一程想起了潘桃，因为李平顺便在镇上烫了头。李平在烫头时，想起了潘桃曾跟她讲过的跟玉柱恋爱的故事，那故事因为有着黄昏的背景，有着音乐的旋律，极其的浪漫美丽。李平从理发店出来，与成子肩挨肩往百货店转，心里突然起了一份伤感，为潘桃——直到现在，她还没有跟玉柱见面，她一定是很苦的。李平真实地感受到了潘桃的痛苦，真实地同情潘桃，一路上都在想着潘桃的事，可是，回村路过潘桃家门口，却没有拐进去。非但如此，李平在潘桃家门口走过时，还格外加快了步伐，好像生怕潘桃看见。李平确实是怕潘桃看见的，尤其是跟成子一起。就像在家里不愿意让公公看到他们在一起一样。

　　一转眼，腊八到了，腊月初八是吃八样豆做的米饭的日子，但是，成子父亲和成子商量，这一天杀年猪。成子父亲要成子提前一天到村里请几个人喝酒。姑姑、姑夫，村长和会计，还有和他们在一个工地干活的于庆安、单进奎。这一天成子家每个人都有了自己的活路，成子请客，父亲劈柴，李平切萝卜和酸菜准备杀猪菜。劈柴活累，要动力气，请客活轻，只动动嘴，但成子还是不愿父亲一个人挨门挨户走。一个孤单的人在街上串，总有一种流落街头的感觉。这一天里，于家家里家外都充满了活络的气息，院外，有噼噼啪啪的劈柴声；屋里，有哐当哐当的切菜声；锅底，有呼呼呼呼火苗的蹿动声；锅上，有咕噜咕噜水的翻开声。李平的脸粉里透红，红里透着灿烂的微笑。公公脸上尽管没有笑容，但也是平展的，安详的。成子中午回来吃饭向父亲汇报时，语速很快，声调很高，透着压抑不住的自满自足：我先去了黄村长那，他一听就答应了，说谁请我不到，你爸请我不能不到。成子的汇报，自然让父亲和李平都凭增了士气。日子在这样的节骨眼上，该是它最有滋味的时候。下午，成子再一次离家时，李平破例喊住他，说，你该把棉袄穿上，外边起风了。成子回屋穿棉袄时，李平抿住嘴，朝成子狠狠看着，看上去面无表情，但成子一下子就看出来那满得快要溢出来的幸福。其实它已经溢了出来，只是他不点破而已。

　　日子在这样的节骨眼上，若说有滋味，也是一种农家里极其平常的滋味，若说它平常，其实是说它没有什么波澜不是什么奇迹，是日子正常运行中必该有的事情。然而，这滋味因为一年当中并不多见，因为难得，它也便是农家里最不平常的滋味，是那平静中的波澜，平实中的奇迹。拥有这样波澜和奇迹的于家人，统统表现了一份知足，一份安定，他们一点也不知道他们的生活里还潜藏着什么。

　　事情是在下半晌露出水面的。事情在露出水面时，没有半点前兆。下半晌，公公劈完柴，到街外的草垛边抽烟去了。李平从锅里捞出鲜绿的萝卜片，正要往热水里切海带，成子从外边大步流星回来。李平因为有了中午时分跟成子的分别，以为这大步流星里携带的是兴奋，是欣喜，忙抬头迎住他。这一迎可把李平吓坏了，成子的脸扭曲得仿佛一只苦瓜，粗重的喘息从鼻腔传出时，顶出一股李平从没见过的愤怒。应该说，他脸上的愤怒和鼻腔里的愤怒呈一种你争我抢的趋势，把成子整个一个人都改变了，变成了一副穷凶极恶的样子。成子逮住李平目光后，擒小鸡一样把李平从灶台边擒到里屋。成子威逼的目光和手中的力气，让李平感到自己一瞬间变成了一粒尘屑，渺小、轻飘，而成子却仿佛一座山一样高大、威严。李平不知道发生了什么，李平目不转睛地盯着成子，心悬到嗓子眼儿，堵得她喘不过气息。这时，成子哆嗦的嘴唇中吐出了几个字，是石头，但落了地。你骗了我，你跟了城里人，你骗了我。他是希望李平把石头捡起来，扔掉它，可是，李平不但没有捡起来扔掉它，反而将它夯实——迷乱之中，李平也从哆嗦的嘴唇中吐出几个字：是的，我是骗了你，我是跟过城里人，可是，我确是爱着你的。字是石头一样沉重，落地有声，可是在成子听来，不是石头，而是一枚炮弹，它落在他与李平之间，轰然滚起万丈浓烟，弥漫了她的视线，弥漫了她的生活。成子一松手，将李平推到墙边，后脑勺与墙壁砰的一声撞响之后，成子大喊，你给我滚——

李平当天下午就夹包离开于家，离开歇马山庄，回娘家去了。李平走时，用围巾把自己出过血的后脑勺包扎得很严，从走出门槛的第一步，就再也没有回头。

成子家的猪没有杀成，父子俩关门三天三夜没有起炕。

潘桃是在李平离村的第五天才从婆婆口中得知消息的。她得知消息，异常震惊，立即清醒是谁搬弄的是非，眼睛直直地盯住婆婆，目光中含着质问。可是盯着盯着，想起自己在说出那样一个事实时的痛快，不由得低下了头。

玉柱和他的父亲在腊月十三那天回来了。玉柱没有得到想象中那样热烈的拥抱，潘桃也抱他亲他，但总好像心中有事。玉柱一再追问到底发生了什么，潘桃坚决不说。潘桃不说，却要时而地叹息，眼神的顾盼之间，有着难以掩饰的惆怅。那惆怅蚕丝似的，一寸一寸缠着日子，从腊月到正月一直到二月。二月底的一天，潘桃婆婆在外面喊，看，李平回来啦——潘桃立时扯断眼中的惆怅，一高跳下炕，跑出屋子，跑到大街。李平确实回来了，正和成子走在街上。然而他们却不是结婚那天那样，一左一右，而是一前一后。李平脸色相当苍白，眼窝深陷着，原来的光彩丝毫不见。李平看见潘桃，立即扭过脸，仰起头，向前方看去。脖颈上，耸立着少见的，但潘桃并不陌生的孤傲。

潘桃本是要同李平说句什么，可是李平没给机会。

三月底，歇马山庄的民工又都离家出走了，李平家常去的，不再是潘桃，而是李平的姑婆婆。潘桃已经怀孕，每天握着婆婆的手，大口大口呕吐，像说话。婆婆听着，看着，目光里流露出无限的幸福与喜悦。

原载《人民文学》2002年第1期

第三届鲁迅文学奖

马嘶岭血案

陈应松

我就要死了。活着也就跟死了一样，脑壳瘪瘪的，像一个从石头缝里抠出来的红薯。头上现在我连摸也不敢摸，睡觉不是坐着就是俯卧着，九财叔那一斧头下去我就这个样子了。当梨树坪的两个老倌子把我从河里拉起来时，说，这是个人吗？这还是个人吗？可我还活着，我醒过来了，指着挑着担子往山上跑的九财叔说："他、他、他要抢我的东西！"我是指我们杀了七个人后抢来的财物，又给九财叔一个人抢走了。医生在给我撬起凹进去的颅骨时说："撬过来了反正还是得崩。"还有一个刮瘦的护士给我扎针时说："你还晓得怕疼，我的天，到时一枪下去，那么大的洞看你喊疼去。"我疼得天昏地暗，这不是报应吗？九财叔砸我，我砸了别人，别人都死了，我却疼痛地活着。

就这么等死的时候，前天老婆水香捎来了儿子的照片，一张嫩生生的照片，背景是红的，是在镇照相馆刘瘸子那儿照的。儿子在向我傻乎乎地笑着，咧着没齿的嘴巴，眼泡肿肿的，耳朵大大的，活脱脱一个水香，活脱脱一个我。

现在是深冬了，早上放风出去地上有凌。再有一个月我就要与这世界再见了。

今年的秋天，九财叔来找我，让我跟他一起去当挑夫。我当时想都没想，就答应了。一个月三百块钱呀，不少了！尽管是到很高很远的马嘶岭。

我记得那个秋天早晨的山路是多么安详，水香的声音在干爽暖和的山路上飘荡着，还带着一股子挥之不去的乳香，紧紧依着我的鼻扇。临走的那天晚上，我糊糊涂涂地就要爬水香了，水香说，别压坏娃子哦。我说不压，不压。我忍了几个月了，可这一走一两个月，我实在忍不住了。水香在下面说，别压坏娃子哦……那个早晨的山道上红叶似火，天空像一张豁然张开的大嘴，瓦蓝瓦蓝，温馨的风像狗毛一样骚扰着脸颊，水香的声音就在那儿荡漾着，像山岚一样娇软若无："别压坏娃子哦……"这声音只有我一个人能听见。我嗅吸着声音里的乳香，在前头快快地走着。我不想跟九财叔走一起。分别时，九财叔睁着那只没眼皮的右眼睛，瞪着我跟水香道："快点上路！"

九财叔也在死劲地嗅吸着，他是在嗅吸空气中霜打过的野柿子的甜味。我给站在石坡上的水香挥手，水香穿一身紧身红袄，肚子鼓鼓的。我在想，一个月三百块，这次去当挑夫，我是为水香挑的，为水香肚子里的娃儿挑的。

我们两天以后才到了马嘶岭。

马嘶岭是南山里面的野岭，燃烧得更加炽烈。茂密的冷杉林，鲜红的桦树，高挺的山毛榉，英气逼人的岩上松，还有那么多枫、栌、槭树和灌木的金黄色，萱红色，到处的秋花，野葱，兽迹，让人看得呆哑无言。五十多岁，戴着眼镜，头发爬顶的祝队长拿出一个仪器来，说："到了，是这儿。"另一个姓王的小王就拿出一张地图，指着说："正是这儿。"又问九财叔说："这是马嘶岭吗？"九财叔说不清，小王又问炊事员老麻，老麻也是我们当地人，他说这应该是马嘶岭，他说他听打猎的讲过，马嘶岭到处是野葱野蒜，"这就是了"。他扯了一大把野葱，他说以后我们就有野葱吃了，特别好吃的，用盐溇了最好吃。他掐着野葱的根须，一根根把它们分开，放到鼻子下闻闻，又让那些人闻。小杜就接过去闻了，她是踏勘队唯一的女娃子，她说："好香，好香。"

我们就这么住下来了。他们住一块，我们住一块是三个人，炊事员老麻、九财叔和我。老麻后来嫌我们，住到厨房小棚里去了，在灶口柴窝里铺一床絮，比我们强多了。我们冷，头一夜就跟睡在冰岩上差不多。我一床被，九财叔一床絮，搭伙的。他的絮又破又烂又薄，怎么也隔不断冰冷的地气，第二天我去割了几捆芭茅垫在下面，才略微暖和些。我们的棚子是塑料纸的，而祝队长他们是帆布的，还没有缝隙，完整的帐篷，像一个屋子，里面还有间隔，那女娃子小杜就睡在最里头。

刚开始我们知道他们是找矿的，第二天就得知他们是专来找金矿的，是为我们找金矿的。也许就是那个该死的"金"字，这黄灿灿的让人想到荣华富贵的"金"字，开始撩拨了我们。不对，应该是撩拨九财叔了，撩拨他心中早已枯死的那个欲望了。本来他都老了，两条腿虽说能挑个百八十斤儿的，但常也有蹒跚的样子了，眼睛也没什么神了，内心快坍熄了，只等哪一天一场大病，或是喝酒喝死，阎王爷安静地把他收去。

第二天就听到祝队长说："这就是我们的踏勘靶区。"他指着马嘶岭和岭下的马嘶河谷，声音洋溢着一种喜悦和轻松，好像来这里是玩耍的。其实这里荒无人烟，崇山峻岭，巨大的河谷吞噬着天空，马嘶河和雾渡河在这儿汇合，流淌着的河水在秋天通体泛红，好像一头巨蟒吐出的信子。我听见小杜那女娃子说："好美呀，太美了。"还拿着一个很小的相机咔嚓咔嚓地给他们拍着照片，也让人给她拍。小杜这女娃子长得像山里的洋芋果，圆圆叽叽的，个头也不高，爱笑、爱唱歌，我就暗自给她取了个洋芋果的诨名。那个身子单薄的小谭长得像根峨眉豆，他的刀条脸和身子，不是峨眉豆是什么。我听见他们说着那周围的岩石，祝队长指着河谷说："这就是开门金。"他比画说："河流骤然变宽了，流速减慢了，上游带来的泥沙、砾石、沙金都沉积于此了，看见了吧，开门金！"他说了几遍开门金，说过去这儿因为没有人烟也没被开采，可能有小量开采，因为这周围是土匪窝子，没人敢来，就算淘出了金子，也会被抢被杀。

我的心那时有一种豁然开朗的感觉——开门金！我忽然对这些产生了兴趣，仿佛也成了他们中的一员，完全忘了我不过是他们的苦力和挑夫。祝队长是头儿，他总是站在中间，那几个人站在两旁，听他手拿着小锤敲打着岩石讲解，那个常在他手上的有数字跳闪的东西我也知道了它叫GPS，卫星定位的。后来洋芋果小杜给我说它是用十二颗天上的卫星定位的，我们现在站在哪儿，经度多少，纬度多少，海拔多高，它一下就显示出来了。她说我们现在站的这个地方，马嘶岭的海拔是三千四百零九米高。我问她这个东西值多少钱，一头牛钱吧？她当即就哈哈大笑起来，把我笑毛了。可我之所以敢问她，是那天大家喝了点酒后我在他们的怂恿下唱了几个山歌子。她说我的山歌子唱得好，当即就把我的山歌录下来了。我知道那是录音机，可没见过那么小那么薄的录音机。我还问过她关于剥夷面的事。她指着祝队长指过的河谷对岸，高耸入云的一扇巨大石壁，光秃秃的。我只能隐约知道"剥夷"是怎么回事。剥夷面上，经她的指点，我似乎看到了一条石英矿脉，因为在夕阳里那儿闪着耀眼的光斑，还有云母。她说在它的顶上，也就是台面上的塔状熔岩，很好看吧，是一种碳酸盐岩。她说她们去看过了，那儿曾有炼过硝盐的痕迹，地图上有个地名叫晒盐坡，估计是那儿。她说你们这地方保存了第四纪冰川地貌，也就是七八十万年前的，那刃脊，冰斗，冰蚀槽谷，还有漂砾。"你看，"她指指河谷中那些巨型的石块说，"那些石头不是原本在此的，是从别处搬运来的，谁有这么大的力量？就是冰川，冰川就是神仙，力大无比。你看那三角面，很清晰的冰川流动时削磨的痕迹，把巨石从远处搬来了。"

她轻描淡写地给我说着这些，我却觉得她的话撼人心魄，在那个晴朗无风的傍晚，无数玄燕和蝙蝠滑翔的河谷上空，我听到了冰川轰隆隆运动的声响，而当时的山冈是寂静的，旷古的寂静，这女娃子的话让我热血沸腾，浮想联翩，仿佛眼际滚过了那个壮观的七八十万年前的场景。我真的佩服他们。这女娃子跟我跟水香一般年纪。可我没读多少书，初中没读满就辍学了。我爹是个"八大脚"，八大脚就是抬死人的杠夫，他除了抬死人，挣几双草鞋钱，没屁的本事。

这天晚上，西南方的山坡上突然射出了一道强光，有如电焊的弧光，一直刺入云天，把周围的山坡、沟坎都照得如同白昼。那边帐篷就有人惊醒了，问是谁在照。大家都起来了。忽然那强光变成了两个光点，一上一下。大家以为是野兽，五六只电筒一起射去，那光点一动不动，祝队长就叫大家操了家伙跑过去扑打，不见了影形，也没有什么野兽，遂回到帐篷。而这时那光点又只剩下一个了，在帐篷顶不远的崖上直射我们。

"这莫不是鬼么？"九财叔说。祝队长他们那一夜都没有睡着。早晨起来去山坡上查看，什么都没有。方圆百里无一个人，无村庄和电线，这么强的光是从哪儿来的呢，又是什么东西所为？这个问题困扰着我们，祝队长宽大家的心说，你们不要怕，长期在野外生存，什么神秘的事儿都有。这个地方，听说过怪事不少。九财叔坚持说是野鬼，还说是什么独眼鬼，见了我们这些人稀奇。他说南山里不仅有几丈高的红毛大野人，还有鬼市。你们不知道鬼市吧？有一年来南山采药的一群人，晚上在老林里看到了一条小街，好不热闹，什么京广杂货都有，买货卖货的人把衣裳都挤破。几个采药人也去买了些东西，有买鞋子的，有买衣裳的，便宜得不得了。第二天早晨一看，鞋子变成了草鞋，衣裳变成了棕叶，店家找给他们的钱全变成了冥钱，再去找那条街，哪儿找去，莽莽森林，除了树还是树，什么都没有。做饭的老麻也附和道，他们隔壁村也有过怪树的，有棵叫水洞瓜的树，是千年老树，从来只结籽不开花的，只要六月开花，这年必山洪暴发，开花的时候，树心里面就传出叮叮哐哐的锣鼓声，天一放亮就没了。说有个小娃子去上面掏鸟窝，掏出了三双草鞋云云。事情越说越玄乎了，说得大家脸色发白，倒抽冷气。祝队长就严厉制止道："老官，老麻，你们不要在这儿瞎说了。老官，你要是信鬼，今晚你给我捉一个来，如果捉不到，你就走人。"

一开始祝队长就不喜欢九财叔，九财叔本来就不是一个讨人喜欢的人，所以祝队长就想赶他走，这是九财叔恨祝队长的始因。另外，那个一听九财叔说话，就从喉咙深处发出一种怪笑的姓王的博士也不喜欢九财叔。姓王的博士总是干干净净，头发方寸不乱，油水很厚的样子，不过他那个头就像个大田螺。他说："别吓唬我们了，我们这些人都是久经沙场的，别看你们经常在山里转悠，但也比不上我们在野外生活的人。"

九财叔没有捉到鬼，踏勘队就响起一片嘲笑之声。我们跟在他们屁股后面，挑着一两百斤的东西随行。我们挑夫挺苦，一天十块钱，赚得很难。挑着一两百斤的东西，翻山越坎，过河上坡，他们徒步都困难，更何况我们这些挑夫。一头是他们刻槽取样的石头，剥离的石头，一大块一大块的，就往我们箩筐里丢。有时候，扁担上肩，腰却挺不起来，咬着牙，腰椎一节一节地压趴了，人站起来了，腿都在哆嗦，心想，这就是命。担子的另一头有石头也有一些贵重的东西，那个像夜壶一样的家伙，是个什么水准仪。水准仪不止一台，有一台是日本的家伙。这些仪器常被分成几段拆卸后放进箱子里，再装入箩筐。祝队长虽然讨厌九财叔，可还是信任他的力气，认为让他多挑贵重的东西牢靠些。

两天后，祝队长和小谭去了一趟山外。为了防止野兽和坏人，他们上山来时配了一杆闪闪发亮的双筒猎枪，还给他们每人带来了一把跳刀，祝队长的绑腿里原来就插了一把美国猎刀，一尺多长，听他说，是一个外国同行送给他的。我慢慢才知道祝队长其实是去替他们领钱去的，还买烟买电池买扑克，给洋芋果小杜买来了许多糖果和女人用的东西。小杜把祝队长喊祝老师，小谭把他喊祝教授。听说祝队长是小杜的导师，小杜是他的研究生。小谭不是，只是祝队长手下的一名工作人员。他下山是去给他在乡下读书的妹子寄学费去的。我听小杜问他："寄了么？"他说寄了。这是与钱有关的事。每当这时，九财叔的耳朵就支棱得很长，好像是与自己有关的。他晚上愤愤不平地告诉我说："他妈的他那娃子一个月就能赚两千多块钱。"他说的是瘦小的小谭，我们都知道他是个山里娃子，与我们口音相近。我问那祝队长不更多？九财叔说，听说他有好几个金矿。我说他有金矿？九财叔说是人家的金矿，他会找金子，人家就拉他入伙，叫技术股，那金矿他还不占一份？这儿若找到了金矿，他又有了一份。听说他光乌龟车就有两部，有一部现在停在县城里，是他自己从省里开来的。我不知道九财叔是怎么知道的，你别看他平时闷声不响，瞪着一只永远也关闭不上的可怕的眼睛，可他知晓起别人的事来，好像长了好几个耳朵。

祝队长回来说到那怪光的事，说调查了，周围没有电焊的，说山下的人说了，南山山里是有一种奇怪的光，学大寨那会儿，山下一个村里有一块田也发出过怪光，也是贼亮贼亮的，像探照灯。他说是否与我们踏勘的岩层有某种关系，比如是一种石英，反射了太阳的光或者别的什么光。透明石英也就是水晶。

离这里不远据说有几个水晶洞，而且可能还含磷。在那个剥夷面上，你们看见没有，有许多水晶亮点，在早晨尤其清楚，已经可以断定，这是石英脉型的金矿。那边的剥夷面，花岗闪长岩与石英闪长岩的身边，与金矿最密切，所以，这是金矿给我们的强烈信息。他转过头来对我跟九财叔说："有了金矿，当地政府开始开采，你们这儿的经济就会大发展，农民就会富起来，公路就会修通，这儿，说不定你们说的那个鬼市就真变成了现实哟。"他对九财叔说："你会顿顿有酒喝。"祝队长罕见地给他开了个玩笑。这种未来的憧憬把老麻说得一愣一愣的，老麻对我们说："祝队长是给我们做好事来了。"

晚上他的菜做得格外有味，野葱拌上了更多的香油和野花椒，加上祝队长与小谭提回来的两瓶酒，我们一人分了一杯。九财叔和老麻看到酒，眼睛就放光，他们眼里充满了对祝队长的感激。上山来的这几天，我，九财叔和老麻，跟他们六个踏勘队的人是分开吃的。我知道他们的饭比我们好，每顿都有肉，做的时候我和九财叔就闻着香味，直咽口水。我想要是我们天天吃上他们那样的饭，也就等于做上了城里人，跟他们平起平坐了。

下山了，我那想做城里人的想法，让那一担沉沉的石头压得无影无踪。

我们要挑出他们取样的石头，到山下一个地方交给后勤分队，然后再挑回大米、面粉、菜、油盐。下山就是出山，来去得三四天。当你挑着那么沉重的石头走无穷无尽的石头时，你的心里就像压着一块石头，脚上绑着两块石头。石头缠上了你，百多里的路，峡谷，险峰，乱石滚滚的高地，龇牙咧嘴的悬崖，全是石头，石头，石头。我们上山时还行，与九财叔下去，两担石头，两个无声的人，走在茫茫的石头上，走在深深的石缝里。从出生以来，哪儿挑过这么沉重的东西呀，挑的是石头。九财叔一句也不吭声，我在苦巴巴地想着家里待产的老婆水香，欲哭无泪。我在想着人与人差别真是太大了，过去在家不觉得。原以为一月三百块的工钱，是抱金娃儿呢，而人家小杜、小谭、王博士他们一月就能轻松拿好几千。听说我们村长一个月拿一百五，大家还羡慕得要死。今年天干，庄稼没啥收成，羊也渴死了几只，收农特税的村长上了几次门，威胁我爹说，你不交税就不让你家媳妇生娃子。八大脚的我爹是横了，叫嚣说我倒要生生看，生下来你村长有种的把他掐死。我挑了石头就能生娃子，我挑了石头就能给家里交税，还能给水香和娃儿买吃的穿的。就为这，我也要挑啊。

那天晚上，我累得开始屙血。

我给九财叔说我屙血了，九财叔不相信，到草丛里一看，九财叔叹着气，说屙两天就好了，人的力气都是压出来的，不压不知道过日子的滋味。九财叔说，你知道祝队长有两辆乌龟车吗？我问他是听谁说的，他说总有人给他讲。他躺在葛藤攀附的石头上，望着林子上面的天空，用石头敲着石壁，说："村里的吉普是村长三千块钱买回来的，那他的两辆乌龟车不要几万么？"我们那儿的人把小车都叫乌龟车，因为它们都像个骚乌龟。我没有搭理他，我在想水香肯定不知道这会儿我在荒郊野地屙着血，对着一担死石头无可奈何。她以为我是到外头寻快活见洋广去了。没有我在身边，水香肯定是眼巴巴地望着念着我，被子里也空凉凉的。她嫁过来，我还没离开过她，她也没离开过我。我揉着自己已经开始磨烂的肩膀，看着箩筐里的那些石头，想着想着，泪就出来了。九财叔吃惊地看着我，那只没有眼皮的眼睛像一颗苦桃一动不动，突然从他背着的垫絮里"刺啦"撕下一块棉絮，过来垫到我渗出血水的肩上，又抱出我箩筐里的一块石头，"哗啦"丢进了沟壑里。

我一见慌了神，喊："甩不得的，甩不得的。"我顾不了一切滑进深沟去捡那块石头，"这不能甩，这编了号的！"

我抱着石头爬上来，九财叔还是那么瞪着我："蛋尿！"

"这是编了号的！"

九财叔什么都不知道，人家在石头上写了字，也在他们的图纸上记下了的，画了好多图。可九财叔什么都不懂。

我把矿石重新放进箩筐里。"这是矿样！"我对九财叔说。

"这不就是石头吗，蛋尿！"九财叔说。他没有文化，我跟他是说不清楚的，只当跟猪说。

"好，你屙血，屙！屙！"他恶狠狠地说。

他不理我，他挑上石头一个人向前走了，我也只好又把石头上肩，扁担在磨破的肩上吱咯，吱咯，吱咯……

我正在埋头一步一挨着，听见前面一阵响声，我猛然一抬头，看到九财叔握着扁担，站在那儿，一动不动。前面的箭竹丛里，蹿出来一群野猪，就离九财叔不远！

"上树！"九财叔一声喊，我甩下担子就往最近的一棵树上爬。我还没有看见过那么多拖儿带女黑压压的野猪群，我往上爬，踩断了一根枝丫，从树上掉下来，摔得屁股一阵锐疼。我看见九财叔非常紧张，可他又不能动，只能对峙在那儿。我这摔下来的声音，引起了野猪们的警觉，一个个竖起毛刺刺的耳朵，亮出尖尖的豁吻和寒光闪闪的獠牙对着我们。我接着又往树上爬去。"叔，你上啊！！"我拼了老命喊。这一喊，野猪们出击了，箭竹丛一阵哗哗地骚乱，滚滚黑浪就向我们卷来。

"你混蛋！"

九财叔拉下我就朝陡坡下跳去，至少有三米高的陡坡。我落到地上，卡在一个石缝里，脑袋好像撞上了什么，一阵迷糊。野猪的吼叫声在岩上面。过了一会儿，我头脑清醒了，听见九财叔说："治安，治安，你在哪？"我说："叔，你在哪？"九财叔爬过来替我翻了个身，恶声恶气地说："让野猪把你吃得干干净净！"我摔得不轻，懒得跟他论理，他又吼我要我快抽出开山斧来。我从腰里抽出了开山斧，我们谛听着头顶，野猪们急吼吼的，但并没往下面跳。我们贴在石头下，大气不敢出。"得亏没有血腥味。"九财叔说，他是指我们没有摔出血来，野猪没有对我们继续追击。我看九财叔，已摔得鼻青脸肿了，那只没眼皮的眼睛里充血，红森森的，脸上、手上有深深的划痕。我知道自己也摔得不轻，浑身疼痛。天渐渐黑了，我们不敢上去，就着石崖，点燃了一堆火。这深山里的秋夜，寒气浸人，又冷又饿。九财叔说千万别动，野猪是很有头脑的。坐了一夜，第二天天亮后，见没什么动静了，我们手拿开山斧小心翼翼地爬上岩去，看到我昨天爬的那棵树，已经被野猪撞倒撕烂了，我们的箩筐也被掀翻，矿石、我们的被子践踏得脏乱不堪，沾满了臭熏熏的猪屎。我们收拾好石头，只好慌乱地逃出这个野猪出没的野猪坡。

这一趟，少了两块石头，是九财叔担子里的。他不知祝队长都标了记号，回来签收单上都记下了。估计是在野猪坡被猪拱翻后弄丢的。为此祝队长又狠狠批评了九财叔一顿，并且宣布扣他两天的工钱。为这两块石头，九财叔这趟白挑了。九财叔言语不多，没有解释，只是瞪着那只没眼皮的眼睛看着祝队长。我给他们解释说我们遇到了野猪群，可能是野猪把我们的石头掀到山下了，我们还差一点没了命。可是办事认真的祝队长说这不是理由，这些矿样比生命还珍贵。

"你以为石头跟石头都是一样的？"姓王的博士歪着田螺头给祝队长帮腔说。他们不相信我们的话，以为我们是故意丢弃的。

"你这么一丢，我们这么多人至少一天的劳动白费了。"洋芋果小杜笑着想缓解气氛。

事实上那天的气氛并没有缓解。那天晚上吃饭的时候，小谭还给了九财叔一杯酒，说是请他"代"了。九财叔把酒喝了，连谢也没谢人家，倒头就睡了。

我怀疑那石头是他故意丢的，在半道上趁我没注意把它丢掉了，以减轻肩上的重量。

深秋的马嘶岭夜晚，寒风比白天严厉千百倍，有时候飘下一点小雪，有时候飘下一阵细雨——雨是由浓雾而来的，滚滚的浓雾时常淹没我们。在夜晚的深处，马嘶岭万马嘶鸣，它们从天庭滚过，践踏得森林嗡嗡直响。这种马嘶的声音，就像有无数鞭子鞭打着它们。而那几天，我听到的却总是黑压压的野猪在奔跑和狂叫的声音，仿佛它们就在我们头顶，不断地来去，不断地聚散，没有停歇，让我噩梦连连。老麻听了我们的故事啧啧称奇，说："我不信，你惹了野猪没被吃掉，这说不过去嘛。熊比虎狠，猪又比熊狠，这谁都知晓，你们就损失了两块石头？哄鬼。"我说："钱就是用命换的嘛。"老麻就劝九财叔说："有命在，二十块钱就不算啥了，留得青山在，不怕没柴烧。说不定哪一天，你们在这山上能捡块狗头金回家呢。"

没有灯，我们坐在火堆旁，火堆是抵御这凶恶寒夜的一道温暖的屏障。用盐粉揉着一盆野葱的老麻来了兴致，说给我们讲一个狗头金的故事。

老麻那天说的是他们雾渡河上游上辈子人的事。他说马嘶河沿途是有金子的。他说的是旧社会。他说有个人捡了一坨金子，刚开始只觉得是块石头。他把话岔到九财叔丢矿石上去，说，你看起来是块石头，他们看起来里面就有金子，听说含金量还蛮高呢。他说有这么个人，是到河滩刨地刨的一块石头，黄黄的，也没作金子想，捡回去丢到猪栏屋里了。晚上起来拉尿，看到那块石头闪闪发光，就知道有内容了，找人一问，我的娘耶，是块狗头金，这么大——他比画有一个狗脑壳大——于是就到宜昌去，换了足足五百大洋。他揣着这么多叮哐乱响的洋钱，就想到窑子里去嫖一嫖。问好了，有个宜昌城最有名的婊子，长得闭月羞花沉鱼落雁掐得出水来，于是就寻去了。嫖过之后，两人互问籍贯姓名。那婊子一听，知道遇上了自己的亲生老子。为何呢？因这男的生了五六个妮子，后又生了一个妮子。这妮子长到六七岁时，家中无力抚养，便卖给了别人，哪知这妮子长大后误入妓院。虽然与父母姐妹分别时还小，互不认识了，但那妮子还记得自己的老家，记得亲娘老子的大名。于是在生父离开时，在他一双备用鞋里插了根针，针下附了一信。那男的离开后，到晚上在一客栈里洗脚换鞋，一穿便扎了脚，细细查看，发现鞋内有一根针，还扎了一张信笺，展开一看，上写：您是我的亲老子，做了不该做的事，云云。这人读完后觉大事不好，赶去那妓院，一问，得知自己的女儿因羞愧难当，已经投江自尽了。

讲过这些故事后，老麻对我们说："你们天天跟他们一起出去挖，说不定走狗屎运，真挖出一坨金子，也有可能。运气来了，门板都挡不住。"九财叔苦笑了一声，沉默了。我给老麻解释说："你以为这石头是狗头金啵？听说最富的矿，一吨石头才能炼出几克来。"我用手指抓了一撮冷灰示意:"就这么多。不过,也有的一吨石头里含一斤多金子的,但这少而又少。"九财叔横了我一眼道:"你懂!"我拿出枕头下的一本书给他们看说:"这里面全有。"他们就像看生人一样看着我,我便有点得意了:"是小杜借给我看的。"

的确是她借给我看的,是一本《金矿地球物理找矿》。我跟她出去有几天,我们是分两个组,我帮小杜她们挑东西。小杜给过我一种糖吃,不知啥糖,吃到口里一股煳锅巴味,我就问这是啥糖,她说叫巧克力。"很难吃的。"我说。"一颗抵你们小卖部一斤水果糖的价。"她对我说。这么贵!怪不得包得这么精精巧巧的,我就把那红色的玻璃糖纸留住了。她之所以给我糖吃,是听了我唱歌。她有个小机器,里面放一张薄薄的闪亮的圆盘,然后就戴上耳机听,估计里头也是歌。

有一天她要我再唱,我就给她唱了两句"阳呀阳坡的姐,阴呀阴坡的郎"。我说,我再给你唱几首五句子吧。我想了想就唱了一首五句子:"吃了中饭下河游,一对石磙顺水流,你要沉来沉到底,你要流来流到头,半路丢郎短阳寿。""很好听,"她说,"也很有意思。"我就又唱了一首:"吃了中饭巴门站,泪水滴得千千万,可惜泪水捡不起,捡得起来用线穿,情哥来哒把他看。"她一个劲说好,我胆子就大了,就唱起邪一点的:"吃了中饭下河耍,河下公鸭撵母鸭,公鸭撵得喳起个嘴,母鸭撵得叫喳喳,扁毛畜牲也贪花。"小杜和大家都笑了。小杜用那小机子把我的歌都录下来了,她还边听边记下那词儿:"为什么总是以'吃了中饭'开头?"是啊,这一问问得我也有点傻了,我说我不知道。王博士却说了:"这还不简单,饱暖生淫欲,饥寒起盗心嘛。吃饱了饭没事干,就想那公鸭撵母鸭的事,听说这山里的女孩子是很性开放的喔。"我说:"也不见得吧。"我说可能是与我们这儿只吃两餐有关,我们这儿早上起来是不吃不喝的,洗了懒就出坡干活。洗懒就是洗脸,因为早晨起来人容易懒,吃了喝了更懒。干了一气活,太阳当顶了,才回家吃中饭。所以,人吃了饭,才有劲,才想唱歌做别的。因小杜要听我的歌,还把它录进她的机器里去,我的胆子就大了,见到丢在她旁边的一本书,就拿起来翻。他们测量,刻槽,取石,我没事,就看那本书,全是怎么找金矿的,后来她就借给了我。

在我得到那本书以后的几天里,山岭却是极安静和明朗的。白云们在天空如影随形,有时候,一股小风吹过,会带来一种混合的,但印象强烈的野果成熟的气味,野柿子啦,五味子啦,鲜红的茶果啦,咧着大嘴傻笑的"八月炸"啦,还有吊在藤上快撑不住了的沉甸甸的猕猴桃啦。我钻进林子中去摘,我把五味子、"八月炸"给小杜，把酸不拉叽的猕猴桃给两个背测杆的杨工与龙工。把不软不硬的野柿子给王博士。他们吃着，不停地点头说："嗯，好吃，酸，好吃。"我又给他们唱了一首："吃了中饭肚里嘈，要到后山摘仙桃，七尺杆杆打不到，脱了草鞋上树摇，摇得仙桃满地抛。"

那天小杜、王博士和小谭他们出去了，回来时每人都弄到了大大小小的水晶，就是那种透明得像玻璃和冰块的玩意儿。小杜还意外地弄到了一块红水晶。原来他们是去了一个水晶洞。那块通体透明红如胭脂的水晶让大伙啧啧称奇。可是祝队长却把他们几个人训了一顿，说他们是胡来，说我们要把一个完整的矿山留给县里。祝队长因为激动两腮都出现了红疹子，摘下眼镜蒙眬着眼瞪他们说是搞破坏，当场就把小杜说哭了，大家也就不敢吭声，连晚上吃饭的时候也鸦雀无声。那块红水晶是否被祝队长没收了，我不知道。

一般来说，我们是早出晚归。每天天刚亮，祝队长的哨子就响起了，"起床了，起床了！"大家惺惺忪忪地起来，不辨滋味地把稀饭裹着馍馍吞下肚去，就灌水，就拿上馍馍，拿上腌野葱野蒜，摇摇晃晃地走了，到了傍晚我们就回到营地，几乎每天如此。这群人——祝队长他们，无论男的女的，就像我们村头磨苞谷的水磨子，不停地干活，爬坡下坎，下坎爬坡，写写画画，然后收了仪器，抱来石头丢进我们担子里让我们挑回来。

好天气并不是经常有的，没过几天，寒风就缠在岭上、河谷间不走了，黏黏的浓雾悄悄地泛上来，与寒风一起，搅得天昏地暗。但是即使能见度非常低，祝队长还是催促大家出去，他的要求是：赶在大雪封山之前完成此次踏勘。在雾里我们挑着仪器以及他们中午的饭食，甚至还有睡袋，还有我们的被子，往勘测点走去。等到中午难得的太阳出来的一会儿，赶紧工作。如果晚上回不来，走得太远了，就随便找一个岩洞住下来，住一晚。在那样的晚上好歹他们会给我们一张塑料布，也不能抗拒石头上的砭骨冰凉，人像赤身裸体丢在冰窖里。他们虽然有睡袋（是鸭绒的），睡袋下又有油布，拉上了拉链就隔开了寒风，可我看见他们还是在睡袋里瑟瑟发抖，像打摆子的瘟鸡。这些城里来的知识人，还真能吃苦呢，虽然抖，第二天一爬起来，又有了精神，又抖擞着活了，而且他们还啥病都不生呢，我却因受了风寒发起高烧来，浑身滚烫发热，还咳嗽。小杜小谭他们给了我几颗药吃，老麻还给我熬了些姜汤。我时冷时热地躺了一天，天一放亮，祝队长就进了我们棚子说："你们得挑粮食去了哦。"

挑粮食就意味着又要挑石头下山，听到这话，我骨头都软了，我看见九财叔的脸也阴沉了下来。可那是跑不脱的，堆在帐篷里的那些石头，迟早得要我们把它们挑下山去。我就说，那就走吧。我往箩筐里装着石头，杨工和龙工记着数，记着，然后将记了的纸装入一个信封，封上口，让我们带着一起送下山去。

我们正准备要走的时候，小谭突然说要跟我们一起出山，他说他请了个假。是不是又要给他上学的妹子寄钱呢？当时不知道，走到半道上，他才说是想下山去打个电话，问他母亲的病怎样了。小谭穿着一双旧旅游鞋，披着油布（又防下雨又可垫着睡），背着旅行包。他说他母亲得了绝症，做了手术，家里欠了许多债。他说他早就不想在祝队长这儿干了，才两千块钱一个月，他早联系好了深圳那边，一去就是八千的月薪。可祝队长留他，说不能缺少他，他是看祝队长的面子才留在他身边的，祝队长对他有知遇之恩。当他说深圳有八千块钱的月薪，着实让我有点吃惊，我们那儿也有人去深圳打工的，不就几百块钱一个月么？来去的车费一除，也就跟在宜昌打工差不多。我说起这，小谭就说：这就是知识值钱。他说他们那儿也是穷山沟，他家有五姊妹。他是他们乡第一个大学生。他说他上大学的那天，全村的男女老少都来送他，一直把他送了十几里地，还放起了鞭炮，就像过年似的。他问九财叔几个孩子，九财叔说三个女娃，老婆死了，还有个八十多岁的老母。他问我为何没读高中，我说没钱嘛。他说他母亲之所以得绝症，是因为卖血给他读书，他说他还有个姐姐，成绩很好，为了他，就辍学去打工了。九财叔在后面暗暗地对我说，别听他说得可可怜怜的，他是防我们呢。我不解，九财叔就说：很明显么，我们两个，他一个。可是我不信，回来的时候我见他眼睛红红的，看来电话是打通了，他说他母亲不行了，他抽着鼻子，说等这次踏勘完了就回家去，还不知能不能见上母亲一面。

好在来回都没有再碰到野猪，多了个人，胆也大些。我因为感冒，四肢无力，回来时挑着挑着就实在挑不动了。我挑着两袋共八十斤面粉，一袋五十斤的米，加上蔬菜、肉鱼，足有两百斤。小谭说："看你这瘦小的个子还真能挑啊。"我说哪是能挑，还不是为了一天十块钱。你们是知识值钱啊，我们这儿也有个说法叫力大养一人，志大养千口，而我连力也不大，唉。我挑不动了，就让他们先走，反正有床被子，挑到哪儿睡到哪儿。九财叔说不行，你一个人，碰上野猪和其他野牲口了怎么办？我们出山的那天，在野猪坡的箭竹林里虽没遇见野猪，但看见过一头老熊，可能快冬眠了，躺在竹窝里没理我们。九财叔说："万一不行小谭你就先走，我跟他慢慢来，你反正知道的，跟祝队长说一声，小官他病没好，路上要耽搁一些。"小谭说："我倒也不怕，一个人走，我身上又没有钱，连手机都没有，就一块手表，还是电子表，十几块钱的。"这话是说给我们听的，意思是跟我们一样，穷鬼，让我们打消打劫他的念头，他已经暗示过无数次了。他说的也是实话，那么多人里，就他没手机，那些人都有手机，是他告诉我们的。他说手机是个寻常物，城里一人两三部也不稀奇，而且淘汰很快，年把就得换个新式样的。小谭说还是大家一起走吧，安全些。他把我箩筐里的那袋米背上，这样我就轻了许多。但腿还是软的，又加上咳嗽，人一咳，就气喘，气一喘，心就慌，心一慌，身子就飘，一步不稳，歪下了沟坎去。

这一跤人没摔坏，爬起来，面粉袋子摔破了一个，白花花的面粉撒了一地。我很害怕，说："小谭，你得给我作证啊。"九财叔把我从沟里拉起来，又去收拾面粉。小谭说："这不是你们的错，面粉就算了，树叶石子的，收起来也没法吃。"

好在有小谭作证，本来我又是带病，祝队长没扣我的工钱。可到营地我就倒下了，有种快死的感觉。八大脚我爹说人死就是一口气，一口气上不来，人就死了，就归他抬上山了。如果就一口气的有无来证明一个人的死活，那死就是很轻松的事。为什么有的人临死前疼得清喊辣叫？为什么有人死时流着不断线的泪水？我认为我那一次体验到了死亡，在那个垭口，三两里地外的营地在向我招手，可是我再也挑不动了。"你真的不能挑吗？"小谭问我。我说我挪不动了。他说时间还长啊。意思是你这个样子，不能跟我们干到头啊。我一想，又怕他们赶我走，不要我了，我就咬了牙，不让担子歇下来，一歇下来，担子就成了座山。我走，那两个筐子就像有两个魔鬼一前一后使劲扳着你的扁担。筐脚还时常绊着石头或者树枝、葛藤，脚下又是沟坎又是悬崖，每当筐脚碰一下，手抓住的绳子就会拧圈儿，人就晃悠，就像无常鬼来拽你的命让你进地狱。脚下没有弹性，扁担就没有弹性，就会东磕西绊，这是挑担的人都知道的。看着破了的面粉口袋，祝队长一言不发。小谭真的就为我说话了，我终于等到了一个主持正义的人，他说小官病得不轻。我坐在地上，浑身汗泥，真的病得不轻了。祝队长挥挥手说："好吧，好吧，赶快吃药。"

祝队长没有扣罚我的工钱，这刺激了九财叔，他大着胆子去找祝队长说："能不能不扣我上次的二十块钱？"

"这次与上次无关。"祝队长说。

"可我这次什么也没撒呀！"

他在表功，他在把我做错的事与他作为对比。这让我十分恼怒，再怎么我们是一起来的，还是你的表侄，你这个表叔哪像个长辈？你的意思是不是说，该扣的要一起扣，一视同仁？他就是这个意思，九财叔。九财叔就这样让我看轻贱了他。

然而过了一天，又要我们下山。说是我们捎回的信上说，就这两天就有发电机了，是山上要的，要我们去挑上来。

祝队长催督我们，是因为头一天晚上那该死的怪光又出现了。我们的营地黑咕隆咚，那光白魆魆地出现，照过来，就像被坏人、被土匪团团围住似的，十来个人无路可逃了，末日来临了。

"大家拿上家伙！"

半夜就听见那边的帐篷里祝队长他们吼叫着。我们抄起了开山斧——一般我们都是插在后腰的木叉子里的，山里的每个男人都这样，每天出门上山都要带上，可以砍葛藤荆棘树枝开路，可以对付野牲口，还可以对付歹人。我们拿着开山斧出去，老麻拿着一根棒子。就见一道白光从崖顶直射下来，令人睁不开眼睛。一声果断的枪响，那光倏忽消失了。祝队长提着枪，大家的电筒一起照着，手举刀棍跑过去，中弹的地方什么也没有，是一块石头，上面留着清晰的弹痕。姓王的博士接过枪去，又朝林子深处开了一枪，大喊道："有种的出来！"

"出来！出来！出来！"大家齐声喊。

没有东西出来。祝队长就说，赶快把发电机挑上来。

九财叔要提条件了。因为他有气，所以他提出了条件。他说要把那管双筒猎枪给我们带着，因为野猪坡野猪很厉害，人命关天。另外能不能少挑一点，下山后再叫两个挑夫来。没有一个条件能让那个古板的祝队长答应的。祝队长说枪不能带，队里只有一杆枪，要保护那些仪器，还有这多人。他说你们两个在山里钻惯了，多留个心眼没事的。九财叔说，那要是有个三长两短呢？祝队长火了，说，你们的开山斧是吃素的么？可是，再要是碰上那群野猪，甭说是开山斧，就是枪也没用，野猪横了，一头猪顶三只虎两头熊。我和垂头丧气的九财叔就商量着怎么样躲过野猪坡，九财叔说反正这命要丢在马嘶岭了，回不去了。那怪光缠着我们不走，野猪又来撵我们，未必来这儿就是命？九财叔就对着山磕起了头，他拜了几拜，也没说话，站起来，从背后抽出开山斧，朝一棵红桦猛地砍去，哗啦啦，红桦上飞出了两只大鸟，哇哇地叫着消失在林子上空。我看见红桦淌出了乳白色的汁液。那大鸟凄厉的叫声萦绕在山冈上，久久在我们心上盘旋。

我们走了。九财叔好像攒着一把劲，匆匆走在前面。我心里好害怕，只得紧紧跟着。走了一气，九财叔在前面歇下来了，把扁担横在两筐上，坐在上面，敞着怀，吼着气。我们已经过了河谷，望不见营地了。九财叔说，见了野猪别跑，这还要我教吗？我点着头。九财叔又说，光是对他们来的，我算了算，我们熟，他们生，要害害他们，他们这么不讲道理，还是读书人，种田搓泥巴的就不是人么？我也替九财叔说话，我说他们是要不得，我们命都快丢了，他们还扣二十块钱。九财叔恶狠狠地说："有独眼鬼干脆把他们都吃掉！不讲理！"在枯死的箭竹林里，光秃秃的风发出翻来覆去的沙沙声，好像也在恶咒，好像有无数的野牲口和野鬼来了，被九财叔召唤来了。"来一个敲他们一个！来一个敲他们一个！"我听他说。他一定是很恨了。忽然，我听见"哗"的一声，抬起头一看，九财叔把一箩筐石头全倒出来了。

"九财叔，你这是干什么！"

"嘿嘿，"九财叔干笑了，九财叔踢了箩筐一脚，那颗快蹦出来的眼珠子对着我，"我找狗头金。"

他好可怕，我跑过去，站在他的前面。他真的在石头里扒拉着。

我赶快给他把石头往箩筐里装。他说："你不要怕，你何必这么怕他们。"我说："我不是怕，我怕哪个，我是想平平安安回去，弄完了我们好回去，我去伺候月子。"九财叔说："二十块钱哪，你晓得，二十块钱！"他仰天长叹，我看见他那只不能闭合的眼里流出了浑浊的泪水。我的心里也沉重起来，我知道这二十块钱对他来说是个大数字；我知道他家徒四壁，三个女娃挤一床棉被，那棉被渔网似的；我知道他常年种洋芋刨洋芋用一张板锄一张挖锄，第三张锄是没有的；我知道他家房里作牛栏，牛栏破了没瓦盖，另外也怕人把他家的牛偷走了，这可是他家最值钱的家当；我知道有一年他胸口烂了一个大洞，没钱去镇上买药，就让它这么烂，每天流出一碗脓水；我知道去年村长找他讨要拖欠的两块钱的特产税，他确实没有，村长急了，铲了自己一嘴巴，说："我他妈这么贱让人磨，我给你付了。"二十块钱对祝队长他们来说也许什么也不值，可对于九财叔来说，那可是十年的特产税啊。

菩萨保佑，这一趟出山还顺。我已经不屙血了，肩膀和脚上的血痂也慢慢好了。这次回来时我们挑着小发电机、汽油，小心翼翼地蹚河爬垭，翻山越岭。我们大多走兽道，兽道是野牲口们走的，野牲口爱走熟路，走多了，就有一条道。回到马嘶岭之后，晚上发电机一响，电灯亮了，营地有了从未有过的生机。

整个马嘶岭好像也有了生机，天气彻底地晴朗了，灌木丛和森林红艳艳地拥挤在一起，远处的山脊从红绿相间中跳出来，惨白惨白，像涂了一层石灰似的。一切都显得那么幽深、壮丽、清晰、懒散，而更远的群山如黛，连绵不绝，像一些晾在阳光下的绿绸子，环绕着我们。河谷里的流水也越来越明亮，越来越光滑，细得像一根绳子。

不过这次回来后，有好几次，我就发现九财叔站在祝队长的身后，也不说话，也不动。他也站在我身后过，不动，把我吓一跳。他是不是想说那二十块钱的事？不得而知。祝队长爱坐下来抽一支烟，眯着眼望群山。祝队长似乎知道九财叔站在他身后，有时慢慢转过头来，看九财叔一眼，表情平静，这时候，九财叔就会走开。祝队长有时候也摆弄他的手机，按来按去的，因为这里没有信号，不知他摆弄什么。老麻说，上次那两个人给祝队长又带上来一个手机。他伸出三个手指，表示有三个手机，"啧啧"了几下，说："有五十多个电话找祝队长，可找不到他，都是要他下山去。他说他不理会这些，在春节之前把这次踏勘搞完了再说。"老麻说，我们可能还得待一两个月。我愕然了，说："那我媳妇就要生了。"老麻说："多一个月是一个月的工钱啊。"

老麻显然心安理得，可能为多待一些时日暗暗叫好。这老麻顶多是跟别人整零席的红案师傅，平时也没啥人找他，在这儿吃了喝了还拿工钱，又不挑又不扛，又不早出晚归又不吹风淋雨，他当然喜欢了。

好像要下雪的样子。这天半夜果然下起了雪子儿，然后就是雨，这场雨来势可凶猛，雨夹雪霰，打得我们的塑料布顶像要穿洞了一样，正迷糊间，雨水漫进了我们帐篷。我是做梦梦见掉进了村里的那口深潭，腆着个大肚子的水香硬是不来救我，她就站在潭上面。我冷啊，醒来一看，我们已经泡在水里了。外面已经闹哄哄一片。

"快转移！快转移！"

许多电筒的光柱在那儿横来扫去。我们出去一看，崖上的雨水就像瀑布一样朝我们泻来，非常急遽。我们按指挥把东西挑往一个不远的小山洞，先到洞口的杨工和龙工说刚才洞里出来了一头野兽，但我们没有看见。他们说像羊，进去后里面果然有一些野牲口的粪便，根据我的经验，好像是灵鬓羊，个头挺大的那种。洞里本来就有水流出来，现在更大了。我们把他们认为贵重的东西搬进去。搬完东西，就生火烤衣裳。可烟雾出不去，熏得大家都受不住，特别是九财叔，那只不能关闭的眼睛里就哗哗地淌泪，他后来干脆就出洞去了。他披着雨布，坐在洞口，那只眼睛亮晶晶地看着远处我们被淹的营地。我们就睡在门口，其实是坐，裹着湿漉漉的被子，坐等天亮。

天亮后又因柴火全湿了，没有吃的，他们给了我们一人一块压缩饼干。九财叔说:"这石头一样难啃啊。"老麻说:"他们有凤尾鱼。"我已经看见了,是一种铁盒罐头。我们闻见了鱼香。

中午太阳出来了,我们抱被子翻晒,拉垫絮的时候,从絮里抖出一个红红的东西,我一看,是个女人的发卡。这是小杜的,小杜夹在前额上的,是其中的一个。小杜有两个,那两天我看见她只夹了一个,原来这一个到我们絮底下来了!那东西抖搂出来后,九财叔就飞快地抢了过去,对我说:"你小子别管。"他藏进了内衣口袋,把个破毛衣领拉得大大的,往胸里头塞。他露出宽大的烟牙,嘴巴就不由自主地缩到了耳根,耳朵也突然变得很紧了,那只可怜的右眼珠好像要跳出来,变成一颗落地的秋板栗,会发出"叭"的一声。这使我不再敢惊讶,装着没事的样子,继续晒着被子。不管怎么说,小杜的红发卡都是很漂亮的。小杜长得不漂亮,但不知怎么,夹上那两个红发卡在右前额的头发上后,就显得好洋气,头发还是黄的,染了的,黄发加红发卡,跟咱们山里人夹发卡又不一样,夹在不该夹的地方。

我明白九财叔是在暗中弥补他的那二十块钱。他要把它补回来。吃饭的时候他死胀,一碗一碗添。人家要四个馍他要五个六个。"我能吃,怎么的?"他说。若在家里,顶多一碗洋芋就解决了肚子,他是个铁骨膘,瘦,肚子并不大。他吃得直翻白眼,嗳气,打嗝,我都看不下去了。踏勘队的人已经看出了他是在闹情绪,他故意夸张地吃饭,是在与祝队长作对,是在表示他的抗议和愤怒。

就在我们遭水劫没几天,好消息传来了,祝队长他们在那剥夷面的西南,发现了一个厚度达三十多米、斜深达千米的富金矿,说还伴生有黄铁矿、铜、锌、铅等多种矿物。这是初步证实的结果。祝队长说,最保守估计,以后一年可以给县里带来几百万的财政收入。那天营地真的是一片欢呼。姓王的博士在回来之前还用红油漆在那儿的石壁上写下了"我来也"三个大字。祝队长余兴未尽地用望远镜望着河谷对面,望着小王写过字的地方,说:"证明我当时的推测没错。"我记住了他们那天所说的"斜卧矿柱"。我没有望远镜从远处看他们的发现,河谷总是雾霭蒙蒙。我在想象这个斜卧矿柱的巨大,它哪一天站起来,像一个有生命的东西站起来,站得比马嘶岭还高,浑身是金黄色,金灿灿的,该是一种什么气魄啊。

"关你鸡巴事!"九财叔对我说。他拍了我一下肩。他在我的傻傻的表情上看出了高兴——分享着踏勘队的喜悦。他忌恨地说:"咱们后山的磷矿也说是国家的,给谁包了?给乡长的一个朋友包了,金子再多,会多给你二十块?!"

我说:"这总归是好事呀。"

老麻说:"老官的气还没顺。我说,矿是肯定给人包的,但承包款和税收是每年得给当地政府交的啊,祝队长说的财政收入,是指这个。"

九财叔讽刺地说:"你是乡长的口气咧。"

老麻说:"有一说一嘛。"

我说:"我不管金矿银矿,他们早点结束了,我们就可以早点滚蛋了。"

我想的是这个,我真的想这个,想回家,想水香,想她那么沉甸甸的肚子。我只想水香生娃子时我在她身边,我拿了踏勘队的工钱,我就去县城给水香买一对那样的红发卡,穿了洞的小树叶一样的,也夹在水香右额的头发上,怪好的,怪经看的。黄连垭的人都不知道这种夹法,也没有这么漂亮的发卡。九财叔的三个妮子虽然长得还不错,可一个发卡,看他给谁夹。我们水香脸型好,眼睛、嘴巴都比小杜好看,皮肤也比小杜好,又不戴眼镜,怎么看都舒服。别看山里人,山里人喝的水好,人就是灵醒。小杜的胸奶也不大,我看比野柿子大不了多少。早上不吃,大家笑她减肥。这么不肉气的妮子为什么还要减肥呢?城里人真搞不懂,蛮好笑的。我突然想到我买了红发卡还要给水香买一条红牛仔裤的,就像小杜身上的那条。可我想了想县城我见过的衣摊,似乎没有红牛仔,只怕是要到武汉城去买。红牛仔裤真是很亮,贴身贴肉,裹得屁股大腿怎么看怎么舒服。我真的有愧于水香,什么都没能给她买过,她跟上我了,吃没吃什么,穿没穿什么,在家里地里忙这忙那,去了集上,买这不敢,买那没钱。几个小票子捏出水来了,回来时,还捏着,还是没用,还对我说:"不要买,街上尽宰人,哪儿都贵!"

踏勘队遭了水劫后,许多图纸淋湿了,丢失了不少数据,祝队长为此闷闷不乐,说时间又耽误了,要加紧补数据。他的情绪影响了踏勘队。踏勘队的人都木着脸干自己的事,一点儿笑声都没有。那一天他们去补数据,我们就在姓王的博士的指挥下,在营地加固帐篷,主要是把帐篷四周的土堆堆高夯实,以防崖上的雨水再下浸。小王不让我们进他们的帐篷,这没什么。他守在帐篷的门口,看着我们挖土,挑土,培土。那天天气尚可,雾渐渐开了,他就搬出一个仪器来,许是没事,就摆弄那玩意儿,朝河谷和河谷对面看着。这小子一定是在观察祝队长他们。远处的森林浓如烟霞,依山势的爬高而呈现出陡峭的层次,树干白得耀眼,山壁黄得瘆人,天空云彩斑驳。我们的一双肉眼看到的就是如此。不知怎么,九财叔被那个仪器引诱了,他想看看让王博士入迷的东西究竟是什么。于是趁姓王的去山崖边解手时,跑过去瞄了那仪器一眼。估计他还没看清楚仪器里面的东西,身后就传来了排山倒海的一声怒吼:"干什么!"

又说:"这个值几十万!"

九财叔腿一软,当时脸都白了,人吓人,吓掉魂,有这句老话。九财叔就赶忙跑到一边去了。几十万哪,九财叔还真没把它碰倒,碰坏了,他拿什么赔?

九财叔躲到了一边去挖土,锹怎么也插不进去,没力了,整个身子都软了。一种深深的委屈和愤恨从他的那只眼里射出来,像刀子一样,让人心尖发寒。到了晚上,他开始发烧,躺在床上,身子发着抖,还四肢抽筋,发出喊叫,像被鬼掐了喉咙一样。

他说:"快去给我收魂。治安,快去喊我的魂回来!"他从头上扯了一把头发下来,让我用一张树叶包好,烧了,放进他装水的碗里,喝了,用一块石头刮着空碗。他把碗交给我,说:"你就这么刮着到外面去,喊我的名字,要我回来。"他指示我往黑夜的深处走去,越远越好。我走着,喊着:"官九财,回来啊,回来啊,官九财。"我在向深邃无边的黑暗走去,到处都是鬼魂,昏暗的星星,恐怖的森林,陌生的荒野,还有一些绿莹莹的野兽的眼睛……我喊着,浑身寒毛倒竖,鸡皮疙瘩鹊起,我看见了在森林里游荡的九财叔向我走来了,有一群高矮不一的野鬼簇拥着他,有两个鬼拿着钩子,两个鬼拿着刀戟,寒光闪闪,好不骇人!黑无常头戴"天下太平"的帽子,手拿绳索;白无常头戴"一见生财"的帽子,撑着破伞;夜叉豹眼,猪腿,手拿催魂鞭;贵神长舌,鹰爪,腰扎障眼巾……我的魂好像也要同他们会合了,我喊着,又不敢大声,我跟着大神小鬼送九财叔的魂回棚,我刮着碗,吱啦吱啦,吱啦吱啦……后来我丢下了碗,发疯一般朝棚子里狂跑,大叫一声,与老麻撞了个满怀,顿时委地瘫痪了。

唤魂的事让老麻说出去了。祝队长气急败坏,说:"好啊,你们在这儿装神弄鬼,这还得了,这是什么地方?这不是你们的村子!"他拿我们没有办法,他那些东西要挑,他只能发发气。奇怪的是,九财叔的烧不吃药就慢慢退了,这作何解释,这是啥原因?

这以后,九财叔又盯上了王博士,只要姓王的背对着他,他就会不顾一切地站到姓王的后头,就那么站着,跟站在祝队长身后一样,等姓王的回过头,他又什么事都没有地赶快走开。有一天,在踏勘休息时我看见姓王的拿着一个钱夹子大声追着九财叔质问:"你看什么嘛!你看什么嘛!"王博士并不知道他吓掉了九财叔的魂,只当是他爱看个稀奇。祝队长就说:"这老官,有病。"王博士晃动着他那个钱夹,意思是没什么钱,钱夹里夹有一张照片,与一个女的合影，两个人戴着那种方帽子，从上面还坠下黄璎珞。听他们说那就是他的老婆。不过我心里清楚，九财叔不是想看稀奇或者好奇才站到他后面的，那是九财叔一种无声的示威。他恨，执拗的、单刀直入的愤恨。一个不能表达，无从表达，不敢表达的人，很快就将一般的成见变成了仇恨。这太正常了，可是，也许祝队长和王博士未有察觉，这非常危险。为什么不让他表达出来呢？可怜的九财叔，沉默的九财叔。他这以后真的就像掉了魂似的，躲在一处抽烟，发呆，丢三挪四，爱理不理，眼神恍惚。

我的印象也被搞坏了。我给九财叔唤了魂的，装神弄鬼也有我一份。我发现小杜都懒得理我了，他们瞧不起我们。那天晚上，当我把书去还给小杜时，经过他们的床铺，他们问我干什么，有什么事，我说给小杜还书，他们要我丢在那儿，可我又想再借一本，我就说我亲手交给她。我就进去了，我感到他们的目光像针扎在我的背上，让我变成了一个刺猬。那些目光是审视的，冷漠的，也是不屑一顾的。我那天知道不该闯入他们的帐篷，但我那天实在好想再弄点东西看看，特别是关于"斜卧矿柱"的内容，书上肯定是会有的。我进去后看到洋芋果小杜在一个本子上记着什么，已经偎在她的睡袋里了。她见了我，像被火烫了的一样往里缩，慌乱地"哦"了一声。我说我是来给你还书的。我再没敢说什么，便飞快地出来了。前面的火塘边，祝队长他们正在分烟说着话儿，看了我，也像看一个怪物。我本来想好了，出他们帐篷时有一句客套话"你们歇吧"说的，可出来根本轮不到我说，因为我不存在，我是个很让人小瞧的乡里人。

外面一片漆黑，马嘶岭上荒凉的夜嘶声像老妇人的呜咽，像受难的马在马槽里惨叫着。那天我真希望神奇的怪光出现，照着我，我就要向它走去，告诉它这里的一切，向它讲我心里的话。我什么也不会怕的，我在心里喊："光，光，你怎么还不来啊！"那像利剑一样的骇人的光，刹那间照彻了这深广黑暗的光，刺中了什么，还真是一种惊异呢。我真希望这儿多出现点怪事，冲冲这里的压抑，冲冲人心里黏稠的东西，让人振奋得发一下抖！我走进我们那塑料布吹得呼呼乱响的棚子，摸黑钻进被子，听见九财叔磨牙的声音多么响亮，就像在磨一把斧头！

其实，我知道踏勘队的他们是对着九财叔来的。他们对九财叔有些警惕，他们就把我们一起防了。这些都让老麻无意中说出来了。有一天老麻弄了几个套子，套了一只经常出没在坡上的麂子，弄了一锅热气腾腾的麂子肉汤，结果祝队长不但不领情，还硬要把老麻赶走，说是"两个山字一垛，请出"。老麻好心办了坏事，祝队长从不吃野味的。老麻背着行李卷就只好走了。但是踏勘队其他人替老麻求情，因为做这么多人的饭是件大事，炊事员一走，工作就乱了。于是劝好了祝队长便去追赶老麻，把老麻从路上截了回来。老麻好像知道他们会来截他，在山道上紧走慢走哼着歌儿，见他们赶来，故意说，缺了我这个烂萝卜，还整不出酒席来，再请个好厨师，比如说老官，可以给你们做饭蒸馍呀。姓王的博士就说，你就别假客套了，你明知道我们不放心那个老官。

老麻重返营地拿起锅铲的那个晚上，在棚子里他对我们说："读书人认死理，犯牛倔。我在镇委会给镇长他们做饭，点着要吃野味，县里的干部下乡来了，也是说：老麻，今天吃啥呀，有没有鲜一点的炉子（火锅）？你看人家！山上的野牲口，不是吃的是干什么的？我们镇长最有能耐，为了把家鸡混成野鸡，他可以把鸡脖子抻到一尺多长，乍一看，就像野鸡了。上头来的人也不知道，放了一把花椒，以为就是野鸡，就说：还是野鸡鲜。我们镇长真是个天才。"老麻给我吹嘘说："我说不回来了，他们几个人拉脱我的袖子。我说，衣裳拉坏了是有价的，他们就说，拉坏一件赔你两件。嗬咳！不是我说，你叔走，他们还巴不得呢。"

老麻得意了好几天，把姓王的说的话全透给了我。他还唱歌："远望姐儿穿身白，擦身过去不认得，鹞子翻身掐一把，桃红脸儿变了色，如今的姐儿挨不得。"他唱起歌来，棚边的几棵拍手树就一阵乱响，像喝倒彩。他剁着砧板边剁边唱，我的心却乱了。我不能把那些话告诉九财叔，告诉了就会乱套，说不定九财叔会做出什么出格的事来。我只好也恨起了田螺头王博士来，九财叔他做了什么呢，不是你吓他，他会站在你后头？每天给你们担着担子，这么辛苦这么可怜，你们还提防着我们，发烧了叫个魂还不是没药吃，又没碍你们什么事。这老麻就他妈话多，你得意个什么呢？我要是告诉了九财叔，你那颗黄姜鼻子只怕要搬家。

九财叔不是不知道，其实九财叔是个非常有心的人，他肯定感觉到了，他在想着怎么扭转这个局势。

短暂的秋天就像一片浮云欸乃而过，马嘶岭白天的风跟夜里的风一样不分伯仲，凌厉凶猛了，落叶像波浪一样翻滚在山坡上，整个山岭笼罩在死灰色的烟幕中，密匝匝、枯蔫蔫的箭竹丛在北风的打压下发出荒凉如梦魇的声音，与河谷呼啸的风声一起遥遥呼应着，天空、山冈、森林都在哆嗦。而我们的营地好像要被彻底掀翻了，要掀下河谷去，落到乱石累累的地方，摔得粉身碎骨。

踏勘队的两支队伍合了起来，变天后他们主要圈定矿体的边界线，还要什么圈定"矿化富集地和蚀变带"。早晨起来，冒着风出去，走得很远很远。

好像要下雪的样子了，早晨起来，有厚厚的霜，到处一片白。雪没有下时，大雨呼呼地来了，来了还不走，还很绵很赖的，圈定的活儿圈不了啦。

大雨不急不躁，从河谷里腾起的浓雾霎时弥漫了山岭，所有的植物都在雨水中无奈地蔫耷着，高的，矮的，粗的，细的。森林一片昏暗，千万年的山崖和天空死气沉沉。两天之后，河谷的水满了，河道消失了，狂乱的水流在巨石间粗野地激荡着，把河岸推向角落，山与山之间的联系湮没在一片啸声中，远远地制造着深沉的恐怖。

在风雨的摇撼中踏勘队龟缩了三天，大家坐在火堆前不停地抽烟，去外面看雨势和水势。但情况如故。

接下来的就是，没有粮食了。没有菜了。要断顿了。

九财叔不等祝队长他们安排，就说要下山挑粮食去。

他们也不是傻瓜，这一河的滚滚河水，插翅也难飞过。祝队长看着九财叔，像不认识似的，说，你怎么过去？九财叔就说是到四川那边去买米。"那，谁陪你们一起去呢？"九财叔说不要谁陪，他跟我去。祝队长说："把钱给你们去买？"九财叔说，是啊，我们买，我们挑不我们买？但是祝队长扬起的眉宇间有无数个问号。九财叔根本不知道祝队长不想把钱交给他，九财叔还以为他们会笑眯眯地送我们上路的呢，九财叔肯定在想他筹粮的高招，以为他们会感谢他，改变对他的看法。可是祝队长就是不同意，说不行。他一定是以为我们要偷懒，少挑一趟石头下山。但到四川虽然远点，可以不过河谷，马上弄到粮，路上还可以收一些老乡家的腊肉与鸡。这确是一个好点子，老麻破天荒地与九财叔站在了一起，但就是祝队长不松口。他说他想办法送我们过河谷。

那就过吧，看他们怎么让我们过。他们还是要我们带点钱下去，帮他们买香烟之类的东西。在祝队长进去拿钱的时候，九财叔突然出现在祝队长面前！九财叔看见了祝队长长期捆在腰间的一个大腰包，那里面的三部手机和四五千块钱全暴露在九财叔的眼皮子底下，那是踏勘队的所有经费。过了几天九财叔就把他看到的告诉我了。当时祝队长想掩藏已来不及了，他把钱退回腰包，可由于慌乱，怎么也塞不进去。他朝九财叔说："我没叫你，你进来干什么？"喝退了九财叔，祝队长又在帐篷里弄了半天，出来时他拿出来的不是钱，而是一封信。他把信裹了几层，用塑料纸包好了，对九财叔说："交给下面，他们会买齐的，买齐了你们带回。"他又说："快去快回，别把大伙饿死了。"

他们有雨靴，我们没有。九财叔的力士鞋还破了后跟，他用一根布条把鞋捆好，这样的鞋一上路就会湿透，这么寒冷的天气我们要穿两天的水鞋。好在，他们给了我们一个电筒，一个换过电池的三节电筒。他们几乎倾巢出动了，说是能把我们送过河谷。我和九财叔都知道，这是枉然，我们是当地人，我们还不知道这样的河谷在连阴大雨中是一个什么情况吗？到了河边，那真是望河兴叹了。溯河而上，他们也绝望了，就开始砍树，他们说要临时搭成一个"桥"。树放下了，树扑倒在河里，眨眼间就无影无踪，被湍急的河水卷走了。接着他们又砍了一棵更长的树，又放倒河中，但是树一头扎进水中，离对岸还有好远。就算搭上了，谁敢往这样的"桥"上挑担过去？谁不要命了？

折腾了一整天，晚上一个个浑身泥水地回了营地，他们中的有些人就开始倒向九财叔了，可祝队长还是不表态。小谭自告奋勇地说："我陪他们一起去四川。"祝队长摇头不同意，就发动大家一起上山去挖野葱，采野菜、野果。吃了两天野菜，大家意见大了，逼着祝队长来跟我们说："去四川吧。"

我们便怀揣着他们给的三百块钱，踏着采药人隐约走过的路，像两头野牲口没入了雨雾茫茫的无边荒岭。

又是一趟生死路。

那一天我们遇到了许多可怕的事儿，我们走进一个峡谷时，在一个凹进去的石崖边，遇到了一群躲雨的鬣羚，怕有百十只。鬣羚胆小，见了我们，就开始逃跑，只有一条窄窄的崖路，那些鬣羚朝我们跑来，我们贴着石壁给它们让路，九财叔那件破烂的棉衣还是给一只鬣羚角挂住了。我看见九财叔一下子飞了起来，箩筐也飞了起来，好在九财叔那衣服不经拉，"刺啦"撕了个大口子，重重地摔在了地上，后面的鬣羚从他身上跃过去，竟没伤着皮肉。九财叔叹他命大，骂着要拧下鬣羚的角来。"那倒是一味不错的中药呢。"他说。

我们想走进一个山洞中休息，生点火烤干衣服，黑黢黢的山洞里扑棱棱飞出了一大窝秃头老鹰。进得洞去，一股腥气，也没在意。生了火后，又有老鹰窥伺在洞口想往里钻，我们烤着衣服，火越烧越旺，九财叔突然指着我身后说："那、那是个什么？"我回过头去，妈呀，一副骨头架子朝我们走来！

我们爬起来挑上箩筐就跑，跑出山洞，跑了两里开外，跑得天有些开了，峡谷矮了，才停下来。

"那真是鬼么？"我问九财叔。

九财叔到底比我有山中经验，说："那不是鬼，是一副被鹰啄净了的骨头架子。"

九财叔说，不是冻饿死的就是被人害了。他说，鹰子吃腐物。山里头什么事都会发生，没事谁愿意到山里头来呀。我就问到四川还有多远，九财叔说他也不知道。我说："九财叔，那三百块钱，你给我一百五十块了我回去吧。"九财叔听了痛骂我："命都快赔了你就值这一百五？！桩桩件件的，你就值一百五？！你这没出息的，这点钱打瞎你的眼睛！"我说："那总比被老鹰啄吃了强些。"九财叔就说："我要走，我给他抢完了走。"我说你抢哪个？他说我总不能就这么走。他就溜出了那话："光一百元的就有这么一扎。"他用指头示意。他说出了祝队长腰包的秘密。他说："你不想把它抢过来？为什么他们那么有钱，而我们啥都没有。"我说咱是农民，人家是大学搞研究的，不能比。九财叔却说："咱受的苦比他们多，都是一样的人，不该这样啊。"我直笑九财叔愚笨，认死理。我知道他不懂，他没想过来。我说，人家的钱与我没有关系，我只想回家，水香要生了。九财叔说，抢，我们抢他个精光。你未必不要钱吗？我说我要钱，我咋不要钱？他说那就抢。我说抢不来的，他们人多。他忽然说他想了个好法子，看那边有没有老鼠药，把他们毒了抢。我说这是犯法的，抓到了咋办？他说你胆子咋这么小，麻雀胆也比你大呀。这里神不知鬼不觉的，这次不干以后就没机会干了。你还到哪儿碰到这么有钱的？他还说那个值几十万的家伙，有好几个，不得了？其实那个家伙，王博士说的值几十万的那仪器，就值两三万块钱，是王博士吓唬我们的，唬我们这些乡下人的，如今进了监狱，我才知道。当时因为恨吧，在路上没事，就胡乱商量着怎么抢，我说还是不要抢的好，偷，偷了就走。九财叔说："你能飞走？他们一赶来，咱们就被抓住了。"他说我想好了，就这么做。我说没有老鼠药呢？他就不吭声了。过了一会儿，他回过头举起开山斧对我说："一不做二不休，杀，杀了抢。要得你安逸，就不得他安逸。"九财叔想横了，想窄了。我只是觉得他是开玩笑的，心里恨，才这么说，图个嘴巴快活。

不过那些钱确实让我有些兴奋，九财叔认真的撩拨让我在这荒岭寒雨中有些走神。二十块钱的不满已经演变成了抢劫更多钱财的企图，不，是决心。我感觉到我将要与这个九财叔大弄一笔了，可这是冒险，如果真能做得万无一失也未尝不可以干干。听有打工回来的说，外头这年头都是撑死胆大的饿死胆小的。抢的，偷的，骗的，拐的，杀人的，海了，有几个抓住了？又一想，九财叔，哼，你胆大，你这个熊样子，你也什么都敢？我不信。在他动手的那一刻，我都没法相信他是那种敢出手杀人的人。

九财叔与我走在寒雨淋淋的山岭上，挑着湿漉漉的空箩筐。九财叔的湿球鞋不知轻重地一走一咕，一走一咕，他脚上的肉已经裂口了，从里面流出鲜血；

胡子拉碴的,鼻子里喷出的团团热气变成水珠子,挂在他花白的胡楂上,那只不能关闭的阴冷的眼睛向远处看着,好像多有不甘似的,有一种念头燃烧在他眼睛深处。我好像重新认识了一个人,这个人不是那个死了老婆、家庭负担蛮重、蔫不拉唧、又脏又烂的九财叔,不是的,是另一个。大前年,九财叔老婆只感腹疼,一阵抽搐,还没等到抬去医院,就半道上死了。死了女人的家里还有什么好呢,三个妮子整天在那儿哭着,他八十多岁的老母亲还得给他们烧饭和喂猪呢。三个妮子是被他打着去山上放羊的,后来又打着她们去山里采药,去山里割猪草,去地里刨洋芋种苞谷。就这样,三个妮子越长越像人了,老婆坟上的草也越长越高了。九财叔就不爱理人了,瞪着眼看山,坐在地头打盹儿。后来他家里就放进了牛,牛就在房屋中拉屎,屋里就飘出了畜便的气味,被子越来越薄成了渔网,一直到两块钱的特产税也交不起了,让村长大骂他的祖宗十八代。家里并不因此就没了热闹,三个小妮子突然间脾气暴躁起来,只要九财叔不在家就大打出手,为一点小事都打得鸡飞狗跳,捅妈捣娘的,抓头发,蹬裆,样样有。九财叔从地里回来,常常看到三姊妹的脸上大窝小坑,已无完肉。又没读书,又无娘调教,村里的人都在想,这三个妮子咋办啊,送一两个去学校也好呀,三个女人一台戏,这戏太早了点。可别这么说,她们打归打,长着长着一个个就水灵淋淋的了。家里的羊啊,猪啊,不比人家少,菜园里该长白菜的时候长白菜了,该长辣椒的时候长辣椒了,该生火做饭的时候屋上有烟了,该点灯的时候窗口有亮了。村人就说,如果这三个妮子脾气改一点,慢慢长大,九财叔的好日子就会来了。可惜的是,日子很慢,三个妮子还远没有到谈婚论嫁的年龄。因此,遭孽的还是九财叔,一个人扶犁,一个人还得背篓,一个人赶集担柴,一个人还得照秋收秋。脸也黄了,皮也松了,他多大的年纪呀,跟他同庚的八大脚我爹,见了都不敢喊他九财弟,恨不得喊叔。八大脚我爹对我说:"九财,三个酒坛子是泥巴捏的,难出头啊。"

我们披着雨布坐在冰冷的石头上,九财叔说:"腰酸。"他揉着两边的腰,我怀疑他是肾有问题了,他脸上浮肿,眼珠发黄。我扶着他找了个背风的石坎,想拾点柴生火,这个念头被吸一锅烟取代了。九财叔费劲地点燃烟锅,递过来要我吸。我就接过吸了几口,那种冲人的辣味差一点把我呛翻了。我咳嗽了一会儿,又犯起了迷糊,竟坐着睡着了。再醒来,天已经大亮,我浑身似乎都没了热气,脚已冰凉得失去了知觉,雾,雨,风,冷冷地包裹着我们。好在不一会儿我们闻见了柴烟,就知道有了人家。

我们见到的第一个人是个女人,后来也只见到她,没有其他人。这女人在家煮猪食，头脑不太清醒的样子，她回答我们这儿没有粮食和腊肉卖，她甚至说不出她是四川还是湖北的。我们只好再继续走，可是，没走多远，就听见前面的九财叔一声尖叫，接着响起了枪声，九财叔中了安放在大蕨丛中的垫枪。

那垫枪先从箩筐穿过，再擦过他的小腿肚。只见九财叔一个前仆，箩筐就丢了，倒在地上喊："我中枪了！我中枪了！"

血从九财叔的裤腿里流了出来，他抱着腿左顾右盼，我一时也愣在那里不知如何是好。我听见他呻吟，就去找枪，九财叔大喊道："别动枪，别动那枪！"

他自己的手里抓了一绺破茎松萝，水淋淋的，他掸着水，慢慢捋起裤子，把松萝往流血的地方按。肯定很疼，按得他歪了嘴，眼珠子凸得更厉害，眼里全是浑浊不清的念头和绝望。雨还在下，雨挂在他凄凉焦黄的脸上。我扶他拖着腿坐到扑过来的箩筐上，坐在一棵大树的背后，他才说："把那该死的垫枪给我取出来。"

我慢慢走进大蕨丛中，找到了绳子。我解开绳子，再找枪，是一杆只有铁管和木头枪托的很简单的土铳。这就是垫枪，它绑在一根树桩上，专杀游走的野牲口的。我把枪递到九财叔手上，九财叔没细看那枪，他的心里好像还平静，他从头上解开宽宽的帕子，去缠伤口，他小心翼翼地缠着伤口，血还是往外渗。我问他究竟怎么样，他摇摇头。

就在这时，我们的面前出现了一个男人，这个男人要死不活的，问我们是干什么的。口音是四川的。九财叔见了他眼睛就绿了，知道是他的垫枪，九财叔看样子要爆发了，要跟他拼命了。可他的腿又负了伤，还加上没睡，没吃，显然他在克制。他对那个男人说："这里是四川么？你的枪打着我了。"那人说："你们是干什么的？"我给他说，我们是探矿队的，是从马嘶岭过来的，是来买粮食的。那人"噢"了一声，想走。九财叔喊住他："你卖点粮食给我们，我们用钱买。"他这么克制，是想用他的枪伤来换取那人卖给我们东西。那人想了片刻，就点头让我们跟他走。那人在前面走，走了一截，在前面转过头等我们，并不想帮我们一把。

到了他的家里，也就是遇见那个女人的家里，这男人就很热情了，他解开九财叔缠伤的帕子，用熊油给九财叔抹了伤口，又用干净的布给九财叔包扎，并吩咐他老婆给我们一人炒了一大碗香喷喷的洋芋。我们已经看见了他堂屋里堆着的一大堆洋芋，个儿很小，估计是剁了给猪吃的，但卖给我们就能解决问题。

我们吃了洋芋，烤干了衣裳，就被安排到他的牛栏屋的楼上，那上面堆着柔软干爽的苞谷衣壳子，还盖着他给我们的一床被子，美美地睡了一觉。就在我们睡觉的当儿，那个人给我们准备了一担洋芋，只准备了一担，因为九财叔有伤，他的箩筐就空着了；担子里还有他们种的一些水菜，如茄子和芫荽。芫荽不多，只有一把。我们醒来后见到那担洋芋，九财叔又问他有肉吗？他说真要的话他可以杀一头羊子给我们。我们说要，他就把一头山羊牵来了，一刀下去，羊就倒了，就剥皮，掏肚。把肚里的下水煮了一锅，让我跟九财叔吃了。九财叔看着那满满一担问他多少钱，要他说个价，他说，你们看着给吧。九财叔想了想，说八十块钱。那人说随便吧，就给了他八十块钱。九财叔又问有没有"三步倒"，那人说，你们要"三步倒"干什么？九财叔说山上老鼠太多。那人找了半天，出来说没有了，用完了。那人又给九财叔砍了根拐杖，问他碍不碍事？九财叔拄着拐杖走了几步，还行。交易完后我一直想提醒九财叔，让那人打个收条，但九财叔似乎不给我机会，我以为他会记着这事的，因为祝队长交代过，但这事好像让九财叔忘了个一干二净。

回程的路上，我就问这事，九财叔不置可否，含糊其辞。问急了，九财叔就说，到时我们作个证就行了。他对我说："我们讲一百二十块。"我说："为什么？"他说："你二十我二十。"他就先把二十块钱给了我，要我拿上。他不打条子是想黑踏勘队的钱！我说这干不得吧。他说天知地知你知我知。他说："老子把那二十块钱终于搞回来了。"九财叔的表情已经是一种很舒畅的表情，甚至把腿伤都忘了，虽然拄着拐杖，但走得比我还雄壮，他说他们难不倒我，他说你做初一我做十五，老子也不是好惹的。他在雨水和泥泞中瘸着腿兴奋地絮絮叨叨，带着凯旋的气势。二十块钱终于愈合了他心中那撕裂的巨壑般的伤口。九财叔骂那个人道："他妈的，这尿人，我还没找他付医药费呢。"他说："他为什么要杀羊给我们，还不是理亏了，送给我补枪伤的。"他要我估这一担的价，我摇摇头，估不好，他说怎么估至少也得一百五吧。

我们在半路上意外地碰到了老麻和小谭，他们等不及了，说大伙都饿着。老麻说话很不利索，原来他一边接我们一边沿途采野蘑菇，为试蘑菇有没有毒，把舌头试麻了，毒蘑菇是麻舌头的。

回到营地，听说九财叔绊上了垫枪，都来看他。洋芋果小杜还来给他治了伤，擦了药，用白纱布包扎了。但是九财叔的伤红肿了，他们说这叫感染。九财叔吃了他们的药。晚上大家吃羊肉，吃洋芋，非常高兴。虽然没能吃上大米，但那些瘦小的洋芋果也是九财叔差一点用命换来的。看来他们对我们的印象就要好起来了，九财叔这只腿的血流得值。

新中国70年优秀文学作品文库

中篇小说卷

但是事情总是莫名其妙地凑巧碰在一起。就在这天的晚上，发生了一桩意想不到的怪事。

我们回来后就雨如瓢泼，还响起了罕见的冬雷。我们正脱衣睡觉时，就听见王博士喊我们："你们都过来！"我和老麻披衣过去，不知道发生了什么事，他们的帐篷里没有光，熄灭了灯。有人打电筒，也被喝令关了，他们手上都攥着东西，有刀，有枪。等大家都安静下来，祝队长在黑暗中说：

"刚才听见了枪声。你们没听见吗？"

他问我们。我们就竖起耳朵来听。果然，有隐隐约约的枪声。后来枪声越来越大，好像在周围的山头，还能听见人的喊叫声，好像有一伙人！

"都听见了！我们怎么办？"姓王的博士说，声音有点颤。

接着又响起了一阵轰隆隆的冬雷声，还有风雨声，呜呜的，一阵一阵地扑向悬崖。加上河谷里澎湃愤怒、捶胸顿足的水声，还有那本已存在的马嘶声，尖声的、固执的马嘶声，现在全来了，在我们吃掉了一只羊后全来了。

"你们真是买的吗？"祝队长突然这时说出了这么一句。

我忙说："是，是买来的。"

"带上重要的东西，赶快撤退！"祝队长端着枪说。

枪声东一阵，西一阵，是不是有人包围了我们呢？我们在密集的枪声里赶快带上东西，特别是仪器，他们包上重要的资料，往后山一条隐蔽的路而去，那儿通向一块高岩。上去有个一线天，易守难攻，一夫当关，万夫莫开。九财叔因枪伤和发烧，就留在了棚子里。我心里挺纳闷的，我们花钱买了东西，人家来找我们什么事啊，未必是打劫的？那时候我没时间想了，我给他们挑着东西，往上爬着。人没休息，又出怪事。来打劫就打劫吧，反正我们没啥。就在我们往上走时，枪声模糊起来。小谭说："这只怕是个误会。"我听见小杜说，这可能是个自然现象。也许是杨工也许是龙工在黑暗中说："马嘶岭没马，为何能听见马叫？我看都是风声作怪。"王博士说："马嘶岭之所以叫马嘶岭，据当地的地方志说，是因为过去这山上有许多野马。"

争论不休时，祝队长一声吼："都不许说话！"

我们选定了一线天的一个凹处，那儿背风，避雨。坐下来后，他们又忍不住继续说话了。有说是风声，有说是自然现象，说是一种什么磁铁矿现象，因为这一带过去打过不少仗，土匪火拼，官府剿杀，恰好打仗时遇打雷下雨，把那些枪声喊声全录进去了，以后一打雷下雨，这声音就出现了。他们争论我们无权插嘴。不过我心中支持这种说法，这等于是替我跟九财叔解脱，不然就会让祝队长怀疑我们，以为我们是偷了别人的东西，让人追赶来了。不相信我们的还有王博士，他对那种说法反唇相讥道："老官中了枪也是磁铁矿现象？"

哦，我明白了，枪声加上九财叔腿上的枪伤，这一串起来，我们就完蛋了！难怪难怪！我们成了嫌疑人，这一趟是黄泥巴掉到裤裆里，不是屎也是屎了。我好一阵绝望，这些人咋就不信我们？这些人还是有文化的人呀，咋就跟乡清算队的横子们一样蛮不讲理呢？事情就问到为什么没让对方写个收条。这事我们有愧，这事都是九财叔的鬼点子。我就只好说我不知道，是九财叔办的。这事我不能多讲，免得两人讲的对不上。我只是说羊子肯定是买的，我们要人家杀的，全部是一百二十块钱。

"我们可没有偷羊啊！"我喊道。

"或者，你们是不是跟山里的人说了这儿的事？说我们有钱，有物？"他们问，"你们暴露了我们。"

我对他们说："我们什么也没说，我们只说我们是探矿队的，在马嘶岭探矿。"

"问题是，你们没有打收条。"他们说。再问收我们钱卖羊卖洋芋的那一家姓什么，我也回答不出，我们真没有问人家姓什么。在我们山里，吃过人家的饭不问人家姓名很正常。你走累了，一声大哥，一声大姐，就可以找人家借宿，吃饭，然后只记得"松树坡""柏子岩""赵家坪"这些地名，并不知这家姓甚名谁。

越问我越说不清，他们就越不信任我们。是偷的，抢的，哄骗来的，要追杀我们，老官已经负伤了，他是逃脱的，人家又追过来了……这些狐疑正在我们那里悄悄蔓延，我已经嗅到了那种气味。

我在恐惧中坐着，我希望出现一些有利于我们的结果。

下半夜还没有动静，他们要我去"侦察侦察"，我就下去了。我急急去棚子，九财叔躺在那里，发着高烧，眼睛瞪得贼圆贼圆，嘴里吐着火红的热气，脸颊像泼了一桶猪血。我给他额上渍了个冷毛巾，他醒过来恍恍惚惚地看着我，说："红薯都收不回来了……"

"你说家里的红薯吗？"我问。

"地里的……"

他记挂着他地里的红薯，肯定想着这么大的雨他三个妮子怎么去挖红薯。他问我怎么人都不在了？我说你不知道？我问他听见枪声和喊声没有，他摇摇头。他烧昏了，他肯定没听见，他可能梦见了家里还未挖的红薯地。我弄醒了他，我说坏事了，你中了枪，周围又响起了枪声，没打收条的事他们又问得紧，是不是他们知道了那四十块钱的事？我心里很害怕，就把二十块钱掏了出来，塞到九财叔手里。九财叔不接，说："到哪儿知道去？你这成不了大事的，你就死咬着一百二！"

雷声似乎在很远的地方响着，枪声偃息了，秋雨无力地打在棚顶上。可是我忽然听见了天上有巨石滚动的声音，一阵阵向我砸来，这让我心惊肉跳！我惶顾四处，终于弄清了声音来自我自己的心跳，轰隆隆，轰隆隆，轰隆隆……

天亮了，雨住了，几只猕猴在树上发出了呼唤太阳的安静喉叫。东边，有一晃而过的朝霞，只有浅浅一线，但很爽眼。接着我又看到了一只漂亮的锦鸡在我们前面不远的坡地上跳舞。它亮出了它锦缎一样的通红的腹部，橙红的颈子，金色的冠毛，在晨雾中美艳至极，它亮开清亮的嗓子唱着："茶哥！茶哥！茶哥！"爽脆得就像一对铜镲。视野渐渐地开阔起来，我等着踏勘队的回来。没有事的，他们没有事，我们也没有事，没有什么来打劫他们的人，全是雨天的怪现象，这马嘶岭就是这样的奇怪，不过是虚惊一场，他们没有发现那四十块钱的事，发现不了的，一切随着白天和天晴的到来都会过去，他们要忙他们的去了，会把这一切忘了。我这么祈祷着，祝队长他们果然回来了。

整整一天都平安无事，阳光亮得人晕晕醉醉的，风也温暖柔和起来。睡了一天，那些人神清气爽了，呼朋唤友，要打牌了，要唱歌了。哪来的侵扰我们生活的劫匪和捉拿我跟九财叔的农民啊。没有！我真高兴。

平安无事了。他们吃着我们的洋芋，也无话了。

他们继续在周围圈定矿体边界线。

那天傍晚我们回到营地时，却没见炊烟袅袅，厨房冷火无声。这就奇怪了。大家紧张地走进营地，去厨房一看，翻了天，老麻和九财叔双双躺在各自的铺上，两人头破血流，老麻最可怕，嘴张着，却掉了几颗牙齿。

他们两个打架了。九财叔先动的手，他为什么要动手，他肯定有他的道理。是在替老麻择菜时，老麻伤了九财叔那易伤的自尊。老麻像个领导喊九财叔过去择菜，他是想埋汰九财叔几句，因为那些茄子是些收尾的茄子，又有筋又有虫眼。老麻说："老官哪，你碰见了鬼市吧？"九财叔眼就直了。老麻又说："这像是鬼市上买回来的菜。"他显然不满意这些菜。九财叔就没好气地回了一句："我买的羊肉呢，你切的时候是不是变成了人肉？"老麻一听就打寒噤，这营地没人，就他们两个，老麻可能因为害怕而觉得要在气势上压倒对方，便说："老官你有什么资格凶啊,我说你碰见鬼市又不是我说出来的。""那是谁说的?"九财叔当时就浑身乱颤得不能自持,他又问:"你说是谁说的?"他要问个所以然。他忽然就站起来揪住了老麻的衣领,唾着老麻的鼻子说:"我跟你说,你不要仗势欺人,你跟老子一样,出苦力的,你得乐个什么?这些东西是我拿命换来的,用命换的,你知道吗?!"他可能越想越气,一拐杖扫过去,老麻就倒了。老麻做垂死挣扎,抓到锅铲就铲九财叔的头,九财叔差一点脑袋搬家,一拐杖再横扫过去,打到了老麻的嘴。老麻哇地号了起来,他喊:"让省里的领导来判你的刑!"

他把踏勘队的说成是省里的领导。最后"省里的领导"祝队长他们决定扣老麻三天工资,让九财叔挑上箩筐回家。

这是打架后的第二天早上。九财叔听了那个决定,眼珠子就要掉出来了,他的嘴唇嗫嚅着,想说话,说不出,后来终于哭号起来:"为什么要我走?为什么要我走?!"

所有人都蒙了,看他哭。祝队长说,因为你打掉了人家的门牙,这儿不准打架,不是放牛场。因为是你先动的手,为了维护踏勘的正常秩序,经研究,只好让你下山了。可九财叔不走,只是哭,哭得鼻涕都流了下来,埋着头,用一双锉子般的手揩着涕泪。他不接工钱,不签字,坐在那儿,好不伤心。

这事就僵了,也没人再说什么。可老麻急,老麻肿着牙床和腮帮,眼巴巴地要等着九财叔走。他没有等到那个激动人心的时刻,他看见九财叔还在这里,赖着不走。他不服啊,不解气啊,就用猛烈的剁刀声表示着他的态度。等人散了,九财叔偶然抬起头来,看一眼厨房,眼里全是刀子!

"叔,你怎么办?"我问他。

他没回答我。嘴巴在动着。后来我听清了,他在说:"我给妮子筹几个学费……"

我听见了"学费"这两个字,我听得很清楚。他未必还想让三个妮子去读书?我后来突然想他真的会的,他多少天来都是这么想的,他一定会这么想的。就冲着那一个红发卡,冲着那些手机和钱,冲着小他一辈的人对他的吼叫,他迟早会下决心把孩子们送到学校去的。

"你是说,让她们去上学?"我问。

他点点头。

看来他们真的想要他走了,我也不想待了,我更加思念我身怀六甲的水香,我拼命地想她。我就对九财叔说:"算了吧,要走我们一起走。"可九财叔摇着头，摇着头。

这样僵持着怎么办呢，九财叔竟挑起箩筐跟踏勘队一起外出了！并没有要他去，再说他的腿还没有痊愈，走路还有点瘸。小谭就出来说老官你不能做，你的腿挑不起。这样行不行？除了不少你工钱，还补助一百块钱，你走吧。这不少了。我想九财叔会同意的，可九财叔不表态，以沉默作答。这更坚定了他们要赶九财叔走的决心。我当时不知道，踏勘队一致认为九财叔是个危险人物，在这样的荒山野岭，必须要提高警惕。种种印象加迹象表明，九财叔对踏勘队有威胁，并非是个善良之辈，这一次斗殴就是一个证明，是一次暴露。

多难受啊，九财叔和大家。大家干着活，九财叔挑着空筐跟着他们。我把我挑的东西分给他挑，他感激地看着我。这一天非常难熬，非常漫长。

而老麻在营地整整一天都在盼着九财叔灰溜溜地回来，乖乖地卷起他的破铺盖滚蛋。老麻甚至用老虎钳子将九财叔的碗夹掉了一个角，并在那个缺角的碗里撒了一泡尿。老麻看着黄灿灿的尿液，咧着没齿的嘴黑洞洞地笑。到了夕阳西下时，九财叔也没一个人孤零零地出现在老麻面前，而是跟大家一起回的。老麻于是将那些烂了的、长了芽的小洋芋果都煮进了锅里。结果可想而知，那天晚上大家吃了这些毒洋芋后，一个个都拉起了肚子。

在拉肚子的热闹中大家把九财叔忘了，我和九财叔什么都没拉，肚子好好的，我们抗得住。老麻对他导演的这出戏可高兴了，"看你们都吃了什么！"他说。"我也没办法，就这些洋芋了。"老麻把责任推给了九财叔和我，煽动踏勘队对我们的仇恨。九财叔在晚饭吃洋芋的时候吃出了一股尿臊味，可是他没有说什么。即便是大家不停地拉肚子，也没把怨气撒到我们头上，至少没有公开撒到我们头上。老麻就开始索赔了。那天晚上，老麻高声在营地说着："一百一颗！"

他要九财叔赔他的牙齿。若是一对一，老麻是不敢在九财叔面前这么嚣张的，九财叔那只右眼里透出的寒气，让人见了会不由自主打三个激灵，但老麻仗着祝队长们对他的暗地支持，有恃无恐。算算，我们来马嘶岭有二十一天了，也就二百一十块钱，九财叔扣掉二十，只有一百九十块钱，要按这个价赔老麻的两颗牙齿，九财叔还得倒贴十块钱。当九财叔听到他还得拿出十块钱来，他的脸一下子就垮了，他是多么无望。他张着嘴看着祝队长和在灯光尽头豁牙暗笑的老麻，除了乞求之外，看不出他要大肆行凶的念头。他的嘴巴两边稀黄的胡子和皱褶形成了一个大大的括号，宽大单薄的下巴就托着那个"括号"，十分的无奈。那只鼓起的眼睛现在只是一个浑浊的晶体，充满了惶然，另一只有些坍陷的眼睛眯缝着，满是意想不到的驯良。

九财叔走出来，他一定是很难办，他算了算，他走，工钱加上踏勘队补助一百，还有个两三百块，不走，赔了老麻的，能剩多少？但现在老麻又不让他走，要索赔——他走又不能走，留又不能留。

晚上的风很大，依然是北风，河谷的冬汛好像在做最后的挣扎，在宽阔无边的河床上扑腾着，整个山岭到处是它们的腥味。九财叔在吃着什么，我闻到了一股刺五加果的味道。九财叔摘了不少的刺五加，那种豌豆样大的黑果子。这两天因为他无法安眠，就吃这个。

"把他们杀了！"

这天晚上，九财叔做出了最后的决定。他狠狠地嚼着刺五加，开始看他的斧头。

"你，咋说？"他问我。

"我，我……"

"事情成了，我们就安逸了。"他说。

"你跟我搞。"他鼓着劲说。

"搞了，我们就过安逸日子了。"他这么说。

"叔，你声音小点行么？"我说。

"不要怕的，跟我搞。"

我也觉得九财叔进退两难的时候他是会什么也不顾的。他的这个决心让那些钱和财物如此逼近我们，好像就在手边，唾手可得了。我在被子里，闭着眼睛，那些钱啊仪器啊就在我的头顶飘荡，还有红牛仔裤和发卡和小小的薄薄的录音机，还有好多手机。它们飘呀飘呀，它们穿行在蓝色的天空里，像一些鸟飞着，穿梭着……我看见水香穿着红牛仔裤，别着红发卡，站在马嘶岭河谷的对面向我喊着：

"回来啊治安，治安快回来！"

我的梦被惊醒了！我听见了真实的男人的喊声："有东西！有东西！"

睁眼一看，营地亮如白昼，瞬间，又倏地进入了黑暗。怪光又出现了！这光总是在晴朗的晚上出现！有人敲起了脸盆搪瓷碗，并且放起了枪。马嘶岭是一片恐慌中的混乱。

"注意隐蔽，不要面对它！"有人喊。

光没有了。

"这东西把我们折磨得太苦了！"祝队长啐着，"怪事，他妈的！"

大家一字排开在门口，要死守我们的营地。老麻抱出了柴火，说："点火吧？"

"点！"火就点起来了。因为没了汽油，已经有几天都没发电了。火点了起来，半干半湿的柴烧得啪啪乱响。

"是不是有什么东西把远处县城或镇上的灯光反射过来了？"有人说。

"别想那么多，把火加大些，烧！去砍树，砍棒子给我们！"祝队长敞着羽绒衣，哑着喉咙在那儿指挥。我就跟九财叔去坡上的灌木丛砍树了。大家打着电筒，有的举起箭竹做的火把。找准了树，一顿砍伐，一根根胳膊粗的树棒就到了大家手里，树枝就被他们抱去投进了火里。

在砍树时九财叔很兴奋，我听他说："来了，来了好！都来都来！"我们砍了一会儿，回到棚子里，祝队长他们的帐篷里全是削砍木棒的声音，是在把木棒砍光滑。老麻一个人也在厨房里砍，还发出"嘿嘿"的虚张声势的声音。九财叔一头的汗，对我说："机会来了，一定要搞！"

"咋搞啊？"我说。

"一斧头一个，别管那么多！"他说。

我说："不能啊，叔，这是犯法的。"

"鸡巴法，"他说，"跟我搞。"

"现在就动手么，叔？"我真的好怕。

他说："迟早的事，要趁他们分散，下狠手，让他们连哼都不能哼。"他咬牙切齿地说。

我松了一口气。他说的是白天趁他们在野外分散工作时下手。

他躺下来又说了一句："搞一次，用一辈。"

九财叔呀，你害了我！我又想，跟着这种胆大的人，说不定真能一下子翻身呢。谁不想翻身啊，有这个机会，说不定是老天促成的。咱们黄连垭的人没这个机会，我跟九财叔有这个机会，为什么不干呢？

"要是山下的人知道了来找他们呢？"我担心地问。

"我们早就走了，山下的人又不知道我们是哪里的。我估了估，马上要落大雪，大雪封山，进不来了，雪一埋，一直到来年的五月，野牲口都会把他们啃干净了。寻不到，还以为他们跌进河里淹死了……"

早晨，在水沟边洗脸时，眼睛充血的九财叔转过头来问我："今年七月你家的羊渴死了几只？"我说三只。他"喔"了一声。"我两头种羊全渴死了。"九财叔说。他摸着包头的帕子，帕子上有斑斑血迹，那是头被老麻打破了流出的血。

我正准备走，他突然叫我："你磨磨。"

他要我磨斧！昨晚所说的一切又在我头脑里响了起来。他还是要杀呀？我看看他，就蹲下身在水边磨起斧来。我在问我，我要杀人吗？今天的天气没有什么不同，气氛也没有什么两样。开山斧本来就很快，我无力地磨着，瞅瞅旁边的九财叔，他无事一样，好像很平静，没有什么恶念。

一切都跟往常一样，我庆幸一样。这天继续圈定矿界。

早晨的雾气很大，我们出去四面都没有路，到处烟雾腾腾，像着了山火一般，我们摸索着走路。九财叔跟上来了，他箩筐里的东西不知是谁装的。"带上了么？"他小声地问我，是指我的开山斧。开山斧本来就在身上，每天都插在腰间的。我感到他这天真要动手了。我借故扯鞋跟，落在了后头。我忐忑地走着，雾越来越浓，有人在路上说着话，我什么也没听见。

到了工作地，雾还是很浓。我到处找九财叔，我希望见不到他，可还是看到了他。他袖着手，干坐着，抽着烟，烟锅在雾中忽闪忽闪。我们的浑身都被雾打湿了，雾里有很稠密的鸟叫。这天只要雾散，肯定是个焦晴焦晴的天气。我在想着我怎么办，我浑身不自在，心上巨石滚动的声音又响起了，轰隆隆，轰隆隆……好不容易熬到快中午的时候，突然有人喊我，要我到祝队长那儿去一下。当时我就快昏厥过去了，我在想完了，他们发现我们的计划了！我冒着冷汗，不由自主地摸着腰上的斧子，好在还有雾，喊我的龙工没有看到。到了祝队长那儿，祝队长若无其事地说："明天，你们挑石头下去，水退了。"我没说话。祝队长又说："老麻也去，他说他要补牙齿，他去补完牙齿，再挑东西回来。"我放心了，就说："行哪。"我又问："那……我表叔也下去吗？"祝队长说："下去，怎么不下去，你们三人一起下去。"当时他们做了决定，把九财叔交给山下后勤分队的处理，这比较安全些，他们带了信下去。可我不知道，我当时只是说："他们在路上打起来了咋办？"祝队长说："你们前后走嘛，不要一起走。"我说："三个人怎么走还是一条路，老麻也不情愿的。"祝队长就说："你劝劝他们嘛。"我说："劝不住的。"

九财叔正伸着颈子在坡上等着我。见我来了，他哼了一声，说："没用的，留与不留都没用了。"我给他说："他们要我们明日下山。"他却说："没用了。"我说老麻也要跟我们一起下山。他说你别给我说这个，没用了。我就骗他说，他们要你挑。他从鼻子里哼了一声，削断了一根树枝，他用手拭拭开山斧的刀口，说："没用了。"他站起来，用斧头砍进一棵树，一棵糙皮松里，我看到新出的太阳正好照在了那把斧头上。

雾渐渐开了。九财叔的手指头有血珠子滚了出来。他放进嘴里去吮吸，我就开始吃早上带出来的煮洋芋，吃得冷揪揪的。九财叔也吃，木木地嚼着，从嘴角往外掉着洋芋渣儿。

雾全开了。这每天金贵的好时间他们就抓紧忙活起来。我正在搬仪器，就听见有人在树林里大声说："你干吗老跟着我？"是树林中的一个坎子下，而当时并没有人，我没看到人。但循声看去，坎子上却出现了九财叔。说话的好像是王博士，我没见到他的人。我正在找是不是王博士，总算看见了那个田螺头，黑油油的头发在白晃晃的芭茅里，像一只头朝下的鸭子的尾巴浮在水中。就在这时，只见一道寒光一闪，那黑油油的头发就不见了！我听见了什么东西倒地的声音，有点像鸥鹰拍击着翅膀的声响，估计是压下了一些树枝和草丛。

九财叔动手了！

九财叔已经冲到了我面前，握着开山斧，脸色惨白地说："搞！"

我的第一个反应是：王博士已经不在了！九财叔拽住了我，他是在"告诉"我发生的事，指令我赶快行动。他拽着我向另一个地方跑，说："快！"

我的大脑无法反应过来，就已经被他拖下水了。事情来得太突然，已经出了人命，一条人命跟十条人命是一回事，必须赶快灭口。这容不下我多想，也容不下九财叔多想。就听见有人喊："小王，小王！"话音未落，斧头就落到了祝队长头上。只见祝队长头上有白花花的东西飞溅出来，眼镜弹到一棵树干上，手晃晃，就倒地上了。不知为什么，九财叔并没有再给他一斧头，而是挥舞起斧子在树丛中左右开弓乱砍一气，见什么砍什么。

"九财叔！"我喊。

九财叔转过头来，注视着我，他醒了神，丢下斧头就蹲下地去，拉祝队长腰上的那个腰包。没有声息了的祝队长这时候突然在草丛中动弹起来，一只手捂着头，一只手捂着包，不让拉。我看到祝队长睁开了血淋淋的眼睛，九财叔在地上摸起开山斧，祝队长用颤抖急迫的声音对九财叔说："你、你放了我，我给你一、一辆小汽车。"

九财叔大声问："在哪儿？"

祝队长气短，半天才说出："在……县城。"

因为祝队长捂包的手死死不松开，九财叔就与他争夺着，回头对我吼道："快来呀！"

我的开山斧已抽出来了，可我迟迟下不了手，我看看祝队长说："叔，他给你乌龟车啊！"

我的话让祝队长听到了，他睁开一双血淋淋的眼睛向我求救："你、你、你……"

"还不快动手！"

九财叔的一声断喝，让我手起斧落，我闭上眼睛就是一下，我听到祝队长在我的斧下一声惨嚎，就像年猪在刀下的惨嚎一样！我再一睁眼，祝队长的口里就冲出一块黑红色的血块来，并从嘴里发出"噗"的一声，脸突然变成紫茄色，头坚定地歪向了一边。

九财叔拉开了那个腰包，果然掉出来手机，他又抓钱，完全是钱，全都是一模一样的大钱。他要我解祝队长腰包的带子，我去解，解不开，他就用斧头一刀割了，割开了，他把钱再塞进那个腰包。此刻祝队长已经三魂绍绍，七魄飘飘。九财叔抓上那个黑色的腰包，还抽出了祝队长绑腿里的那把美国猎刀，要我提上遗弃在草丛中的仪器，那个像夜壶一样的数字水准仪。我们又去搜王博士的口袋，搜出了手机，还有钱包。没有多少钱，有一张他经常看的照片，他与他老婆的照片，戴方形帽子的照片。

"咋办，叔？"我浑身哆哆嗦嗦地问。

九财叔把箩筐倒空，然后装那些搜来的东西，我也学着他把资料和石头倒出来，只装仪器。我们挑着担子往营地跑去时，就撞上了那四个人。离营地不远，在一个岗坡上，估计全在那儿。杨工和龙工这两个烟鬼都含着烟在小声嘀咕并记录什么，都蹲着的。九财叔向我一招手，丢下箩筐就隐过去了，照那两个人一人一斧，像敲岩羊的头，两个人手上的东西一撒手，就仰面倒地了，烟在草丛里还冒着烟。

这时可能让小谭听到了什么，他突然站起来，像一只受惊的兔子，伸起脖子朝我们这边看了看。他看到了什么？他看到了两个杀红了眼的人，两个农民，手上提着山里人特有的开山斧，他还看见了两个倒地的人。他拔腿就跑！洋芋果小杜还弓着背对着仪器看什么，她背对着我们，她耳朵里塞着耳机，她什么也没听到。小谭撒开脚丫子跑时也没喊什么。他跑错了方向，一堵石崖拦住了他的路，他想爬崖，却又转过身来往另一个方向跑。九财叔已经离他不远了，他就一头迎了上来，从绑腿里抽出一把跳刀："我跟你们拼了！"我听见他这么从喉咙里大吼道，声音是一种哭声，一种类似于哭泣的愤怒的声音，从牙齿缝里射出来的声音。我一转头忽然看到了一双好柔亮的眼睛，是小杜的眼睛！她带着诧异的眼睛！她一定看到了撂在坡上的倒在那儿的杨工和龙工。她一定惊诧，那些低矮的巴山冷杉的枝条把她看到的一切都割得零零碎碎。

"你死了！"

九财叔向我喊，高声骂我。他的声音也变了形。我转过身去看时，他已经与小谭扭打在一起了，我看见血花飞翔，就像有无数只红色的蜻蜓从风中溅了起来，一定有人中了刀！

九财叔完了，我就完了！我拼命向他们跑去，树枝一路抽打着我的脸，好像全是在与我作对，整座山，全在反抗！我被抽打着，脸上火辣辣的，眼睛都花了，我不顾一切地冲了过去。我看见了一只龇牙咧嘴的猴子，薄薄的刀条脸上全是汹涌的血水，现在已经扭曲得像根秋扁豆了。

"你们这些土匪！"

他来夺我的斧，我不能让他夺我的斧，我的斧举得很高，只是没有砸下去。可九财叔不知出于什么原因，一把将小谭推到我怀里。他手上的跳刀就刺进了我胸口，我一阵尖锐的疼痛，本能地一让。听见了一声尖细的叫喊。是发生在那边的，九财叔的斧敲中了小杜。我看见小杜摇晃着抓住了一棵树，头发散开了，一眨眼，那头又埋在了九财叔的手上，好像是在咬他。

我这儿的事依然在发生，面前的小谭再一次用头向我撞来，我一个趔趄，后退一步，站稳了。他全身都在淌血，像一匹发了疯的野牲口。我看看胸前，棉衣破了个小口，没血出来。我听见九财叔在狂骂我，他用手挡着小杜，向我挥着开山斧，好像在示意要我用家伙。我又闭上眼睛，朝小谭的头上砍去。斧背砸瘪脑壳的声音真的很难听，短促，沉闷，哑声哑气，就像砸一个未成熟的葫芦。我干完了一件事，我握着开山斧站在山坡上，我看到的小谭扑倒在地上，抱着一块大石头，好像要亲吻。这个山里娃子就这么完了。接着又响起了小杜的几声连续的尖叫，油嫩嫩的声音。后来就没有了，我知道小杜也完了。我最后看见九财叔直起了他的腰杆，在扬眉吐气，手上拿着一个红彤彤的东西，是一只发卡！

我抹了一把脸上憋出的汗，心尖又疼。我瘫坐在地上，看到旁边的小谭正怒目直视着我。他没有闭眼。我想把他的眼珠子挡住，我没有力量了，我只好自己闭上眼，泪水突然从我紧闭的眼里往外咕噜噜冒出来。我怀疑冒出的是血，是从心里流出的血，又从眼里流出了。我不想证实。那一摊摊的血在我的眼前恣肆飞旋，我一阵恶心，胃里似有千百条蠕虫搅动，胃液顿时冲天而出。

我吐得一塌糊涂。我无力地抬起头，看到九财叔正在拉小杜红裤子前的拉链。

"别这样，叔！"

我冲过去就拽住了九财叔的手。"叔，别这样！"我死死地拽着，我一掌就把九财叔推出了老远。九财叔在地上爬着，支棱起脑壳不解地望了我一眼，他手上拿着许多东西，估计洗劫得差不多了。他恶毒地骂了我一句，就说："快！快！"他挑上了箩筐就跑。

我跟在他后头，我看到了前面不远的树丛间出现了一群红腹锦鸡，好多好多！这些林中的舞女，发出一阵振聋发聩的聒叫："茶哥！茶哥！茶哥！"这时，天已经大晴，西坠的夕阳突然间挂在万山空阔的天边，苍山滚滚，晚霞滔滔，好像在洗浴那一轮夕阳！我回过头，马嘶岭上，那几个或蜷或卧的人，都在夕晖里透明无比，像一块块形状各异的红水晶，静静地搁在那儿，神奇瑰丽得让人不敢相信！

我被这壮观的景象惊呆了，我站在那儿，手拿着开山斧，脚下像生了根一样。我发现我另一只手在裤兜里紧紧攥着，好像捏着一个东西，拿出来一看，是一张玻璃糖纸。那时候我听见河谷的风吹过来一阵喧哗之声，好像一个窥视的人一样，那声音在山岭上曲曲折折地游动，又折回了河谷，在群山间回荡，就像一阵惊叫！我发现我的泪水像泉涌一样不可遏止，澎湃而下。

我在后头慢慢走到营地，九财叔正在往箩筐里装东西，他要我快装。老麻不在了，我四下寻找，在一个坡前看到了倒下的老麻。

"装啊！装啊！"九财叔喝令我。

"装，你要什么？装！"他说。他问我。他要给我分钱，还丢给我一把好跳刀。

我说："我不要钱，我不要刀，我只要那个录音机。那里面有我，有我唱的歌！"

他不听我的，硬是把一些乌七八糟的东西塞进我箩筐里。他教训我："你这个小杂种，你想跟老子过不去？"

我只好挑上他给我装的满满的一担。他还说："睡袋也是好的，他娘的，他们睡这么好的褥子。"

我们挑着东西，开始往河谷溯水而上。我发现九财叔从离开马嘶岭起就已经神经错乱了，他在前头急急挑着，不停地说："装啊，装啊，装啊……"

九财叔时不时回过头来骂一句："蛋屎！蛋屎！"不知道骂谁。他目空一切了，那只杀人不眨眼的右眼环顾四周，真像一个独眼鬼。我陡然觉得那奇怪的白光就是从他的右眼里发出的！

我们在河谷转悠的第三天,天空乌云滚滚,九财叔突然甩下担子,纵身跳进河中。他飞快地划着水,在水中又拍又打,他真的疯了。好在他没被河水卷走,我喊着他,把他从河里拉上岸来,他浑身抖得不行。那天傍晚,我们又遇见了几头野猪,九财叔毫不惧怕,抽出开山斧就杀入野猪群,奇怪的是,那些凶猛的山中之王,那天被他砍得哇哇大叫,四散奔逃。九财叔砍跑了野猪,又在地上拔食野草。

确实没有吃的了,我只好跟着疯了的九财叔啃吃野草,吃曲曲菜,鹅儿肠,云雾草。我们在山里转悠了九天,衣衫褴褛,饥寒交迫。第九天的夜里,山里飘起了大雪,这一场大雪一下子就没了膝。九财叔不让我歇息,不让我们进山洞,那个大雪纷飞的晚上,我们不停地在森林里转圈,早晨到了梨树坪河边。白雪皑皑的黄连垭已经在望了!已经快走出森林了,快到家了!我给他说快到家了,我说:"九财叔,那是黄连垭。"我指给他看。九财叔恍恍惚惚地看着远处的山冈,看看我,又看看自己挑着的担子,停了下来。我们坐下,他好像清醒了。他问我:"我们是到哪儿去的?"我说是回家呀。他说我们从哪儿来的?我说是马嘶岭啊。他左看右看,说:"我们杀了他们是吧?"我说是的。他说:"这是他们的东西?"我说是的,我就拿出他给我的钱来说这是你分给我的。他问多少?我数数说三千多。

"三千多?"他说。

我说:"还有这些东西。"我翻出藏在睡袋里的三个手机说:"还有这个。"

他想起了什么,就去翻自己的箩筐,也翻出了手机和钱。还有那两个红发卡,还有一些仪器。他指着我的东西:"都是我们两人平半分的?"

我说:"是啊,平分的。"

"我杀了人,你也杀了人,我们都杀了人。你杀了几个?"

我忙说:"我没杀人,我没有!"

他说:"这些钱够你用了。水香生了么?"

我说:"我不知道。"我说:"他们不会沿我们的脚印找来么?"

"你看看哪有脚印?"他说。

我去看来路,雪真的掩盖了我们走来的脚印。森林里一片恍白,阳光在云中模模糊糊,好像天要晴了。

"你发财了。你没杀人却发财了。"

"我们一起干的!"我说。

"你是个无用的卵货。你这家伙。"九财叔说,"我肚子饿了,你能弄点吃的来么？"

　　到哪儿弄吃的去？前面梨树坪我记得是有个代销店的，在福利院门口。我说："前面能买到吃的了，快到家了。"

　　他说："我们商量这些仪器先藏哪儿？"

　　我说："随便吧，叔，先找个山洞藏着吧。"

　　他直直地看我，好半天，笑了，说："今年过一个好年了。"

　　我说："我心不安实。"

　　九财叔就站起来，重新挑上了担子。走了几步，他忽然指着河里，对我说："看，水里是什么？"我放下担子就去河边。一阵狂风袭来，我的头上就落下了重东西——九财叔在背后冷不丁给了我一斧头，用的是斧背，就觉得脊椎一阵压榨，我的颅骨顿时瘪进去了，脚一失重，扑通一声，跌进冰冷的河里，就什么也不知道了。

　　我没想到九财叔会对我动手，他是想独吞那些财产——他清醒过来后后悔了，那么些现钱，也不排除他想彻底地杀人灭口。我根本没防备。所有的经过就是这样——我被人救了起来。

　　九财叔被梨树坪的几十个村民围着搜山抓住了。那也保不了命，他和我一样得毙。我等待死期来临，等着当八大脚的爹来收他儿子的尸骨。

　　八大脚我爹怕是没想到，他会从这么远的县城抬回他的儿子。又一想，小谭得绝症的母亲假如还活着，她又未必想到会这么远从南山抬回她的儿子——这全乡第一个大学生，魂都丢在了南山的马嘶岭。

　　高墙外的那轮太阳照着铁窗，我无意间从兜里掏出了那张糖纸——这是唯一没被警察搜走的东西。我把糖纸放在眼前，对着那轮可爱的温暖的太阳，天空全变成了红色。我又想起那个让我惊讶的傍晚，我们离开马嘶岭的那个傍晚，那些红水晶一样的透明无声的死者。我的意识突然觉得，结局只能是这样的，他们最后只能在那儿——在那个时刻，安安稳稳地躺在那里，永远地躺在那里。

　　这是为什么呢？这种想法让我至死也弄不明白。

原载《人民文学》2004 年第 3 期

喊山

——

葛水平

第一章

太行大峡谷走到这里开始瘦了，瘦得只剩下一道细细的梁。从远处望去赤条条的青石头儿悬壁上下，绕着几丝儿云，像一头抽干了力气的骡子，瘦得肋骨一条条挂出来，挂了几户人家。

这梁上的几户人家，平常说话面对不上面要喊，喊比走要快。一个在对面喊，一个在这边答，隔着一条几十米直陡上下的深沟声音倒传得很远。

韩冲一大早起来，端了碗吸溜了一口汤，咬了一嘴黄米窝头口齿不清地冲着对面喊："琴花，对面甲寨上的琴花，问问发兴割了麦，是不是要混插豆？"

对面发兴家里的琴花坐在崖边上端了碗喝汤，听到是岸山坪的韩冲喊，知道韩冲想过来在自己的身上欢快欢快，斜下碗给鸡们泼过去碗底的米渣子，站起来冲着这边喊："发兴不在家，出山去矿上了，恐怕是要混插豆。"

这边厢韩冲一激动，又咬了一嘴黄米窝头，喊："你没有让发兴回来给咱弄几个雷管？獾把玉茭糟害得比人掰得还干净、得炸炸了。"

对面发兴家里的喊："矿上的雷管看得比鸡屁眼还紧，休想抠出个蛋来。上一次给你的雷管你用没了？"

韩冲咽下了黄米窝头口齿清爽地喊："收了套就没有下的了。"

对面发兴家的喊："收了套，给我多拿几斤獾肉来啊！"

韩冲仰头喝了碗里的汤站起来敲了碗喊："不给你拿，给谁？你是獾的丈母娘呀。"

韩冲听到对面有笑声浪过来，心里就有了一阵紧一阵的高兴，哼着秧歌调往粉房的院子里走，刚一转身，迎面碰上了岸山坪的外来户腊宏。腊宏肩了担子，担子上绕了一团麻绳，麻绳上绑了一把斧子，像是要进后山圪梁上砍柴。韩冲说："砍柴？"腊宏说："呵呵，砍柴。"两个人错过身体，韩冲回到屋子里驾了驴准备磨粉。

　　腊宏是从四川到岸山坪来落住的，到了这里，听人说山上有空房子就拖儿带女地上来了。岸山坪的空房子多，主要是山上的人迁走留下来的。以往开山，煤矿拉坑木的包了山上的树，砍树的人就发愁没有空房子住，现在有空房子住了，山上的树倒没有了。獾和人一样在山脊上挂不住了就迁到了深沟里，人寻了平坦地儿去，獾寻了人不落脚踪的地儿藏。腊宏来山上时领了哑巴老婆，还有一个闺女一个男孩。腊宏上山时肩上挑着落户的家当，哑巴老婆跟在后面，手里牵着一个，怀里抱着一个。哑巴的脸蛋因攀山通红透亮，平常的蓝衣，干净、平展，走了远路却看不出旅途的尘迹来。山上不见有生人来，惹得岸山坪的人们稀罕得看了好一阵子。腊宏指着老婆告诉岸山坪看热闹的人，说："哑巴，你们不要逗她，她有羊羔子疯病，疯起来咬人。"岸山坪的人们想：这个哑巴看上去挺利索的，要不是有病，要不是哑巴，她肯定不会嫁给腊宏这样的人。话说回来，腊宏是个什么样的人——瓦刀脸，干巴精瘦，豆豆眼，干黄的脸皮儿上有害水痘留下来的窝窝。韩冲领着腊宏转一圈子也没有找下一个合适的屋，转来转去就转到韩冲喂驴的石板屋子前，腊宏停下了。

　　腊宏说："这个屋子好。"韩冲说："这个屋子怎么好？"腊宏说："发家快致富，人下猪上来。"韩冲看到腊宏指着墙上的标语笑着说。标语是撤乡并镇村干部搞口号让岸山坪人写的，当初是韩冲磨粉的粉房，磨房的主要收入是养猪。韩冲说："就写个养猪致富的口号。"写字的人想了这句话。字写好了，韩冲从嘴里念出来，越念越觉得不得个劲，这句话不能细琢磨。韩冲说："我喂着驴呢，你看上了，我就牵走驴，你来住。"韩冲可怜腊宏大老远地来岸山坪，山上的条件不好，有这么个条件还能说不满足人家？腊宏看中这房子，主要石头房子离庄上远，他不愿意抬头低头地碰见人。

　　住下来了，岸山坪的人们才知道腊宏人还懒，腿脚也不勤快。其实靠山吃山的庄稼人，只要不懒，哪有山能让人吃尽的。但腊宏常常顾不住嘴，要出去讨饭。出去大都是腊月天正月天，或七月十五八月十五，赶节不隔夜，大早出去，一到天黑就回来。腊宏每天回来都背一蛇皮袋从山下讨来的白馍和米团子。山里人实诚，常常顾不上想自己的难，老想别人的难，同情眼前事，恓惶落难人。哑巴老婆把白馍切成片，把米团子挖了里边的豆馅，摆放在有阳光的石板

新中国70年优秀文学作品文库

中篇小说卷

上晒。雪白的馍、金黄的米团子晒在石板地上，走过去的人都要回过头咧开嘴笑，说哑巴聪明，知道米团子是豆馅，容易早坏。

腊宏的闺女没有个正经名字，叫大。腊月天和正月天，岸山坪的人会看到，腊宏闺女大端了豆馅吃，紫红色的豆馅上放着两片酸萝卜。韩冲说："大，甜馅儿就着个酸萝卜吃是个什么味道？"大以为韩冲笑话她就翻他一眼，说："龟儿子。"韩冲也不计较她骂了个啥，就往她碗里夹了两张粉浆饼子，大扭回身快步搂了碗，进了自己的屋里，一会儿拽着哑巴出来指着韩冲看。哑巴乖巧的脸蛋儿冲韩冲点点头，咧开的嘴里露出了两颗豁牙，吹风露气地笑，有一点感谢的意思。

韩冲说："没啥，就两张粉浆饼子。"

韩冲给岸山坪的人解释说："哑巴不会说话，心眼儿多，你要不给她说清楚，她还以为害她闺女呢。"

挖了豆馅的米团子，晒干了，煮在锅里吃，米团子的味道就出来了。哑巴出门的时候很少，岸山坪的人觉得哑巴要比腊宏小好多，看上去比腊宏的闺女大不了多少，也拿不准到底小多少。哑巴要出门也是在自己的家门口，怀里抱着儿，门墩上坐着闺女，身上衣服不新却看上去很干净，清清爽爽的小样儿还真让青壮汉们回头想多看几眼。两年下来，靠门墩的墙被磨得亮汪汪的，太阳一照，还反光，打老远看了就知道是坐门墩的人磨出来的。

岸山坪的人不去腊宏家串门，腊宏也不去岸山坪的人家里串门。有时候人们听见腊宏打老婆，打得很狠，边打还边叫着："你敢从嘴里蹦一个字出来，老子就要你的命！"岸山坪的人说，一个哑巴你倒想让她从嘴里往出蹦一个字？

有一次韩冲听到了走进去，就看到了腊宏指着哆嗦在一边的哑巴喊着"龟儿子，瓜婆娘"，看着韩冲进来了，反手捏了两个拳头对着他喊起来："谁敢来管我们家的事情，我们家的事情谁敢来管？"腊宏平常见了人总是笑脸，现在一下黑了脸，看上去一双豆豆眼聚在鼻中央，怪凶的。韩冲扭头就走，边走边大气不出地回头看，怕走不利索身上沾了什么晦气。

现在韩冲驾了驴准备磨粉，他先牵了驴走到院子一角让驴吧嗒两粒驴粪，然后又给驴套上护嘴捂了眼罩驾到石磨上，用漏勺从水缸里捞出泡软的玉荽填到磨眼上。韩冲拍了一下驴屁股，驴很自觉地绕着磨道转开了。

韩冲因为家境不好，三十岁了还没有说上媳妇。想出去当上门女婿，出去几次也没有找到合适的家户，反复几年下来就这么耽搁了。也不是说韩冲长得不好，总体看上去比例还算匀称，主要问题还是山上穷，山下的哪个闺女愿意上来？次要问题是他和发兴老婆的事情，天下没有不透风的墙，这种事情张扬出去就不是落到了尘土深处，而是落入了人嘴里，人嘴里能飞出什么好鸟吗？

头一道粉顺着磨缝挤下来流到槽下的桶里，韩冲提起来倒进浆缸，从墙上摘下箩，舀了粉，一边罗，一边擦着溅在脸上的粉浆。白糊糊的粉浆像梨花开满了衣裳，韩冲想：都说我身上有股老浆气，女人不喜欢挨，我就闻着这个味道好，琴花也闻着这味道好。一想到琴花，想到黑里的欢快，他就鸟儿一样吹了两声口哨。他罗下来的粉叫第二道粉，也是细粉，要装到一个四方白布上，四角用吊带拎起来吊到半空往外冷水，等水冷干了，一块一块掰下来，用专用的荆条筐子架到火炉上烤。烤干了打碎就成了粉面，和白面豆面搭配着吃，比老吃白面好，也比老吃玉茭面细，可以调换一下口味。

甲寨和沟口附近的村子，都拿玉茭来换粉面。韩冲用剩下来的粉渣喂猪，一窝七八头猪，单纯用粮食是喂不起的，韩冲磨粉就是为了赚个喂猪的粉渣。做完这些活儿，韩冲打了个哈欠给驴卸了眼罩和护嘴，牵了出来拴到院子里的苹果树上，眯了眼睛望了望对面崖边上，远远地他就看见了他现在最想找的人——发兴的老婆琴花。

"韩冲，傍黑里记着给我舀过一盆粉浆来。"

琴花让韩冲舀粉浆过去，韩冲就最明白是咋回事了，心里欢快地跳了一下，他知道这是叫他晚上过去的暗号。还没等得韩冲回话，就听得后山圪梁的深沟里下的套子轰地响了一下，韩冲一下子就高兴起来，对着对面崖边上的琴花喊："日他娘，前晌等不得后晌，崩了，吃什么粉浆，你就等着吃獾肉吧！"

韩冲扭头往后山跑，后山的山脊越发的瘦，也越发的险，就听得自己家的驴应着那一声爆炸，惊得"哥哦哥，哥哦哥"地叫。

韩冲抓着荆条往下溜，溜一下屁股还要往下坐一下。韩冲当时下套的时候，就是冲着山沟里人一般不进去，獾喜欢走一条道，从哪里来到哪里去，一点弯道都不绕。獾拱土豆，拱过去的你找不到一个土豆，拱得干干净净，獾和人一样就喜欢认死理。韩冲溜下沟走到了下套的地方，发现下套的地方有些不对劲，两边有两捆散开了的柴，有一个人在那里躺着哼哼。韩冲的头霎时就大了，满目金星出溜出溜地往出冒。

炸獾炸了人了！炸了谁了？

韩冲腿软了下来问："是谁？"

"韩冲，你个龟儿子，你害死我了。"

听出来了，是腊宏。

韩冲奔过去，看到套子的铁夹子夹着腊宏的脚丢在一边，腊宏的双腿没有了。人歪在那里，两只眼睛瞪着比血还红。韩冲说："你来这里干啥来了？"腊宏抬起手指了指前面，前面灌木丛生。有一棵野毛桃树，树上挂了十来个野毛桃果，有一个小松鼠鬼鬼祟祟朝这边瞅。韩冲回过头，看到腊宏歪了头不说话了，他忙把腊宏背起来往山上走，腊宏的手里捏了把斧头，死死地捏着，在韩冲的胸前晃，有几次灌木丛挂住了也没有把它拽落。

韩冲背了腊宏回到村里，山上的男女老少都迎过来，看背上的腊宏黄锈的脸上没有一丝儿血色。把他背进了家放到炕上，他的哑巴老婆看了一眼，紧紧地抱了怀中的孩子扭过头去，弯下腰呕吐了一地。听得腊宏轻轻地咳嗽了一声，哑巴抬起身迎过来，韩冲要哑巴倒一碗水，哑巴端过来水，突然腊宏的斧头照着哑巴砍了过去。腊宏用了很大的劲，嘴里还叫着："龟儿子你敢！"韩冲看到哑巴一点也没有想躲，腊宏的劲儿看着猛，实际上斧头的重量比他的劲儿要冲，斧头咣当垂直落地了。哑巴手里的一碗水也落地了。腊宏的劲儿也确实是用猛了，背过一口气，半天那气丝儿没有拽直，张着个嘴歪过了脑袋。韩冲没敢多想，跑出去紧着招呼人绑担架要抬着腊宏下山去镇医院。岸山坪的人围了一院子伸着脖子看。对面甲寨崖边上也站了人看。琴花喊过话来问："炸了谁了？"

这边上有人喊："炸了讨吃了！"

他们管腊宏叫讨吃。

琴花喊："炸没人了，还是有口气？"

这边上的说："怕已经走到奈何桥上了。"

韩冲他爹扒开众人走进屋子里看，看到满地满炕的血，捏了捏腊宏的手还有几分柔软，拿手背儿探到鼻子下量了量，半天说了声："怕是没人了。"

"没人了。"话从屋子里传出来。

外面张罗着的韩冲听了里面传出来的话，一下坐在了地上，驴一样"哥哦哥，哥哦哥——"地嚎起来。

第二章

炸獾会炸死了腊宏，韩冲成了岸山坪第二个惹出命案的人。

这两三年来，岸山坪这么一块小地方已经出过一桩人命案了。两年前，岸山坪的韩老五外出打工回来，买了本村未出五服的一个汉们的驴，结果牵回来没几天，那驴就病死了。两人为这事麻缠了几天，一天韩老五跟这汉们终于打了起来。那韩老五性子烈，三句话不对，手里的镰刀就朝那汉子的身子去了，只几下，就要了人家的命。山里人出了这样的事，都是私下找中间人解决，不报案。他们知道报案太麻缠，把人抓进去，就是毙了脑瓜，就是两家有了仇恨，最终顶个屁？山里的人最讲个实际，人都死了，还是以赔为重。村里出了任何事，过去是找长辈们出面，说和说和，找个都能接受的方案，从此息事宁人。现在有了事，是干部们出面，即使是出了命案，也是如法炮制。两三年前，韩老五还不是最终赔了两万块钱就拉倒了事。

如今腊宏死了，他老婆是哑巴，孩子又小，这事咋弄？岸山坪的人说，人死如灯灭，活着的大小人儿以后日子长着呢，出俩钱买条阳关道，他一个讨吃的又是外来户，价码能高到哪儿去。

这天韩冲把山下住的村干部一一都请上来，干部们随韩冲上了岸山坪，一路上听事情的来龙去脉，等走上岸山坪时，已了解得八九不离十了。

看了现场，出门找了一个僻静的地方站下来，商量了一阵子，认为最好的办法是按这里的老规矩办。他们责成会计王胖孩来当这件事情处理的主唱：一来他腿脚勤；二来这种事情不是什么好事，一把二把手不便出面；三来这王胖孩的嘴比脑子翻转得快。

返进屋里坐下，王胖孩用手托着下巴颏对哑巴说："你们住的这房是韩冲原来的吧？韩冲对你家腊宏应该是不错吧？他俩没仇没恨吧？腊宏因为砍柴误踩了韩冲的套子，这种事谁也没有料到吧？"咳嗽了一声，旁边的一人突然想起了什么，有些摸不着深浅地问："都说哑巴是十哑九聋，不知道你是听得见还是听不见？要是听见了就点一下头，要是听不见说也白说。"村干部和韩冲的眼光集体投向哑巴，就看到那哑巴居然慌怵怵地点了一下头。

干部们惊讶得抬直身体嗷了一声，王胖孩舔了舔发干的嘴片子，尽量摆正态度，把话说普通了："这么说吧，你男人的确是死了……不容置疑。"

说到这里就看到腊宏老婆打了个激灵。王胖孩长叹一声："真是生死由命，富贵在天。你说骂韩冲炸獾炸了人了吧，他已经炸了，你说骂腊宏福薄命贱吧，他都没命了。这事情的不好办就是活的人活着，死的人到底死了。活的人咱要活，死的人咱要埋，是吧？这事情的好办是，你不是一个不讲道理的妇女，你心明眼亮可惜就是不会说话。我们上山来的目的，就是要活的人更好地活着，死的人还得体面地埋掉。你一个哑巴妇女，带了两个孩子，不容易啊。现在男人走了，难！咱首先解决这个难中之难的问题，你相信我这个村干部，就让韩冲埋人,不相信我这个村干部,你就找人写状纸,告。但是,你要是告下来,韩冲不一定会给腊宏抵命,我们这些村干部因为你不是岸山坪的,想管,到时候怕也不好插手,说来你母子仨还是个黑户嘛!"

腊宏的哑巴老婆,惊讶得抬起头瞪了眼睛看。王胖孩故意不看哑巴扭头和韩冲说:"看见这孤儿寡母了吗?你好好的炸球什么獾?炸死人啦!好歹我们干部是遵纪守法爱护百姓的,看你凿头凿脑咋回事儿似的,还敢炸獾?赶快把卖猪的钱从信用社提出来,先埋了人咱再商量后一步的赔偿问题!"

哑巴像是丢了魂儿似的听着,回头望望炕上的人,再看看屋外屋内的人,哑巴有一个间歇似的默想,少顷,抽回眼睛看着王胖孩笑了一下。

这一笑,让有强烈的表现欲望的王胖孩沉默了。哑巴的神情很不合常理,让干部们面面相觑不知道她到底笑个啥。

干部们做主让韩冲把他爹的棺材抬出来装了腊宏,事关重大,他爹也没有说啥。韩冲又和他爹商量用他爹的送老衣装殓腊宏,韩冲爹这下子说话了:

"你要是下套子炸死我了倒好了,现成的东西都有,你炸了人家,你用你爹的东西埋人家,都说是你爹的东西,但埋的不是你爹,这比埋你爹的代价还要大,我操!"

韩冲的脸儿埋在胸前不敢答话,他爹说:"找人挖了坟地埋腊宏吧,村干部给你一个台阶还不赶快就着下,等什么?你和甲寨上的娘儿们混吧,混得出了人命了吧?还搭进了黄土淹没脖子的你爹。你咋不把脑袋埋进裤裆里!"说完,韩冲爹从木板箱里拽出大围女给他做好的送老衣,摔在了炕上。

把腊宏装殓好,棺材准备起了,四个后生喊:"一二,起!"抬棺材的铁链子突然断了,抬棺材的人说:"日怪,半大个人能把铁链子拉断,是不是家里不见个哭声?"

哑巴是因为哭不出声,女儿儿子是因为太小,还不知道哭。王胖孩说:"锣鼓点儿一敲,大幕儿一拉,弄啥就得像啥!死了人,不见哭声叫死了人吗?这还是咱们的工作没有做好,这样吧,去甲寨上找几个女人来,村里花钱。"

马上就差遣人去甲寨上找人,哭妇不是想找就能找得到,往常有人不在了,论辈分往下排,哭的人不能比死的人辈分大。现在是哭一个外来的讨吃,算啥?

女人们就不想来,韩冲一看只好一溜儿小跑到了甲寨上找琴花。进了琴花家的门,琴花正在做饭。听了韩冲的来意后,琴花坐在炕上说:"我哭是替你韩冲哭,看你韩冲的面,不要把事情颠倒了,我领的是你韩冲的情,不是冲村干部的面子。"

韩冲说:"还是你琴花好。"

看到门外有人影儿晃,琴花说:"这种事给一头猪不见得有人哭。这不是喜丧,是凶丧。也就是你韩冲,要是旁人我的泪布袋还真不想解口绳呢。"

门外站着的人就听清了——琴花要韩冲出一头猪,这可是天大的价码。

琴花见韩冲哭丧个脸,一笑,从箱子里拽了一块枕巾往头上一蒙,就出了门。

走到岸山坪的坡顶上看了一眼黑压压的人群,就扯开了喉咙:"你死得冤来死得苦,讨吃送死在了后梁沟——"

村干部一听她这样哭,就要人过去叫她停下来——这叫哭吗?硬邦邦的没有一点儿情感。

琴花马上就变了一个腔:"水流千里归大海,人走万里归土埋,活归活啊死归死,阳世咋就拽不住个你?呀喂——啊啊啊。"

琴花这么一哭把岸山坪的空气都抽拽得麻怵起来,有人试着想拽了琴花头上的枕巾看她是假哭还是真哭,琴花手里拎着一根干柴棍抡过去敲在那人的屁股蛋上,就有人捂了嘴笑。琴花干哭着走近了哑巴,看到哑巴不仅没有泪蛋子在眼睛里滚,眼睛还望着两边的青山。琴花哭了两声不哭了,你的汉们你都不哭,我替你哭你好歹也应该装出一副丧夫的样子吧。

埋了腊宏,王胖孩叫来几个年长的坐下商量后事,一干人围着石磨开始议事。比如,这哑巴和孩子谁来照顾,怎么个照顾法,都得立个字据。韩冲说:"最好一次说断了,该出多少钱我一次性出够,要连带着这么个事,我以后还怎么讨媳妇?"大伙研究下来觉得是个事情,明摆着青皮后生的紧急需要,事儿是不能拖泥带水,得抽刀斩水。

一个说:"事情既出由不得人,也是大事,人命关天,红嘴白牙说出来的就得有个道理!"

一个说:"哑巴虽然哑巴,但哑巴也是人。韩冲炸了人家的男人,虽然不是他有意想炸,既然炸了,要咱来当这个家,咱就不能理偏了哑巴,但也不能亏了韩冲。"

一个说:"毕竟和韩老五打架的事情不是一个年头了,怕不怕老公家怪罪下来?"

一个说:"现在的大事小事不就是俩钱嘛?从光绪年到现在哪一件不是私

了？有直道儿不走，偏走弯道儿。老公家也是人来主持嘛，要说活人的经验不一定比咱懂多少，舌头没脊梁来回打波浪，他们主持得了这个公道吗？"

王胖孩说："话不能这么说，咱还是老公家管辖下的良民嘛！"

王胖孩要韩冲把哑巴找来，因为哑巴不说话，和她说话就比较困难。想来想去想了个写字，却也不知道她是否认字。王胖孩找了一本小学生的写字本和一根铅笔，在纸上工工整整写了一行字，递给哑巴看。

哑巴看了看，取过笔来，也写了一行字递过去。韩冲因为心里着急伸过去脖子看，年长的因为稀罕也伸过脖子，发现上面的第一行是村干部写的："我是干部王胖孩，你叫啥？"后一行的字歪歪扭扭写了："知道，我叫红霞。"

所有的人对视了一下，稀罕这个哑巴不简单，居然识得俩字。

"红霞，死的人死了，你计划怎么办？要多少钱？"

"不要。"

"红霞，不能不要钱。社会是出钱的社会，眼下农村里的狗都不吃屎了，为什么？就因为日子过好了。钱是啥？是个胆儿，胆气不壮，怕米团子过几天你母子仨也吃不上了。"

"不要。"

"红霞妇女，这钱说啥也得要，只说是要多少钱？你说个数，要高了韩冲压，要少了我们给你抬，叫人来就是为了两头取中间主持这个公道。"

"不要。"

小学生写字本上三行字歪歪扭扭看上去很醒目，大伙儿觉得这个红霞是气糊涂了，哪有男人被人炸死了不要钱的道理？要知道这样的结果还叫人来干啥？写好的纸条递给韩冲，要他看了拿主意，使了一下眼儿，两个人站起来走了出去。收住脚步，王胖孩说："她不是个简单的妇女，不敢小看了，她想把你弄进去。"韩冲吓了一跳，脚尖踢着地面张开嘴看王胖孩。王胖孩歪了一下头很慎重地思忖了一下说："哪有给钱不要的道理，你说，她不是想把你弄进去是什么？"韩冲越发不知道该说什么了。王胖孩指着韩冲的脸说："要暖化她的心，打消她送你进去的念头，不然你一辈子都得背着个污点，有这么个污点你就甭想说上媳妇。"韩冲闭上嘴，咽下了一口唾沫，唾沫有些划伤了喉咙，火辣辣地疼。

"这几天，你只管给哑巴送米送面。你知道，我也是为你好，让老公家知道了，弄个警车来把你带走了，你前途毁了，以后出来怎么做人？趁着对方是个哑巴，咱把这事情就哑巴着办了，省了官办，民办了有民办的好处。明白不？"

韩冲点了头说：“我相信领导干部！”

两个人商量了一个暂时的结果，由韩冲来照顾她们母子仨。返进屋子里，王胖孩撕下一张纸来，边念边写：

“合同。甲方韩冲，乙方红霞。韩冲下套炸獾炸了腊宏，鉴于目前腊宏媳妇神志不清，不能够决定赔偿问题，暂时由韩冲来负责养活她们母子仨，一日三餐，吃喝拉撒，不得有半点不耐烦，直到红霞决定了最后的赔偿，由村干部主持，岸山坪年长的有身份的人最后得出结果才能终止合同。合同一方韩冲首先不能毁约，如红霞对韩冲的照顾有不满意之处，红霞有权告状，并加倍罚款。”

合同一式两份，韩冲一份，哑巴一份。立据人互相签了字，本来想着会有一番争吵的，但事情就这么说断了，岸山坪人的心里有一点盼太阳出来阴了天的感觉，心里结了个疙瘩，莫名地觉得哑巴真的是傻，互相看着都不再想说话了。

送走王胖孩，韩冲叠好条子装进上衣口袋，哑巴前脚走，韩冲后脚卸了炉上的粉走进了哑巴家。

进了哑巴家，韩冲看到哑巴的房梁上吊下来两个箩筐，箩筐下有细小的丝线拉拽着一条一条的小虫，韩冲知道那箩筐里放的是讨来的晒干了的米团子和白馍。哑巴没有停下手里的活，她手里正拿了一捧米团子放在锅台边，一块一块往下磕上面生的小虫，磕一块往锅里煮一块，锅台上的小虫伸展了身子四下跑，哑巴端下锅，拿了笤帚，两下子就把小虫子扫进了火里，坐上锅，听得噗噗的响。

韩冲眯缝着眼睛歪着脖子说：“这哪是人吃的东西。”提下了锅走回家倒进了自己的猪圈里，猪好久没有换口味了，哑巴着干邦硬的米团子，吐出来吞进去，嘴片子错得吧唧吧唧响。韩冲给哑巴提过来面和米，哑巴拉了闺女和孩子笑着站在墙角看他一头汗水地进进出出。韩冲想，你这个哑巴笑什么，我把你汉们炸了你还和我笑，但他不敢多说话，只顾埋头干他的活儿。

这时候就有人陆续走上岸山坪来看哑巴和孩子，有的想收留哑巴的孩子，有的干脆就想收留哑巴。韩冲装作没看见，他想要是真有人把哑巴收留了才好，她一走我就啥也不用赔了。但哑巴这时候面对来人却很决绝地把门关上了。

王胖孩又来到了岸山坪，要韩冲叫了年长的和有些身份的人走进了哑巴的家。王胖孩坐下来看着哑巴说：“今天我来是给你做主，有啥你就说。”韩冲坐到门墩上琢磨着这个事情该怎么开头，说什么好。就听得王胖孩说：“咱打开天窗说亮话，不绕弯子了，这理说到桌面儿上是欠了人家一条命，等于盖屋你把人家的大梁抽了，屋塌了。现在，你一个孤寡妇女，又是哑巴，带着俩孩子，容易吗？要我说就一个字——难。红霞，老话重提，你说出个数字来，要多少？"

哑巴抬起头拿过一根点火的麻秆在石板地上写了两黑字——不要。村干部接过麻秆来，大大地在地上写了两个字——两万。韩冲低下头看，请来的人也低头看，抬起头互相点了点头，大意是有了韩老五的事情在前面做样板，这样的处理结果也是说得过去的。韩冲说话了："胖孩哥，两万块暂时拿不出，能不能分期付？如果不行，就得给我政策，让我贷。"

王胖孩想了半天说："上头的政策主要是鼓励农民贷款致富，哪有让你贷款用来买命的？这事要说也没有个啥，摆到桌面上就是个事。你是不是到对面的甲寨上找一找发兴，他儿在矿上，煤矿现如今效益不错，他家里想来是有货的，借一借嘛。琴花虽然是出了名的铁公鸡，毕竟是喝过你的粉浆，吃过你的獾肉，还是你的相好，你炸死的这个人用的雷管还是她提供的。咱嘴上不说，如果要说，她是脱不了干系的。"

韩冲不好意思地低下了头。

事情说到这里，王胖孩对哑巴红霞说："按我的意思来，你不要，不等于我们不懂，我们不懂就是欺负你了，这不符合山里人的作风。等韩冲凑够了钱，我再到这山上来亲手递给你。咱这事情就算结束，你也好准备你的退路。一个妇道人家没有汉们帮衬，哪能行啊！韩冲，话说回来大家是为了你办事，光跑腿我就跑了几趟，你小子懂个眼色不懂？"

韩冲大眼儿套小眼儿看着王胖孩，王胖孩举起手里的麻秆说："这，缩小了像个啥？"韩冲想，像个啥？哑巴从王胖孩手里拿过麻秆掰下的一小截，叼在嘴上哑巴了两口，韩冲明白了，他是想要烟呢。稀罕得岸山坪的长辈们放下手中的旱烟锅子看哑巴，哑巴被看得不好意思低下了头。

韩冲赶紧出去到代销点上买了两条烟递给了王胖孩。王胖孩说："这是啥意思？乡里乡亲的弄这？"说罢，掰开一条烟给坐着的长辈一人发了一包，自己把剩下的夹在腋窝下起身走了。

长辈们看着手里的烟，咧开嘴笑着，心里却不是个滋味，啥也没表态走了两步路就赚了一包烟，很有点不好意思。韩冲说："算个啥嘛，都是德高望重的人，就是没事我韩冲也应该孝敬你们！"

第三章

借钱的事情很简单，也很复杂，简单得就像天上的一颗太阳，无际蓝天，没有鸟儿飞翔，看上去空旷；复杂得突然就乱云飞渡，飞渡的云不是瓦片和挠钩状，是黑云压山，兜头浇得韩冲凉刷刷的。

韩冲去对面的甲寨上，要下了沟，绕出山，再转回来上对面，大约要一个半钟点。

这地方的人叫吃亏不叫吃亏，叫吃家死，韩冲这一回借钱就吃了大家死。

走到甲寨上人们就说："韩冲，还敢不敢下套子了？胆子大啊，那讨吃下那深沟做啥去了，活该要他的命。"韩冲挠了挠头发，呵呵笑了一下，很不舒展。不断有人问，韩冲就不断很不舒展地呵呵。

走进发兴的院子里，看到发兴坐在小马扎上抽旱烟，烟锅子在地上磕了一下子，说："你来了，稀客。有啥事不喊要过沟来说？我可是头一回见你大白天来。也是的，炸獾咋就炸了人？"

韩冲说："话不能这样说，大白天不来搭黑来干啥？老哥你就不要瞎猜了，人倒霉了放个屁都砸脚后跟。我也思谋着他下那沟做甚了，两捆柴好好地甩在一边，手里握着一把斧头不丢，看见我眼睛瞪得快要出血，恨不能把我吃掉，我操。不过话说回来，咱是断了人家哑巴的疼了。"

琴花撩开碎布头拼成的门帘出来，说："韩冲，以后不要下套子了，那獾又不是光吃你的玉茭，你把人炸了，亏得他是外来的，要是本地的，不让你抵命才怪。"

韩冲低下头看着自己的脚尖，鞋是一双解放球鞋，因为旧了，剪了前边和后边，当凉鞋穿。韩冲看着看着就想把来的意思挑明。韩冲说："我过来是有个事情想求你们两口儿帮忙。"

琴花返进去从屋子里端出一罐头瓶水来递给他说："帮啥忙？跑腿找人的事，发兴能帮得上就一定帮。这两天驾驴磨粉了？你不要因为这事把猪饿了，该做啥还做啥，腊月里我大儿要定婚，还想借你一头猪下酒席呢。你要赶不上喂，赶过来我喂，秋口上卖了咱二一添作五。"

韩冲抬起头看琴花，琴花脸上挂着笑，嘴角角上的一颗黑土眼（痣）翘起来顶在鼻子边。韩冲想，琴花脸上的这个黑土眼坏了她好几分人才。

发兴说："事情最后怎么处理了？说了个甚解决办法？听说有人上来说哑巴，女人要是没有了男人，小腰就断了，就拖不动腿了，也怪可怜的。"

琴花说："傻哑巴不知道哭,看来是真有病,山下有人要她,收拾走算了,省了你来照顾。"

韩冲鼓了鼓勇气说："不瞒你们两口儿说,我今儿过来这甲寨上就是想和你们打凑俩钱,给哑巴。救个急,误不了你娶媳妇,我韩冲是说话算话的。"

一听说是借钱,琴花就示意发兴闭嘴。琴花走到韩冲的面前看着他说:"说起来是应该帮忙,出了这么大的事情,啊呀,我当时就不敢过去看那死鬼,听人说,下半截整个都没了,吓死了。事情是出了,有事说事,按道理是得赔人家,是不是?按道理谁能帮上忙就帮忙,乡里乡亲的,抬头不见低头见,谁家不出个事?古话说了,有啥别有事,没啥别没钱,两件事都让摊上了。可有些事情摊上了,还真是帮不上你这个忙。我给你说吧,腊月里要给大儿定婚正月里不娶,明年秋口上也得娶。如今说个媳妇容易吗?屁股后捧着人家还要脱落,敢松口气?我要是真有钱我还真舍得借你,不怕你不还,可就是没有钱,活了个人带了个穷命,难啊!"

韩冲看着琴花的嘴一张一合的,想自己还亲过这张嘴,嘴里的舌头滑溜溜的,有时候也咬一下韩冲的下嘴片子,到韩冲的忘情处会说,人家都穿七分裤了,你也给我买一条穿穿,我是二尺四的腰,要小方格子的面料。韩冲会说,穿那干啥,不好看,憋得屁股和两瓣瓣蒜一样。琴花说,你不买,你就给我下来,我看你哪头难受!韩冲在她身上正忙着,只好忙说,买买。

韩冲你给我买一盒舒肤佳香胰子,韩冲你给我看看我的肚皮是不是松得厉害了,我也想买条裹腹裤。韩冲,我除了不和你住一个屋子,住一个屋子里干的事,咱都干了,也就等于是一家人了,你赚了钱就给我花,我从心里疼你……

韩冲看着琴花心想你身上穿的从里到外哪一样不是我买的,你琴花疼我了?疼我什么了?关键的时候,说到钱的时候,你就和我二心了。

发兴说:"这不是帮忙不帮忙的事情,是帮不了这忙,是人命关天。小老弟,都怪你炸球什么獾嘛!"

韩冲想,也就是啊,炸球什么獾嘛!

琴花的短腿直着一条,斜着一条,直着的硬邦邦地站着,斜着的抖抖地闪,闪得人心中想生气。韩冲说:"看在以往的面子上,你们就帮我一回吧。我炸死人,要不是你给我雷管,我拿什么炸他?"

琴花一下把斜的那条腿收了回来指着韩冲说:"以往怎么啦,以往就吃了你几次粉浆,当是什么好东西啊,给猪吃的东西,从崖下吊给我吃,讨你什么便宜了？韩冲，不是说不借给你钱，是没有东西借给你，你当是清明上坟托鬼洋，八月十五打月饼，找个模子就现成？我是给你雷管了，我叫你韩冲炸人了？你炸死人怨我的雷管，笑话！既然说到这个份上了，我哭讨吃的那头猪不要了，落得送你个人情。"

韩冲说："我多会儿说要送你一头猪了？"

发兴说："装傻，谁都知道你要给一头猪！要说讨便宜，你是讨了大便宜了，别说是一头猪，十头猪你也不吃家死。别人不知道，我是心知肚明。"

琴花打断了发兴的话："你心知个啥，肚明个啥？不会说不要抢着说。"

韩冲端起罐头瓶一口喝了瓶里的水说："我也就是到了困难的时候才找你们来张嘴，张一回嘴容易吗？张开了难合住，给个面子，没多总有个少吧？这沟里就你们还有俩钱，我也是屎憋到屁股门上了，我要有二指头奈何也不会张嘴求人，琴花求你了！"

琴花说："韩冲，我是真想帮你这个忙，可就是心有余而力不足，十块八块的又不顶个事情办，三千两千的我还真没有见过，要有就借你了。丑话说到头了，你走吧，甲寨上的人在大门外看咱的笑话哩。"

韩冲站了起来要走，琴花又说话了："你欠我多少，不是一头猪能还得了的，走归你走，但你得记清楚了。"这一句话说得不是时候，琴花的本意是想说，要是还想着我，你就来，来就得带零花儿来。可说这话儿不是个地方，韩冲都快急得火烧眉毛了他哪里能绕过这个弯。

韩冲一下站住了说："两清了。这钱我不借了，你有本事继续耍你的本事，隔着崖，你是甲寨上的，我是岸山坪的，井水不犯河水。发兴，你老婆本事大啊。"

琴花的脸霎时就青了，这叫人话吗？得了便宜卖乖，不借你钱，舌头就长刺了，这就让琴花难咽这口气。

琴花说："站住，韩冲！"一下就扑过去跳起来照着韩冲的脸掴了一个巴掌，韩冲没有防备，一下就怔住了。

韩冲说："不借钱就算了，你还打我，我打你吧，我不君子，不打你吧你太张狂了，跳起来打，不够三尺高的人就是毒。我拿雷管炸了人，那雷管我有吗？还不是你给的！就是你给的！"

发兴站起来拖住了琴花，琴花兜头给了发兴一巴掌，跳着脚跑出院外，甲寨上看热闹的人自动让了个场地看琴花表演："你个缺德鬼，你害了死人害活人，你炸獾咋就不炸了你，讨吃哪天说不定就来勾你命，你等着吧，不在崖下在崖上，不在明天在后天，你死了也要狼拖狗拽了你，五黄六月蛆轰了你！"

韩冲听着身后的叫骂声，踢着地上的石头蛋走，脑子里轰轰响，石头蛋掀了脚指甲盖，也不觉得疼。自己说得好好的，这个傻逼就翻了脸，真是人小鬼大难招架。我操！

第四章

这是哑巴第一次出门，她把孩子放到院子里，要大看着，她走上了山坡。熏风温软地吹着，她走到埋着腊宏的地垄头上。坟堆有半人多高，她一屁股坐到坟堆上，坟堆下埋着腊宏。她从心里想知道腊宏到底是不是真的去了？一直以来她觉得腊宏还活着，腊宏不要她出门，她就不敢出门。今儿，她是大着胆子出门了，出了门，她就听到了鸟雀清脆的叫声从山上的树林子里传过来。

哑巴绕着坟堆走了几圈，用脚踢着坟上的土，嘴里喃喃着一串儿话，是谁也听不见的话，然后坐到地垄上哭。岸山坪的人都以为哑巴在哭腊宏，只有哑巴自己知道她到底是在哭谁。哑巴哭够了对着坟堆喊，一开始是细腔儿，像唱戏的练声，从喉管里挤出一声"啊"，慢慢就放开了，唢呐的冲大调，把坟堆都能撕烂，撕得四下里走动的小生灵像无头的苍蝇一样乱往草丛里钻。哑巴边喊边大把抓了土和石块砸坟头，她要砸出坟头下的人问问他，是谁让她这么无声无息地活着？

远远地看到哑巴喊够了，像风吹着的不倒翁回到了自己的院子里，人们的心才放到了肚子里。哑巴取出从不舍得用的香胰子，好好洗了洗头，洗了脸，找了一件干净的衣服换上出了屋门。哑巴走到粉房的门口，没有急着要进去，而是把头探进去看。看到韩冲用棍搅着缸里的粉浆，搅完了，把袖子挽到臂上，拿起一张大箩开始罗浆。手在箩里来回搅拌着，落到缸里的水声哗啦啦哗啦啦地响，哑巴就觉得很温暖。哑巴大着胆子走了进去，地上的驴转着磨道，磨眼上的玉茭塌下去了，哑巴用手把周围的玉茭填到磨眼里，她跟着驴转着磨道填，转了一圈才填好了磨顶上的玉茭。哑巴停下来抬起手闻了闻手上的粉浆味儿，是很好闻的味儿，又伸出舌头来舔了舔，是很甜的味道，哑巴咧开嘴笑了。

这时候韩冲才发现身后不对劲，扭回头看，看到了哑巴的笑，水光亮的头发，白净的脸蛋，她还是个很年轻的女人嘛，大大的眼睛，鼓鼓的腮帮，翘翘的嘴巴。韩冲把地里看见的哑巴和现在的哑巴做了比较，觉得自己是在梦里，用围裙擦着手上的粉浆说："你到底是不是个傻哑巴？"哑巴吃惊地抬起头看，驴转着磨道过来用嘴顶了她一下，她的腰身碰了一下驴的鼻子，驴打了个喷嚏，她闪了一下腰。哑巴突然就又笑了一下，韩冲不明白这个哑巴的笑到底是羊羔子疯病的前兆，还是她本来就是一个爱笑的女人。

大搂着弟弟在门上看粉房里的事情，看着看着也笑了。

哑巴走过去一下抱起来儿子，用布在身后一绕，把儿子裹到了背上走出了粉房。

岸山坪的人来看哑巴，觉得这哑巴倒比腊宏活着时更鲜亮了。韩冲罗粉，哑巴看磨，孩子在背上看着驴转磨咯咯咯笑。来看她的人发现她并没有发病的迹象，慢慢走近了互相说话，说话的声音由小到大。谁也不知道哑巴心里想着的事，其实她心里想的事很简单，就是想走近他们，听听他们说话。

哑巴的小儿子哼唧唧地要撩她的上衣，哑巴不好意思抱着孩子走了。边走孩子边撩，哑巴打了一下孩子的手，这一下有些重了，孩子哇的一声哭了起来。孩子的哭声挡住了外面的吵闹声音，就有一个人跟了她进了她的屋子，哑巴没有看见，也没有听见。孩子抓着她的头发一拽一拽地要吃奶，哑巴让他拽，你的小手才有多重，你能拽妈妈多疼。哑巴把头抬起来时看到了韩冲。韩冲端着摊好的粉浆饼子走过来放到了哑巴面前的桌子上。他说："吃吧，断不得营养，断了营养，孩子长得黄寡。"

哑巴指了一下碗，又指了一下嘴，要韩冲吃。韩冲拿着铁勺子梆梆磕了两下子鏊盖，指着哑巴说："你过来看看怎么样摊，日子不能像腊宏过去那样儿，要来啥吃啥，要学着会做饭。面有好几种做法，也不能说学会了摊饼子就老摊饼子，你将来嫁给谁，谁也不会要你坐吃。妇女们有妇女们的事情，汉们种地，妇女做饭，天经地义。"

哑巴站起来咬了一口，夹在筷子上吹了吹，又在嘴唇上试了试烫不烫，然后送到了孩子的嘴里。哑巴咬一口喂一口孩子，眼睛里的泪水就不争气地开始往下掉。韩冲把熟了的粉浆饼子铲过来捂到哑巴碗里，就看到了梁上有虫子拽着丝掉下来，落在哑巴的头发上，一粒两粒，虫子在她乌黑的头发上一耸一耸地走。孩子抬起手从她的头上拽下一个虫子来，噗的一下捏死了它，一股黄浓的汁液涂满了孩子的指头肚，孩子呵呵笑了一下抹在了她的脸上。哑巴抹了一下自己的脸，搂紧孩子捏着嗓子哭起来。

哑巴一哭，韩冲就没骨头了，眼睛里的泪水打着转说："我把粮食给你划过一些来，你不要怕，如今这山里头缺啥也不缺粮食。炸獾炸死了腊宏，我也不是故意的，我给你种地，收秋，在咱的事情没有了结之前，我还管你们。你就是想要老公家弄走我，我思谋着，我也不怪你，人得学会反正想，长短是欠了你一条命啊！你怕什么，我们是通过村干部签了条子的。"

哑巴摇着头像拨浪鼓，嘴里居然还一张一合的，很像两个字："不要！"

岸山坪的人哑巴不认识几个，自打来到这里，她就很少出门。她来到山上第一眼看到的是韩冲，韩冲给他们房子住，给他们地种，给大粉浆饼子吃。腊宏打她，韩冲进屋子里来劝，韩冲说："冲着女人抬手算什么男人！"女人活在世上就怕找不到一个好男人，韩冲这样的好男人，哑巴还没有见过。哑巴不要韩冲钱的另一层意思就是想要他管她们母子仨。

韩冲背转身出去了，哑巴站起来在门口望，门口望不到影子了，就抱了儿子出来。她这时看到韩冲的粉房门前站了好多人，手里拿着布袋，看到韩冲走过去就一下围住了他。韩冲粉房前乱哄哄的，先进去的人扛了粉面急匆匆地出来，后边的人嚷嚷着也要挤进去。一个女人穿着小格子裤也拿着一个布袋从崖下走上来，女人走起路来一摆一摆的，布袋在手里晃着像舞台上的水袖。哑巴看清楚是甲寨上的琴花。琴花替她哭过腊宏，她应该感谢这个女人。

琴花上来了，韩冲他爹在家门口也看见了。昨天韩冲去借钱受了她的羞辱，今日里她倒舞了个布袋还好意思过来，这个不要脸的娘儿们。一个韩冲怎么能对付得了她，好好的三门亲事都荒了，为了啥，还不是为了她。人家一听说韩冲跟甲寨上的琴花明里暗里地好着，这女人对他还不贴心，只是哄着想花俩钱儿，谁还愿意跟韩冲？名声都搭进去了，韩冲还不明白就里，我就这么一个儿，难道要我韩家绝了户！韩冲爹一想到这，火就起来了，他从粉房里把韩冲叫出来，问他："你欠不欠你小娘儿们的粉面？"韩冲说："不欠。"韩冲爹说："那你就别管了，我来对付这娘儿们。"

琴花过来一看有这么多人等着取粉面，她才不管这些，侧着身子挤了进去。琴花对韩冲爹说："老叔，韩冲还欠我一百五十斤玉茭的粉面，时间长了，想着不紧着吃，就没有来取。现在他出事了，来取粉面的人多了，总有个前后吧，他是去年就拿了我的玉茭，一年了，是不是该还了？"

韩冲爹抬头看一眼琴花就不想再抬头看第二眼了。这个女人嘴上的土眼跳跃得欢，欢得让韩冲爹讨厌。韩冲爹头也不抬地说："人家来拿粉面是韩冲打了条子的，有收条有欠条，你拿出来，不要说是去年的，前年的大前年的欠了你的照样还。"

琴花一听愣了，韩冲确实是拿了她一百五十斤玉茭。拿玉茭，琴花说不要粉面了，要钱。韩冲给了琴花钱。琴花说："给了钱不算，还得给粉面。"韩冲说:"发兴在矿上,你一个人在家能吃多少?有我韩冲开粉房的一天,就有你吃的一天。"琴花隔三差五取粉面,取走的粉面在琴花心里从来不是那一百五十斤里的数,一百五十斤是永远的一百五十斤。孩子马上要定婚了,不存些粉面到时候吃啥?说不定哪天他要真进去了,我和谁去要?

琴花说:"韩冲和我的事情说不清楚,我大他小,往常我总担待着他,一百五十斤玉茭还想到要打条子?不就是百把斤玉茭,还能说不给就不给了?老叔,你也是奔六十的人了,韩冲他现在在哪儿,叫他来,他心里清楚。他要是真有个三长两短,你说这粉面还真想要昧了我的呢。"

韩冲爹说:"我是奔六十的人了,奔六十的人,不等于没有七十八十了。我活呢,还要活呢,粉房开呢,还要开呢!"

看着他们俩的话赶得紧了,等着拿粉面的人就说:"不紧着用,老叔,缓缓再说,下好的粉面给紧着用的人拿。"说话的人从粉房里退出来,觉得自己在这个时候来拿也没有个啥,现在这女人一点透似乎真有些不大合适,不就是几斗玉茭的粉面嘛。

琴花觉得自己有些丢面子了,她在东西两道梁上,甚时候有人敢欺负她,给她个难堪?没有!她来要这粉面,是因为她觉得韩冲欠她的,不给粉面罢了,还折丑人呢。

琴花说:"没听说还有活千年的蛤蟆万年鳖的,要是真那样儿,咱这圪梁上真要出妖精了。"

韩冲爹说:"现在就出妖精了还用得等!哭一回腊宏要一头猪,旁人想都不敢想。你却说得出口,你是他甚人呢?"

琴花说:"我不和你说,古话说,好人怕遇上个难缠的,你叫韩冲来,我倒要看他这粉面是给啊不给?"

韩冲爹说:"叫韩冲没用,没有条子,不给。"

琴花想和他爹说不清楚,还不如出去找一找韩冲。

琴花用手兜了一下磨顶上放着粉面的筛子,筛子哗啦一下就掉了下来。琴花没有想那筛子会掉下来,她原本只是想吓唬一下老汉,给他个重音儿听听,谁知道那筛子掉了下来,满地上的粉面白雪般地淌了一地,琴花就蛮横地说:"我吃不上,你也休想吃!"

韩冲爹从缸里提起搅粉浆的棍子叫了一声:"反了你了!"

琴花此时已经走到院子里,回头一看韩冲爹要打她,马上就坐在地上喊起来:"打人啦,打人啦,儿子炸死讨吃了,老子要打妇女啦!打人啦,打人啦!

岸山坪的人快来看啦，量了人家的玉茭不给粉面还要打人啦，这是共产党的天下吗？"

韩冲爹一边往出扑一边说："共产党的天下就是打下来的，要不怎么叫打江山，今儿我就打定你了！"

哑巴不明白发生了什么事，刚才她回家为琴花做了张粉浆饼子，端了碗站在院边上看，碗里的粉浆饼子散发出葱香味儿，有几丝热气缭绕得哑巴的脸蛋水灵灵的。哑巴看着他们俩吵架，兴奋。她爱看吵架，也想吵架，管他谁是谁非，如果两个人吵架能互相对骂，互相对打才好。平日里牙齿碰嘴唇的事肯定不少，怎么说也碰不出响呀。日子跑掉了多少，又有多少次想和腊宏痛痛快快吵一架，吵过吗？没有，长着嘴却连吵架都不能。哑巴笑了笑，回头看每个人的脸，每个人看他们吵架的表情都不同，有看笑话的，有看稀罕的，有什么也不看就是想听热闹的，只有哑巴知道自己的表情是快乐的。

琴花还在韩冲的粉房门前号，看的人就是没有人上前去拉她。琴花不可能一个人站起来走，她想总有一个人要来拉她，谁来拉她，她就让谁来给她说理，给她证明韩冲该她粉面，该粉面还粉面，天经地义。现在她眯着眼睛哭，瞅着周围的人，看谁来伸出一只手。她终于看到了一个人过来了，这一下她就很踏实地闭上了眼睛——过来的人是哑巴。哑巴端碗，碗里的粉浆饼子不冒热气了。哑巴走到琴花的面前坐下来，两手捧着碗递到埋着头的琴花脸前，哑巴说："吃。"

这一个字谁也没有听见，有点跑风漏气，但是，琴花听见了。

琴花吓了一跳，止住了哭。琴花抬起头来看周围的人，看谁还发现哑巴会说话了。周围的人看着琴花，不知道这个女人为什么突然噤了声！

琴花木然地接过哑巴手里的碗，碗里的粉浆饼子在阳光下透着亮儿，葱花儿绿绿的，粉饼子白白的，琴花的眼睛逐渐瞪大了，像是什么烫了她的手一下，她叫了一声"妈呀"，端碗的手很决绝地撒开了。地上有几只闲散的觅食的鸡，发现了地上的粉浆饼子，小心地走过来，快速叼到了嘴里，展开翅膀跑了。琴花站起身，看着哑巴，哑巴咧开嘴笑，用手比画着要琴花到她的屋里去。琴花又抬起头看周围的人群，人们发现这琴花就是不怎么样，连哑巴都懂得情分，可她琴花却不领情，却把哑巴的碗都摔了。

琴花弯下腰捡起自己的面口袋想，是不是自己听错了？却觉得自己没有听错，她突然有点害怕，一溜儿小跑下了山。岸山坪的人想，这个女人从来不见怕过什么，今儿个怕了，怕的还是一个哑巴。真的没明白。看着琴花那屁股上的土灰，随着琴花摆动的屁股蛋子，一荡一荡地在阳光下泛着土黄色的亮光，弯弯绕绕地去了。

第五章

炕上的孩子翻了一下身子蹬开了盖着的被子，哑巴伸手给孩子盖好。就听得大从外面蹦蹦跳跳地进来了。大说："我有名了，韩冲叔起的，叫小书。他还说要我念书，人要是不念书，就没有出息，就一辈子被人打，和娘一样。"哑巴抬起头望了望窗外，黝黑的天光吊挂下来，她看到大手里拿着一包蜡烛，她知道是韩冲给的。

用麻秆点燃了蜡烛找来一个空酒瓶子把蜡烛套进去，有些松。她想找一块纸，大给她拿过来一张纸，她准备卷蜡烛往里塞时，发现了那张纸是王胖孩给她打的条子，上面有她的签字。她抬起手打了大一下，大扯开嗓子哭，把炕上的孩子也吓醒了。哑巴不管，把卷在蜡烛上的纸小心取下来，又找了一张纸卷好蜡烛塞进酒瓶里，放到炕头上。拿起那张条子看了半天抚展了，走到破旧的木板箱前，打开找出一个几年前的红色塑料笔记本，很慎重地夹进去。哑巴就指望这条子要韩冲养活她母子仨呢，哑巴什么也不要！哑巴摸了大的头一下，抱起了炕上的孩子。这时候就听得院子里走进来一个人，是韩冲。韩冲用篮子提着秋天的玉米棒子放到屋子里的地上，说："地里的嫩玉米煮熟了好吃，给孩子们解个心焦。"

韩冲说完从怀里又掏出半张纸的蚕种放到哑巴的炕上，说："这是蚕种，等出了蚕，你就到埋腊宏的地垄上把桑叶摘下来，用剪刀剪成细丝儿喂。"

蚕种是韩冲给琴花订下的。琴花说："韩冲，给我订半张秋蚕，听说蚕茧贵了，我心里痒，发兴不在家，你给我订了吧。"韩冲因为和琴花有那码子事情，韩冲不敢说不订。琴花就是想讨韩冲的便宜，人说讨小便宜吃大亏，琴花不管，讨一个算一个，哪一天韩冲讨媳妇了，一个子儿也讨不上了，韩冲你还能想到我琴花？现在秋蚕下来了，韩冲想，给你琴花订的秋蚕，你琴花是怎么样对我的？还不如哑巴。我炸了腊宏，哑巴都不要赔偿，你琴花心眼小到想要我猪啦，粉面啦，我见了猪，猪都知道哼两哼，你琴花见了我咋就说翻脸就翻脸了呢？

韩冲说："一半天蚕就出来了，你没有见过，半张蚕能养一屋子，到时候还得搭架子，蚕见不得一点儿脏东西。哑巴，你爱干净，蚕更爱干净，好生伺候着这小东西。"

哑巴想，我哪里还知道什么叫干净呀，我这日子叫爱干净吗？

夜暗下来了，把两个孩子打发睡下，哑巴开始洗涮自己。木盆里的水汽冒上来，哑巴脱干净了坐进去，坐进木盆里的哑巴像个仙女。标标致致的哑巴躬身往自己的身上撩水，蜡烛的光晕在哑巴身体上放出柔辉。哑巴透过窗玻璃看屋外的星星，风踩着星星的肩膀吹下来，天空中白色的月亮照射在玻璃上，和蜡烛融在一起，哑巴就想起了童年的歌谣：

> 天上落雨又打雷，
> 一日望郎多少回。
> 山山岭岭望成路，
> 路边石头望成灰。

蜡烛的灯捻哔剥爆响，哑巴洗净穿好衣服，找出一把剪刀剪掉了蜡烛捻上的岔头，灯捻不响了，摇曳的灯光黄黄地铺满了屋子。倒出去木盆里的脏水，看到户外夜色深浓，月亮像一弯眉毛挂在中天上，半明半暗的光影加上阒寂的氛围，让哑巴有点嗒然伤心。她觉得腊宏是死了，又觉得腊宏还活着，惊惊地四下里看了一遍，她的思维在清明和混沌中半醒半梦着。走回来脱了衣裳，重新看自己的皮肤，发现乌青的黑淡了，有的地方白起来，在灯光下还泛着亮，就觉得过去的日子是真的过去了。哑巴心头亮了一下，有一种新鲜的震惊，像一枚石头蛋子落入了一潭久沤的水池子，泛了一点水纹儿。水纹儿不大，却也总算击破了一点平静。

现在的季节是秋天，刚入秋，天到晚上有点凉，白天还是闷热的。摸索着从窗台上找到一块手掌大的镜子来，举起来，看不清楚，镜子上全部是灰。下地找了块湿布子抹了两下，越发看不清楚了。一着急就用自己的衣裳抹，抹到举起来能看到眉眼了，走到灯影下慢慢地看到了自己的脸。好久不知道自己长了个啥样，好久了自己长了个啥样并不重要，重要的是挨了上顿打，想着下顿打，眼睛盯着个地方就不敢到处看，哪还敢看镜子呀。

突然听得对面的甲寨上有人筛了铜锣喊山，边敲边喊："呜叱叱叱——呜叱叱叱——"

山脊上的人家因为山中有兽，秋天的时候要下山来糟蹋粮食间或糟蹋牲畜，古时传下来一个喊山。喊山，一来吓唬山中野兽，二来给静夜里游门的人壮胆气。当然了，现在的山上兽已经很少了，他们喊山是在吓唬獾，防备獾趁了夜色的掩护偷吃玉茭。

哑巴听着就也想喊了，拿了一双筷子敲着锅沿儿，迎着对面的锣声敲，像唱戏的依着架子敲鼓板，有板有眼的，却敲得心慢慢就真的骚动起来了，有些不大过瘾。起身穿好衣服，觉得自己真该狂喊了，冲着那重重叠叠的大山喊！找了半天找不到能敲响的家什，找出一个新洋瓷脸盆。这个脸盆是从四川挑过来的，一直不舍得用。脸盆的底儿上画着红鲤鱼嬉水，两条鱼儿在脸盆底快活地等待着水。哑巴就给它们倒进了水，灯晕下水里的红鲤鱼扭着腰身开始晃，哑巴弯下腰伸进去手搅啊搅，搅够了掬起一捧来抹了一把脸，把水泼到了门外。哑巴找来一根棍，想了想觉得棍儿敲出来的声音闷，提了火台边上的铁疙瘩火柱出了门。

山间的小路上走着想喊山的哑巴，滚在路面上的石头蛋子偶尔磕她的脚一下。偶尔，会有一个地老鼠从草丛中穿过去；偶尔，恓惶中的疲惫与挣扎，让哑巴想惬意一下，哑巴仰着脸笑了。天上的星星眨巴了一下眼睛，天上的一勾弯月穿过了一片云彩，天上的风落下来撩了她的头发一下，这么着哑巴就站在了山圪梁上了。对面的铜锣还在敲，哑巴举起了脸盆，举起了火柱，张开了嘴，她敲响了：

当！

新脸盆上的瓷裂了，哑巴的嘴张着却没有喊出来。"当！"裂了的碎瓷被火柱敲得溅起来，溅到了哑巴的脸上，哑巴嘴里发出了一个字——"啊！"接着是一连串的"当当当——""啊啊啊——"从山圪梁上送出去。哑巴在喊叫中竭力记忆着她的失语，没有一个人清楚她的伤感是抵达心脏的。她的喊叫撕裂了浓黑的夜空，月亮失措地走着、颠着，跌落到云团里，她的喊叫爬上太行大峡谷的山脊把山下的植被毛骨悚然起来。直到脸盆被敲出了一个洞，脸盆才喑哑下来，一切才悄然无声。

哑巴往回走，一段一段地走，回到屋子里把门关上，哑巴才安静了下来。哑巴知道了什么叫轻松，轻松是幸福，幸福的芽头儿正顶着哑巴的心尖尖。

第六章

韩冲赶了驴帮哑巴收秋地里的粮食。驴脊上搭了麻绳和布袋，韩冲穿了一件红色秋衣牵了驴往岸山坪的后山走。这一块地是韩冲送给腊宏的，地在庄后的凤凰尾上，腊宏在地里种了谷。齐腰深的黄绿中韩冲一纵一隐地挥舞着镰刀，远远看去风骚得很。看韩冲的人也没有别的人，一个是哑巴，一个是对面甲寨上的琴花。琴花自打那天听了哑巴说话，回来几天都没有张嘴。琴花想，哑巴到底不是哑巴，不是哑巴她为啥不说话？琴花对发兴说。

发兴说："你不说没有人说你是哑巴，哑巴要是会说话，她就不叫哑巴了，人最怕说自己的短处，有短处由着人喊，要么她就是个傻子，要么就像我一样由了人睡我自己的老婆，我还不敢吭个声。"

琴花从床上坐起来一把搂了发兴的被子，说："说得好听，谁睡我了？我还不是为了这个家，你少啥了？倒有你张嘴的份子！你下，你下！"琴花的小短腿小胖脚三脚两脚就把发兴蹬下了床。发兴光着身子坐在地上说："我在这家里连个带软刺儿的话都不敢说，旁人还知道我是你琴花的汉们，你倒不知道心疼，我多会儿管你了？啥时候不是你说啥就是啥，我就是放个屁，屁眼儿都只敢裂开个小缝，眼睛看着还怕吓了你，你要是心里还认我是你男人你就拽我起来，现在没有别人，就咱俩，我给你胳臂你拽我？"

琴花伸出脚踢了发兴的胳臂一下，发兴赶紧站起来往床上爬，琴花反倒赌气搂了被子下了床到沙发上睡去。琴花憋屈得慌就想见韩冲，想和韩冲说哑巴的事情。

琴花有琴花的性格，不记仇。琴花找韩冲说话，一来是想告诉他哑巴会说话，她装着不说话，说不定心里惦着事情呢，要韩冲防着点；二来是秋蚕下来了，该领的都领了，怎么就不见你给我订的那半张？站在崖头上看韩冲粉房一趟，哑巴家一趟，就是不见韩冲下山。现在好不容易看到韩冲牵了驴往后山走了，就盯了看他，看他走进了谷地，想他一时半会儿也割不完，进了院子里挎了个篮子，从甲寨上绕着山脊往对面的凤凰尾上走。韩冲割了五个谷捆子了，坐下来点了根烟看着五个谷捆子抽了一口。韩冲看谷捆子的时候眼睛里其实根本就看不见谷捆子，看见的是腊宏。腊宏手里的斧子，黄寡样儿，哑巴，大和他们的小儿子。这些很明确的影像转化成了一沓两沓子钱。韩冲想不清楚自己该到哪里去借，韩冲盘算着爹的送老衣和棺材也搭里了，给不了人家两万，还不给一万？哑巴夜里的喊山和狼一样，一声声叫在韩冲心间，韩冲心里就想着两个字——亏欠。哑巴不哭还笑，她不是不想哭，是憋得没有缝儿，昨天夜里她就喊了，就哭了。她真是不会说话，要是会，她就不喊"啊啊啊"，喊啥？喊琴花那句话："炸獾咋不炸了你韩冲！"咱欠人家的，这个"欠"字不是简单的一个欠，是欠一条命。韩冲狠狠掐灭烟头站起来开始准备割谷子。站起来的韩冲听到身后有沙沙声穿过来，这山上的动物都绝种了，还有人会来给我韩冲帮忙？韩冲挽了挽袖管，不管那些，往手心里吐了一口唾沫弯下腰开始割谷子。

韩冲割得正欢，琴花坐下来看，风送过来韩冲身上的汗味儿。琴花说："韩冲，真是个好劳力啊。"韩冲吓了一跳，抬起身看地垄上坐着的琴花。琴花说："隔了天就认不得我了？"韩冲弯下腰继续割谷子，倒伏在两边的谷子上有蚂蚱蹿起蹿落。琴花揪了几把身边长着的猪草不看韩冲，看着身边五个谷捆子说："哑巴她不是哑巴，会说话。"韩冲吓了一跳，一镰没有割透，用了劲拽，拽得猛了一屁股闪在了地上。韩冲问："谁说的？"琴花说："我说的。"韩冲抬起屁股来不割谷子了，开始往驴脊上放谷捆。韩冲说："你怎么知道的？"琴花说："你给我订的半张蚕种呢？你给了我，我就告诉你。"韩冲说："胡球日鬼我，你不要再扯淡！咱俩现在是两不欠了。"

韩冲捆好谷子，牵了驴往岸山坪走。琴花坐下来等韩冲，五个谷捆子在驴脊上耸得跟小山一样，琴花看不见韩冲，看见的是谷捆子和驴屁股。看到地里掉下的谷穗子，捡起来丢进了篮子里。篮子满了，看上去不好看，四下里拔了些猪草盖上。琴花想谷穗够自己的六只母鸡吃几天，现在的土鸡蛋比洋鸡蛋值钱，自己两个儿，比不得一儿一女的，两个儿子说媳妇，不是个小数目，现在就得一分一厘省。

韩冲牵了驴到哑巴的院子里，哑巴看着韩冲进来了，赶快从屋子里端出了一碗水，递上来一块湿手巾。韩冲摸了一把脸接过碗放到窗台上，往下卸驴脊上的谷捆。这么着韩冲就想起了琴花说的话：哑巴会说话。韩冲想试一试哑巴到底会不会说话。韩冲说："我还得去割谷穗，你到院子里用剪刀把谷穗剪下来。你会不会剪？"半天身后没有动静，韩冲扭回头看，看哑巴拿着剪刀比画着要韩冲看是不是这样剪。韩冲说："你穿的这件鱼白方格秋衣真好看，是从哪里买来的？"哑巴不好意思地低下头，抬起来时看到韩冲还看着她，脸蛋上就挂上了红晕，低着头进了屋子里半天不见出来。韩冲喝了窗台上的水，牵了驴往凤凰尾上走。没走多远，就听得对面有人问："看上哑巴啦？"

一下子坏了韩冲的心情。韩冲一看是琴花，说："你咋没走？"琴花说："等你给我蚕种。"韩冲说："你要不怕丢人败兴，我在这凤凰尾上压你一回，对着驴压你。你敢让我压你，我就敢把猪都给你琴花赶到甲寨上去，管她哑巴不哑巴，半张蚕种又算个啥！"

琴花一下子脸就红了，弯腰提起放猪草的篮子狠狠看了韩冲一眼扭身而去。

韩冲一走，哑巴在院子里盘腿裸脚坐在地上剪谷穗，谷穗一嘟噜一嘟噜脱落在她的腿上脚上，哑巴笑着，孩子坐在谷穗上也笑着。哑巴不时用手刮孩子的鼻子一下，哑巴想让孩子叫她妈，首先哑巴得喊"妈"，哑巴张了嘴喊时，怎么也喊不出来这个"妈"。

哑巴小的时候，因为家里孩子多，上到五年级，她就辍了学。她记得故乡是在山腰上，村头上有家糕团店，她背着弟弟常常到糕团店的门口看。糕团子刚出蒸笼时的热气罩着掀笼盖的女人，蒸笼里的糕团子出笼时，冒着泡泡，小小的，圆圆的，尖尖的。泡泡从糕闭子中间噗地放出来，慢吞吞地鼓圆，正欲朝上满溢时，掀笼盖的女人用竹铲子拍它两下，糕团子一个一个就收紧了。弟弟伸出小手说要吃，她往下咽了一口唾沫，店铺里的女人就用竹铲子铲过一块来给她。糕团子放在她的手掌心，金黄色透亮的糕团子被弟弟一把抓进了嘴里烫得哇哇喊叫，她舔着手掌心甜甜的香味儿看着卖糕团子的女人笑。女人说："想不想吃糕团子？"她点了一下头。女人说："想吃糕团子，就送弟弟回去，自己过来，我管保你吃个够。"她真的就送回了弟弟，背着娘跑到了桥头上。

桥头上停着一辆红色的小面包车，女人笑着说："想不想上去看一看？"她点了一下头。女人拿了糕团子递给她，领她上了面包车。面包车上已经坐了三个男人。女人说："想不想让车开起来，你坐坐？"她点了一下头。车开起来了，疯一样开，她高兴得笑了。当发现车开下山，开出沟，还继续往前开时，她脸上的笑凝住了，害怕了，她哭，她喊叫。

她被卖到了一个她到现在也不清楚的大山里。月亮升起来时一个男人领着她走进了一座房子里，门上挂着布门帘，门槛很高。一进门，眼前黑乎乎的，拉亮了灯，红霞望着电灯泡，想尽快让光线将她带进透亮中，但是她只能看到幽暗的墙壁上有她和那个男人拉长又折断的影子。她寻找窗户，想逃跑，但被那个男人推到墙角。这时，火炉上的水壶响了，她吓了一跳，同时看到了那个叫腊宏的男人把幽暗都推到两边去的微笑。她哆嗦地抱着双肘缩在墙角，那个男人拽过了她，她不从，那个男人就开始动手打她——红霞后来才知道腊宏的老婆死了，留下来一个女孩——大。大生下来半年了，小脑袋不及男人的拳头大，红霞看着大就想起了自己的弟弟。在这个被禁锢了的屋子里她百般呵护着大，大是她最温暖的落脚地，大唤醒了她的母性。红霞这时才知道人是不能按自己的想象来活的，命运把你拽成个啥就只能是个啥。她一脚踏进去这座老房子，就出不来了，成了比自己大二十岁的腊宏的老婆。

一个秋天的晚上，她晃悠悠地出来上厕所，看到北屋的窗户亮着，那北屋里住着腊宏妈和他的两个弟弟。她看不见里面，听得有说话声音传出来。

腊宏妈说："你不要打她了，一个媳妇已经被你打死了，也就是咱这地方女娃儿不值钱,她给咱看着大,再养下来一个儿子,日子不能说坏了。下边还有两个弟弟,你要还她,就把她让给你大弟弟算了。娘求你,娘跪下来磕头求你。"果真就听见跪下来的声音。

红霞害怕了,哆嗦着往屋子里返,慌乱中碰翻了什么,北屋的房门就开了,腊宏走出来一下揪住了她的头发拖进了屋子里。

腊宏说:"龟儿子,你听见什么了?"

红霞说:"听见你娘说你打死人了,打死了大的娘。"

腊宏说:"你再说一遍!"

红霞说:"你打死人了,你打死人了!"

腊宏反转身想找一件家伙,却什么也没有找到,看到柜子上放着一把老虎钳,顺手够了过来扳倒红霞,用手捏开她的嘴,揪下了两颗牙,红霞杀猪似的叫着,腊宏说:"你还敢叫?我问你听见什么了?"红霞满嘴里吐着血沫子说不出话来。

还没有等牙床的肿消下去,腊宏又犯事了。他合伙和人用洛阳铲盗墓,因为抢一件瓷瓶子,他用洛阳铲铲了人家。怕人逮他,他连夜收拾家当带着红霞跑了。卖了瓷瓶子得了钱,他开始领着她们打一枪换一个地方。腊宏说:"你要敢说一个字,我要你满口不见白牙。"

从此,她就寡言少语,日子一长,索性便再也不说话了。

哑巴听到院子外面有驴鼻子的响声,知道是韩冲割谷穗回来了。站起身抱着睡熟了的孩子放回炕上,返出来帮韩冲往下卸谷捆。韩冲说:"我裤口袋里有一把桑树叶子,你掏出来剪细了喂蚕。"哑巴才想起那半张蚕种怕孩子乱动放进了筛子里没顾上看。掏出叶子返进屋子里端了筛子出来,把剪碎的桑叶撒到上面,看到密密的蚕蛹心里就又产生了一种难以割舍的感觉。游走在外,什么时候哑巴才觉得自己是活在地上的一个人呢?现在才觉得自己是活在地上的一个人!心里深处汩汩奔着一股热流,她想起小时候娘说过的话:天不知道哪块云彩下雨,人不知道走到哪里才能落脚,地不知道哪一季会甜活人呀,人不知道遇了什么事情才能懂得热爱。

哑巴看着韩冲心里有了热爱他的感觉。

第七章

蚕脱了黑,变成棕黄,变成青白,蚕吃桑叶的声音——沙沙,沙沙,像下雨一样,席子上是一层排泄物,像是黑的雪。

韩冲端了一锅粉浆给哑巴送。送到哑巴屋子里,哑巴正好露了个奶要孩子吃。孩子吃着一个,用手拽着一个,看到韩冲进来了,斜着眼睛看,不肯丢掉奶头,那奶头就拽了老长。哑巴看着韩冲看自己的奶头不好意思地背了一下身子。韩冲想:我小时候吃奶也是这个样子。韩冲告诉哑巴:"大不能叫大,一个女娃家要有个好听的名字,不能像我们这一代的名字一样土气,我和庄上的小学老师商量一下,想了个名字叫'小书',你看这个名字咋样儿?那天我也和大说了,要她到小学来念书,小孩子家不能不念书。我爹也说了,饿了能当讨吃,没文化了,就是你哭爹叫娘也讨不来知识。我就是小时候不想念书,看见字稠的书就想起夏天一团一蛋的蚊子。"

韩冲说:"给你的钱,我尽快给你凑够,凑不够也给你凑个半数。不要怕,我说话算数。你以后也要出去和人说说话,哦,我忘了你是不会说话的。琴花说你会说话,其实你是不会说。"

哑巴想告诉韩冲她以前会说话,她不要赔偿,她就想保存着那个条子,就想要你韩冲。韩冲已经走出了门,看到凌乱的谷草堆了满院,找了一把锄来回搂了几下说:"谷草要收拾好了,等几天蚕上架织茧时还要用。"

说完出了大门,韩冲看到大趴在村中央的碾盘上和一个叫涛的孩子下"鸡毛算批"。这种游戏是在石头上画一个十字,像红十字协会的标记,一个人四个子,各摆在自己的长方形横竖线交叉点上。先走的人拿起子,嘴里叫着鸡毛算批,那个"批"字正好压在对方的子上,对方的子就批掉了。鸡毛算批完一局,大说:"给?"涛说:"再来,不来不给。"大说:"给?"涛说:"没有,你不下了,不下了就不给。"大说:"给?"涛学着大把眼睛珠子抽在一起说:"给?"说完一溜烟跑了。韩冲走过去问大:"他欠你什么了?我去给你要。"大翻了一眼韩冲说:"野毛桃。"韩冲说:"不要了,想要我去给你摘。"大一下哭了起来说:"你去摘!"韩冲想,我管着你母子仨的吃喝拉撒,你没有爹了我就是你的临时爹,难道我不应该去摘?韩冲返回粉房揪了个提兜溜达着走进了庄后的一片野桃树林。野桃树上啥也没有,树枝被害得躺了满地。韩冲往回走的路上,脑里突然就有一棵野毛桃树闪了一下,韩冲不走了,仄了身往后山走。拽了荆条溜下去,溜到下套子的地方,用脚来回量了一下,发现正前方正好是那棵野毛桃树。韩冲坐下来抽了一颗烟,明白了腊宏来这深沟里干啥来了。

来给他闺女摘野毛桃来了。韩冲想:是咱把人家对闺女的疼断送了,咱还想着要山下的人上来收拾走她们母子仨。韩冲照脸给了自己一巴掌,两万块钱赔得起吗？搭上自己一生都不多！韩冲抽了有半包烟，最后想出了一个结果：拼我一生的努力来养你母子仨！就有些兴奋，就想现在就见到哑巴和她说，他不仅要赔偿她两万，甚至十万，二十万，他要她活得比任何女人都快活。

天快黑的时候，从山下上来了几个警察，他们直奔韩冲的粉房。韩冲正忙着，抬头看了一眼，从对方眼睛里觉出不对。韩冲下意识地就抬起了腿，两个警察像鹰一样地扑过来掀倒了他，他听到自己的胳臂的关节咔吧一响，然后就倒栽葱一样被提了起来。一个警察很利索地抽了他的裤带，韩冲一只手抓了要掉的裤子，一只手就已经戴上了手铐。完了完了，一切都他妈的完蛋了。

审问在韩冲的院子里，韩冲的两只手铐在苹果树上，裤子要掉下来，警察提起来要他肚皮和树挨紧了。韩冲不挨紧也不行，裤子要往下掉。一个男人要是掉了裤子，这一辈子很可能和媳妇无缘了。苹果树旁还拴了磨粉的驴，驴扭头看着韩冲，驴不知道因为什么主人会和自己拴在一起。驴嘴里嚼着地上的草，嘴片儿不时还打着很有些意味的响声。

警察问了："你叫腊宏？"

韩冲说："我叫韩冲，不叫腊宏。我炸獾炸死了腊宏。"

警察说："这么说真有个叫腊宏的？他是从四川过来的？"

韩冲说："是四川过来的。"

警察说："你只要说是，或者不是。你炸獾炸死了人？"

韩冲说："是。"

警察说："为什么不报案？"

韩冲看着警察说："是或者不是，我该怎么说？"

警察说："如实说。"

韩冲说："獾害粮食，我才下套子炸獾。炸獾和网兔不一样，獾有些分量不下炸药不行，我下了深沟里。那天我听到沟里有响声泛上来，以为炸了獾，下去才知道炸了人。把他背上来就死了。人死了就想着埋，埋了人就想着活人，没想那么多。况且说了，山里的事情大事小事没有一件见官的，都是私了。"

警察说："这是刑事案件，懂不懂？要是当初报了案，现在也许已经结了案，就因为你没有报案，我们得把你带走。你这愚蠢的家伙！"

韩冲傻瞪了眼睛看，看到岸山坪的几位长辈和警察在理论。

韩冲斜眼看到岸山坪的人围了一圈，看到他爹拄了拐棍走过来。韩冲爹看到韩冲，脸上霎时就挂下了泪水。韩冲一看到他爹哭，他也哭了，泪水掉在溅满粉浆的衣裳上。韩冲说："爹，我对不住你，用你的棺材埋了人，用你的送老衣送了葬，临了，还要让老公家带走，我对你尽不了孝了。爹呀，你就当没有我这个儿子算了。"

韩冲爹用拐杖敲着地说："我养了你三十年，看着你长了三十年，你娘死了十年，说没有养就没有养，说没有长就没有长了？你个畜牲东西！"

韩冲看到王胖孩大步走小步跑地迎过来，边走边大声问："哪个是刑警队长同志，哪个是？"

看到韩冲旁边站着的警察赶快走过来一人递了一根烟，点头哈腰说："屋里说，屋里说。"一干人就进了韩冲的粉房。

韩冲搂着苹果树，看身边的驴，耳朵却听着屋子里。屋门口围了好多大人小孩，屋外的警察走过来把他们驱散开，韩冲不敢扭头看，怕一下子扭不对了裤子会掉下来。就听得屋子里的人说："我们是来抓腊宏的，你把腊宏的具体情况说一下。"村干部说："这个腊宏我不大清楚，毕竟他不是我的村民，我给你们找一个人进来说。"村干部王胖孩走出来，踮着脚尖瞅了一圈岸山坪的人，指着韩冲爹很是神秘地说："你，过来。"韩冲爹就走了过来。王胖孩小声说："不是抓韩冲，误会了，是抓腊宏。逃亡在外的大杀人犯，炸死了，韩冲说不定还要立功。你进去反映一下腊宏的情况，如实的基础上不妨带点儿色。"重重拍了拍韩冲爹的脊背。

两人走了进去，接下来的话就有些听不大清楚。隔了一会儿又听得有话传出来："真要是说上边查下来，你这个代表一级政府的村干部也得玩完。""是是是！"外面的人吵得乱哄哄的，有说腊宏是在逃犯，有说韩冲炸他炸对了，就把屋里的说话声压了下去。听不见说话声，韩冲就看驴，驴也看他，互看两不厌。

不大一会儿，粉房里的人都出来了。警察递给村干部韩冲的裤带，村干部王胖孩走过去给韩冲塞到裤襻里，紧了裤，韩冲才离开了紧靠着的苹果树。一个警察过来打开了韩冲的手铐，并没有放韩冲，而是让他从树上脱下手来，又铐上了，要韩冲走。韩冲知道自己是非走不行了，走到爹面前停下来，腿不由自主地跪了下来，安顿了几句粉房的事情，最后说："哑巴的蚕眼看要上架了，上不去的要人帮助往上捡，她一个妇女家，平常清理蚕屎都害怕，爹，就代替我帮她一把，咱不管他腊宏是个啥东西，咱炸了人家了，咱就有过。"

韩冲爹说："和爹一样，嘴硬骨头软，一辈子脖子根上就缺个东西，啥东西？软硬骨头。"

韩冲抬了脚要下岸山坪的第一个石板圪台的时候，身后传来一声喊：

"不要！"

岸山坪的人齐刷刷把小脑袋瓜扭了过来，看到了哑巴抱着孩子，牵着小书往人跟前跑。

警察不管那个女人是谁，只管带了人走。韩冲任由推着，脑海里就想着一句琴花的话：哑巴她会说话，哑巴她真会说话！

第八章

哑巴手里拿着那张条子，走过去拽住村干部王胖孩。

哑巴比画的意思是：你打了条子的，怎么说把人带走就带走了，要你这村干部做啥？

王胖孩说："说，说！你明明会说话，要我拐着弯子办事，你要是早说话，咱还用打条子？"

哑巴半天憋得脸通红了才憋出一个字："不。"

王胖孩说："那你现在是哪里在发声儿？"

哑巴哭了，低着头看着自己的脚尖尖。韩冲爹走过去拉了小书的手对王胖孩说："要她跟着个杀人犯逃命，还要说话，不如绝了话好！"

韩冲爹找来村上的人要他看一天粉房，他想进城里去看看韩冲。

韩冲爹说："你只用把火看好，不要让火灭了，火好粉才好干透，下来的粉面才不怕老浆臭，老浆臭的粉面不出货，还不够筋道，谁也不想要。午后喂一次猪，七八头猪要吃三桶粉渣，你做好这两项就好了，我搭黑就会回来。"

韩冲爹第二天就进了城里，在看守所里见到了韩冲，知道还在调查中。韩冲的雷管从哪里来的，琴花给的。琴花的雷管从哪里来的，发兴从矿上取回来的。发兴从矿上哪里拿的，从他儿子保管的仓库里找的。这样下来一件事情就拉长了战线。现如今才调查到了矿上，发兴的儿子也被看守了起来。

韩冲问他爹粉房的事情，他爹说："好好，都好。那哑巴是真会说话。"

韩冲说："会说话就好。"

韩冲爹瞅了韩冲一眼没吭声。

韩冲觉得有一句话憋在嘴里想说，却又不知道该怎么说，就说："回去安顿哑巴，就说我要她说话！"

韩冲爹啥话也没有说，点了一下头扭身走了。

回到岸山坪，看到家户都黑了灯，唯有粉房亮着，村人正把火上烤的粉往下卸，一块一块地打碎。村人的身影映在墙上像个小山包，一伸一缩的，在黑黢黢的山梁上看着这么点光亮，这么点晃动的影子，韩冲爹心里酸酸的，那个人就是我啊，我在替我儿子还债呢。

韩冲爹掏出两包烟走进门放到磨顶上，说："小老弟，舀一锅浆拿两包烟，我搭黑了，你也辛苦了。"村人说："谁家里不遇个难事，说啥客气话嘛。"

韩冲爹觉得门外有个东西晃，反身走出去，看到是哑巴。韩冲爹看着哑巴半天说了一句："韩冲要你说话。"

月光下，哑巴的嘴唇嚅动着，她感到了一种前所未有的东西撞击着她的胸腔。这天夜里，她做了一个梦，突然被一个人叫醒了，那种生死两茫茫的无情的隔离随即就相通了。

秋天的尾声是悄无声息的。蚕全部上了架，蚕在谷草上织茧，哑巴看蚕吐丝看累了想到外面走走。因为长年闭门在家，很少到山间野地晃荡，深秋是个什么样子她还真不知道。山头上的阳光由赤红褪成了淡黄，抱了孩子站在崖头上望，看到所有在地里劳作的农民脸上挂了喜悦的微笑。哑巴想，在地里劳动真好啊。四处看去，但见天穹明净高远，少许白云似有若无，望过去显得开阔而清爽，之后山风涌动凉意渐生。她在粉房里看着驴磨着泡软的玉茭从磨眼里碎成浆磨下来，就是看不到韩冲。看到岸山坪的人们一挑一挑地往家挑粮食，就是没有韩冲。哑巴的心里颤颤地有说不出来的东西哽在喉头。哑巴回头教孩子说话。

哑巴说："爷爷。"

孩子说："爷爷。"

秋雨开始下了，绵绵密密地下个不停，泥脚、墙根、屋子里淤满霉味和潮气。天晴的时候，屋外有阳光照进来，哑巴不叫哑巴了叫红霞，现在红霞看到阳光是金色的。

原载《人民文学》2004 年 11 期

第四届鲁迅文学奖

喊
山

命案高悬

——

胡学文

　　夏日的中午，光棍吴响伏在茇茇丛中，虎视着牵着牛的尹小梅。

　　吴响想把尹小梅搞到手。在北滩，尹小梅算不上漂亮，一张普通的梨形脸，眉眼也不突出，总在躲着谁似的，更没有王虎女人那种风骚劲儿。她很瘦弱，走路慢悠悠的，像一棵失去水分的豆芽菜。可吴响就是喜欢她。从尹小梅嫁到北滩那天起，这种喜欢就固执地扎进吴响心里，在清淡的日子中蓬蓬勃勃地生长着。喜欢当然要费点儿心思，当然要下手。只是几年过去了，吴响仅接近了尹小梅两次。一次是在河边，尹小梅挽着小腿洗衣服。吴响装作正巧经过的样子，和尹小梅亲昵地打招呼。尹小梅顿时涨红了脸，没等吴响再说什么，抱着衣服逃了。这个女人一定读懂了吴响的眼神，害怕了。第二次是在尹小梅家，吴响给尹小梅下一份通知。吴响是护林员，有资格给各户下"通知"。尹小梅接过那页写着黑字的黄纸，吴响趁机抓住她的手。手很软，似乎没有骨头。尹小梅惊恐地一缩，但没抽出去。她往后撤着身子，脸漆一样白。吴响微微笑着，加重了力气。黄宝在县水泥厂当壮工，两星期才回来一趟。尹小梅的公公黄老大住在隔壁的院子，吴响有恃无恐。两个人拽着，很有些游戏的成分。尹小梅突然低头咬了吴响一口。不是一般的咬，是拼了性命的。吴响带着血青色的牙印悻悻离开。尹小梅竟然如此刚烈，出乎吴响意外。说到底，吴响不敢把事情做得太绝。和女人好，要来软的，或软中带硬，一味硬肯定糟。吴响清楚这点。

　　吴响没得手，但想头更厉害了，几近痴迷。就像摁弹簧，摁得越紧，撑得越长。越是得不到，越是想得到。吴响虽是一介光棍，但身边不缺女人，可谁也代替不了尹小梅。谁也代替不了尹小梅在吴响心中的位置。吴响发誓一定要把尹小梅搞到手。机会像旱天的雨，好容易飘过一团云，没等掉下一滴，又忽忽悠悠飘走了。

吴响是光棍，在村里的地位却不低，因为他是护林员，挣着一份工资，享受村干部待遇。吴响比村干部还会享受，他把地包给别人种，平时除了去树林里转一遭，再无事可干。多余的精力没处打发，只能找女人。

吴响鼻子很灵，如果发现树被砍掉，只消一个时辰就会嗅着木头的气息追到偷伐者家。那些人讨好着、恭维着、检讨着，然后往吴响兜里塞两盒烟，或三五块钱，吴响训斥两句也便作罢。村民砍树都是自家用，没有卖掉，吴响睁只眼闭只眼。村长找过吴响，怪他没原则。吴响很干脆地说，那就把我换掉。村长没换吴响，在村里找不出能替换吴响的人。吴响有一股蛮劲、一股驴劲，拉下脸六亲不认，村民心里骂吴响驴，都怕吴响。护林员就得吴响这种人，换了别人，那些树早就光秃秃的了。吴响的"身份"对尹小梅不起任何作用，尹小梅连树林都不进，总是离吴响远远的。

但转机还是来了。两年前，吴响又多了一份职务：护坡员。以前草场可以随意放牧，随意挖药材，现在不行了，要保护草场。草场都用铁丝围栏圈住，护坡员的职责就是防止人和牲畜进入。和护林员不同的是，护坡员的工资由乡里出。吴响去乡里开了一个会，回来把乡里的禁令贴到村头。那份禁令主要是罚款数额：人进草场挖药材，一次罚六十；牛马进入罚一百；羊进入一只罚五十。禁令贴出第二天，吴响就抓住了挖药材的王虎女人。吴响沉着脸问，没看见禁令？王虎女人笑嘻嘻地说，看见了。吴响说，看见还进来？王虎女人撇撇嘴，你黑夜敲窗户，白天就正经了？吴响说，一码归一码，乡里让我管我就管。王虎女人瞅瞅四周，我就不信这一套，说着就脱裤子。白晃晃的屁股一闪一闪，吴响的眼便眯成了一条线。送到嘴边的肉，吴响哪有回绝的道理！吴响心疼嫩绿的花草，紧抓着王虎女人的腿，不让她来回翻滚。事后，吴响在白屁股上拍一掌，下次别进来了。可过了没几天，王虎女人又进去了。吴响还是老规矩。吴响的窍就是被王虎女人捅开的，再逮住别的挖药材或放牧的女人，吴响就罚她们的款，一直罚到女人脱了裤子。

吴响又瞄上了尹小梅。尹小梅可以不去树林，但她躲不开草场。尹小梅家有一头奶牛，奶牛当然要吃草，哪里的草有围栏里的茂盛？只要她钻进一次，他就牢牢套住她。尹小梅似乎觉到了吴响的阴谋，要么自己割草，要么在地畔放牧，始终不越过那道线。直到最近，吴响才发现尹小梅的蛛丝马迹，原来她和他打游击呢。尹小梅利用吴响中午吃饭的机会，把牛牵进草场大吃一顿。没想到尹小梅竟有这鬼心眼，吴响意外而窃喜。

吴响继续盯着尹小梅。尹小梅穿了件浅绿色衬衣，吴响看不清她突出的胸部，这使他对那个地方有了更多想象成分。尹小梅鬼鬼祟祟地望着村里的方向，又望一眼，确定没有人影，牵着牛朝围栏豁口走去。吴响的心跳撞在芨芨草上，击出空空的声音，生怕自己飞起来，紧抓着细长的草叶。吴响为了套尹小梅，只是回村绕了一圈，又悄悄潜回草场。

六月的阳光骨白骨白的，很重。

吴响特意选在毛文明来的日子收网。如果尹小梅不给面子，就把她交给毛文明。毛文明是副乡长，包着北滩的工作。吴响刚当护坡员那会儿，毛文明郑重其事地找吴响谈话，老吴啊，咱俩拴在一条线上了，你可不能吊儿郎当的。吴响拍着胸脯保证，毛乡长放心，我吴响不是吃素的。毛文明赏了吴响一盒烟，就靠你了。过了一段，毛文明又找到吴响，说别的村罚了多少多少钱。毛文明说护坡员的工资就由罚款出，罚不上款，年底吴响就甭想领工资。吴响听出意思，光护不行，罚款也是一项重要任务。

罚就罚，吴响随时能把脸拉下来。进草场的并非都是女人，是女人也不是都给吴响脱裤子。吴响挑挑拣拣地罚，不过没按照乡里的禁令罚，咋说也是一个村的，该抬手还得抬手。比如柳老汉，快七十的人了，一听罚钱，扑通一声就跪下了，求吴响放了他。慌得吴响搀他起来，让他赶紧走。比如哑巴女人，穷得连袜子都穿不上，唯一值钱的就是那两只羊，吴响忍心罚吗？对那些耍赖的，吴响就交给毛文明处理。别看毛文明嘴巴的毛没长齐，很有手段。毛文明嫌吴响罚的少，北滩的草场面积全乡最大，别的村都罚到北滩的几倍了。毛文明给吴响弄了一辆旧摩托，还说罚款额增加了，给吴响换辆新的。毛文明也不闲着，三天两头检查。吴响充其量是刀背，毛文明则是刀刃。尹小梅若是不识好歹，就让她碰碰刀刃。

尹小梅牵着牛从豁口进了草场。她终于进去了，吴响轻轻咬咬嘴唇，生怕一不小心笑出声。豁口是那些进草场的人弄出来的，吴响曾报告过毛文明，想把口子补住。毛文明说算了吧，补上还是往坏弄，乱花钱。后来吴响琢磨出这句话的味儿了，毛文明确实比吴响心深，一种探不到底的深。

吴响匍匐爬行，慢慢向草场豁口靠近。吴响搞女人是老手了，但从来没有现在这么兴奋过。他实在太喜欢尹小梅了。

尹小梅盯着牛的嘴巴，轻声催促，快点儿！快点儿！！吴响暗笑，就算牛长了一丈长的舌头，也得一口一口吃。

吴响站起来，喊了声尹小梅。声音很轻，他怕吓着她。

尹小梅猛地一抖，迅速回过身，满脸的惊恐和慌乱。她的嘴唇碰了碰，却什么也没说出来，只是吃力地挤出一丝生硬、干巴的笑。

吴响绷住脸，你这是第几次了？

尹小梅紧张地说，三次。

她显然吓坏了，想撒谎又不敢彻底地撒。

吴响说，你根本不止三次。

尹小梅躲避着吴响的目光，就三次。

吴响说，就算你三次吧，一次一百，三次罚三百。

尹小梅仰起苍白的脸，这么多？

吴响问，禁令上怎么写的？你没看？

尹小梅小声说，我没钱。

吴响说，没钱拿牛顶。

尹小梅下意识地牵牵绳子。她用央求的口气说，放了我吧，下次不敢了。

吴响为难地说，我放了你，乡里可不放过我。

尹小梅的目光在草上跳闪着，无措的样子。如果是王虎女人，早就把裤子脱了，哪用费这个唾沫？尹小梅守得紧紧的，一点儿不懂利用自己的资源。可吴响喜欢她的也正是这点儿。吴响想尹小梅永远不会主动，自己动手得了。他试探地拍拍她的腰，她马上躲开，敌视而慌张地瞪着他。吴响笑笑，放你倒是也行，不过……尹小梅已经明白，脸上飞起一抹红晕，但还是警觉地问，你要干啥？吴响说，我喜欢你，从你嫁到北滩那天就喜欢你了。尹小梅扭转头，胸脯迅速起伏着，不知是紧张还是害羞。

吴响觉得时机成熟了，突然抱住她。

尹小梅大惊，奋力挣扎着、叫着，别……声音很轻，但很执拗，没一点儿妥协的意思。

牛受到惊吓，挣脱缰绳跑了。

尹小梅没有像上次那样咬吴响，她躲避着，眼睛湿淋淋的。

吴响松开了，他不想强迫她。

尹小梅惊喘着，满脸是泪。她瞪了瞪吴响，往草场深处追去。那头牛快跑得没影儿了。

吴响帮尹小梅牵回牛，毛文明恰好到了草场边。毛文明带着三轮车，每次来他都雇一辆三轮。人证物证俱在，尹小梅抵赖不了。吴响憋了一肚子火，当然不会帮尹小梅说话，是她自己撞到枪口上的。毛文明要罚款，尹小梅一口咬定没钱。她的语气很硬，直到毛文明要拉牛，她才慌了。毛文明虎着脸说，明知故犯，乡里正想抓个典型呢。尹小梅求救地望着吴响，吴响的心动了动，但他闪开了。这个女人，得让她吃点儿苦头。

尹小梅撒泼了，她竟然撒开泼了。她拦着毛文明，并且在毛文明手上咬了一口。她咬顺口了，可那是毛文明的手，怎么能咬呢？可她就是咬了。似乎还想咬第二口，毛文明躲了。尹小梅没能拦住谁，牛被强行弄到车上。尹小梅疯了似的，扒到车上，紧紧抱住牛腿，像抱着命根子。毛文明冷笑，我正想让你去呢，和政策对抗，就不光是罚款的事儿了。那时，吴响确实想替尹小梅说句话，可毛文明正在气头上，他刚吐出一个字就被毛文明挡回来。吴响的舌头转了转，叫，小梅！尹小梅抬起头，她的眼睛有些肿，有些红，水汪汪的，可目光分外地硬，直直地刺进吴响心里。一绺头发垂下来，在眉角拐了个弯儿，贴在鼻翼一侧。吴响哆嗦了一下，嗓子忽地哑了。

这是尹小梅留给吴响的最后形象。

吴响很蔫。尹小梅和她的牛被毛文明拉走，一股黑烟扑到吴响脸上，吴响就蔫了。吴响蓄谋多日的计划扑了个空。那情形就像一个胸有成竹的猎手，火都架好了，就等夹子一响收猎物了，没想到猎物和夹子一块跳进了别人怀里，自己扑到的只是一团风。尹小梅这个死心眼女人，碰都不让他碰。撞到毛文明枪口上，有你好受的。甭说罚三百，罚六百也得交。毛文明要是算起老账，也许不止六百。毛文明不是吴响，不会给尹小梅留面子，更有办法撬开尹小梅的嘴巴，让她交代私进草场的次数。尹小梅自作自受，怨不得吴响。可吴响的心是那样的空，空得能装下整个草场。尹小梅在空旷中固执地长出来，柔软而坚硬地直视着吴响。吴响的腿颤了颤，一弹一弹往回走。他得通知黄老大，早点儿往回领人。他只想让尹小梅吃点儿苦头，一点点儿就够了。

黄老大驴个子，只是背总是驼着，随时给人鞠躬的样子。黄老大空长一副大骨架，看起来壮，身体非常虚弱，常年吃药，秋天的脚步还没到就捂上了大口罩，整个一个病老爷。性格也弱，女人在的时候，什么都是女人拿主意；女人死后，黄老大没了主心骨，就向别人讨主意。吴响平时很少和黄老大打交道。

吴响叫了半天，没人答应，便推门进去。黄老大正睡觉，身上搭一块厚厚的棉垫子。吴响举起手，又缓缓放下了。黄老大未必吃得住他这一拍。吴响重重地嗨了一声，黄老大抬起被炕席印出各种图案的脸，吃惊地看着吴响，嘴里呼出厚重的铁锈味。吴响说得简短，但很清楚，黄老大慌慌地点头。吴响一转身，黄老大叫住他，问，她进草场了？吴响说，当然进了。黄老大嘀咕，这可咋办，这可咋办？吴响强调，拿钱领人。他到了街上，黄老大又三摇两晃追上来，问带多少钱。吴响说二百吧。黄老大几乎哭出来，我没钱啊。吴响说，没钱去借，一头奶牛，一个儿媳，总不止二百吧？黄老大的眼球艰难地滑动着，似乎在算这笔账。

吴响泡了碗饭，还没扒拉两口，黄老大又弓腰进来。吴响为了套尹小梅，没顾上吃午饭，这阵儿饿了，懒得理他。吴响不问，黄老大也不开口，紧盯着吴响的碗。吴响实在憋不住了，问他有什么事。黄老大伸长脖子，什么时候领人？吴响粗声道，什么时候都行，越早越好。黄老大愁眉苦脸地说，我借不上钱啊。吴响没好气，借不上找我干吗？黄老大说，你替我想个主意。吴响不耐烦地说，给黄宝打电话，让他回来。黄老大垂着手，我……没他的电话。吴响说，那就去找他。黄老大想了想，也只好这样了……我坐车去？吴响几乎气笑了，那么远的路，你想爬着去？黄老大哎哎着退出去，我坐车去，坐车快。

再他妈啰嗦，黄花菜也凉了。吴响暗骂。这句话倒提醒了他自己，不知毛文明把尹小梅怎样了。毛文明的目的是罚款，尹小梅老老实实的，不会有别的问题。如果尹小梅不知轻重就难说了。那可是乡政府，那可是毛文明啊。吴响不踏实了，决定去探探风。

吴响把自己的坐骑推出来。吴响对它是又爱又恨，虽说是旧摩托，骑着还是蛮威风，恨是因为它不长脸，往往在关键时刻熄火，怎么踹也不哼一声。还特别费油，像喝一样。汽油比麻油都贵了，所以每次加油，吴响都想扇它几个大嘴巴子。

又是一顿乱踹，脚脖子都麻了，仍没响声。吴响骂声操，村长走过来，说，连摩托都操，你小子鸡巴是铁打的啊。村长冬夏扣着一顶蓝帽子，除非发脾气骂人才会摘下来。吴响漫不经心地瞅村长一眼，说，这破货，我真想操了它。村长问，尹小梅让毛乡长拉走了？吴响说，谁让她往枪口上撞。村长说，毛乡长不好惹，你求求情，一个女人，罚几个钱算了，黄宝又不在家，黄老大缠我半天，我就差给他下跪了。吴响乐了，村长也害怕？村长说，当然怕了，我担心他栽在我家门槛上。说着踢了一脚，摩托忽地发动着。两人愣了愣，同时笑了。吴响骂，这小子，见了村长就不敢装哑巴了。

乡政府东面有一排旧房，是原先的兽医站。兽医站盖了新房，这里就做了乡里的临时仓库。吴响扒在门口，看见木桩上拴了两头牛，却没有尹小梅的。吴响纳闷，尹小梅关在什么地方？他憋足嗓子喊了两声，两头牛又是叫又是抻脖子的。

乡政府的院子很普通，还没有电管站的气派。吴响每次进来，目光都要往紧缩缩，不像在北滩那样肆无忌惮，随便乱撞。这是一种发怵的感觉。吴响很恼火，他一直认为自己天不怕地不怕。为了掩饰心虚，他就吹口哨，让口哨敲开毛文明办公室。

毛文明正往手心倒药片，桌上好几个药瓶子。他冲吴响点点头，指指沙发，让吴响坐。吴响问，毛乡长不舒服？说着从烟盒抽出一支，自己点了。毛文明并不回答，将满满一把药片搁进嘴里，咕咚咽进去，方说，胃疼。末了又痛苦地补充，喝酒喝的。在北滩，吴响和村长是喝酒次数最多的人，也没喝到胃疼的份上。吴响用关心的语气说，以后少喝点儿。毛文明骂着脏话，你以为我想喝？不喝不行呀，天天有检查的，哪个也得罪不起，都得陪。我这还算轻的，李乡长最多一天陪了六班客人。李乡长是一把手。毛文明伸过头，让吴响看他的嘴。他的嘴唇上有几个黄豆大小的黑斑。毛文明说，看见了吧，这叫酒苔，肝胃吸收不了，就逼到嘴唇上了。吴响表示同情地叹口气，心里却巴不得自己长几个酒苔。

毛文明忽然问，那女人叫什么？

吴响马上坐直，叫尹小梅，她咋没在兽医站那个院子？

毛文明说，我把她关别处了，她态度实在不好。

吴响解释，她有病，这种人犯不着和她计较，我就怕她骂难听的，所以赶过来。

毛文明说，她骂倒好了，现在她死不开口，问她话，理都不理，紧抱着牛腿，好像我要把牛吃掉。

吴响说，我已经通知她家里人了，交了罚款，把她放了算了。

毛文明摇头，别人可以，她不行，必须让她从思想上认识到错误。想搞对抗，没门儿！都像她这样，乡里的威信往哪儿搁？我以后怎么开展工作？

吴响说，女人嘛，没啥见识，我说服她。

毛文明冷笑，你不相信我的能力？

吴响忙说，我没那意思，谁不知道毛乡长的能力，掏出来装两大麻袋。

毛文明说，我要是连个农村女人都治不了，就没脸在营盘乡待下去。你等着瞧，交罚款的时候让她服服帖帖。

吴响呆了几呆，再次提醒，天黑前她家就能来送罚款。

毛文明摆摆手，这里没你的事了，你走吧。她家来人，找我就是。

吴响提出看看尹小梅。毛文明奇怪地说，看她干啥？她又不是你的相好。

吴响没再坚持，这个时候看尹小梅，是自讨没趣。

吴响在乡政府门口守着，想等黄老大父子来了一块儿找毛文明。夜色重得抹都抹不开了，黄老大父子也没露面。这个黄老大，莫非在路上养孩子了？吴响骂着黄老大，去食品店买了两个麻饼一瓶橘汁，想送给尹小梅。毛文明办公室锁着，吴响转了半天也没找见。当然没法给尹小梅送去，他将东西放在毛文明门口，快快离开。

吴响一天没吃上囫囵饭，想去东坡解解馋。东坡有他的铁杆相好。到了村口又没进去，只要进去，一时半会儿就走不了。吴响怕黄老大找他扑空。家里没剩饭，吴响懒得生火，吃了一袋方便面，灌了两瓶啤酒。光棍的日子总是马马虎虎。夜短得还没火柴棍儿长，吴响睡了一会儿，天就亮了。吴响去找黄老大，两家门都锁着。难道黄老大走丢了？也不知尹小梅这一夜怎么过的。吴响惦记着尹小梅，如果黄老大还不露面，他一定要把她保出来。

一出村，看见被牛牵着的黄老大。牛饿了一夜，急于找吃的，疯疯癫癫的。黄老大弓腰拽着缰绳，脸憋成黑紫色，豆样的汗珠叮满每一道皱纹。黄老大想站住，可牛看见吴响，走得越发快了。吴响赶上去拽住绳套子，问，怎么才回来？尹小梅呢？黄老大喘着粗气说不出话。村长怕黄老大栽在门槛上，还真是这样，怎么看黄老大都是一盏纸灯笼。好半天，黄老大的喘才平息下去。他说天晚了，没赶上车，他和黄宝步行回来的。吴响吃了一惊，你也是走回来的？黄老大说，走……走回的。吴响问，尹小梅咋没回来？黄老大说，她在医院呢。吴响听出自己的声音抖了，她怎么在医院？黄老大的皱脸几乎垂下来，她犯病了，我紧走慢走，她怎么就犯病了呢？

吴响急赶到卫生院。院里站着三个人，毛文明、派出所焦所长、卫生院长独眼周。三个人围成半圆形，中间坐着一个抱着头的男人，是尹小梅的丈夫黄宝。站着的三个人都盯着吴响，黄宝依然是那个姿势，仿佛凝固了。焦所长和独眼周面无表情，毛文明则显得不安。

毛文明向另外两人介绍，这是北滩的护坡员吴响。

吴响问，尹小梅呢？

焦所长和独眼周冷漠地看着他，毛文明给吴响使个眼色，示意吴响走到一边。这时一直抱着头的黄宝突然仰起脸，眼睛红红地盯着吴响。吴响意识到黄宝的目光不对，尚未做出反应，黄宝猛地跳起来扑向吴响。焦所长和独眼周及时抓住黄宝，黄宝仍将一口痰吐到吴响脑门上。

吴响没有抹掉那口痰。听到尹小梅死去的消息，他彻底傻了。

尹小梅的死在村民嘴里嚼了一阵，便剩下几缕叹息。死是伤感的，带着寒意的，可死亡又是不可抗拒的，谁挡得住呢？

吴响不这么认为，尹小梅的死与他有着极大的关系。其实他能拖住死亡的腿，不让它靠近尹小梅。如果他不设套子，完全可以阻止尹小梅越过围栏；如果他不蓄谋搞她，就不会故意把她交到毛文明手里；如果她不被毛文明带到乡里，不被关起来，就不会丢掉性命。吴响被难过与自责纠缠着，怎么也挣不脱。

那些日子，吴响干什么都打不起精神。每天上午骑着摩托疯转，下午一头扎进三结巴酒馆，要一瓶酒，一盘花生米，一盘猪耳朵，提前了夜晚的生活。三结巴乐坏了，从乡里买了五十个猪耳朵，冻进冰柜，专供吴响。吴响的脑袋喝成斗篷，天差不多就黑透了。三结巴拿来纸笔，吴响歪歪扭扭写个"吴"字。三结巴赔着笑，让吴响再加一个字。吴响毫不客气地把笔扔掉。三结巴捡起笔，自己补个"响"。吴响看不见这些，他已跟跄在路上了。

吴响醉酒是为了躲开尹小梅。她把他折磨得精疲力竭，恍恍惚惚，实在吃不消了。如果脑袋不被酒精挤满，尹小梅就会钻进去。可后半夜酒醒之后，尹小梅还是往脑里钻。一绺头发垂下来，在眉角拐个弯儿，贴在鼻翼一侧。她的眼睛有些肿，有些红，水汪汪的，目光则硬得枪一样。她的嘴巴抽动着，似乎要说什么。吴响大汗淋漓，等尹小梅把那句话说出来。尹小梅却把嘴巴闭上了。吴响说，小梅，我对不起你。吴响说，小梅，我他妈不是人。尹小梅只是冷冷地望着他。

吴响企盼白天，到了白天又早早地把自己拽进夜晚。吴响想找个藏身处，哪里找得到呢？

吴响对尹小梅三个字格外敏感，怕经过尹小梅家门前，怕别人提到尹小梅，谁说到尹小梅就和谁干架。村民摸透吴响的毛病，宁可跟黄宝、黄老大说尹小梅，也不跟吴响说。村民还摸透了吴响的习惯，只要吴响一进酒馆，便飞快地牵着牛赶着羊往围栏里去。其实，吴响知道，每日酒馆前总有一两个孩子或妇女，那是监视吴响的。吴响有意外的举动，比如突然离开酒馆，他们就迅速把消息传递开。但吴响懒得管，他想用稀里糊涂减轻一些罪责感，尽管他的马虎已和尹小梅无关。

那天，吴响刚喝了两口，村长进来了。吴响指指对面的凳子说，坐下，喝几口。村长把帽子抓下来，往桌上一砸，你还有心思喝酒？你去看看围栏里成啥了？吴响说，不就是草么？今年吃掉，明年又长出来了。村长说，扯鸡巴蛋吧，那样还要你这护坡员干啥？你以为看草场是你一个人的事，弄不好，我跟着挨训，我也和乡里签了责任状。吴响灌下一杯酒，打着嗝说，那你护算了。村长说，工资呢，你也不要了？吴响说不要了。三结巴慌了，吴……响，不……能……不要……工……资，没工……资，咋……喝酒？吴响不言声了，三结巴说的全是大实话。村长说，毛乡长给我打电话，问你是不是整天睡大觉？吴响问，他呢？咋不来？出了尹小梅的事，毛文明很少在北滩露面。村长说，他去学习了，刚回来就听说你吊儿郎当的。吴响的心动了动，谁说我不管了，一天耗两个油呢。村长把酒瓶拿开，对三结巴说，不能让他喝酒了，他喝一次，我罚你一次，你挣十块我罚你二十，你挣二十我罚你四十。三结巴看看吴响，又看看村长，一脑门愁云。他刚又进了五十个猪耳朵。村长拽吴响，走，驮我去草场。吴响没犯拗。

两人一出门，一个妇女慌慌张张地跑了。

村长骂，操，都成游击队了。

吴响的院墙是黄土夯的，不足半人高，形同虚设。老远就看见院里一股黑烟，吴响说声糟了，大步跑起来。

摩托被烧得面目全非，只剩下一副污黑的骨架。地上的木条还未燃尽，仍在冒烟，显然是有人故意点的。尹小梅死后，村民对吴响有成见，吴响觉得出来，但没想到有人报复他。吴响的脸慢慢黑了。

村长安慰，反正是破车。

吴响踢了一脚，去草场。

第二天，毛文明打电话，让吴响去乡里找他。毛文明没有任何变化，还是平头，喜欢眯着眼看人，嘴唇上的酒苔又密了些。想必学习期间也没少应酬。毛文明说他刚回来就打问北滩的事，听说禁牧工作做得不好，是不是这样？吴响含含混混地说，是不太好。毛文明问吴响罚了多少钱，吴响说一个没罚上。毛文明沉下脸，怎么搞的嘛！既然有人违反政策，为什么不罚款？你的工资可是从罚款中扣的，你是不是想撂挑子？毛文明不是村长，吴响不敢那么随意，诉苦说，我一去他们就跑了，根本逮不住。毛文明说，想办法嘛，这能难住你？而后语气一转，问吴响摩托是不是烧了。吴响点点头。毛文明说，知道别人为啥烧你的摩托？为啥你管的时候不烧，你马虎了反而烧你的车？因为你管是代表政府，是在执行政策，所以没人敢烧你的车。谁敢和政府对抗？你不管，白挣着那份钱，大家心里不平衡，就烧你的车。你再这么没原则，下一步还要烧你的房子，烧你这个人。吴响辩不过毛文明，唯有点头。毛文明说，摩托烧就烧了，我给你弄辆新的。毛文明没说尹小梅，吴响也不敢提。

吴响从乡里回来，屁股底下已是一辆崭新的摩托了。毛文明的话起了作用，吴响在村里转了两圈，便去了草场。

晚上，吴响轻松下来，就去东坡找徐娥子。他和徐娥子相好很多年了，两个村的人都知道。先是地下行动，后来就公开了。徐娥子不怕，吴响当然更不在乎。

吴响的摩托一停，徐娥子就跑出来。探着头佯问，这是谁呀？吴响明白她嫌他不来了，在她胸上摸了一把。徐娥子有一对大奶子。徐娥子低声斥责，少占我便宜。吴响把摩托推进院，先一步进了屋。徐娥子的丈夫正吃面条，四十几岁的人已完全歇顶，亮闪闪的。他和吴响打声招呼，加快了吃饭的速度。徐娥子问吴响吃了没，吴响说没呢。徐娥子的丈夫搁下碗，对吴响说你慢慢吃，我得去菜园下夜。吴响掏出一盒烟，徐娥子的丈夫装上走了。

剩下两个人，徐娥子的气就粗了，你还能想起我呀？

吴响嘿嘿一笑，我把自个儿忘了，也忘不了你。

徐娥子呸了一声，没良心的东西。

吴响说，良心中看不中用哦。

徐娥子端上面条，上面卧了两个鸡蛋，一个红辣椒。吴响喜欢吃辣椒，徐娥子每年都腌一大罐子。吴响要酒，徐娥子说，骑摩托还喝酒，出事我可担待不起。

吴响知徐娥子还在闹气，想揪她的鼻子，她躲开了。吴响暗暗一乐，低头吃面。徐娥子说，吃了走吧，我今儿不舒服。

吴响挤挤眼，我带你去医院。

徐娥子骂声赖皮，给吴响倒了一杯酒。

吴响从怀里掏出一盒化妆品。这盒化妆品花了三十多块钱，是买给尹小梅的。吴响原打算把尹小梅搞到手后，送她一盒化妆品，怎料半点儿用场也没派上。

徐娥子说谁稀罕，还是接过去。打开，嗅了嗅，叹口气，我老眉老眼的，搽灵芝也不灵了。

吴响说，谁说你老了？掐都能掐出水来。

徐娥子翻吴响一眼，神情已经鲜活了。男人送一句讨好的话，比化妆品还灵验。

徐娥子把碗筷一收拾，吴响就拽过她。徐娥子说，我得洗把脸呀，你个饿死鬼！吴响说我帮你洗，一出汗连澡都洗了。徐娥子骂驴，呼吸已经不匀了，反手箍住吴响。女人就这样，只要往一块儿一睡，天大的怨气都能消。

折腾得湿漉漉的，两人歇着喘气。

徐娥子问，你刚换了摩托吧，那辆彻底烧毁了？

吴响问，你怎么知道？

徐娥子反问，我怎么不知道？美国总统搞女人我都知道，两个村离这么近，咋也没美国远吧？

徐娥子向来嘴快。吴响在她身上拍了拍，旧的不去，新的不来，这辆摩托是乡里给我买的。

徐娥子问，乡里给你一辆新摩托？

吴响有些得意，毛文明亲自给我挑的，别看我不是村长，可比村长的待遇高。

徐娥子嘘了一声，啥待遇？怕是堵你的嘴吧。

吴响愣住，堵我的嘴？

徐娥子说，给你摩托，你还能把黄宝女人的事说出去？

吴响嗖地坐起来，黄宝女人有什么事？

徐娥子说，瞧你吓成这样，还把我当外人呀！黄宝女人的事谁不知道？她死在了乡政府，乡里怕黄宝告状，给了他八万块钱呢。唉，说来说去，谁死谁可怜，黄宝有那八万块钱，娶两个都够了。

吴响怔怔的，尹小梅死后，这是他第一次听说她的事。徐娥子说得有板有眼，他竟一无所知。

吴响问，你知道她是咋死的？

徐娥子说，谁知道呢，听说发现的时候人就凉了。忽然想起什么，问，她到底怎么死的？是不是让那个姓毛的乡长……

吴响打断她，胡说！

徐娥子说，一辆摩托就把你的嘴堵死了，我又不跟别人说。

吴响说，她死在了医院，是犯病死的。

徐娥子道，哄鬼去吧，她死了才抬到医院的。

吴响审视着徐娥子，这是谁告诉你的？

徐娥子说，反正不是我胡编的，人们都这么说，你审问我干啥？

吴响忽然说，我得走了。

徐娥子急了，你这是咋了？坏了良心的，吃完就走！看你明儿还来！！

吴响回到家已经半夜。他急冲冲的，并不清楚自己要干什么。徐娥子的话让他震惊。尹小梅死在了乡政府。死后拉到医院。八万块钱。这些话不停地在脑里撞，撞得眉骨都要裂了。尖厉的声音在耳膜上穿啸，搅得尘土飞扬。无风不起浪。徐娥子绝不会凭空捏造，她又有什么理由捏造呢？尹小梅和她没任何关系。毛文明说尹小梅犯了病，独眼周抢救半天也没抢救过来，这是吴响刚到医院时，毛文明讲的。吴响信以为真，他打算到停尸房瞅一眼的，被毛文明制止了。毛文明指指黄宝，狂怒的黄宝刚刚消停，吴响也就作罢。此刻他才明白过来，毛文明不想让他知道真相。如此推想，疑点确实很多：毛文明说尹小梅犯病，特意强调一犯病就送过来，乡里和医院尽了最大力，他为什么要强调？乡下人有句话，叫瓦片盖屁股，越盖越露。还有，为什么毛文明一脸不安？为什么焦所长也在医院？吴响当时没有细想，尹小梅的死把他搞蒙了。如果没有问题，黄宝不会得到八万块钱。吴响试图找出传言的漏洞，如此推测下去，却对徐娥子的话做了一个论证。

尹小梅死后拉到了医院。

一条八万块钱的协议拴住了黄宝。

尹小梅的死就这么简单地结束了。更让吴响喘不上气的是，他对尹小梅死后的事一无所知。他沉在自责和悲痛中，堵住了自己的耳朵，害怕听到尹小梅的任何消息。

东方的曙光一点点挤进来，夜色一层层褪去。待吴响灰白的脸露出清晰的轮廓，他终于清楚自己要干什么了。他要弄明白尹小梅的死亡真相。他不知道弄清楚了又怎样，他没想那么远，他就是想弄清楚。吴响当然不会想到，他的决定会击碎一个封冻的冰面，会把自己拖进泥浆中。

吴响站在尹小梅家门口。院门用粗铁丝绞着，已然有了斑斑锈迹。吴响拧了拧，放弃了。不是拧不动，是没必要。拧开，他会进去吗？窗户已经用泥坯封住，牛圈敞着门，鸡窝寂静无声，整个院落一派荒凉，唯有屋檐下两串孤零零的干豆丝，显示不久前还有人住过。吴响凝视片刻，缓缓移开。

旁边的院子却是另一个样子。没到门口，新鲜的牛粪味就扑进鼻孔。那头奶牛，就是尹小梅经常牵的那头，警惕地打量着吴响。吴响稍稍慌了一下，重重咳嗽一声。牛低下头吃草，吴响竟然长舒一口气。

吴响喊了两声，窗帘拉开一角，黄老大的脑袋闪了闪。尹小梅死的当天，黄老大找过吴响一次。一向懦弱的黄老大骂吴响害了尹小梅，拿头撞吴响。黄老大嘴角泛着白沫，喉咙呼哧呼哧响，吴响担心黄老大晕过去。人们把黄老大拉开，黄老大又是拍胸又是跺脚，乱叫，天呀，天呀！黄老大这样的人一旦发怒，是很难缠的。吴响想好了怎么对付他，可黄老大没再上门。

黄老大猛烈地咳嗽一阵，抱怨被苍蝇吵得没睡好，往天早起了。

吴响说，我路过这儿，顺便看看你。

黄老大略显不安，我这药罐子，一碰就碎。

吴响说，别让我站外面呀。

黄老大道，我打开门？

吴响笑笑，我飞不进去。

黄老大迟迟疑疑打开木栅门，却没有让吴响进屋的意思。吴响不轻易登别人的门，他去谁家，说明谁家有"事"了。黄老大盯着吴响，吴响却不看他，沿着院子扫视一圈，小房、鸡窝、柴垛，最后落在电视杆子上，黄老大买电视了。

黄老大问，又丢树了？可不是我干的。你瞧瞧，我这样子哪扛动一棵树？这根电视杆子是旧的。

吴响说，我不是来搜查的。

黄老大疑疑惑惑的，那你干啥？……那天的事是我不对，我老糊涂了，明明和你没关系的。

吴响说，过去的事，提它干啥？很随意地问，买电视了？

黄老大有些兴奋，但又不想让吴响看出来，别别扭扭地说，一台旧电视，和我一样的毛病，动不动就喘。

吴响说，黄宝也真抠门，买一回为啥不买新的？新的也没几个钱。

黄老大说，有个看的就行了。

吴响低声问，那钱全拿到手了吧？

吴响问得突然，黄老大措手不及，慌了慌，一副要说又不情愿的样子。

吴响笑笑，我不是找你借钱的，再说钱也不是你的，那是黄宝的嘛。

黄老大终于吐出三个字，到手了。

吴响问，八万块一分没少？

黄老大惊愕地看吴响一眼，马上躲开。

吴响说，这有啥怕的，谁不知道？我是怕黄宝吃亏，这个钱不像别的，不能拖欠。

黄老大不好意思地说，毛乡长说话倒是算数，只是……这事不好听，说来是拿黄宝媳妇换的。

吴响的心被刺了一锥子似的，脸变得极其难看。

黄老大不解地看着吴响。

吴响说，人死了，他们应该赔，这头牛你可得喂好。

黄老大忙不迭地答应，那是，那是。

吴响套问尹小梅的死因，黄老大却说不上来。他说尹小梅身子骨挺差，但没听说她有什么病，平时也很少吃药。人就是这么不结实，说没就没了。黄老大回忆那天凌晨的过程，他和黄宝到了乡里，听说尹小梅已经送到医院。他急着把牛牵回来，就没随黄宝去。他觉得占了便宜，因为没人让他交罚款。黄老大后悔地说，要是知道黄宝媳妇病得那么重，他说什么也要去看看。吴响不怀疑黄老大的难过，黄老大不是会演戏的人。可他的难过能持续多久？一个喷嚏、一口唾沫的工夫。如果尹小梅不死，那头奶牛不会归黄老大，黄老大也不会得到一台彩电。这笔硬账足以抹掉黄老大那点儿难过。黄老大算没算过？吴响不好推测，黄老大不会再想那件事，则可以肯定。

尹小梅是怎么死的？有四个人肯定最清楚不过：毛文明、焦所长、独眼周和黄宝。吴响不敢贸然找前三个人，但可以找黄宝。黄宝承了他娘的性子，很精明，毛文明就是想瞒也瞒不住。吴响从黄老大嘴里得知，黄宝辞掉水泥厂的活儿，在县城开了个小店。黄宝封了家里的门窗，显然是不再回北滩了。

毛文明给吴响买的新摩托就是管用，百十里的路，没用两个小时。在县城找黄宝却费了一番周折。黄老大不清楚黄宝开什么样的店铺，吴响一家一家地转，晌午时候才找到。黄宝开了个果品店，店不大，二十几平方米，货种倒很丰富，干果、水果，有的吴响叫不出名字。八万块钱撑起了黄宝的腰。过去黄宝再精，也得靠卖苦力挣钱。店名叫方圆，吴响琢磨不出这个店名有什么含义，至少，与尹小梅无关。

黄宝正给一位妇女称瓜子。黄宝剪去了长发，显得很精神，脸上是买卖人常有的那种虚浮的笑。你买点啥？认出是吴响，突然间，他的目光跳了一下，笑意稀里哗啦洒到地上。

那位大鼻子妇女叫，你的秤准不准，一斤就这么点儿？

黄宝说，大姐，看你说的，少一两，我赔你一斤。

可黄宝的神色实在让人起疑，大鼻子妇女不甘地掂了掂。黄宝抓了一大把，大姐，算我送你的。妇女却忽然不买了，说没装钱。显然，她不信任黄宝了。

吴响问，生意怎么样？

黄宝说，刚开，看不出来，买卖不好做，见谁都装孙子。黄宝已镇定下来，表情冷淡。吴响还记得那天黄宝悲愤交加的样子，现在一点儿痕迹也没了。黄宝眼里的敌意不是仇视，吴响虽是粗人，还是觉得出来，那是对吴响的防范。黄宝肯定猜出吴响不是无缘无故来的。

吴响问黄宝没个坐的地方。黄宝拽把凳子丢给他。吴响掏出烟给黄宝，黄宝摆摆手，掏出烟，自己点上。

吴响说，我早就想来看看你。

黄宝无言。

吴响说，那件事我很难过，一直想找你说说。今儿就是向你赔罪，你有火就发，哥这张脸由你糊，你就是撕下来卷了烟抽，我也不吭一声。

黄宝的手抖了抖，轻声说，过去的事别再提了，和你也没啥关系。

吴响叹口气，干那个破差事，得罪了不少人，可我也得挣钱呀。别人养活一家，我不能连自个儿也养活不了。要是有你这么个摊子，谁还干它？

黄宝问，你骑摩托来的？显然，他不愿提及自己的果品店。

吴响点点头，一年多少租金？

黄宝说，一万，借了点儿，自个儿贴了点儿，总卖苦力也不是办法。

黄宝藏得严严实实，一个洞也不想露给吴响。吴响憋不住了，黄宝得了八万块钱已不是秘密，还有什么藏头？于是径直问，乡里答应的钱还没到手？

黄宝顿了顿，缓缓地摇摇头。

吴响说，去告他呀。

黄宝冷笑，告谁？

吴响说，告乡政府，告毛文明，你一告，他们就乖乖给你钱了。

黄宝说，我不想惹这个麻烦。

吴响说，尹小梅的死和他们有关。

黄宝纠正吴响，她犯了心脏病。

吴响说，不对吧，你到乡里的时候，尹小梅已经不行了，你怎么肯定她犯了心脏病？是毛文明告诉你的，还是独眼周告诉你的？尹小梅有心脏病吗？

黄宝噌地站起来，青着脸说，你什么意思？审问也轮不着你。

吴响说，我没别的意思，就是想弄清楚尹小梅怎么死的。

黄宝几乎吼了，你掂清了，她是我媳妇！

吴响反而笑了，所以我才来问你，你看过尹小梅了，肯定知道她怎么死的。

黄宝问，你跑这么远，就为问这个？这和你有啥关系？你不要欺负人，捅人伤疤自个儿取乐。我知道你厉害，没人敢惹。这儿可不是北滩，我不怕你。

吴响说，我没让你怕我，我只想知道真相。

黄宝说，她犯了心脏病，信不信由你。

吴响说，你撒谎，你肯定撒谎了，你的眼睛都是蓝的。

黄宝怒道，你出去，别影响我做生意。

黄宝像个木头疙瘩，吴响唠了半天，什么也没唠上。他不仅不肯说出尹小梅怎么死的，连那八万块钱也不肯承认。他不敢讲尹小梅的死因，他一定保证过。看得出，他得了钱，心里并不轻松。或者说，他本来轻松了，吴响提起，他又压了块石头。黄宝的严加防范没让吴响放弃，相反，越发揪紧了吴响。那感觉是痛中夹着痒，痒中又掺着痛，极其难受。吴响不信撬不开黄宝的嘴巴，他的嘴就是铁水浇铸的，也有漏缝儿的地方。

吴响在一个小吃摊停下来，要了一盘猪头肉，四个羊蹄，一盘花生米，一碟辣椒，一瓶白酒。摊主乐坏了，颤着肥胖的红脸恭维，一瞧您就是条汉子。吴响笑笑。和黄宝磨嘴皮子那阵儿，肚子就提抗议了。吴响边吃边瞅着街上的行人。他很少到县城。他喜欢待在乡村。一个男人，尤其像他这样的光棍，有酒有女人就足够了。县城好是好，可在这儿，谁能认得他吴响？行人的目光从吴响脸上溜过，没有丝毫停顿，在他们眼里，吴响和一块砖头、和油腻腻的桌子没什么区别。终于有一位中年妇女多看吴响一眼，吴响感激地冲她一笑。那妇女受了惊吓似的，突然加快步子，走过去了，又回了回头，表情已是相当厌恶了。吴响的情绪顿时糟糕透了，觉得自己坐在这儿实在愚蠢。尹小梅已经死了，知道她的死因又有什么用？黄宝不愿提，黄老大不愿提，毛文明肯定更不愿提，他干吗要翻出来自找没趣？没人说吴响的不是，吴响犯不着折腾。这个时候，他应该躺在家里睡大觉，夜里找相好的痛快一番。他妈的，自己和自己过不去。吴响抓起酒瓶子猛灌，决定喝完就回家。

摊主劝，兄弟，你骑摩托可不能这么喝酒。吴响说我不会少给你钱。摊主说，兄弟，我是为你好，你非这么喝，我可报警了。吴响迟疑，摊主趁机把酒瓶盖住，留着下次喝，我送你一碗面。兄弟，遇事想开些，瞧我，头天离婚，第二天就娶一个。只要别把自己搞垮，这年头要啥有啥。

吴响脱口道，我要一个尹小梅，你搞得来？

摊主怔了怔，尹小梅？是个女人吧？我搞不来尹小梅，但能搞来张小梅、刘小梅，这有什么区别？

吴响打断他，别啰嗦，算账！

摊主乐颠颠地说，我眼力不错，兄弟够汉子。

吴响问附近有没有小店，摊主往巷子里一指，八九家呢，随你挑。

吴响把那半瓶酒揣进怀里，找了个旅店住下。不能这么回去，还得找黄宝。摊主劝吴响想得开，吴响反想不开了。一个鲜活的人瞬间就没了，他怎么想得开？事情是过去了，也没人责罚吴响，就算有人提起，吴响也能推得干干净净，正因为这样，吴响就更为不安。尹小梅的死毕竟和他有关系，他为什么不能知道真相？他一定要弄清楚。

吴响睡了一会儿，被吵闹声惊醒。坐起来，看见对面床上躺着个破提包，想必是他睡觉时又住进一个。吴响正要出去，一个男人神色诡秘地探进头，问吴响醒了，可惜把好戏误了。男人的嘴唇又宽又扁，似乎和鸭子有血缘关系。吴响一头雾水。鸭嘴问吴响是不是要出去，咬在吴响屁股后面说他暂时歇歇脚，不打算住。吴响没理他，这家伙肯定吃错药了，他住不住与吴响有什么相干？

黄宝靠在门口，两手抱着一个钢化塑料杯。杯里泡着厚厚一层茶叶和金莲花。他盯着水杯，仿佛水底藏着鱼。吴响咳嗽一声，黄宝抬起头，稍稍有些慌乱。吴响说，我又来啦。黄宝静静地看着吴响，慢慢将慌乱抹去，伸长腿，有意阻挡吴响进去。

吴响左右看看，忽然笑了，其实外面比屋里好，别看到处是人，可谁也不认识谁，和野滩没啥区别。

黄宝的表情动了动，却不想就范，依然保持那个冰冷的姿势。一个行人在摊前停了停，黄宝赶紧迎上去。黄宝返回，径直进屋。吴响发现黄宝的腿似乎有点瘸。

黄宝把凳子重重地搁在地上，粗声粗气地问，你究竟要怎样？

吴响说，咱俩好歹一个村的，就算你现在是老板，也不能这么瞧不起人吧。

黄宝说，你影响我做生意了。

吴响说，屁股上的泥点子还没揩干净，就一口一个生意，钱就这么当紧？

黄宝敌视地瞅着吴响，这话该问你自己。

吴响说，我的钱来路正当。

黄宝马上敏感地问，谁的钱来路不正当？

吴响怕搞僵，打哈哈，那些贪污犯呀！毛乡长说前几天又判了个死刑，咱们没这资格。

黄宝问吴响喝水不。

吴响说当然喝了，最好把你的茶叶给我泡点儿，别加金莲花，草场到处是那玩意儿。你说草场看得那么严，城里人从哪儿搞到的？

黄宝端杯的手抖了抖，水晃出来，手背顿时湿了。

吴响说，哎哟，可别烫着。

黄宝和吴响隔开距离，道，别绕弯子了，你到底要干什么？

吴响笑笑，我想请你吃饭，今天晚上，怎样？

黄宝说，我没空儿。

吴响说，不着急，你什么时候关门咱什么时候去。你晚上没约会吧？

黄宝皱皱眉，干吗不在这儿说？

吴响说，我住下了，咱哥俩好好聊聊。

黄宝无法摆脱吴响，又不能彻底翻脸，鼻子几乎错位。吴响清楚黄宝不好受，他恶意地想，谁让你把尹小梅忘掉了呢。吴响固执地认为黄宝已经把尹小梅忘了，黄宝的眼里没有悲痛和哀伤，至少不是吴响想象中的。

黄宝早早收了摊。旁边有个饭馆，黄宝不乐意去，而是选了车站对面的爆肚馆。黄宝的心思曲曲折折的。两人面对面坐了，黄宝脸色活络了点儿，说这顿饭他做东。吴响说不，这次是我提出来的，下次你来。黄宝眼里滑过一丝阴影，吴响装没看见。

吴响说咱俩还没喝过酒吧，今儿放开喝。黄宝喝酒绝不是吴响的对手，吴响想灌醉他。酒后吐真言，吴响非得从他肚里掏点儿东西。吴响说还是县城好啊，要啥有啥，不像三结巴酒馆，就点儿头蹄杂碎。不过，在三结巴那儿喝酒能听戏。黄宝问，什么戏？吴响说，听三结巴和女人吵架啊。我在外边喝，他俩在里面吵。三结巴女人也有点儿结巴，那次最好玩，三结巴女人骂三结巴，脑袋像……裤……裤……怎么也骂不出裤裆。三结巴急了，回骂，你才是……裤……裤……三结巴比女人反应快，拍着腿说，这儿！这儿！

黄宝笑了，但依然保持警惕，一再强调自己喝不了酒，每次只抿一小口。吴响两瓶啤酒光了，黄宝仅喝下小半瓶。吴响说，这么不给面子？黄宝愁眉苦脸地说，我喝酒跟喝毒药差不多，实在咽不下去。吴响说，哪有爷们儿喝不了酒的？来，我帮你。抓起酒杯端到黄宝嘴边，几乎是灌了。黄宝往旁边一拨，酒杯摔在地上。

黄宝恼火地说，你怎么灌我？

吴响的喉结动了动，挤出点儿笑，我脾气急。

服务员换了个新酒杯。吴响说，你不想喝算了。

黄宝放缓语气，你也少喝点儿。

吴响问，这么长的夜，你怎么打发？一个人的日子难过啊。

黄宝目光迷离，扑闪着阵阵雾气。

吴响压低声音，我知道你不好过。这么多年的夫妻，最后一面也没见上，放在谁头上也受不了。好端端的一个人……她怎么就……唉！

黄宝倒了杯酒，一饮而尽。

吴响趁机问，她怎么死的，说说……别一个人憋着。

黄宝呆滞地瞪着吴响，那话就在嘴边了，吴响伸手就能接住，可黄宝突地一拧脖子，我都说过了，你别再问我。

吴响乞求，兄弟，你告诉我好不？我没别的意思，就是想知道。

黄宝冷冷道，我说的你不信，我编不出来。

吴响想抓黄宝的手，黄宝缩回去了。吴响问，毛文明不让你说？

黄宝霍地站起来，别乱扯好不好？你没资格审问我。

吴响呆了呆，脸上就现出寒气，我不信你敢走出这个门。黄宝，别把自个儿当回事，逼急了，有你难堪的。

黄宝问，你要怎样？他用愠怒掩饰着胆怯。

两人僵持着。

吴响摆摆手，算了算了，你走吧。

吴响带着醉态回到旅店，没把黄宝灌醉，倒把自己灌晕了。黄宝难对付啊，吴响恨不得砸他几拳。

对面床上的黑提包不见了，吴响的半瓶酒也没了影儿。吴响躺了躺，鸭嘴又贼兮兮地进来，从提包拿出半瓶酒，正是吴响的。鸭嘴解释，他收拾东西不小心装进去的，发现就赶紧送回来，本来他已经退床，现在还得住一宿。吴响说，半瓶酒还值得送？鸭嘴正了脸色，东西再小，不是自己的，也不能乱拿。

吴响不想说话，可鸭嘴很饶舌，几乎问到吴响三代以上的事。说一会儿，鸭嘴探出头听听，很神秘的样子。吴响猜不出他干啥。过了约半个小时，外边传来嘈杂的声音。鸭嘴兴奋地说，又一对野鸳鸯撞枪上了。他拍拍吴响，喊吴响出去喝酒。吴响说喝不动了。鸭嘴出去拎了颗羊头，说，你的酒，我的菜，咱俩就在这儿喝。难得一个陌生人如此热情，吴响坐起来陪他。

鸭嘴酒量并不大，二两酒下肚，烧得耳朵都红了，话也越发多了。他问了吴响一年挣多少钱，说不行啊老弟，你得想法子，这个社会遍地是钱，就看你会不会捡了。鸭嘴把自己的底儿亮出来，吴响听出意思了。

鸭嘴是线人，专盯嫖娼。他不是盯小姐，小姐在豪华宾馆，他进不去，只盯那些三四十岁的妇女。她们专在车站拉客，要价也低，谈成就到附近小店开房。鸭嘴打个电话，公安迅速出击，便能现场抓获。公安按罚款的百分之二十给鸭嘴提成。下午鸭嘴举报了一下，已经领到手八百。本来鸭嘴准备回去了，又撞上一对野鸳鸯。鸭嘴咬着舌头说，今天太走运了。

若不是发现那对野鸳鸯，鸭嘴就把吴响的酒顺手牵羊了。鸭嘴太得意了，说漏了嘴。吴响没想到县城还有这号人，真是林子大了啥鸟都有。他那么想让黄宝酒后吐真言都白费劲儿，他提个头儿，鸭嘴全吐了出来。鸭嘴说，咱俩有缘分，我教给你条经验，你领相好的过夜，就去住宾馆，可别心疼钱住这种小店，让公安查住，拿不出结婚证就算嫖，罚你没商量。吴响说，这么厉害呀。鸭嘴说，那当然，我再交个实底，我举报的多是偷情的，就算他们不开房，在家，我知道一样报。

吴响对鸭嘴厌恶到嗓子眼儿了。如果他知道吴响和徐娥子的事，恐怕吴响被罚得下辈子也翻不起身。吴响在黄宝那儿窝了一肚子火，正没地方发泄呢。他一拳打过去，骂，滚，少烦老子！

鸭嘴被吴响打蒙，脖子起伏着，不知还有多少话想蹿出来。他说，你醉了吧？我是你的朋友。吴响骂，谁他妈醉了，老子打的就是你，交你这号朋友，下辈子连条长虫都转不了。鸭嘴紧张地退到门口，我去派出所告你，逃了。

吴响挥挥拳头，兀自笑了。这一闹，酒意全无。吴响担心鸭嘴算后账，那家伙毕竟是线人，和公安套得上关系。于是退了房，连夜赶回。

第二天，吴响还睡着，村长就上门了，身后是阴着脸的毛文明。吴响以为草场出了问题，忙问，逮住了？毛文明对村长说，你忙吧，我和老吴谈谈。吴响听毛文明语气不对，做了挨训的准备。毛文明眯着小眼，使目光有了更坚硬的力度。吴响有些心虚，他没完成毛文明交代的任务。

过了好久，毛文明声音空空地问，听说你调查黄宝女人的事？

吴响吃了一惊，毛文明这么快就知道了？随即说，我随便问问。

毛文明生气地说，你是护坡员，不安心看草场，瞎鸡巴跑啥？你咋就有这么大兴趣，那女人和你有屁关系！想知道啥，问我好了。

吴响不敢和毛文明硬碰，又不甘心彻底投降，毛文明如此迅速地上门，足以说明他的重视与心虚。吴响笑笑，柔软的话里夹了几根硬刺，我没别的意思，就是觉得奇怪，尹小梅死了，好多人都怕提她。死人有啥可怕的？还能从土里钻出来咬一口？

毛文明说，这有啥奇怪的？说句难听的，摊在你身上，你愿意别人抓你的伤口？

吴响说，那是。

毛文明说，那件事乡里已做了妥善处理，作为死者家属，黄宝没有任何异议。已经过去这么长时间，你冒冒失失提起来，不是有别的用心吧？

吴响检讨，我吃饱了撑的。

毛文明说，老吴，我是代表乡政府和你谈，你可别做傻事啊。已经是警告了。

吴响保证，再不多嘴了。

吴响对毛文明毕恭毕敬的。他清楚自己是鸡蛋，毛文明是坚硬的石头。可他并没有被毛文明的话压住，那些话在耳旁停了停，羽毛一样飘走了。心中的疑团也越发重了。越怕他知道，他越是想知道。其实知道了又怎样呢？在北滩，吴响算一号人物，出了北滩，他就是一只蝌蚪，掀不起任何风浪。

吴响沿着草场转了一圈，没发现人，也没发现牲畜。他把摩托放倒，躺在一个芨芨丛旁。吴响敞开口袋，等别人往里钻。那天，他就是这样把尹小梅套进去的。现在，他没有明确的目标，谁钻进去，他都要把口子系住。尹小梅出事后，吴响没再设这种套子。他不是想玩这种游戏，他得向毛文明交差。他想让毛文明相信，他没有失职，一直在按毛文明的要求做。毛文明不怀疑他，他就有机会搞清尹小梅的死因。

天蓝得没一丝杂质，仿佛过滤了。阳光盖下来，有股咸咸的味道。尹小梅喜欢在阳光很好的日子洗衣服。天还是这样的天，日光还是这样的日光，尹小梅再也洗不成衣服了。吴响没有成心害她，他怎么会呢？他是那么喜欢她。至今，他也说不出喜欢她什么，可就是喜欢。尹小梅嫁到北滩那天，吴响喝过她的喜酒。那种场合当然少不了吴响，吴响只是喝酒，他的身份、岁数都不允许他要什么花样。尹小梅和黄宝过来敬酒，吴响很随意地瞟她一眼。不知为什么，尹小梅慌了一下，躲着他的目光，不再触碰。尹小梅的神态攫住吴响，吴响突然就喜欢上了她。那种感觉很要命，吴响搞过那么多女人，从来没有那么挠心、蚀骨。尹小梅像一只蝴蝶，在他眼前飞来飞去，却怎么也捕不到。是他费尽心机的捕捉，让她撞进了一张丢掉性命的大网。

脸湿漉漉的，吴响抹了抹，举起手指端详。他不相信这是自己的泪，他从来不会流泪。当然，如果往前追溯，吴响还是有过一次不光彩的流泪经历。忘了是什么时候，家里突然来了两个陌生人，一个鼠眼，一个疤脸。他们要把母亲带走，那个鼠眼竟然是母亲第一个男人。吴响的父亲，生产队脾气最暴躁的车倌提着菜刀横在门口，做出拼命的架式。疤脸夺过父亲的菜刀，让母亲选择。母亲几乎没有任何犹豫地选了鼠眼，父亲的头颓然垂下。吴响明白母亲要离他

命案高悬

2449

而去，抱着母亲哇哇大哭。母亲咬着吴响的耳朵说她还会回来。鼠眼和疤脸到底把母亲带走了。吴响依然号哭，父亲恶狠狠扇他一巴掌，吴响的眼泪戛然而止。母亲从此音讯全无，他的眼泪像母亲一样不再露面。吴响没有眼泪，北滩的村民都可以作证。没了母亲，父亲更加暴戾无常，村里来了要饭的、流浪的艺人，只要是女人，不管是聋的瞎的老的少的，父亲都要领回过夜。那种时候，父亲就把吴响撵出去。吴响缩在窗户底下，听着父亲雷一样的吼叫。吴响一滴眼泪也没掉过。父亲死得很惨，那次喝醉酒，他从车上栽下来，三匹马把他拖了二十多里。他习惯把缰绳缠在手腕上。被人发现，父亲半个脑袋和半个身子已经磨没了，露出白森森的骨头。可是，吴响没有流泪，他抽动得嘴巴都歪了，眼睛依然干涸。

怎么就流泪了呢？吴响觉得奇怪，再抹，又没了。他合上眼，尹小梅突然跳出来。她脸上没有一丝娇羞，生硬如铁，目光冒着水汽，也是硬邦邦的。一绺头发垂下来，在眉角拐了个弯儿，贴在鼻翼一侧。

吴响哆嗦了一下，猛地坐起来。

日光白得晃眼，吴响还是看清了钻进草场的两个人。一个是王虎女人，一个是黄老大。黄老大拔腿想跑，见王虎女人靠近吴响，他也迟迟疑疑跟过来。

王虎女人提着筐，筐里是刚挖的药材，老远就冲吴响挤上眼睛了。吴响没想到装进袋里的是这两个，一个比一个难缠。吴响沉下脸，斥责，狗改不了吃屎。王虎女人笑嘻嘻地说，早就等上了吧。吴响厉声道，别跟我套近乎，公事公办。王虎女人撇撇嘴，你有啥公事？还不是裤裆里的。手已伸向腰带，她一解，吴响就拿她没奈何了。亏得黄老大过来，她才没下一步动作。黄老大神色慌张，喉咙里拉锯一样。吴响问，袋子里装的是啥？黄老大几乎没了声音，草。黄老大挺狡猾，没把牛牵进来，而是割了草喂。吴响说，你这是和政策对抗啊。黄老大的腿软下去，腰更弓了，脸上泛出黑呛呛的颜色。吴响怕他倒下，忙说，你走吧，下次不能这样啊。黄老大哎哎着，吴响，我正要找你呢。吴响问，找我干啥？黄老大看看王虎女人，又看看吴响，王虎女人马上道，我先走了。吴响大声道，你站住！王虎女人嘟囔，我还不清楚你肚里那点儿货色。她让黄老大走，黄老大坚持要和吴响说事。黄老大很固执，吴响只得让王虎女人走。王虎女人嬉笑道，这可不怨我，是你让我走的。

吴响看着黄老大，什么事？

黄老大的眼和鼻子几乎抽到一条线了，吴响，黄宝没得了八万块钱。

吴响愣住，黄老大要把吐出来的东西吃回去。他问，得了多少？

黄老大摇头，没有，一分没有。

吴响冷笑，那你是胡说了。

黄老大说，我糊涂得白天黑夜都分不清了。

吴响突然问，黄宝几时回来过？

黄老大慌忙摇头，他……没回啊。

吴响说，算了吧，以为我眼睛瞎了？这是他教你的，对不对？

黄老大可怜巴巴地说，我是个糊涂虫。

吴响毫不客气地说，你不糊涂，糊涂的是黄宝。

黄老大说，乡里没给他八万块钱啊。

吴响说，行了行了，给不给钱与我无关，你不赶紧走，就把你送到乡里。黄老大这才慌慌地离开。

吴响望着黄老大的背影想，黄宝给黄老大嘴巴上锁了。其实这已经不是秘密，黄宝并不是怕别人知道那笔钱，而是怕人知道钱背后的事。

吴响原打算歇几天再调查，现在等不及了。

傍晚时分，吴响打着嗝敲开独眼周的门。独眼周最擅长治打嗝，村长得了打嗝病，用了好几个偏方都没效果，最后找独眼周，独眼周两耳刮就打好了。独眼周虽然一只眼睛，亮度却强过常人的两倍。他堵在门口，炯炯地盯着吴响。吴响说，周……嗝……院……嗝……独眼周明白了，摸摸吴响的头，突然扇了一巴掌。吴响的脖子火辣辣的，暗想，独眼周倒像打铁的出身，若套不出他的话，这一巴掌就白挨了。吴响抻了抻，周……院长。独眼周迅速抽回手。吴响扭扭脖子，讨好地说，周院长，你真是神了。独眼周傲然道，我治这种病，没超过两巴掌的……我好像见过你？吴响说，周院长好眼力，我是北滩的。独眼周点点头，想起来了。

吴响给钱，独眼周不收。吴响说那咋行，干脆我请你吃饭得了。独眼周说我今儿值班。吴响说我买回来，在值班室……有意停了一下。独眼周说，改天吧。吴响听出他口气松了，说我去去就来。

吴响买了两瓶好酒，一只熏兔，两只切好的猪耳朵，一瓶鱼罐头。独眼周已经把桌子腾开。独眼周嗜酒，喝了酒，胆子就出奇的大，什么样的病人求到他都敢下手。据说独眼周曾要锯掉一个罗锅背上的肉疙瘩，让罗锅变得像木板一样直，罗锅家人不接受独眼周的治疗方案，只好作罢。吴响走这着棋，就是冲独眼周的大胆来的。

开始，吴响百般恭维独眼周，说上次在县里住店，听说他是营盘的，同屋的马上问你们那儿是不是有个姓周的医生特厉害，瞧瞧，周院长名气有多大吧。独眼周先前还谦虚，后来瘪了的那只眼都隐隐地发亮，嘴巴关不住了。治病治病，一半是医术，一半是胆量，医术总是有限的，多高的医术也超不过病。世上的病千奇百怪，好些甭说没见过，听都没听过，咋办？靠胆量。治好一个没人说你凭了胆量，只夸你医术高。治死了呢也不要紧，反正他总要死的，治也是死不治也是死。姚家庄有个女人，肚里长个瘤子，在大医院转遍了，都说没必要治了，连三个月也活不出去。后来我给她做了手术，反正有用的就留下，没用的就割掉。医生不但要给自个儿壮胆子，还得给病人壮胆子，不然，她哪能活两年？还有东坡一个男人，摔断腿非要跑县里去接，接是接好了，可钢钉锈住了，谁也不敢取。要不是我，钢钉还在他骨头里长着呢。我靠啥？胆量。医院的器械根本用不上，我从街上修车铺借来家伙，没费劲儿就搞出来了。

吴响频频点头，佩服得要趴下了。他不清楚哪件是真的，哪件是假的，任由独眼周吹嘘。独眼周绝口不提败走麦城的事，去年他就吃过一场官司。

喝到八九成时，吴响截住独眼周的话，难怪别的乡卫生院都塌了，就咱们乡好好的，全凭周院长了。

独眼周说，我有多大劲儿使多大劲儿。

吴响遗憾，周院长要是自己干，早就发了。

独眼周说，这倒不假，可医院十几多个职工，都指着我吃饭呢。

吴响说，你们凭脑瓜子吃饭，咋都容易，我们靠力气挣钱就难多了。

独眼周姿态很高地说，一样的，分工不同么，当年我还背过砖呢。

吴响说，咋会一样？卖力气永远挣不了大钱，除非像黄宝那样。

独眼周说，死女人那个吧？那钱……咳，谁挣那个钱啊。

吴响附和，这倒是，不过，乡里赔偿也不能不要，农村人多少年才能挣到？

独眼周笑笑，老弟，心思可不能歪了。

吴响正色道，周院长，我可没把你当外人啊。

独眼周点点头，那女人是旺夫命，死了也不忘给男人挣一把。

吴响说，周院长还记得那天的事吧，黄宝好像疯了，没过两天他啥事都没了，这会儿在县城开了个店，成了小老板。谁死谁可怜，亏得她死在乡政府，要是死在医院，黄宝肯定得不到那么多赔偿。

独眼周那只眼终于模糊了，要是在医院，我还能让她死了？就是早送来半个小时，也不至于……忽然停住，谁说她死在乡里了？目光又有了亮度。

吴响嘿嘿笑，表情暧昧。

独眼周说，兄弟，这话可不能乱说。

吴响诓他，我不光清楚她死在哪儿，还清楚她怎么死的。

独眼周果然上钩，你说她怎么死的？

吴响说，周院长想考我？

独眼周警觉地说，你是想套我的话吧，看不出，你还长了几根弯弯肠子。

吴响没料到独眼周一眼识破他的阴谋，赶紧给独眼周倒酒，激他，我以为周院长的胆子有脸盆大，原来也就一只核桃。全乡都传遍了，你还不敢说。

独眼周比刚才还清醒，谣传不当真，说塌天都没事，我讲一个字都要负责的。你请我喝酒，也是这个目的吧？

吴响老老实实地说，周院长眼睛真厉害。

独眼周自诩，我一只眼顶别人三只眼。

吴响问，你不敢说？

独眼周很滑地说，怎么不敢？她是突发心脏病，我在死亡证明上签了字的。你问这些干吗？想和黄宝分一股？黄宝能答应？

吴响耐着性子，我只是想知道她是怎么死的。

独眼周打着哈哈，心不跳动，人就死了，这么简单的常识，你还不懂？独眼周彻底把话封死了。

这顿酒钱算白花了，还被他捆了一巴掌。吴响心底呼呼冒火，还是赔出笑脸说，我随便问问，没别的意思。想求独眼周别告诉毛文明，最后意识到那是很愚蠢的，于是再次笑笑。

吴响想徐娥子了。遇到不痛快，吴响就找徐娥子放松。和她在一起，吴响很随便。徐娥子对什么都满不在乎，这是吴响最看重的地方。别的女人只让他一个地方痛快，只痛快那么一会儿，徐娥子让他里里外外痛快。所以，两人的关系没有断过。

吴响从来不把女人往家里领，或者直接去找，或者在野外。有一次，徐娥子使性子，说吴响不领她去就别碰她。吴响坚决不同意。徐娥子问为什么，她不是非去不可，只是奇怪。吴响说没理由，不行就是不行。吴响忘不了父亲把女人领到家里的事，那些回忆肮脏而惨痛，吴响决不那么做，也决不把屈辱说出去。如果吴响一门心思娶个女人，也不成问题。他脾气刚了点儿，并没有穷得揭不开锅。吴响不娶，也是因为少年的伤痛。女人拴不住，万一她离开呢？他的担心似乎很可笑，却是千真万确。和别的女人保持关系，不用担心哪个女人突然从身边跑掉，总有替补的。

迎头碰见三结巴。三结巴在脸颊上比画着，他酱了几个特大的猪耳朵。三结巴说不出话，就用手比画。吴响拐到酒馆，要了五个猪耳朵，一瓶酒。三结巴乐得鼻孔能插大葱了。当然，他再怎么高兴，也不会忘了让吴响签字。每年年底，吴响会把一年的账全部结清。三结巴心中有数，吴响赊多少都不怕。刚上车，又被黄老大腻上了。黄老大已经是第四次找吴响了，反反复复就那句话，黄宝没得八万块钱。吴响对他又烦又怕。吴响说我相信我一百个相信，你就别缠我了。黄老大问，你真信？吴响说，我就是不相信自己是人养的，也相信你。趁黄老大咳嗽的空儿，吴响嗖地射出去。

这一耽误，吴响没赶上徐娥子家的晚饭。徐娥子拉长脸说，你想来就来，想走就走，多好的东西也留不住你，是不是又占了别的地盘子？吴响嘿嘿笑，哪个地盘子也没你的地盘子肥。问清她男人已经去了菜地，吴响的手就不老实了。徐娥子啪地打开，急啥？吃饱想跑？吴响说，今儿不走了。徐娥子的眉尖挑起来，呸，邀功请赏？我不领情。她的佯怒搞得吴响越发痒痒，从后边抱住她，咬着耳朵说，我就喜欢你生气，你越生气越好。徐娥子耳根腾地红了，骂，你个驴。吴响说，我不驴你还不喜欢我呢。徐娥子在吴响手背拧了一把，吴响哎呀一声，这就使上劲了？

两人刚解开衣扣，门咣咣响了。吴响问，他回来了？徐娥子摇摇头，不可能。吴响恼火地说，让人讨厌。徐娥子抱怨，我说不能性急吧，天还没黑透呢。两人快快地穿了衣服，徐娥子打开门。

竟然是村长，吴响愕然，你怎么找到这儿了？

村长瞅徐娥子一眼，说，我去哪儿找你呀？

吴响看出村长的严肃，帽子几乎遮住额头，脸就显得格外突兀。忙问，出了什么事？

村长说，没啥事，你跟我回村。

吴响把村长拽到一边，小声问，到底怎么了？

村长说，让你回你就回，别多问。

吴响望望徐娥子，徐娥子给他使个眼色，让他赶紧走。可吴响心有不甘，诡诡地对村长说，你先走，我一会儿就回。

村长生气地说，你脑袋没混吧，怎么连个轻重缓急也分不出来？

吴响悻悻地说，走就是了，发啥火呀。

路上，吴响又问村长什么事，村长阴着脸说回去就知道了。吴响稍有些不安，但并没太往心里去。他没惹出祸端，别的还怕啥？等看见停在村委会的警车，吴响胸腔内扑腾出声音。难道又出了人命案子？

焦所长和一位小个子警察同时站起来。吴响一瞅两人的架式，明白他们是专等他的。焦所长脸上长着丘陵状的疙瘩，脸本来就黑，村委会灯光暗，他的脸更显黑了。这样一张脸扣上警帽，威严咄咄逼人。吴响故作轻松地笑笑，焦所长来啦？

焦所长粗硬的目光在吴响身上绕着，绕得吴响骨头都紧了。你叫吴响？

吴响心里咯噔一下，答了声是。焦所长应该认识吴响的。

焦所长说，去趟派出所。

吴响问，现……在？

焦所长面无表情，当然现在。

吴响稍一迟疑，还是硬着头皮问，找我有事？

焦所长说，去就知道了。

吴响被带到派出所，已经很晚了。吴响一路忐忑不安，到那儿反镇定了。他除了爱搞个女人，没有别的毛病，更不干杀人偷盗的勾当。他也没强迫哪个女人和他睡觉。焦所长能把他怎样？吴响惋惜没来得及和徐娥子痛快一回，而且还饿着肚子。他暗骂村长，村长天生狗鼻子，竟找到徐娥子家。哪怕晚半个小时呢。骂过村长，又骂三结巴和黄老大，好事生生让他们耽搁了。

那间屋子不大，也就两间房的面积，可因摆设简陋，灯光刷亮刺眼，给人一种异常空旷的感觉。从吴响的长凳到焦所长的椅子似乎有几百米。

焦所长的脸在白花花的光亮里泛出冰冷的青色。他审视着吴响，好半天不说一句话。吴响摆出一副无所谓的架式，时间一点点过去，焦所长依然沉默着。吴响的呼吸不再均匀。他掏出烟，想递给焦所长，焦所长突然喝道，你给我坐好！吴响的头皮呼地一麻。

审讯开始。吴响已清楚这是审讯了。焦所长问，那个小个子警察记录。焦所长再次问吴响的姓名、年龄、居住地，吴响一一答了。

焦所长：七月二号那天你在什么地方？

吴响想了想，心中一惊，那天他去县城找黄宝。他没隐瞒，难道找黄宝还犯法了？

焦所长：住什么旅店？

吴响答了。

焦所长：你都干了什么？

吴响：没干什么，睡觉。

焦所长：你再想想。

吴响：喝了点儿酒，我就睡了。

焦所长：你什么时候离开旅店的？

吴响犹豫着：第二天。

焦所长：胡说，当天夜里你就离开了。

吴响的表情倏地抽紧，焦所长怎么知道？

焦所长问，你为什么连夜离开？

吴响说，我回去看草场。

焦所长道，胡说！有人举报，你还不坦白。

吴响诧异，举报我？

焦所长问，一个男人是不是和你同住？

吴响说，是。

焦所长问，你给他买酒喝了？你为什么给他买酒？

吴响忙道，那是我喝剩的。

焦所长厉声道，别狡辩！

至此，吴响才明白自己为什么被带到派出所了。那个鸭嘴举报他嫖娼。那一拳让鸭嘴怀恨在心，所以报复吴响。鸭嘴打听吴响的情况，吴响没有丝毫隐瞒，有什么可隐瞒的？没想到让鸭嘴派上了用场。吴响纳闷的是已经过去八九天了，怎么才扯出来？如果鸭嘴举报，也应该是第二天啊。

吴响坚决不承认自己嫖娼。只要他咬紧嘴巴，焦所长就不能把他怎样。焦所长能凭空捏造一份证据吗？鸭嘴举报他嫖娼他就嫖娼了？

焦所长说吴响态度不好，搞对抗，又说吴响记性太差，给点儿时间让吴响想。焦所长和小个子警察离开，空阔的屋子只剩下吴响一人。吴响的心却堵得连一个缝隙也没有。焦所长真的认为他嫖娼了，还是借此紧紧他的骨头？他没得罪过焦所长呀。也许，和他调查尹小梅的死因有关？吴响不由一哆嗦，如果是那样，事情就麻烦了。

第二天，吴响第一个见到的不是焦所长，而是毛文明。没等吴响开口，毛文明便痛惜地说，老吴，你怎么能做出这种事呢？你可不是一般百姓，是乡里雇用的护坡员，按过去的说法，是编外合同，传出去，影响乡里形象啊。吴响急忙辩解，发誓自己没干。毛文明说，没干怎么举报你？要说，这也没啥大不了，不就搞点儿乐子吗？你没家没口的。可是，你不能把老底全交了，不然怎知道你是营盘乡的？知道你是北滩的？知道你叫吴响？有一样对不上号也白搭，哎！说啥也是没经验。毛文明语速很快，嘴唇上的酒苔都要撞碎了，吴响急得汗毛孔都龇了牙。好容易截住毛文明的话，吴响重申，毛乡长，我没干，真的没干，那家伙污蔑我。毛文明顿时显出不快，他为啥不污蔑我？不污蔑别人？他和你又没深仇大恨，干吗要污蔑你？老吴啊，你要不是北滩的护坡员，我才不管呢。我一听到消息，赶紧来看你。你这个样子，好像我诬陷了你。吴响说，毛乡长，我没怪你的意思。毛文明说，这就对了嘛，不能把我当外人，这种事也就罚几个钱，不会把你咋的，我和焦所长说说，尽量少罚点儿。吴响越听越不对，这不是给他定性么？便用抗议的语气说，我要和举报人对质。毛文明理解地点点头，你可以提，不过，什么事都宜在小范围解决，闹得沸沸扬扬，没好处。

终于等到焦所长，吴响提出和鸭嘴对质。焦所长说你是不见棺材不掉泪，那就对质吧。吴响想看看鸭嘴怎么给他泼脏水。半天过去了，没见鸭嘴，焦所长也没了影儿。小个子警察把吴响照顾得很周到，照顾他吃，照顾他拉。吴响问焦所长哪儿去了，小个子警察说焦所长去找那个举报人。吴响问得等到什么时候，小个子警察说，这可说不准，你不是想对质么，总得找见那个人呀。其实，想快点了结也容易，罚几个款完事。吴响梗着脖子，我没干，凭什么承认？小个子警察说，不会刑讯逼供，强迫你承认，一定让你心服口服，想赖也赖不掉。吴响愤愤地想，除非你们拔掉我的牙。

又过去一天，焦所长依然没影儿。吴响终于失去了耐性，这么下去，他会疯的。小个子警察态度倒是挺好，问吴响想不想吃包子，他说在办过的案子中吴响享受着最好的待遇。吴响哪里吃得下？吴响生气也罢，发怒也罢，小个子警察就一句话，必须等焦所长回来。吴响实在耗不起了，试探着问，如果罚款，得罚多少？小个子警察瞄他一眼，五千。吴响失声，这么多？小个子警察说，态度端正了，可以象征性地罚点儿。吴响问，象征性是多少？小个子警察说一到两千。吴响咬了牙想，罚就罚吧，说什么也不能在这里待了，就当出门让车撞了，认个倒霉吧。

总算见到了焦所长。吴响在口供上摁了手印，但一下拿不出一千五百块钱。毛文明帮了吴响的忙，把这几个月工资结了。毛文明责备，早知今日，何必当初？吴响说，我确实没干啊。毛文明不客气地说，你没干交什么罚款？吴响被噎得脖子都是硬的。

毛文明让吴响交钥匙，原来他已经把摩托拉了回来。吴响问，不是解雇我吧？毛文明反问，你觉得还能再雇你？毛文明十分冷淡，与说服吴响时大不一样了。吴响问，不能通融了？毛文明摇摇头，我向乡里汇报一下，看以后有没有可能。吴响说不必了。临出门，毛文明意味深长地说，老吴，想开些，可别犯了打嗝病啊。

吴响吸口寒气，什么都明白了。

黄昏时分，吴响从他的黄泥小屋出来。他一天没出屋了，仰躺一会儿，侧躺一会儿，或者趴在冰凉的炕席上发一阵儿呆。吴响打算去三结巴酒馆喂喂肚子，不能拿肚子撒气。

突然被解雇，吴响一时难以适应。清闲总是让人发空、发慌。他表面装着不在乎，心里则窝着气。毛文明最后那几句话已经说得很清楚，问题还是出在吴响的调查上。毛文明知道吴响去套独眼周，肯定非常恼火，所以就借那件"案子"教训他。鸭嘴的举报本来是狗操猪，扯不上的，可正好给了毛文明借口。吴响真正生气的还不是丢掉差事，而是背后的缘由。他只是想搞清尹小梅的死因，并没干什么呀。张嘴咬苹果，却崩了牙。吴响不是个服软的人，认定的事就不会放弃，越是阻止他越上瘾。

他需要时间梳理自己的脑袋。

三结巴正和女人吵架，吴响坐下好一会儿，两人也没露面。话扯不出几句，声音一个比一个高，吵完怕得后半夜。吴响喊了一声，红头涨脸、青筋暴露的三结巴挑帘出来，身后是同样怒容的女人。吴响笑了，吵什么架啊。三结巴猛一抽搐，脸难看得要变形了。吴响大声说，发什么呆，切一盘猪耳朵，我饿透了。三结巴瞄女人一眼，女人丢给三结巴一个冷眼，反身进屋了。三结巴苦巴巴地说，没……猪耳……吴响说，不是冻了好些吗？没猪耳，切猪头、猪肘、猪屁股也行。三结巴说，都……没有……吴响的目光不再柔和，没有开什么饭馆？有什么？有什么上什么！三结巴说，啥……啥……都……没有……吴响瞪着他，明白了几分，气呼呼地说，怕我欠下你的？没钱我卖器官，卖一个吃你三年。三结巴讨好地说，那……当然……吴……响……你结……一……下……账……很利索地从怀里掏出个小本。吴响瞥了瞥，阎王爷还能欠下小鬼的？三结巴说，我……和……她……就……为这……事……三结巴指指里屋。原来两人吵架是因为吴响。吴响越想越火，丢了差事，难道连饭也吃不起了？他指着三结巴鼻子好一顿损。三结巴并不恼，连一句硬话也没有，就那么稀软地求吴响，一副可怜样儿。吴响闭了嘴。还能把三结巴咋办？可吴响又不肯狼狈离开，恼怒地沉默着。

这时，村长背着手进来。三结巴像见了救星，想说什么却没说，忙用袖子擦了凳子。村长便坐在吴响对面。

吴响虎生生地说，你不是告诉我，连护林员也不让我当了吧。

村长很吝啬地笑笑，好大的火气，不知道的还以为你立功了呢。他让三结巴上酒，说算在他头上，三结巴哎哎着去了。

吴响说，狗眼看人低，我什么时候欠过账？

村长说，凤凰下了树，鸡也要啄一口，何况你不是凤凰。三结巴也不是故意为难你，你吃了那么厚一沓，搁谁头上也害怕。村里人都知道，你的屁股都罚光了，你想想三结巴什么心情。

吴响一顿，谁说我罚光了？

村长说，你还有钱？那给三结巴结了呀。

吴响说，欠不下他的。

三结巴端上一盘猪耳朵，一盘花生米，四瓶啤酒，还不忘强调，都新……鲜……着呢……吴响暗暗骂娘。

村长叹口气，你说你，鬼迷心窍了，干吗去那地方找女人。那地方的女人也是你搞的？那不是真东西，是胶皮套，套子就是用来套人的，专套不长眼的。

吴响截住他，我没干，谁说我干了？

村长摇头，算了吧，罚款你都交了，还不承认。

吴响解释，他实在不想在那鬼地方待了，交罚款是为早点出来。说他嫖娼是扯鸡巴蛋的事，他是因为调查尹小梅的死才惹出麻烦的。

村长显出吃惊状，你调查尹小梅的死因？

吴响说，尹小梅根本不是犯心脏病，去医院前就死了，你该听说过吧？

村长慌忙摇头。然后不解地问，你调查这干吗？那是黄宝媳妇啊。

吴响说，不干啥，我就是想搞清楚。尹小梅是黄宝媳妇，可她是因为我才弄到乡里的，我问问有什么不对？

村长突然哎哟一声，随后捂着肚子，问三结巴东西是不是变质了。三结巴慌得失了颜色，要扶村长。村长摆摆手，对吴响说他先回了，让吴响一个人喝。

吴响轻轻滑出两个字，泥鳅。

第二天，吴响去县里找黄宝。现在唯有问黄宝了，不管怎样，也要撬开黄宝的嘴巴。没了摩托，只能坐客车。从营盘到县里的车少，错过一辆，等下一辆差不多要三个小时。到了黄宝的店，已经中午了。

黄宝看见吴响的那一刻，像被蜂蜇了，整张脸往一个方向抽。他警惕、敌视着吴响，又不想表现得过于明显，且故意做出轻松的样子，实在别扭。

吴响喜欢黄宝这样。至少在心理上，黄宝是虚的，惧怕吴响。

吴响大声说，兄弟，我又看你来啦。

黄宝往屋里溜一眼，下意识地竖在门口，防止吴响进去。

吴响觉出黄宝神色怪异，顺着黄宝身边的缝隙望去，见一个穿浅紫色半袖的女人正炒菜，煤气罐太低，女人蹲在地上。吴响嘀了一声，问，有目标了？

黄宝皱皱眉，别胡说，是我才雇的。

吴响暧昧地笑笑，到底是老板，什么都有人侍候。人活着还是好啊。

黄宝厌烦得脑门卷成卷儿了，低声道，你又来干吗？

吴响戏他，你说我来干啥？

黄宝紧紧嘴巴，对女人说他要和朋友一块儿吃饭。女人抬起头，吴响终于看清她的面目。三十来岁，长相很普通，脸倒还白净。

在饭馆坐下，黄宝说我来吧。吴响不客气地说当然是你来啦，我现在穷得就差卖屁股了。可惜卖屁股没人要，不然我真要当街吆喝。黄宝不接吴响的话，点了三个菜，歪头瞅旁边的食客。

吴响说，有什么看的，脸上又没长钱。

黄宝不情愿地回过头，没有一点儿温度地问，今天有空了？

吴响说，那份差事丢了，以后我天天有空。

黄宝的吃惊倒不像装出来的，怎么会呢？

吴响松松垮垮靠在椅子上，知道为啥丢的么？因为我问了尹小梅的事，就这么简单。我一问，有人就害怕，就想法子搞我，你说怪不怪？

黄宝躲开吴响的目光，没人怕你。

吴响咄咄逼人地说，错了，怕我的不止一个。噢，你为啥把我找你的事告诉毛文明？是他让你报告的？

黄宝说，我干吗告他？

吴响说，你肯定告诉他了，要不他咋会知道？

黄宝端起杯喝了一口，刚刚露出的慌色消逝了，代之的是浅怒和嘲讽，你一来就审我？

吴响停了停，我口气冲是吧？好，我说慢点儿，乡里赔了你多少钱？

黄宝说，我凭什么告诉你？

吴响的口气终于软了，声调里有一丝乞求，你告诉我，黄宝，我就是想知道，我真没别的意思呀。

新中国 70 年优秀文学作品文库

中篇小说卷

黄宝骂神经病，声音很低，似乎没打算让吴响听见，可那三个字落在吴响耳边却异常清脆。吴响说，我真神经了，你帮帮我。

黄宝说，我饿了。

吴响说，你是胆小鬼。

黄宝说，我真饿了。

吴响骂，你他妈是胆小鬼。

黄宝低头吃饭，声音很响。

吴响抓起酒瓶往黄宝头上浇去。吴响失去了耐性，想和这个暴发户干一架，他实在憋得太久了。黄宝不肯吃软的，就让他吃拳头。浅黄色的液体顺着黄宝刚刚长起茬的头发流下来，脸上、脖子上、衣服上霎时洇出一大片。服务员和旁边的食客都惊愕地看着。黄宝的脸涨得通红，肌肉抽动着，随时要飞溅起来，可跳了几下，竟然又平静了。他抹一把脸，拿起餐巾纸缓缓擦着。他还笑了笑，仿佛这一浇，让他无比舒坦。

黄宝没被激怒，吴响一时无措。总不能把酒瓶子砸他头上。

黄宝冲服务员喊，再上一瓶。

吴响龇着牙说，黄宝你行啊，修炼成仙了。

黄宝说，谁还不开个玩笑，哪能当真？

吴响逼住他的眼睛，我没开玩笑，我真想把你的脑袋捅个口子。

黄宝的脸颤了颤，又平稳了，我要是得罪了你，随你便。

吴响忽地笑了，怎么会呢？我还打算去你店里上班呢。

黄宝神色平静，吴响还是捕到了他眼中的惊慌。

吴响不是威胁黄宝，吃完饭就去了黄宝的店。吴响用黄宝的茶杯泡了一大杯茶，坐在门口看黄宝卖东西。有时，吴响还和那个女人开句玩笑。女人脸上有一丝不快，因为摸不准吴响和黄宝的关系，也就低头不吭声。黄宝则木着脸。吴响很是痛快，看你能忍耐多久。夜里，吴响住进原先那个小店。如果碰见鸭嘴，吴响非得让他的鸭嘴变成猪嘴。鸭嘴不知在哪个店放套子呢，影儿也没有。

吴响到黄宝店里上了两天班，那个女人不见了。吴响觉出黄宝脸色不对，故意问，她呢？怎么随随便便就不来了？这工钱一定得扣。黄宝突然咆哮，你管得着吗？你算什么东西？吴响明白女人不会再来了。吴响想激怒黄宝，黄宝真的怒火冲天了，吴响反没了脾气。他拍着黄宝的肩，干吗这么大火？不就个干活儿的吗？又不是你的相好。不是你的相好吗？黄宝甩开吴响，青着脸坐下，无赖,你彻底是个无赖。吴响说,这还用你说,北滩谁不知道我是无赖?黄宝痛苦不堪,你干吗缠着我?吴响说,因为你撒谎。黄宝无奈道,你不相信,我也没办法。

吴响的纠缠已经奏效,黄宝被吴响整得焦头烂额。吴响从他疲倦的眼睛推断,就算他不是噩梦不断,也睡得不安稳。吴响掐住他的脖子,慢慢往前挤,挤到最后,他的嘴自然就张开了。可一天天过去了,黄宝依然咬得死死的。吴响的情绪坏到顶点,忍不住大骂黄宝。吴响生气,黄宝反又平和了。他说,你真是不讲理,天天吃我的喝我的,还要骂娘,我爹也不敢这样。你是我爷爷!太爷爷!行了吧?!吴响说,屁,想让我入土啊,没门儿!

吴响回到了北滩。身上的钱花光了,再住下去就得趴车站。吴响缠着黄宝,黄宝硬是没吐出一个有用的字。吴响打算回村弄几个钱,村里还欠着他一笔护林费。还有,吴响馋女人了。一种渗进骨缝的馋。好久没找徐娥子了,尹小梅出事,打乱了吴响和徐娥子的规律与默契,搞得饥一顿饱一顿。

吴响想顺便到林带瞅瞅,就绕了几步路。没发现树木被砍,吴响松了口气。他是快走出林带的时候看见王虎女人的。王虎女人正撅着屁股挖什么东西,大概是药材吧。吴响嗨了一声,王虎女人受了惊吓,险些跌倒,看清是吴响,没好气地说,我以为撞上鬼了呢。吴响用目光摸了她一遍,问,你干吗呢?王虎女人说挖药材。吴响说北滩的药材都挖你们家去了。王虎女人冷冷地说,这又不是草场,你少管,我不挖药材,去哪儿弄钱?不像有些人从棺材缝儿还能抠钱,我没那能耐!王虎女人的话有些奇怪,但吴响没琢磨出味儿来,沉了脸说,树林也归我管。王虎女人说,少来这套,我不吃。吴响想抓她,王虎女人灵猴一般躲开,别碰我!吴响以为王虎女人故意吊他胃口,这个女人很懂得骚,便嬉笑道,两天不见,长刺儿了?王虎女人骂,也不撒泡尿照照,提着筐就走。声音极轻,但穿过密密匝匝的树叶,陡然有了坚硬的力度,狠狠撞了吴响一下。吴响愣住,继而羞恼万分,王虎女人的裤带松得很,谁碰都开,她有什么资格寒碜他?可她就是寒碜他了。

吴响愤愤地骂句脏话。

进屋不久,黄老大和三结巴先后追上门。这俩人让吴响头疼,怎么躲也躲不开,似乎一直在门外嗅着。炕上、桌上积满灰尘,吴响抓着一块破布狠狠地拍,屋内顿时弥漫起呛人的尘雾。黄老大和三结巴躲着吴响的布子,却不肯退出去。

吴响冷着脸,你俩有事?

黄老大和三结巴用眼神商量谁先开口，后又加了动作。吴响示意黄老大先讲。黄老大扭捏着，满脸皱纹绞出一个旋状的疙瘩，方说，吴响，黄宝没得过八万块钱呀。吴响已经对这句话过敏了，不耐烦地挥挥手，我向龙王爷发誓，我相信你，你得不得实在和我没关系。黄老大问，那你找黄宝干吗？吴响反问，谁说我找他了？黄老大一副看透吴响的样子，你能瞒谁啊？吴响不想理他，让三结巴讲。三结巴看着黄老大，想等黄老大离开。黄老大却把脸扭到一边。三结巴冲黄老大做了个厌恶的表情，然后赔着笑，吴……吴……吴响问，带来了吗？三结巴赶忙掏出账本。吴响拿了，瞅都没瞅，一下撕成两半。三结巴急得眼珠要冒血了，你……你……猛地扯住吴响。吴响说我和你说不清，找村长打这个官司。走出一段，见黄老大没跟上来，低声对三结巴说，你用透明胶先粘了，弄乱我就不认账了，放心，我跑不了。三结巴想了想，认为保存好账本还是重要，不情愿地撇下吴响。

这成啥了？竟混得没法在村里待了。吴响没找村长，径直去了徐娥子家。

吴响进屋就觉出气氛异样，但没往心里去，也没听懂徐娥子的暗示。两口子都在，男人编筐，徐娥子躺着。徐娥子男人看见吴响，眼神里闪过一丝兴奋、一丝紧张。吴响早已习惯了无视他的存在，只是笑了笑。徐娥子男人借口去菜地，徐娥子张张嘴，似乎阻止男人离开，可男人已经出去了。

吴响关切地问，你没事吧？徐娥子摇摇头，刚才躺在那儿，她慵懒又略带感伤，此时则显得忧心忡忡，还有几分焦灼不安。

吴响再次问，吵架了？

徐娥子说没有。

吴响问，生我的气了？

徐娥子幽怨地盯住吴响，这些日子，你干啥了？吴响说，没干啥，去县城办了点儿事。

徐娥子问，你是不是想和黄宝分钱？

吴响几乎闪断舌头，你说啥？谁这么编排我？

徐娥子说，都这么说，还有假？你往县里跑，是找黄宝吧？我上次一说黄宝得了钱你是不是就动了心思？吴响，听别人这么说，我的心就像掉进茅厕，难过得要死，你咋就这样了？

一股冷飕飕的寒气逼进心口，难怪王虎女人用那副腔调和他说话，说他从棺材缝儿扒钱，原来她们都认为他想和黄宝分一股。吴响问，你也信？

徐娥子问，那你找黄宝干啥？

吴响把他怎么怀疑尹小梅的死，怎么找黄宝的事说了。

徐娥子凄然道，我信你，别人谁信？再说，过去的事你翻搅它干啥？不管她是咋死的，黄宝不追究，你跳腾个啥？搞清了又咋样？你想治谁的罪？就算治了谁的罪，你能把尹小梅救活？你一定是哪股筋抽住了，吴响，可别自个儿往烟囱里撞啊。

吴响说，和你说不清楚。

徐娥子恨铁不成钢地，你中邪了，你以为你是谁？你走吧，以后甭来了。

吴响板了板脸，忽又笑了，这就要分手啊？我可天天想你，都快想疯了。顺手一拉，把徐娥子拽进怀里。

徐娥子挣扎着，不行，今天真的不行。

徐娥子的不合作反激起吴响的欲望，当然，夹杂了些愤怒。吴响没强迫过别的女人，更没强迫过徐娥子，可今天他管不住自己，他彻底地疯了。

徐娥子急得脸都绿了，快走！……我男人……

吴响已经把徐娥子扑倒，徐娥子气恼而委屈地呀了一声，泪水倾泻而出。她咬住牙，任泪水狂奔。吴响顿住，没想到徐娥子会这样。在这短暂的静默中，门咣地开了。

冲进来好几个人，徐娥子男人、焦所长、小个子警察，还有两个陌生人。

吴响的脑袋顿时大了，死死盯住徐娥子。徐娥子羞愧而慌乱，让你……说出两个字便咬住嘴唇，痛怨的目光碰碰吴响，迅速躲开。直到吴响被带走，徐娥子方扭过头。她的眼神彻底乱了，如开得正浓的杏花遭了冰雹，纷纷飘落。她似乎要跳起来，男人死死拖住她。

吴响没想到他会再次被推进那个空得让人发慌的屋子。他钻进了别人的套子，就像当初尹小梅钻进他的套子一样。

焦所长沉着焦炭一样的脸斥责，狗改不了吃屎，这回捂到炕上了，你还有什么话说？我这个所长好像专为你当的，整天就处理你的事了。吴响垂着头，却没有愧色，鸭嘴说在县城和相好搞也不行，在家里也不行，吴响庆幸自己的活动仅限于乡村，没想到乡村也不行了。哪条法律规定男人不准找相好了？

焦所长说，你是死猪不怕开水烫了，还想搞对抗？

吴响觉出焦所长话里的火药味浓了，老老实实地说，没有。

焦所长说，营盘的治安一直搞不上去，就是你这种人搅的。

吴响稍一沉吟，神色变过来，焦所长，我和徐娥子是十几年的相好了，这是周瑜打黄盖，两厢情愿，你要是管，在全乡不得抓几百号？

焦所长厉声道，少跟我耍滑，徐娥子丈夫不告你，哪怕你好一百年呢，现在他告，派出所就得管。

吴响的目光疲软下去，淋湿了似的。徐娥子丈夫早已默认了他和徐娥子，为什么现在突然告发？显然是被人鼓捣的。不管什么原因，只要他告，就没那么简单了。

焦所长冷笑，咋不硬了？还相好呢，徐娥子说你一直纠缠她，不跟你好，你就威胁她。

这不可能！吴响大叫。徐娥子虽然在这个圈套里扮演了角色，但吴响相信她不会乱咬，决不会！

焦所长问，你是不是想对质？

吴响一顿，他对这两个字心有余悸。就算和徐娥子四目相对，又能有几成胜算？

焦所长说事情已经犯了，抵赖狡辩全没用。如果把吴响送交刑警队，判他个强奸罪也不是没可能。所里也不想让事情搞大，尽量做徐娥子男人工作，吴响给他点赔偿，让他放弃上告。两条路任吴响选。

吴响长叹一声。他还有别的选择吗？

第二天，村长把吴响领出来。村长把吴响的护林费结清，全部交给派出所。吴响身无分文，账上也无分文，彻底成了光棍。账倒也有，那是他欠别人的。村长知吴响饿着肚子，随吴响走进饭馆。村长说，你一直催我要钱，亏得没给你，不然去哪搞这笔救命钱？吴响说，啥人啥命。村长咦了一声，你怎么一点儿不伤心？吴响说，伤心顶个鸟用？要伤心，我能死一百回。村长感慨，你这号人也少见。说愣不愣，说傻不傻，就是脑袋太拧，还不老实，全栽在女人身上了。女人呀，那可是一股水，流到一个地方就变一个形状，没把握可千万别上。吴响笑笑，与女人无关。我不就是想搞清尹小梅怎么死的吗？我问问有错了？一问就惹祸事，你说怪不怪？村长显出一丝紧张，可别乱说啊。吴响道，我怎么乱说了，她死得稀里糊涂……你别走，我不说了。村长又把屁股稳在凳子上，沉默了几分钟，小声说，你知道了又怎样？别人说你想从中分一股。吴响恶声道，谁他妈乱嚼，我撕他的嘴。村长踢踢吴响，低点儿，我搞不明白，你到底为啥？吴响想了想，我也不知道，真是说不清。村长说，你天生是个不安分的主，噢，林子你也甭护了。吴响急道，不护林，我吃啥？村长说，我连你的影儿都逮不住，有你没你还不一个样？吴响说，没饭吃，我就赖在你家。村长骂，狗日的，一条喂不饱的狼。吴响大声说，再切一盘猪耳朵，反正你也心疼了。

从饭馆出来，吴响说，我不回去了。

村长硬扎扎地看着他，想让我雇轿子？

吴响说，我找黄宝去。他还能回村吗？三结巴不把他嗡嗡死才怪。吴响原打算去找徐娥子，狠狠质问她一番，又觉得没意思。现在，他最想找的是黄宝，黄宝怕，他偏要找。反正他已落魄成这样，更没啥顾忌了。

村长抓抓帽子，又扣上了。你这根筋算是绷住了，算我白费唾沫，腿是你自己的，爱往哪儿呱哒往哪儿呱哒，往坑里掉吧你。

吴响说，还得借我十块钱。

村长没有好脸色，穷得就剩一张嘴了，还借，我再当两年村长，这条命也得让你借了去。掏出十块钱，狠狠拍给吴响。那顶帽子终是被他揪下来，那时，他已离开吴响很远了。

吴响踩着太阳的余光走进黄宝果品店。他的脸一半红，一半灰。红的那面是衬了霞光，灰的那面是挂了太多的尘土。

吴响没赶上客车，只好截了一辆收猪的三轮。收猪的汉子死活不拉，他说我开车是二把刀，摔了猪我不怕，摔了你我担待不起。你这么高，猪这么矮，也装不到一块儿，警察瞅见以为我贩人呢。吴响抓着汉子胳膊一定要坐，并把那十块钱塞到他兜里。汉子说我没见过你这么不要脸的人，上车吧。车上已有一头猪，吴响又随他收了一头。汉子怕猪跑掉，用脏兮兮的网连同吴响一块罩住。吴响说我护着不行吗？汉子说到时护住你自个儿就不错了。三轮车在乡间的路上颠簸，卷起一条飞扬的土龙。吴响蹲在那儿，死死抓着车沿，躲着猪的碰撞，躲着车帮的摔磕，等下车时，汗水和尘土把他裹成了一个泥人儿。

黄宝惊愕的目光在吴响身上扑了几扑，问，怎么弄成这样？

吴响说，给我来一缸子冷水，渴死了。喝下三大杯，吴响的气才匀了点儿，再次用袖子抹了抹脸，涂出一幅劣质地图。

黄宝疑惑着，被抢了？

吴响扑哧一笑，谁抢我？一定瞎眼了。

黄宝问，你怎么来的？

吴响说乘专车，你信不信？

黄宝别扭地笑笑。

吴响大咧咧地坐下，抓起一张旧报纸来回扇着。咱店的生意咋样？吴响的样子狼狈，说话却镇定自若，暗藏机锋。

黄宝说，你来得正好。

轮到吴响发愣了。

黄宝不理吴响，转身打开抽屉，拿出一个纸包。纸包得不严实，从敞开的缝角能清楚地窥见包里的东西，那是钱，摞在一起的钱。黄宝说，我没和你说实话，乡里确实给了我一笔钱，我拿来开这个破店了，就剩了这点儿，这是五千，你先拿着。你也不容易，可我帮不上更多的忙。

吴响的脸慢慢黑了，黑得能滴出墨来。难怪都说吴响想和黄宝分一股，连黄宝也这么认为。他抓起纸包，手微微抖着。

黄宝说，是上午取的，没假。

吴响突地把纸包摔在黄宝头上。纸包松开，钱撒了一地。

黄宝猝不及防，连连后退，你嫌少？

吴响说去你妈的，扑上去擂了黄宝一拳。黄宝也怒了，叫骂着砸了吴响一杯。两人互相扯拽着，在地上翻滚。沿墙的纸箱翻了，瓜子、杏核、杏、桃早就不想在那个地方待了，趁机跑出来，滚得满地都是，几个不安分的桃还跑到了门外。

旁边的人打了110，警察赶来，吴响和黄宝已停了手，喘着粗气对视着。衣服撕破了，脸上挂了彩。

警察要带走吴响，黄宝拦住了，说和吴响是一个村的，两人发生了点儿误会，没啥事，实在是没啥事。警察瞄一眼垂着头的吴响，说都快赶上伊拉克了，还没事？出了人命就晚了，有纠纷必须通过法律手段解决。黄宝赔着笑，小心翼翼地把警察送走。

两人沉默了一会儿，然后收拾满地的狼藉。瓜子、杏核已经混得难分难舍了，只好草草地装在一块儿。钱被重新包好，黄宝又把它锁进抽屉。

吴响没做任何解释，想看看黄宝还能搞什么花样。黄宝倒是老实，领吴响洗了澡，又走进一个小酒馆。喝了酒，黄宝的眼球不再僵滞，摸着腮帮子说，你真狠啊，牙都活了。吴响扬扬手，亏你牙活了，要不我手背上的肉还不少一块儿？你咋像个娘儿们？黄宝说，吴响，你太欺负人了。吴响说，是你先寒碜的我，你把我看成啥人了？我凭什么要你的钱？钱都肯给我，为啥不敢说句真话，我只要你一句！黄宝愁眉苦脸地说，我说什么你都不信，你要我怎么办？吴响说，你骗不了我。黄宝说，她的死和你有啥关系？你到底想干什么？声音里又露出几分绝望。吴响的神色茫然而决绝，干什么？我也说不清楚，我非知道不可。谁也吓不倒我，谁也拦不住我。我已经进了两次派出所，不问尹小梅的事，我也不会进那个鬼地方。不就是让我尝点儿苦头，再罚几个钱么？我不怕。你可以再告诉毛文明，让他再想法子整我。除非把我投进牢，就算坐了牢，只要放出来，我还是要问。黄宝发誓，从没和毛文明说过。可他的目光虚软、无力，如一蓬永远晒不到阳光的草。吴响说，混了这么多年，把自己混成一个闲人。黄宝，你别嫌弃我，我要死心塌地在你店里上班了，工钱我不要，供我个吃住就行。黄宝说随你便，下意识地抚抚头。吴响说，放心，我没讹你的意思，你说出真相，我马上离开。黄宝轻声道，真相！真相在哪儿？吴响忍不住骂，在狗肚里。

睡觉成了问题，店里只有一张单人床。黄宝为难地说，大热天的，没法挤啊。打了一架，黄宝谦恭了许多，还有点儿无所谓。当然，这是表面上的，一个不经意的眼神，便滑出恼怒和焦灼。掏黄宝的话，只有让他的忍耐达到极限，彻底崩溃。吴响也怕耗，他强迫自己拿出全部耐性。已经？到河中心了，必须咬牙走过去。吴响笑笑，咱俩轮着睡，一个前半夜，一个后半夜。黄宝一头躺倒，我困了。可他睡不着，翻来覆去地滚，滚到半夜，眼皮刚碰住，吴响拍拍他，该我了。黄宝气呼呼地说，你讲不讲理，这是我的床。吴响说，咱们商量好的，你可不能要赖。黄宝嘟嘟囔囔地起来，拽出鱼泡一样的哈欠。哈欠还没落完，吴响已扯出鼾了。黄宝气不过，故意搞出很大的声音，吴响依然死死的。

白天，吴响拿个凳子靠在门口，打量着过往行人。他很容易就能分辨出哪些是城里的，哪些是刚从乡下来的。城里人也长不出三只眼，女人穿的露点儿，男人肚子挺点儿罢了。困了闭会儿眼，听到声音，冲屋里喊一声，有人。黄宝便出来了。到了吃饭时间，黄宝就领他去小馆子。吴响体恤地说，自个儿做吧，这么吃馆子太浪费。黄宝骂，吃他个狗日的。夜里还是轮着睡。熬了几天，黄宝毛了，夜里清醒得像水洗过，一到白天就犯困。他给吴响租了间房，让吴响搬到那儿住。

那屋子也就小半间，一张床，一卷行李。待住下，吴响的心忽然就沉了。黄宝竟然给他租房，这是要拉开架式打持久战了。黄宝宁可破费也不肯讲那句话。究竟有什么复杂的原因，让黄宝惧怕到这个程度？他畏惧毛文明，还是畏惧别的？吴响难以想象。吴响嘴上硬，心里也很急。耗到什么时候是个头？

一个阴沉沉的日子，一位妇女领着一个小女孩买了二斤杏。吴响盯着妇女的背影，一下感伤起来。活了半辈子，什么事都没干成。没娶过女人，没弄个像样的家，干的事都是别人让他干的，自己想干的没有。现在，他想按自己的意思干一件，一件简单的事，竟是这样困难。

徐娥子就在吴响阴郁的思绪中撞进他的视线。

吴响的目光抖了抖，想，怎么像徐娥子呢？她笑着过来，真是徐娥子。吴响一阵惊喜，但他控制住自己，淡淡地说，你怎么来了？

徐娥子说，我来找你。

吴响飘出一丝冷笑，又摆什么宴席了？

徐娥子脸色暗下去，可嘴巴依然那么快，吴响，就是有天大的仇，你也不能在大街上砍我的头吧。

吴响把徐娥子领到租住的小屋。他不能把她晾在街上，毕竟两人好了近二十年。徐娥子打量着——其实一眼就看遍了，你就住这儿？吴响说，有地儿住就不错了，总比坐牢强。徐娥子歉疚地说，我对不住你，当时……唉，说啥也没用了，我今儿来，任你打任你骂。吴响说，我哪敢呀。徐娥子猛地抱住吴响，你受了委屈，我也难过呀。吴响推推她，这可是县城，警察随时都会闯进来。徐娥子的声音铮铮硬了，吴响，我知道你不是小肚量男人，要不也不敢来找你。我后悔了，后悔透了，我由你罚，你还想怎样？你不理我？算我贱！吴响一下抱紧她。说得没错，他不是小肚量男人，不记仇。说到底，他还恋着她。

徐娥子住了一夜，第二天走的时候，掏出两千块钱，她说这是你的，还给你。吴响让她拿回去，到三结巴酒馆结一下账。三结巴两口子每天不知吵几架呢，吴响可不想让他俩反复嚼他。徐娥子问吴响什么时候回去，其实夜里已经问好几遍了。吴响明白她的意思，再次说，等弄清楚就回去。徐娥子说，我还赶不上一个死人？吴响说，这是两码事。徐娥子叹口气，提醒他多长个心眼儿，别再撞进套子。

徐娥子的话让吴响想到了毛文明。这么长时间过去了，为什么没人找他的碴？揪他的辫子？是黄宝没再通报，还是毛文明已经不再把他当回事？这个谜底——如果算谜底的话，几天后解开了。

那天，吴响经过医院门口，意外地碰上了毛文明。毛文明正住院呢。见吴响疑惑，毛文明解释，没啥大病，肝出了点儿问题，喝酒喝的。毛文明嘴唇上的酒苔果然变厚了，像长了一圈小蘑菇。毛文明问，听说你还在调查那件事？吴响点点头。毛文明摇头，你的脑子真有问题了。吴响说，我还没到住院的份儿上。

到了晚上，吴响忽然想去医院看看，顺便探探毛文明的口风。他从来没问过毛文明，为什么不问问他？

毛文明正看电视，看见吴响也不意外，点点头，让他坐。过了一会儿，毛

命案高悬

2469

文明关了电视，问，找我有事？吴响稍一迟疑，干脆不绕弯子了，我还想问问。毛文明笑笑，我猜你就会来，好歹你在我手下干过，我不计较你，你不用再折腾了，我全告诉你。尹小梅确实是发病死的，送往医院途中就不行了。这不是秘密，也没想瞒谁，人死就按死的处理，依你还能怎样？吴响说，我不信，她是病死的，为什么焦所长也在现场？毛文明火了，你什么意思，怀疑是我整死的？你去调查吧，没人拦你，看你能调查出什么？白的就是白的，黑的就是黑的，你一个农民能把黑白颠倒了？我不过可怜你，你倒上脸了！

吴响悻悻离开。他调查与否，毛文明似乎已不太看重。果如毛文明说的，是他胡乱猜疑？还是毛文明已经看出，吴响再折腾也溅不起水泡？吴响琢磨着毛文明的话，突然想出个主意，何不诈诈黄宝？在这次事故中，真正的主角是吴响和黄宝。只有他俩因尹小梅的死而留下了阴影，只不过黄宝掩盖住了。黄宝绝不可能像毛文明那么坦然，吴响再用把劲儿，黄宝没准就吐出来了。

黄宝已经睡了，他嘟嘟囔囔地打开门，又歪在床上。吴响大声说，我知道尹小梅怎么死的了！黄宝打个激灵，猛地坐起，紧张地盯着吴响。吴响迎视着他，我见到毛文明了，我刚从他那儿来，他住了院，把什么都告诉我了。黄宝的脖子抻长了，眼球渐渐变硬，哆嗦着问，她怎么……吴响激愤地说，你凭什么问我？事情早就过去了，毛文明都说了，你这个胆小鬼，还想烂在肚里，亏你和尹小梅做了这么多年夫妻，还给她编排出一个心脏病。黄宝红着眼催促，你倒是说呀。吴响冷笑，想考我？我偏不说。黄宝的头如晒蔫的柿子耷拉下去，我真不知道她是怎么死的，我没见上她的面，医生说啥我就信啥，我心里也犯嘀咕，可不敢问，我害怕问。我以为处理完，事儿就过去了，等你找来，我才知道不是这样的。从你来那天我就做噩梦，我不是怕你，我是怕……如琴弦突然崩断，余音不绝。

吴响目瞪口呆。没想到是这样。黄宝不是不告诉他，而是不清楚。他的躲闪和惊慌是因为再无法糊涂下去。吴响很恼火，因此没告诉黄宝刚才的话是编的，让黄宝折磨自己吧。

吴响走时，黄宝依然反复念叨，我怕呀，我是怕呀……

第二天，吴响起晚了些。尹小梅的死，怕是再也搞不清了。他心情灰暗，就像暴雨将至的天空。吴响不想再折磨黄宝了，得告诉黄宝，夜里是诓他。黄宝愿意糊涂就糊涂吧。只是，吴响总有些不甘心。

果品店门敞着，黄宝不见踪影，几只苍蝇倒是忙活得飞出飞进。吴响等了半天，还是不见黄宝。胡乱猜疑一番，直到半上午才听说，黎明时分，一个男人在大桥上撒了一大把钱，然后跨过栏杆跳下去了。吴响的心迅速沉下去，冲到大桥上。正是雨季，浑浊的河水如野马脱缰，滚滚而去。但愿那个人不是黄宝。尹小梅的死，已把吴响压得喘不过气，如果黄宝再出事，吴响会被碾成碎末。

吴响沿着河边疾走，目光是焦急的，而心是忧伤的。他只想问个清楚，没别的意思；难道，他真的错了？

原载《当代》2006 年第 4 期

第十二届《小说月报》优秀中篇小说"百花奖"

一个人张灯结彩

———

田　耳

老黄每半月理一次头，每星期刮两次脸。那张脸很皱，像酸橘皮，自己刮起来相当麻烦。找理发师帮着刮，往靠椅上一躺，等着刀锋柔和地贴着脸上一道道沟壑游走，很是受用。合上眼，听胡楂自根部断裂的声音，能轻易记起从前在农村割稻的情景。睁开眼，仍看见哑巴小于俊俏的脸。哑巴见老客睁开了眼，她眉头一皱，嘴里咿咿呀呀，仿佛询问是不是被弄疼了。老黄哂然一笑，用眼神鼓励哑巴继续割下去。这两年，他无数次地想，老天爷应是个有些下作的男人——这女人，这么巧的手，这么漂亮的脸，却偏偏叫她是个哑巴。

又有一个顾客跨进门了，拣张条椅坐着。哑巴嘴里冒出咝咝的声音，像是空气中蹿动的电波。老黄做了个杀人的手势，那是说，利索点，别耽搁你生意。哑巴摇摇头，那是说，没关系。她朝后脚跨进店门的人努了努嘴，显露出亲密的样子。

老黄两年前从外地调进钢城右安区公安分局。他习惯性地要找妥一家理发店，以便继续享受刮胡须的乐趣。老黄到了知天命的年纪，除了工作，就喜欢有个巧手的人帮他刮胡须。他找了很多家，慢慢选定笔架山公园后坡上这个哑巴。这地方太偏，老黄头次来，老远看见简陋的木标牌上贴着"哑巴小于理发店"几个字，心生一片恓惶。他想，在这地方开店，能有几个人来？没想到店主小于技艺不错，回头客多。小于招徕顾客的一道特色就是慢工细活，人再多也不敷衍，一心一意修理每一颗脑袋，刮净每一张脸，像一个雕匠在石章上雕字，每一刀都有章有法。后面来的客人，她不刻意挽留，等不及的人，去留自便。

小于在老黄脸上扑了些爽身粉，再用毛巾掸净发楂，捏着老黄的脸端详几眼，才算完工。刚才进来的那年轻男人想接下家，小于又努努嘴，示意他让另一个老头先来。

老黄踱着步走下山去，听见一阵风的蹿响，忍不住扭转脑袋。天已经黑了。天色和粉尘交织着黑下去，似不经意，却又十分遒劲。山上有些房子亮起了灯。因为挨近钢厂，这一带的空气里粉尘较重，使夜色加深。在轻微的黑色当中，山上的灯光呈现猩红的颜色。

办公室里面，零乱的摆设和年轻警员的脚臭味相得益彰。年轻警员都喜欢打篮球，拿办公室当换衣间。以前分局球队输多赢少，今年有个小崔刚分进来，个头不高司职后卫，懂得怎么把一支球队盘活，使全队胜率增多。年轻人打篮球就更有瘾头了。老黄一进到办公室，就会不断抽烟，一不小心一包烟就烧完了。他觉得烟瘾是屋子里的鞋臭味熏大的。

那一天，突然接警。分局好几辆车一齐出动，去钢都四中抓人。本来这应是年轻警员出警，都去打球了，于是老黄也得出马。四中位于毗邻市区一个乡镇，由于警力不够，仍划归右安区管理。那是焦化厂所在地，污染很重，人的性子也烈，发案相对频多。报案的是四中几个年轻老师，案情是一个初三的学生荷尔蒙分泌太多，老去摸女学生。老师最初对其进行批评教育，要其写检讨，记过，甚至留校察看。该学生性方面早熟，脑袋却如同狗一样只记屎不记事，胆子越摸越大。这天中午，竟爬进单身女教师宿舍，摸了一个在床上打瞌睡的女老师。女老师教音乐的，长相好，并且还没结婚。这一摸就动了众怒，男老师直接报了警。

人算是手到擒来。一路上，那小孩畏畏葸葸，看似一个好捏的软蛋蛋。带到局里以后，他态度忽然变得强硬，说自己什么也没干，是别人冤枉他。他嚷嚷说，证据呢？有什么证据？小孩显然是港产片泡大的，但还别说，港产片宣扬完了色情和暴力，又开启了一些法律意识，像一个神经错乱的保姆，一勺砂糖一勺屎地喂养着这些孩子。小孩却不知道，警察最烦的就是用电影里趸来的破词进行搪塞。有个警察按捺不住，拢过去想给小孩一点颜色。老黄拽住他说，小坤，你还有力气动手啊，先去吃吃饭。

老黄这一拨人去食堂的时候，打球的那一帮年轻警员正好回来。他们已经吃过饭了，他们去了钢厂和钢厂二队打球，打完以后对方请客，席间还推杯换盏喝了不少。当天，老黄在食堂把饭吃了一半，就听见开车进院的声音，是那帮打球的警员回来了。老黄的神经立时绷紧，又说不出个缘由。吃完了回到办公室，他才知道刚才担心的是什么。

但还是晚了些。那帮喝了一肚子酒的警察，回来后看见关着的这孩子身架子大，皮实，长得像个优质沙袋，于是手就痒了。那小孩不停地喊，他是被冤枉的。那帮警察笑了，说看你这样就他妈不是个好东西，谁冤枉你了？这时，小孩脑子里噌地冒出一个词，不想清白就甩出来，说，你们这是知法犯法。那帮警察依然是笑，说小孩你懂得蛮多嘛。小孩以为这话奏效了，像是黑暗中摸着了电门，让自己看见了光，于是逮着这词一顿乱嚷。

刘副局正好走进来，训斥说，怎么嘻嘻哈哈的，真不像话。那帮警察就不作声了。小孩误以为自己的话进一步发生了效用，别人安静的时候，他就嚷得愈发欢实。刘副局掀着牙齿说，老子搞了几十年工作，没见过这么嚣张的小毛孩，这股邪气不给他摁住了，以后肯定是安全隐患。说着，他给两个实习警察递去眼神。那两人心领神会，走上前去就抽小孩耳光。一个抽得轻点，但另一个想毕业后分进右安区分局，就卖力得多，正反手甩出去，一溜连环掌。小孩的脑袋本来就很大很圆。那实习警察胳膊都抡酸了，眼也发花。小孩脑袋越看就越像一只篮球，拍在上面，弹性十足。那实习警察打得过瘾，旁边的一帮警察看着看着手就更痒了，开始挽袖子。小崔也觉得热血上涌，两眼潮红。

这时老黄跨进来了，正好看见那实习警察打累了，另几个警察准备替他。老黄扯起嗓门说，小崔小许王金贵，还有小舒，你们几个出来一下，我有事。几个正编的警察碍于老黄的资历，无奈地跟在后面，出了办公室向上爬楼梯。老黄也不作声，一直爬到顶层平台。后面几个人稀稀拉拉跟上来。老黄仍不说话，掏出烟一个人发一支，再逐个点上。几个年轻警察抽着烟，在风里晾上一阵，头脑冷静了许多，不用说，也明白老黄是什么意思。

星期六，老黄一觉醒来，照照镜子见胡楂不算长，但无事可做，于是又往笔架山上爬去。到了小于的店子，才发现没开门。等了一阵，小于仍不见来。老黄去到不远处的南杂店买一包烟，问老板，理发那个哑巴小于几时才会开门。南杂店的老板嘿嘿一笑，说小哑巴蛮有个性，个体户上行政班，一周上五天，星期六星期天她按时休息，雷打不动。老黄眉头一皱，说这两天生意比平时还好啊，真是没脑筋。南杂店老板说，人家不在乎理发得来的几个小钱，她想挣大钱，去打那个了。老板说话时把两手摊开，向上托举，做出像喷泉涌动的姿势。老黄一看就明白了，那是指啤酒机。啤酒机是屡禁不绝的一种赌法，在别的地方叫开心天地——拿三十二个写号的乒乓球放在摇号机里，让那些没学过数学概率的人蒙数字。查抄了几回，抄完不久，那玩意儿又卷土重来，像脚气一样断不了根。

小崔打来电话，请老黄去北京烤鸭店吃烤鸭。去到地方，看见店牌上面的字掉了偏旁，烤鸭店变成"烤鸟店"，老板懒得改过来。小崔请老黄喝啤酒，感谢他那天拽自己一把，没有动手去打那小孩。小孩第二天说昏话，发烧。送去医院治，退烧了，但仍然满口昏话。实习的小子手脚太重，可能把小孩的脑袋打坏了。但刘副局坚持说，小孩本来就傻不拉唧，只会配种不会想事。他让小孩家长交罚款，再把人接回去。

烤鸟店里的烤鸭味道不错，老黄和小崔胃口来了，又要些生藕片蘸卤汁吃。吃差不多了，小崔说，明天我和朋友去看织锦洞，你要不要一块去？我包了车的。那个洞，小崔是从一本旅游杂志上看到的。老黄受小崔感染，翻翻杂志，上面几帧关于织锦洞的照片确实养眼。老黄说，那好啊，搭帮你有车，我也算一个。

第二天快中午了，小崔和那台车才缓缓到来，接老黄上路。进到车里，小崔介绍说，司机叫于心亮，以前是他街坊，现在在轧钢厂干扳道轨的活。小崔又说，小时候一条街的孩子都听于哥摆布，跟在他屁股后头和别处的孩子打架，无往不胜。于心亮扭过脑袋冲老黄笑了笑。老黄看见他一脸憨样，前额发毛已经脱落。之后，小崔又解释今天怎么动身这么晚——昨天到车行租来这辆长安五铃，新车，于心亮有证，但平时不怎么开车。他把车停在自家门口时，忘了那里有一堆碎砖，一下子撞上了，一只车灯撞坏，还把灯框子撞凹进去一大块。于心亮赶早把车开进钢厂车间，请几个师傅敲打一番，把凹陷那一块重新敲打得丰满起来。

老黄不由得为这两个年轻人担心起来，他说，退车怎么办？于心亮说，没得事，去到修车的地方用电脑补漆，喷厚一点压住这条缝，鬼都看不出来。但老黄通过后视镜看见小崔脸上的尴尬。车是小崔租来的。于心亮不急着开车出城，而是去了钢厂一个家属区，又叫了好几个朋友挤上车。他跟小崔说，小崔，都是一帮穷朋友，难得有这样的机会，搭帮有车子，捎他们一起去。小崔嘴里说没关系，脸色却不怎么好看。到织锦洞有多远的路，小崔并不清楚。于心亮打电话问了一个人，那人含糊地说三小时路程。但这一路，于心亮车速放得快，整整用了五个半小时才到地方。天差不多黑了。一问门票，一个人两百块。这大大超过了小崔的估计。再说，同行还有六个人。于心亮说，没事没事，你俩进去看看，我们在外面等。小崔老黄交流一下眼神，都很为难。把这一拨人全请了，要一千多块。但让别人在洞口等三个小时，显然不像话。两人合计一下，决定不看了，抓紧时间赶回钢城。路还很远。

几个人轮番把方向盘，十二点半的时候总算赶回钢城。于心亮心里歉疚，执意要请吃羊肉粉。闷在车里，是和走路一样累人的事，而且五个半小时的车程，确实也掏空了肚里的存货。众人随着于心亮，来到了笔架山的山脚。羊肉粉店已经关门了，于心亮一顿拳脚拍开门，执意要粉店老板重新生炉，下八碗米粉。

老黄吃东西嘴快，七几年修铁路时养成的习惯。他三两口连汤带水吃完了，去到店外吸烟。笔架山一带的夜晚很黑，天上的星光也死眉烂眼，奄奄一息。忽然，他看见山顶上有一点灯光还亮着。夜晚辨不清方位，他估计了一下，哑巴小于的店应该位于那地方。然后他笑了，心想，怎么会是哑巴小于呢？今天是星期天，小于要休息。

钢渣看得出来，老黄是胶鞋帮的，虽然老了，也只是绿胶鞋。钢城的无业闲杂们，给公安局另取了一个绰号叫胶鞋帮，并且把警官叫黄胶鞋，一般警员叫绿胶鞋。可能这绰号是从老几代的闲杂嘴里传下来的。现在的警察都不穿胶鞋了，穿皮鞋。但有一段历史时期，胶鞋也不是谁都穿得起，公安局发劳保，每个人都有胶鞋，下了雨也能到处乱踩不怕打湿，很是威风。钢渣是从老黄的脑袋上看出端倪的。虽然老黄的头发剪得很短，但他经常戴盘帽，头发有特别的形状。戴盘帽的不一定都是胶鞋，钢渣最终根据老黄的眼神下了判断。老黄的眼神乍看有些慵懒，眼光虚泛，但暗棕色的眼仁偶尔闪过一道薄光，睨着人时，跟剃刀片贴在脸上差不多。钢渣那次跨进小于的理发店撞见了老黄。老黄要走时不经意瞥了钢渣一眼，就像超市的扫描器在辨认条形码，迅速读取钢渣的信息。那一瞥，让钢渣咀嚼好久，从而认定老黄是胶鞋。

在哑巴小于的理发店对街，有一幢老式砖房，瓦檐上挂下来的水漏上标着一九五七年的字样。墙皮黢黑一片。钢渣和皮绊租住在二楼一套房里。他坐在窗前，目光探得进哑巴小于的店子。钢渣脸上是一派想事的模样。但皮绊说，钢脑壳，你的嘴脸是拿去拱土的，别想事。

去年他和皮绊租下这屋。这一阵他本不想碰女人，但坐在窗前往对街看去，哑巴小于老在眼前晃悠。他慢慢瞧出一些韵致。再后来，钢渣心底的寂寞像喝多了劣质白酒一样直打脑门。他头一次过去理发，先理分头再理平头最后刮成秃瓢，还刮了胡子，给小于四份钱。小于是很聪明的女人，看着眼前的秃瓢，晓得他心里打着什么样的鬼主意。

多来往几次，有一天，两人就关上门，把想搞的事搞定了。果然不出所料，小于是欲求很旺的女人，床上翻腾的样子仿佛刚捞出水面尚在网兜里挣扎的鱼。做爱的间隙，钢渣要和小于"说说话"，其实是指手画脚。小于不懂手语，没学过，她信马由缰地比画着，碰到没表达过的意思，就即兴发挥。钢渣竟然能弄懂。他不喜欢说话，但喜欢和小于打手势说话。有时，即兴发挥表达出了相对复杂的意思，钢渣感觉自己是有想象力和创造力的。

皮绊咣的一声把门踢开。小于听不见，她是聋哑人。皮绊背着个编织袋，一眼看见棉絮纷飞的破沙发上那两个光丢丢的人。钢渣把小于推了推，小于才发现有人进来，赶紧拾起衣服遮住两只并不大的乳房。钢渣很无奈地说，皮脑壳，你应该晓得敲门。皮绊嘻哈着说，钢脑壳，你弄得那么斯文，声音比公老鼠搞母老鼠还细，我怎么听得见？重来重来。皮绊把编织袋随手一扔，退出去把门关上，然后笃笃笃敲了起来。钢渣在里面说，你抽支烟，我的妹子要把衣服穿一穿。小于穿好了衣服还赖着不走，顺手抓起一本电子类的破杂志翻起来。钢渣用自创手语跟她说，你还看什么书咯，认字吗？小于嘴巴喝了起来，拿起笔在桌子上从一写到十，又工整地写出"于心慧"三字。钢渣笑了，估计她只认得这十三个字。他把她拽起来，指指对街，再拍拍她娇小玲珑的髋部，示意她回理发店去。

皮绊打开编织袋，里面有铜线两捆，球磨机钢球五个，大号制工扳手一把。钢渣睐了一眼，嘴角咧开了挤出苦笑，说，皮脑壳你这是在当苦力。皮绊说，好不容易偷来的，现在钢厂在抓治安，东西不好偷到手。钢渣说，不要随便用偷这个字。当苦力就是当苦力嘛，这也算偷？你看你看，人家的破扳手都捡来了。既然这样了，你干脆去捡捡垃圾，辛苦一点也有收入。皮绊的脸刷地就变了。他说，钢脑壳，我晓得你有天大本事，一生下来就是抢银行的料。但你现在没有抢银行，还在用我的钱。我偷也好，捡也好，反正不会一天坐在屋里发呆——竟然连哑巴女人也要搞。钢渣说，我用你的钱，到时候会还给你。那东西快造好了。皮绊说，你造个土炸弹比人家造原子弹还难。不要一天泡在屋里像是搞科研的样子，你连基本的电路图都看不懂吧？钢渣说，我看得懂。那东西能炸，我只是要把它搞得更好用一些。这是炸弹，不是麻将，这一圈摸得不好还可以摸下一圈。皮绊就懒得和钢渣理会了，进屋去煮饭，嘴里嘟嘟囔囔地说，饭也要我来煮，是不是解手以后屁股也要我来擦？

天黑的时候两人开始吃饭。皮绊说，我饭煮得多，你把哑巴叫来一起吃。钢渣走到阳台上看看，小于的店门已经关了。皮绊弄了好几样菜。皮绊炒菜还算里手，比他偷东西的本事略强一点。他应该去当大厨。钢渣吃着饭菜，脑壳里考虑着诸如此类的事情。

钢脑壳，你能不能打个电话把哑巴叫来？晚上，借我也用用。皮绊喝了两碗米酒，头大了，开始胡乱地想女人。他又说，哑巴其实蛮漂亮。钢脑壳你眼光挺毒！

你这个猪，她是聋子，怎么接电话？钢渣顺口答一句，话音甫落，他就觉得不对劲。他严肃地说，这种鸟话也讲得出口？讲头回我当你是放屁，以后再讲这种话，老子脱你裤子打你。皮绊自讨没趣，还咂嘴说了一句，你还来真的了，真稀见。你不是想要和哑巴结婚吧？说完，他就埋头吃饭喝汤。皮绊打不赢钢渣，两人试过的。皮绊打架也狠，以前从没输过，但那时他还没有撞见钢渣。在这堆街子上混的人里头，谁打架厉害，才是硬邦邦的道理。

另一个姜黄色的下午，钢渣和小于一不小心聊起了过去。那是在钢渣租住的二楼，临街面那间房。小于用手势告诉钢渣，自己结过婚，还有两个孩子。钢渣问小于离婚的原因，小于的手势就复杂了，钢渣没法看得懂。小于反过来问钢渣的经历。钢渣脸上涌起惺忪模样，想了一阵，才打起手势说，在你以前，我没有碰过女人。小于哪里肯信，她尖叫着，扑过去亮出一口白牙，作势要咬钢渣。即便是尖叫，那声音也很钝。天色说暗便暗淡下去，也没个过渡。两人做出的手势在黑屋子里渐渐看不清。小于要去开灯，钢渣却一手把她揽进怀里。他不喜欢开灯，特别是搂着女人的情况下。再黑一点，他的嘴唇可以探出去摸索她的嘴唇。接吻应当是暗中进行的事，这和啤酒得冰镇了以后才好喝是一个道理。

对面，在小于理发店前十米处有一盏路灯，发神经似的亮了。以往它也曾亮过，但大多数时候是熄灭的。钢渣见一个人慢慢从坡底踅上来。窗外的那人使钢渣不由自主靠近了窗前。他认出来是那个老胶鞋。老胶鞋走近理发店，见门死死地闩着。小于也看见了那人，知道是熟客。她想过去打开店门为那个人理发，刮胡子，但钢渣拽住她。不需捂她的嘴，反正叫不出声音。那人似乎心有不甘，他站在理发店前抽起了烟，并看向不远处那盏路灯。

……是路灯让这个人误以为小于还开着店门。钢渣做出这样的推断。

那人走后，小于把钢渣摁到板凳上。她拿来了剪子和电推，要给他理发。钢渣的头发只有一寸半长，可以不剪，但小于要拿他的头发当试验田，随心所欲乱剪一气。她在杂志或者别的地方看到一些怪异的发型，想试剪一下，却不能在顾客头上乱来。现在钢渣是她情人了，她觉得他应该满足自己这一愿望。钢渣不愿逆了她的意思，把脑壳亮出来，说你随便剪，只要不刮掉我的脑壳皮。

当天，小于给钢渣剪了一个新款"马桶盖"，很是得意。

那一天，老黄出来逛街，走到笔架山下，看见理发店那里有灯光。他走了上去，想把胡子再刮一刮。到地方才发现，是不远处一盏路灯亮了，小于的理发店关着门。他站一阵，听山上吹风的簌簌响声。这时，又是小崔打来电话，问他在哪里。他说笔架山，过不了多久小崔便和于心亮开一辆的士过来了，把老黄拉下山去喝茶。

钢城的的士大都是神龙富康，后面像皮卡加盖一样浑圆的一块，内舱的面积是大了些，但钢城的人觉得这车型不好看，有头无尾。于心亮的脸上有喜气。小崔说，于哥买断工龄了，现在出来开出租，跑晚上生意。于心亮也说，我就喜欢开车。在钢厂再扳几年道轨，我即使不穷疯，也会憋疯。于心亮当晚无心载客，拉着老黄小崔在工厂区转了几圈，又要去一家茶馆喝茶。老黄说，我不喝茶，喝了晚上睡不好觉——到我这年纪，失眠。你有心情的话，我们到你家里坐坐，买瓶酒，买点卤菜就行。他是想帮于心亮省钱。于心亮不难揣透老黄的心思，答应了。他家在笔架山后面那座矮小的坡头，地名叫团灶，是钢厂老职工聚居的地方，同样破败不堪。于心亮的家在一排火砖房最靠里的一间，一楼。再往里的那块空隙，被他家私搭了个板棚，板棚上覆盖的油毛毡散发出一股臭味。

钢厂工人都有改造房屋的嗜好。整个房子被于心亮改造得七零八乱，隔成很多小间。三人穿过堂屋，进到于心亮的房里喝酒。老黄刚才已经把这个家打量了一番，人口很多，挤得满满当当。坐下来喝酒前，老黄似不经意问于心亮，家里有几口人。于心亮把卤菜包打开，叹口气说，太多了，有我，我老婆，我哥，我父母，一个白痴舅舅，还有四个小孩。老黄觉得蹊跷，就问，你家哪来四个小孩？于心亮说，我哥两个，我一个，我妹还有一个。老黄又问，你妹自己不带小孩？

那个骚货，怎么跟你说呢？于心亮脸色稀烂的。于心亮不想说家里的事，老黄也不好再问。三个人喝酒。老黄喝了些酒，又忘了忌讳。老黄说，小于，你哥哥是不是离了？于心亮叹着气说，我哥是哑巴，残疾，结了婚也不牢靠，老婆根本守不住……他打住了话，端起杯子敬过来。当天喝的酒叫"一斤多二两"，是因为酒瓶容量是六百毫升。钢城时下流行喝这个，实惠，不上头。老黄不让于心亮多喝，于心亮只舔了一两酒，老黄和小崔各自喝了半斤多。要走的时候，老黄注意到堂屋左侧有一间房，门板很破。他指了指那个小间问于心亮，那是厕所？于心亮说，解手是吧？外面有公用的，那间不是。老黄的眼光透过微暗的夜色杵向于心亮，问，那里谁住？于心亮说，我妹妹。老黄明白了，说，她也离了？

离了。那个骚货，也离了。帮人家生了两个孩子，男孩归男方，她带着个女儿。

老黄又问，怎么，她还没回来？于心亮说，没回来。她有时回来，有时不回来，小孩交给我妈带着。我妈欠她的。老黄心里有点不是滋味。于心亮家里人多，但只于心亮一人还在上班。囿于生计，他家板棚后面还养着猪，屋里弥漫着猪潲水的气味，猪的气味，猪粪的气味。现在，除了专业户，城里面还养着猪的人家，着实不多了。天热的时候，这屋里免不了会孳生蚊子、苍蝇，甚至还有臭虫。

那件事到底闹大了。由此，小崔不得不佩服老黄看事情看得远。钢都四中那小孩被打坏了。实习警察都是刘副局从公专挑来的。刘副局有他自己的眼光，看犯人看得多了，往那帮即将毕业的学生堆里瞟几眼，就大概看得出来哪些是他想要的人。他专挑支个眼神就晓得动手打人的孩子。刘副局在多年办案实践里得来一条经验：最简便易行的办法，就是打——好汉也挨不住几闷棍！刘副局时常开导新手说，犯了事的家伙不打是撬不开口的。但近两年上面发下越来越多的文件，禁止刑讯。正编的警察怕撞枪口上，不肯动手。刘副局只好往实习警察身上打主意。这些毛孩子，脑袋里不想事，实习上班又最好表现，用起来非常合心。

四中那小孩被揍了以后，第二天通知他家长拿钱领人。小孩的老子花一万多才把孩子领回去，带到家里一看，小孩有点不对劲，哭完了笑，笑完了又哭。老子问他怎么啦怎么啦，小孩翻来覆去只晓得说一句话：我要嘘嘘。

小孩嘘了个把星期，大都是谎报军情，害得他老子白忙活。有时候嘴里不嘘了，却又把尿撒在裆里。他老子满心烦躁，这日撇开儿子不作理会，掖一把菜刀奔钢都四中去了。他要找当天报案的那几个年轻老师说理，但那几个老师闪人了。一个副校长，一个教导主任和两个体育老师出来应付局面。这老子提出索赔的要求，说是儿子被打坏了，学校有责任。分局罚了一万二，他要求学校全部承担。校方哪肯应承，他们只答应出于人道，给这小孩支付一千块钱的医药费。两边报出的数额差距太大，没有斡旋的余地。这老子一时鼻子不通，抽出菜刀就砍人。两个体育老师说是练过武术，却没见过真场面，三下两下就被砍翻在地上。这老子一时红了眼，见老师模样的就追着砍，一连砍伤好几个。

分局的车开到时，凶手已经跑出校区。坐车赶往案发现场的时候，刘副局还骂骂咧咧，说这狗日的，专拣软壳螺蛳捏。他儿子是我们打坏的，有种就到分局来砍人嘛。刘副局鼻孔里哧哧有声，扭过头跟后排的老黄说，人哪，都是憋着尿劲充硬，都是软的欺硬的怕。

凶手捉到后，刘副局吩咐让当地联防牵头，拎着人在钢都四中及焦化厂周边一带游街。这一带的小青年太爱寻衅滋事，借这个机会，也杀鸡子给猴看，让他们明白，分局里的警察可不是只晓得打篮球。

再后来，上面调查从钢都四中捉来的那学生被打坏的事，刘副局果不然把两个实习警察抛出来挡事。那天，老黄看见两个实习警察哭了，一把鼻涕一把泪。虽然有些惋惜，但老黄知道，这号谁拽着就给谁当枪的愣头青，不栽几回跟头是长不大的。这次情形着实严重，捂不住了。动手狠的那个，这几年警校算是瞎读了。

小崔拽着老黄走在路上，正聊得起劲，后面响起了车喇叭声。于心亮就是这样的人，只要看见小崔老黄，他就把生意甩脱，执意要送他们一程。于心亮虽然日子过得紧巴，却不把生意看得太重，喜欢交朋结友。认准了的人，他没头没脑地对你好。有两次，老黄独自走在街上，于心亮见到了，一定要载他回家。老黄自己都觉得不好意思，他和于心亮不是很熟。但于心亮说，黄哥，我一见到你，就觉得你是最值得交的朋友。这次，于心亮硬是把小崔拽上了车，问两人要去哪。小崔随口就说，去烤鸟店。于心亮也晓得那家店——"鸭"字掉了半边以后，名声竟莫名其妙蹿响了。三个人在烤鸟店里等到一套桌椅，坐下来喝啤酒。老黄不停地跟心亮说，小于，少喝点，等下你还要开车。于心亮却说，没事，啤酒不算酒，算饮料。说着，于心亮又猛灌一口。几个人说来说去，又说到于心亮的家事。那天在于心亮家里，老黄不便多问，之后却又好奇。于心亮真要说起话来，也是滔滔不绝。他日子过得憋闷，闷在肚皮里发酵了，沤成一箩筐一箩筐的话，不跟别人倾倒，会很难受。先说到他自己。于心亮觉得自己倒没有什么好说的，无非日子过得紧巴点。年轻十岁的时候，他敢打架，不想事，抓着什么就拿什么砸向对方。现在不敢打了，因为坐过牢，也怕花钱赔别人。他拿不出这钱。接下来于心亮说起了自己的哥哥，是打链霉素导致两耳失聪的。又说起了妹妹，也是被该死的链霉素搞聋的。老黄就不明白了，说既然你哥已经打那针打坏了，妹妹怎么还上当？于心亮拽着酒杯说，这要怪我妈，她脑袋不灵便，干傻事。我小时候身体好，从来不打针，要不然我这一家全是聋哑。说到这里，于心亮脸上有了苦笑。他继续说自己妹妹：她蛮聪明，比我聪明，但是聋了。我爸嫌她是个女的，聋了以后不让她去特校学手语，费钱。她恨老头子。十几岁她就跟一个师傅学理发，后来……后来那个师傅把她弄了，反赖是她勾引人家。她嘴里咿里哇啦说不清楚。后来生了个崽，白花花一大坨，生下来就死掉了……为什么要讲这些屁事呢？不说了。

老黄顺着话说，好的，不说了。他蓦地想到在笔架山公园后门开店的小于。但是，小于和于心亮长得实在太不像了，若两人是兄妹，那其中肯定有一个是基因突变。

不说了不说了……哎，说说也没关系。于心亮自个儿憋不住，要往下说……后来她结了婚，但那男的喜欢在外面乱搞，到家还拿她的钱。她的理发店以前就在团灶，手艺好人性子也好，所以店面一天到晚人都不断。她男人拿着她的钱去外面弄女人。有一次，有个野女人还闹到家里来。我赶过去，女人晓得我厉害，掉头就跑。我觉得这事我应该管管。谁叫我是她哥哥，而她又聋哑了呢？我过去把她男人收拾几回，她男人正好找这借口离婚。所以，她恨我。但这能怪我么？你再怎么离不开男人，也得找个靠得住的啊。说她聪明，毕竟带了残疾，想事情爱钻牛角尖。于心亮歇嘴的时候，老黄问，你那妹妹，是不是在笔架山上开理发店？于心亮眼珠放亮了，说你认识啊？老黄说，她刮胡子真是一把好手。于心亮咧嘴一笑，说，是的咧，那就是我妹妹，人长得蛮漂亮，不像我，长得像一个莴苣。老黄说，今天别开车了，等下你回去休息。于心亮说没事，又撮了个响榧子，要了三瓶啤酒。各自喝完一杯，于心亮眼里明显有些泛花。老黄只有提醒自己少喝，等下帮他把车开回去。

于心亮又说，黄哥，听崔老弟说你离婚了，现在一个人单过？老黄眼皮跳了起来，预感到这浑人要借酒劲说浑话，赶紧支开话题想说些别的。于心亮说，别打岔哥哥，你真是个聪明人，一下就听出苗头了。你人稳重，我知道你是好人。我妹妹虽然两只耳朵配相，但她年轻，懂味。你对她好，她就会满心对你好……

……哎，小于我得讲你两句，玩笑开大了啊。也不看看我什么年纪。我女儿转年就结婚了。老黄赶紧板起脸说，小于你喝多了，讲酒话哩。于心亮说，我怎么讲酒话了？小崔说，于哥，你确实讲酒话哩。于心亮酒醉心明，觑了一眼，见老黄的脸板了起来，舌头赶紧打了个转，说，不是酒话咧，今天搭帮你们请，吃多了烤鸟，一口的鸟话。

钢渣这一阵很充实，把造炸弹的事先放一放，转而去跟哑巴老高学手语。

哑巴老高是卖手切烟丝的。钢渣喜欢买他切的白肋烟，抽着劲大，一来二去算是熟人了。老高认字，钢渣翻着新华字典，要问哪个词，就指给老高看，老高便把相应的手语做出来。钢渣觉得手语比较好学，因为形象啊。他甚至怀疑，手是比舌头更能表意的东西。从老高那里回来，钢渣就把手语现买现卖地教给小于。小于乐意学。她自创的手势表意毕竟有限，比如说，小于指一指钢渣，钢渣就知道是在叫自己；但如果小于想亲昵一点，想拿他叫"亲爱的"呢？若不学正规手语，这就很麻烦。钢渣教小于两种手势，都可以表达这意思。其一：双手握拳拇指伸直并作一起，绕一个圈；其二：右手伸开，轻抚左手拇指的指背。小于有她的选择，觉得第二种暧昧了，不像是说亲爱的，倒像暗示对方上床做爱。小于倾向于使用第一种手势。一个拇指代表一个人，两个有情的人挨得近了，头脑必然会有发晕的感觉——这真是很形象啊。

钢厂有个电视台，除了每两天播放十分钟的新闻，其余时间都在播肥皂剧和老电影。钢厂台片源有限，一个片子会反复播放。小于记性特别好，片子里的情节即使再复杂，她看一遍就全记下来了，下次有重播，她抢着给钢渣描述下一步的剧情。她最喜欢看年代久远的香港武打片，看里面的人死得一塌糊涂。她要表达杀人的意思，就化掌为刀作势抹自己的脖子，然后一翻白眼。钢渣从老高那里学来的标准手语，"杀人"应该是用左手食指伸长，右手做个扣扳机的动作。但小于嫌那动作麻烦，她宁愿继续抹脖子。她对钢渣教给她的手语，都是选择接受。钢渣越来越喜欢这个哑巴女人了。她身上有一些说不清道不明的东西，使得他对她迷恋有加。他时常觉得不可思议，再怎么说，他钢渣也不是没见过女人的人，到头来却是被一个哑巴惹得魂不守舍。

小于仍时不时拿钢渣的脑袋当试验田，剪成在破杂志上看到的任何发式。每回见面，她总是瞅瞅钢渣的头发长得有多长了，要是觉得还行，就把钢渣摁在板凳上一阵乱剪。这天，电视里播了一部外国片子，《最后的莫希干人》，小于看了以后，两条蚯蚓一样的目光又往钢渣的头皮上蠕动了。钢渣头发只长到寸多长，按说不适合打理莫希干头，但小于手痒，一定要剪那种发型。发型很容易弄，基本上像是刮秃瓢，中间保留三指宽的一线头发。没多久，大样子就出来了。发型改变了以后，钢渣左脑半球上有一块疤，右边有两块，都暴露出来了。这是许多年前被人敲出来的。算好还留有一线头发，要不然他头皮中缝上的那颗红色胎记也会露出来。钢渣正这么想着，小于又挑过来了。她觉得这个发型很不好看，干脆一不做二不休，给钢渣刮个秃瓢了事。

钢渣递给小于五十块钱，要她给自己买一顶帽子和一副墨镜。她下到山脚，买来这两样东西。帽子有很长的鸭舌状的帽檐，但并非鸭舌帽；墨镜是地摊货，墨得厉害，随便哪个时候架在鼻梁上，就看见夜晚了。

皮绊进屋的时候，看见钢渣正在整理帽子。皮绊说，捂痱子啊。钢渣没有作声。皮绊又看见那副墨镜，仿佛明白了。钢渣当然不会是去旅游。皮绊恍然大悟地说，钢哥，炸弹弄出来了？要动手了？钢渣只得掀开帽子，让他看看光头。钢渣说，又被刮了光头，脑壳皮冷，戴戴帽子。皮绊很失望地睨他一眼，说你怎么老往后面拖啊？要是不想干了，跟我明说，别搞得我像傻婆娘等野老公一样，一辈子都等个没完。

钢渣也挺无奈。他时不时去回忆，身上捆炸药包去银行抢钱的想法是怎样形成的，又是怎样固定下来并付诸实施的呢？一开始无非是酒后讲讲狠话，皮绊听后却认真了，说要给他打下手，还老问他几时动手。钢渣又不好意思说我这是讲酒话。多扯几次，造炸弹抢银行的事竟然越来越清晰，从酒话嬗变成了具体的行动。而钢渣，他感觉自身像是被扭紧发条一样。扭发条的人显然不是皮绊，那又是谁呢？皮绊这一根筋的家伙好几次对他说，钢渣，你莫不是故意讲狠话吓别人吧？你打架厉害，但打架厉害的，未必个个都不要命。钢渣嘴是很犟的，面对皮绊的质疑，依了他的性子，只会死争到底。他说，炸药还没造出来，他妈的，造炸药总要技术吧？要不然你来弄，我等着，你哪时造好我们哪时动手。皮绊就没话说了。他虽然老嫌钢渣的手脚慢，但换是他，肯定一辈子也造不出比鞭炮更具杀伤力的炸弹。

炸弹过不了多久就会弄好。虽然有几个技术点需要攻关，那也是指日可待的。钢渣心里很明白。

那天清早，小于主动过来和钢渣亲热了一回。然后她告诉他，自己要出去几天。离婚后判给前夫的那个孩子病了，要不少钱。她手头的钱不多，得全部送过去。她自己也想守着孩子，照看几天。毕竟那是自己身上掉下来的肉啊，离婚这事也割不断。

以后几天，钢渣果然没看见小于开店门。他一直坐在窗前，看着马路对面的理发店。他很想手头有一笔钱，帮帮小于。钱也许不算什么东西，但很多时候，钱的确要比别的任何东西更管用。钢渣看武侠小说长大的，那书看多了，使他误以为只要打架厉害，就会相当有钱，走南闯北肆意挥霍，过得很潇洒。现在成年了，他才知道根本不是那么回事。

皮绊又拖了一袋东西回来，解开绳系，里面叮叮当当地滚落出许多小件的物品，竟然还夹杂着一两个空啤酒瓶。钢渣本来想揶揄两句，却没能张开口。

他心里忽然涌起一阵难过。

炸弹造得怎样了？皮绊扔来一本书，竟是七十年代初出版的"青年自学丛书"中的一本，基层民兵的国防知识教材。封面上还拓着一个章：发至下乡知识青年小组。皮绊说，你看看有没有用。里面有炸弹的图，从中间切开了。炸弹能从中间切开么？

皮脑壳，那叫解剖图。哪捡来的？这书没用，就好比把《地雷战》看上二十遍，你同样造不出地雷。摸着这本年代久远的书，钢渣心情愈加暗淡。他真想揪着皮绊的耳朵灌输他说，现在人类跨入二十一世纪了，凡事要讲科学，讲技术，就是造土炸弹，也需要很高的工艺水平。但是皮绊这号人，他如果能理解，还至于在捡啤酒瓶的同时揣着一堆发财梦吗？最后，钢渣总结出一个认识：如果以后和小于生了孩子，定要让他好好学习天天向上。

皮绊坐下来，剥开一包软装大前门，抽了一口，打商量地说，钢哥，也不一定要造炸弹，我们先从小事做起……那口烟雾很饱满，皮绊说的每一个字，都拌和着烟雾往外蹦。他接着说，除了抢银行，别的事也可以干。比如说去铁路割电缆，去搞空调机外机，去货站搞锌锭。虽然一手搞不到很多，但还算安全，可以聚少成多。钢渣皱了皱眉头。他从来没想过去做这些小事，现在也提不起兴趣。皮绊继续往下说，要不然，我们可以去搞的士司机的，这些家伙，身上一般都揣千把块钱，搞得好，拿刀子一比，他们就老老实实把钱交出来。李木兴得手好几次，小范那苕人也干这事。钢渣觉得这事稍微靠谱一点。再说他不能老是对皮绊说不，说得多了，皮绊会以为他胆怯。钢渣问，皮脑壳你会开车吗？皮绊说，我会，只是还没搞驾驶证。钢渣笑了说，你这猪，开抢来的车还要什么驾驶证？不如现在我们就开始做准备？

拿定主意以后，钢渣来到窗前，看看窗外的午后天光。他很想见见小于。小于的店门闩得铁紧。过了不久，雨就开始下起来了。

案发现场在右安区和大碇工业园之间的一段，四车道公路旁斜逸而出一条窄马路，傍溪流往下走，沿这路前行两里，现出一片河滩。尸体被抛在河滩一处凹槽里。被警戒线一勾勒，案发现场有了更多的沉重感。车顶灯还在忽闪着。这样的早晨，空气尤其黏稠。老黄坐的车半路抛锚，慢了十来分钟。到地方，老黄瞥见小崔的脸上有泪水淌过的痕迹。一个男人一旦流泪，即使擦拭再三，脸上也现出大把端倪。这跟女人不同。

怎么了？隔着三五步的距离，老黄开口问话。小崔被老黄的询问再次触动，眼窝子又润起来，没有说话。老黄拢过去看，尸体保持着被发现时的状态，脸朝上面翻，表情和肢体都凝固成挺别扭的样子。老黄感受到这人死得憋屈。死者的面相，看着熟悉。因为死亡，人的脸会乍然陌生起来。老黄再走近几步，才确认死者就是于心亮。

现场勘验有条不紊地进行着，一拨人呈篦状梳理这片河滩，仔细寻找着指印、足迹、遗留物以及别的痕迹。老黄发觉自己有些多余，走到近水的地方，在一块卵石上坐下来，摸出烟卷。他看见一辆警车顶灯打着旋，晃进眼目。雾气正从河滩一堆堆灌木丛中升起，并散逸开去。他点了烟，随意地瞟几眼，就大声招呼就近的那个警员过来拍照。再一想，光拍照还不够，老黄补充说，把石膏粉取来，要做个模。在他身边不远的一块松软的土皮上，遗留有单个足印。在办案方面，老黄轻易不开口表态，一旦说了话，年轻警员会拢过来按他意思办。在足印勘验方面，老黄称得上是专家。分局调他过来，看中的也是这一点。

接下来，老黄在一丛骨节草里发现了两枚烟蒂，一并取走。水边有一溜脸盆大小的卵石，是专让人坐着休憩的。他想，屁股的坐痕没什么价值，否则应显个影。他能断定，案犯在这里坐过——把尸体抛弃以后，案犯在河中洗去血迹，感到累了，就坐着抽烟。杀人之后，凶手通常会感到前所未有的疲累。河面宽泛，但河水相当浅，要不然尸体不会搁置在河滩上。

老黄用石膏做模时，好些年轻警员围了上来。一开始做模，总不得要领，能看到老黄这号专家现场操作，自然要多留些心眼。老黄把可调围带围着足迹绕几圈，并清理其中的细小杂物。对于足迹不清晰之处的轻微整理，只能是老手凭经验把握的事。老黄把石膏浆徐徐灌注进去，偏着脑袋看年轻警员绷紧的脸，心里淌过些许得意。适当纵容心里那分得意，能获得上佳的工作状态。

紧接着的现场分析会，刘副局首先发言。刑事重案基本上由刘副局主抓。他的办法老旧，不计物力人力，搞大规模的查缉战，但总是能收到效果。死者的身份得到确认以后，刘副局就认定这是一桩抢车杀人案。去年以来，钢城的抢车、盗车案频发，背后肯定隐藏着一个团伙。市局已经做了整盘的战略部署，重点抓这案子，目前处于搜集线索筛查信息阶段。网张开了，收口尚待时日。刘副局把这起案件归口并入盗车团伙的案件，看上去也是顺理成章的。再者出租车是抢盗的重点，因为款式常见，价位不高，有利于盗车团伙成批地卖出去。抢车盗车团伙经过若干年发展，零售生意做起来不过瘾，喜欢打批发，整趸。

在此之前，抢车盗车案里没有伴发命案。刘副局既然把这起杀人案并入其中，就有理由认定盗车团伙的案情正在升级，市局的全盘部署有必要做出相应调整，应多抽调警力，加大盘查力度。刘副局把他的意思铿锵有力地说了出来。他说话时，习惯性把手中纯净水瓶捏来捏去，使之不断地瘪下去又鼓起来，发出碎裂的声音。

有时老黄想跟刘副局讨论讨论办案成本的问题，话到嘴边又憋住了。他知道，刘副局的脑袋装满既定经验，这辈子也不会理解诸如"办案成本"之类的概念。抓得住老鼠才是好猫，但抓鼠的时候撞碎了一柜子碗碟，那是主人家考虑的事情。

现场分析会，正是坐在那一圈卵石上召开的，石面沁凉，冷气幽幽蹿进肛肠。这次老黄站起来发了言，陈述个人观点。他认为，把这案子并入抢车、盗车系列案件为时过早。刘副局不吱声，眼神杵了过来。老黄说，这起案件和以往团伙盗车案件，特征上有明显的不同。首先，以前的抢车案，从未并发命案，顶多只是用钝器敲击车主，致使车主昏厥以便实施抢夺。那个集团的案犯主观上一直不存在杀人动机。但这起案件，凶犯持锐器作案，一动手就直逼要害，取人性命……

年轻人都听得认真。刘副局眼光扫了一遍，撇撇嘴，又捏瘪了胶瓶，但胶瓶已经漏气，没有冒出声音。他问，还有么？老黄笑一笑，仿佛等着刘副局有此一问。他把刚倒成的石膏模拿出来，摆在众人中间，指着上面相应的部分说，这个鞋印，我看未必能用常用公式套算身高。现场采集的案犯鞋印，纹路有两种，物象型、畦埂型。鞋码都较大，套公式算，这两个人都是一米八以上的高个。本地人普遍个矮，两个一米八以上的高个碰在一起并不多见。真是这样，案件反而有了重大的突破口。但从那丛灌木（老黄说话时用手指一指方向）后面取得的成趟足印可以看出，步幅合不上这种身高。从这模型上进一步印证了，案犯是有意穿大码子的鞋，进行伪装，误导刑侦方向。所以说，我们要是按常规算，鞋码放余量的估计肯定不准确。老黄把鞋模子举高了一些示意众人，接着说，案犯两人应都是三十以上的壮年男人，足印具有这个年龄段的典型特征，有明显的擦痕、挑痕和拾痕。按说足印前端的蹬、挖应该很浅，但这个足印，前端几乎不受力，向上翘起，不符规范。这一点进一步印证，案犯的鞋超出脚码一截，前端塞有软物，踩在地上是虚飘的……

那又怎样？刘副局插进来一句。

老黄拧开一瓶水，拖拖沓沓地喝了几口，往下说，穿超脚码的鞋作案，显然不利于行走。盗车团伙的成员作案多了，即使要伪装，要反侦破，也不会在鞋码上做文章，给自己不方便。这起案的两个案犯，显然作案不多，所以在伪装上用力太猛，太想伪装得周全。我认为，可以和盗车团伙的案件明显区分开，这起案件应单独侦破。

……你也不要把话说得太满。刘副局说话时脸皮已垂塌下来，吐字像鲫鱼鼓水泡，一个个往外迸。他说，我看不妨两条腿走路，暂且归入系列抢车盗车案，借市局的整体部署，进行大规模查缉。这案件有特殊的地方，再指派专人调查。刘副局当了多年领导，这时已拿出了毋庸置疑的语气。老黄不再往下说了，怕他当自己在捋倒毛。

撤离现场时，老黄叫上小崔还有另两个年轻警员挤进一辆车，脱离大部队一路缓慢行驶。他希望这一路上能找到别的线索。把案发现场处理完毕，再沿路寻查一番，是老黄多年形成的习惯，且屡有收获。再说，在现场脑子狂转半天，也需要坐在慢车上舒缓地看着沿途景物，放松自己。路边的草总是乱的，有些被风吹出了形状，像用发胶固定的发型。有的地方，草已经开始颓败。老黄忽然叫司机停车，他跳下车往三米开外的一个黑斑走去。小崔问，怎么了？他回答，说不清楚。就想过去看看。老黄走得不徐不疾，折回来时手里多了一顶帽子。那是年轻人常戴的帽子，黑色，帽舌很长，内侧贴有美特邦品牌的标志。

一顶帽子。小崔说。他拿过来看了看，没有什么特别。老黄问他，对，一顶帽子，你看看有什么不同？小崔就有些紧张了，非常想一口蒙出老黄心里的标准答案。但他端详半天，始终没有看出端倪。老黄说，你肯定想深了，往浅里走，还不行，就把你自己的帽子脱下来比对一下。小崔照做了。但拿自己的盘状警帽和这顶遮阳帽做比对，又有什么意义？老黄也不想为难他，最后呵呵一笑，指着遮阳帽的内侧口沿说，看这里。这顶帽子还没浸得有脑油，肯定刚戴了不久。小崔问，怎么能肯定是案犯留下的呢？

这顶帽子一看就是正牌货，值大几十块钱，估计是被风掀掉的。要不是案犯作案时间仓促，哪有不把帽子捡起来的道理？小崔在老黄一再启发下，慢慢找到些感觉了。他说，案子应该是在这段路做下的，这才是第一现场？小崔的目光沿公路前后延展，灰色路面阒寂得犹如一条死蛇。老黄没有回答，他把帽子戴在自己头上。这样，他就闻到帽子里面透出的爽身粉气味。现在，头发剪成型后，帮顾客头上扑些爽身粉的理发师，差不多都退休了。

在团灶，追悼会总是开得很热闹，这破敝的地方，人却很多。老黄小崔各买一个花圈，上面写着祭奠的文字。钢厂和于心亮熟识的人来了一坪，围了好多张桌子打纸牌或者搓麻将。老黄在一个角落里拣张凳坐下。旁边那桌，一个打牌的人接了个电话要走，招呼老黄过去接几圈。他说，老哥，替我打两圈。老黄点点头，挤到牌桌边。这一桌的几个人都是三级牌盲，厕所打法，每一级输赢五角钱。老黄有点索然无味，一边赢钱，一边还漫无边际地走神。

晚九点，他看见了哑巴小于。据说白天家里人去找她，把笔架山前后翻个遍，都没能把人翻找出来。现在她自己来了，穿得很素，眼泡子在来之前就哭红了，有些发肿。走到心亮的遗像前，小于开始哭泣。小于的哭声很低，听着有点背。很多人抽出脑袋看向小于。小于很快哭塌了下去，又被亲戚架起来。老黄勾下脑袋甩牌。小于哭够了以后，慢慢踅向这个方向，在老黄刚才坐的那张椅子上坐下。老黄瞥了她一眼，她好半天才回瞥一眼，认出这是个老顾客。她抹着眼睛勉强笑一笑。转瞬，她又恢复了哭丧的表情。

凌晨两点，一个长鱼泡眼的年轻人走进灵堂，径自走到小于面前。那时小于趴在自己膝盖上睡过去了，鱼泡眼把她拍醒，示意她出去说话。老黄下意识把鱼泡眼打量一番，最后免不了看向那人的鞋子。这也是职业习惯，老黄看一个人，目光最终会定格在对方的脚下。水泥地面太硬，刚扫过，没有积灰，所以也没留下鞋印。老黄甩牌的时候，眼角余光往灵堂外面瞥去，小于已随着鱼泡眼去到看不见的地方。外面，钢城的夜晚是巨大的，漆黑一片。

钢渣这一晚很是烦乱，他后悔杀了人，不但没抢到几个钱，而且杀掉的那家伙竟是小于的哥哥。钢渣恨恨地想，这么狭长，这么宽阔的钢城，事却偏偏这么巧合？杀人的当时，他看了看那司机的嘴脸，根本没法和哑巴小于联系起来。当晚，去到停灵的地方，他叫皮绊进去把小于带出来。小于出来后，他拽着小于沿一条胡同往深处走，皮绊知趣地消失了。在一盏路灯底下，他摘下帽子，搔了搔头皮，用手势询问小于，家里出什么事了？小于流着泪告诉他，自己的哥哥死了。

钢渣非常清楚，于心亮确实是被抹了脖子死去的。小于的眼泪不断地溢出来。她两眼紧闭，却禁不住泪水。在淡白路灯的照耀下，小于紧闭的两眼像两道伤口，液体不断地泌出来。钢渣帮小于抹去眼泪，从裤袋里掏出几张老头票，横竖塞进她手里，并说，不要太难过，还有我。小于强自笑了，把即将夺眶而出的眼泪呛回眼槽子。钢渣被小于的微笑再次打动，把她抱到背光的地方，狠狠地吻她。他把她舌头吐出来后，情欲已经不要命地勃发了。他打一辆车去到笔架山上，把她拽进租住的房间。一阵零乱的抚摸过后，钢渣明显感觉到小于的身体正在发潮，发黏。他不敢开灯，因为知道她表情必然是左右为难的，是惘然无措的。

漫长的做爱过程中，钢渣听见远处不时有鞭炮声响起来。也许，同一晚，偌大一个城区会有多处停灵，那鞭炮也不一定是放给于心亮的。

刘副局暂调市局主抓抢车盗车团伙的案件。这事下的力度很大，调查取证还顺，套用开会时的俗常语，说是"取得阶段性成果"应不为过。几个主要案犯已悉数进入掌控。在市局的会议上，刘副局表明了自己态度，认为应该提前收网，不求一举抓获所有案犯，而是重点击破，然后查漏补缺，到第二阶段再把那堆虾兵蟹将一个个刨出来。市局肯定了刘副局的意见，但这网口太大，甚至要跨省寻求兄弟单位联动，前期工作必须做得扎实周密。

最近不大看得见刘副局，他几乎都在外面跑联络工作。时而回分局了，也是一身时髦便装，腋窝里夹着个锃亮的皮包，看着像广东来的商人。分局里的人抽走一些，随刘副局跑外线的联络工作。剩下的一帮警员办起案来，都肯去老黄那里讨主意。老黄往人堆里一站，分明就是主心骨的模样，但他偏偏生就了闲性子，谁找他拿主意，他就说，你自己看着办，老弟，车有车路马有马路，我看你肚皮里的鬼主意比我多得多。

老黄把注意力放在那顶帽子上。他不事声张，只安排三名警察去查这个事。搭帮刘副局外出，老黄得以放开手脚。揪住这细微线索摸排查找，小崔等年轻警察都觉得玄虚了些，从半路捡来的一顶帽子切入，似乎太不靠谱。钢城说大不大，人口也上了百万，狭长的城市被割成若干区。这顶帽子再常见不过，找起来，摆明是大海捞针。再说，帽子跟案情有无关系，眼下根本确定不了。老黄脸上总是钝钝的微笑，跟他们说，未必，事情没做之前，是难是易没个准。很多事做起来要比料想的难，但有些事，做起来会比料想的容易。

事情上手一做，年轻警员果然觉察到了自己的先验意识有偏差。确认这顶帽子是美特邦品牌的正品货以后，所有的批发市场、路边店、地摊都可以排除了。美特邦在钢城的专卖店有五家连锁，找到总代理商一统计，该型号是去年上市的主款型，整个钢城走货量是一百七十四顶。有发票和收据（必须事先向店主申明是公安局办案，与工商局无涉，店主才会亮出收据）记录的计五十一顶。小崔打算循着发票收据先查访那五十一人，但老黄说，这五十一人先撂在一边，进一步缩小范围，查另外的一百二十三人。店主和店员循着记忆向警员描述这款帽子的买家，像羊拉屎一样，这次想起一两个，下次又想起一两个，稀稀拉拉。到这阶段，开始磨炼几个警察的耐性了，他们得频繁光顾那五家店铺，搜集新近记起来的情况。小崔用电脑记录下对每一个顾客的描述。这事情干了一阵，反而能从繁琐里得来一些清淡的滋味。

帽子的事还没有眉目，市局已决定近期对盗车团伙收网围捕。所有分局都要为这事忙碌起来。刘副局已回到分局，脱下老板装束，重新示人以警服笔挺的模样。老黄只好把那案子放一放，投入市局整体部署中。

统一行动前，所有参战警员都到市局大会议室里集中。进去的人首先取一对连号标签，签上大名，其中一张标签拴在手机天线上。接着，几个女警员煞有介事地拿出不锈钢托盘，在座位间齐头并进。大家都把手机放到托盘里面。老黄把手机咣哪一下搁进托盘。小崔第一次看见老黄用的手机，竟然是五年前的款型，诺基亚5110，非常巨大，像个榔头。那手机往托盘里一放，端盘女警员的胳膊似乎都压弯了一些。后面的警察看着托盘，忍不住嗤出声来。老黄那手机和别的手机搁在一起，分明就是象入猪群。

行动那天，老黄有些打不起精神。小崔却是一股子劲，因为动员会已经激出了他的临战状态。那天晚上的行动，却显得寡淡，定了点去捉人、找车，感觉像在自家地里刨红薯一样。老黄小崔这组负责抓一个姓全的案犯，在黄金西部大酒店二楼洗浴中心的一个包间。两人进到里面抓人时，重脚踹开塑钢门，见那家伙躺在一只农村用来修死猪的木桶里，倚着一个姑娘，正舒服得哼哼唧唧，每个毛孔都摊开着。见有人举着枪进来，姓全的案犯神情笃定，一派处惊不乱见多世面的模样。等小崔挨近他身边，他忽然脸一变，扯开嗓门嚎啕大哭起来。小崔厌恶地吐一口唾沫，觉得真他妈没劲，神经绷紧了老半天，却撞到这样一头蔫货。

另一队派往氮肥厂旧仓库抄查的警察，得以见到非常壮观的情景：拉开仓库门，里面整整齐齐堆垛着成山的化肥袋子。但把表面一层化肥袋搬开，里面竟全是车，堆叠着码放。车有偷来的，也有报废的车。该团伙把报废车维修一下，再喷涂翻新，拿出去当赃车卖，以次充赃，从中赚一份差额。老黄自始至终只关心一件事：有没有于心亮的那台车。这次行动，没有找见那车。之后个把月里，市局顺藤摸瓜扩大战果，跨省追回了四十余辆卖出去的赃车，这其中也没有于心亮的羚羊3042。

庆功会如期进行，刘副局当天十分抢眼，嘴巴前面搁着或长或短的话筒，简直像一堆柴。刘副局说了好多的话，都有些说醉了。当晚，分局的人被刘副局死活拽去K歌。老黄小崔随了前面的车一路走，再次来到黄金西部大酒店。里面有很多妹子，行尸走肉般来去穿梭，一眼便可瞥出来，都是卖肉的。小崔觉得这有些滑稽，怎么偏偏来这地方呢？他睃了老黄几眼，想知道他的看法。

老黄似乎没注意小崔的脸色。话筒递到他手上，他唱起了《有多少苦同胞怨声载道》。本来是两个人的唱段，一帮年轻的警察蛋子哪配得上腔？老黄只好一人两角，既唱李玉和，又扮磨刀人。其实老黄看出来了，小崔心中有疑惑。他又怎么好告诉他，这家大酒店，刘副局参着暗股。把皮条生意做到如此规模，如果没有公安局的人参暗股，可以说，一天都开不下去。当然，老黄是听熟人说的，也不能确定。虽然这样的事熟人不可能胡乱开口，但老黄作为一个警察，更相信证据。

既然这次行动没有找到于心亮的车，老黄就可以跟分局提出来，把于心亮那案子单独办理。这件事自然由他主抓。他点了几个人。其实这一拨人，早就确定了的。

这以后不久，小崔从美特邦团灶店得来一个消息，有个女哑巴也曾来买过这款型的帽子。该店员请假刚回来，她把买帽子的女哑巴记得很牢靠。要是一个正常人买一件小货，很难记得牢靠，或者张冠李戴，本来是买裤衩却记成了帽子。但一个女哑巴来买男式便帽，店员就留心了。女哑巴用手势比画着跟店员讨价还价，该店员好半天才跟她说通，店里一律不打折，这和地摊是不一样的。店员以为哑巴若得不到打折就不会买，但她还是买了。小崔记录着女哑巴的体貌特征，又听见店员说，时不时还看见那哑巴从店门前走过去。

小崔把那条记录给老黄看，问老黄想到了谁。老黄眼也不眨，第一时间就反应出了小于。小崔也点点头。于是老黄蹙起眉头，说，是不是，小于买给她哥的？难道这顶帽子是戴在于心亮上？于心亮没有戴帽子的习惯啊。小崔认为有这可能。他说，于心亮不是跑出租了嘛。司机一天在外面跑，都喜欢戴顶舌檐长的帽子。小于要送她哥哥一顶，完全说得过去的。

为确认那个哑巴，小崔在美特邦团灶店枯坐几天。直到一个下雨的午后，那店员忽然在他肩头一拍，说，就是她，就是她。循着指向，小崔果然看见了哑巴小于。回到分局，小崔认为帽子这条线索应予作废——很明显，小于买帽子是送给于心亮的，因此帽子是从于心亮头上掉落的。老黄的意思是，不忙惊动小于，观察她一阵，看看她平时跟哪些人接触。

次日，小崔按老黄的安排去了笔架山，以小于店面为原点，观察周围情况。对街有一栋漆黑肮脏的楼房，五层高。他爬到楼顶平台，在一间用油毡盖顶的杂物间找了个观察点，待在里面向下看。在小崔看来，小于的生活最简单不过，每天开门关门，有的晚上会去赌啤酒机。她两天挣的钱，只够买五六注彩。在场子里，小于基本上是用眼睛看别人赌。有一天她押中一个单号，赢了三十二倍，其后一整天她都没有营业，全待在场子里，直到把钱输光。

第四天，小崔看见小于搬来很多东西堆到自己店子里。看情形，她打算吃住都在店里，不回家。小崔断定小于身上不可能有什么问题，于是他下了楼，走过街进入小于的店子，看自己能不能帮上忙。小于认得小崔，知道是哥哥的朋友，在干警察。她把东西堆在屋子里，不作整理，脸上挂着呆滞的表情。小崔把那顶帽子拿出来让小于看，小于眼泪扑簌簌流了出来。不用问就知道，帽子是她送给于心亮的。她想把帽子取回去做个纪念，但小崔摇了摇头。

这条线索断了，几个人都不免沮丧。在这件事情上，众人花费不少时间，却是这样的结果。小贵忍不住说了一句，怎么早没想到，帽子有可能是死者戴过的。老黄没有作声。他自嘲地想，也许，我就懂观察脚上的鞋啊，观察帽子又是另一种思路了。

当晚，老黄坐在家里，看电视没电视，看书也看不进去，把玩着那顶帽子，发现左外侧有一丁点不起眼的圆形血斑，导致帽子布面的绒毛板结起来。帽子是黑色的，沾上一丁点血迹，着实不容易辨认。他赶紧拿去市局技术科，请求检验，并要跟于心亮的血液样本进行比对。他也搞不太清楚，这么一丁点血迹能否化验。技术科的人告诉他，应该没问题。结果出来了，报告单基本能认定，血迹来自于心亮。老黄更蒙了。尸检显示，于心亮的鼻头被打爆了，另一处伤在颈右侧，被致命地割了一刀。

他想，如果是于心亮自己的血，怎么可能溅到自己的帽子上呢？血斑很圆，可以看出来是喷溅在上面的，而不是抹上去的。中间有帽檐阻隔，血要溅到那位置，势必得在空中划一道曲度很大的圆弧，这弧度，贝克汉姆能弹钢琴的脚都未必踢得出来。

那天钢渣打开房门刚要下楼，见一个人正走上来。这人显然不是这里的住户，他一边爬楼梯一边不停地仰头往上面看。这人行经钢渣身边时，钢渣朝门角的垃圾篓吐一口唾沫，然后缩回房间去。他一眼看出来，这人也是个绿胶鞋——他左胯上别着家伙，而手机明明拽在手上。钢渣去到朝向小于理发店的那扇窗户前，用镜面使阳光弯折，射进店子里，晃动几下。小于发觉了，刚站到门边，钢渣就用手势告诉她，不要过来，晚上他会去找她。

当晚小于去到啤酒机场子，果不然，那个绿胶鞋后脚跟来了。钢渣愈发认定，这胶鞋是冲自己来的。直到小于离场，胶鞋还后面跟着走了一段。十一点钟样子，胶鞋看了看表，离开小于，循另一条道走了。钢渣叫皮绊在外面把风，然后把小于拽到租住的房子里，又是一阵疾风暴雨的做爱。小于对这种事的疯劲，总是让钢渣的情绪持续高涨，他喜欢被女人掏空的感觉。事毕他亮开灯，抱着她放在靠椅上，同她说话。他告诉她，自己要离开一段时间。

小于很难过，她觉察到钢渣这一走时间不会短。若是两三天的外出，他根本不会说出来。但以前两三天的分别，也足以让小于撕心裂肺地痛起来。她的世界没有声音，尤其空寂，一天也不想离开眼前这个男人。她认识他以后，很多次梦见他突然消失，像一缕青烟。她在梦里无助地抓捞那缕青烟，但青烟仍从她指缝间轻轻飘逝。

小于做着手势，焦虑地问他，你说实话，是不是以后再也不来了？钢渣一怔，他也有这种怀疑。自己毕竟沾了命案，这一去回不回来，能一口说准么？他跟她说，时间较长，但肯定要回来。小于的眼神乍然有了一丝崩溃，蜷曲在钢渣怀里，眼角发潮，喉咙哽噎起来。他抱了她无数次，这一次抱住她，觉得她浑身特别黏糊，像糯米团子。他喜欢她的这种性情，不懂得矜持，不晓得掩饰自己的眷恋。她没受过一丁点教育，所以天生与大部分女人不同。钢渣却不像以往一样，长久地拥抱她。她打手势问，什么时候回来？说一个准确的时间。他想了想，燃起一支烟。然后，他左手四指握着，拇指跷起。这个手势可以代表很多个意思，但钢渣把烟蒂作势朝拇指尖轻轻一杵，并迅速把五个手指摊开，小于就理解了。钢渣打的手势，是说放鞭炮。她双手抱拳，做庆贺状。标准手语里，这就是"春节"的意思。钢渣知道她看明白了，用力点了点头，嘴角挂出微笑。她破涕为笑。他继续打手势说，到那一天，把店面扮得漂亮一点，贴对子挂灯笼，再备上一些鞭炮。到时他一定来看她。他还跟她诅咒，如果他不来，那就……他化掌为刀，朝自己脖子上抹去。她赶紧掰下他做成刀状的那只手，一个劲点头，表示自己相信。

钢渣皮绊当晚就转移了地方，去到相距较远的雨田区。

大碇东边的水凼村，有一个不起眼的水塘，水面不宽，只十来亩，但塘里的水很深。秋后一天，有个钓鱼人栽到塘里死了，却不见尸体浮上来。其亲人给水塘承包人付了钱，要求放干水寻找尸体。水即将抽干那天，水凼村像是过了年，老老小小全聚到水塘周围，想看看水底是怎么个状况。他们在水凼生活了这么久，从来没见过水塘露底。再说，下面还有一具尸体。村里人都想看看那尸体被鱼啃成什么形状。塘里的水被上抽下排，水底不规则的形状逐渐显露。当天阳光很好，塘泥一块块暴露出来，很快就被晒干，呈暗白色。尸体慢慢就出现了，头扎在淤泥里，脚往上面长，像一株水生植物。水线退下去后，尸体的脚失去浮力，一截一截挂下来。人们正要看个仔细，注意力却被另一件东西拽了过去——一辆车子，车顶有箱式灯，跑出租的。

人们就奇怪了，说这人明明是钓鱼时栽下去的嘛，难道是坐着车飘下去的？那这死人应该是闷在车里啊。村支书觉悟性高，觉得里面八成有案情，要报警。但他一时记不住号码，问村长，是110还是119？村长也记不清楚，说，随便拨，这弟兄俩是穿连裆裤的。

这次老黄坐的车跑在前头，最先来到水塘。一下车他就忙碌起来，拉警戒。老黄好半天才下到塘底，淤泥齐腰深。他走过去，把车牌抹干净看一看，正是于心亮的3042。

从塘底上来，老黄整个人分成了上下两截，上黑下黄，衣袖上也净是塘泥。小崔叫他赶紧到车上脱下裤子，擦一擦。老黄依然微笑地说，没事，泥敷养颜。他站在一辆车边，目光朝水塘周围逡巡，才发现村里人都在看他，清一色挂着浅笑。老黄往自己身上看，看见两种泾渭分明的色块，觉得自己像一颗胶囊。同时，他心底很惋惜，这一天聚到水塘的人太多。水塘周围的泥土是松软的，若来人不多，现场保留稍好，那么沿塘查找，可能还会看见车辙印。顺着车辙，说不定会寻到另一些有价值的东西。但这么多人，把整个塘围踩瓦泥似的踩了一遍，留不下什么了。去到村里，老黄把村长、村支书还有水塘承包人邀去一处农家饭庄，问些情况。他问，这水塘，外面知道的人多么？村长说，每个村都有水塘，这口塘又没什么特别。老黄问承包人，来钓鱼的人多不多？承包人说，我这主要是搞养殖。地方太偏了，不好认路进来，只是附近几个村有人来钓鱼。再问，有没有人看见那车开进村？村支书说，村子很少有车进来。这车肯定是半夜开来的，要不然，村里肯定有人看见。一桌饭菜就上来了。几个人撑起筷子，发现老黄不问问题了，有些过意不去。这几句回答就换来一桌酒菜，似乎太占便宜。承包人主动问，黄同志，还有什么要问的？老黄想了想，问他，晚上怎么不守在塘边啊？承包人说，是这么回事，鱼已经收了一茬，刚投进鱼苗，撒网也是空的，鱼苗会从网眼漏掉。老黄又问，哪些人知道你刚换苗，晚上没人守塘？承包人回答，村里的人知道，常来钓鱼的也知道。村长也想表现好一点，再答几个问题，但老黄说，行了行了，够多的了。然后举起酒杯敬他们。

老黄和小崔调取水凼村及周边七个村二十至五十岁男性的户籍资料，统统筛查一遍。八个村在这个年龄段的男人，统共两千人不到。如果小崔数月前面对这工作量，会觉得那简直要把人压垮。前番查帽子把他性情磨了一下，现在他觉着查两千人的资料不算难事。小崔小朱小贵三人各花三天时间，把户籍资料仔细过一遍，先是打五折筛出九百三十人，然后进行二道筛，在这个基础上再打五折，筛至四百四十人左右，拿去让老黄过目。

老黄本打算用五天时间筛人，但第二天一早，他打开的头一份档案，就浮现出一个长鱼泡眼的男人。老黄心里忽然有了抵实感。他清晰记得，是在于心亮灵堂上见到过鱼泡眼。那人当晚把小于叫了出去。鱼泡眼叫皮文海，三十二岁，离异，有过偷盗入狱的记录。老黄突然想到了小于。他想，是不是因为她是一个残疾人，所以先验地以为她过得比一般人单纯？她与这个命案，有着什么样的联系？老黄思路暂时不很清晰，但心底得来一阵锐痛。

笔架山他爬了许多次，一路上想着小于的刀锋轻轻柔柔割断胡须的感觉，总有一份轻松惬意。但这一次他步履沉重。秋天已经接近尾声，一路更显静谧。小于的店子没有人。老黄踟蹰了一阵正要走，小于却从旁边一间小屋冒出来，招呼老黄。她打开店门拧亮灯。老黄这才想起小崔说过，小于把过日子的东西都搬上山了。刮胡子时，老黄一反常态，睁圆了眼看着小于一脸悲伤的样子。她似乎刚刚哭过，眼窝子肿了。弄完老黄的这张脸，小于又把店门关上了。她现在每天都去特教学校，请一个老师教她标准的手语。不识手语一直是小于的遗憾，老想学一学，却老被这样那样的事耽搁下来。这一段时间，她忽然打定了决心。

星期天，小于照例没开店，去学手语。老黄小崔去到山上，打算在小于理发店对面那幢楼里找一个观察点。花点钱无所谓，小崔上回图省钱去顶楼杂物间找观察点，没什么效果。两人在电线杆上看到了一则招租广告，位置正是在小于理发店对街那幢楼的一单元二层——简直没有比这套房更好的观察角度了。老黄叫小崔拨电话给房主，要求看房。房东是一个秃顶的中年人。他拧开房门，里面还没有打扫过，原住户的东西七零八落散在地上。他说，在你们前面，也是两个男的租我这房。租金够低的了，才他妈一百二，还月付。但这两个家伙拖欠了房钱不说，突然就拍屁股走人了，真晦气。老黄没有搭腔，自顾去到临街那扇窗前，往对面看，果然看得一清二楚。房东又絮叨地说，其实他们走人了也好。我是个正经人，跟那些人渣打交道，委屈得很。他俩什么人？租了我这房，竟然把对街那个哑巴也勾引了过来，天天在我房里搞……对面那个理发的女哑巴，彻头彻尾一个骚货，不要去碰。

哦？老黄的眼睛亮起来，看向秃顶的房东。房东一边说话，一边用鞋把地上的垃圾拢成一堆。老黄觉得这房子已经用不着租了，亮出工作证，并出示皮文海的照片，问他，是不是这个人？房东看了一眼就狂点头。老黄问，另一个人长什么样？房东的眼神呆滞了，说，每次付房钱，都是这个人来交，另一个我不怎么见过。老黄问，不怎么见过还是根本没见过？房东说，从没见过。老黄又问，那你怎么知道有两个人？房东指着皮文海的照片说，这人跟我说的，说他哥也住里面，脾气不好，叫我没事别往这边串。他保准月底把房钱交到我手上。老黄又问，那他们两个人，到底是谁和理发的小于有接触？房东摇摇头，他确实不知道。

老黄当即就把屋内两间套房搜了一遍。钢渣心思缜密，当然不会留下什么物证。问题出在两个男人都不注意卫生，屋内好久没有打扫了，老黄得以从地面灰尘中提取几枚足印，鞋码超大，从印痕上看，鞋子是新买的，跟抛尸现场的鞋印吻合。皮文海的身高是一米七不到，纵是患了肢端肥大症，也不至于穿这么大的鞋。

哑巴小于这段时间换了一个人似的，学得些哑语，整个人就有了知识女性的气质，还去别人店里做时髦发型。她脸上有了忧郁的气色，久久不见消退。老黄看得出来，小于爱上了一个男人，现在那男人不见了，她才那么忧伤。他记得于心亮说过，小于离不开男人。按于心亮的理解，这分明有点贱，但实际上，因为生理缺陷，小于也必然有着更深的寂寞，需要更大剂量的抚慰。去小于那里套问情况，老黄使了计策。他请来一个懂手语的朋友帮忙，事先合计好了，再一块去到小于店里刮胡须。两张脸都刮净以后，他俩不慌着离开，坐下来和小于有一搭无一搭地闲扯。店上没来别的顾客，小于乐得有人闲聊，再说有个还会手语。她刚学来些手语词汇，憋不住要实际操作一番。但一旦用上规范的手语，她就不能自由发挥了，显得特别用力，嘴巴也咿呀有声。那朋友姓傅，以前在特教学校当老师，揣得透小于的意思。等小于不再生分以后，老傅按照老黄的布置，猜测她的心思，问她，是不是什么朋友离开了，所以开心不起来？小于眼睛刷地就亮了，使劲点头。钢渣走了，她很难碰到一眼就看穿她心思的人。老傅就支招说，你把他的照片拿出来，挂在墙上，每天看几眼，这样就会好受一些。小于还没有学到"照片"这个词。老傅把两手拇指、食指掐了个长方形，左右移了移，她不知道是什么东西。老傅灵机一动，取过台子上的小镜子照照自己，再用手一指镜面，小于就明白了。她告诉老傅，没有那人的照片。她显然觉得老傅的建议能管用，脸上的焦虑纹更深了。老傅早就知道该怎么往下说了，依计告诉小于，另有个朋友会做相片，只要你脑袋里有这个人的模样，他就能把脑袋里的记忆画成相片。小于瞪大了眼，显然不肯信。老傅向她发誓这是真的，而且可以把那个朋友带来。但到时候，小于要免费帮那个朋友理发。小于就爽朗地笑了，觉得这简直不叫交易，而是碰上了活雷锋。

隔一天，老傅就把市局的人像拼图专家带去了。老黄也跟着去，带着装好程序的笔记本电脑。一路上老黄心情沉重。小于太容易被欺骗了，太缺乏自保意识，甚至摆出企盼状恭迎每个乐意来骗她的人。既然这样，何事还要利用她？但有些事容不得老黄想太多。他是个警察，知道命案是怎么回事，有着怎么样的分量。那天风很大，车到山顶，几个人下来，看得见一绺绺疾风的螺旋结构，在地上留下道道痕迹。进到理发店里，发现小于今天特意化妆了。理发店也打扫一番，地面上的发毛胡楂都被扫净。台子上插着一把驳杂的野花。

拼图专家老吴打开笔记本，老傅就用手语询问起来，先从轮廓问起，然后拓展到每个细部特征。正好小于觉得老黄的脸型和钢渣有点像，就拽着老黄作比，两手忙乱开了。老吴经验老到，以前用手绘，或者用透明像膜粘来粘去，现在有电脑，方便多了。每个细部，无非多种可能。小于强于记忆，多调换几次，小于就看出来哪一种最接近钢渣的模样。钢渣的模样已经刻进她的头脑。程序里一些设置好的图，活脱脱就是从钢渣的脸上取下来的。随着拼图渐趋成型，老黄看见小于的脸纹慢慢展开，难得地有了一丝微笑。

老黄与钢渣只是脸廓长得像，别的部位不像。老黄只在拼图开始时帮一会儿忙，后面就不管用了。他走出理发店，信步往更高处蹑去，抽烟。天开始黑了起来，他看见风在加大。他叫自己不要太愧疚，这毕竟是工作。他想，小于喜欢那个男人，是不是遭到了于心亮的反对，甚至威胁？杀人动机，也就这么抖出来了。

里面忽然传来一声闷响——其实是小于的尖叫，她尖叫时声音也很沉闷。老黄明白，那人的模样拼好了。在小于看来，这拼成的头像简直就是拿相机照钢渣本人拍下来的。

又一次专项治理的行动布置下来。每年，市局都要来几次大动作，整肃不法之徒，展示市局整体作战能力。这次行动打击的面，除了传统的黄赌毒非，侧重点是年内呈抬头趋势的"两抢"。所有警员统一部署，跨区调拨。老黄负责的这个办案组，只好暂时中断手头的工作。小崔觉得很不爽，工作失去了连贯性，让人烦恼。老黄只哂然一笑，说，等有人把你叫作老崔的时候，你就晓得，好多事根本改变不了。改变不了的事，不值得烦恼。老黄把皮文海和另一个嫌犯的头像复印很多份，正好向市局申请，借这次行动在全市范围内查找这两人。老黄跟小崔说，反过来想想，这其实也是机会。老黄有这样的能耐，以变应变，韧性十足地把自己想做的事坚持下去。

老黄小崔被抽调到雨田区，那里远离钢厂，高档住宅小区密集。晚上，要轮班巡夜。把警车摆在路边，老黄小崔便在雨田区巷道里四处游走，说说话，同时也不忘了拿眼光朝过往行人身上罩去。老黄眼皮垂塌，眼仁子朝里凹，老像是没睡醒。小崔和他待久了，知道那是表象。老黄目光厉害，说像照妖镜则太过，说像显微镜那就毫不夸张。两人巡了好几条街弄，小崔问，看出来哪些像是抢匪么？老黄摇了摇头说，看不出来，他们抢人的时候我才看得出来。过一阵回到警车边，两人接到指挥台的命令，赶紧去往雨城大酒店抓嫖客。抓嫖这事一直有些模棱两可，基本原则是不举不抓。要是接了举报不去抓，到时候被指控不作为，真的是很划不来。于是只好去抓一抓。小崔很兴奋，他觉得抓嫖比打击"两抢"来劲多了。

抓嫖这种事没有太多悬念，可以想象，门被重脚踹开以后，进到大厅举枪暴喝一声，场面马上一片狼藉，伴以声声尖叫；一帮警察再踹开一个个老鼠洞一样的小包间，里面两只蠕动的大白鼠马上换了种喘法，浑身筛抖。小崔自小就是好孩子好学生，被五讲四美泡大的。只有他知道，骨子里也有恶作一把的心思，正好，恶作的心思可以借抓嫖名正言顺地发泄出来。刨包间时小崔拿出百米冲刺的速度，刨得比任何人都多。收获还是蛮大的。警察把刨出来的男男女女拨拉开，分作两堆，在大厅里各自靠着一侧的墙蹲下，仿佛在集体撇大条。

举报的是雨城大酒店旁边那栋楼的一个普通女住户。她发现十来岁的儿子老喜欢趴在阳台上朝那边张望。她也张望了一番，原来是很多包间的布帘子不愿拉下来，里面乱七八糟的事，就像是在给自己儿子放电影。她担心这会对儿子造成不良影响，去跟雨城大酒店的经理打商量，说帘子要拉上才是。但顾客有曝光癖，不喜欢拉帘子，经理也没办法。眼下房价飞涨，女住户没有能力学孟母三迁，只好拨个电话把雨城举报了。

刘副局匆匆地赶来，隔老远就冲老黄说，误会，误会，这是我一个熟人开的……老黄慵懒地看着他，说，呃，是吗？他知道往下要做的事，只能是卖个人情放人。他没必要在这枝节问题上和刘副局拗。刘副局着便装，腋下夹着皮包。眼看事情又摆平了，刘副局吐一口浊气，往左侧那一堆女人瞟去。正好一个女人抬起头，把刘副局看了个仔细。她嘴巴一咧，当场举报说，警察叔叔哎，这老东西老来嫖我，我认得，我举报。大厅里本来嘈杂着，突然就静了下来。

在场的警察听得分明，却都怀疑自己听错了。那女人见警察都盯着她，又嘟哝说，本来嘛，他左边屁股上有火钳烫的疤，像个等号。刘副局的脸刷地就青了，疾步向女人靠去。老黄来不及阻拦，刘副局飞起一脚把女人狠狠地踹在墙皮上。女人嗓子眼一堵，想要惨叫，一口气却憋了有七八秒钟。老黄这才揪住刘副局。刘副局另一只脚已经蓄了势，止不定踹在女人哪块地方。他嘴角抽搐地吼着，臭婊子，晓得我是谁？女人缓过神，扑过去把刘副局咬了一口。刘副局还想动手，才发现老黄力气蛮大，把他两只手箍死了。其实，小崔也早站在一边，发现老黄一人够了，就没动手。小崔暗自地说，这下好了，拔呀拔呀拔萝卜，拔了一堆小萝卜，竟带出一个大萝卜。

过不了两天，刘副局完好无损地出来了，雨城倒是没有保住，停业整顿。老黄再带着小崔出去巡夜时，发觉小崔老打不起精神，盐腌过一样。老黄只好安慰他说，年纪轻轻，你怕个鸟？老刘不会把你怎么样。

这天天还没黑，老黄和小崔着便装逡巡在雨田区老城厢一带密如蛛网的街巷里。徜徉其中，老黄有一种从容，慢慢地抽烟，慢慢踱开步子。路边有一处厕所，小崔便意突然来临了。他问老黄有手纸没有。老黄把除了钱以外所有算是纸的东西都掏给他，并指指前面一条岔道说，我去那边等你。岔道里有一家杂货店，店主很老，货物摆得很零乱。到得店前，老黄突然想给女儿打个电话，他记起这一天是女儿生日。杂货店的电话接不通，但计价器照跳不误。老黄无奈地付了八角钱。老黄只有掏出自己的手机拨号，一扭头看见这巷子更深的地方钻出一条汉子，长了一对注册商标似的鱼泡眼。老黄余光一瞥，已经确认那人是谁。他这才发现裤腰上没别小手枪——以往他都别着的，一直没摸出来用过，以致今早上偷了懒。他朝鱼泡眼皮文海走去。皮文海身体板实，没有手枪光靠两只手怕是难将他扭住。老黄来不及多想，看看手里拽着的诺基亚，没有一斤也有八两重，坚固耐用。原装外壳早就漆皮剥落，他看着几多眼烦，前不久花三十块钱换成个不锈钢的壳。挨鱼泡眼越来越近了。对方显然没有察觉，走路还吹口哨。老黄没拨号，嘴里却煞有介事地与空气嘘寒问暖。

两人擦身而过时，老黄突然起势，大叫一声皮文海，那人果然循声看过来。老黄扬起手机，猛然砸向对方脑袋——这时候，只要拽着比拳头硬的东西，就尽量要省下拳头。老黄本想砸致人昏厥的穴位，但毕竟年岁不饶人，砸偏了几分。他赶紧往前一步，扬起手机再砸，这次是用手机屁股敲去的，力道用得足够大，皮文海应声倒在地上。

小崔循声赶来，老远冲着老黄喊，怎么又跟人打架了？老黄扭头一笑，说你看你看，地上趴着的是谁？小崔认出了那个人。老黄的老手机也光荣散架了，铁壳脱落，部件还在地上蹦跳着。老黄不急于把皮绊扭上警车，而是把小崔的手机拿过来拨叫指挥台，要求马上调人手封锁、排查这片街区。他盼着拔出萝卜带出泥，两个家伙一齐拿下。皮绊在地上软成一团。将他拍醒了，老黄拿出钢渣的头像问他话。皮绊眸了两眼，又装昏迷，不肯说话。

老黄安排小崔继续盘问皮文海，自己则抬起头往周围看看。这一带都是私房，两层楼或者三层楼，贴着惨白的瓷砖。在瓷砖映衬下，零乱的电杆和电线暴露出来。局里增援的人很快过来了，老黄当即进行布置，每人拽一张钢渣的模拟画像，一户一户排查。警察们早把钢渣的模样记得烂熟于心，只要钢渣一小片头皮进入视域，肯定能顺势捋出全须全尾。把整个街区篦了数遍，也没有找到钢渣这个人。天已黑下了，皮绊被扔进车里。隔着不锈钢隔栅，皮绊依然松散地摊在车座上。老黄看着被胡同一一吐出来的同事们，蔫头耷脑，知道今天是逮不了那个人了。再一扭头，往车里睨去，皮绊嘴角似乎挂着嘲笑。

钢渣老是不能把那颗炸弹彻底造好，但炸弹的雏形已经有了，显现出能炸塌一整栋楼的凶相。在雨田区，为了省钱，钢渣和皮绊共同租用一间房。皮绊对桌子上那颗铁疙瘩过敏。他老问，钢脑壳，你那炸弹不会抽风吧？钢渣笑了，向他保证，这铁疙瘩虽然差几步没完成，但很安全，用香烟戳都戳不燃。皮绊当时松了一口气，但晚上睡觉以后噩梦连连，睡不踏实。

那天一早，皮绊爬起来就给钢渣出主意说，钢脑壳，你还是到郊区租农民房，一百块钱能租上三间平房，前带院后带园，你在那里搞核爆试验都没人管。钢渣把脑袋扬过来问他，你怕了？皮绊承认说，是，老睡不着。钢渣看看皮绊，这几日下来，他两眼熬得外黑内红，仿佛是带聚能环那种电池的屁股。钢渣正想着换个地方。出租屋太过狭窄，光线也暗，他干起活来感到不爽。郊区有很多人去楼空的农民房。农民举家出去打工了，房子让亲戚看管，稍微花一点钱，就能租下。他租了一套，把炸弹拿到里面。关于引爆系统，他怎么弄都不称心，有一两个细节和自己的构想有差距。他这才发现，自己竟然是个精益求精的人。

那天，他在郊区农民房忙活一阵，挤专线车去到雨田区。走进巷子，天已经黑了，他闻见一股烂鱼的味道。烂鱼的味道揉烂在巷子发浊的空气里。钢渣脑壳皮一紧，感受到一种不祥。他赶紧抽身往回走，快上到马路时，看见一长溜警车嘶鸣而过，有些车亮着顶灯，有些车则很安详。那一刹，他准确地猜到，皮绊肯定暴露了，被扔进刚才过去的某辆警车里。

钢渣缓过神，慢慢才记起来，两人的钱都攥在皮绊手里。平时，他把皮绊当管家婆用，省事，放心。但现在，钢渣暗自叫苦。他把四个兜里的钱都掏出来看看，数了两至三遍，还是凑不足十块钱。他返回郊区睡了一夜，次日用一个蛇皮袋把未成型的炸弹装好，再和另一个装了衣物用具的蛇皮袋绑在一起，挂在脖子上，看着像褡裢。他想，我也不能在这农民房住了。皮绊虽然不知道我具体租了哪间，却知道大体上在这一片。谁知道他们撬不撬得开他的嘴？再次进到城里，钢渣忽然很想见小于一面。他搞不清楚，有多长时间没见到可爱的小哑巴了。想起她，钢渣心头就一漾一漾地波动起来。钢渣花一块钱搭七路车，售票员让他为两只蛇皮袋加买一张票。他争吵半天，才省下一块钱，看看车内的人，心情烦躁起来。他想，要是炸弹上了弦，不如现在就拨响它。妈的这日子过得太没有人样了。想到小于，他才宁静下来。到了笔架山，隔着老远，钢渣手搭凉棚往小于的店子里张望。那店门一直是关着的。

那一把零票，毕竟不经用，即使天天就凉水吃馒头，第三天一早也花光了。钢渣想着兜里没钱，心里很是发虚。他甚至想，这颗炸弹，如果谁要买，说不定能值几百块钱哩。

这天，快中午了，钢渣晃荡着来到东台区。以前他没来过这片区域，陌生，也就多有几分安全感。有一家超市刚开张营业，铜管乐队吹吹打打的声音把钢渣从老远的地方拽了过去。人像潮水一样往新开张的超市里涌。钢渣被前后左右的人挟着往超市里去。超市的拱形大门，像一张豁了牙的嘴。他忽然想起皮绊说过，超市新开张，有很多东西可以品尝，脸皮厚点，完全可以混一顿饱食。钢渣正要走上传送带，有个保安走过来把他拦住，并说，请你把包放进贮物柜。钢渣只有照办。但贮物柜小了几寸，钢渣没法把蛇皮袋塞进去。那保安跟过来，想要帮钢渣一把，试了几个角度也塞不进去。保安说，那你摆在墙角，我帮你看着。钢渣不愿意，他挎着蛇皮袋要走。那保安警觉地拽住蛇皮袋，拍拍未成型的炸弹，问那是什么。钢渣晃晃脑袋，微笑着告诉小保安，没什么，只不过是一颗炸弹而已。

小保安还来不及惊愕，钢渣就已把他摁倒在地，屈起腿压住。他迅速从蛇皮袋里扯出两股线，一股缠在左手拇指上，一股缠在左手中指上。然后他把小保安提起来，用右胳膊将其夹紧，作为人质。超市顿时乱作一团，所有被吸进来的人都被吐了出去。钢渣奇怪地看着这有如退潮的景象，难以相信，这竟是由自己引发的。人退出去以后，地上丢弃着零乱的物品，包括吃食。钢渣尽量放平目光，不往地上看。看见吃食，他肚子就会蠕动得抽搐起来。钢渣想，必须动手了，要不然再饿上几顿，连动手的力气都没有了。

本来，东台区汇佳超市的突然案件用不着老黄插手。那脑门溜光的家伙挟持一个人质，跟围过来的警察讨价还价。他开列出来的条件之一就是，要把前几天拎进公安局的皮绊放出来。那一圈警察没反应过来，皮绊是谁？当天，老黄依然逡巡在雨田区的街巷，听说东台区有案子了，脑子里就隐隐地有预感。打电话过去问熟人，熟人说，那案犯要用人质交换一个叫皮绊的人。听到皮绊这名字，老黄就活泛了。小崔问，怎么啦？他分明看见老黄的眼底闪过一丝贼亮的精光。老黄说，皮绊就是皮文海。记得了么？小崔说，什么也不要说了，上车。

进到超市的厅里，老黄终于看到那人。那人也一眼瞥见了老黄。老黄进来以后，钢渣就感受到自门洞处卷进来一股锐利的风。他眼前是呈弧状排列的一溜绿胶鞋，他的目光得越过这些人，才看得见最后踅来的那个老胶鞋。钢渣用凶悍的眼神示意挡在他和老黄之间的那个年轻胶鞋挪一边去。他只想跟老黄说话。他说，我认得你。你经常去笔架山小于那里刮胡子。老黄回应说，我也认得你。钢渣说，把我的兄弟放了，你知道他是谁。老黄说，我当然知道，皮文海是我抓到的。钢渣恨恨地说，他妈的，果然是你。

没有回答，只有老黄一贯以来似看非看的眼神。他本该盯着钢渣，然后两人的眼神形成对峙——钢渣为此做好了心理准备，一定要用眼神抢先压制住这老胶鞋，要不然自己很快就会崩溃、完蛋。但老黄显得不大集中得了精力，心有旁骛，目光落在一些莫名其妙的角落。

小伙子，你的炸弹有几斤重？老黄冷不防抛去一句话。钢渣一愣，他没将这炸弹放在秤盘上称过。老黄笑了，说，瓢子里灌几斤药，壳子用几斤钢材，未必你都没有称过？钢渣老半天才说，等下弄响了，你不要捂耳朵。小保安仍在瑟瑟发抖。钢渣想，要是老这么抖下去，自己迟早会跟着抖起来。那是很糟糕的事。他呵斥道，别抖了，你他妈别抖了。小保安的确非常无奈。这份上了，他不想拂逆这光头大爷的意思，但身体就是不管不顾地抖个不停。

老黄看了看四周，他认为大厅没必要站这么多警察。他点了几个面相年轻的，要他们守在外面。那几个警察心领神会地走出去。接下来，老黄摸出一匣香烟，不但自己抽起来，还把烟凌空扔去，让别的警察接住，一齐吞吐烟雾。有那么一两个人，手僵了，没接住烟。

小保安不抖了。他抖了好大一阵，已经抖不动了。但钢渣仍在咆哮着说，别抖了，猪翲的哎不要再抖了！说完话，他才意识到人家并没有抖，是自己脚底下传来细密轻微的战栗。一抬头，他看见那老胶鞋狡黠的微笑。老胶鞋叼着烟，满嘴烟牙充斥着揶揄的意味。钢渣觉得不对劲，厉声说，你往后退。别以为我没看见，你他妈往前跨了两步。老黄说，你看见鬼打架了，我本来就站在这里。钢渣有些发蒙，进而也怀疑自己看错了。他暗自地问，老胶鞋原先是站得这么近吗？这时他清晰地看见，老胶鞋又往前跨了一脚。他眨了眨眼，暗自地说，我没看花眼，这老胶鞋……

老黄注意到光头的眼神出现恍惚。他左手已经下意识地擎高了，整个暴露出来。老黄看见一股红线缠在这人左手的拇指上，而绿线缠在同一只手的中指上。他显然没有精心准备好，两股线都缠绕得粗糙，而且线头剥除漆皮露出金属线的部分也特别短。这使老黄的信心无端增添几分。老黄突然发力，猛蹿过去。他的眼里，只有光头的那只左手。挨近了，老黄手臂陡然一伸，正好捏住那只左手的虎口。老黄用力一捏，听见对方手骨驳动的响声。钢渣的手掌很厚实，也蓄满了力气，老黄差点没捏住。

钢渣错就错在低估了这老胶鞋的速度，还有他的握力。老黄满嘴烟牙误导了钢渣。钢渣满以为这老胶鞋除了一颗脑袋还能用，其他的器官都开始生锈了。他满以为老黄会张开黑洞洞的嘴跟他罗列一通做人的道理，告诫他坦白从宽抗拒从严。没想到，这半老不老的老头竟然先发制人，卖弄起速度来。钢渣发现老胶鞋捏住自己的手了，来不及多想，用力要让两股线头相碰。钢渣头皮一紧，打算在一声巨响中与这鬼一样的老胶鞋同归于尽，化为齑粉。

这老胶鞋力气大得吓人，一只看似干枯的手，却像生铁铸的。那一霎，老黄也惊出一头冷汗，分明感觉到光头手劲更大。幸好他挟持小保安耗去不少体力，而且早上似乎没吃饱饭。

别的几个警察手里还夹着烟，烟卷正燃到一半。他们也没想到，右安区过来的足痕专家老黄性子竟比年轻人还火暴，在年轻人眼皮底下玩以快制快。这好像玩得也过于悬乎了，不符合刑侦课教案的教导啊。众警察赶紧把烟扔掉，把枪口杵向钢渣那枚锃亮的光头。

把钢渣带到市局，扔进审讯室，他整个人立时有些委顿，老半天才睁开眼皮往对面墙上睃了一眼。审讯室的墙壁从来都了无新意，雷打不动是那八个字。老黄正咂着嘴皮要说话，钢渣却率先开口了，问，我会死吗？老黄不想骗他，就说，你心里清楚，你手上有人命。钢渣觉得老胶鞋也是个痛快人。只有痛快的人，眼神才会这样毒辣。挨一支烟的工夫，钢渣就承认了杀于心亮的事。这反倒搞得老黄大是意外。杀人的事啊！他原本憋足了劲，打算和这个光头鏖战几天几夜，抽丝剥茧，刨根问底。

为什么要杀他?

……本不想杀他。起初我就不打算抢司机。开出租的看着光鲜，其实也他妈穷命。但我没条件抢银行，抢司机来得容易。钢渣吸起了烟，说话就放慢了。他看看眼前这老胶鞋，忽然想起来，在小于的店子里第一次见到他，很直接就感受到一种威胁。很少有人能够传递给钢渣这样的感觉。往下钢渣又说，那晚上我们说要去大碇，好几个司机都不接生意。也是的，要是我开车，见两个男的深更半夜跑这么远，也不会接生意……实在太穷了，不瞒你说，我差点就去捡破烂了，又放不下这张脸。这么穷的光景，我他妈偏偏和一个女人搞上了。那个女人等着钱用……你也认识那女人。

老黄没有说话，也不知道他为什么讲得这么详细。他以前见过的杀人犯，逻辑往往有些紊乱，说话总是磕磕巴巴。

钢渣又说，本来也不知道要撞上哪个倒霉鬼。司机都太警醒，我跟皮绊那晚没什么指望了，站在三岔口抽烟，抽完了就准备回去睡觉。这时候羚羊3042主动开过来揽生意，问我们是不是要去大碇，还说不打表五十块钱搞定。我看他的驾驶室，没有装隔栅，估计这人是新手，家里缺钱，见到生意就捡。既然他送上门了，我们就坐进去。我没看出来他是小于的哥哥，他俩长得不像。他妈的，既然是兄妹，就应该长得像一点。这不是开玩笑的事。

钢渣要了一支烟，抽了起来。他又说，开到半路上，我说你把钱拿出来，不为难你。这家伙竟然当我是开玩笑，骂粗话，说他没带钱。我受不了这个人，他有些呆，老以为我们是在跟他寻开心。于是我照他左脸砸一拳头。他鼻子破了，往外面喷血，这才晓得我不是开玩笑。他一脚踩死刹车想跟我打架。他身架子虽大，却没真正打过架。他抄起水杯想砸我，我脑袋一偏，那块车玻璃就砸碎了。我摞他几拳，他就晓得搞不赢我。在他摆钱的地方，我只抠出三百块不到。我叫他继续往大碇开。他一路上老是说，把钱留一点。我有些烦躁，要是他有一千块钱，我说不定会给他留一百。但他只有两百多，我们已经很不划算了……

为什么要杀他? 你已经抢到钱了。

……本不想杀他，我俩脸上都粘了胡须，就是为了不杀人。开着车又跑了一阵，我才发现帽子丢了，应该是从车窗掉出去的。我头皮有几道疤，脑门顶有个胎记，朱砂色，还圆巴巴的——我名字就叫邹官印。我落生时，我老子以为我将来会当官。可他也不想想，他只是个挑粪淤菜的农民，我凭什么去当

一个人张灯结彩

官？有的路段灯特别亮，像白天一样。我头皮上的这些记号，想必司机都看见了。要是我长了头发，那还好点，但我偏偏刚刮的青头皮，帽子又弄丢了。当时我心里很乱，觉得还是不留活口为好。我叫他停车，拿刀在他脖子上抹一下，他就死了。皮绊没杀人，人是我杀的。

然后呢？

司机的帽子和我那顶差不多。我拿过来看看，真他妈是完全一样的，很高兴，就罩在自己头上。哑巴给我刮的青头皮，然后给我买了帽子。要是我丢了帽子，她说不定会怪我。

原来是这样。老黄心里暗自揣度，是不是小于给钢渣买了帽子以后，觉得不错，回头又买了一顶一模一样的？给情人和亲哥哥买相同的帽子，是否暗合着小于某种古怪的心思？一刹那，他非常清晰地记起了小于的模样，还有那种期盼眼神。老黄又问，你抢他的那顶帽子呢？钢渣说，洗了，晾竹竿上，还没收。

为什么要洗？

毕竟是死人戴过的，想着有点晦气，洗衣服时就顺便洗了。

话问完，老黄转身要出去，钢渣却把他叫住。这个粗糙的家伙突然声调柔和地问，老哥，现在离过年还有多久？老黄掐指算算，告诉他说，两个多月。想到过年了？你放心，搭帮审判程序有一大堆，你能挨过这个年。钢渣认真地说，老哥，能不能帮我一个忙？老黄犹豫了一会儿，说，你先说什么事。

我答应哑巴，年三十那天晚上和她一起过。但你晓得，我去不了了。他妈的，我答应过她。到时候你能不能买点讨女人喜欢的东西，替我去看她一眼？就在她店子里。这个女人有点缺心眼，那一晚要是不见我去，急得疯掉了也不一定。

老黄看着钢渣，好久拿不定主意。最后他说，到时再看吧。

技术鉴定科的人事后说，那炸弹内部构造非常精巧，专家水平，但引爆装置的导线并没有接好，就像地雷没有挂弦，只能拿来吓吓小孩。老黄即便不捏死钢渣的手，炸弹照样点不燃。领导知道以后不以为然，说当时老黄可不知道那炸弹竟是个哑巴。老黄听得一肚子晦气，在心里给自己打了折扣。既然做出了英勇行径，他自然希望那时那地，险情是足斤足两的。破下于心亮的命案以后的那个把月还算平静，老黄闲了下来，但没往笔架山上去。要理发或者刮胡须，他另找了一家店面，手艺也说得过去。他害怕见到小于。

十二月底的某天，接到一个老头举报，说有人在卖假证。问是什么假证，那老头说，蛮奇怪的，我带得有一本样品。说着他从一个塑料袋里掏出一个红皮本。老黄把红皮本拿过来，封面有几个烫金字。上面一行呈弧形排列，字体稍小，狭长：中华人民共和国国务院特赦办；下面垂着五个大几号的宋体字：特别赦免证。

都什么乱七八糟？老黄被搞蒙了。这连假证也够不上，纯粹臆造品嘛。打开里面看，错别字连篇。老头说他昨天刚买的，花一千八百八，卖证的人说这是 B 证，大罪从轻小罪从免。要是买了 A 证，得要两千八百八，那证作用就更大，死罪都可以从无。老头一早拿了这证去市监狱，满心欢喜地想把自己儿子接出来。他儿子按算还要服刑两年，这 B 证一买，算下来减一天刑只合三块钱不到，捡了天大的便宜。但狱警说这证没用，还派个车把老头直接送右安区分局，督促他报案。分局当即出警办这事。老头记性不太牢靠，绕一个多小时，终于确认地方了。老黄和另两个警察早换了便装，从楼道上去，拍了拍门。里面是外地佬的声音，谁？老黄说，介绍来的，业务。一个家伙大咧咧地把门敞开了，还满脸堆着笑地说，欢迎，里面坐。老黄真想点拨他说，既然愣充国务院的，级别那么高，就应该扳着脸，态度适当地冷漠。三个便衣都揣着看把戏的心思进到里面，打算先听几个骗子天花乱坠吹一番，然后动手抓人。

没想到里面有个熟人。哑巴小于静静地坐在床沿的一张矮凳上，正看着一个女骗子指手画脚。小于瞥见了老黄，显得很紧张，做出一串手势。里面的一帮人看明白了，哑巴说来人是警察。三个便衣只得把看戏的心思掐灭，当即动手，把屋里两男一女三个骗子全部铐上。

那一屋人全被带进了分局。很快，老黄又把小于带出来，放她走。小于裤兜里装了一沓老头票。裤兜太浅，老黄忍不住提醒她把钱藏好。只差个把月就要过年了，满街的扒手急疯了似的作案。小于把钱往里面掖了掖，怨毒地盯老黄一眼，走了。

老黄站在原地，虽然很冷，却不急着进去。他觉得小于其实蛮聪明，很多事都明白。比如刚才，那女骗子吹得再玄虚，小于似乎不信——她脸上毫无喜悦。但看情况，她仍打算扔几千块钱买这注定没用的 A 证。她心里是怎么想的呢？这当口，老黄又记起了钢渣说的那番话。年夜眼看着近了，老黄倏忽紧张起来。

其后几天，刘副局调离分局，要去省城。临行前，他请同事一块去吃馆子。老黄不想去，但不好不去，刘副局要走了，换一个人似的，邀请谁都显得万分真挚，让人难以推托。当晚果不其然喝多了。老黄头一次看到刘副局喝醉酒的德行，跟街上荡来荡去的小青年差不多，哭丧着脸，一个一个地找碰杯，并且说，对不起了，兄弟！喝了酒，人就千姿百态了。刘副局跟每个人都说了对不起，还不过瘾，又站在饭厅中央说，现在光吃饭不管用，明天正好休息，我弄辆车，大家找个地方狠狠地玩……去哪里，刘副局一时没想明白，他还残留有几分清醒，晓得不能带同志们去搞异性按摩。沉默一阵，忽然有个人说，去织锦洞怎样？看了个报道，说织锦洞是全国最好的洞，二十几位洞穴专家评出来的。刘副局拿眼光找说话的人，没找出来，嘴里说，洞穴专家？比我刘某人还专吗？那洞有多远？那人说，大概四个小时。刘副局说，行，就去那里，明天我请兄弟们去逛仙人洞。那人纠正说，刘副局，那叫织锦洞。刘副局大手一挥，说，差不多，反正都是洞。

　　本来大伙也没当真，以为刘副局说酒话。次日一早，刘副局叫人逐家挂电话，说是紧急集合。去到分局，一辆豪华大巴已经停在门口了。老黄和小崔坐一排，感觉有点堵，相互觑了几眼。一说话，不可避免地提到于心亮。上次也是有心去看洞，于心亮带一大帮子人陪同，搅了局。回头想想，那事情还近在眼前；游洞不成，于心亮抱愧的模样也历历在目。这一次，朗山到岱城的高速公路修好了，车程几乎减半，只三个多小时，车就到了织锦洞前。老黄小崔逛洞时却把心情全丢了，纯粹是那个导游妹子的跟班。刘副局心情不错，从洞里出来，他又拉了这一车人去到更远的一个县份，请大伙去吃当地有名的心肺汤。那天本可以早点回来，但一顿心肺汤磨蹭了几个小时，回到钢城，又是半夜。众人都说饿，得找一家店子吃碗米粉。好不容易找到一家店。刘副局和老黄对面坐着，一个人捧一大碗米粉，上面铺了一层酱牛肉。一到晚上，人就特别有胃口。刘副局刚扒了几筷子，忽然说尿憋，赶紧走了出去。街灯全熄了，大巴银灰的外壳微微亮着。刘副局憋得不行却找不见厕所，就绕到车后头搞事。

　　外面风声大了，漫天盖地，像是飘来猛兽的嘶吼。老黄吃米粉时仿佛听到一声闷哼，但没有留意。在巨大的风声里，别的声音夹杂进来，容易让人误以为是幻听。老黄把碗里的油汤喝净，才发现刘副局一直没有回来。抬头看看，别的人自顾喝着汤水。冬夜里喝一碗热腾腾的牛肉汤，会让人整挂大肠都油腻起来，暖和起来。老黄问他们，刘副局呢？大伙这才发现少了一个人。老黄明明听刘副局说是尿憋，难道却在撒大条？

　　老黄走出小店，大声地冲车的方向大叫刘副局，连叫几声，没见回应。老黄脑侧的青筋猛地一抽，预感到出事了。绕到大巴后头，刘副局果然躺倒在地上，看似喝醉酒的姿态，其实胸窝子上插着一把刀，刀身深入，只剩刀柄挂在外头。老黄一惊，很快意识到要保护现场，没有立即叫人。他独自蹑手蹑脚走过去，探一探老刘的鼻息，确定他已经死僵了。

这件案子顺理成章地由老黄负责侦破。有了案子，时间就会提速。年前那一个月，老黄是连轴转忙过来的。女儿打个电话，提醒他年夜在即。老黄只有一个女儿，在老远的城市，是否嫁人了，老黄都搞不清楚。她说今年又不能回来陪他了，有公务。老黄也乐得清闲。这么多年了，他看得清白，女儿回来小住几日，也是于事无补，离开以后徒增挂念。

年三十一早起来，老黄就想起钢渣说过的话。其实他早已在这天的剥皮日历上记下一笔：晚上去笔架山看小于。他上街，不晓得买什么东西能讨小于喜欢，就成捆地买烟花，不要放响的，而是要火焰喷起来老高的，散开了以后颜色绚烂的。晚九点，天色一片漆黑，他踱着步往笔架山上去。有些憋不住的小孩偶尔燃起一颗烟花，绽开后把夜色撕裂一块，旋即消失于夜空。一路上山，越往上人户越少，越显得冷清。路灯有的亮有的不亮，亮着的说不定哪时又暗了。他尽量延宕，不敢马上见到小于。风声越来越大了，他把领子竖起来。这时他开始怀疑，自己有没有勇气走进小于的店里，跟她共同度过这个年夜。她又会是什么样的态度？老黄甚至有几分恨钢渣，把这样的事情交到自己手里。走得近了，他便知道钢渣和小于的约定像铜浇铁铸的一样牢靠。小于果然在，简陋的店面这一夜忽然挂起一长溜灯笼，迎风晃荡。山顶太黑，风太大，忽然露出一间挂满灯笼的小屋，让人感到格外刺眼。

离小于的店面还有百十米远，老黄就收了脚，靠着一根电杆搓了搓手。他往那边望一望，影影绰绰，哪看得见人？点烟点了好几次，才点燃。风太大了。老黄弄不清自己能在这电杆下挺多久，更弄不清自己最终会不会走进那间迸着暖光的理发店。一岔神，老黄想起手头正在办理的案子——本来他以为刘副局的案子应该不难办，现场保留得很好，还找到一溜清晰的鞋印。但事情常常出乎他的想象，一个月下来，竟毫无进展。刘副局生前瓜葛太多，以致他死后被怀疑的对象太多，揪花生似的一揪就拖出一大串，反而没能圈定重点疑凶。

这个冬夜，老黄身体内突然蹿过一阵衰老疲惫之感。他在冷风中用力抽着烟，火头燃得飞快。此时此刻，老黄开始对这件案子失去信心。像他这样经历的老警察，很少有这么灰心的时候。他往不远处亮着灯笼的屋子看了一阵，之后眼光向上攀爬，戳向天空。有些微微泛白的光在暗空中无声游走，这景象使"时间"的概念在老黄脑袋中具体起来，倏忽有了形状。一晃神，脑袋里仍是摆着那案子。老黄心里明白，破不了的滞案其实有蛮多。天网恢恢疏而不漏，那

一个人张灯结彩

是源于人们的美好愿望。当然，疏而不漏，有点像英语中的一般将来时——现在破不了，将来未必破不了。但老黄在这一行干得太久了，他知道，把事情推诿给时间，其实非常油滑，话没说死，等于什么也没有说。因为，时间是无限的。时间还将无限下去。

原载《人民文学》2006年第12期

第四届鲁迅文学奖

跑步穿过中关村

徐则臣

一

　　我出来啦。敦煌张开嘴想大喊，一个旋风在他跟前升起来，细密的沙尘冲进他的鼻子、眼睛和嘴里，只好先打喷嚏，然后揉眼睛。小铁门在他身后咣地关上了。他把嘴里的沙土吐出来，旋风已经跑远了。他歪着脑袋看天，迷迷蒙蒙一片黄尘，太阳在尘土后面，湿润平和，只是有点糙，像块打磨过的毛玻璃。阳光一点都不刺眼，敦煌还是流了泪，怎么说也是阳光。又有股旋风倾斜着向他走过来，敦煌闪身避开了。这就是沙尘暴。他在里面就听说了。这几天他们除了说他要出去的事，就是沙尘暴。敦煌在里面也看见沙尘扬起来，看见窗户上和台阶上落了一层黄粉，但那地方毕竟小，弄不出多大动静。他真想回去对那一群老菜帮子说，要知道什么是沙尘暴，那还得到广阔的天地里来。

　　眼前是一大片野地，几棵树上露出新芽，地上的青草还看不见。都被土埋上了，敦煌想，用脚踢一下门旁的枯草，伸着头看，还是一根青草也找不到。三个月了，妈妈的，一根青草也长不出来。他觉得风吹到身上有点冷，就从包里找出夹克穿上。然后背上包，大喊一声：

　　"我出来啦！"

　　敦煌走了二十分钟，在路边拦了一辆小货车。车到西四环边上停下，敦煌下了车，觉得这地方好像来过。他就向南走，再向右拐，果然看见了那家小杂货店。敦煌稍稍安了一点心，他一直担心一转身北京就变了。他买了两包中南海烟，问售货小姐还认识他么，那女孩说有点面熟。他说，我在你们家买过四包烟呢。出门的时候，他听见女孩吐完瓜子壳后嘀咕了一句：神经病！

敦煌没回头，长这么丑，我就不跟你计较了。沿着马路向前走，他知道自己一定像个找不到工作的愣头青，干脆摇晃着背包大摇大摆地反道走。走反道不犯法。走得很慢，慢慢品尝中南海。在里面跟在家一样，难得抽上这东西。第一次他把两条中南海带回家，他爸高兴坏了，一来客人就散，庄严地介绍，中南海，国家领导人待的地方，他们都抽这个。其实敦煌只经过中南海门前一次，为了赶去看升旗。凌晨四点就爬起来，被保定骂了一顿。保定说，升旗哪天不能看，非赶个大雾天。那天大雾，他们上午要去交货，但敦煌就是忍不住了要去看。那会儿他刚来北京，跟着保定混，梦里除了数不完的钱，就是迎风飘扬的国旗，他能听见仪仗队咔嚓咔嚓的脚步声整齐划一地经过他的梦境。他骑着辆破自行车一路狂奔，经过一处朦胧闪亮的大门，好像还看见了几个当兵的站在那里，没当回事。回来后跟保定说，才知道那就是中南海，后悔没停下来看看。后来他一直想再去仔细看看，总不能成行。就像保定说的，哪天不能看啊，所以就哪天也没能看成。直到现在。

敦煌也不知道要去哪里，没地方可去。一窝都进去了，保定，大嘴，新安，还有瘸了一条腿的三万，熟悉的差不多一个不剩。而且现在手头只有五十块钱，还得减去刚才买烟花掉的九块六。太阳在砂纸一样的天空里直往下坠，就在这条街的尽头，越来越像一个大磨盘压在北京的后背上。敦煌在烟离嘴的时候吹口哨，就当壮胆，又死不了人。当初来北京，跟来接他的保定走岔了，在立交桥底下抱着柱子还不是睡了一夜。先熬过今晚再说。

一抬头，前面是海淀桥。走到这个地方非他所愿，敦煌停下了，看着一辆加长的公交车冲过桥底下的红灯。其实不想来这里，尽管他也不知道想去哪里。就是在海淀桥旁边被抓到的。他和保定从太平洋数码电脑城一口气跑过来，还是没逃掉。东西还在身上呢。早知道逃不掉就把货扔了，他跟保定说，没关系，那两个警察胖得都挂不住裤腰带了，没想到跑起来还挺溜。他们的车堵在跟前，再扔已经晚了。这是三个月前的事。那时候天还冷，风在耳边呜呜地叫。现在，他出来了，保定还在里面。不知道保定被警察踹伤的左手好了没有。

敦煌拐弯上了一条路，再拐，风从地面上卷起沙尘，他躲到一栋楼底下，天就暗下来。他拍打着衣服上的尘土，一个背包的女孩走过来说："先生，要碟吗？"从包里抽出一摞光盘。"什么都有，好莱坞的、日本的、韩国的，流行的国产大片。还有经典的老片子，奥斯卡获奖影片。都有。"

在昏暗的光线下，敦煌看到碟片的彩色包装纸上有点说不清的暧昧。那女孩的脸被风吹干了，但不难看，她好像还有点冷，偶尔哆嗦一下像要哭出来。

敦煌判断不出她的年龄，也许二十四五，也许二十七八，不会超过三十。三十岁的女人卖碟不是这样，她们通常抱着孩子，神秘兮兮地说，大哥，要盘吗？啥样的都有，毛片要么，高清晰度的。然后就要从后腰里摸出光盘来。

"便宜了，六块钱一张卖给你。"女孩说。敦煌把包放到台阶上，想坐下来歇歇。女孩以为他决定挑了，也蹲下来，在一张报纸上一溜摆开碟片。"都是好的，质量绝对没问题。"

敦煌觉得再不买自己都过意不去了，就说："好，随便来一张。"

女孩停下来："你要实在不想买就算了。"

"谁说我不想买？"他让自己笑出声来，"买，两张！算了，三张！"他担心女孩怀疑，就借着楼上落下的灯光挑起来。《偷自行车的人》《天堂电影院》《收信人不明》。

"行家啊，"女孩声音里多了惊喜，"这些都是经典的好片子。"

敦煌说，不懂，瞎看看。他真的不懂，《偷自行车的人》看过；《天堂电影院》是在公交车上听两个大学生说的；挑《收信人不明》仅仅是因为名字别扭，他觉得应该是《收信人下落不明》才对。买完碟，他在台阶上坐下来，对面的楼前亮起霓虹灯。他掏出一根烟，点上，对着霓虹灯吐出一口烟雾。女孩收拾好碟片，站起来问他走不走。

"你先走，我歇会儿。"敦煌觉得没必要跟一个陌生人说其实自己没地方可去。

女孩和他再见，走几步又回来，在他旁边的台阶上坐下。敦煌下意识地向外挪了挪屁股。

"还有么？"女孩说的是烟。

敦煌看看她，把烟盒和打火机递过去。他听见女孩说，中南海的口感其实挺好的。敦煌和很多人打过交道，但那都是交易，冲着钱去，所以女孩的举动让他心里突然没了底。恐慌只持续了几秒钟，他想，都这样了，光脚的还怕穿鞋的。进都进去过了。整个人放松下来，主动问她："生意还好？"

"就那么回事，天不好。"她指的是沙尘暴。闲人都关家里了，而买碟的大多都是闲人。

敦煌深有体会，他那行多少也有点靠天吃饭。刮风下雨像个乱世，谁还有那个心思。

女孩对烟不陌生，烟圈吐得比他好。两个人就这么坐着，看着天越来越黑，行人越来越少。旁边一个小书店里有人在说，关了吧，飞沙走石的，谁还买书。然后就是卷帘门哐的一声被活生生地拽下来蹾到地上。飞沙走石，夸张了。敦煌尽量不去看那女孩，他不知怎么跟她说话，不习惯，和一个从没见过的姑娘不三不四地干坐着，这成什么事了。他想离开。

"你是干什么的？"女孩突然说话。

"你觉得呢？"

"学生？说不好。"

"什么也不干。无家可归的。"敦煌发现说真话简直像撒谎一样轻松。

"不信，"女孩说，站起来，"不过无家可归也好，一起去喝两杯？"

敦煌在心里笑了，终于露馅了，就知道你还兼了别的职。他没嫖过，但保定和瘸腿三万嫖过，女人那一套他多少知道一点。只是这样的女孩也干这个，他揪了一下心，然后说服了自己，报纸上说，现在干这行的姑娘相当比重的都是大学生。大学生，多好的名字。敦煌又想起那些抱孩子鬼鬼祟祟卖光盘的女人。"还是我请你吧。"敦煌做出一副慷慨来，死猪不怕开水烫，无所谓了。

二

他们去附近的"古老大"火锅店。女孩说，得热乎一下，都冻透了。敦煌附和，他没想到沙尘暴一到，又把北京从春天刮回去了。从外面看，火锅店的玻璃上雾气沉重，里面鬼影憧憧。人叫那个多，半个北京好像都挤进来了，无数的啤酒杯被举过头顶，酒味、火锅味和说话声跟着热气往上浮。如此亲切的温暖敦煌至少三个月没有感受到了，心头一热，差点把眼泪弄下来。

女孩靠墙，敦煌背后是闹哄哄的食客。鸳鸯火锅。三瓶燕京啤酒。敦煌注意到女孩点了两份冬瓜和平菇。女孩喝酒爽快，但没有她表现出来的那样能喝。喝酒敦煌有经验，这是他唯一过硬的特长，保定以为自己酒量不错，但半斤二锅头下去就不知道敦煌到底能喝多少了。在女孩面前敦煌很谦虚，说自己酒量不行，一瓶下去就说胡话。

"说吧，我听。"女孩大大咧咧地捋起袖子。她没发现敦煌喝酒几乎没有下咽的动作，而是直着流进去的。"就喝到说胡话为止。"

接下来两人半杯半杯地碰。热气腾腾的火锅让人觉得他们俩是一对情人。敦煌三个月没见过如此丰盛的诱惑，两眼放光，大筷头往嘴里塞涮羊肉。女孩脸色也红润多了，看起来年龄比在风里要小。还是挺好看的。鼻梁上长着两个小雀斑。谁的手机响了，女孩赶紧到包里找，等她拿出来，旁边的一个男人已经开始说话了。她的失望显而易见。她把手机在手心里转几圈，放在面前的桌子上，问敦煌叫什么。

"敦煌。"

"听起来很有学问啊，真的假的？"

"当然真的，我爸取的。他基本上等于文盲。歪打正着。听我妈说，我刚生下来那两天，他愁坏了，找不到好名字，都憋成便秘了。没办法，从邻居家抱来一堆报纸，翻了一天也定不下来，最后在《人民日报》第一版上看到'敦煌'两个大黑字，就是我了。"

"你爸真是，早该取好了名字等你出生。"女孩空洞地笑起来，瞟了一眼手机，"我叫旷夏。空旷的旷，夏天的夏。好听么？"

"好听。比敦煌强多了，我老觉得自己是块黄土夯出来的大石头。"

女孩笑得有点内容了，说旷是父亲的姓，夏是母亲的姓。敦煌不觉得这名字有多好，父姓加母姓，满世界的人都这样取名字。但他还是说，好。他得让她高兴。所以接着就夸卖碟好，说自己刚到北京时也想卖碟，苦于找不到头绪，遗憾至今。

"那你现在干吗？"旷夏问。

"瞎混。这干两天，那干两天，北京这么大，总饿不死人。"

"回老家去啊。北京就这么好？"

"也不是好不好的问题。混呗，哪里黄土不埋人。"

旷夏又转她的手机，脸色沉静下来。"要不是卖碟，我早回老家了。北京风大。"

"那倒是，好在吹不死人。"

谁的手机又响了，旷夏把手机重新拿起来。还是跟她没关系。敦煌觉得她有事，心想算了，见好就收吧。就说，要不就吃到这里，见到她很高兴，他请客。然后招手要买单。

"我来，我来。"旷夏争着掏钱包，"说好我请的。"

敦煌做一个制止的动作，旷夏真就听话地把钱包放下了。敦煌脑子嗡的一声，你怎么就这么实在呢。他装作到挂在椅背上的衣兜里找钱，感觉全身在两秒钟之内起码出了一斤的汗。只好冒险用一次保定教他的方法了。他在左口袋里摸索半天，眉头皱起来，赶快又去右口袋里摸，立马跳起来，惊慌失措地说：

"我钱包没了！手机也没了！"

"不会吧？你再找找。"旷夏也站起来。

敦煌又去摸口袋，干脆把衣服提起来，当着旷夏和服务员的面将内侧的两个口袋翻出来，当然空空如也。"一定是被偷了！"他说，"我进来的时候还在。"然后对服务员说："你们店里有小偷！"服务员是个十八九岁的小姑娘，吓得直往后退，好像害怕小偷附了她的身，连连摆手，说："没有，没有啊。"她惊恐的样子让敦煌有点不忍，但戏开始了就得演下去。

周围的客人筷子停在半空，扭过头来看，热情洋溢地看着丢了钱包和手机的敦煌，又稍稍后仰身子，以便证明自己的清白。舞台越搭越大了，敦煌硬着头皮也得把独角戏唱下去。

"你没记错？没放包里？"旷夏说。

"不可能错。钱包里有六百块钱，好像不止，记不清了。还有一张建行的卡、身份证、一张五十块钱的手机充值卡，都丢了！钱无所谓，关键是身份证，补办一个太麻烦了。我那手机才买了不到一个月，一千多块钱哪。"

他竭力把自己弄成一个唠唠叨叨的祥林嫂，所有顾客都往这边看。小服务员果然怕了，赶快去找领班。等领班过来，旷夏发现了一个问题，服务员竟然没用衣服罩罩住敦煌的上衣。如果罩了，钱包和手机就不可能被偷。部分责任在火锅店。衣服罩的确没罩，反而是敦煌的上衣套在衣服罩上。领班没承认是店员失职，气短是有了一点，解释说，店门上已经写明，顾客的钱财自己保管好，丢失本店概不负责。敦煌和旷夏不答应了，如果罩了衣服还丢，当然不会连累饭店，问题是现在没罩啊，谁知道是否有意不罩。意思很明白了。

"对您丢失的财物我们十分抱歉，"领班最后扛不住了，"要不给你们打个八折，这事就到这里。再送两瓶免费的压惊啤酒，怎么样？"

旷夏说好吧。敦煌不答应，至少五瓶！

领班说："先生，我只有这么大的权限。"

敦煌说："那好，让你们经理来。"

领班犹豫一下，走了。旷夏问敦煌手机号多少，拨一下看小偷还在不在店里。敦煌说了一个号，旷夏拨了，已关机。彻底没戏，死心吧。敦煌心里说，早就死心了，那是三个月前的号，手机早不知道扔哪去了。过两分钟领班回来了，身后的服务员端着五瓶啤酒。敦煌让打包给旷夏带走，很不好意思到头来让她破费。旷夏说本来就该她请，看了看手机，塞进了包里。她让服务员打开，现在就喝！敦煌想，喝就喝，谁怕谁，正好没过瘾。

现在才真正开始。旷夏喝得更爽快了，如同易水送别，酒杯碰得决绝悲壮。喝。喝。两瓶下去她就只会说喝喝了，慢慢歪倒在桌子上。

"没事吧你？"敦煌说。

"没事，喝。喝。"旷夏嘴里像含了个鱼丸子，然后突然就哭了，"我想回家，送我回家。"

敦煌说好，现在就送你回家，一边把剩下的那瓶酒嘴对嘴喝完了。还好，旷夏基本上明白家在哪里，一说敦煌就知道了。三个月前，他对海淀这一带和老北京一样熟悉。她住芙蓉里西区一个一居室的房子，三楼，租的。敦煌把她弄上楼，开了门发现满屋都是大大小小的白柳条筐子，一筐筐的碟片。筐上贴着纸签，注明欧美、印度、韩国、日本、武侠，等等。他正打算找"三级"和"毛片"字样，旷夏在床上闭着眼说：

"水。喝水。"

水瓶空的。敦煌让她忍一忍，等把水烧开，旷夏睡着了，还打着小呼噜。敦煌端着水杯在一把旧木椅子上坐下，等水凉下来。屋子里陈设简陋，除了旷夏身底下的大双人床，大家伙就一张桌子和一把椅子，桌子上是旧电视机和一台八成新的影碟机，此外就是碟片筐子。他东瞅瞅西看看，一杯水被自己喝完了。他想不出今晚余下的时间该怎么打发，准确地说，这一夜他该到哪里去安顿自己。听着旷夏的小呼噜，敦煌突然觉得自己挺可怜的，连个窝都没有。他在北京两年了，就混成这样，静下来想想，还真有点心酸。当时把那半死不活的工作辞掉，满以为到了北京就能过上好日子，现在连人都半死不活。口袋里只有二十二块四毛钱。他又倒了一杯，打算等她再要就端过去。

敦煌一筐筐找，没找到毛片，连张名副其实的三级片也没找到，只有"情色"片。看封面上的女人都露胳膊露腿的，那都是虚张声势，很可能整部片子里就露那么一下子。最后找到一部应该会黄的碟，《色情片导演》，打开影碟机和电视，在静音状态下悄悄看起来。看了半截还没有激动人心的场面，敦煌兴味索然，坐在椅子上就睡着了。等他猛然醒来，碟片已经放完了。

此刻凌晨两点半。他把电视和影碟机关上，感到腰酸背疼和冷。旷夏蜷缩在床的另一边像只猫，呼噜声没了，被子跟着呼吸起伏。敦煌想，随他去了，从背包里找出皱巴巴的呢子大衣，谨慎地躺倒在那张双人床上，把身子蜷得像一条狗。大衣拉过头顶，世界黑下来。他的夜终于来到了，他想挠挠下巴上的一个痒处，手伸到一半就睡着了。

三

醒来时敦煌先感觉到眼前有光，睁开眼吓了一跳，眼前悬着另外两只眼，还有一张精神饱满的脸。接着清醒过来，那是旷夏，他睡在别人的床上，身上暖和和的，摸一把，一床蓬松柔软的被子。敦煌尴尬地笑笑，欠起身想坐起来，旷夏用嘴制止了他，她把她的嘴放到敦煌的嘴上，敦煌就一点点向后倒，重新躺在了床上。

整个过程他们只说了一句话，旷夏说的，旷夏说："踩着我的脚。"

当时敦煌手脚忙乱。他看过不少毛片，在梦里也排练过很多次，但真刀真枪动起来，敦煌头脑里一片空白，整个身体沉在黑暗里无法调遣。旷夏帮了他，一只手默默地指路，跟他说，"踩着我的脚"。敦煌踩到了她的脚，然后就明白了前进的方向和办法，意识逐渐回到了大脑里。敦煌越来越清醒，片子上和梦里的经验转变成现实。他看见旷夏眉毛像绳索拧在了一起，咬牙切齿的模样比受难还痛苦。她毫无规律地抖成一团，但除了那句话她一声没吭。

敦煌从旷夏身上滚下来，身心一派澄明，无端地觉得天是高的云是白的风是蓝的，无端地认为现在已经是惠风和畅，仿佛屋顶已经不存在，沙尘暴也从来没有光临过北京。两个人都不说话。床头的鸡眼闹钟嘀嗒嘀嗒独自在走。

"我好看么？"过了很久，旷夏说。

"好看。"

又是沉默。

"你多大？"旷夏又问。

"二十五。"

"和我弟弟一样大，"旷夏幽幽地说，"我二十八。"

敦煌突然觉得对不起身边的这个女人，结结巴巴地说："其实，我是个，办假证的。"

"哦，办假证的。我卖盗版碟，算同行了。"

敦煌听见她笑了两声。敦煌又说："我刚出来，从，就那里。"

旷夏没像他想象的那样惊叫一声，她只是重复了一下刚才的语气词。"哦。"然后说，"我叫夏小容。"敦煌很想扭头看看她，还是克制住了。她继续说："旷夏是给我孩子取的名字。"敦煌突然觉得有点难受，仿佛有一条尖利的线从小腹往上蹿，闪亮地开了他的膛。他说："你结婚了？"

"没有。我还没孩子。男朋友姓旷，我叫夏小容。"

敦煌觉得不能再这样漫无边际地躺下去，起身开始穿衣服，速度很快，裤带没勒好就往卫生间跑。他穿着裤子坐在马桶上抽了一根烟，出来时从裤兜里掏出了所有的家当，二十二块四毛钱。经过客厅的小方桌时，把钱压在了烟灰缸底下。放好钱，透过卧室和客厅之间的玻璃窗，他看见名叫夏小容的旷夏正侧着脸看他。"我想喝杯水。"夏小容说。

敦煌倒了水端过去，说："热。"

夏小容从被子里伸出了光胳膊，握住他的手。"有女朋友了？"

敦煌莫名其妙地觉得受了伤害。"有！"他说，"在北京。"当然他没有，但他觉得应该说有。说有的时候他想到了进去时保定跟他提到的七宝，嘱咐他出来了就去找七宝，照顾好她。对七宝敦煌一点都不熟，只见过一个背影。他去保定的屋里，看见一个年轻的女人从保定屋里出来，身材高挑，屁股挺好看。保定说，那就是七宝，也是做假证的。此外没说。没说他也就不去问。

"好看么？"夏小容继续握着他手，说话的口气像他妈。

"还行，看着能吃下饭。"

夏小容缩回了胳膊，咯咯地笑，身体带着被子一颤一颤地抖。等身体和声音平静下来，她才说："你站在客厅里的时候，很像我在老家的弟弟。他整天混日子，爸妈为他操碎了心。"然后又说："有时间带给姐看看。"

她一下就成姐姐了。敦煌说："我也不知道她具体在哪。"

"只要在北京，总能找到。你不想知道我为什么请你喝酒？"

敦煌没吭声。

"我们吵架了。他说我这样的女人没意思，"夏小容继续说，"老想着回家，想着生个小孩过日子。不如分手省心。"

"我也不理解。"

"不理解我？"敦煌没说话。夏小容突然生气了："出去！男人都他妈一个德行！"

走就走。敦煌背上包刚出卧室门，又被叫回来。她声音缓和一些，穿衣服的时候让他背过脸。她只穿了上衣，坐在被窝里，递给他一百块钱。"我手头就这一点了，"夏小容说，"你先应应急。"敦煌一声不吭地接过钱，经过客厅时把二十二块四毛钱重新装回口袋里。

这一天对敦煌来说，只有早上那一个钟头是好时光，整整一天他都在浮尘天气里跑。风小了，沙尘悬在半空上不去也下不来，大街上到处是戴着眼镜、口罩和头蒙纱巾的人。他背着包先去了西苑，三个月前他和保定住在这儿的两间民房里。女房东装作不认识他，因为他们俩被抓后，她就把他们剩下来的行李能卖的卖，不能卖的就扔了，而且，他们的租期还有一个月才到期。敦煌火了，骂她见利忘义。房东就说好啊，你还有脸找上门来，警察过来搜查时我们的脸都给你丢光了！这是狡辩，当初租房子时可不是这样，他们干啥关她屁事，她只是把房子租给钱的。最让敦煌气愤的是，房东嘀咕一句，怎么这么快就出来了。她还希望他一辈子都耗在里面呢。他就让房东退房租，两间屋，八百。

"可我真的没钱，"房东说，突然从口袋里摸出个手机，喂喂起来，然后像列宁一样抱着电话走来走去，边走边说，"啊？急救室？这么严重？好，好，我马上到，马上来！"放下电话脸像根苦瓜："大兄弟，你看看，说来事就来事，我妈不行了，我得赶紧去医院。实在没钱，要不还你一百，我就这一百了。"她从口袋果然就掏出一张老人头来："就当帮大姐了。"

敦煌一把夺过来，总比空手好。房东转身就往胡同外跑，说是去医院。敦煌看她仓惶跑动的大屁股，有点后悔拿了钱，却突然不合时宜地想起房东说过，父母早就没了。然后想起刚刚就没听到手机响，振动都没有，这他妈的老女人！他追出胡同，房东的影子都没看到。一气就捡了一堆砖头，一块块往房东的屋瓦上扔，瓦片哗啦哗啦地碎。扔一块说一句，一百，两百，三百。扔最后一块时说：

"操你妈，七百。"

他又去找另外几个办假证的朋友。一个没找到，不是搬走了就是被抓了。保定刚进去时就说，遭人算计了，要不哪会都进来。谁在算计，保定也说不好，京城里干这行的不少，各有自己的来路和地盘。敦煌还是死马当活马医，他得找个落脚的事，还得干这行。一天下来一张认识的脸没碰到，那个只看过背影的七宝更不用说了，站他眼前也未必认识。到了晚上九点半，敦煌只吃了两个烧饼喝了一瓶水，在硅谷门前下了车，两脚着地发现自己还是无路可走。他晃晃荡荡来到芙蓉里，夏小容的灯亮着。他说，来还钱。

夏小容看他一身尘土，像从建筑工地上刚回来。"这么快就发了？做小偷还是抢银行？"

"造假币了。"敦煌说，去翻背包口袋，摸一把没有，再摸一把还是没有，"我明明放在里面了，怎么会没了？"

"算了，别演了。难道又被小偷偷了？"

敦煌的脸立刻挂不住了，憋得通红。"昨晚你都知道了？"

"你当我是傻子？拨你手机时就明白了，是空号。"

"对不起啊。"敦煌窘迫地说，继续到包里找钱，发现背包口袋被划了一道口子，真遇上小偷了。他没有解释，拿出夏小容给他的那张钱放到桌上，说声"谢谢"，拎起包就走。到了楼下，敦煌觉得累得不行，在台阶上坐下来点上根烟。声控的门灯灭了，他坐在黑暗里有种被彻底遗弃的孤独感。楼上几乎每家灯都在亮，暖气还没停掉，他们不知道现在冷风钻进裤腿里是什么滋味。他们在自己家里。他现在觉得夏小容其实也没错，不就想要一个自己的家么，有个老公，有个孩子，这有什么错。一根烟没抽完他就觉得，那姓旷的狗日的应该好好修理修理。

有脚步声从楼梯上下来，敦煌站起来让路，踩灭烟头向小区外走。背后有人说："上来吧。"他回过头，看见夏小容穿着棉睡衣站在门灯底下："就算被偷了，好了吧？"

"不是就算，就是被偷了。"

"好，就是。上来吧。"

敦煌跟着上了楼。夏小容说，你怎么跟我弟弟一样偏。敦煌说，我哪里偏。夏小容说，偏就偏呗，你可别跟我弟弟一样混。到了房间，夏小容进厨房给他下了鸡蛋面，敦煌就在外面说打碎房东家瓦片的事，听得夏小容咯咯笑，说他比她弟弟还坏。吃完面，敦煌在热水器下洗了个澡，换了一身干净衣服出来，夏小容已经关了电视躺到床上了。敦煌心虚地问："那个，旷，没来？"

夏小容冷冷地说："不会来了。"

敦煌掀开夏小容的被子。开始的时候夏小容哭了，后来就不哭了，但还是不出声。为了让她随便发出一点声音，中间的时候敦煌气喘吁吁地问："卖毛片吗？我怎么没找着？"

夏小容艰难地说："在床底下。"

四

第二天早上，敦煌醒来时听见厨房里锅碗在响。他想到此刻醒来的应该是一个姓旷的家伙时，身上还是出了一些汗。她说他叫旷山。敦煌听到这名字的第一感觉是，取名字的人跟他爸一样懒惰和头脑简单，瞎猫逮着了死耗子，所以都还有点意思。夏小容从厨房里出来，敦煌又问，那个他，不会回来吧？

"怕了？"

"我怕个鸟，大不了再进去。"

"那就别问。我不认识这个人。"

吃完饭谁也没有询问对方今天的安排，然后一起出门。夏小容背一包碟，敦煌背着全部行李家当，在海淀体育馆门前分手，除了"再见"一个字没说。

敦煌又漫无边际地跑了一天，一个熟人没见到，还是两个烧饼一瓶水熬到晚上，下了车直接去芙蓉里。夏小容开门时一副日常表情，接着就去厨房下面条，区别在于昨晚一个荷包蛋，今晚两个。今天沙尘暴基本平息，敦煌简单洗了洗，把脑袋钻到床底下，果然看到两筐碟，随便抓出来两张，封面上的裸体女人长相完全不同。

接下来三天，敦煌吃了六个烧饼喝了三瓶水，在公交车上浩浩荡荡地穿过七八趟北京城，跑过了三十多条巷子，终于绝望了。找不到组织，一点东山再起的苗头都没有。他背着大包回到芙蓉里，夏小容说："回来了？明天咱别跑了。要是不觉得委屈，就跟我卖碟去。"

第二天，敦煌背起了碟包。上午在西苑，马路边上，找一个人多的超市门口摊开几十张碟。夏小容对她的碟很熟，提起某一张，伸手就从众多的碟里准确地拎出来。若是谁找香港的枪战、武侠类的，敦煌就能说上话，他整个中学和大学的课外时间都耗在简陋的录像厅里，因为无聊，成龙、周润发、周星驰的片子他反反复复看。跟夏小容相比，他和顾客更谈得来，瞎说，办假证时练就的嘴皮子。

下午去了农业大学门口。这地方敦煌也熟，办假证的时候常来。学生甚至比社会上的人还需要假证，尤其找工作时，成群结队地办假成绩单、荣誉证书，胆大的毕业证和学位证都要，专科要本科的证，本科的要硕士，硕士的要博士。当然也有倒过来，为了逛公园景点半票，一把年纪的老博士也搞个本科的学生证。这帮学生买碟的热情也高，用夏小容的话说，那是相当专业，都冲着艺术去，经典的，越老越好卖。这是敦煌不太理解的，他一看黑白片头就晕。玩不了这个票。

反正那一天敦煌跟顾客聊得口干舌燥，生意做得不错。夏小容说，没看出来啊。敦煌说，办假证不就靠张嘴么，你得让人家相信，假的也比真的好使。跟算命一样。夏小容说，那好，聘你做我卖碟的秘书吧。敦煌说，没问题，不就小蜜嘛，三陪都行。夏小容的脸一下子撂下来，敦煌知道过头了，赶紧做小学生认错状，心里却开始犯嘀咕。不是三陪是什么，我陪你，当然你也陪我。

总的来说，敦煌是个称职的秘书，数钱、游说、当托，兼做保镖和跟班。最关键的，如果不是特殊情况，他能让夏小容不高兴的时候高兴，高兴的时候更开心。特殊情况主要和旷山有关，一看到夏小容说话间走神了，敦煌就在周围找是否有手拉手的情侣，或者抱孩子散步的一家三口。这样好，敦煌想，跟我没关系。但忍不住就想抽烟，吸了一口呛得咳嗽，还跟自己说，就这样好。

因为卖碟，敦煌开始大规模地看文艺片，得恶补。但常常看着看着就睡过去，梦里开演的变成商业片，爱情、暴力、凶杀、恐怖，当然还有相当比重的色情。他不明白，为什么夏小容从来不卖床底下的毛片。夏小容说，那都是原来旷山卖的，她说不出口，也卖不出手。

敦煌说："那有什么，劳动人民需要这个。"

"劳动人民需要？是你需要吧。"

"我需要，劳动人民也需要。我们要从群众中来，到群众中去。你看我们卖碟的大嫂做得多好，抱着孩子都不忘阶级弟兄，见人就问，大哥，要盘么？刺激的！"

他的模仿把夏小容乐坏了，乐完了又气："好啊，在你眼里，我也就是一个大嫂，鬼头鬼脑地抱个小孩。"

敦煌说："错，大嫂哪能跟你比，我们的夏小容同志年轻又漂亮，坚决只卖文艺片。"

"荷包蛋也堵不上你的嘴！刷碗去！"

敦煌就去刷碗，在水龙头下就走神了，想毛片的事。这东西没有通常的碟好卖，你不敢明目张胆拿出来，但价钱高，卖一个赚一个。手中没粮，心里发慌，他现在太想赚钱了，不能这样像个背包似的赖着别人过日子。来北京不是为了做包袱。他想起了还在里面的保定。

保定大他五岁，来北京五年了。个大，身板硬，天生就是做大哥的料。在家敦煌就知道办假证这行一本万利，动动嘴皮子，然后跷着腿等人送钱。事实上也差不多，跟保定见习了半个月就把大概的程序摸清了。保定也只干最基础的那道活儿，揽生意。见着东张西望的人就凑上去问，办证吗？啥都有，护照也没问题。然后谈价，交定金，再找人定做顾客想要的证件。证件加工是另外一套程序，保定他们不管，也是谈价和交钱交货的问题。完全按劳分配，多劳多得。如果隔三岔五就能逮到个冤大头，那一年到头等于不停过节，好日子看得见摸得着。除了假冒之外，还有一点和卖碟相同，那就是需要充分掌握假证的相关知识，比如大学的文凭通常长啥样，一般小区的停车证有哪几种类型，个人档案袋中主要有哪些材料，等等。你不仅要讲道理，还要摆事实。事实代表经验、可信度和成功指数。这些难不倒敦煌，很快就了如指掌。最大的问题是应付突发事件，主要是警察。遭遇警察时要清醒果断地做出决定，沉着顽抗还是溜之大吉，是把假证坚决藏在怀里还是随手扔掉，因为不同表现会导致不同程度的罪行。这需要足够的经验。

敦煌的问题就出在这里。那天他跟保定去太平洋电脑城旁边交货，他揽的生意，证件也在他身上，一个硕士学位证。说好上午九点一刻碰头，等到九点二十也没看见客人，倒是看见突然冲过来的两个警察。敦煌跟着保定就跑，经过北大南门向海淀方向跑。逃跑的过程中保定问他，要不把假证扔了吧，人赃俱获，麻烦就大了。敦煌对逃脱充满信心，他的自信感染了保定，后面那两个警察实在太胖了，几乎要抱着肚子才能跑起来。他们没法甩得很远，但绝不会被抓住。他们从硅谷往南跑，希望过了桥往图书城跑，那里人多门也多，找一个人不比找一只老鼠更容易。但他们的运气实在糟糕，刚过海淀桥就看见一辆警车，四个警察摆在路边。事大了，证必须扔掉，敦煌从未被围追堵截过，假证拿手里不知道往哪扔，保定只好代劳，刚扔掉警察就围过来了。他们看见是保定扔掉了假证。

警察问："谁的？"

保定说："我的。"

后来敦煌很多次为当时的怯懦自责，他的确是慌了。但在当时，聊以自慰的是，他看见保定的右肩向上耸了两下，那是他们早就约定的暗号，以便在和顾客洽谈中统一口径。意思是：听我的。敦煌听了，一直到三个月后从里面出来。而保定因为那个学位证，可能要去一个更远的地方待上不知多久。敦煌出来的时候，他还没有判。

那天他和夏小容卖碟经过海淀桥，想起保定。他决定挣钱把保定赎出来。保定是为了他进去的，这两年在北京，保定没少为他操心。干他们这一行的都明白，能进去就能出来，找到合适的人，打点也到位，就没问题。尤其保定这样还没判的。敦煌就在心里念叨，钱哪。

晚上两人躺在床上，一身的汗不想动，谁也不愿伸把手去关正在播放的情色电影。两个人就在被窝里石头剪刀布，敦煌输了。他关了电视和影碟机，食指插在光盘的眼里，打算装进袋子里又停住了。他说："我想卖毛片。"

"你疯了，被抓住要惹麻烦的。"

"我得挣钱，把保定弄出来。"敦煌装好碟片躺下来，从侧面抱住夏小容，"我帮你卖毛片，放着也是放着。你要是不好意思，"敦煌停顿一下，盯着夏小容的耳朵看，觉得自己有了勇气，"我不跟着你，到别处卖。"

"这才是你真正想说的，是吧？"

"你别误会，我只是想尽快赚点钱把保定弄出来，不是要算计你。"

"没那意思，"夏小容翻个身，背对了敦煌，"我只是想，男人怎么都这样，一心想着自己闯，单干，总要把女人扔一边。"

"不是扔一边，是怕你们受伤害，一边玩多好。男人也不是神仙，哪能都顾上。"

过一会儿夏小容说："随便吧。到时候你再拿些其他碟，搭配着卖。本钱给我就行了。"

五

敦煌挑了三百块钱的碟，全部卖完可以净赚五百，要是毛片的价抬得上去，还不止这个数。敦煌立马觉得整个人像刚从浴室里出来一样，清爽开阔，天高云淡，好日子说来就来了。当初第一次脱离保定去揽生意可不是这样，那时候还有点慌，还有点害羞，还有点不知深浅，怎么说也是犯法的事。现在不一样，混久了脸老了皮厚了耐折腾了，卖碟比起办假证也不知要合法多少倍。最重要的，创业生活又开始了，等于在北京这地方开始了新生。

他和夏小容每天早上从芙蓉里出来，开始分道扬镳。敦煌有自己的想法，不能这么零散卖，打游击只能挣小钱，还忙得跌跌爬爬，最好能找到点，建立固定的客源。他分析，能固定的只有三块：一是大学生，这帮年轻人花钱眼都不眨，那是为艺术；另一块是坐办公室的，翻翻报纸修修指甲那种的，为了解闷，坐办公室的文化人更如此，心思多，总觉得生活对不起他们，看看碟平衡一下，比抱老婆老公有意思，还不失身份；第三种是公司的白领金领，忙得蹲马桶都得看时间，最需要休闲，歪在沙发上把胳膊腿摊开，看一个好故事，不是书，谁还看书，是碟，故事片，片越大越好，好莱坞的，最好斯皮尔伯格每周都能整出一部来。

现在的问题是，怎样才能和这些人搭上钩，建立长久的合作关系，顺便把毛片也高价卖给他们。当然要一点一点来，挣钱首先得有耐心，然后才会产生加速度。这个敦煌懂。

一天敦煌都在想怎样才能赚到更多的钱。生意也做，他在一家超市门口打开背包，这地方的好处是，从超市购物出来的人兜里都有不少零钱，花掉也不心疼。而且大部分都是家庭主妇，她们更希望从平庸繁琐的家务里逃出来。她们喜欢爱情片，越能掉眼泪的越好。所以敦煌一看她们围上来，就找碟包上有男女拥抱接吻的片子推荐。新华字典可以不看，这电影一定要看。敦煌也不管靠不靠谱，爱情的鸡汤，情感的圣经，听过的时髦词全搬出来。女人其实好打发，只要你愿意把爱情抬高到生活的头顶上，问题基本上就解决一大半了。

相对来说，超市门口的男人钱包就不太好开。他们总把自己弄得跟个成功人士似的，不屑去看盗版碟。实际上敦煌知道，这帮家伙只是不好意思而已，只要旁边没人，他们就会往花花绿绿的包装纸上瞟，单瞟那些没穿好衣服的女主角，眼光准得如同带了红外线瞄准器，瞟第一下时就能把这样的碟从碟堆里挑出来。所以男顾客需要引导，要循循善诱。"故事嘛，可能不耐看，"敦煌说，"谁愿意把同一个故事翻来覆去看？生活的，那就不一样了，它跟你靠得更近，它比你自己还了解你，每看一次都会有新的收获。好碟不厌百回看，就像报纸上天天说的，这东西更符合人性，对现代人的身心健康发展大有好处。"他努力把毛片的价值往日常的道德和伦理上引，为的是消除这帮家伙的尴尬。你想想，都提高到精神文明建设的高度了，还有什么羞耻和猥琐可言。买的时候就可以心安理得，脸可以不那么红，心可以不那么跳。多好。这种碟一张能赚普通碟的两三倍。

傍晚收工时敦煌算了算，赚了一百二，轰轰烈烈的开门红。他买了夏小容爱吃的鸭脖子和一扎啤酒，又叫了水煮鱼外卖，喜气洋洋地回到芙蓉里。和夏小容一起庆祝独立的卖碟生涯从此开始。一高兴就不自觉地发挥了，夏小容一瓶，他四瓶喝完了还要喝。夏小容让他打住，喝多了怕出事。敦煌一高兴就忘了，再来四瓶又算个鸟！骗你是小狗。喝啤酒除了上厕所，我还真没有过其他反应。

夏小容的鸭脖子啪地摔桌子上："你他妈就是条狗！你骗我，你说你那天晚上喝醉了才睡到我家里的！"

敦煌早把这茬给忘了。女人的记忆力怎么就这么好呢。"绝对没骗你，"敦煌说，"那天刚出来，身体不行，真有点晕了。不过要说没骗也不对，不骗我哪敢待下来，我是喜欢你才想着留下来。"

"稀罕！谁要你喜欢！"

夏小容明显有所缓和，敦煌暗自得意，好，都扛不住"爱情"这东西的小虚荣。他重新拿一根鸭脖子递到夏小容嘴边。"不仅是喜欢，"他说，用自己的酒杯碰了一下夏小容的杯子，"完全是一见钟情。"

敦煌的碟卖得好，几乎每天挣的都比夏小容多，就主动要求把夏小容转手给他的碟每张提价五毛钱。夏小容不答应他也这么干。此外他还注意回来之前买点烧饼、馒头和菜，他跟夏小容只说是顺带，内心里却是不想成为她的负担。他不知道这样寄居的生活哪一天会突然结束，最要命的是，他不愿意靠着这种含混的关系继续含混地寄居下去。单干后第五天，敦煌用挣到的钱买了个二手的诺基亚手机，憋着嗓子用苍老的声音给夏小容打电话，说你认识敦煌吗？夏小容说，你是谁？找他干什么？敦煌说，公安局。他涉嫌倒卖黄碟，已被依法拘留。夏小容"啊"了一声，声音都变了，说他在哪里？你告诉我他在哪里？敦煌忍不住大笑，嘎嘎嘎。夏小容愣一下才回过神来，说，你，是敦煌吗？敦煌说，当然，俺买手机了！夏小容气得大骂，你去死！挂了电话。敦煌很开心，接着发了条短信：有人关心真他妈的幸福，进去了也值！夏小容回：臭美！谁关心你了，我自己都他妈的关心不过来！敦煌还是觉得幸福，一下午都笑眯眯的，见谁都笑，怪吓人的。

手机很快就派上了用场。他在北大南门外卖碟，两个学生找《罗拉快跑》。敦煌有一张。他从来没看过这片子，当初挑来是因为包装纸上有个红头发的女孩在跑，他只是喜欢这样动感的画面。这片子对他们挺重要，老师要做文本分析，整个班都在找，就是找不到。敦煌一听三四十人在找，立马来了精神，给夏小容打了电话，夏小容说没问题。敦煌嗓子眼里都有了心跳，乖乖，钱来了。跟两个学生约好，明天就送过来。第二天果真就卖了三十张。

两个学生拿着碟走远了，敦煌掉头追他们，以后再想找什么碟，他会在第一时间送到，只要有货。敦煌怕他们转身就忘了他的号，特地找张纸把手机号写下来，一人送了一份。这两个学生一个姓黄，一个姓张，后来还真找过敦煌，头一回要《柏林苍穹下》；第二回要两个版本的《小城之春》，费穆导演的老版本，田壮壮导的新版本。都是电影文本分析课上用的，三种碟一共要了九十八张。

六

寄居生活在第二十一天晚上结束了。那晚风大，窗外像有一群小孩在集体哭泣。夏小容的窗户有点问题，风一吹就哐啷哐啷响，在屋里就觉得那群小孩不仅集体哭，还集体拍打窗户。十一点十分，夏小容已经坐进被窝，正翻一本过期杂志。手机的信息提示铃响了，她打开信息，眼神就复杂了。直到敦煌从卫生间出来，她的头一直低着，把那条短信翻来覆去地看了几十遍，直至最后眼睛里一个字也看不见。她在等着敦煌出来。

敦煌只在腰以下裹了条大毛巾，内裤都没穿。嫌麻烦，上了床还得脱。进了卧室，夏小容说："他要来。"敦煌边解毛巾边说："它当然要来。它这就来了。"干坏事时，敦煌常说"它"。

"他十二点左右过来。"夏小容看见敦煌有点愣，声音更低了，"说过来道歉。"

解开的毛巾将要从身上滑下去，敦煌感到下身一阵清凉，一把抓住毛巾，重新扎好。他听懂了。夏小容的头低下去，刘海遮住了脸看不清表情。敦煌缓慢地转过身，去椅背上拿衣服，内裤，衬衣，毛衣，秋裤，牛仔裤，包括地上的皮鞋和袜子。他抱着衣服去卫生间里换。热气还没散，敦煌换衣服时摸到肩膀上起了一层鸡皮疙瘩。换好衣服，他把毛巾叠整齐放好了才出来，顺便收拾了牙刷、牙膏、面霜和剃须刀。他把这些小东西装进一个方便袋里，还有其他一些零碎东西。然后再装进他第一次来到这个房间时背的包里。才几天啊，他发现自己零零碎碎的东西竟然一个包装不下了。生活再简单也琐碎，你不知不觉就把它弄得膨胀了，毫无必要地铺张开来。过去敦煌只偶尔认为自己是生活的累赘，他总觉得自己站在世界的最外围，像个讨厌的肿瘤岌岌可危地悬挂在生活边上。现在，所有和他有关的原来都是累赘。他找了一个最大号的家乐福超市的方便袋，坚持把多余的东西也装进去。都装进去，他得在另一个男人进来之前把自己从这里消灭干净。应该的。收拾妥当，他背起包，拎着方便袋要走。夏小容终于先说话了，夏小容说：

"你把碟带上。"

敦煌没说话，继续往门口走。夏小容从床上跳下来，抓住他的背包带子把他拽了回来。敦煌转过身看见夏小容光着两条腿，准确地说是光着整个下身，他看见她两腿之间的那团黑。夏小容拿过敦煌的手，放在自己的光腿上，然后向内侧移动，敦煌感觉到了毛发的卷曲、清洁、光滑甚至油亮的光泽。

"我们好了十年，"她幽幽地说，用另一只手去摸敦煌的夹克拉链，轻轻地上下拉动，她喜欢听拉锁走动的声音，"我现在只想回去，有个家，有自己的房子和孩子。我不想再在这里待下去。"

敦煌对她笑笑，说："应该回去。"他的手还在她皮肤上，她也冷得起鸡皮疙瘩。天气预报说，又来沙尘暴了，气温开始降，也许明天又会回到冬天。

"把碟带上，"夏小容又说，"卖完了就打电话，我给你送去。"

敦煌想了想，说好，把手抽出来去拎整理好的那包碟。有普通碟，也有毛片。大大小小三个包，他像远行的游子出了门。临走时看见夏小容的眼泪终于掉下来。

楼下的风大得要死，一下子就把敦煌吹歪了。他想去看楼上的窗户里夏小容是否把脑袋伸出来看他，他的头仰了一半又低下来，顶着风出了小区的大门。头发还没干透，风吹进去像往头发里泼凉水。他想抽根烟。而在前些天，夏小容规定他晚上刷完牙之后不许抽烟。为什么刷完牙就不能抽烟，他不明白。现在，他觉得这些天积攒的烟瘾赶一块儿犯了。他在抖动的路灯底下跑起来，找了个避风的墙根才点上烟，包扔在脚边，一屁股坐到地上。连抽了五根烟盒就空了，还想抽。已经夜里十二点多，敦煌拍着凉屁股站起来，决定去买烟。

路上几乎看不见行人，有限的几个也缩在车里，那些车穿过大风像一个个怪异的孤魂野鬼。杂货店和超市都关着门，北京繁闹的夜生活在这个大风天里被临时取消了。敦煌怎么也想不起来哪个地方有彻夜不眠的超市。他在北京两年了，自认为对海淀了如指掌，没想到天一黑下来，完全不是那回事。白天再熟悉有个屁用，那只是看见，真正的熟是夜晚的熟。现在夜晚来了，敦煌两眼一抹黑，他眼睛里的黑比北京的夜还黑。他就背着一个大包，提着两个小包沿着马路走，走到哪算哪，直到看见灯火通明的超市。

凌晨一点半的时候敦煌找到了，买了两包中南海。在一个避风的墙角迫不及待地连抽了六根，抽完之后感到了冷、累和困。两点了。敦煌考虑要不要找个地方睡一觉。这时候大部分旅馆都已经关门，他也想不起附近有哪个廉价的小旅馆。他只想简单地睡一觉，一张床就行，只要付一张床钱的旅馆。想来想去依然两眼一抹黑。敦煌觉得有点失败，这就是北京，混一辈子可能都不知道门朝哪边开。鉴于不能确定住一夜的费用，其实只是半夜，敦煌摸摸口袋里那点可怜的钱，决定不找什么旅馆了。先熬着，熬到几点算几点，天总会亮的。

敦煌在大风里走走停停，嘴里源源不断地落进沙尘。在这个夜里，他得用莫名其妙的事情把时间打发过去，他就看风，看行道树，看地面、高楼、招牌和一切可以看见的东西。他发现大风经过树梢、地面和高楼的一角时被撕破的样子，和故乡的风像水一样漫过野地丝毫不同。北京的风是黑的，凉的；老家的风是淡黄的，暖的。然后就抽烟，沙尘混在烟味里，嘴巴干涩而麻木。敦煌慢慢地走，到了三点半钟整个人有点呆掉了，木，像块凉透了的木头。他觉得身体越来越轻，浑浊不堪的轻，要不是三个包坠着，可能早就跟着风飞起来。现在他想找个地方躺一下，五分钟也好。他已经走到了一个自己也认不出的地方。前面有个卖早餐的简易小屋，斜在一家店铺的门前的人行道上，屋檐伸出来挺长。敦煌想躺到那个屋檐底下。

早餐屋的门窗紧闭，因为背着路灯光，看不清里面细小的东西，但整体上的空荡荡的昏暗还是能分辨出来。看样子已经废弃有些日子，要不也不会斜在路上。敦煌推推门和窗户，都关得严实，他在想要不要找块砖头把玻璃敲碎，睡在里面好歹避点风。没风会好过得多。没找到砖头，正想用胳膊肘捣出个洞来，一辆汽车在附近拐弯，灯光打在店铺的白铁卷帘门和窗玻璃上，光反射到早餐屋的玻璃上，敦煌看到了玻璃上的一个洞。他把手指伸进去，摸到了窗户的插销，拨一下，窗户竟然打开了。

卖早点的窗户足够大，他先把三个包递进去，然后从窗口爬了进去。满屋呛人的灰尘味，起码半年没用过了。两只眼逐渐适应屋子里的光线，敦煌发现墙角有一堆报纸，突然明白了，这地方一定有人待过，很可能和他一样，临时过了一夜。越想越对，玻璃上的那个小洞应该也是那家伙敲出来的。

他把报纸摊开，铺上他的呢子大衣，躺下来，身上随便盖了件衣服。风在屋外，从小孔里进来的可以忽略不计，敦煌感到了前所未有的温暖。先来的那家伙头脑也不错啊，敦煌生出了惺惺相惜之感，那家伙是个流浪汉呢，还是和他一样，是个突然间无家可归的人，或者干脆是个迷路的女孩。猜不出来，但有一点可以肯定，就是那人也在这里住了一夜，或者两夜甚至更多。敦煌对自己的这个结论很满意，在黑暗里笑了，头歪一歪，睡着了。

一夜好觉，梦都没做。睁开眼世界一片明亮，阳光大好的天气，车声、人声涌进来。北京恢复了正常的乱糟糟的热闹。敦煌坐起来，动一动嘴觉得满嘴沙尘，像吃了一夜土，连吐了十来口唾沫才清爽些。屋里铺着厚厚的一层灰尘，比他昨天晚上看见和想象的要多得多。敦煌觉得足够清醒了就站起来，拉开窗户，门前不时有行人经过，几步外有个大妈在卖煎饼果子。风停了，世界百无禁忌。行人都很从容，扭头看这个从早餐屋里往外爬的人。敦煌对他们视而不见，拍打身上尘土的时候闻到了煎饼果子的香味，他感到了饥饿和口渴。他走到大妈的摊子前，要了一个煎饼、一杯豆浆。大妈开始烙煎饼时，敦煌拿起一杯压过膜盖的豆浆，插一根管子喝起来。喝完了煎饼也做好了，上面还摊了个鸡蛋。

"多少钱？"他问，已经把煎饼送进了嘴里，烫得他直想蹦。

"不要钱，"大妈说，"送你的，吃吧。"

敦煌脑子有点短路，接着就明白了，一把将煎饼摔在地上，然后从口袋里掏出十块钱拍在摊子上，说："我他妈的不是个要饭的，不要人可怜！"拎着包就走，大妈在后面说哎哎，钱，敦煌没回头。他的腰杆僵硬挺直，步子迈得像个悲壮的大僵尸。又有人从他身边走过去了还回头看他，他们奇怪这小伙子为什么满脸亮堂堂的眼泪。敦煌不管他们，继续直直地往前走，在拐弯的地方遇到一个交通用的大圆镜子，他在镜子里看见了一个陌生的自己。满头满脸的尘灰，不算长的头发变成灰白色，眼泪经过的地方一道道水槽，一个大花脸。夹克吊在身上，左边高右边低，圆领毛衣也这边松那边紧，裤子皱得不像样，低头看见脚上的鞋子仿佛刚从沙漠里出来。不是流浪汉是什么。不是个乞丐是什么。三个包也难看得要死。敦煌抹把脸往回走。卖煎饼的大妈在低头给别人烙煎饼。

敦煌说："大妈。"

大妈抬头看看他，又低下头做煎饼，跟没看见似的。

"大妈，对不起，"敦煌机械地点着头，"您别生气。我，想再买一个煎饼和一杯豆浆。"

"等这个烙完的。瞧你这小伙子冲的。"

敦煌谦恭地笑笑，又说对不起。

现在的问题是找住处。房子暂时租不起，北京的房东刁得不行，都要求季付、半年付甚至年付。一把手拿出起码三个月的房租，除了卖身他没别的办法。所以他想先找个按天或者按周算钱的房子，最好是床位，一间屋四个人或者更多，越多越好，多一个人就少花一点钱。敦煌去了北大，三角地那里这类广告铺天盖地。

离北大不远的承泽园的一个地下室，四个床位，每个每天二十五块钱。敦煌约好房东在北大西门见面。一个四十来岁的病恹恹的瘦男人，腰有点弓，昨晚的大风把他吹上天应该问题不大。穿过蔚秀园，过一座桥就是承泽园，敦煌一年前交货时来过这里，园子里有棵连抱的老柳树，肚子是空的，能钻进去一个人。

地下室不大，有种阴森的凉，摆设像一间逼仄的学生宿舍。两个学生用的高低床基本上就把空间挤满了，其余的地方只能放一张小桌子和一个盆架。桌子上放点小杂物，脸盆毛巾牙缸啥的都放在盆里。三个床位上已经住了人，还剩一个上铺。行李箱都塞在床底下。房东说那三个都是来北大听课的，准备考研究生，绝对安全可靠。但敦煌感觉极其的不好，好像在哪部恐怖片里见过类似的房间。他不打算住这里，就随口压了价，说住一周。房东及时地答应了，然后神秘兮兮地说，他们三个回来了你可别说是二十啊，他们都交二十五。

敦煌想了想，住就住吧，总比早餐屋舒服点。"好，我就说三十。"

七

就这么在一张高低床的上铺住下了。收拾结束，敦煌洗了个澡，光鲜体面地去了北大，在三十二楼前面的跳蚤街上摆起摊子。

到天黑之前敦煌卖了十一张碟，其中一张是用来换书的。临摊是个卖旧书的，敦煌拿起一本研究电影的书，竟有一篇专门谈《罗拉快跑》的文章，一看竟也看进去了，觉得人家说的都在理。这碟片他卖了三十一张之后，因为好奇也硬着头皮看完了，不喜欢，不知道导演和来来回回跑的罗拉到底要说啥。这篇文章解释得头头是道，看得他直咬手指头。一部电影竟能搞得这么高深。又翻到其他地方看，居然也看懂了。他一直以为学术文章山高水深，艰涩难懂。这让他兴奋。知识分子了都。就用一张碟换到了手。

那本书敦煌一直看到地下室的床上。书中有对香港电影的评论。这块他熟，提到的电影几乎都看过，更觉过瘾，还有难得的成就感。其他三个十点半后才陆续回来。一个要考北大外语系的硕士，长一张崇洋媚外的大胖脸；一个考数学系的硕士，戴眼镜，一看就营养不良，下巴尖尖的，体型如同一个放大的问号；另一个考哲学系的博士，眼神不好，却喜欢从眼镜上面看人，挂在鼻尖上的眼镜仿佛只为了摆设。哲学博士看见敦煌在看一本电影研究的书，就问他考艺术系还是中文系。敦煌想了想，说艺术系。听起来气派。搞艺术的，听听。

"硕士还是博士？"

"博士，"敦煌谦虚地说，"考着玩。"

哲学博士的眼光立马从镜片上方向他看过来，那两只小而无神的眼。敦煌觉得这家伙挺傻。他说："咱俩一个战壕的，我也考博士。哲学博士。"敦煌欠了欠身子，有点慌。这谎撒大了。人家是考哲学的。那是所有学问里敦煌最崇敬的一门，他不知道那种玄而又玄的学问怎么玩，看不见抓不着啊，对他来说，那完全和呼风唤雨一样是门巫术。敦煌看见哲学博士没头没脑地爬上床，脑袋伸得像只鹅看手里的书。他怎么就觉得哲学博士的样子挺傻呢。

外语硕士和数学硕士对他这个艺术系博士不感冒，直到睡着了开始磨牙说梦话，跟他说的也只有一句话，"刚来的啊"。

第二天一早他们就去北大吃早饭和看书了。敦煌不急，没人一大早忙着买碟。他睡到八点才起，在承泽园门口的小摊上吃了豆浆油条，决定去人大和双安商场那儿卖碟。中关村大街早就开始堵了，从早堵到晚。为什么要修一条用来堵车的马路呢，敦煌在车上想了十分钟，车只移动了不到五米。他干脆下车步行。大学门口比较清静，敦煌不敢造次，就去了双安，刚过马路就有几个女人围上来，奇了怪了，几乎每个女人都抱着个小孩。

她们说："大哥，要办证吗？发票也有。"

敦煌说："发票你们也卖啊？"

她们说："早就卖了。你要多少？"

敦煌说："我办证的时候没卖过假发票。"

女人们面面相觑。一个女人怀里的小孩哭了，她气愤地说："哭什么哭！神经病！"其他几个都瞪了他一眼才走。敦煌心里挺高兴，他妈的，骂我。他办假证的时候的确没卖过发票，看来能公费报销的人越来越多了。

敦煌刚走几步，又上来一个背孩子的女人，黑瘦，应该是从农村出来的，正在吮手指头的小男孩被捆在她腰上。女人凑近了说："要光盘吗？什么样的都有。"

敦煌看她空荡荡的双手，问："盘呢？"

"跟我来，在那边。"

她对着路边的大楼划了一个弧，手指抽象地落在了楼后面。敦煌本来想跟她去看看，又觉得没意思，装作突然发现手机上的短信，说有人急着找他，得马上走。女人很失望，在身后喊，要买再过来啊，我一直在这地方。随后又遇到几个办证和卖光盘的。敦煌发现，现在办证的和卖光盘的主力是女人，而且大部分都带着一个正吃奶的小孩。带孩子当然是为了安全，逮住了你也没辙，孩子的奶你来喂？另一个发现是，这地方一定常有警察出没，否则她们也不会空着两只手来卖碟。敦煌一想，还是换个地方放枪吧，别给自己找不痛快。就去了北太平庄附近的牡丹园小区。

打了两天游击，生意不好不坏。到第三天就难以为继，时下流行的大片卖光了，挑选余地也越来越小，剩下的几张碟留不住客人的眼。当初这些光盘只是为一天准备的。第三天下午敦煌早早收工，没的卖了。接着就茫然，他没有货源，后悔当初没和夏小容一起去拿碟。不过他要去夏小容也未必答应，他知道往往这种生意的货源都是保密的。就像他当初和保定揽了生意，做假证也是定点的，这个点他们也不告诉别人。敦煌几次要给夏小容打电话，拨了半截子号又把电话掐了。这个醋吃得没道理他懂，但一想到此刻停留在夏小容大腿上的手是一个名字叫旷山的家伙，他心里还是相当的不舒服。她把另一个人的手拿到她腿上了，敦煌觉得牙根有点痒。他把手机塞进兜里，没路了。没路也跟自己耗着。

他去了一个小饭店，吃了三个大馒头才把牙根里的痒止住。然后步行回承泽园。路上经过一个专卖五元十元盗版书的铺子，买了一本关于电影的随笔集，那本书看完了，快到海淀体育馆，夏小容打了他手机，问卖完了没有？

"卖完了。"

"卖完了为什么不给我打电话？过来拿碟吧，他不在。"

"刚卖完。"

碟已经分好了，每一类若干张。他们相互不看对方，说话时眼盯着光盘，像在对电影里的人说话。"够你卖三天的，"夏小容把一张碟翻来翻去，"那种碟还在床底，要多少你自己拿。"敦煌弯腰从床底拿出一堆毛片，扭头时看见夏小容拖鞋里的脚，灰色的棉袜子让他觉得温暖。他抬头顺着她的腿往上看，看到了她的胸部和脸，夏小容看见他的目光立刻改向别处看。敦煌慢慢地站起来，把夏小容扑倒在床上。毛片扔了一地。夏小容叫了一声，敦煌才对自己的行为感到吃惊，但他停不下来。夏小容推他，再推他，就不推了，她箍住敦煌后背的两只胳膊越来越紧。

开始急鼓繁花，后来像一部二三十年代舒缓的默片。结束时如同悠远的一声叹息。结束了敦煌不知道怎么办，他把头埋在夏小容胸前，一声不吭，然后爬起来穿好衣服，收拾好碟，背着包就要走。夏小容说："你说北京好吗？"

"挺好的。"

"我还是想回去。"

在敦煌听来，这句话的意思是：只能和"他"一起，某一天回到老家去。但敦煌的脑子里却出现一溜女人，孩子在怀里或者背上，见人就问，要光盘吗？办证吗？敦煌头一次看见夏小容眼角出现了四条皱纹，一边两条。它们的队伍将会不断壮大。

敦煌临出门时说："应该回去。"

他们没有谈到这些碟卖光了该怎么办。敦煌第二天打电话还是犹豫了一下。他跟夏小容说，北大的一个学生要三十五部《柏林苍穹下》。夏小容挂了电话，过一会儿又打过来，没问题，让他晚上过去拿。

敦煌去的时候他们在吵架。旷山是个瘦高男人，三十多岁，鼻子底下留一道精明的小胡子。夏小容坐在床上哭得像打嗝，脖子直伸，气不够喘似的。敦煌多少年前见过他妈也这样哭过，那会儿他爸他妈闹离婚。敦煌说："小容，姐，她怎么回事？"

旷山一挥手说："没事瞎闹呗，女人嘛，能有什么事。"

夏小容歪倒在床上，因为委屈，哭声扬起来。

"你欺负她了。"敦煌的脸跟着撂下来。

"跟你没关系，拿碟走人。"旷山斜着眼看敦煌，"买碟的钱留下。"敦煌没动。旷山说："怎么，碟不要了？"这时候夏小容停止哭声，走过来推敦煌，让他赶快回去。推几下没推动。旷山的脸色就不好看了，他不知道他们俩的事，但他感觉出敦煌有点不对。他说："怎么，我跟老婆吵吵架也不行？"

夏小容说："谁是你老婆！我跟你没关系！"

旷山说："别蹬鼻子上脸啊，就是你亲弟弟来了，我也照样抽你。"

敦煌的拳头就上去了，一拳打得旷山两鼻孔蹿血。夏小容没想到敦煌这么快就动手，半个身子都用上了要把他往门外推，敦煌不得不后退。旷山急了，跳过来要还击："你他妈的打我！你他妈凭什么打我！"敦煌的拳头越过夏小容的头顶，又是一下子，打在旷山的左眼上。敦煌说："打的就是你！"

"好啊！"旷山气急败坏地说，"你弄出一个野弟弟来对付我！有种你丫别走！"

这家伙一急把北京土话都用上了。还你丫你丫的，你丫算个什么鸟，还真把自己当首都人民了。敦煌没骂出口，就被夏小容推出门外。夏小容说，求你了，别给我添乱。敦煌心里一凉，把准备好的钱扔进屋里，转身下了楼。旷山急于捞回脸面，冲出来要还以颜色，夏小容拦了半天没拦住，敦煌出了楼道他也下来了，一路骂骂咧咧，你丫给我站住！

敦煌转过身："你丫想怎样？"

旷山下意识地后退一步："你他妈有什么资格打我？"

敦煌抬头看见一个脑袋从三楼的窗户里伸出来，语气一下子温和下来。"你该好好待她，"敦煌说，"这么好的女人。"

"为什么非要我好好待她，她就不能好好待我？还有，你丫算哪根葱，上来就打我？"旷山的喊声把周围的几个声控的门灯都震亮了，看得见暴起的脖筋在跳。

敦煌正想发作，夏小容在头顶喊："敦煌！"她担心他再次出手。敦煌知道自己已经失败了。然后觉得好笑，谁也没有设置一场比赛，完全是他自己把自己弄到了一个挑战者的位子上。他不过就是个"干弟弟"。他对楼上的"干姐姐"说："你放心，我陪姐夫喝两杯就没事了。"然后对旷山说："走吧，我请客。"

旷山半天没回过神："请客？请什么客？"

八

敦煌今晚对酒没兴趣，只想用酒来对付旷山。有夏小容在，拳头不好再动了，灌他一下总还是无伤大雅的。"每人先来五瓶。"敦煌说。

"五瓶？"旷山看看摆在他面前的五个瓶子，有点蒙，咬咬牙说："好吧。"他不打算在拳头之外再输一次。

开始敦煌一个劲儿地劝酒，他不想和对面的家伙多废话，早灌倒早完事。旷山酒量不算太差，抵挡了一阵子就慢下来了。慢不是找借口推辞，而是止不住要说话。敦煌能感觉他的舌头在一点点变大。舌头大了，目光就柔和了，慢慢就有了他乡遇故知的表情。敦煌觉得旷山喝了酒虽然有点脸红脖粗，但看起来还真诚一点，比清醒时抖着个傲慢的小胡子让人舒服点。

"你是她干弟弟，所以你打我？"

"你让她不高兴了。"

"我他妈的还不高兴呢！我容易么，一天到晚东奔西跑，做梦都想着赚钱、发财，想着在这鬼地方安身立命。"

"那是你的事。她要回老家。"

"回个屁老家！老家有金子还是有银子？我们都出来五年了，回得去么？拿什么回去？再说，我的事业刚开始，我得等着它发展、壮大。我要让别人知道，我旷山混了几年还是弄出了点名堂！"

敦煌转着酒杯看旷山，用嘴角和鼻子在笑。就你！呵呵。喝酒。

旷山这次喝得爽快。"兄弟。"他把脑袋凑过来，右脚一抬，后跟踩到了凳子边上。敦煌一看见他抖动的右脚尖，就觉得老家可能更适合他。"小容没跟你说？我开了家光盘店，当然了，是跟朋友一起搞的。生意那个好啊，像你这样卖散碟的，都去我那里进货。你说我能走么？经营一个店不容易，这是北京，不是咱们老家，随便哪地方杵间屋子就能卖东西。你懂我的意思？"

"不懂。"

"你看，在这点上你们姐弟俩一样，一根筋。我跟小容说，我都做老板了，你就是老板娘，咱别到处跑去卖碟，把店看好就成，钱别人会送上门来。她死活就是不干，就想回老家。老公孩子热炕头，你说这不是小农思想么，小市民思想么！她认为卷进了店里就出不来了，所以坚决不去，只有拿碟的时候才去。让她搭把手都不干。小容她什么都好，就是在这点上不行，不能理解我。要是能干得了别的，光盘她都不会卖。这不是要和我划清界限么！"

"她急着要回老家的原因你知道？"

"不是说了嘛，小农思想、小市民思想在作怪。"

"错！"敦煌说，恨不得把一整瓶酒都倒进旷山的酒杯里，"她是女人你想过吗？二十八，奔三了。说老就老了。她跟我说，你以为女人能有几个三十。她就是想有个家，不想再漂了，有个孩子，把自己再实实在在地放下来。"

"还不是小市民思想！"旷山说，他用一大口酒继续表示自己的不屑，"我拼命挣钱为什么？不就为了能让她有个安定的家，好生孩子，把自己放下来？"

敦煌说："你是为自己。你敢说不是？"

"天地良心！"旷山说了半截打住了，去拿刚烤好的羊肉串。羊肉串让他声音变得含混。"是为自己，你是男人你就得干事情，我也没办法。你不想成功？你不想在这他妈的首都混出个人样来？是，我有自己的想法，可你也不能说我做事业挣钱跟她没关系啊。"他赌气似的连吃了三串，缓过劲来才说，"我要你一句实话，兄弟，你是我，你回去还是不回去？"

"如果光棍一条，我当然不回去。要是有小容，"敦煌踌躇半天，他看见旷山一直盯着他喝完杯子里的酒，"我也不知道。"

旷山笑起来："老弟，不行了吧。男人都他妈一路货，大哥别说二哥。"

敦煌对自己相当失望，也就是说，如果有了夏小容，他也不可能是想象中的自己，而是另一个他妈的旷山。他看着旷山的那一撮小胡子得意地抖啊抖，真想上去给揪下来。喝到最后，没把旷山放倒，敦煌自己倒醉了，出了门就撕心裂肺地吐，酒肉、胆汁、鼻涕和眼泪都出来了。他让旷山先走。旷山走时跟他说，以后要碟，直接去他店里拿。

敦煌在万泉河边上坐到后半夜才回地下室。三个研究生都睡着了，呼噜声磨牙声此起彼伏。简单洗了洗，一觉睡到上午十点半。醒来时看到哲学博士在翻他昨夜随手扔在桌上的碟包，博士拿着一张毛片，对着包装纸上的丰乳肥臀直咽口水。

"喜欢吗？"敦煌从床上坐起来，"喜欢就送给你。"

博士吓了一跳，丢烫山芋似的丢进背包里，尴尬地笑笑。"不喜欢。"接着满怀幽怨地补充，"没地方看啊。"

敦煌也想，有个影碟机就好了。博士对敦煌的一大包碟很感兴趣，敦煌解释说，认识一个卖碟的朋友，托付给他的，顺便帮着卖一点。那，你是卖盗版碟的了？哲学博士眼白又出来了。敦煌说算是吧。他不相信博士用他的大眼白能做出好学问来。

敦煌认为给黄同学送《柏林苍穹下》的那天是他的好日子。黄同学那层楼住的都是中文系和艺术系的硕士生，周围宿舍的人都围过来挑碟。他喜欢这些真正的研究生们的慷慨，人手一台电脑，看碟方便，一买就是一堆，毛片也要。一个家伙写小说，没女朋友，但是小说里要有床上戏，就把不同民族和人种的毛片分别买了一张，观摩之用。除了预定的碟，敦煌在两个小时里卖掉了四十五张。但这样的大宗买卖可遇不可求，所以还得照旧到处跑。

地下室条件差了点，不过还算便宜，用水用电都不要钱，敦煌也就懒得再折腾，打算先住着，等钱挣得差不多了再去找个单间，顺便把电视和影碟机也买上。很多碟要看。看了两本相关的书，对一般的艺术片都有兴趣了。一周住下来，敦煌接着交了下一周的住宿费。还是卖碟，早出晚归，偶尔跟几个呆子扯几句谎，冒充玩艺术的他觉得很有意思。甚至在一个风和日丽的上午，坐在万泉河边的剃头老师傅的大椅子上，剃了个秃头。

光头让他觉得体重减轻不少，路跑得也轻快，一天跑了四个地方，回到地下室已经晚上十一点。哲学博士劈头就问，见着我的手机没有？敦煌说没有。真没有？博士又问。敦煌担心他耳朵不好，就对着他摇摇头。

"出鬼了！妈的出鬼了！"博士说。他手机丢了，昨晚睡觉前放在桌上，早上走得急，忘了拿，回来就不见了。"就四个人，还能有第九只手？"

"鬼没出，人出了。"数学硕士面无表情地说，下巴拉得更长了。

"一定是，"学英语的胖子表示肯定，"要不，报案吧。"

敦煌看看这个，再看看那个，发现他们三个都在看他，他往后跳了一步，坚决支持报案。哲学博士打了110。他在电话里一遍遍重复，知人知面不知心。敦煌觉得这是一句毫无意义的屁话。他们四个被带到派出所隔离审问，审到他时已经凌晨一点二十了。这之前他一直坐在一张椅子上，看对面两个女孩。她们也是来报案的，丢的是钱，像他们一样住集体宿舍。普通话里一半是外地口音，两个口音显然不是一个地方的，都穿低领的小衣服，挺着白花花的大胸脯，说话的时候直往敦煌这边瞟。敦煌觉得半夜三更来这里，简直就是为了看那两个肉乎乎的姑娘。

"哦，没看见，"警察有点累，点了一根烟，"听说你卖盗版光盘？那可是违法的。"

"我就是帮个忙，回去就还给朋友。我要考博士，真的，北大艺术系的博士。"

"哦。博士。"

"对，博士。那手机我真没看见，长什么样都不知道。"

"出鬼了。"

"对，出鬼了，"敦煌放松了一点，"他们说，出现第九只手了。"

警察笑起来："你那盗版碟，小心点。我们要严打。"

那天晚上只审出一堆文字，手机依然下落不明。在哲学博士的强烈要求下，警察还是说，今晚就算了吧，别弄得四邻不安，明天上午我们过去，就不信它飞了。你们四个，上午十点之前谁也不许离开。

凌晨五点敦煌突然醒了，这在过去是没有过的。胖子和博士在打呼噜，瘦子偶尔凄厉地磨牙，一到夜晚，他的嘴里就像关了只老鼠。门外走廊里的灯光照进来，敦煌看见放在桌上的碟包，知道自己醒来的原因了。他谨慎地穿好衣服下了床，几件多余的衣服塞进背包里，拎着包向外走，开门的时候顺手把洗漱用具也塞进去。他们还在睡。敦煌关上门，觉得不辞而别颇为可疑，就写了张纸条插在门把手上：偷手机烂手指，娶个老婆没屁眼。

还有两天租期才到，敦煌管不了那么多，四十块钱就四十块钱吧，总比所有碟都被警察没收掉好。如果这些碟全被收，他就相当于再次一穷二白地从里面出来。

敦煌是当天第一个到三角地找租房信息的人。早上七点半，他按提供的联系方式给五个房东分别打了电话。第五个成功了。在蔚秀园，独立单间，每月四百块钱，外加水电费五十，一共四百五。这个单间在三角地所有小广告提供的信息里，差不多是最便宜的。房东是老太太，不到六十岁，打扮的还可以。自称退休之前曾是某单位的党委书记。敦煌觉得有那么点意思，谁知道呢，没有人规定书记该长什么样。但她的口臭让敦煌很失望。比口臭更失望的是房子，他没想到所谓的单间就是他身后那间比他高不了一尺的小棚屋。在院子里临时搭建的，材料是单砖跑到顶，几块楼板盖顶，再上面是弄成一面坡的石棉瓦，以便雨水顺利地不流到屋里。如果说这也能叫房子，那真是建筑史上的奇迹。里面摆了一张床，一张桌子，一个凳子，还有一个小书架，就没有了，有也摆不下。她分文不让。

"我这可是单间，多安静。不是北大的学生我还不放心租呢。什么？不是？考研的也行，早晚还不是嘛。"

单间。单间。敦煌这里拍拍那里打打，一不小心拽了灯绳，白灰粉刷过的墙壁四下生辉。他突然觉得有一间自己的小屋有多好，他可以买电视，看碟，夜晚在北京有了一块可以安心放置身体的地方，风吹不到雨打不着。还有，他不想继续忍受房东的口臭。于是他说："好吧。只有一个条件，房租一个月一个月付。我还在等着家里寄钱来。"

"也行，押一付一。"

押一付一敦煌懂，就是付这个月的，押着下个月的。她担心房客提前跑了，把值钱东西啥的也顺手捎了。敦煌想，就这两件破玩意儿，还当宝贝，送人都寒碜。他租下了，付了两个月的房租，挣的钱基本全光了。敦煌坐在床沿上感到了饥饿。

九

安定了住处，就像扎下一点根，敦煌可以按部就班地展开生活了。卖碟赚钱。合适的时间里去探望一下保定。这之前最好能把七宝找到，他不想让保定失望。到哪去找是个问题。除了一个背影、七宝这个名字以及她那时候办假证，敦煌别无所知，连她姓什么都不知道。如果还在北京、继续做假证生意还好，否则，就是大海捞针也搞不清在哪个海里捞。这个保定，早点说多好，非等到要被警察带到别的地方才紧急托付。也怪自己，以为只要自由了，找一个人还不是小菜一碟，没往细里问。敦煌初步的打算是，一边卖碟一边找，多往办假证的人群里凑。卖碟的时候就四处瞅，专拣年轻姑娘的背影和屁股看。他相信自己能把七宝从众多的屁股里认出来。

那些天他看了无数的屁股，直看到两眼发花，闭上眼也觉得有两片肥硕的东西在眼前动。他根本没有能力把它们一一区分开来。不好看的屁股各有各的不好看，而漂亮的屁股差不多总是一个样。一点办法都没有。他也在不同场合向不同办假证的人打听过七宝，三分之一的人摇头。三分之一的人答非所问，说办证吗？另外的三分之一只是给他白眼和神经病！想一想敦煌也觉得挺滑稽，坚持不懈地见人就问，这多像是某个童话里的故事啊。

但不问肯定一点头绪也不会有，问了也白问，白问也得问。敦煌基本上已经对这样当面打听失去信心，北京办假证的他妈的那个多，集合起来肯定乌泱乌泱成千上万。为了不至于把寻找七宝这事做得百无聊赖，他把它当成卖碟之外与人交流的一种古怪的方式来看。卖碟结束，他就会没头没脑地问一句，您认识一个叫七宝的女孩吗？客人一听，惊讶地看看他，赶紧走了。敦煌就对人家的背影抱歉地笑笑。

只要天气正常，每天都能赚到钱。缺碟了，他直接去旷山和朋友开的那家叫"寰宇"的碟店进货。不想再去打扰夏小容的生活。都这样了，继续你来我往，说好听点是相互温暖，难听点就是通奸。敦煌不在乎什么通奸不通奸，他担心夏小容。这女人心其实相当重，见了面欲罢不能，他穿上裤子利利索索走

2540

新中国70年优秀文学作品文库

中篇小说卷

了人，她还不知道要在两个男人之间煎熬多久。当断就断吧。他觉得夏小容也应该有此意。有一天她给他电话，开始还幽怨地质问，为什么这些天不去看她，几句话之后就软下来。敦煌说，刚从旷山那边拿了碟，然后说，你方便的时候我就过去。夏小容就沉默了，自始至终都没告诉他什么时候方便。所以，敦煌悲壮地决定，长痛不如短痛，是个男人就得先扛住。他们此后很少见面，连电话也几乎不通。

"寰宇"在骚子营的一条巷子里，店墙上贴满花花绿绿的碟片海报。门左边是店名，门右边写着：绝对正版！货架上摆的大部分都是正版，做样子，盗版要穿过一个耳门，生意在里面做。敦煌第一次去，旷山把他介绍给合伙人周老板和两个店员，这是小容的干弟弟，好哥们，最低价给他。两个店员对电影都很精通，每拿一部片子都能解释出一大堆东西来，甚至拍摄时的花絮和八卦都了如指掌。敦煌及时表示了崇拜，两个店员说，崇拜啥，多看。

搬到蔚秀园的第十三天，敦煌买了电视机和影碟机。影碟机是新的；电视机从旧货市场买的，七成新，两百块。效果很不错。那晚上他吃了两袋方便面，一口气看了四部电影。后半夜出来上厕所，一天的大风，呼啸着经过石棉瓦屋顶，尘沙迷了他的眼。他没去巷子头的公共厕所，在大门口的槐树底下撒了泡尿，赶紧回去。狗日的沙尘暴，半夜三更跑来了。

次日上午，窗外有人兴奋地说话，土啊尘的。敦煌睡不下去，就起来了，出门看他们还在说。房东指着他脚下说，小伙子，看，土。敦煌看看脚下，一层细腻的黄土，踩一脚，溅起一团尘烟，再踩一脚又溅起一团尘烟。敦煌连踩了几十脚，周围尘土飞扬，老太太和邻居一个劲儿地往后躲。"别踩！别踩！呛死了！"敦煌停下来。"哪来的土？"他看到周围所有东西上都均匀地覆盖了一层厚厚的黄土。"沙尘暴？"现在风停了，太阳在天上，因为浮尘的原因看起来发白。黄天白日。

"下土啦！"房东兴奋地说，"老天下土啦！"

邻居们一样的兴奋。不管老人孩子，长这么大谁见过天上下土？反正敦煌没见过。他踹了一脚门前的槐树，一阵黄土飘飘悠悠落下来。真他妈的下土了。敦煌也跟着兴奋。洗漱完了，收拾背包去卖碟。一路上东张西望，到处都是土，黄澄澄，灰扑扑，很多小孩都像他一样踩脚玩。有的地方清洁工还在扫大街，积到路边的黄土堆得老高。奇了怪了。怪不得假证办得好好的就进去了，年头不对啊。

真正让敦煌觉得好玩的是在天桥上。他站在高处，看到眼前低矮的居民区和街道一夜之间变成了单纯的土黄色，如同冬天看见大雪覆盖世界。但和那感觉完全不同，落了土的房屋和街道看上去更像一片陈旧的废墟，安宁，死气沉沉。很难相信除了雪之外，还有东西能让世界变得单纯和平面起来，而且竟是如此颓败和荒凉。再看那些面无表情匆匆经过的行人，敦煌陡然生出一股破坏的欲望，他脱口大喊：

"夏——小——容！"

谁都不知道夏小容是谁，但都转过脸来看这个莫名其妙的疯子。敦煌对他们点头微笑，一阵窃喜，觉得这帮家伙愕然地大幅度扭转身子，使得眼前的世界多少动了起来。然后他看到路边停的一辆汽车上，谁在上面的黄土里写了六个字：狗日的沙尘暴。敦煌觉得这个有点意思，下了桥在后面加上三个字：当然是。写完了还不过瘾，又转到后备厢上写了五个字：不是我写的。

写完继续走，看见一辆宝马停在路边，就上去写：狗日的宝马。连写了三辆车，什么牌子的车就狗日的什么。到第五辆车前，刚想写狗日的，忽然想起办假证时到处写小广告，用签字笔或者喷漆，行人能看见的地方就写：办证130……为什么不能给卖碟做个广告呢？敦煌顺手写下自己的电话：卖碟133……

他为这个天才创意兴奋不已。一路写下去，见到车就写，车头没擦的写车头，车头擦过的就写车尾，直写到手指发麻，胳膊变酸，右手看上去就像黄土抟成的。有人看他也不管，只顾闷头写，写完就走。写到下午两点，粗算一下，不下三百辆。然后找了个小馆子犒劳自己。看吧，等着别人来找吧。卖光盘的同志们多年以后应该也会感谢他，是他真正开创了光盘的外卖业务。

一顿饭没吃完，果然手机响了。敦煌兴高采烈地去接，对方说："是卖碟的吗？"

"是。小姐您好，需要哪部电影？"

"有病啊你！"

敦煌觉得不对劲儿，想缓和一下气氛，就说："小姐您好，我好像没有这部电影。"

"你别装疯卖傻，我告诉你，别到处乱写乱画，爪子痒了到石头上磨去！"说完就挂了。

敦煌很高兴，回骂道："磨你奶奶的腿！"这种事办假证时常遇到。广告写在人家讨厌的位置，或者带背胶的小广告贴错地方，无聊的家伙就会打电话来撒气。敦煌高兴的原因是，广告的效果出来了。有人吐口水，一定也会有人送钱来。

买单时手机又响了。是个小伙子，要买碟，也是在车上看到的广告。单位在长虹桥，敦煌就坐车过去。到那里四点半，小伙子在五楼。几个办公室的同事都围过来，每个人对影视都在行。他们对影片的随口评论相当地道，后来敦煌离开，才发现那是专门搞文艺的单位。那一座楼全是搞文艺的。不是玩小说、诗歌、戏剧的，就是弄舞蹈、音乐、影视和出版的。小伙子说，一直有个卖碟的定期来，最近三个月不见人影。敦煌说，那以后我定期来，想要什么碟可以提前打招呼。单位里的人对碟片的品相比较满意，这个敦煌还是有点自信的，虽说是盗版，他的碟盗得好。"盗"亦有道嘛。卖了三十一张。

离开时敦煌问："其他单位能去吗？"

小伙子说："没问题，直接上门就是了。原来那个就是直接上门推销。"

敦煌高兴得快晕过去，真是天上掉了泡狗屎落他粪筐里了。十几层的楼，他只跑了两层，人家下班了。就这两层也卖了八十多张。八十多，啥概念啊，纯利润两三百块钱。

上公交车前敦煌买了份报纸，吓一跳。报纸上说，昨夜北京下了三十万吨的土。他对三十万吨的唯一想法是，那能垒出多少个坟堆啊。报纸还说，这三十万吨土，一部分是北京自产自销的，北京现在就是一个大工地，没风的时候都可能尘土飞扬；另一部分是从新疆、内蒙古和大沙漠里刮来的。想想风这东西真他妈伟大，硬挺着把一粒粒尘埃千里迢迢地送过来，大工程啊。还有一个耳目一新的消息，新疆某列火车遭遇沙尘暴，一侧的车窗玻璃全被击碎，乘客只好一边站俩人，拿被褥堵住窗口，千里迢迢地与天斗与地斗。敦煌估计，这种事可能一点乐趣也不会有。但对这些消息，敦煌莫名地兴奋，很想找个人说一说。找谁呢？除了七宝好像没别人了。七宝，七宝呢，你在哪里。

十

又去一趟长虹桥，卖了一堆碟。下午回来就得进货。敦煌来"寰宇"的频率让旷山吃惊，一个人零散地卖，生意竟能如此之好。敦煌说，就一条：拼命。书面语是：敬业。

他每次进货回来，都要抽样把碟片在机子里试一下，以免客人买了放不出来。进货时，同样的盗版碟挑质量最好的，少赚一点无所谓，信誉要保证。这是他办假证积累的经验，回头客很重要。他们满意了，会主动替你做广告。然后就是送货及时。敦煌从汽车广告里尝到了甜头，买了几盒带背胶的口取纸，写上小广告，逮着机会就在闲人出没的地方贴。铺开来效果就显著了，经常有人电话订购。私人定购量都不大，有时候只要一部两部，敦煌也尽量送货上门，再游说一番，又可能多卖出几部。有个女孩不吃他这套，每次只一两张，绝不会多，而且只要暴力和恐怖片。

她住在知春里，敦煌过去要穿过大半个中关村。要命的是，从蔚秀园到知春里公交车不好坐，要么转，要么下车再走一大截。第一次去花了敦煌近一个小时。她住那小区最里的一栋楼，最高层。女孩挺漂亮，就是喜欢板着脸，跟别人欠她钱似的，经常叼着细长的女士烟，吸烟的动作有时候颓废不振，有时候咬牙切齿。她的烦躁和焦虑显而易见。不让敦煌进门，从防盗门的铁栅栏间交货。透过防盗门可以看到房间里面惊人的豪华，起码把敦煌给吓着了。他只在电视和电影里看过如此的排场。所以敦煌不理解，都天上人间的日子了，还苦大仇深的。有一回送碟，敦煌忍不住问她，为啥老看暴力和恐怖片？文艺片、爱情片、经典的获奖影片都可以看看嘛。他没说完，女孩就烦了，有完没完？爱卖不卖！把刚点上的香烟都扔地毯上了。地毯发出了怪异的焦味。

"对不起，我就随口说说，"敦煌说，转身要走，"地毯烧了。"

女孩说："我知道！"

敦煌气鼓鼓地下了楼。拽什么拽，长得好看就可以随便发火啊。敦煌决定下次不要这个外卖了，一次一两张碟，赚几块钱都送给公交车了，还惹一身刺。但下次女孩打电话要碟，敦煌又送过去了。一个小丫头，跟她计较什么呢。还有就是，他对女孩的状况隐隐有点好奇，也有点担忧，他从没看见过她房间里有别人。这无论如何有点不正常。也许看点其他片子对她有好处。敦煌交货时就多了一个心眼，不去推荐，只聊天，随口说，你们这个小区跟某部电影的小区很像，那电影看得我眼泪稀里哗啦往下掉，女孩子要看，起码得准备一条毛巾被。或者是，对不起，路上堵车，出租车追警车的尾了，有意思吧。这情节好像某部电影有过，你看过吗，那电影简直像《圣经》一样感人肺腑。这后一句是他从书上看来的。

那女孩开始还一脸的嘲讽，像看马戏一样。她一下子就看穿了敦煌的小把戏。几次以后态度好转一点，不那么焦躁了，烟抽得也淑女了一点。但依然不主动去打听那部电影。敦煌有了成就感，决定继续说下去，他相信总有一天那女孩会接受暴力和恐怖片之外的电影。

因为女孩几乎隔一两天要一次碟，敦煌不得不考虑买一辆自行车。他的生活也需要。早上在北大三角地贴了求购二手车的启事，中午就有人要求面谈。是个三十来岁的男人，穿西装打领带，文质彬彬。他带着敦煌在图书馆、教室和宿舍楼前转，一排排自行车看过去，问敦煌哪种车子比较合适。敦煌觉得一辆六成新的山地车看着更舒服，又怕买不起。西装说，没问题，价钱好商量，就这样的？

"差一点的也行。"

傍晚敦煌到北大西门外取货，那家伙已经等在石狮子旁边了，戴墨镜，屁股底下那辆车越看越觉得眼熟。敦煌就纳闷，跟中午那辆怎么这么像？"什么叫像？就是。"西装嘿嘿地笑，"当然锁不一样。刚装上的。"敦煌看车锁，果然变了，中午车上还挂着两把上好的链锁，现在只有一个最简单的那种插锁。"这样不行吧？"敦煌说，"认出来就麻烦了。"

"操，全中国这种车子多了去了，怎么认？"西装说，"怕认？好办。"他从口袋里掏出一把小刀，嘎吱嘎吱对着横梁一阵刮，油漆落了一地。敦煌还犹豫。西装说："操，你这人，搞一辆破车都这么磨叽，找不到老婆吧？找到也早晚要被甩。不要我可扔了。他以为上了两把锁就安全了。"

最后八十块钱成交。敦煌骑上车子，感觉相当不错，有车阶级就他妈爽。西装分手时嘱咐他，回去最好加把好锁，这种车子最不安全。又给了他一张名片，以后有哥们儿想要自行车，一个电话就成。名片上的头衔是：张先生，"二手"自行车店总经理。敦煌觉得这名片颇具收藏价值。世界已经疯了，这就是见证。他喜欢那辆二手山地车，跨上车顿时觉得生活充满激情。捷安特。他妈的捷安特山地车。

他骑着这辆车去给知春里的女孩送碟片，越发觉得应该把她从暴力和恐怖片的世界里拯救出来。敦煌甚至想，看看三级片、毛片也不错啊，至少能学点生活常识，打打杀杀午夜凶铃有啥意思呢。女孩没有接受他的建议，但还是有所改观。接碟时不再像过去那样随意地穿着睡衣，而是稍微正式了一点，头发也出现了梳理过的痕迹。那天敦煌跟她说，你骑过捷安特山地车吗？感觉真他妈好。我刚买了一辆。来你家的路上。我可以把车子借给你骑骑。

最后这个"借给你骑骑"终于让她笑了一下，准确说是笑了一半。当她发现自己在笑，果断地把另一半扼杀了。"谢谢，"她说，"再见。"开始关门。

敦煌赶紧说："你看过《偷自行车的人》没有？拍得非常好！"

他出了楼道，自行车不见了。他明明记得放在楼底下的，插在两辆自行车之间，那两辆自行车还在，都是破车。敦煌楼前楼后找了好几圈，连个影都没有。完了，被偷了。敦煌一下子想起西装。他调出西装的电话打过去。

"你好，你朋友也想买一辆？"

"他们都开轿车。"敦煌说，"我的自行车丢了！"

"你的意思是，还想再搞一辆？"

"去你妈的，我的车丢了！"

"车丢了找警察，找我有屁用！"

"只有你认识那辆车！"

"操，你丫脑子进了水是不是？只搞认识的车子，我他妈的喝西北风去啊？"

"那我车子怎么会被偷？"

"问小偷去！问你的锁去！"西装在那头也挺来火，"你以为我三包啊，神经病！"

敦煌不吭声了。他忘了给他的捷安特山地车加一把好锁。他觉得车子白天靠在身边，晚上锁在院子里，不可能丢，就没买锁。

西装说："谁让你舍不得那几个钱？就那种插锁，别说小偷，随便抓个小孩，一伸手也拽下来了。活该！我一点都不同情你！要不，再给你搞一辆？五折？"

敦煌说："去你妈的！"沉痛地挂了电话。越想越气，最后决定，要什么鸟自行车，自行车没发明之前人类不是照样活得好好的。我跑，不信两条腿也能被偷去。

真就跑步去了知春里。敦煌发现跑起来速度并不比自行车慢多少。他一路跑得意气风发，闯了三次红灯，两辆车为他紧急刹车，很多人盯着他看。在拥挤繁华的中关村，很难看到狂跑不止的疯子。他把《杀死比尔》和《暴力街区》从防盗门里递进去。女孩穿着裙子，披一条火红的披肩。她想看一下《偷自行车的人》。

"没有偷自行车的人，"敦煌开了个玩笑，"只有自行车被偷的人。"

"你的车子被偷了？"

"嗯，前天在你楼下被偷的。"

"多少钱？我赔你。"

"八十,二手的。"

"八十？还捷安特？"女孩终于笑出了声，从旁边桌子上拿起钱包，掏出五张一百的要给敦煌，"骗人！哪有这么便宜的捷安特。"

敦煌当然不会要。此后，三公里之内他基本上都是跑步送碟。念书的时候他长跑不错，多少年不动，开始跑还有点不适应，跑了几次感觉就上来了，觉得运动的确是种乐趣。下一次给女孩送了两部碟，外加《偷自行车的人》，还是跑着去。女孩还要赔他钱，再不要就赔他辆捷安特了。敦煌说千万别，我现在跑得正高兴，别放我的气，再不锻炼这一百四十斤就该废掉了。

<h1 style="text-align:center">十一</h1>

那天他从知春里回来，刚到魏公村，接到一个陌生电话，那男人压低声音问，看到你的广告了，有光盘么？毛的。敦煌犹豫一下说，要多少？那人说，越多越好。在哪？北京航空航天大学北门，穿灰色夹克，红领带。

敦煌坐车过去，看见灰夹克坐在北航大门对面的马路牙子上。你要碟？灰夹克点点头，找个没人的地方说。他们在僻静的街道拐角停下来，敦煌从背包的夹层里拿出三张毛片。还有呢？敦煌把背包放到脚前，又拿出十来张，都在这了。灰夹克看了看敞开口的背包，不少碟啊，三级的有么？敦煌从一大堆碟里准确地抓出五张来。他带的不多，三级并不好卖。灰夹克翻看碟片包装纸时一条腿不停地抖，一张张都看遍了，突然说：

"我是警察！"

敦煌一愣，马上笑了笑，说："大哥，别吓我，我胆小。"

"不信？"灰夹克左手从兜里掏出个证件，迅速打开，果然是警察，与此同时右手已经抓住了背包的一根带子，"所有碟没收！"

敦煌指着地上说："你的钱？"灰夹克低头去看，敦煌一把抓过背包，拖着就跑。灰夹克上了当，想用另一只手去抓包，已经晚了。那根带子被他扯断然后脱了手。他喊站住！敦煌拼命地跑，背包口张着，一路往外掉了好几张碟片。幸亏跑得快。灰夹克追了不到五十米就停下了。敦煌一口气跑到中科院门口才停下，逃跑中间结结巴巴拉上了背包链。他没看见灰夹克跟上来，才一屁股坐到马路边上。腿肚子直哆嗦，吓得转筋了。海淀桥那次记忆犹新。

还好，这回逃掉了。

整整一天敦煌都没缓过劲儿来，妈的，出门撞见鬼。碟卖得三心二意，猛不丁就张皇四顾，担心警察冲过来。损失了不到三十张碟，够他心疼的了。后遗症不仅是下意识就要警觉一下，手机响一声都让他惊心。第一个打来的是旷山，用的是别人的手机，告诉他要的《漂流欲室》已经到货，随时可以拿。因为号码不熟，敦煌犹豫半天才接。第二个电话还是陌生的号，敦煌咬咬牙接了。

对方张嘴就说：

"喂，乌鸦吗？你丫是不是又钻李小红裤裆里出不来了？半年没见你了！"

敦煌松了口气："对不起，你打错了。"

"老子会打错？你那鸟腔烧成灰我都听得出来，丫还装。"

"我再说一遍，你丫打错了！"

"啊？真不是？"

"是你妈个头啊！"敦煌就挂了。对方又拨过来，一直响，敦煌只好又接。

对方居然还能沉得住气："不好意思，打扰了。那你知道乌鸦的电话吗？朋友给你的号码。"

"找乌鸦到故宫去，我只认识喜鹊。"

骂完人敦煌舒服了一点，准备专心卖碟，天黑了。于是忍不住又开始骂灰夹克，一路都在说，狗屎警察，狗屎警察。快到海淀时，脑袋里一亮，想起灰夹克拿的那个证件，老觉得哪地方有问题。他转着脖子找毛病，想起来了：灰夹克的证件上，落款的最后一个字挤在边线上。正常的落款不可能设计得如此局促。挤在边线上是他们故意做出来的。保定接过一单这样的生意，敦煌陪他一起去取货。当时保定还问了一句，落款是不是有点问题？制作的家伙说，都这样，做公安局的假，得留点破绽，给自己一条后路，就像假钞，细微处总有点明显的区别。那家伙还大义凛然地说：这是我们这行的职业道德。

敦煌又仔细回忆了灰夹克的证件，绝对有问题。心情立马好起来，狗日的，造假造到老子头上了。他连着对找乌鸦的那家伙的气也消了。谁知道是不是找错人了，说不准是无聊的骚扰电话。这么一想，脑袋里又一道光，为什么不能照葫芦画瓢，打电话找七宝呢？敦煌忍不住夸奖自己的智商，人要聪明起来，那是一点办法都没有。

他转身往回走，到人行道上、公交车站牌上、灯箱广告上包括垃圾筒上找办假证的小广告，那些广告上写着：办证，上网，发票，然后是手机号码。敦煌见一张撕一张，回到小屋里开始照着搜集来的号码一个个打过去。是女人接，敦煌就说："是七宝吗？我是乌鸦啊。"

对方就回答："不是。打错了。"

敦煌就再问："不会吧，朋友给我的这号码。那你认识七宝吗？"

"不认识。没听过。"

"哦，对不起，打扰了。"

是男人接，敦煌就说："你好，我是乌鸦啊，最近见到七宝了吗？"

对方说："乌鸦是谁？我不认识你。七宝我也没听过。"

敦煌就说："哦，对不起，打错了。谢谢。"

对方南腔北调，带着夹生的京腔。态度好的，咕哝一声挂电话；碰上正吃火药的，那就自认倒霉，忍几句骂。二十二个号码打完一无所获。敦煌没有失望，这应该是寻找七宝的最好办法，以静制动，以不变应万变。只要七宝还办假证，总会找到。若改了行，那没辙，保定那里倒容易交代了。要操心的就是搜集小广告，他一边贴自己的一边撕别人的。

七天内打了不下三百个电话。他不指望七宝就是那三百分之一，但三百个里哪怕有一个人认识七宝，事就成了。但七宝还是遥遥无期。敦煌看着抽屉里一堆用过的手机充值卡，咬咬牙继续打，就当给保定买二锅头喝了。一天下午，敦煌在航天桥附近卖碟，在天桥上看到一个十岁左右的小孩边走边弯腰，弯一下腰就在地上贴一张小广告。他跟上去看，那是个新号码，就揭下一张开始打。半天对方才接，是个女声："乌鸦？没听过。"

"你认识七宝吗？"

"你到底是谁？"

"那你到底认不认识七宝？"

"认识。"

"太好了。我是敦煌，你能告诉我她在哪儿吗？"

"你他妈的到底是谁？"

"敦煌，敦煌啊。保定让我来找七宝的。"

"哦，早说啊。我就是。"

她住在附近的花园村，刚睡醒。敦煌约了她一起吃晚饭。敦煌坐在天桥下抽烟等她，兴奋得直搓手。终于他妈的找到了，对保定的歉疚可以减少一点了。有人从后面拍了他肩膀，敦煌转脸看见一个个头不错又比较丰满的女人，挺年轻，挺漂亮，还是烫成小卷卷的长头发，上面一件对襟小毛衣，外面是件象征性的罩衫，底下是条裙子。领口开得很低，看得见幽深的乳沟。他不敢肯定这样的女人是不是也可以称为女孩。敦煌绕半圈转到她身后，没错，背影和屁股摆在那里。七宝说，干吗？敦煌说，请你吃饭哪，保定特地交代，把你照顾好。

"他人呢？还说请我去看长城的。"

"你不知道？在里边。我也刚出来不久。"

"操，我说呢。有烟么？"

敦煌给她点上一根烟。"你也抽烟？"

"烟都不抽，还不无聊死。"七宝说，"今天就够无聊的，没生意，盯着电视就睡着了。"

"没生意还雇小孩给你贴广告？"

"你看见了？总不能我去贴，笑也被人笑死。包里什么宝贝？"

"光盘。我卖碟。"

他们进了一家不大的川菜馆。敦煌翻开菜单吓一跳，贵得离谱，一份宫保鸡丁都要十八块，简直不要脸。敦煌把菜单推给七宝，狠狠心说，你来。七宝说，这家不错，朋友一请客我就提议来这里。七宝点了水煮鱼、鸡丝荞麦面、东坡肘子、青菜钵和四川泡菜。敦煌想，就当又遇到两次假警察吧。七宝说，怎么卖起盗版碟了？这活儿不干了？

"刚开始找不到门路，临时卖卖碟。现在觉得这也挺好，没事看看电影。"

"进去一次进出个文化人了，"七宝说，"你们一块进去的？"

"嗯。其实，保定是因为我进去的。"

"这种屁话就不要说了。干这行，说到底都是为自己进去的。"

敦煌对她感激地笑笑。"你多大了？"

"不知道女人年龄不能问啊。猜。"

"二十二。"

"你比保定那狗日的还会说话。"七宝又要了一根烟，"二十三。都记不清他长啥样了。"

"他记得你呢。"

"操，记得我的男人多了去了。你记不记得我？"七宝两嘴角上翘，笑起来，"说正经的，菜的味道不错吧？"

饭后，敦煌去了七宝的住处认认门。与人合租的两室一厅，七宝住一间，另外一间还有一个女孩。房间不大，摆弄得不错，一张席梦思、电视、影碟机、音响，还铺了一小块地毯。被子没叠。"有点乱，别往床上看啊。"七宝说。敦煌喜欢七宝的爽快。他捏着指头数一下，觉得七宝完全符合保定的胃口，怪不得放心不下。七宝给他冲了杯速溶咖啡。咖啡的香味混杂在女人房间的味里，敦煌有点犯晕。"房租不低吧？"他问。

"还行。一个人在北京，只能自个儿心疼自个儿了。"

还是女人会过日子。自己倒小气了，不小气怎么办，还指望挣钱把保定赎出来。

一杯咖啡没喝完，有人打电话找七宝。七宝看看敦煌，敦煌说，没事，我也得回去了，还要拿货。七宝就在电话里说，好吧，一会儿到。敦煌让她想看碟就随便挑，七宝挑了五张。

<h1 style="text-align:center">十二</h1>

　　两天后他们又见了一次。七宝请客。她把碟片还给敦煌，另挑了五部别的。都在北京混，很容易谈得来。敦煌开玩笑说，保定托我照顾你，有什么体力活需要我干吗？七宝说，你也就能干点体力活了，不过现在还轮不到你。敦煌说，我等啊，轮着了一个招呼就到。七宝伸手在他脸上左右各拍一下，小心保定出来扁你。他们一起哈哈大笑。

　　下一次见面是七宝来海淀交货，顺便给敦煌送碟。傍晚，敦煌从外面刚回来，北大的黄同学要新旧两个版本的《小城之春》，他在小屋里等他的电话。百无聊赖正看一张日本的毛片，七宝打他手机，人已经到了北大西门。敦煌赶紧关了影碟机出来接她。屋太小，一个坐椅子上，一个坐床上，挤得腿碰腿。敦煌不太自在，七宝穿裙子，虽是长筒袜，碰着一下还是觉得靠到了她皮肤，越发找不到话题来说，就让她再挑碟片带回去看。这时黄同学电话到了，让他把碟片送过去。

　　大半个小时后，敦煌回到小屋。他推开门，七宝叫了一声，赶紧摁遥控器，满脸涨红。敦煌看见电视屏幕上一对赤身裸体的男女静止地缠在一起。七宝摁错了键，正暂停。七宝很窘迫，一把甩掉了遥控器。敦煌觉得有责任消除她的尴尬，就从地上捡起遥控器，说：

　　"看看毛片有什么？大惊小怪！我刚才看的那个嘛，要不我们一起看？"

　　"去，谁跟你一起看！"

　　"不看别后悔，老了想看都没劲看了。"

　　敦煌大大咧咧在七宝边上坐下，摁了播放键。之前七宝调成了静音。敦煌一不做二不休，让声音也出来。七宝坐着不动，谁也不说话，直挺挺地看着屏幕，不看都不行，脖子不能打弯似的。那对男女动作流畅，声音起伏有致。暧昧的声音充满小屋。两个人像两块僵硬的大理石坐在床沿上，慢慢听见了对方的呼吸声。敦煌动了一下，七宝也动了一下，两个人的膝盖碰到了一起。心都悬着，膝盖没有收回，好像那只膝盖与他们无关。然后两人莫名其妙地侧过脸，看见了对方冒火的眼睛和脸，七宝一把抱住了敦煌。

　　七宝说："敦煌。敦煌。"

敦煌说:"七宝。七宝。"

就乱了。跟屏幕上的男女一样乱。七宝脱衣服的速度让敦煌吃惊,七宝的表现更让他吃惊。完全可以用狂野来形容。他从夏小容那里得到的经验根本用不上,太安静,太本分,总是慢半拍,跟不上。七宝那才叫肉搏。她在他身上时,敦煌觉得那就是半空挂下来一条奔腾不息的河流,他都忘了自己还要干什么。后来河流回到平坦的大地上,敦煌趴在上面,多么柔软丰饶。敦煌恍惚了几秒钟,觉得身下是一张宽阔的水床。

屏幕上的搏斗也结束了,出现一片单纯的、死亡一样安静的蓝。七宝拍拍他的脸说:"你真年轻。"这叫他妈的什么话。"我打了三四百个电话才找到你。"敦煌说。

"三四百个电话就为了这个?"七宝笑起来,笑得都有点不要脸了。

敦煌翻下身来:"保定让我照顾你。"

"你他妈别提他好不好!我又没卖给他,不就睡一觉吗,有什么?他凭什么让你照顾我!"七宝坐起来要穿衣服。

"要走?"敦煌也坐起来,把衣服从床下捡起来递给七宝,"我送你。"

"赶我走?"七宝说,一把将衣服甩回床下,"我还不走了,今晚就住这儿了!"

七宝说到做到。和敦煌出去吃了晚饭,又一起回来了。两人看了一部周星驰的老片子《九品芝麻官》,上了床忍不住又乱了。夜深人静,两个人躺在一起,七宝抱着敦煌。七宝说:"抱着你真实在。"

"现在瘦了,胖的时候抱着更实在。"

"贫嘴!我是说,抱着你有种落了地的感觉。有时候一个人孤单了,想哭都哭不出来。"

"找个人嫁了不就完了。"

"你以为嫁人就容易啊。"

"难么?实在没人要,我就委屈一下吧。"

"做你的大头梦!钱呢?跟着你吃沙尘暴啊。"

他们不再说话,抱着睡了。敦煌梦见夏小容在天桥上喊他的名字,就像那天他在天桥上一样。夏小容喊得泪流满面,然后像一件旧衣裳,从桥上飘飘而下。敦煌就醒了,一身汗。七宝把脑袋放在他的胳肢窝里,睡得正甜,嘴还吧嗒吧嗒地响。这个做梦都在吃东西的七宝才像二十三岁。敦煌抱紧了七宝,像她说的那样,此刻他想哭都哭不出来。

敦煌尽量不去想保定。进货。卖碟。想七宝的时候就给她打电话。七宝要过来，他就提前在小屋等着；七宝让他过去，他就会放下手里的事坐车或者跑步去见她。他的生活比较规律，七宝不一样，办假证没法规律，她朋友也多，常常会一起闹腾，那就更没个点了，有时候半夜十二点还在外面。敦煌劝过她，一个女孩子，回去太迟不安全。七宝说，死了最好。

敦煌正在给碟片分类。他说："怎么说话呢？要被流氓劫了怎么办？"

"你说的是劫钱还是劫色？"

"你说呢？"

"要钱没有。要色嘛，正好，我正想看看哪个比你更厉害。"

"你他妈成心气死老子！"

七宝专心致志地涂黑色指甲油，头都不抬。"你这样人，一会儿想这个，一会儿担心那个，别人不气你，你迟早也被自己气死。"

敦煌觉得她说的还是有点道理。什么时候变得婆婆妈妈了，我他妈的才二十五岁啊。恨完自己了又忍不住说："说正经的，要不，一起租个房子吧。你也别办假证了，最近风声好像有点紧。"

"别，千万别，"七宝脚都跷起来了，"你住你的，我住我的。我一点都不想管别人，也不想别人把我系在裤腰带上。"

"你看你那环境，那女孩的叫声简直惨不忍睹。"敦煌说的是她的室友。有天傍晚，七宝说同屋今晚不回来了，让敦煌过去。敦煌就去了，半夜里那女孩又回来了，还带回一个男人。然后就大呼小叫，好像带回了十个八个男人。弄得敦煌一夜没睡好。

"你这人，人家高兴了喊两声有什么！都跟你似的，喜欢闷头大发财。"

敦煌憋了憋不吭声，看七宝对着脚指头精耕细作。"不是关心你么，好歹是我女朋友。"

"喊，稀罕！"

一点办法都没有。

继续分碟。《偷自行车的人》在手里晃了一下，敦煌想起知春里的那个女孩。好多天没有她的电话了。最后一次电话是在拿到《偷自行车的人》的第三天，她说，看完了，再要一部暴力一部恐怖的，顺便带两部别的片子，《偷自行车的人》那样的。敦煌想问她《偷自行车的人》感觉如何？她说有客人来了，抽空再说。就再也没有打过来。敦煌算了算，十七天。不正常啊。他给那女孩拨过去，没人接。他决定去看看，七宝听说是个漂亮的女孩，叫着要去，看着他。一听要跑着过去，又叫，要穿过一个中关村呢，没病吧？坐不起车我可以请你。敦煌说，不去拉倒。七宝嘟囔半天，好吧，就当同甘共苦了。他们出了门就开始跑。跑到太平洋电脑城七宝就不行了，赖赖巴巴过了中关村桥，一屁股坐到路边，死活不动了，非要打车，理由也是同甘共苦。七宝在车上说，你疯了。

他们在楼下按门铃，没人答话。敦煌不死心，终于等到有人进门，他们跟着进去。一直爬到顶楼，看见门上两道又大又白的封条。他想透过猫眼往里看，猫眼正好被封住了。他们下了楼，碰到一个楼下的大妈，就问她顶楼的房间为什么被封了？大妈摇摇头。又问一个路过楼前的人，更不知道。七宝说，这么关心，有情况吧？

"我就是想知道她看过碟觉得怎么样。"

"《偷自行车的人》？这么简单？"

"想复杂也复杂不了。"敦煌说，"哪一天我突然不见了，活不见人，死不见尸，你会怎么想？"

"你这王八蛋，一定跟哪个女人私奔了！"

"你就不难过？"

"难过有屁用！谁知道你为什么失踪，要是好事呢？那女孩家被封了，说不定因为别的人。比如说，她是贪官的二奶啦，有钱人的小妾啦，好日子大把大把的都过腻了。"

"会不会是抑郁症、幽闭症什么的，然后出事了？"

"幽闭症你都懂啊，真有学问。没准是因为钱多花不完才抑郁幽闭的呢。"

"那倒也是。"敦煌站起来，看了一眼最顶上的窗户，半天才说，"你就不能往好处上想想？又是二奶又是小妾的。"

"二奶怎么了？小妾怎么了？多少人想做还没机会呢。"

这个问题争下去会没完没了，敦煌没理她，觉得这丫头才没心没肺。七宝看敦煌不理自己，也不理他，有什么了不起。两人打车回蔚秀园，快到硅谷，七宝说，我要喝酸奶！敦煌说，好吧，让师傅把车直接开到超市门口。两人就算和好了。

十三

那夜里，敦煌又做了和上次类似的梦，夏小容喊着他的名字从天桥上飘下来。他在梦里看得非常清楚，像电影里的慢镜头，慢得他怎么也抓不住。夏小容快落到地上时，变成了知春里那女孩的脸。醒来敦煌有种莫名的恐惧，他向来不迷信，但知春里的封条让他有恍惚无常之感。这梦有点蹊跷。第二天早上一醒来，就给夏小容打了电话。管不了那么多了。

夏小容的声音开始有点生，很快就正常了。有事吗？夏小容说，把主动权一下子推到他这里。敦煌期期艾艾半天，我就是想告诉你，七宝找到了。

"找到了？太好了。"夏小容说，"太好了。你一定要带给我看看，今天就看。"

敦煌决定在"古老大"火锅店请客。还是上次那张桌子。夏小容和旷山一进来就看见他们，七宝的好模样让夏小容心里一惊。夏小容说："敦煌，这就是七宝吧。真年轻。"

七宝说："小容姐好，敦煌总在我面前夸你。"

"他夸我？"夏小容笑笑，"一把年纪，老姐姐了。"

敦煌说："老什么！"

七宝也说："小容姐端庄娴静，正是男人最喜欢的成熟时候，也说老，哪跟哪呀。"

夏小容说："他都不想要我了，还不老？"

七宝对旷山说："这就是你不对了，吃着碗里看锅里。"

旷山摆摆手："没有，绝对没有。人家锅里的，想看也看不着啊。"

敦煌点了鸳鸯火锅、两份冬瓜、两份平菇。剩下的他们点。热气腾腾把敦煌和夏小容他们那边隔开来，尽管都觉得不说话也挺安全，还是主动找话，生怕冷了场。敦煌找旷山说卖碟，夏小容关心七宝在北京的生活，相互又讨论化妆品和零食问题，反而比他们预想中的热烈很多。只是吃到后半截，旷山提前离开，最近几天忙着店里盘点。过一会儿，七宝出去接个电话，朋友生日，坚持让她过去。敦煌有点恼火，关键时候掉链子。桌子空了一半。

"再叫两瓶酒？"夏小容说，"一转眼就记不起你喝酒的样子了。"

敦煌就沉默着一杯一杯喝给她看，一直喝到十一点，然后把她送到楼下。夏小容说，上来喝杯水？这几天晚上他都在店里。敦煌就上去了。房间里的碟少了，白条筐好几个摆在一起。夏小容说，都拿回店里了，一起盘。敦煌嗯嗯点着头，觉得有点晕。一个人喝酒不吭声就会这样。

"七宝真不错。"夏小容说。

"谢谢。"敦煌看着她。夏小容把脸转到一边，看见了热水瓶。"还说给你倒水呢。"就拿敦煌前些天一直用的杯子，加了很多茶叶倒上水，"喝点浓茶，解酒。"水递过来，敦煌接过的却是夏小容的手。夏小容说，敦煌敦煌。杯子掉下来，人被拽到他怀里。

"我梦见你从天桥上跳下来，"他说，"像一块布。就吓醒了。"

夏小容声音低下去："我活得好好的，干吗要死？"然后把敦煌的头揽在胸前。敦煌觉得更晕了，头脑嗡嗡地响，顺手把她歪倒在床上。这地方实在太小了。

夏小容说："不能敦煌，我有了——"

"我也有！"敦煌说。

他把嘴巴和舌头放在夏小容的下巴和脖子之间。这是夏小容最软弱的地方。夏小容的反抗只在喉咙里，听起来像哭，慢慢地手脚就摊开了，然后开始收缩和颤抖。敦煌已经到了她的身体里，这时候夏小容反而没声音了。她从来都是在地上流淌，永远也不会像七宝那样挂到空中去。夏小容把枕巾塞进嘴里时，敦煌觉得自己也差不多了。一边工作一边打开床头柜，尾声到来之前必须戴上安全设备。这是他们的习惯。夏小容拿出枕巾，说：

"没必要，我有了。前两天刚发现。"

敦煌停在那里，头脑里闪过"旷夏"两个字。血液从身体中间的某个部位开始退潮，像一杯水在迅速减少。那地方逐渐失去知觉，一点点失去形状和体积，最后像一缕烟从夏小容的身体里飘出来。夜车经过窗外的声音。哪个地方有一声爆响，楼下停的几辆汽车同时报警。后来，所有的声音都消失，夜安静得像闹钟里的时间，只有嘀嗒嘀嗒大脑转动的声音。

"你打算怎么办？"

"还能怎么办？我下不了手。"

"然后结婚，生孩子，留在北京？"

"到哪天算哪天吧。在这儿，只有它是我自己的。"

敦煌一下子想到那些卖碟、办假证的女人，孩子背着、抱着，当众敞开怀奶孩子，她们说，要光盘吗？办证吗？夏小容穿上衣服去卫生间，上衣斜在肩膀上，背影一片荒凉。敦煌觉得她不是去卫生间，而是去大街上，孩子出现在她背上和怀里，然后坐到路边的马路牙子上，撩起上衣，用一只白胖的大乳房止住一个叫旷夏的孩子的哭声。敦煌点了根烟。夏小容从卫生间里出来，衣服已经弄整齐，头发也梳理过了，她说，别抽了吧，对孩子不好。敦煌顺从地掐掉，觉得未必就如他想得那么坏，也许她整天端庄地坐在"寰宇"音像店里，对每一个到来的客人微笑，然后优雅地数钱。谁知道呢。

敦煌离开的理由是，出来抽根烟，瘾上来了。再也没有回去。在楼底下他抬头看上面的窗户，大部分是黑的，有亮的窗口始终没有谁的脑袋伸出来。敦煌想，这样好。这样最好。

十四

春天终于真正来了。但是北京的春天一向短得打个哈欠就过去，不定明天就一下子二十七八度，让你脱衣服都来不及。敦煌和七宝的新鲜劲也过去了，开始为生活跑，各干各的事，往来不再像过去那么频繁。七宝还是不答应和他住到一起，她说别再逼我啊，再逼就散伙。所以敦煌还住在蔚秀园的小屋里，也挺好，半夜里撒尿在槐树底下就能解决。七宝有小屋的钥匙，闲得无聊敦煌不在她也会过来，买点小零食，看着碟等敦煌。有时候她会给敦煌洗洗衣服。女孩子用水就是费，房东看见了脸上的肌肉就开始哆嗦，因为水电费是和房租算在一起的。又不好直接挑明，就拐弯抹角说：

"哎呀，两件衣服洗这么久，我还以为十件八件呢。"

七宝一听就明白。她当初来北京，租的房子还不如这个，房东整天让她换十五瓦的灯泡，跟她说，别相信电饭煲能做出什么好吃的米饭，姑娘，还是煤球炉好，买个煤球炉吧。七宝坚持不换不买，半年就被房东赶走了。七宝想，这个老东西，抠门都抠到水里了，就说：

"大妈您不知道，敦煌是个苦孩子，就这两身衣服换着穿，脏得跟铁匠似的，不花点工夫哪洗得干净。床单被罩啥的，更得好好洗。"

还有床单被罩，房东心疼得差点昏过去，照这么洗下去，水管里流出来一条长江也不够用。水表还不转坏了。水表说："敦煌真是有福气，找到你这么个女朋友。"

"大妈您过奖了。"七宝暗暗得意，"我也就会洗洗衣服。这活儿简单，只要水用到了，就能做好。"

七宝一走，房东就在院子里直转圈，想着该怎样涨房租。她又去看了趟水表，回来小屋里的灯就亮了。她推门进去，看见满床的碟片。这是什么？她指着床上。敦煌说，电影。不，是光盘，盗版光盘。哪来的？买的。买这么多干什么？卖的。哦，你是卖盗版光盘的，房东说，手指着敦煌，原来你在干违法的事情！

"大妈，这也叫违法啊？"敦煌说，"满大街都是。音像店都在卖。"

"盗版的就是违法，我是书记，你骗不了我！你还骗我说是考研的！"

"我可没说，那是您自己说的。"

"我说的？你不告诉我我怎么知道？"

敦煌懒得跟她吵，开始收拾碟片："大妈，想说什么您就说吧。"

房东说："那好，我就直说。我不能留一个卖盗版光盘的住在自己家里，一个月才四百五十块钱！被警察知道了，我这张老脸往哪儿搁？我怎么说也是个书记！"

"您想加多少？"

"一百。"

敦煌拍拍墙皮："大妈，我租期还没到您就加价，没道理吧。还有，趁这会儿天还没黑透，您可以到外边好好打量一下这小屋，还觉得值这价，您就回来收钱。"

房东到底当过书记，立马改变策略："钱不钱我不在乎，我在乎自己名声。我不能随随便便就留一个违法分子在家里。你觉得贵，可以不租，在北大、中关村这里，还愁房子租不出去？我没听说过。"

"您还指望学生来租？北大的公寓楼新盖了一座又一座，他们早住上高楼了，一年才一千零二十块钱！万柳那儿的学生公寓，原来挤不进去，现在都空着往里灌风呢。算了，我也不跟您争，加五十，租就租，不租我明天就去找房子。"

房东说考虑考虑，一会儿就过来敲门，在门外说，五十就五十，下个月就开始算啊。敦煌说，妈的，钻钱眼里了。房东问，你说什么？敦煌说，我说没问题，我又赚了。

敦煌把这事告诉了七宝，七宝说："要是我，就跟死老太婆耗到底，大不了挪个窝。北京这么大，还找不到放张床的地方？奶奶的，哪天我有了钱，盖他几百座楼，起码得五十层，全租出去。我专门在家收房租。"

敦煌说："钱数不过来我帮你。"

"你这样的，也就能在家数数钱了。你他妈的就不能说，娘希匹，我到外面去给你挣房租去？腰杆挺起来，说你呢！"七宝给了他后背两巴掌。有点疼。"你看，我就说，两巴掌又傻了，你怎么整天搞得像忧国忧民似的？"

敦煌一激灵，像小时候下巴被马蜂蜇了。是啊，什么时候成了他妈的这副忧世伤生的烂德行。当初从里面出来，那一身死猪不怕开水烫的豪气哪去了？

那会儿想，不就是一个北京么，没地方住桥洞总还有吧；没东西吃饭还是可以讨的吧，要饭不犯法。那种过一天算一天赤条条没牵没挂的好感觉哪去了？当初还想，女人嘛，能搞就搞一个，搞到了拉倒，搞不到也拉倒，只要不被人关着，不被人管着，都是好日子。为什么现在日子就越过事越多，越过心思越麻烦呢。见了鬼了。

"操，又玩深沉？"七宝拍拍他的脸，"我怎么就看上你了呢？不发呆就犯傻，现在又灵魂出窍。醒醒啦！"

"我想去看看保定。"敦煌说，"你跟我去？"

"不去！"七宝开始换运动鞋，"让我跟他说，一直都在跟你睡？"见敦煌不吭声，七宝就说，"好了，走了。"

他们要夜游圆明园，从一条巷子头翻墙进去。前几天他们和几个朋友翻墙进去过，半个小时就出来了。七宝没过瘾，拽着敦煌再去一次。敦煌托着七宝的屁股把她送过墙，没到福海就听见一片蛙声。七宝说，真他妈大，清朝的这帮龟儿子才是会过日子的主。圆明园的夜安静得有重量，沉沉地压在福海水面上。七宝的胆量让敦煌开了眼，她在黑灯瞎火的圆明园里到处跑，煞有介事地跟敦煌介绍，这个地方死过哪个宫女，那个地方杀过某个太监。冤魂累累。在大水法那儿，敦煌觉得寒毛都竖起来了，七宝倒无所谓，在残垣断壁里躲躲藏藏，学怪异的鸟叫。那声音比乌鸦婉转，更荒凉得揪心。学完了她就笑。敦煌让她小点声，别把管理人员招来。后来七宝累了，在一块大残石上躺下来，让敦煌也躺。七宝说，要不是石头凉就睡一觉，天亮了从大门出去。敦煌说嗯，一翻身到了七宝身上。

"你别瞎来啊，这地方！"

"想瞎来也来不了，都冻得找不到了。"敦煌亲了她一下，"打听个事。"

"说，只要是跟钱没关系的。"

"老夫老妻怎么也得给点面子嘛。男人借钱都会还的。"

"男人就不该借钱！"七宝把敦煌抱住，眼睛瞪眼睛地说，"就你那点小心思！我跟你说过了，别去赎什么保定，你把咱俩全卖了，也未必填得上那坑！三千两千能办的，我早替你出了。你认识谁？烧香都找不着菩萨！"

"那我也得他妈的找啊，我总不能眼睁睁地看别人替我耗在里面。"

"他是替你？他在替钱！干这行，谁都跑不掉，早一天晚一天的事。"

"跟你说不清，"敦煌扳开她的手，滚到石头上，"男人的事你们女人理解不了。"

"你们人都他妈的是女人生出来的，还有什么女人理解不了！你就是那种标准的大脑缺氧型的，一点儿都不会错。你就不能把钱攒着，等他出来再给他？那时候他比现在更需要钱。"

敦煌又翻到七宝身上："操，老婆，你真厉害，我刚出来的时候缺钱，也是这么想的。"

"死一边去！"七宝把他推下来，"我十八岁就来北京，那会儿你在哪喝凉水？"

"应付考试，学分子式，氢二氧一是水。"

"你应该去当大学教授啊。"

"是啊，我也这样想。人家不要我。"

七宝笑起来："没皮没脸。"敦煌也跟着笑。这女人可能不是他妈的女人生的，是妖精生的。一点儿都不会错。

十五

七宝给敦煌置办了一身新行头，穿在身上远看近看都人模狗样。七宝说，就得人模狗样，给自己长脸，也给保定长脸，省得那帮站岗的把白眼珠翻到天上去。吃的东西除了烟，只带了一点，不好存放，带了保定也吃不上。买了一些常用药，保定胃不好。另外就是带了些钱，到时候按照保定的意思打点一下合适的狱警。敦煌不敢肯定保定是否还在原来的地方，如果不在，他再去在的地方看他。

站岗的已经不认识敦煌了。他也不便说，塞给带路的警察两包好烟，就被带到了头头那里。继续递烟。一查，保定还在。然后跟着警察一路曲曲折折地穿堂过廊，这些他不陌生。和几个月前没什么变化，警察的表情和脸色都没变，走廊拐角处墙上的半个脚印也还在。院子里的草已经油汪汪地发亮，背阴的石阶上苔藓开始往上爬。那些站在岗楼上的抱枪的，枪还在怀里，他们站得高看得远。敦煌听见很多人在喊号子，脚步声咔嚓咔嚓像无数把刀在同时切菜。这个声音被敦煌从整个大院的寂静里准确地分离出来。这在过去是无法做到的，那时候他要么身处寂静，要么就在火热的切菜的队伍里，即使一个人站在队伍外面，也只能听见一种声音：要么是寂静，要么是切菜。

敦煌在一间大屋子的椅子上坐下。过了一会儿，他听见有人说："进去！"保定就从铁栅栏对面的一扇门里走进来，瘦了两圈。敦煌站起来，说："哥。"

"我猜就是你，敦煌，"保定在对面坐下，"这身不错，新买的？平时也得把自己收拾好。"

"左手怎么样了？"

"早没事了，要不也不敢跟那湖北佬打。"

"我还担心在这里找不到你。"

"应该快换地方了，反正不能在这积压七个月。"保定说，"你怎么样？"

"卖点碟片，还行。我没弄到足够的钱。"敦煌头和声音一起低下去。

"头脑没坏吧，早跟你说过。判也就是一年半载，又不会死人。弄点钱容易啊？我有吃有喝，操你自己的心。有时间给我送两盒烟就行了。七宝找到了？"

"找到了。吃的东西和药都是七宝帮我买的，衣服也是她挑的。她有点忙，过不来。"敦煌盯着玻璃板上的一个黑点，觉得那应该是苍蝇去年拉在上面的一粒屎。他听见寂静的声音在耳边没完没了地蔓延，然后听见保定说："她不错吧？"

"挺好的。"

保定笑起来，笑了一半慢慢停下。"没事，"他说，"谁让我是当哥的。好好挣钱。"

"嗯。"

"不管干什么，都要多长个心眼。回去吧。"

"嗯。"

他们没有用够时间就结束了探视。敦煌看着保定被带出门，步子有点拖拉，鞋子摩擦水泥地板的声音一下下惊心，他就轻描淡写地说一句，回去吧。七宝。七宝。敦煌看着那扇空荡荡的窄门，在心里大骂七宝，你他妈妖精生的，你他妈的就是妖精生的！守卫说："人已经走了！"敦煌才发觉自己还煞有介事地坐在那里。他自作主张挑了几个人打点一番，折腾了好半天才结束。在看守所大门外抽烟时，他觉得疲惫不堪，回家时身上已经没有几个钱。

车到航天桥天就黑了，敦煌下车到七宝那里去。七宝手机关了，十有八九在睡觉。她划分白天黑夜依靠的不是时间和光线，而是困不困，一困黑夜就来了，大白天也拉上窗帘呼呼大睡。她像某种无所畏惧的泼辣小动物，她自行其是。敦煌在楼下按好多次门铃也没人搭茬。妈的，睡死掉了。再按，终于有人拿起对讲电话，是七宝的室友。一个两条腿瘦得跟筷子似的女孩，七宝说她是骨感美人，敦煌觉得叫骷髅美人更合适。瘦成那样了还生机勃勃，隔三岔五就把男人往家带，敦煌搞不懂那些男人，为什么都喜欢趴在一副排骨上。

　　骨感美人没好气地说，谁啊，不怕把门铃摁坏了！听说是敦煌，口气好了一点，七宝不在。敦煌问七宝去了哪里，她说不知道，问她手机去。这话说的，问她手机去。能问到还有你的事？敦煌初步认为，骨感美人不高兴的原因是，她不得不把身上的男人临时掀下来去听电话。他去超市买了一盒口取纸，开始写小广告。广告词改成：啥碟都有。写完了，又去找犄角旮旯处贴。现在环卫工人在清除小广告，称之为"城市牛皮癣"，贴在显眼的地方纯粹是为了让他们撕。贴完了又去马兰拉面馆吃了碗面，七宝还没回来。骨感美人这回没发脾气，让他上楼等。敦煌说就在下面等吧。他怕听到骨感美人令人发指的叫声。他在楼前小花园的矮墙上坐下来，脑袋放到膝盖上，两分钟不到就像一个坚硬的三角形一样睡着了。醒来时已经凌晨一点，七宝站在他面前，满嘴酒气，你怎么在这儿？

　　敦煌站起来，浑身的骨头咔嚓咔嚓响，肚子里有莫名的悲愤要冲出来。"我该在哪儿？"

　　"对不起啊，跟朋友玩去了。"

　　"都什么神仙朋友，非玩到三更半夜？"

　　"酒肉朋友好了吧。走，我扶你上楼。"七宝做着样子要来搀敦煌的胳膊。敦煌一把甩过去，说："我他妈的不想上！"

　　"你小点声。"

　　"我为什么要小点声？"敦煌突然就歇斯底里喊起来，"睡什么睡！都他妈的给我起来！"

　　跟着就有好几扇窗户亮起灯，伸出脑袋喊："号什么号，还让不让人睡觉！神经病！"

　　敦煌指着他们喊："你他妈的才神经病！"

　　"你疯了你？"七宝说，"跟我上去！"

　　"我他妈的不上！"敦煌转身往外走，七宝叫他也不理。七宝跟到小区外的街上，说："敦煌，再不站住我杀了你你信不信？"

　　敦煌站住了，说："杀吧。现在就杀。"

　　七宝走到他面前，发现敦煌眼泪都下来了，心就软了，掏出纸巾给他擦眼泪。"我知道你是为保定的事，"她说，"今晚的确是跟朋友吃饭，手机下午就没电了。骗你是这个。"她用手指作四条腿的小狗。

　　敦煌点上一根烟，此刻一点幽默感都没有，觉得心里长满了荒草，他对七宝说："你回去吧。"然后继续走，他不知道如果关在里面的不是保定，而是他，保定会怎么做。他一根接一根抽，烟屁股随手扔到地上。七宝一直跟在后面，敦煌扔一个烟头她就捡一个，一直捡到苏州桥。一个多小时的路，七宝在北京多少年没走过这么远的路了，累得脚疼，多一步都不想再走，就拦了一辆出租车，开到敦煌边上。

"上车。"七宝向他摊开手里的一堆烟头，"你要再摆这臭德行，打明天起，你他妈的别来找我。"敦煌看看她手里的烟头，一共十三个，拉开门上了车。

十六

五月里又来了一场沙尘暴。天气预报说，这在北京的历史上也属罕见。但它就是来了。一天一夜的长风鼓荡，尘沙被送到天上。为防止落进低胸的裙子里，女人们加了一件高领的罩衫；男人把领子竖起来，鼻梁上架起墨镜。北京的五月很少如此庄重和严谨。然后风就停了，很突然，气象部门都没反应过来。像百米冲刺跑了一半，硬生生收住了脚。细密的沙尘在天上下不来，天地昏黄，空气污染指数高得可怕。新闻里说，这种浮尘天气不宜外出。说得相当正确，敦煌每天都外出，在避风的地方也卖不出几张碟片。碟不好卖不算太正常，也不算太不正常，消息说，风声有点紧，这回是真的。敦煌开始谨慎，磨磨叽叽地卖，一周没进货。浮尘被人工降雨弄下来了，天开始变高变蓝，敦煌数了数碟，该去"寰宇"了。

站在路边上看"寰宇"，门上多了两张交叉的封条。封条上的日期是前天。敦煌背着空包站在门前，手机在掌心里转。夏小容，旷山，他在掂量给谁打更合适，最后决定给旷山打。旷山的声音像个紧张的老头子，听说是敦煌才放松下来。旷山说："兄弟，我栽了。"

旷山早上刚从拘留所里出来，夏小容把家里的积蓄差不多全送进去才把他弄出来。那帮警察大白天就进去，直接掀开布帘子进了后面的小仓库。盗版碟成捆成袋码在架子上。刚进的货，要不是这场沙尘暴早散出去了。一张没剩，他们是开着小货车来的。车里已经堆了不少，看来倒霉的不止他们一家。他们能够上来就挑布帘子，显然是对所谓的音像店心知肚明。正版的光盘贵得要死，不卖盗版吃个屁啊。幸亏毛片大部分都放在家里的床底下，否则出来怕没现在这么容易。他跟周老板一起被带走的，当然都出来了，也是家人拿钱赎出来的。

"有什么打算？"

"喘口气再说，"旷山说，"有空过来喝两杯？"

"好的。小容怎么样？"

"她倒比我想得开。女人你真搞不懂，过去整天叨叨挣钱回老家，现在穷得光屁股了，反倒什么都不提了，就跟那些钱不是她辛苦赚来的似的。折腾成这样，真有点对不起她。你要进货？找冯老板。"

敦煌按地址找到叫"大天鹅"的小饭店，一个大胡子男人在门口等他。店在一里地外，一个类似地下车库的地方。敦煌跟着大胡子下了楼梯，曲曲折折绕了不下八个弯子才来到店铺。那简直是个垃圾场，到处都是光盘。有包装纸的花花绿绿，没包装纸的银光闪闪，地上铺了一层，里面的人直接从光盘上走。这是敦煌这辈子看到光盘最多的地方，大约一百平方米的空间，一座座光盘的山，完全是一个光盘工厂。大胡子看敦煌眼都圆了，就说，这不是最大的，不太全，凑合着挑点吧。

敦煌挑碟的时候想，真他妈开了眼了，然后感到自己作为一个小打小闹的卖碟人是多么可笑。他把一个背包和一个行李箱全装满，吃力地拎着它们走过光盘山时，觉得自己更可笑了。一背包一提箱，十头牛一根毛而已。当初旷山一定也有相同感受，所以刺激了几次，他就拼了命要开一个音像店了。

这里的光盘价格比"寰宇"还要便宜，敦煌后来都在这儿进货。风声的确有点紧，他尽量不在大街上招摇，免得撞到警察和城管的枪口上。而是过几天就把过去的几个点走一圈，像北大的学生宿舍、长虹桥的那栋大楼，以及其他一些小的单位，都是见缝插针，打完一枪赶快换地方。另外就是偶尔电话联系的散客，都是老主顾。哪一天感觉不对了，就待在家里看碟，或者陪七宝逛街。也会陪七宝去送货，假证生意好像也不景气，七宝干活有一下没一下的。他们的关系说好不好，说坏不坏，在一起的时候不坏，见不着人影的时候不好。七宝觉得这样好，别捆一块儿过日子。

敦煌一直没去找旷山喝酒，不想听他诉苦。有一次旷山打电话给他，说夏小容的肚子已经显山露水啦，他就躺在床上想象显山露水是什么样子，更不想去看他们了。旷山喘了几天气，就和夏小容一起卖碟，照他说的，重新积累，早晚东山再起。

有相当长一段时间，敦煌都觉得没劲，天热了，出来进去都不舒服。外面阳光鼎沸，白花花晃得人气短；小屋也开始热，墙顶都薄，太阳一晒就透。小屋就像个温度计，外面温度一高，里面噌噌噌就跟着上去了。弄得他里外都焦虑，觉得生活漫无边际又无可奈何。七宝也懒得往他的小屋里跑，觉得那不是人待的地方，两人见面自然就少了。偶尔打个电话或发发短信，仿佛也就为了证明对方还都活着，就在零散的电话和短信里，漫长的一天又一天就过去了。

生活倒因此重新变得简单，敦煌得以把更多的心思用到碟片上来，看和卖。新找了几条线，卖得都还不错，最重要的是安全。这也是保定临走时告诫他的，进去了就等于什么都没干。敦煌偶尔也能在马路边或者超市门口看到夏小容，肚子已经颇具规模，按照月份和大小推算，应该是个双胞胎。如果是双胞胎，哪一个叫旷夏呢。夏小容面前是一个不大的碟包，跟客人说话时常往旁边看，旷山坐在远处抽烟像个闲人，脚前放着一个密码箱。这狗东西被吓怕了，把挺着肚子的夏小容推到前面来。

那天凌晨四点他被手机吵醒，电视屏幕上一片蓝，碟片放完了。一个陌生的女声，说，七宝被抓了。敦煌问你是谁？对方不说，只是说，一起抓了十几个姐妹。敦煌就明白了，他都奇怪自己竟能有如此冷静的反应，他说，要多少钱？女声说，五千，一般都这个价。挂了电话敦煌才想起来，这声音是骨感美人的。他早该看出来她们是同行，看来她躲过了这一劫。五千。敦煌手头的钱大大小小加起来只凑够一半，只能找夏小容和旷山。他到芙蓉里把他们叫醒，只说借钱，急用。旷山还想再问，被夏小容剜了一眼。

旷山说："那钱说好明天去进货的。"

夏小容说："迟两天会死啊？"

旷山不情不愿地从抽屉里拿出钱来。敦煌没理他，只跟夏小容说了声谢谢。

早上七点敦煌到了派出所，一直等到所有人的笔录做完。敦煌说，他从外地赶来，不容易，希望能早点把人带走。领导说，都一样，这种烂事谁也不想拖。做决定的时间很短，价钱也没有商量的余地，五千。交了罚款就可以领人。敦煌站在门口，看见七宝头发凌乱地跟在警察身后走过来。一直到敦煌面前七宝也没抬头，就低头站着。敦煌把她垂在前额的一绺头发拨到耳后，揽住她的肩膀说："我们回去。"

一路无话。到了花园村，骨感美人开了门，看见他们什么也没说，进自己房间了。七宝躺到床上，点了一根中南海，敦煌一把夺过来扔到了窗外。

"钱，钱，要那么多钱干吗？"敦煌终于忍不住了，"陪葬啊？"

"没钱怎么活？"

"活不下去不能走么？非要赖在这里？"

然后两人都沉默。骨感美人的房间里传来怪异的声音，这次是男人在叫。

敦煌说："我们换个地方住。就这么定了。"

第二天他们搬到北太平庄附近的牡丹园，租的一居室，价钱还比较公道。

七宝用过去的积蓄还了钱。新家收拾好了，敦煌前前后后看一圈，说好，就这样。这是六月底。接下来是七月和八月，北京的天先是热到了头，然后开始逐渐凉爽。在这个八月，敦煌和七宝各长了一岁。敦煌二十六了，七宝二十四。他们选了两人生日的中间一天，买了一个小蛋糕，切开来一人一半吃了。七宝做了几个菜，喝了几瓶啤酒，就算庆祝过了。

敦煌说："咱俩加起来已经过了半辈子了。"

"就你那身板，"七宝开他玩笑，"上了床半场足球都踢不下来，我看大半辈子都过了。"

"过了就过了，只要高兴，过一天算一天。"

这个八月里他们前所未有地快乐，该经过的也经过不少了，两个人生活透明起来的感觉很好。生意也不错，盗版碟和假证都好卖。敦煌发现，八月里三级片和毛片相对来说更好卖。他问七宝，是不是天要凉快了，男男女女就想学坏了？当时他们在床上，七宝翻到他身上，说，你问问你自己就知道了。敦煌说，哇，泛滥成灾了。他说的是七宝这条河泛滥成灾了。

一天下午，敦煌在卖碟时听见有人叫他，是旷山，左手是夏小容的碟包，右手是他自己的密码箱。夏小容挺着大肚子跟在他后面。他们打了招呼，旷山把夏小容的碟包在两米之外打开，跟敦煌说，咱们邻一回摊。

夏小容说："七宝最近怎么样？"

"就那样。"敦煌说，"还办她的假证。你们呢？"

"刚领了证，他托老家的朋友帮着办的。"

"结婚了？祝贺祝贺，也不跟我们说一声。"

"都老夫老妻了，"旷山摸着夏小容的肚子，"还玩那花样干啥。呵呵，要当爹了。"

夏小容打一下他的手，满意地摸着自己肚子，两个酒窝里都散发出温暖的奶香味。旷夏还没出生，她做娘的感觉早早就到位了。

敦煌低头翻看一张碟，听见旷山的手机响了。旷山对着手机说："已经到了。好。好。"

大约五分钟，两个穿大裤衩衩染红毛的年轻人走过来，对旷山打了个响指。旷山对敦煌笑笑，我先过去一下，有点生意。他就带着红毛们走到十几米外的雪松底下。旁边是正在修建的地铁的工地，铁的挡板、一个不规则的土堆子，以及一条通往另一条街道的小路。敦煌知道这家伙又弄到一笔大生意。他不愿意表露出自己的艳羡，只在转身的时候，用眼睛余光看见旷山正蹲在地上打开他的密码箱，两个红毛伸着脑袋围在他身边。他们在翻看，然后合上箱子，开始小声说话。头碰头说了好一会儿。

夏小容有点担心，对敦煌说："怎么这么久？你帮我去看看？"

敦煌说："放心，他们在讨价还价。"

正说着，两个警察从挡板那边冒出来，敦煌迅速合上背包，然后跑过去帮夏小容收拾，快走，他对夏小容说。夏小容没回过味来，张皇地左右看，那两个警察已经跑到旷山那里。他们喊："干什么的！"两个红毛站起来就跑，警察只抓住了旷山和密码箱。

夏小容慌了，一手抚着肚子，一手哆嗦指着旷山，声音都变了："旷山！敦煌，快，快，旷山！"夏小容的脸上露出敦煌从未见过的复杂表情。"敦煌，快！求你了！"

背包掉落地上时，敦煌已经冲出去了。他冲到警察面前，大喊一声："别动我的碟！"一把从一个警察手里抢过密码箱，抢到手就沿那条小路往北跑，边跑边喊："我的碟！"两个警察没想到半路杀出一个人来，丢下旷山就去追敦煌。敦煌拎着箱子拼命跑，警察在后面追，喊着让他站住。他哪里敢停下，见路就跑，转了一圈竟然跑回来了。他看见夏小容坐在地上，一股红色的液体从她两腿之间流出来，几个好心人正围上来要扶她。旷山不知道去了哪里。敦煌想往夏小容身边跑，一转身密码箱绊到了腿，一个跟头摔在路边。密码箱也摔开了，花花绿绿的碟片包装纸摊出来。他听见围观的人惊叫一声，哇。他还看见几乎每张包装纸上都有两条白花花的大腿和两只白花花的大乳房。

警察跑到他跟前时，他听见手机响了，是七宝给他设置的曲子《铃儿响叮当》。摸了两下才在地上找到手机，七宝在电话里大喊：

"敦煌，你这王八蛋，我在医院里，我怀孕啦！我要杀了你！"

然后他的手被警察举起来，连同手机和七宝的声音，吧嗒，锁进了手铐里。

原载《收获》2006 年第 6 期

逝者的恩泽

———

鲁　敏

一

　　在东坝这样小而旧的镇上，每增加或减少一个人，都会成为一个事件，其中的主角与配角总会在人们的嘴上辗转相传、反复咀嚼，像一种吞下去又可以吐出来、你尝完了他又可以再吃的神秘食物。这食物，让东坝的人们在漫长的日月天光里多了一点稀薄而发自内心的快乐。

　　因此，当古丽和她幼小的儿子达吾提带着陌生的异域气息出现在小镇上时，几乎所有的人都为之暗中一喜，这喜悦是如此真诚且强烈，以至人们不想虚伪地加以掩饰，他们中的一些急性子和无所事事者甚至尾随着古丽和那个男孩。在古丽的身后，很快出现了一支松散的小型队伍，人们的脚跟和脸颊上共同散发出一股善意的好奇之心，并一直弥漫到冷冰冰的空气中，钻进达吾提的鼻尖，让小男孩的鼻翼像蜂鸟一样地鼓起来。

　　达吾提拉拉古丽的衣角，他对着妈妈抽抽鼻子，脸颊飞速地皱起，然后又突然拉平。古丽像听到了什么，她回过头。这样，镇上的人们得以第一次看清古丽的脸。

　　此时正是冬季，这个苏北小镇，路边铺着枯黄的小草，树枝杂乱地伸向天空，街面的店铺覆盖着一整年的厚厚灰尘，呈现出暗淡的色调，触目所见，了无生趣。

　　而古丽回过头，忽然改变了这一切似的——她的面孔着实美丽。她没有微笑，但人们还是感到一种春天般的和煦，宛若草长莺飞，大家不由自主地回报以更加暖和的笑容。

这显然鼓励了她，她迟疑了一下开口问道：请问陈寅冬家往哪里走？

她的口音如此奇怪，像是北方官话，又像是某种侉子方言，有些别别扭扭的，人们听得费劲极了，也兴奋极了，如同刚刚进行了一场智力测验。

不过，陈寅冬！她问的是陈寅冬？这是一个死去男人的名字呀！而且，他死在异乡，死于一场意外！人们几乎无法自持了，这是多么重大的事件！陈寅冬的名字立刻变成了一枚密制的上等酸梅，他们每个人的嘴巴都因此变得更加湿漉漉了。惊愕与狂喜使得这一瞬间出现了冷场，人们再次仔细地打量她。她穿着一件长长的外套，色彩鲜艳，或许这是条裙子；她的头发被一条更加艳丽的头巾缠住，只在头巾的下方垂下一个沉甸甸的结，如果她把头发放下来，一定会长得超过镇上所有的姑娘。有人还注意到她耳朵上的银饰，同样是长长的，在空气中逶迤，跟这里妇女们常用的耳钉截然不同。

队伍中比较富有阅历和威信的一位站出来答了，因为小心翼翼，语速有些慢吞吞的，不那么自然了：您不晓得吗？陈寅冬已经过世了，过世都一年多了。您这是……

哦，我知道。我只是找他的家。古丽继续用那难懂的口音答道。

那么，您是……

是啊，她是谁呢？这镇上的每户人家，每户人家的家庭成员，每个成员的每个亲戚，大家都是了如指掌的。可是真的没人听说，陈寅冬竟有这么一位漂亮的……亲戚？

陈寅冬，父母早亡，且无同胞，很早就出门做工，后来在镇上娶了同样失怙的黄姑娘，生了女儿，然后仍是出去做力气活，跟着一个工程队到很远的西北修筑铁路——在镇上人的眼中，他几乎是个完全陌生的邻里，每年只有春节才会在镇上度过，有点孤僻神秘的样子，然后便继续远赴那不可知的西北，直到有一天，从那里传来他突兀的死讯。

他一共活了四十八年，可在镇上人看来，却似乎只活了一个春节，他的生命在人们的记忆中只有几十天——从腊月到正月，他活在镇上，然后，他消失了。在这个世上，他只留下母女两个，其余的便再无枝蔓。那么，这个女的是从哪里说起呢，并且还带着个七八岁的孩子？荒诞不经的想象力、五彩缤纷的推测，在人们的头脑中，像爆炸后的碎片般飞散开来，瞳孔慢慢放大，他们目不转睛地盯着古丽，像盯着一幕即将开场的好戏。

唉，这个冬天，也许可以多串几回门子吧，拱着手，在屋檐下窃窃私语，寒风从袖子与领口穿过，人们无知无觉地沉浸在交谈的乐趣中。

在一个孩子的殷勤带领下，古丽和达吾提被带到了已故的陈寅冬的家，带到了陈寅冬留下的那对母女前。

陈寅冬的太太，即前面说到的黄姑娘，名叫群红，她长得有些老相，从做姑娘时便老相，加之长陈寅冬两岁，镇上的人都称她为红嫂，这一叫，一直叫到五十岁。

女儿呢，已经十九岁了，应当是最娉婷的时候，却生得不太好看，头发稀而黄，又偏瘦，这在东坝镇上，是一种不可原谅的容貌。她上过几年学，名字是陈寅冬起的，叫陈青青，照镇上人们的审美，这青青，连名字也是有些小气了，不那么喜庆。

红嫂站在大门口，青青站在侧门口，她们一起看着古丽和小男孩，注意力很快被分散到古丽的脸及衣饰上，一时间竟忘了盘问她的来意，是啊，谁不会被古丽的模样给迷住呢。但站在不远处的人们有些不耐烦了，有人咳嗽起来，另外有人吐了一口浓痰——这有效提醒了红嫂，红嫂意识到她担负有开口询问并给人们一个说法的责任。

红嫂于是开口问道：您到我们家找谁呢？

古丽把男孩往身边拉了拉，答非所问：我们从新疆来，这是陈寅冬的儿子。

哦！惊呼在人们的胸腔中此起彼伏。陈寅冬的儿子！那位陈寅冬竟然还在外面生了个儿子！这么说，这个又好看又年轻只是话说得不太好懂的女人是他的小老婆！哎呀，这都是新中国了呀！都建国好几年了呀，怎么还会有这么……这么旧社会……的事情呢！男人们在心里翻江倒海了，几乎要把陈寅冬从坟里揪出来细细盘问一番并好好揍上一顿。

青青在侧门口那里闪了一下，把自己关到房里——这是她的一个习惯动作，也是在红嫂多年要求下的一种条件反射，作为一个十九岁的少女，对一切可能出现的丑闻都应当回避，或装着视而不见、无动于衷，最多，最多只可以躲在门缝里偷看。

门缝，顺便说一下青青的门缝，这可是青青张望世界最妥帖的通道，由于长年累月的摩挲与使用，青青的房门后面，门缝的两侧，甚至呈现出一种光滑的手感，像是少女的皮肤，带着玉的微凉……父亲的缺席，寡母的谨慎，这导致了青青与其他少女的显著差异，其敏感与戒备，自闭与孤寂，永远没人能够抵达或触摸。

青青能够躲进小屋，做母亲的却不能够。红嫂的身子晃了一晃，脸上虽还是笑着，却明显没了力气：真的？她轻声地嘀咕一句，像是用嘴巴在问自己的耳朵：刚才听到的是真的吗？陈寅冬真的在外面生了个儿子？

真的。古丽再次把小男孩往前拉拉，那动作让人们联想到她是在出示一个人证或物证。人们在不觉中被引导了，注意地看起那个男孩，这一看，事情好像更加严重了：这个男孩，里里外外哪里有一丁点儿像陈寅冬呢！他的眼睛明显地凹进去，头发是微黄带卷的，肤色白皙得过分，连血管都要透出来似的。这一看，所有的男人几乎都要笑出声来，哈。哈哈。这个男孩，他的父亲怎么可能是这镇上的任何一个男人呢，他的种子必定来自古丽所在的那片土地。

围观的人们流露出看出破绽的神情，他们明显地放松下来，互相捅捅胳膊，几个妇女甚至叽叽咕咕地笑起来。这些镇上的妇女们，一辈子都是贞洁的，乏味的贞洁，廉价的贞洁，但她们自认为永远有理由在那些身份不明的女人面前表现出大大咧咧的骄傲。比如，这个古丽，并且她竟然扯起这么不高明的谎。

红嫂抬起了眼皮，又耷下去眼皮。不知为何，邻里们的神情与笑声让她感到了不快，她不喜欢人们这样对待跟陈寅冬有关的人或事。这对她也是一种间接的冒犯不是吗？

于是，红嫂重新抬起眼皮，轻轻拉过那男孩：既是这样，进家里说吧。古丽自然也抬起脚跟着进去了。大门在她们身后被缓慢地关上。

人们张开的嘴巴在半空停住，舌头几乎变得寒凉。这是怎么说的？这是怎么说的！红嫂竟然就信了那女人？她不仅信了，而且还容了那女人，拉着那孩子，让她们进了屋？哎呀，这话是怎么说的，他们感到自己都要变得结巴了，他们在惊愕中彼此对视，同时，感到一种接近高潮般的满足——今天的这个热闹，可真是看得足了，饱了，撑着了，都要打嗝了，都要半夜睡不着觉了。

古丽显然是累了，并且很饿。那个男孩也好不到哪里去。

红嫂一言不发地替她们准备了一些吃的，热气腾腾地端上来，窗户上很快弥漫起雾气，像是黄昏提前降临到这间屋子。

古丽神情自若，真像是回到了自己的家似的，左手抓着包子，右手捧着大碗，发出极为享受的吞咽声。那男孩则像只小狗似的，每吃一样东西，都会极为小心地先凑上去用鼻子闻闻，上下嗅嗅，像在对气味进行鉴别与记忆，然后才慢条斯理地吃起来。

青青倚在侧房的门框上，像在瞧一张画片片，或者像在舔一个棒棒糖，用了那种节俭的、流连的眼光，从细枝末节开始，然后才慢慢地集中到画面中间——对她而言，这是多么奢侈的风景。这么些年，她所能看到的他人，仅仅是母亲，或是一些邻居的侧面与背影。

她首先注意到古丽放在屋角的布包袱，她下意识地进行了猜测，她想象着，那里面一定是更多的衣服和首饰，会把整个镇子都惊呆……接着她把眼光移到桌子下面，古丽的脚与男孩的鞋，这是两双沾满灰尘的鞋，这是哪里的灰尘呢，一定超出青青所能想象到的最远地方吧，比邻镇远，比县城远，比省城远，比天边还远……青青欢喜地看了又看，她甚至愿意自己就是那两双鞋，是鞋襻儿，是鞋底儿。只要，她能够一直那样走啊走啊，走到最远的地方……

古丽吃东西的声音分散了青青的注意力。红嫂曾教过青青，女孩子吃东西一定要无声无息，走路要无声无息，笑起来也要无声无息，睡觉更要无声无息（特别是跟男人睡时，不过，这一点红嫂没有说得那么明确）——红嫂的这种家训在这个小镇上当然显得有些阳春白雪了，不合时宜了，但青青并不清楚这种差异所导致的滑稽和荒诞，事实上，她是个没见过任何世面的姑娘，对这个世界的肮脏与荒淫一无所知。红嫂的长年独居生活像是一个沉闷的巨大温室，青青在其中温顺地、不为人知地独自生长，她对母亲的一切教导奉为圭臬。

不过，此刻，她不能不感受到古丽吃东西的声音——一个年轻女人，她咂摸着嘴巴发出模糊的哼唧声——这在想象中，本是多么典型的粗俗之举！可是，不，听听古丽，看看古丽，她所传达和散发出的一切多美呀，如此舒服！自然！那是对简单食物的满足，对热汤热水的感恩，对健康肠胃的呼应……青青简直看得入迷了，呆住了，好像第一次从古丽这里知道：吃饭原来可以变成这么豪放的一件事。

怔忡之中，青青把眼珠流转过去，像是慢慢移动的光线。刚才，在观察古丽的同时，青青用余光注意到，这个男孩对味道有着特殊的爱好。筷子，他会闻闻。菜叶，他会闻闻。红嫂拿来的抹布、红嫂放在桌边的围裙、古丽突然打出的一个饱嗝——他也会飞快而认真地嗅嗅鼻子。多么奇怪的爱好呀。青青正想好好研究一番，小男孩却刚巧吃完，也正抬起眼睛盯着她呢。这让青青有些猝不及防——男孩的眼睛大而亮，并且湿漉漉的，像是家中院子里那专门接天水的一口大缸似的，青青竟能照到自己的身量和影子。青青不由自主地走上前去，摸摸达吾提的脑袋，那黄而微卷的头发毛茸茸的，细腻而伤感。

——青青对古丽及达吾提的好感是没有实际意义的。太多的悬疑与敌意仍在屋子里四处窜动，伴随着红嫂走来走去的身子。红嫂在收拾碗筷，红嫂在抹桌子，红嫂在整理凳子，她的每一个动作都像是一个饱满得快要坠下来的水滴，或是正在发酵的谷物，酝酿着无声的诘问与指责：你跟陈寅冬到底是什么关系？凭什么说这男孩就是他的儿子？今天找到这里来又是什么意思？寻亲么？认门么？闹事么？

古丽仔细地盯着红嫂，像是聋人在读唇语，并且，真像是听懂了每一句潜台词似的，她轻轻地打了个嗝，神色平静地开始回答，口音别扭而吃力，因此显得极为慎重。

大嫂，这儿的地址是陈寅冬给我的。他说过：如果想离开新疆的话，就到这里来找你们。

我认识陈寅冬的时候就知道他是结过婚的，他跟我说起过你们。但我还是跟了他十一年，一直到他去世。

我们那儿有好多女人都这样，十几岁便早早地出来做活，跟着铁路线上的工程队过日子，给工程队的男人们烧饭、洗衣……铁路线从没有人烟的荒地间穿过，我们天天儿只能看到那些男人，男人们也只能看到我们……工程队沿着铁路线从东往西一里一里地变长，我们跟那些男人也开始一对一对地好上了，我们都知道这些男人们是结过婚出来的，可是，那有什么关系呢，在那大荒漠里头，咱们的这种好，就真是跟夫妻一样好的，各门各户的，像过日子一样的，像外面的胡杨树一样的，像外面的风沙一样的，不知道怎么开始的，也不知道最后会怎么结束。或许，等铁路修完了，那结局也就自然到来了，要么是散了，要么仍然在一块，那谁能说得准呢……

可是我跟寅冬，我们俩的结局却提前到了。那铁路还没修完呢，那工程队还好好地在着呢，那工地上还热火朝天着呢，他却突然死了。您一定知道的，吊机上的一捆轨道枕木，像是瞄准了很久似的，一直等到他路过，才不偏不倚地掉下来……

你是说瞄准！他在瞄准枕木吗？红嫂冷不丁地插了一句，像是早就等着什么似的。

不是！不是！您听错了，怎么可能呢！当然是枕木瞄准他！你想，那条走道宽宽的，那枕木为什么不前不后偏偏就掉下来落到他头上呢！古丽急迫地反驳起来，并且紧紧地盯着红嫂，她怎么会这样想呢，有谁会去找死吗？

你刚才是说，陈寅冬在死之前就把这里的地址给了你，他难道早就知道自己要死？红嫂仍是紧紧地盯着古丽。

这世上，谁都知道自己最后是要死的呀！只是没想到他会那么早。其实，

逝者的恩泽

2573

他死后不到一年，那铁路就修好了，现在都开始通车了，他若是没出事，就再也不会出事了……古丽仍是有些混沌的样子，丝毫没有听出红嫂的潜台词。她的简单与迟钝，像是未开刃的刀似的，有点可笑，却又带着巨大的善意。

红嫂沉默了一会儿，她想到了工程队寄给她的一笔钱。那可是个大数目，她至今不敢跟镇上的任何人说出真实的数目，就像她至今不愿跟人谈论陈寅冬的死亡，因为，那听上去多么不真实呀！她想象中的死亡应当有病床与药罐，有尸体与寿衣，有守灵夜与坟头草。可是丈夫呢，他这个死可真是别出心裁呀，只有一张薄薄的电报，来自人们从未到过的地方，一张电报把他的死全部概括进去了，随后跟着的是一大笔款子——陈寅冬被枕木砸扁的身体好像并没有被埋进那片荒凉的沙地，而是变成了一张汇款单，变成了汇款单之后的一张张票子，千里迢迢地慢慢地随着魂魄飞回故里。

红嫂想起来，在陈寅冬的最后一个春节里，在床上，他曾经跟红嫂说过一句莫名其妙的话：无论我做什么，你都要体谅我。一切都是为你们几个好，为了你们将来好。

这话听上去有些拗口，而且陈寅冬一贯沉默寡言、不善表达，夫妻之间也一向温和平静，这话就令红嫂很是惊异了，她有违妇人之道地主动搂起陈寅冬，钻进他孱弱的胸腔，却突然感到耳根处多了几滴眼水。是陈寅冬流泪了。

当时的情景在陈寅冬死后一再重现，像是陈寅冬以一种特别的方式在对红嫂耳语：一切都是为了你们好，为了你们将来好。红嫂心有所感，疑惑与哀痛之情如惊涛拍岸：他为什么要这样呀？没有那笔抚恤金不也能照样过日子吗？当然这话她从未向任何人提及，或许也是因为缺乏更多的佐证。

可是，现在，此刻，这个女人以及她所带来的讯息，无疑再一次印证了红嫂此前的猜想——不是枕木在瞄准陈寅冬，而是陈寅冬在瞄准枕木。这是一次蓄意的死亡。

一阵复杂的滋味向红嫂袭来——一来，她的某种猜测得到了印证，但与此同时，又有了新的发现，陈寅冬口中所指的"你们"并不仅仅指的是红嫂和青青，还有眼前的这个女人和那个男孩子，而正是这四个人，这矛盾而现实的存在，这无法兼得的两端，以及不可调和的将来，促使丈夫选择了与枕木的拥抱。

在红嫂的沉默之中，古丽又往下接着她的叙说：我没能看到陈寅冬的身体，说是脸被砸得太烂，他们匆匆忙忙地就把寅冬的后事给办了，我连最后一面都没见到……我哭了一个星期，后来就不哭了，日子还要过呀，达吾提还得养活呀……我还是跟在工程队后面替他们缝缝补补、烧烧洗洗，替我和儿子挣些生活费……不过，这样的日子也没过长，还不到一年吧，那条铁路就修好了，工程队就散了，他们一下子就全走了……我怎么办呢，我能到哪里去呢，这样子能再嫁人么，嫁了人达吾提还会有好日子过么？这样，我便找出他给我的地址了……我想我就来吧，就在他的家里跟你一块儿过日子吧……即使这辈子人们都会说我是小老婆，说达吾提是个私生子……可是，这是他说过的，叫我们到您这里来……

古丽一口气说完了，这似乎是她所能说出的全部解释，现在她嘴里空空荡荡，再没什么好说的了。天上为什么飘来一朵云，地上为什么少了一只羊，一切不都是清清楚楚的吗？她看看红嫂，等待后者的答复。

红嫂不看她，也不回答，她在看着达吾提。达吾提这孩子累坏了，这会儿正趴在桌上打瞌睡，他的脸被胳膊压得有些变形，薄薄的嘴唇边，一条清亮的口水在渐渐浓重起来的暮色中缓缓拉长，最终滴到地面上，形成一个铜钱大小的水迹。

古丽这次明白了红嫂的潜台词，她顺着红嫂的目光也看着达吾提：是的，这孩子不像陈寅冬，一丁点儿都不像，他甚至都不太像我，真奇怪，他像我二哥……我二哥就是这样，白皮子，卷头发，凹眼睛……

那么，我凭什么相信你呢？相信你是陈寅冬的女人，相信这孩子是陈寅冬的血肉？

古丽想了想，忽然不合时宜地微微一笑，像荒凉山坡中开出的一朵山茶。她走到红嫂身边，把嘴巴凑到红嫂耳边，她轻轻说了一句：他在床上，喜欢用脚……

站在门边的青青尽量地张开耳朵，可是真可惜，她连一个字都没有听到。但这句话显然极为重要，她看到，红嫂突然松弛下来，并轻轻地搂住古丽，两个女人为了一个共同的秘密而同时笑起来，笑得都有些暧昧了，到最后，又变得像哭一样。

凭着这句话，红嫂认定古丽的确是陈寅冬的人，而达吾提，是个长得不太像父亲的孩子。

红嫂真的留下了古丽和达吾提。

清晨稀薄的空气里，镇上的人们在简短的相互招呼过后，互相谈论起事件的这个结果，像是谈论起昨夜的一个共同的梦境，梦里，他们想象着古丽和男孩在这个小镇上今后的日子。古丽进入了小镇的梦，这也许是某种标志：她现在不再是外乡人了。

好奇心继续存在着，宽容却同样在生长，大多数人故意忽略掉男孩可疑的容貌和值得推敲的身世，同时，对红嫂的大度表现出由衷的满意。人心都是肉长的呀，哪能真的就让古丽和那男孩再回到新疆去呢，她们不投奔这小镇，还能投奔哪里呢。

当然，有人想到了经济的问题。原先，红嫂是靠陈寅冬的工资养活的，陈寅冬去世之后，红嫂就出来做起了小营生，主要是走街串巷地卖小吃物，冬天卖元宵汤团，春秋包饺子馄饨，夏天是酸梅汤果子露……这种小买卖，红嫂和青青两个是够吃了，这下，再添出两个人丁来，恐怕就拮据了吧……念及红嫂这么些年的贤德，人们不免又替她感到委屈。她这一辈子，哪里享过什么福呢，小时候没个父母疼爱，成家了基本就是长年守活寡，守到最后，倒成了真正的寡妇，这都五十多岁的人了，临了，却还要替陈寅冬的小老婆私生子操心……

但也有人提出了不同的看法，认为这事对红嫂来说未尝不是件好事。您想啊，那青青终归是要出嫁的，而这红嫂，眼看着也就是要衰老的，天上掉下个古丽和男孩，不是给她轻轻松松就旺了人丁、添了子嗣么！再说了，人，生来是吃饭的不错，同样，也是能挣钱的呀，那古丽，哪会真的就来白吃白喝呢，红嫂呀，也算是多年的苦债换来个善终……

这些贴心贴肺的话自然传到了红嫂的耳里——这是镇上人们的美德，人们酷爱窃窃私语，同时也愿意把善意加以放大和传播。

红嫂对此不置一词，也未表现任何伤感、忧虑或沾沾自喜。担着吃食筐子，走在无人的小巷，她会对着虚空露出会心一笑。她是想到了那笔秘密的抚恤款子，到现在，她都还没动过一分一毫呢，她把它们放在那里，放在一个干燥妥帖的角落……只要有了那笔款子在垫底，她也就不怕了，就有退路了，她相信她能带着四个人过得好好的，不动用陈寅冬一分钱；而只要这笔款子没动，红嫂就感到心定神安，好像陈寅冬还在某个地方待着似的，他只是不再回来过春节而已……

红嫂的背影在巷子里被斜照过来的阳光拉长，一直拉到墙上，像是一张变形的面饼或是一片云彩的意象——这个妇人关于陈寅冬的想象也同样具有某些后现代的意味。是啊，谁知道呢，谁见过陈寅冬的尸首呢？连古丽都没见到，谁说他就是真的死了？也许他就是没有死，他只是用这种死的方式，活在某个地方，他希望由于他的消失，能够促成一个家庭的壮大，能够让红嫂与古丽、青青与达吾提在同一个屋顶下吃食与睡眠。他活着的时候，没有父母、兄弟、姐妹；但他死后，他有了一个兴旺的宅子，他有两位太太，有一对儿女，他异乡的坟上将会青草丛生、小鸟啾啾，如果能够这样，谁又能说他是真的死了呢？

二

进入腊月了，镇上的人们喜欢在这种季节吃汤圆，红嫂的生意好像更加好了一点似的。人们在买东西时会跟她搭讪几句，他们主要会询问关于古丽的事情，古丽彩色的头巾在这个镇上总不免令人浮想联翩。同时，对于她与陈寅冬的故事，其开始与结局，情节与细节，他们就像现今的记者一样，总会有着孜孜以求的兴趣。

红嫂称着汤圆，找着零钱，一边笑起来：你们不都看到了嘛，就是那样的呗……

红嫂对这些一再重复的问题极有耐心，但她很少进行详细的解说，她发现，古丽的故事简直像是汤团里的馅，不确定、被包裹、回味弥久的……让人们在想象中垂涎欲滴，而这对一个吃食摊子来说，难道不是一笔挺可爱的财富吗？当然，红嫂其实并没有什么商业头脑，但她有直觉，她几乎是下意识地，富有技巧却又浑然天成地保护着古丽的神秘性。为了不让人们扫兴，她又会善解人意地指指汤团：喏，这可是古丽帮我揉的面，古丽帮我包的馅儿……

哦，真的呀！人们好像因此得到了些许安慰，于是心满意足地提了汤团回去，在晚餐的桌子上，男人会端详着汤匙里白胖的汤团，想象着古丽的手掌正在一遍一遍地搓动，从而感受到一种不可言传的快乐。

是啊，红嫂并没有骗他们。晚上，红嫂总会带着一家人和馅儿、搓团子。她踮起脚把油灯高高地放到灶顶上，这样整个屋子都能亮堂了。光来自高处，桌椅的阴影因此显得小了，但人脸上的阴影却变得大了。古丽的睫毛像刷子似的投在她的脸上，青青的刘海则像帘子，她的眼睛躲在帘子后面，悄悄地盯着古丽，并把古丽与母亲红嫂做着对比。女人与女人之间的巨大差异总让这少女心有所动，继而联想到另一个世界的父亲，在他的眼里，红嫂与古丽又各是怎样的角色与位置？

夜晚有些凉了，屋子里却充满着令人沉醉的香甜气，糯米、豆沙、芝麻，它们像比赛似的各自散发出淳厚的味道。每到这样的时候，达吾提就会像一只蜜蜂似的，在屋子里绕着圈子转来转去，拖着蝙蝠般扁扁的影子。他把头伸到红豆沙的盆子里，他把鼻子凑近芝麻的木臼里，贪婪地无休止地闻着。或者，他会闭着眼睛，拿起一个又一个包好的汤团，凑近鼻子闻一下，然后宣布是豆沙馅还是芝麻馅。他的鼻子花瓣一样紧紧皱起，完全沉迷在这不断重复的简单游戏中。

达吾提的鼻子属狗。古丽仰起头对红嫂说，这是一场聊天的开场白。这样刮着风的夜晚，总是古丽第一个打破沉默，像在夜里划亮第一根火柴。

古丽一开口，红嫂总是突然一怔，她看看对面的古丽，会在一瞬间感到迷茫和不解：这女人是谁呀，怎么坐在我家里呢？这世上，除了女儿青青，怎么还有别的人在这里？到底是五十岁的人了，在一天的走街串巷之后，她是有些困倦了，以致出现了短暂的失忆与幻觉。当然，她很快就清醒了。

达吾提的鼻子真是狗鼻子呢！古丽接着往下说。从小就是，别人是用眼睛认路，他好像是用鼻子，到哪儿都会在各处角落各样家什上嗅嗅，木头味儿，丝绸味儿，柴火味儿，轮胎味儿，生瓜与熟瓜的味儿，甜葡萄与生葡萄的味儿……那时在工程队，一大堆男人里面，他就是能闭着眼睛把寅冬给挑出来，他总说，每个人的味儿都不一样，闻一闻就知道了。男人和女人，老人和小孩，好人和坏人，都各有各的味道，他一闻就能闻出来……

红嫂笑起来，困倦都去了一半似的，她看看那孩子，手里握着两个汤团，头却已耷下来，睡着了。青青于是赶紧洗洗手，把达吾提弄到里屋的床上去了。

屋子里现在只剩下红嫂和古丽了。即使是晚上，后者还是穿着齐整的长裙，她从新疆带来的那个包袱，像是个无穷无尽的宝囊似的，腰带与头巾，披肩与下围，总会被她别出心裁地变出令人眼前一亮的装束，像个女魔术师似的……她偶尔会走上街头，左顾右盼地东张西望，婀娜的背影像冬季盛开的桃花。但是，在一个陌生的小镇，在她所投奔和寄居的人家家里，她难道不应该表现得沉郁一些吗？比如，她应当唯唯诺诺，她应当低头而行，她应当谨慎地只穿深色衣衫……当然，议论归议论，人们并不真的希望古丽那样，对于超出常理与常识的事，人们保持着矛盾的心态，一方面，他们指指点点，另一方面，他们有所期盼和鼓励，甚至在暗地里十分激赏。

红嫂看看古丽，再看看自己。她像青青一样，不是用自己的眼睛，而是用陈寅冬的眼睛。难怪呀，年纪、容貌、衣饰、性情，她跟古丽怎堪一比？陈寅冬怎么可能不喜欢上古丽？甚至，红嫂现在都有些不确定了，有了这么一个古丽，陈寅冬后来是否还在喜欢她呢……

红嫂回忆起她跟陈寅冬的婚后生活，是否有过如胶似漆的时光？尽管聚少离多，但每次的团聚并不总是激动人心的，陈寅冬似乎并不特别热衷床帏之事，

新中国 70 年优秀文学作品文库

中篇小说卷

他身量不高，亦谈不上强壮，他似乎有一种与生俱来的抑郁与忧戚，他经常在半夜突然醒来，然后坐在黑暗中的床头一言不发。

红嫂对他甚为恭敬，即使是夫妻，他对她而言仍有着某种程度上的神秘——他长年在外，过着与镇上人完全不同的日子，对菜肴，他有一些特别的口味，谈话中，他有时会说出那个地方的口头语。有时，红嫂会觉得陈寅冬是个陌生的男人，他们在床上亲热，相互摸索着寻找方位与节奏，全无默契，更谈不上放松与放纵。那么，是否这其实就是一种迹象，是他对古丽心有所绊的迹象？

对这些事情，红嫂从前似乎都没有如此明白地想过，不知为何，在这样的晚上，看着面前这样的古丽，红嫂忽然体味到一种迟来的感悟——她这一辈子，或许真是前所未有的荒凉吧，唯一的男人，即使只是在那些短暂的春节假期里，他也没有真正地在疼爱她。包括他的死，他通过死所换来的抚恤金，或许更多的也只是为了古丽和那个男孩呢。

按理，明白并接受这样一个现实应当是悲痛和委屈的吧，可是真奇怪，红嫂也并没有感到特别的心酸，她只是微微叹口气而已——本来嘛，对她来说，陈寅冬死与不死，不都是一回事儿！他活着，也只活在古丽那里，对红嫂来说，相当于是死了；他死了，对她红嫂而言，仍跟从前一样，他活在那里，她活在这里，她并没有特别少掉什么……

红嫂发现自己笑了，在高处灯火的影子下，她在心底笑了：陈寅冬的死，怎么就变成了一件若有若无的事呢？

每个晚上，都是青青把打着盹的达吾提抱上床。小男孩的身体热乎乎、沉甸甸的，血液在皮肤下穿行，眼皮微微半张，有着麻雀般的敏感与软弱。青青的身量和气力足够抱起男孩，却又总觉得使不上力气，反倒显得有些笨手笨脚。

她用脚推开古丽和达吾提的房间，老式的床宽大而陈旧，发黄的蚊帐如眼帘低垂。她把达吾提一直送到床最里边贴墙的地方，为了防止达吾提着凉，青青又爬上去，细心地在靠墙处放上一块垫子。她的身体从达吾提身上越过去——每每都是这样的时刻，达吾提突然睁开眼睛，他醒了。他的眼睛正对着青青的上半身。

怎么的？青青连忙缩回来，跪坐在大床的外口。

我闻见你了。

什么？青青有些羞恼，但达吾提的眼睛那么清亮，干干净净的，让她都没法作恼，也不知要说些什么才好。

但她其实并不要说什么，达吾提像在做梦一样一串串往外说着呢：我闻见你了。你身上有各种各样的味道。木桶。麻绳。竹竿。皂角。水草。豆子。灶火。

青青这下子笑起来，可不是呢，她这一天里，一大早用木桶到河里挑水，然后用皂角洗衣裳，晾到竹竿上。下午，跟红嫂一起搓了会儿麻绳，晚上，又把红豆沙给漂洗了几遍，然后在锅里煨上了……

小东西，瞎说！这哪里是你闻见的？这一天里，我到过什么地方，做了些什么，你不都像个小尾巴似的跟在后面……能说出这些来有什么稀奇！

这是第一层的味道。还有第二层呢……达吾提说着重新闭上眼，像走入了一个梦中的花园。你的头发是芝麻味。你的眼睛是露水味。你的嘴巴是……是……

达吾提皱起眉头，好像迷了路，他慢慢地抬起身，把他的鼻子靠近青青的嘴唇，在那里停了停，蹭了蹭，然后才接着说：你的嘴巴是番茄味儿。

青青被达吾提方才的动作给呆住了，她嗫在那里，甚至都没有听清达吾提所说的那些味道……达吾提的鼻子凉凉的，那冷而湿润的感觉仍停留在她的唇上，她几乎感觉到那就是一个吻，一个不成形的小男孩的亲吻，带着某种同情与体谅似的。

青青舔舔自己的嘴唇，不知为什么，泪突然流下来，青青的青春期就这样给达吾提的鼻子给唤醒了，她的胸脯在瞬间鼓胀起来，那是陌生的呼唤与刺激，她感到说不清楚的寂寞与疼痛。

她仍旧跪在床上，而达吾提，似乎又重新睡过去了，均匀的呼吸轻轻拂过黑暗中的空气，有着小野兽般的天真劲儿和热乎劲儿，像是一种闻不见的芳香。

到了黄昏，小街小巷里的寒风就更甚了，刮在人脸上，像是小柳条在抽打似的，担着有些累赘的筐子走在风里，感觉就有些凄苦了，但红嫂并不在意，她认为吃苦是天生的，是必须的。酸胀的腰背、变质的剩饭剩菜、缝补得不像样子的内衣、总是会倒炝烟的灶台，以及冬天寒风的这种刺冷——生活中处处充满不适，这不适反倒让她感到某种安全和踏实。

有时，红嫂在寒风里都一直走到天快黑了，每条巷子都走过两遍了，仍会剩下一些汤团，红嫂倒也不恼，便将计就计带回家去做晚饭吃。

每到这样的时候，古丽总是最高兴的，她会早早地把米桂花、白绵糖一起摆到桌上，又找出配套的瓷碗和瓷勺，然后才掀开热气腾腾的锅盖，给每只碗都盛上六个汤团，摆成梅花的模样。接着，她会第一个捧起碗，舀出一个囫囵着放进嘴中，闭上眼睛慢慢地咬破皮子，用舌头把芝麻和糯米搅在一起，然后重新咀嚼，唇齿间发出轻微的咂摸声，再慢慢地咽下去，体味它们在喉咙中停滞和下滑的滋味……

就像来到镇上的第一天一样，古丽吃东西的模样总是如此沉醉、心无旁骛，让红嫂和青青甚为惊异。不仅仅是这些有馅的汤团，就是用剩下的糯米屑子搓成的实心小元宵，面条锅里的面汤，用咸菜帮子和一些肉杂碎做成的浇头，她都会有滋有味、全心全意地投入享用……

对吃是如此，对睡眠、穿衣亦是有过之而无不及。每个早晨，她都会狠狠地一直睡到日上树梢，在被窝里伸长长的懒腰、把被子都伸得拱起来，然后大声叹息着对一夜无梦表示满足。然后，她精心地把那些裙子摊到床边，对着屋子里那缺了一角的镜子反复比画，一边伸出头去问青青外面的天气，如果太阳很好，她就穿橙色的，如果有些阴，她穿绿色的，如果有小鸟叫了，她就穿带大花儿的……她对生活的每一刻都特别经心，带着感恩与珍重，一定要别出心裁，让所有的人都高兴似的……

青青，这依然生涩、含苞未放的少女。红嫂，这饱受苦难、几乎不知何为生之乐趣的母亲。古丽的奔放与热烈带给她们的到底是什么呀！——无疑，青青从不掩饰她对古丽的崇拜，她总是悄没声息地盯着古丽，随时准备替她接接拿拿，随时准备应答她各种各样的感叹或提问，少女依然穿着从前的旧衣裳，梳着从前的独辫子，走起路来微微地有些含胸，可是，青青，真的有什么地方跟从前有些不一样了。就像一个孩子，读过书与没读过书的那种差别。古丽就是青青的启蒙老师，正是在古丽明媚的背影之后，青青的性别意识开始了苏醒，对风月有了一知半解的领会，对神情、体态有了自觉的把握与训练……

至于红嫂，一下子很难说得清楚。她本来以为自己是要生气的，特别是要生陈寅冬的气，他为什么会喜欢上这样的女人呢，简直是自己的反面，她吃没吃相、睡没睡相，缺乏起码的妇道礼数……可是细想想，又说不出古丽具体的什么不好来，后者总是那么欢天喜地的，带着股大大咧咧的孩子气似的……看着她像蜜桃一样的身体，连红嫂都有些愉悦起来，瞧瞧自己，这裂了口子的手指头，眼睛下深褐色的眼袋，在头顶上闪闪烁烁的白发……唉，有些人，就是要像古丽那样活的，享乐、精致、风流；而另一些人，则是像自己这样活的，克己、粗糙、本分。在古丽面前，她一方面有着道德和良心上的优越感，但同时，也有着对另一种风流生活进行张望和入侵的欲望。

这样，等达吾提和青青睡下之后，红嫂会主动跟古丽说起话儿来，寒夜漫

逝
者
的
恩
泽

漫，她们没有男人，只有时间，可她们又能靠什么来打发时间呢？

红嫂不动声色地聊起一些闲话，周密地一步步把话题往隐秘处推进。不过，红嫂大可不必如此花费心机，古丽哪里需要她引导呢，她几乎是径直地就往红嫂最想听的地方去了。

唉。红嫂，要说起来，陈寅冬更在乎的可能还是您呢！比方说吧，好好的正趴在我身上呢，他会突然就叹起气来，把眼睛往黑乎乎的窗外看，不知要看到哪里似的，整个人都萎下去了。

怎么可能呢！怎么可能呢！红嫂不必要的大声分辩起来。她认为古丽这是在安慰她。况且，就算古丽说的是真的，红嫂意外地发现，她对此也并不感到多少的高兴——奇怪吧，她并不真的在乎陈寅冬更喜欢谁。喜欢人家古丽，那是对的是正常的；喜欢她红嫂，那就叫她不踏实以至不舒服了……

其实吧，我有对不起陈寅冬的地方，谁叫他有两个老婆呢，他能有两个老婆，我就不能有两个男人吗是不是？

这么说，你还有另外一个……红嫂趣味盎然，她很高兴古丽转移了话题。古丽的这个理论显然是经不起推敲的，要在白天，红嫂都会吐唾沫的，可是怪了，现在，红嫂就觉得古丽说得有道理，她做得更有道理。

是啊，每年，我也会离开工程队一阵子，赶几十里路回家里看看父母，一方面是看父母，另一方面当然是看他……他呀，可比咱们陈寅冬厉害多了，每次都让我受不了了呢、撑死了呢，我都全身发抖了呢……不像咱们陈寅冬，他身量小，气又短，到后来就只能用脚了，他就爱把脚指头当家伙使……古丽的用语粗俗而直接，神情却坦诚而大方，像是仅仅在谈论一顿美食或一段面料似的。所以说呀，红嫂，您看看，在这个世上，让人舒服的东西可真多呀，好饭好菜，好衣好裳，好觉好睡，哪一样我都喜欢极了，特别是睡觉的事呀，一个人睡有一个人睡的甜，两个人睡有两个人睡的美，我哪一样都爱死了，爱到骨子里去了……

昏暗的油灯有效地替红嫂遮住了她一再腾起的红晕，她多喜欢听古丽这么说话呀，她还从来没听人这样说过话呢，她还从来没想过这些事儿呢……好像就是从古丽这里，她才肯承认，对呀，原来，那也是件舒服的事儿呢……不过，她在陈寅冬那里感到过舒服了么？难道那过去的几十年，她竟一直是无知无觉的么？就连陈寅冬喜欢用脚的这一习惯，她也没有去多想……那些春节，外面有着呼呼的风，陈寅冬忽然从她身上软下来，然后，像是例行仪式似的，他举起脚来，从上到下地抚摸着她，最后，停在那里……这回忆如此清晰，宛若仍在床榻。最令红嫂沉湎不已的是，她想到，那陈寅冬，对古丽，竟也是这样的呢……一个喜欢用脚的男人，她们的男人……

三

红嫂原以为古丽可以像她一样，满足于每晚的回忆与叙述，并且，她们可以依靠这回忆共同过活，她进入老年，而古丽进入中年。事实上，春天来了之后，红嫂发现：她可能错了。古丽，在骨子里就是跟她不一样的女人，这不是谁更好谁更坏的问题，只是，彼此不同。

是啊，春天来了，东坝小镇的春天带有明目张胆的鼓动性，互相攀比着似的，这里绿了，那里红了，空气里都燥燥的，让人感到口渴和焦灼，非要干点什么事似的。这跟古丽的家乡是全然不同了，古丽一下子就被打昏了，她再也坐不住了。

她积极地几次三番地向红嫂要求，由她出去卖吃食，再不出门走走，她就要"霉掉了""烂掉了"。

红嫂看看古丽，后者已经换上春季的衣服了，一方面显得单薄了，另一方面又更加丰满了，红嫂几乎看得欢喜起来，有心要放她出去走走，但又总觉得哪里不大妥当，好像这话一答应下来，就是同时还应承了别的什么似的。

青青在一边看着，想替古丽说情，开了口却又是站在红嫂这边的样子：妈，你都五十多了，再出去跑来跑去，吃不消吧。正好，也让古丽熟悉熟悉，这镇上，她走得还没达吾提多呢！

红嫂扶扶自己的腰，好像突然间就疲惫了起来，这疲惫来得有些违心，又有些存心，总之，她想现在是应当累了，该回到屋子里了，那外面的天地，就给古丽去飘摇吧。

因是春季，这时候，红嫂做的小吃食不再是汤团了，改成炸麻团和咸花卷了。春天日头长，人们走着走着，很容易地就会饿了，如果正好迎面碰上个吃食担子，他们就会买上几个，一路慢慢地走着也就吃光了。

古丽对巷子着实不大熟，走起来有些犹犹疑疑、左顾右盼的，这就跟镇上妇女们大步流星的样子大不同了，人们在后面看了，在侧面看了，在前面看了，都感到一种与众不同的好，他们不免就停下来，喊住古丽，慢慢吞吞地挑上几个包子，慢慢吞吞地掏钱。他们喜欢听古丽说话，因为古丽的话听上去别扭、拗口，他们还注意到古丽鼻尖上的小汗珠，以及她头上随便别上的一朵蔷薇花。

她在他们眼中，要比手中的吃食更要耐人寻味。

古丽的生意当然是出奇的好了，比红嫂从前卖出的要多出一倍，还没等红嫂来得及高兴，好好数数那些多出来的钱，古丽就自作主张地开始花钱了。

经过小百货店，她会进去看看，路过布店，停下来东摸西看，经过鞋铺，她又会倚在人家的门前，问这问那。然后，回家的时候，她会一五一十眉飞色舞地重现她所看到听到想到的一切，并且，她的担子里还会多了些别的东西，塑料拖鞋，发亮的发夹，彩色的虾片，能吹出泡泡的糖——不用说，这些新奇玩意儿本身是有着令人激动的魔力的，而且，古丽的行事方式又增加了这种魔力性。比如，她买东西完全没有规律，她并不是每天带，或是隔天带。当大家满心以为她今天是要买什么了，她却空着手回来了；而当大家没指望的时候，她却突然把篮子伸到大家面前。古丽还喜欢把那些新玩意儿们藏在篮子的布幔下，然后，让他们摸。让达吾提猜颜色，让青青猜是吃的、用的还是玩儿的，最后让红嫂猜：这礼物是买给谁的？

——对于古丽突然爆发出来的购买欲，红嫂是拦都来不及拦了，也是拦不住了，脚在她身上，钱在她身上，这可真是糟透了！红嫂虚张声势地在心中感叹：她这辈子都没有这样大手大脚花过钱呀，这镇上也没人这样不要命了似的花钱吧！镇上的习惯和风气是这样的：如果能赚上五块钱，一定只能过五毛钱的日子，或者更低，一毛都不花才好，要低于能力，要低于环境，要低于需要，那才是正经过日子的道理，可看古丽这样子，分明是不想过了！

感叹归感叹，生气归生气，红嫂心里却明白得很，她不是真的生气，她不是还有陈寅冬的那笔钱在垫底嘛！就是古丽一分钱都赚不到又怎么样，她们四个人照样可以过得舒舒服服的不是吗……这样想想，红嫂就真的定下心来，她只是假装舍不得、假装懊恼，可其实呢，在她心底里，却跟青青和达吾提一样每天都等着盼着古丽从外面回来……

再说，古丽其实也没有花很多的钱呀，但真的，每样东西都让大家叹为观止，生活好像因此多了无穷无尽的乐趣似的！您说，买回来总不能不用吧！那才是真的作孽呢！红嫂于是起了油锅，炸虾片，眼睁睁看着单薄的虾片突然弯卷着像笑脸一样膨胀开来。她穿上了平生第一件的确良褂子，她还试了试青青的红色塑料拖鞋，并偷偷地把达吾提的泡泡糖揪下一块放到嘴里……

黏黏的泡泡糖让红嫂惊讶得差点吞下肚里，她慌张而笨拙地从嘴里抠出来，笑话起自己这个乡下女人，她弯下腰尽量不出声地笑着，竟笑出了眼泪，她伸出粗得有些糙人的手抹去泪珠，接着，她真的流起泪来——这迟来的乐趣呀，如此细小、真实，可是，却又残酷地让她意识到她前面那些年月的孤独与虚度。

当然，从前的日子跟陈寅冬无关，怪不得他，但眼下的日子，也许倒要谢谢陈寅冬，是他在那遥远的地方结识了古丽，是他通过死亡把古丽带到这个镇上，带到她的身边，陪伴她即将开始的老年。

达吾提吃得很多，睡得也很好，但他的个子却一直不长，好像就准备永远停在那个高度，也许是因为他走动得太多——从仲春直到初夏，他总像是丢了什么东西似的，逼着青青带着他到外面游游荡荡。他抽着他的鼻子，像一只肩负神秘使命的小狗，在清晨，在正午，在迟暮，一天中的不同时分。在阴沟边，在桃林里，在石灰厂，在屠户的案板边，在织布厂前，在邮筒边，在小镇的不同地点，他都会流连忘返，一边专注、努力地抽动鼻子，像人们深情地凝视某处即将永别的地方。

青青有时会走在他的身后，不过，她跟达吾提的趣味全然不同。这个春天，青青是完全地发育了，心理上的发育。她开始懂得轻轻垂下眼皮，开始晓得自己胸脯的美，开始知道微微提起臀部——大多数时候，她是在不自觉地模仿古丽，因此她需要走到巷子里，在没有人看见的地方好好练习，她满心期望着，不久以后，她会成为一个跟古丽一样漂亮的女人，有着一个跟达吾提一样的孩子……

达吾提，你看我好看吗？青青想起古丽头上的花来，她摘下一朵那种同样粉红的蔷薇，同样地别在头上同一个位置，她偏过头去问达吾提。

达吾提从某种专注中勉强地拉回自己，他眯着眼看青青，眼睛越眯越小，像有阳光钻进去了似的。最终，他还是走近过来，把鼻子凑到青青身上，他闻了闻，然后才说：好看，香。

那比你妈妈呢？青青这是有些贪心了。

达吾提严肃地看看青青，他虽睁大眼睛，却视若无物，然后不置可否地又转回身研究他的味道去了。

青青把花取下来在手里握住，她忽然想起方才达吾提的眼睛，他为什么要眯那么小呢，并且，她想起来，这段时间，他总是这样，当他无所事事时，他会睁大双眼，却有些空洞。但当他想看看什么时，却会越来越小地眯起，脑袋向一边歪过去，吃力而别扭……这里面，有什么问题吗？

在这家新开张的裁缝店前，古丽迷路了。因为迷路，她认识了张玉才。

事实上，这段时间，这镇上的巷子她来来回回已走了不知多少遍了，但古丽不记路，因为她每天走的路线都不太一样，她不是根据居民区的分布来决定路线，而是看哪里好玩了、没见过、没来过，她就停下了，看一看，张一张，然后歪打正着地摸索着找到回去的路。

让古丽迷路的这家裁缝店，大得超出镇上所有人的想象，缝纫机是一溜排开的，"咔嚓咔嚓"，声音此起彼伏，好听得很。厅堂上方的绳子上挂着女人的春秋衫、格子裙，男人的中山装、列宁装，甚至还有一套白色的西装，气派极了。就连两个小伙计，都穿着一式一样的对襟褂，脖子里搭根软尺，看人喜欢从下到上，打量一圈，像用眼睛在掐尺寸似的。古丽把担子放在门口，走进去摸摸那些料子，看看那些样式，简直喜欢死这家店铺了。

她磨磨蹭蹭地看了又看，终于想到放在门口的吃食担子，这才不得不提脚走了出去。这一出门，发现天色已经不早了，看看担子里还有不少花卷呢，有些急了，见路就走，东拐西拐，这样走了一大圈，发现自己竟又回到了裁缝店前。古丽倒也不慌，她想了想，换个方向继续走，可是事情真是怪了，好像注定她今天就得结识上张玉才似的。她走了第二圈，似乎走得很远，都要到镇子边上了，可一抬头，瞧，这不还是那家新开的裁缝店嘛！

天色真是一层层暗下来了，古丽看看担子里的花卷，虽说没剩几个，可这于她，可还是没有过的事哩，竟然会卖不完！而且还找不着路了，天天走的这个小镇，连问人都不好意思开口！古丽有些恼了，恼自己，恼这些花卷，还恼那家裁缝店，她四处看看，正不知怎么开口问人呢，张玉才却主动走上来了。

古丽，我都跟你走了两大圈了，你兜来兜去到底是要到哪里去？张玉才身量不算高，却挺干净，棉毛衫外面翻出白衬衫的领子。

这镇上的人，在称呼上一直让古丽很不习惯。如是很熟悉的人，他们会喊成亲戚似的：什么婶，什么叔，什么姑，什么爷。如果是不认识的呢，他们一律喊：嗳！对于古丽，他们把她划归到后者。

嗳，买四只豆沙麻团。嗳，你帮我换个零钱吧。嗳，你家那小男孩几岁了。

"古丽！"这个小青年竟这样喊自己。像一个男同学在喊一个女同学，像是认识了很长时间似的。再看看他的干净模样，想想他竟然不声不响地跟了自己两圈。古丽忽然觉得自己整个人都活泛起来，松动起来。

你管我想到哪里去呢，你跟着做什么？古丽有心想让他带个路，嘴上却是不饶人。要说跟男人耍嘴逗趣，她一向是擅长的，从前在工程队，那些姑娘们个个泼辣、能说会道，要不然也不敢到男人堆里讨生活，她在其中也算是个佼佼者。只是自从陈寅冬死了，自从来到这个小镇，因为背景与环境的变化，她竟有些疏于此道了，这会儿见了张玉才，那本领倒一下子复活了。

那么，是我搞错了，以为你迷了方向。再说我看天色晚了，也怕你一个人不太安全。张玉才话虽说得体己，神情却是不卑不亢。

这一来一往，就知道对方的深浅了。想不到这个年纪轻轻的小伙子，竟也有这样的胆识。到这个镇上以来，还从来没有人跟古丽这样说过话呢——有趣味，有分寸，有想头！两个人说着话，一边就往前走了，自然，是张玉才略略走在前面带路。

走了一程，张玉才忽地想起什么似的，侧过身掀开古丽筐子上的布，看到里面还有几个花卷，于是，伸手在身上摸摸，掏出一毛钱来：正好，我全买了吧。

古丽这下是真的触动了，这个张玉才，何止是有趣，心思还这样细巧！这样贴心！

送到红嫂家，青青跟达吾提早就站在屋檐下心神不宁地张望了，古丽一到，他们全都如获至宝地叫起来，连红嫂都从屋子里搓着手出来，毕竟，古丽还从没回来过这么晚。

古丽顾不上理会红嫂的询问，又把扑到怀里的达吾提拉开，她忙不迭地要招待她在这镇上的第一个客人。喝茶。请坐。请进来。噢，这是红嫂，你认识的吧？她的招待明显有些失了秩序。

张玉才却还是那么定定心心的，站在那里，他听着古丽把红嫂、青青和达吾提一一介绍完，笑吟吟地点点头，才不急不忙地招呼一声告辞走了，竟是连门都没有进的，他举举手中的花卷：我也要回去吃晚饭呢！

一家人就这样被丢在门口，有些眼睁睁的样子看着他走了。张玉才的背影在暮色中一会儿就看不清了，只有达吾提还在嗅鼻子，并显出若有所思的样子。

这以后，古丽跟张玉才就算是熟人算是朋友了。说也好玩，不认识的时候，大街上所有的脸都一样，古丽好像从没有在巷子里见过他。认识之后，他的脸总是老远就会从人群中浮出来，几乎天天都要碰面了。

古丽慢慢知道，张玉才可是正经的初中毕业生，因为读过书，家里人又有些脸面，正托人找了个老会计在学打算盘做账，看样子，以后是要做会计了。会计，这在小镇上，跟老师和医生一样，最是受人尊敬的行当。张玉才想来也是知道这一点的，他的神情之中因此比一般的人又多了几分自信，更添了他与众不同的一点气魄。

认识张玉才之后，古丽倒好像是天天都要迷路了，反正她心里有底，到了黄昏，总会碰上他——或者是他在找她呢！古丽只当不知道，她好像习以为常般地，一边说说闲话儿，一边跟着他走，从小巷走，从人家的屋子后面走，从河道边走，从小桃林里走，也不知是抄了近路还是绕得更远。

张玉才经常一边说话，一边回过头频频地看古丽，带着突如其来的激动凝视她微凹的眼睛。这样的时候——走在张玉才身后，走在这样僻静的小道上，感受张玉才的频频回头，古丽总是很快活的。她想，这便是日子里的好滋味呀，跟吃好东西、睡好觉是一样的……至于今后跟张玉才如何如何，她从来不想，一秒钟都不想，想了又有什么用？她结过婚，她有个儿子，她比张玉才大上十二岁，想这些干什么，不是白白让自己过不好日子么……

可是，有个姑娘，她却开始想了，她想得具体极了，美好极了，一直想到了结婚，想到了生孩子。是啊，这姑娘是青青。那天，她在门口第一次看到张玉才，她看到他笑吟吟地冲她点头。

在一秒钟前，什么处对象、谈恋爱呀这些事，离青青还有十万八千里呢，可是，等到这张玉才对她点了点头，一秒钟的样子，她突然就感到，一下子就来了，她的事情、她的命就这样定下来了，就逼到眼跟前了。她只愿意让这个小伙子娶她，她只愿意嫁给他。

青青的想法有些太过突飞猛进了，就像一个还不会走路的孩子，一下子却跑起来，还飞起来。因此，青青是完全把持不住了，她的内向、拘谨、生涩好像都给挤到一边去了，只要是跟张玉才有关的事情或细节，她都会像个不会吃东西的人一样囫囵吞枣地一口吞下去，不分青红皂白，不分酸甜苦辣。然后，等到夜深了，她才会一个人缩在被窝里，慢慢地一小块儿一小块儿地重新咀嚼回味。

自然，她所能得到的任何有关张玉才的信息，来源者只可能是古丽，青青一向对古丽是信服的、崇拜的，而古丽，想想吧，每当她说起张玉才来，用的又是什么样的语气和角度呢？这对青青来说，更加是顺风吹火、火上浇油了！可光是这样听听又怎能满足？可怜的姑娘，她的胆子真是大得都要发了狂了，她开始悄悄地跑到街上，寻找张玉才的身影……

好在她是在这镇子上从小跑大的，在张玉才还没有跟古丽碰面之前，她会先一步找到张玉才的踪迹。她看见他把手插在兜里走路。停在路边跟人说话。别人给他散烟，他客气地摆摆手。走过一家玩具摊，他孩子气地蹲下去，拿起一只会叫的塑料鸭挤出响亮的声音……青青着迷地盯着看，觉得他的每一个动作，每一个姿势，都再好不过了！

这少女的相思之情啊，太过猛烈，太过茂盛，她完全沉浸在自以为是的想象中，她以为这便是处对象了，她以为这样便是可以结婚了！青青闪在拐角口，按着像青蛙一样乱跳的心……一直要等到张玉才跟古丽正好"碰"上后，她才仓促地结束她的追寻之旅。因为，有古丽跟张玉才在一块儿，她就放心了，她知道古丽回家后会重述她跟张玉才之间的对话，她什么都不会漏过……

青青以为她正在浇灌着一个秘密，这秘密是她的，也是张玉才的，这世上切切不可有第三者知道。可是，这世上怎么可能有不泄露的秘密呢。秘密是什么？是空气，是风，是水，是沙子，只要有一点点可能的空间，它们就泄了，悄悄地弥漫开来，众所周知，满城风雨。到最后，只有制造与守护秘密的那个人，还像守着风中之烛般地，在小心翼翼地用两只手围着、罩着，死了命地护着。

最先识破青青秘密的是达吾提，这个小小的气味收集者。还是在睡觉之前的那一小段时间，当青青把熟睡的他抱到床上，他睁开眼睛，这次他没有看青青，只是看着前面的黑。

青青刮刮他的鼻子：又醒了？

达吾提短促地呼了口气：你的味道不对了。

嗯？青青笑起来，说实话，对于达吾提关于气味的各种说法，她从来都不当真，他不过是在玩游戏罢了。一个七八岁的孩子，不正是游戏的年纪吗，就像别的孩子喜欢木手枪喜欢弹弓，而他，则喜欢玩玩味道。这样想着，她便会装出认真的样子，陪着他玩。

怎么就不对了呢，你从前不是说过的？我的头发是芝麻味，眼睛是露水味，嘴巴是番茄味儿。

现在不对了。你身上满是大街的味儿。

大街的味儿又怎么了？

你的味儿乱乱的，糊里糊涂、傻里傻气的……嗳，我问你，你为什么整天到外面转悠？

小东西，你倒管起我来了……青青有一点慌乱，但想想达吾提毕竟是个孩子，应当是无妨的，他哪里就能看破她的心思？

我不管你，谁会管你呢？达吾提的声音里忽然流露出一种深深的忧戚与同情，好像只有他才能真正替青青着想似的。

青青被达吾提的情绪噤住了，这八岁的孩子，像是最柔弱的，却又像是最犀利的。他为什么会流露出那种发自内心的悲伤？

青青，你不要出去了，不要再跟着他了。他来的那天，我闻过了，我就知道，他不会喜欢你……这个人与那个人，他们的味道，就像这个人对那个人的脾气一样，有的是天生合得来的，有的是永远都凑不到一块儿的……

你瞎说什么呢。青青小声地回应道。隔了一会儿，她终于忍不住问道：那你说他喜欢什么样的味道呢，我能变成那种味道吗？

你难道真的没看出来？他喜欢的，是我妈妈的味道。达吾提把他温热的小手伸到青青的胳膊上，他轻轻地抚摸着青青，隔着皮肤，传递出单薄而纯粹的亲爱。

少女却在突然之间枯萎了下去，软软地跌到达吾提一侧，她的头落到古丽的枕上，古丽的味道像无知的蛇一样钻进她的鼻孔。

青青的萎靡与消瘦带着少女期的苍白，她因此变得好看了起来。晚饭桌上，古丽一边美美地吃着，一边飞快地看了她两眼，这对餐中的古丽而言，是难得的分心。

红嫂，看见没，青青长成大姑娘了，身量长长的，眼色水汪汪的。她兴高采烈，嘴里包得满满的，说得有些口齿不清。

哼。做母亲的有一点点得意，却还是压下去。红嫂知道，再平常的女人，在做姑娘时，总有那么三四年，看上去是相当迷人的。

青青低着头，她不敢抬头，也不敢开口，生怕会招出眼里的一泡泪。听到古丽夸她漂亮，她自然是高兴的。就是到现在，她依然还是那么崇拜古丽，后者说的每一句话，她都会毫无保留地喜欢。

这几天，她慢慢地有些想通了，不那么绝望了，不那么怨怪张玉才了……他喜欢古丽，这哪里就能怪他？更不能怪古丽，要怪，只能怪自己，长得不好，味道不对……

等下了饭桌，用茶水冲过了嘴，又呆坐着舒舒服服地消化了一会儿，古丽的注意力才算完全地清醒过来。她暗暗地瞧着正在洗碗的青青，后者的动作有气无力，动作慢吞吞的……即使只是个侧影，也能感觉到青青被克制着的某种情绪。

那是什么？她在忍受什么痛苦呢？

古丽想了想，转到房间里去，达吾提正瞪着两只眼待在黑地里。

古丽正想点灯，孩子却喃喃地说：不要点，看到灯，我眼睛就会疼……

古丽于是也待在了黑暗里，她仍在想方才的问题。一个十九岁的姑娘，会为什么伤心？自然，应当是年轻人的心事。那么，又会是谁呢？在这个镇上，青青会为了谁？她都认识些谁？这么稍稍推理了一两步，答案就水落石出了。

古丽为自己的聪明高兴起来……可是，等一等，这么说，事情的结局要提前到了，在她与张玉才之间？

张玉才现在已经不再假装是偶然碰到古丽了。他与古丽之间，实际上已经有了默契。他们会在那家裁缝店前碰面，然后一起漫无目的地东走西走。

古丽喜欢向张玉才回忆她从前在铁路工程队的事情，她那时，比现在更年轻、泼辣，敢当着一大群男人的面就跳起舞来；头上的纱巾从来都跟别人不重样，走在荒地里，人们老远就会认出她……张玉才笑微微地听着，一半是折服于古丽的塞外风情，一半是沉醉在双方的爱慕中——他们没有拉过手，好像也不曾想过要拉手，更不要谈别的。他们好像真的只是简简单单的爱慕与喜欢，这爱慕，真实、轻松，而不必担心来路与去程，因为结果是明摆着的，他们都一清二楚：他以后会娶一个别的姑娘，而她，则会继续像阳光一样明媚地活着……

可是，古丽现在明白，结果要提前到来了——她必须让张玉才对青青有所反应。这事情虽不是她的乐趣和愿望，但她怎么能不帮青青一把呢？她和她可是一家人，都是陈寅冬的家里人呢。

张玉才对古丽的话表示了巨大的诧异，乃至愤怒。他看着古丽的唇，像是头一次注意到她有两片这样的唇似的，她的唇，竟然也能说出违心的话？这还是他天天陪着走的那个古丽吗，百无禁忌、由着自己性子的古丽？

她的唇说：你该成个家了吧！先成家后立业么，成了家再好好把会计工作做好。

接着说：我替你说个姑娘，保证是最适合你的。因为我最了解你，也了解她。她一定会是世上对你最好的人。

又说：你可能见过她的。就在红嫂家，她女儿。也是……我女儿。你要相信我，我帮你看的，肯定没错。我不会害青青，更不会害你。还说：你不要不好意思。这种事情，男的总归要主动一点对不对。我帮你，你写张纸条，或者说个口信，我一定帮你好好带到，约她出来，你们见面。

张玉才把目光移开，他不能不感受到古丽的心肠，那种像天一样大的善，以及不假思索的傻，这其实还是率性了——所以，这还是他的古丽，那两片唇还是她的唇。他的心一开始还气得发红呢，这会儿却软下来了，疼起来了，都不能碰呢。

青青，自己应当是见过的，但模样记不清了，这说明她长得可能很普通，并且相当内向。不，也不是说他张玉才就一定要将来的新娘能像古丽这样，但是，他，怎么能平白无故地就去约一个几乎还是陌生的姑娘？

但是，这是古丽对他的要求，是古丽的决定，是古丽的性情所在，也是古丽对他的情谊所在，她把他都当成自己的人了，她能做到的，她想他一定也会做到——对某事的放弃。对某人的慈悲。这是她代表他们二人所做的决定。张玉才看着古丽的眼，他点点头：那我听你的。然后，他就哭起来，很失体面、很没出息了，往日的镇定与自信一下子没了。他把手紧紧地缩在口袋里，防止自己一下子失控了，会走上前搂住心爱的古丽。

四

现在，红嫂是完全闲下来了，从来没有过的闲。这一闲，日头似乎就显得无限的长了。家里面的那种空空荡荡，都能听见灰尘在往下落了。红嫂坐着，几乎要瞌睡了，却又不敢睡，生怕夜里睡不着。现在，她经常地就在夜里突然地醒了，特别是凌晨四五点的样子，醒了便只好想东想西，想从前的许多事情，想得心里空落落的，什么事情都不踏实似的。

是因为青青吗？要说起来，红嫂倒是家里最后一个注意到青青的消瘦的，像张薄薄的纸片，总待在屋里不出来。注意到之后，红嫂却又连忙装作毫不在意。

自然，红嫂并不知道这里面有张玉才的缘故，但她自有她的逻辑——毫无疑问，女大当嫁，女孩子家十六岁就可以说合婚事了，而青青，眼看着就二十出头了，可到现在，连个上门提亲的都还没有，这在东坝，已算有些迟疑和困难了……

这镇上，男女的姻缘还是要靠媒婆来牵线搭桥的，而那媒婆，也像生意人似的，自然也要找出色些的男男女女，一来路子轻巧，二来容易成交，说出来更加响当些。而从一个媒婆的专业角度看来，青青这样的条件可能是有些尴尬的吧：模样长得平常，父亲亡故，家中人丁又多，关系可疑，唯一的男丁只是个才八岁的孩子……不过，红嫂几乎是骄傲地微微笑起来，不过，她们知道她红嫂有一笔款子么？那要是拿出来，都能吓她们一大跳！吓完了之后，她们准会一个接一个地上门来，给青青说合这镇上最有出息的小伙子。

是啊，红嫂曾经跟自己说过，不到万不得已，她决不动那笔钱，只是，不知道，青青的这事，算不算是万不得已呢？再说，陈寅冬当初的意思又是如何，这笔钱，红嫂要是拿出来用作青青的嫁妆，对古丽和达吾提来说就太不过意了，看看，达吾提，才那么小，保不定以后会有什么吃紧的事急着要花钱呢。

红嫂想了一会儿，没个头绪，浑身却开始燥热起来，头皮痒，后背痒，胳肢窝痒，脚趾丫也痒，毕竟一个冬天都没有洗澡了。看看日头还早，红嫂决定洗把澡。她到灶间烧了满满四瓶开水，又把房间的厚帘子放下，她这里开始洗了，又叮嘱青青继续在厨房烧水。

氤氲的热气顺着木桶的边缘升上来，红嫂脱了衣服，坐了进去。这还是今春的第一把澡呢。红嫂往身上撩了些热水，她低下头看看自己的身子，有些陌生似的，这是从没人细看过的身体，就是陈寅冬，每年他回来，总是冬季，他只在被窝中默默地摸索……也许，这木桶，这热气，便已是红嫂最亲密的抚摸了，她这辈子，不会再有别的了……

而古丽，她倒是未必的，她的身体，或许还会遇上新的目光吧……

这段时间，红嫂注意到张玉才跟古丽的交往，自然，他们并没有什么。但红嫂能够看出古丽从中得到的愉悦，这也许是到目前为止，她在这个小镇上所能得到的最大乐趣吧，她的生活里，如果没有一个相当的异性，那也是太不公平了……

镇上有一些人也注意到了古丽与张玉才，他们看了一会儿热闹，对古丽的大胆感到瞠目结舌，不可思议。这样看了一阵，又有些不安了，觉得如果再看下去就对不起道德良心了。于是，他们做出串门的样子，来到红嫂这里，寒暄几句，接着直奔主题，有些不好意思般地，提起古丽跟张玉才的事：张玉才还是个小伙子，他不懂事也就罢了，可古丽……陈寅冬死了，您这里好心收留下她，她怎么能这样？她这个样子，别人不好说，你红嫂可是要出来讲一讲的，要按老理儿说，她算是小的，是偏房，您是大娘，该服你管的……

红嫂带着些笑，点着头听他们说完，再寒暄几句别的，最后客客气气地送了他们出门。然后，她便把他们的话给忘了。

在这件事上，红嫂打算好了，主意定了，她永远都不会讲古丽半句……没有人会相信，她其实是希望古丽这样的，她在暗中瞧着，高兴着，并朦胧地分享到一些新鲜的气息……古丽是红嫂不可能的生活，是她下辈子的理想，一个人为什么要阻止她下辈子的理想呢？

快要洗完了，红嫂才马马虎虎地洗起了她的胸部。一向以来，对胸部及私处，她总是有着很强的羞耻感，几乎不喜正视。这会儿，她偶然地低下头，吃惊起来——明显的，她的胸部比从前大了许多……而实际上，自从生下青青，她这里便基本是软塌塌的了……红嫂涨红着脸，骂起自己，这种岁数，这里怎么就能大了呢……一边勉强地隔着毛巾摸摸，哎呀，竟摸到些硬硬的肿块，像是没烧烂的肉坨坨似的，怪不得，这些日子总感到胸前有些坠坠的胀，总以为是冬天衣服穿得多。她又往胳肢窝方向移了移，真是蹊跷，连腋下都有块块肉了，而且还疼起来……红嫂感到一阵恶心，对反常肉体的恶心……当然，还有淡淡的疑惑，这难道也算是病么？要瞧医生么？要撩起衣服给别人瞧？嗨，哪能做那种事呢！红嫂飞快地想了一下，立即把这想法给拍死了。同时很快地开始擦干身子，她不想在这方面再做任何的纠缠，一个五十多岁的老寡妇了，竟还要为了胸脯里多了些块块肉而大惊小怪，那不要把全镇的人都要笑话死了，她以后还要不要出门了？反正，平常要是不碰到，也并不感觉怎样的疼痛，而一个正经女人，哪里会想到碰这种地方呢？

青青隔着门问还要不要烧水，红嫂也就一下子忘了她的胸部了，坚决而彻底地忘了。是啊，青青，她现在应该集中精力去想的是青青。她回到洗澡之前的思路上，为了青青的终身大事：是否，该把那笔钱跟古丽说出来？看她能不能同意，先让青青占个肥嫁妆的好听名声……

青青在厨房烧水。对着灶里熊熊的火焰，她发起了呆。从昨天晚上到现在，不论看见什么，她都会发呆。

就在昨天晚上，她刚刚把达吾提放到床上，替孩子整理好被角，正准备下床，古丽突然进来了。青青正准备张口，她"嘘"的一声，把食指放到了唇边，似乎不想让红嫂听到她将要说的什么。她手上的戒指在夜色中一闪，带着不可思议的迷人。

青青，有小伙子喜欢上你啦！你猜猜是谁？古丽压低嗓子，神秘地凑近青青，她的夸张像热气一样地朝着青青的脸颊扑来。她为什么这么激动？青青回头看看达吾提：他今天怎么真的睡着了？要不然，他也许可以嗅出，古丽的这股热气，是否意味着别的什么？

……

你猜不出？不敢猜？古丽咻咻地喘起气，显得有些焦急起来。

……

张、玉、才、他、喜、欢、你。古丽一字一顿的，并把青青的脸扳过来一点，使她正对着门缝里透过来的灯光。古丽想看到青青对"张玉才"名字的反应。

青青却垂下眼去，像一个人拉上了窗帘。在这短短的几个月里，青青的身子是单薄了，心却丰厚起来。就在听到"张玉才"名字的一瞬间，她就宛若天助地得出一个判断：古丽说的不是实话。

真的。这种事怎么可能骗你。就在今天下午，张玉才，他，托我捎口信给你，约你出去。古丽开始加重分量，她误读了青青拉下的眼帘，以为那仅仅是少女的害羞。

……

你不信？傻姑娘，你想想，要不是因为你，这么些天，他怎么会一直盯着我呢！我都跟过陈寅冬了，我都是达吾提的妈妈了，你说，他没事跟着我干什么呢？他呀，花着心思呢，就是想从我这儿打听打听你的情况，问问你都平常喜欢吃什么？什么时辰起来？晚上睡得好不好？喜欢什么样儿的人？

古丽沉浸在一种自我牺牲的情境中，以致出口成章地进行了突发奇想的虚构。她把张玉才问过她的那些话统统回忆起来，并一股脑儿换到青青身上。甚至，像生怕青青不乐意似的，她还煞有其事地夸起张玉才来。

要我说，青青，找对象也不要太挑。要说这个小伙子呢，还真是要长相有长相，要工作有工作，要人品有人品，绝对是这镇上数一数二的，你跟他呀，我看挺般配……

你们呀，先到裁缝店后面的固桥那里见个面，边走边说说话，你要觉得还行呢，人家张玉才可就要正儿八经地托了媒上门了……

这种牵线搭桥的话儿，一旦起了头，往下说起来就有些滔滔不绝了，夜色之中，古丽的眼睛闪烁起光芒，她几乎说服了她自己，她几乎相信她说的就是真的。

青青终于抬起眼睛，看着古丽，专注而冷静，后者因此不安地停下叙述。

你对我实在太好了……青青有些慢吞吞地说。

没什么，也是受人之托嘛。也是顺水人情嘛。青青神色中的黯然让古丽感觉些什么，她突然感到一阵气短和懊恼，她想她刚才也许说得有些过了。有些时候，就是这样，用力不当，用力过猛，都会中途坏事。那头，好不容易才说服了张玉才，总不能在青青这头给断了吧。这一想，古丽更加急了，却不得不忍着性子欲扬先抑，把方才的热烈猛地削去一半。

当然了，青青，这终身大事，主要还是看你自己。所以你看，我特地先跟你悄悄儿地说，还瞒着红嫂呢，你这两天好好想想。想定了，把回话儿给我，我再给你捎他，好不好？

然后古丽就急急忙忙地出去了。她不想让青青现在就把话给说死了。她相信青青只要睡一个晚上，只要做一个短短的梦，只要稍微想一下张玉才的背影和走路的样子，她就会克服害羞与不自信，她就鼓起勇气来，会吞吞吐吐地找到自己，答应那个在裁缝店后固桥边上的约会。

当晚的青青没有梦到张玉才，因为她根本没有真正睡着。从夜里到白天，她一直都在紧张而低效地思考：那个固桥边的约会，去？还是不去？

古丽所说的一切，她知道，是不真实的，这一定是古丽，为了帮助（同情）自己，而硬生生地把张玉才给拉过来的。可是，情感怎么就打不过理智呢？青青同时又在想：万一，万一！古丽说的就是真的！那人就是真的喜欢上自己呢……而且，就算真的假的都不管，为什么自己就不能跑去跟张玉才见上一面呢！只要跟他一起站上那么一小会儿，看看固河里的水草，看看他的鞋子和裤脚，哪怕一句话不说，那不就够了嘛，这辈子难道还指望别的什么吗？

青青默不作声地坐在厨房，一动不动，只看着灶膛里的火，左摇右摆，忽上忽下，她想，那火里烧的哪里是柴？分明就是自己的心了。

忽然，外面传来达吾提的脚步声，青青微笑起来，想到一个好办法，她的心终于可以不必再这样被焚烧下去了。

青青几乎是轻松地站起来，问东厢房里正在洗澡的红嫂：还要再加烧一锅水吗？

达吾提蹲在院子的墙角下。院子外各色各样的气味像一大群顽皮的伙伴似的，在竭力地呼唤他引诱他，可是没办法，他没法出门。他真的没法再忍受外面的阳光了。

不过才是暮春，阳光为什么就这样刺眼呢，像嗡嗡叫的蜜蜂似的，像浓得让人头晕的油菜花似的，达吾提蹲在墙角下，他小小的身子蜷成了一个拳头。他紧闭起眼睛，并用手掌遮住阳光，这样，他才稍微感到舒服一些。

达吾提一直在想着，他得跟谁说说他的眼睛。他的眼睛，让他很吃力。白天，远的东西他压根看不见，近的东西又总是模糊的。而过分强烈的光线，都会让他的眼睛不由自主地发痛，像有针在刺，他揉一揉，眼泪就成串地掉下来，但达吾提知道：他是个男子汉，这不是在哭。而到了晚上，情况就更为奇特了，所有发亮的东西，油灯、瓷碗的边缘，古丽的耳环，青青眼里的水，这些亮闪闪的东西就全都被放大成一团团的光晕，到处朦朦胧胧、影影绰绰……

好在，他有鼻子，他的鼻子就是他的眼睛，红嫂给他端热汤了，青青给他穿衣服了，路上有小狗来了，前面有条木桥了，旁边来了辆自行车了，他的鼻子都会提前告诉他……

但是，但是，达吾提真的很想找个人说说他的眼睛，他感到他快要失去它们了。可是跟谁说呢？红嫂，不。青青，不能。古丽，更不能——在达吾提看来，家里那三个女人，某些地方，总让他觉得可怜，是不能依靠的，他不能把他的问题再加给她们……

　　因此，当青青向达吾提提出一个请求——代替她到固桥边去跟张玉才见面——达吾提几乎要跳起来了，是啊，怎么没想到，其实可以跟一个外人说说，说说他的眼睛。

　　达吾提答应下来，同时，他嗅出青青嘴中的腥气，根据他的经验，这种气味往往源自那样一些人：情绪紧张或者身体不够舒服。

　　去见他……嗯，做什么呢？达吾提问，事实上他愿意帮青青做任何事，以报答她每天晚上抱他上床、帮他掖被子。

　　不做什么……我想，就是见一面，跟他站一会儿。反正，你只管去就行了，千万不要乱说话……青青沉吟着胡乱地答道。显然，她仅仅才想到了第一步，事情的下一步她胸中无数，也无能为力。再说，一个八岁的孩子，她能指望什么呢。

　　奇怪的是，达吾提发现，当妈妈古丽发现是自己代替青青去见张玉才时，她突然显得很失措，一会儿钻到青青的房间低声嘀咕，几乎在哀求着什么，一会儿又脸色不定地跑出来发愣。看到事情的无可挽回，终于有些怒气冲冲的样子：你这孩子，真不懂事，怎么就当真要去了呢？你这回是帮青青倒忙了！同时，达吾提闻到：妈妈的嘴巴同样带着焦灼的腥气。

　　她们都在因为什么而如此异常呢。

　　达吾提带着两个女人的不安赴约了。

　　固桥下面的河就叫作固河，河水看上去并不那么清澈，这是下游，穿过整个小镇之后，在这里，河面聚集着菜帮子、竹竿、木片以及一些泡沫。河水并不深，但仍然拍打着桥墩，有哗哗的声音，并散发出混浊的气味。

　　固桥上的两个人，都还没有说话。

　　达吾提脸俯向河面，像一个小酒鬼似的，深深地嗅着发酵的河水。而张玉才，则跟他相反，他把脸冲着街面，路上基本没人。固桥这里，其实是很适合男女第一次私下约会的——古丽所选的地点倒是很不错的。

　　想到古丽，又看看旁边的达吾提。张玉才感到了一丝惆怅，其中又夹杂着庆幸与疑惑。无疑，那个叫青青的女孩子是不来了。从表面上看，他是被拒绝了。不过，对这结果，他感到亲切，并隐约体味到那个姑娘的聪明与骄傲，她是个好姑娘，他钦佩她，不过，这跟其他情感没什么关系。

张玉才现在搞不懂的是：面前这个男孩子，古丽的儿子，他到底是谁的使者？

张玉才犹豫着，决定还是先等这个孩子开口。

其实，我看不清你长什么样儿。所以，我也不知道她们到底喜欢你什么？达吾提突然回过头说。

你说什么？张玉才往前走了一步，这孩子的口音跟古丽一样，带着异乡的底子。

达吾提答非所问：不仅是你，我现在谁都看不清啦。我眼睛坏了。现在我只能看见一点点光了……达吾提说着又把头冲向河面儿了，好像他是在跟河里的那些脏东西说话似的。看样子他今天只想跟人谈谈他的眼睛。

张玉才听出孩子声音中的痛苦。这痛苦真实、细小，富有感染力。于是他把他的疑惑丢到一边。你……是说，你眼睛不舒服？那，跟她们说了没有？

这是治不好的。我从小就不好，她们都没发现。我甚至可以继续这样睁大眼睛装下去，只要我有鼻子，她们可能永远都发现不了……

你还小呢！哪里就治不好了！我估计是近视吧，一种假性近视，可以治的……张玉才想起他仅有的一点关于眼睛的常识。

达吾提似乎根本就不听张玉才的话，他只是需要说。跟一个人说出来。

……从前，在工程队，那是我从小长大的地方，我们小孩玩瞎子游戏，把布条往脸上一蒙，不管是比赛摸人，还是摸东西，我总是最快、最准……从小到大，那是我最喜欢的游戏了……到了这镇上，一开始我还有些害怕呢，什么都看不清楚，但没关系，幸好我有个好鼻子，那就行了……我花了两个月的时间跟着青青，走遍这里的每个地方，我用鼻子记下每个路口的味道，这样，以后我就会认路了，你知道吗？我从不会迷路，这点，我妈妈不如我……

达吾提对着河水，在谈论他眼睛与鼻子的过程中，他提到了青青，又提到古丽。每说到一个，都会让张玉才有点分神，他想，也许接下来这孩子就会谈谈她们当中的一个，这样，他或许就能听出：古丽所操纵的这次约会，真正的背景到底是什么？当然，这并不重要，只是，作为一个年轻的男子，他在情感深处的一点点虚荣。

可是，达吾提不说，眼睛的伤痛使他淡忘了他的角色，他完全忘了他所肩负的重托，忘了在他出门之前，青青左一遍右一遍帮他梳头、整理衣服，而古丽，则在一边焦躁地转着，欲言又止……等他一切准备停当，准备走出院子，青青终于飞快地在他耳边轻轻地说了一句：记着帮我拉拉他的手。

可怜的小达吾提，他都忘了拉张玉才的手了，倒是张玉才，慢慢地蹲下来，捧起达吾提的小脸，看他脸上凹进去的眼睛，湿漉漉的，像清晨起了大雾的水面——多像古丽的眼睛呀，只是，他从来没有机会这么近地靠近古丽的眼睛……达吾提也在看着他，两个人对视着，固河的水在旁哗哗流着。

达吾提突然笑起来，慢慢闭上眼睛，皱起鼻子：你瞧，这么近，我都没法看清你，不过，我现在知道她们为什么喜欢你了……你闻起来就像秋天的麦草垛，干干的，厚厚的，很暖和……

听着孩子突如其来、莫名其妙的比喻，张玉才不知为什么特别地难过起来，可能他还没有习惯达吾提的这种表达方式，也可能是他想到了别的什么，总之，他突然把达吾提搂到怀里，把他像麦草垛一样干燥火热的嘴唇贴到达吾提的眼睛上，这双跟古丽一模一样的眼睛。

半个小时之后，当达吾提回到家中，当青青悄悄拉起他的小手准备放到嘴上时，达吾提却抽出手来，把自己的眼睛送上去：对不起，我忘了拉他的手了，不过，他亲过我这里。

于是，青青冰凉的唇像张玉才一样再次贴到达吾提的眼睛上。这两个吻啊，这么相像，这么接近，却又如此遥远，相隔万里。他和她都没有吻到他们的心上人，永远吻不到。只有达吾提，他感觉到那极为陌生的颤抖，像火与冰在瞬间的拥抱，这是他无法记忆和保存的气味。

张玉才还想再见古丽一次，跟她说说达吾提的眼睛。可是，他发现要见上古丽一面现在有些难了。

她不再出现在裁缝店一带，不再出现在他们从前有过默契的任何地点，显然，她在有意地躲避他。有时，在一个巷子里，他走进去，恰好看见古丽挑着吃食担子的身影，他加快步子走上前，古丽却更加快速地往前走，因为挑着担子，她有些吃力，但仍不肯放弃，鞋子危险地拍打着石板路面。张玉才只得停下来，他害怕古丽跌倒。

张玉才不知道，古丽把上次那个约会的失败归罪于己。为了给自己一个惩罚，古丽决定：不再见张玉才，永远告别跟张玉才在一起的那种快乐与放松。这其中，有对青青心思的难以理解，也有对张玉才不够热络的失望，更有对自己的怨恨与自责。她想：如果没有她古丽，如果她从头到尾都没有跟张玉才说过话、走过路、谈过心，说不定，那张玉才，就会顺利地喜欢上青青，他们会按部就班地请媒、相亲、订婚……是她毁了青青可能的美满婚姻。

张玉才决定停止对古丽的追寻——真要追到她，哪里会难？这个小镇，她怎么也不会熟过他的。但是，张玉才停下了，他想，或许他该遂了古丽的愿，不再见面。

——在骨子里，张玉才其实还是悲观的，从迷上古丽的第一天起，他就在等这个结果，只不过，这结果来得早了些、突然了些。从热络到分手，这里面的必然性，不是情感浓度的问题，不是忠贞与否的问题，而是这小镇的道德，是这小镇的风尚。他，张玉才，二十三了，从现在开始，他得正经准备他的婚姻了。此前的一切，在人们的眼里，都算是花絮与练习，是不作数的，是可以原谅同时也是要被故意忽略的……张玉才本非纵情之人，他并不想去突破和违背这些，他只是希望，能够再跟古丽说几句，他想告诉她，这些天，他跟她一起走过的那些路，他会一直记得，记一辈子……当然，还有达吾提的眼睛。

张玉才只得去找红嫂去了。

这是他第二次到红嫂的家。上一次，是第一次结识古丽的那天，也是看到青青的那天。张玉才感到这次上门是有些尴尬的，这个时机也是非常不当的。但他还是逼着自己敲起了门。他一定得让大家一起来替达吾提的眼睛想办法。

红嫂正坐在厅堂里拣红豆，看见张玉才，她想站起来，不知为何，她僵在那里，整个人都不能动弹的样子。于是她大声喊起来：青青，来扶我一下。

青青出来了。她扶起红嫂。自然，她看见了张玉才，但她就有这个本事，脸都没红一下，眼皮都没抬一下，像是根本没有这个人似的，像是根本没看见一样，又进了里屋。倒是张玉才，脸皮明显地红了，像是心虚起来。

红嫂身子是有些不便，眼睛却还是灵的。青青，可从来没有这么无礼过呀！她在心里拍着大腿恍然大悟，原来青青还有这番心思。只是，唉，红嫂看看张玉才俊俏而坦荡的眉眼，想起了古丽，她在心里叹口气，风月之事，她虽不精，但这样一个青年，结识过古丽之后，要让他再跟青青好上，是有些难了，就是有那笔钱拿出来做嫁妆，都是不妥当、不厚道的，都是要委屈人的，既委屈青青，也委屈这小青年。

红嫂正在心里徘徊着，张玉才急急忙忙地开了口：红嫂，跟您说个事，达吾提，他眼睛得病了，怕是很严重呢，我昨天问过我一个城里的亲戚了，他这种情况，像是弱视，虽然现在有些迟了，但也不是没得治，不过要抓紧，要到城里去开刀矫正……我……因为见不到古丽，所以就来找您了……

我说呢……这孩子，不论什么东西，都不是用眼睛看，却是用鼻子在闻……红嫂喃喃自语。她现在觉得她胸脯那里是一点不痛了，或者说，这痛，跟达吾提的眼睛比，算什么呀，达吾提，才八岁呢，又是个男孩子，是陈寅冬脉里唯一留下的个苗苗了……

你问过了，开了刀，还能有治？红嫂现在只担心那笔钱够不够用了，以前总觉得那钱是永远也花不完的，现在倒担心了，眼睛呢，那肯定是要花大价钱的。

有治，肯定有治。张玉才斩钉截铁地说。其实他也并没有那么大的把握，但他愿意给人以好的念想。再说，他看到，青青忽然从门里冲出来，眼睛里一下涨满沉甸甸的泪珠，那样急迫而信赖地看着他……

现在，红嫂甚至连转身都有些困难了。特别是左边半个，那种钝钝的疼，带着无限的重量似的，拉着她的胳膊，她的后背，她的腰。她从凳子上站起，她挂个篮子，她铺床被子，都是一次比一次更艰难的挣扎，她终于不得不呻吟起来。

达吾提站在红嫂的身后，红嫂走到哪儿，他就跟到哪儿。终于，他把古丽和青青都拖到红嫂跟前，他声音有些发尖：红嫂病了，很重。真的，我闻到她身上病的味儿了。

达吾提的样子还跟从前一样，他以为他还装得像一个健康的人，像那许多有着明亮双眼的孩子。他看不见青青在他的后面掉眼泪，看不见古丽像桃子一样肿起来的眼。当然，他曾经闻到过空气中泪水的味道，但他像大人一样不以为然地摇了摇，以为那是女人们又在为了张玉才在烦恼……

家里人不跟达吾提谈论他的眼睛，好像那只是他的一个小秘密似的。而现在，在达吾提的秘密边上，又长出了红嫂的另一个秘密，像并蒂莲似的，雪白雪白，从黑亮的污泥中生长起来。

保密。你们谁也不准往外说。这是丑事，一说出去，就等于脱光我的衣服……古丽，你知道的，我们家青青还没办事呢，咱们达吾提还小呢，别让这种事在外面传来传去的……记住，不要找医生瞧，不要搭理别人的问长问短……你们就让我慢慢地这样病着好了，到最后，该怎样就怎样，我不会怕的……红嫂以一个别扭的姿势坐在床边，她逐个地把家里人一个个地看过去，寻找她们眼中的承诺。

古丽让青青带着达吾提离开。她关上门，拉上厚窗帘子，她含泪解开红嫂的衣衫，她要看看并且摸摸红嫂……一个老年妇人的身体，松弛而迟钝……但在胸部，那女人身上本该最柔软的地方，却古怪地坚实起来，一坨一坨的，像打结了，像结冰了……

古丽看看红嫂，脸色突然涨得通红，憋了很久才说出来：红嫂，您还是去看看吧，人都这样了，还留着那钱做什么……您就把那……把陈寅冬的那笔钱拿出来去瞧病！你放心，我跟达吾提保证不会要其中的一分钱，达吾提的眼睛，那是没有救了，他没有眼睛也照样能过活……等您身体瞧好了，我们一起多做些吃食卖，夏天，我还要批发冰棍儿卖，我好好儿地卖，不再跟任何人在外面瞎逛，我保证一天能卖两天卖三天的钱，咱们几个好好地赚，钱呼呼的不就来了……古丽滴下热泪，像要把红嫂胸前的硬块块儿给化了似的。

红嫂先是愣住了，愣了好一会儿，上上下下地看了古丽一会儿，然后，快活地张开嘴巴大笑，可是这一笑，她的肋骨又给拽得吃不消了，痛得她泪都涌出来：好个古丽，原来你知道有那笔钱，可你从来没提过，你真是个坏家伙……看你出的什么主意！那钱要用在我身上，就等于是拿钱去打水漂了，你看看我的脸，看看我这身子，再多花一分都是作践呢……不过，好妹妹，有你这句话，我就感到好受多了……哪天呀，你吃食卖得快了，得空了，你就早点回来，我们要好好合计合计，咱们朝着西北方向敬炷香，也远远地跟陈寅冬说说，他那笔钱呀，咱们要用在达吾提身上，带他到城里去开刀，让他的眼睛，比你的还要亮还要好……我们还要用在青青身上，给她置份好嫁妆，让她找个好婆家，要她将来的对象呀，最起码，跟张玉才差不多……

她们一起轻轻地笑起来，像不知名的花儿，散发出淡而哀伤的香气。

原载《芳草》2007 年第 2 期

第三届紫金山文学奖

亲爱的深圳

——

吴　君

一

　　程小桂是李水库的一块心病。如果不是程小桂，李水库感觉自己不会连想也没想就撕开那封要命的家信，至少他会认真研究一下，然后再决定拆还是不拆。现在，李水库拿着这封信有点儿傻了，因为他用了太大力气撕开，使得信无法恢复，更不能正常地交给收信人了。

　　话还要从卖报纸说起。来收购报纸的家伙显然是一个有点钱的男人，样子和这个大楼里面的那些白领们相似，脸上没有灰尘，一双手细腻、白净，衣服也穿得很是整齐。

　　当时已经是下班时间，清洁工都在一楼大厅里面，有些讨好地围在程小桂旁边。脚下是捆扎整齐的旧报纸。这个时候的几个女工都显得咋咋呼呼，甚至像是打了兴奋剂，和上班时的表现完全不一样，人变得超级不正常。上班的时候，她们只需拿着拖把或者抹布而不用说一句话，就像一个个只有眼珠会动的机器人。

　　似乎只有下了班，那些白领男女们离开的时候，他们才变成活物，一个个都变得爱说爱笑，尤其是那些来了一段时间的保安，开起黄色玩笑不要命。当然李水库要除外，程小桂总是让他不要说太多话。她说，如果说太多对他和她都没好处。至于没了什么样的好处，程小桂没说。

　　程小桂正煞有介事地说话和使用手势，显然她是这帮人中的领导者。事实上也是如此，她是这帮人中最大的官——清洁班长。

　　此刻，她正像有仇一样黑冷着一张脸，横在收报纸的男人面前。一楼大厅

bar

的气氛被她搞得异常紧张。也许因为仗着身边人多，程小桂总是有点打群架的味道。一双耀眼的白手在胸前没有规则地上下左右舞动，这使她的动作显得过了火，像在舞台上表演话剧。

她说，买就这个价，不买就拉倒！深圳特别喜欢用这样的方式砍价，如果你会了，你不仅懂得这个城市，而且开始像个深圳人了。说完这一句，程小桂感觉自己有点那个意思了。

买就这个价，不买就拉倒！最后一句是江西口音，声音明显劈了。是程小桂旁边那个高个的女清洁工鹦鹉学舌，用还没有改良好的家乡话重复程小桂这句气话。明显看得出来，她用这个方式讨好正气势汹汹的程小桂。她一会儿让脸变成讨好，一会儿又变成气急败坏，好像谁真的惹了她。

对方从始至终都很平静，听完程小桂几个人的咋呼之后，对着程小桂问，你是不是也是这个意思？

当然！虽然只有两个字，可是程小桂觉得这句话很像城里人了。其实她正欣赏着自己的一招一式，她很是得意自己今晚的表现。

想不到，对方竟然想也没想就说，好吧，就按你们说的，我没意见。

这种态度程小桂没有料到，这使她的一张圆脸变灰了，又白了，最后拉成一张狭窄的马脸。她有点想搭救自己，张了两次嘴却没有挤出半句话，脸也被逼得肿起来，似乎恢复了在乡下的样子，一对白手指在众人面前交叠，放开，最后重又交叠，来回几次之后，她明显有了些疲倦，额头很快浮出了一些疲劳的皱褶，就连眼角上的一颗黑痣也比平时都要显眼。可是尽管这个样子，仍然没有一个人来管她一下，她甚至有些恨刚才咋咋呼呼的几个女工，她们如果不是那样巴结着她，帮着她，她嘴里也不会冒出那样的话。

几个女工显然也没料到会是这个局面，都想着至少要砍杀几个回合才能成交，她们和程小桂一样，还有一大堆话憋在嗓子眼里呢。此刻她们也不知道说什么好，有的人看地面，有的人故意让眼睛随着大门外行驶的车辆不断移动。

没有办法，程小桂只有硬着头皮说话了，她说，这报纸的质量特别好，应当有个好价钱。不信你可以比较一下。她这个样子，感觉有点像夸自己田里的白菜萝卜。显然这些话是没有任何准备的，这就使得最后的几句话分了岔、拐了弯、绕了远，有耳朵的人都能听出，程小桂此刻的声音正发软，像是醉了酒，说话也开始语无伦次，甚至露出了她一口难听的乡音。

就好像很清楚程小桂的心思，报贩子除了微笑什么也没说。

直到数钱的时候，程小桂突然从半空中放出一句，零钱不要了！

差不多所有的人都吓了一跳，包括程小桂自己。

只有那个男人安静地微笑。当着几个人的面，程小桂又被他这样的笑映成一个猪肝色，手指也开始发抖了。显然，她知道自己今晚出了洋相。

这一幕最后是怎么演义的暂且不说，关键是被正在下楼的保安李水库看了一个完整。作为程小桂的丈夫——李水库的肺快要被气炸了，什么身体不舒服，工作太忙、累，看起来全是撒谎，通通都是借口。随便哪一种理由，都会把李水库揉到南墙去，让李水库总是痛恨自己不争气的身体。可是想不到，他那么多天忍饥挨饿，不能碰一下她的身体，她却在这里对着一个收垃圾的野男人卖弄风骚，而且手法竟与当年追求他的时候有些相似。

什么收垃圾？人家是民营企业家！有一次，李水库这样称呼那种职业的时候，程小桂马上予以纠正。

追你怎么啦，不行吗，至少我成功了。这是程小桂的话。当时李水库一边骂程小桂骚，一边喜欢得不行。当年李水库就是喜欢程小桂身上的那种说不出来的劲头。

这个样子，不是老母猪发情又是什么。要是在老家，李水库准要冲上去给那个男人一个大耳光，然后再回过头臭骂一顿程小桂。可是在深圳这样一个特殊的地方，除了在心里狠狠地推自己一个跟跄之外，他又能做什么呢？

心里像是被人浇了开水。他把手捂在自己胃和肚子之间，脸上挂着吓人的表情，拖着灌了铅的一双腿，从楼梯返回保安室。

对待眼下的一切，他有什么办法呢，当然这并不算是一个明确的绿帽子，却是一记闷拳。难道需要动手吗，此刻他就是感到英雄无用武之地，虽然他曾经跟程小桂显耀过自己懂武术。

也就是说，如果不是程小桂，李水库认为自己绝对不会那么冲动，连想也没想，就撕开那封要命的家信，至少他会好好看一下，然后再做决定。

二

程小桂是李水库的一块心病。他是在父母的一次次要求甚至是威胁之下，才到深圳接程小桂回去生孩子的，毕竟他已经二十六岁了。这块心病使得他对深圳这个漂亮的城市也打了折扣。不然的话，他这颗年轻的心，该多么喜欢这里啊！也就是说程小桂毁坏了他的好心情。

到了深圳的程小桂，整个人发生了很大变化，再也不是过去那个身体又矮又肥的程小桂。现在的程小桂显得比过去高了一些，头发黑亮，人变白了，也许是总带着一副白手套的原因，她的手指显得细长，说话也日渐条理，很难再看出乡下人的样子。至少李水库是这么认为的，这是他到城里来的第一个感受，这种感受让他心里没着没落。

更重要的是她还学会了拒绝，拒绝他这个做丈夫的正常的生理需求。拒绝之后，他觉得身体的重要部位被封住了，像被人捂住了嘴，一句话也说不出来，只能四肢乱踢蹬。

唉，我的孩子啊，都被你程小桂耽误了。这是李水库心里面的话。本来他想偷偷让程小桂怀上，要是这样，程小桂不回也得回了，一个女人拖着一个大肚子，哪个单位还会要她呢。

可是他一直不能得逞，程小桂从来就不给他这样的机会。

深圳尽管很漂亮，却让他无所适从，总是找不到感觉。比如说李水库每天抬头总是找不到太阳的方向。要是在老家，他一抬头就可以对着太阳，对着太阳他就知道自己在哪儿，无论在地头，还是在山上。比如说太阳悬到正头顶，他一定是刚吃饱了午饭，安心地种水稻呢，如果太阳斜到了河里，那个时候就是要收工了，他的肚子开始叫唤，一双脚则向烟囱的方向移动了。这样的生活他一直认为非常幸福，直到程小桂离开家到深圳打工为止。

去深圳找程小桂，李水库心里是没底的。

没有人知道，为了去见程小桂，李水库背着家里人先去过一趟离自己家不算太远的少林寺。身上揣着在镇里烧砖赚来的钱，在寺院外面一家培训中心，学了一个星期的武术。本来想在程小桂面前显摆一下，免得又让程小桂看不起。李水库连初中都没念完，程小桂却是一个高中毕业生，还是在县重点一中读的。

他只跟程小桂提过一次自己的这件事，当即就遭到了嘲笑。当然嘲笑还不是最严重的，程小桂看都没看这个证件一眼，就说他愚蠢到家，根本没长大脑，学来的东西，全是没有什么用处的花架子，只合适给一些根本不懂武术的外国人表演，或者只能摆出几个姿势给人拍照，类似于宝安公园老人们每天练习的几个动作。

李水库气得一句话也说不出来，当然主要还是生自己的气，要知道那几个花架子可是花去了他不少钱。这样一来，他也不想跟程小桂提起，在家里自己已经补习完了高中课的事，在心里他不想输给老婆。要不是这么快出来，他应该拿到毕业证了。

三

歪歪扭扭的字体和一些让人看了感到亲切的地名，说明了这是一封家信。家信应该更有意思，通篇说的都是大实话，不像城里人的那些公开信，什么亲爱的顾客，亲爱的同事们，这是什么呀，词是用在这些地方的吗？把这种最最严重的词都用上之后，他就感觉人的关系开始越来越远了。

要是平时，一看到这样的信封，即使不看内容，李水库也会感到亲切，有如坐在老家玉米地吹着微风的感觉。这样的信，他会觉得在这个高楼里住的人，其实个个都是有感情的，而不再是机器人，也没有他想象的那样可怕，可能也包括她的老婆程小桂。什么金领白领，他不喜欢这样的叫法，这根本就不是对人的称呼，而是对衣服和机器的统称。

信从河南平台县寄来的，撕开之后才知道是一封挂号信。

李水库蒙了。

一开始是问信的主人收到不久前寄来的麻雀吗？然后才是信的本意，这是一封向这个大楼里一个女人要钱的信，那个女人叫张曼丽，是这个楼里的一个部门经理。不过在这个大楼里，被人称为经理的人还是很多。如果不是这封信，李水库不会知道这个大楼还有一位和自己家这么近的老乡。看了信，李水库才知道张曼丽以前不是这个名字，而是一个比他还要土的名。信里说，张曼丽的父亲生病了，病得很重，家里实在没钱了，还说本来家里已经答应过她，为了不影响她的前途不想再联系，可是这一次是因为爹已经躺在医院里了。张曼丽的电话又换了好几次，工作也换来换去，家里总是联系不上，没办法，只好写信。她已经很久没有给家里寄钱，医院说再不交钱就要把人赶出去，如果赶出去的话，人离死也就没几天了。到现在家里欠了很多的外债，包括张曼丽上中专时家里欠的钱也还是前几年才还上。村里那些债主看见爹这个样子，怕还不了，都跑到医院门口来讨钱，尤其是那些债主知道张曼丽在深圳上班，就更加不放过爹。这样一来，医院很生气，已经动员爹快点出院。信里还说，这样做，实在是因为没有别的办法。信写得很短，好像每一句话都重复了两次，写信人笨拙和难过的神情跃然纸上。

信是用圆珠笔写的，只有半页纸。字不仅小，而且跟跟跄跄，好像是一个腿脚有毛病，随时要摔跤的枯瘦妇人。其实看了不到一半，李水库一双手就吓得冰凉。

他明白自己惹祸了，而且是一个大祸。

无法复原的信，摆在面前，就像他的心情。

用了太大的力气撕开，现在根本对不上去，一个上午他用各种办法试过都不能复原。在各种尝试的过程中，这信封已经在他粗糙的大手中出现了明显的皱褶、破损。显然，这样正面交给收信人的可能性几乎没有了。明白自己努力无济于事之后，他的身体软在一个破旧的沙发上，脑袋再也没有力气挺立，彻底斜瘫在左肩上方。此刻他再也不想动弹一下。

脑袋里白光一片，连地面也是这样。这刺眼的白光会让人眼睛出现肿胀，也曾使他找不到太阳的方向。此刻，他用肿胀的眼睛看了一下四周，发现每个人都好像在光影里。白光里的程小桂此刻正在宽敞的大厅里神气地走来走去，手指经过的地方，出现了弧线，很像飞机划过的天空。

真是倒霉！为什么碰到了这样的一封信呢，而且是程小桂合同快要结束的时候。之前一直都顺利，想不到，只是吃了一回醋，就摊上这样的一件事情。

一万元！李水库长这么大还没有见过这么多的钱呢，要这么多的钱一定是大病，信上说是救命钱。

下午三点多，李水库怀揣别人的家书，坐在大楼的保安室里，脸上映着从四面八方射来的白光，心里无比难受，他的生活里没有发生过比这再大的麻烦。

最痛苦的是他看见自己的老婆程小桂拿着一个拖把走来走去，他却不能对她说什么。不知是不是自己太敏感，李水库感觉程小桂还特意向李水库这边看了几眼，不过也都是装出漫不经心的样子。要是平时，李水库的心里一定又会发痒，身体又要膨胀。可是现在的李水库已没了那情绪。他来到了十七楼和十八楼之间，把身体靠在了墙壁上，这里没有光，可以让他安静一会儿。

他的眼睛对着窗外，窗外的工地上正在打地基。这让他想起自己久违的手艺——泥水工。当年县里修水库大堤，他和村里几个人一起去，结果只有他一个人受了表彰回来，村长带着一帮人在村口敲锣打鼓迎接他，当时乐昏了头，他没经过父亲允许就把自己的名字改成了李水库，一家人也没有怪他。也就是那一年，程小桂主动对他好，并嫁给了他。

可是有谁知道，眼下他正为程小桂苦恼着呢。

四

本来就没想过要到深圳打工，他只是想把程小桂带回老家去，完成人生的第二件大事——生孩子，否则的话，结了婚等于没结。只是程小桂的合同期还有六个月，所以只能再等，更重要的是，程小桂想要看李水库的表现。李水库向程小桂保证过，以前的那些事情绝不允许再次发生。就是在这样的情况下，李水库来到了这个单位当上了保安。

当时坐了一天一夜的汽车，才来到了深圳的关外——宝安区。这也是刚刚改成区不久的一个地方，总的来说还有点过去县城的味道。比如说楼房高矮不一，摩天大厦下面很可能就是几间破旧的民房，市场显得混乱，卖衣服的和烧鹅店铺紧靠在一起，衣服里面都是猪肉和鸡屎鸭屎味儿。街道上有一些人穿着很新潮，有的则与他李水库一样土了吧唧，甚至还光着膀子。主要街道上有漂亮的汽车，更有一些晒得黑乎乎的摩托车拉客仔，不断地凑到行人眼前问，去哪里？

李水库从长途车上下来，就是被这种摩托车拦住并拐了几个大弯才把他带到这栋大楼门前的。把他放到地上的时候，李水库身体有很长的时间都没站稳。

两年没见到的程小桂，像换了一个人，当然，这与她穿了一双高跟鞋和一身让人不能亲近的银灰色职业装有很大的关系。两个人一见面，她先是用眼睛四下瞄了半天，然后像地下党的接头，感觉的确没人，才对着李水库露出陌生的微笑，然后大大方方，用标准普通话说了一句：你好！

李水库脑袋瞬间出现了空白，他快速低下头，让眼珠子死死地黏在鞋帮上。不然的话，他担心程小桂还会走上前和他来一个革命同志式的握手。这个讨厌的地方！他在心里骂着。即使这样的时刻，他也舍不得骂一句自己天天想念的老婆，毕竟自己错在先，程小桂的离开是因为李水库，当时李水库不应该听了父母的唠叨，就去骂程小桂。主要是父母看不上程小桂，程小桂一天到晚看书，有时还用一个小本子写一些什么情啊爱呀的肉麻诗歌，这是母亲翻程小桂抽屉时发现的，父母总是认为程小桂不是一个想好好过日子的女人。

又不是什么有钱人家的大小姐，一天到晚这个样子，我们可养不起！母亲说这个话的时候眼睛正盯着程小桂刚留了长指甲的手。

什么诗啊，那就是屎！李水库拉开抽屉，动手撕了程小桂的日记本。

程小桂脸上一直都很平静，一句话也没有说。想不到，第二天天还没亮，就离开了家。当时李水库还在睡觉，醒来的时候，还没缓过劲儿，他甚至半天都想不起程小桂离开的原因。

此刻，程小桂落落大方的眼神让李水库惊慌得眼睛无处躲藏，他在光天化日之下再次低下头，说了句让自己越发感到窝囊的话：你好！

你好你好！这是人话吗？这是一家人说的话吗？这是孩子娘对孩子爹说的

话吗？这是要过日子的人说的话吗？李水库除了伤感，脑子还有一些混乱。直到缓过了劲，李水库还在心里骂道：你好个屁！而在当时，他只是一脸的傻笑，就像白痴那样。一定要忍住啊，是自己错了。先把老婆接回去再说尊严的事吧，他在心里对自己说。

想不到他们这个大楼是这个区最高的楼房，看来程小桂信里面没有吹牛。如果想要看到楼顶，一定要想很多办法才行，这是他来到深圳不到一个星期就发现的事情。每次他想去望那些大楼的楼顶，都会被大楼的白光弄得头昏脑涨。他一直想找一个形容词，描绘一下这里楼房的高度和漂亮程度，却总也找不到，尽管他脑子里也装了不少形容词。以前他听过一些回去的人谈起关于高楼的故事，当然也包括那些没领到工资不敢回家过年而跳楼的。可真见了这样的楼房他还是大大出乎意料。他曾经从不同的角度去看这个大楼，每次都感觉到楼的身后冒着寒光。

这个大楼住了很多家单位，这让李水库想起小时候看过的一部电影《七十二家房客》。李水库观察，这栋大楼进进出出多数是工厂里办理城市暂住证的打工仔和打工妹，之后的就是一些做生意的人和大热天还要西装领带打电脑的白领男女。

深圳比他想象的要热上一百倍，却好上一千倍。到处都是这样白光闪闪的高楼，到处都是让他无比羡慕的男人，到处都是让人心虚气短的女人。每次看见这些女人们，都会让李水库脑子不再好用，她们说话和走路的样子让他浑身酥麻喘不过气。在李水库眼里这就是神仙住的地方，是他父母和兄弟姐妹累死也想不到的好地方。

李水库站在大楼大厅的中间，心里感到有些不真实，也不踏实。大厅右侧悬挂着一个巨大的屏幕，上面播放着深圳的风光和各种管理规定。中英街、世界之窗、欢乐谷，然后是就是大梅沙。大梅沙的大浪扑过来，李水库本能地躲闪了一下，他闭上了眼睛。再后来就是著名的深南大道。这个大道在深圳里面，要去看，需要办一个边防证。街上灯火辉煌，让李水库的身体随着灯光飘了起来。从这个灯飞到另一个灯，他不能再看了，头脑感觉到了晕，心里乱成一片。也只是看了几眼，李水库的眼球似乎就被黏在了上面，整个人被吸在屏幕上，身体随着画面旋转，翻了十几个跟头，直到要把他胃里那点东西都折腾出来。

不知过了多久才明白自己落到了地面上，只是脚仍是站不稳。他蜷缩着身子，半蹲在地上。突然发现一双歪扭的皮鞋下面是冰一样透明的地面。上面映着一个站立不稳、松松垮垮的男人，再伏下身，看到的是李水库难看的衣服和一张灰突突的苦脸。

这样的地板很多次都让他险些摔倒。这是一种怪地板，站在上面让人发慌。感觉地板会晃动。越是这样，他就越是感觉很多人在看他的腿，看他迈出的每一步。在这样的注视下，他感觉腿和脚都不是自己的了。他的后脑上似乎长了一双眼睛，似乎专为了警惕着城里人。

电梯更是可怕，只一秒钟就让人没了根。人向上走，而心和胃突然间分开，心飞向了嗓子眼儿那里，胃则拼命坠落，最后黏住了大肠，身上的血也往下跑，挤在裤裆处，冷也从脚下涌上来。不知为什么，每次坐在上面，他连老家的模样也想不起来。想不起老家的时候他就会慌了手脚也慌了神。在一阵阵空调的冷风里他只是想吐，却又吐不出来。一般情况下，他都选择走楼梯，一步一个台阶，每一次脚落下都有说不出的舒服。当然这也是相对的，他最喜欢的还是家里那种崎岖的山路。

除非是太高，事情又紧急，他才别无选择地闭上眼去受罪。

你怎么了！是不是生病了，要不要我帮你啊。有人问他。电梯里，是一个温柔的女孩子声音。

李水库刚睁了一下眼睛又马上闭上，重新回到黑暗里。睁开的那一下，看见的是一团粉脸。

你知不知道地王在哪，深南大道在哪儿？还是那个女孩子的声音。你如果知道，可不可以告诉我，我特别想去一次。

李水库闭上了眼睛，脸也抽成了一团，还是不能说话，只好摇了一下头，手向声音的方向用力地摆了摆。不知过去了多长时间，终于可以睁开眼了，粉脸却早已经下去，消失在城市的白光里。

他住的这个地方在深圳的关外，和真正的特区还有一道铁丝网隔着，不过离深圳的飞机场很近。遗憾的是，李水库还从来没有真正地进特区内看过一次呢。更不要说著名的深南大道，那些伙伴们从电视上知道了深圳，临行前曾经交代过他，一定要替他们看一次。

成了这座大楼里的人，李水库总感到是在梦里。几次梦里醒来，李水库都缓不过劲儿。如果不是程小桂这种态度，李水库本来应该特别兴奋，这一切多么新鲜啊，这是一个新世界。更重要的是那些老板和美人们和他同在一栋大楼里上班，也全都在这种怪地板上行走。好多次他都想马上去找到他的那些同村人显摆这些事儿。

当然，他还想捶自己一拳，怪自己不争气。

不知为什么，李水库有时很想对这个城市大喊一句什么，却总是找不到词汇，他想用一个词表达自己压迫太久的情绪，当然他并不能完全明白这是由于身体压抑造成的。

而所有的这些都让程小桂看不起。

李水库这个工作是程小桂给他找的，这样一来李水库和程小桂的关系就有点别扭。而别扭到了什么程度，只有李水库才知道。在老家，李水库不仅不怕程小桂，程小桂还要经常受着李水库一家人的脸色，原因是程小桂的娘家比李水库的家里还要穷，人一穷就没有了志气。

想不到，事情发生了变化，这栋望不到顶的高楼不仅给农村女人程小桂壮了胆，还让程小桂的家人在村子里直起了腰。不仅如此，程小桂不久前又寄回去了一笔钱给家里，不仅还了一部分债务，还购置了一些急需的农药，村里人都羡慕李水库的父母，李水库的父母果然也对这个程小桂的娘家客气得不行。李水库和程小桂两家的老人在村子里都有了面子。

只是没想到，那次寄出钱后，程小桂成了一个功臣，样子更加傲慢，更加不愿意理李水库了。李水库自己住在八个人一间的宿舍里，程小桂也是六个人一间，没有什么机会一起说话，不要说住在一起。从头到尾，他们只亲热过三次，李水库每次都需要忍受各种莫名其妙的羞辱。

李水库对这栋大楼的恐慌，让他对程小桂也无端地产生了畏惧。现在他就连说话都是小声小气的，整个一个人像没着没落的城市孤儿。没有人知道，李水库经常躺在大楼无人经过的十七到十八层的楼梯上想心事。

据程小桂说，李水库的工作，是她找了这栋大楼里一个非常重要的人物安排的。为了这份工作，他们必须要以老乡的身份相处。程小桂还郑重地提醒过他一些注意事项。

李水库一直以为当天就可以同房，想不到程小桂根本就不搭这个茬，公事公办地把李水库送到保安员住的宿舍。李水库刚把行李放在地上，想把准备好的话说出来，这时，程小桂从口袋里摸了一下，掏出来一把黄色的新牙刷，远远地扔到写着李水库名字的铁架床上，说，你是不是很久都没有洗过澡了？还没等李水库反应过来，程小桂已经转身离开了。

第二天晚上，李水库去宿舍找程小桂。推开门，程小桂正靠在被子上，用手机发信息。看见李水库，好像受到了惊吓，程小桂连鞋也没穿，就一下子站到了地上。房间里还有一个女工，程小桂忙着向那女工介绍李水库，说这也是新来的同事。

那个人用眼睛瞄了一眼李水库，点了一下头，马上就溜出去了。

你怎么进来不敲门呢。程小桂把手机放进裤袋里，黑着脸对李水库说。

看到程小桂真的生气了，李水库嘴里呜噜了一句，门又没锁。

程小桂大声说，有没有锁你都要敲门知不知道，你怎么一点礼貌也不懂呢？我还有事情要做，正准备出去，有什么事以后再说吧！

说话的时候，程小桂穿好了袜子和皮鞋，移动了脚步，并用手拉开了门。

李水库一直跟着程小桂。最后糊里糊涂被程小桂带出门。到了电梯门口，程小桂脚步突然停下了，她对李水库说，你先走吧，我还要去另一个地方呢！

五

平时很少看到电视，大楼为了省钱，没有从保安公司找人，而是随便在街上找了几个样子老实巴交的。他们私底下了解过，比起外面的人，他们少了两百块钱。李水库和其他保安兄弟都明白这件事情的内幕。所以他们做出一些有点出格的事情也并没有什么内疚。可对于李水库来说，只是第二次。

第一次是一封写给男人的信，男人就是大楼里一个中层管理人员。那是一封有趣的信。这个年代真正的信已经很新鲜，有的只是美容、治疗性病的广告和旅游、礼品公司寄来的一堆纸垃圾。

平时根本看不出，那个男人不爱说话，每天都是按时上下班。工作认真负责，对人有礼貌讲分寸，很明显，男人在云南昭通地区旅游，艳遇了当地一个风情女人。信写得无限具体，无限缠绵，无疑是想唤起这个四处留情的男人对她身体的美妙回忆。没想到，却让摸不到女人身体的李水库受到了严重的刺激。平时沉默寡言的李水库，当时像一个高烧病人，浑身滚烫，还在上班时间，就回到了宿舍铁架床上画地图了。

那封艳信的使用价值不可估量，当然被他毫不迟疑地没收、保存，匿藏在他认为最安全的地方。这是他的私人秘密，无人知晓。不过看见同事在上班的时间突然回宿舍时，他就会突发奇想，也许每个人都可能有一封这样的信，或者他们分享了他的战利品。对于这封信，他没有一点自责，甚至还安慰自己，这是为了挽救一个家庭不被破坏。这封艳信平安无事，壮了李水库的胆。他觉得深圳人并没有他原来想的那样神秘和可怕，更没有他想的那样心细，他们甚至有些大大咧咧。偷着拆信这样的事情，过去也有个别的保安这么干过，他知道，也还从来没有出过什么麻烦。

这封家信的主人叫张曼丽。他当然认识，他每天都可以见到那个漂亮的脸。她差不多也是这个大楼里最引人注目的女人之一，虽然年龄不小了，但很有风韵，大楼里没有人不知道她，只是感觉里张曼丽似乎并不认识李水库。

他知道在没人的时候，张曼丽还拿过几件男人穿过的衣服给李水库的同事。当然在有人的时候，她对这个同事连眼皮都没撩过一下。李水库认为她这样做也可以理解，谁让他们身份不一样呢。想到身份的问题，李水库又在心里批评了自己，他觉得自己也就只配程小桂这样的女人，这样一想，他心里又平衡了。

大楼里面的女人们说话的时候并不回避李水库，反正在她们的眼里李水库不过是一个透明而且没心没肺的乡下人。张曼丽经常叫李水库那个同伴帮助她搬东西到汽车里。有时候是空调，有时则是一个大大的果篮。听保安说，都是从一些男人的车里拿下来的，这些东西李水库在中央台的广告节目里面见过。遗憾的是她从来没有让他搬过。怎么样也想不到，张曼丽后面还有这样一个穷苦的家。这样的家把李水库和她的距离一下子拉近了，这是他的想法。尤其是在程小桂冷漠的态度之后。

按照惯例，张曼丽也被李水库想过多次，作为情欲的发泄对象。刚来的时候，在一些人的口里听说张曼丽的父母都是北京的高官，一个哥哥在外交部，一个姐姐还在日本做生意。她年纪不小了，只是一直没有合适的结婚对象。也许条件太好了吧。很多人说这话的时候眼里都是羡慕。包括程小桂一到了这个大楼也是羡慕那些长得漂亮，人又能干的女人。

程小桂偶尔在嘴里还冒出一两句城里人说的话和广东普通话，这让李水库嘴上不说，但心里却有点烦。你又不是深圳人，说得再多也不像！不过这也只能是他心里的话，当时他想起了张曼丽，人家那才是一个十足的城里人呢，再给你程小桂两辈子的时间，也追不上人家。情绪像是蒿草，不断地撩拨他的心。李水库没想到，正在他四下走动，想着如何补救的时候，张曼丽走下了电梯。

她拿着一个小巧玲珑的手机说话，很明显电话那端是一个男性。散发着妖气的声音多次撞到李水库耳膜上。这样的声音会让李水库感到有一种说不出的身体愉快，有好多次，李水库都会偷偷溜进张曼丽办公室隔壁，那是个存放各种维修工具的杂物间。他用一个玻璃钢水杯贴到墙壁上，偷听张曼丽与别人讲电话。电话的具体内容听不清，只是记得有一次是午休时间，张曼丽竟然对着电话发出尖锐的喊叫，随后是低沉的呻吟。他把自己想象成电话那一端的男人，身体膨胀，他在张曼丽的声音中得到了一泻千里的满足。没人知道，做他这样的保安还是有一些不能与人分享的乐趣。当然，这之后，他也不只是对着大楼的一个女人才这样。张曼丽这时与工作时好像并不是同一个人。

李水库一颗心涌到喉咙口，身体也如一个弹簧冲出，挡在了张曼丽面前，张曼丽差一点被突然冒出来的李水库绊倒。正在通话的张曼丽着实被吓了一跳，她向左边躲闪了一下，可身体的左侧还是擦到了李水库新换上的保安服。

真讨厌！张曼丽向着李水库翻了一个白眼。抛出来的声音有些娇气，有些愤怒，明显是说给李水库和电话里面那个人听的。骂完这一句，张曼丽皱起的眉头又松开了，她对着电话发出娇滴滴的声音，人也轻快地绕过傻瓜一样的李水库，留下一句，倒霉呗，差点撞上一个农民！

她并没有发现李水库今天与往日不一样。

六

除了工作是程小桂给他找的，就连后来他们行过几次夫妻之事的地方也是程小桂的。尽管只是一个存放清洁工具的杂物间，黑胶桶就占去了很大的位置，里面发出腐烂的味道。而就是找这样的一个地方，也是李水库这个一米七二的大男人办不到的。这样一想，李水库就觉得窝囊，同时也感到城市和自己的乡下真是不一样，至少把他们的地位颠了个个儿。在深圳，女人的工作似乎更容易找一些，而男人如果没有一技之长，上哪儿去找活呢。就连这个保安的岗位也还是人家看他年轻才要的。在老家谁会想到程小桂会比李水库还有本事，她不过是一个喜欢看点闲书却没有什么特长的普通女人罢了。当然，除了长一双细腻的手之外。因为这样一双手，她就总是对一些田里的活挑三拣四，这最让李水库的父母看不起。可现在一切都不同了，程小桂是村里那些女人们羡慕的女强人，无所不能。

很明显，进了城的程小桂比李水库想象的要混得开，这使得程小桂态度完全变了。也让本来就自卑的李水库更加沉默。包括对程小桂本人，他们除了向家里寄回去多少钱这样的事情需要说两句，别的基本不谈，其实也没有条件去谈。连一个给李水库适应的过程也没有，程小桂就变成了现在这个样子。脾气火暴，同时动不动就是人生、事业、社会之类的大道理。一个女人不好好地做事，不好好地服侍老公却要弄得不像一个女人。这一切的一切都让李水库心里窝囊。你是深圳人吗？你不过就是一个女农民工！你有深圳户口吗？你不过有一张暂住证，你穿了一身白领的衣服也还是农村人！这是压在他心里面的话。

有时候李水库真想当着程小桂的面说出来，可看着程小桂自我感觉良好的样子，又不知怎么开口了，当然更主要的是他怀疑自己根本就没有这个胆。

当然李水库没有完全怪她，毕竟她很久没有回家了。从她用的东西上看，她挣的钱也没有乱花过，全都寄给了家里。

从见面那一刻起李水库就要适应这个新程小桂。更多的时候，在这个无边无际的大楼里，他们互相都是面无表情，彼此看一眼就过去了。尽管李水库受不了，却也没有办法。程小桂似乎尝到了让李水库痛苦难受的甜头。到了后来她竟然上了瘾，故意多次用这样平静的眼神来看他。

她再一次这样看他的时候，李水库在心里骂着，别欺人太甚！

其实在这个大楼里，如果有细心的人，就会发现他们的不正常，要知道，在深圳这样一个特殊的地方，哪一个保安，哪个饭堂师傅不和清洁女工摸一把，说几句调情话过过手瘾嘴瘾呢，而他们竟然一次打情骂俏都没有过。

来到深圳的李水库自然见过太多漂亮的女人，这些漂亮的女人像老家灰暗的土墙上挂着的赵薇、范冰冰之类电影明星年画，不同的是，这些肉身能不断地走动，却没有一个与李水库发生实质上的接触。李水库知道，城里女人样子虽然好看，可是没有体温，甚至不能给李水库想要的东西，李水库要的东西很明确、具体。自己最终还将回到老婆那里。无论如何，程小桂才是自己的女人。想不到，现在除了不能碰一下老婆的身体，就连说一句完整的话都难。她还曾经威胁过李水库，他们的关系不能让任何一个人知道，否则会把一切都毁了。因为真要是被大楼的人知道他是她的老公，这个大楼根本就不会要他。不仅如此，作为介绍人，程小桂马上也要卷起铺盖一起被辞退。两个人压在这栋大楼里的一个月工资，将一分也拿不回来。程小桂说话的样子非常严肃，让李水库感到很无奈。

大楼早就规定了回避制度，可是李水库觉得这是对城里人的规定，因为在深圳人眼里，谁都没有想过这些农村人也会结婚，生孩子，似乎他们压根就是一些没有性别的人。

白天的时候，他无数次认真地打量这个大楼里的每一个人，内心不断猜测，到底是哪一个重要的人物呢？程小桂说过，他们那个恩人是有文化的人，绝非他们这样的农民工，人家每次说出来的话都非常有道理。

到了下班的时间，除了小心地观察这个大楼的每一个局部和细节，他还会寻找程小桂嘴里的这位所谓恩人。

这个大楼让他觉得神圣、神秘。最后他感觉这里的每一个人都很重要，他们才有能力收留程小桂，同时也收下了他。他们穿着时尚，得体；他们做事沉稳，寡言少语。每一个人都可能是程小桂的重要关系，也就是说这些人都可能是他和他们家的恩人。这样一想，李水库会从心里对每一个人好，对每一个人亲。

李水库看得最多的是老板模样的男人和衣服光鲜的女人。最后以至于把老板模样的人，脸上的麻子，痣的大小与方位都记得清清楚楚。当然那些长得像老板的人并不知道有一个什么人这样看着自己。而那些仙女一样的女人们则是让李水库想入非非，不能自己。刚开始李水库认为自己这样做非常不应该，可是后来他说服了自己。

每一次想她们之前，他会在内心里或是嘴上念上这样的一句：可怜可怜我吧。我想老婆了，我的老婆就在这里。当然这样的时候，一定是四周没有其他保安的时候。

他有他的规矩，平均每两天才想一个女人，一般情况下，都是这个大楼里每两天见到的第一个女性，这是在他第四次被程小桂拒绝之后采取的一个办法。而对于那几个在心里好过几次的女人，他甚至会滋生出一种亲切感，他经常用眼睛追逐并在心里抚摸着她们的身体。

有的人是皮肤好，有的人哪里都不好，皮肤粗糙得要命，手也像男人的，不过就是一对奶子大，这是李水库的体会。当然他从来没有真的动过她们一下。

"嗨，老婆！"他自言自语。他不知道这个称谓是对着谁的。远处是老婆的身影在晃动。他说，老婆，除了心里，我下面也想你了。他说这话的时候，有一次竟带着哭音。

撕开那封家信，完全就是受了程小桂和那个收报纸男人的刺激。没有人知道，他的身体快要崩溃了。

好在一个老乡在宝安上合路给他联系了一个洗脚的活儿。这样一来，他不仅可以赚点钱，也好打发那些想女人的时光。尤其是周六、周日和五一、十一、春节长假，那样的时间里根本就没有一个人和他说话。这样的时候，大楼的临时工也就越多地聚集在宿舍睡觉或扯淡。李水库和程小桂更是一点机会也没有了。毕竟一个男人的手是需要女人肌肤的。每一次给女人做足底按摩，李水库都会想到程小桂，想着脚是程小桂的脚，他会更加温柔一些，老婆，我这也算是赔罪啦。然后接着想下去，想到后来又觉得程小桂没有什么好的，还是眼前的这个女人好看，想程小桂那个贱人想亏了，他在心里说。

他知道深圳有很多保安都兼职做类似的事情，当然还有一些是帮洗车厂擦洗汽车什么的。有很多次李水库躲在暗处等程小桂，想要拉住她说一句话。程小桂竟然吓得脸色发白，一边用眼睛不断四下看，一边说，你找死啊？你难道不知道这是什么地方吗？

窗外是工地，大厦已经起到了第三层。看着灰暗的天空，李水库想，跑到城里不是找死吧。想这些的时候，他把自己的一张脸贴紧了窗户，脸被挤压得完全变形了，最后有点痛。这样的时候，他感到了一些舒服。

第一次，李水库正在解腰带，正在取头发夹子的程小桂说，能找到这样的工作是做梦也找不到的好事。

李水库笑着说，是啊！

其实，程小桂不说，他也知道。上合村的马路上的确有很多拿着铁锹的农民。每开来一辆稍慢的汽车，他们就会争着跑过去，跟车里面的人说话，讨好人家，求汽车里面的人把工地上抬沙子、和泥、爬脚手架的累活给自己。这些民工浑身又脏又臭，经常被爱车的司机训骂，所以他们的身子不能靠近汽车。到了中午，拉不到活的农民就索性躺在上合路的两边，脸上盖一件破衣服睡大觉。

如果不是老婆，李水库怀疑自己这种身份如果进了城，只能在上合路上等活呢。这些人除了等，还有什么办法呢，不像李水库有一个这么好的命，本来是找老婆，却一下子进了这么高，这么干净的大楼里面来做事。尽管如此，每次去洗脚店，都要经过上合村，李水库还总是忍不住去看那些人。那些愁苦的表情其实跟他还是像的，他认为自己内心和他们没有一天不是相通的。虽然是那些人在这个城市里抬沙子、和泥，可是李水库感觉自己的肩也是累的，手臂也经常是酸软的。

他们的下一顿饭在哪儿，晚上又在哪儿过夜？一想到过夜这个问题，他的眼睛会在他们的身上停滞的时间长一些。同时李水库认为自己说什么也不能太冲动，即使再不如意，都要先忍着。家里已经收到钱了，捎了信儿，让他不要着急，赚点钱再回去。打工的这几个月，李水库都是买了饭票就把所有的钱寄回老家，很明显，家里希望他留在城里打工。他知道，村子里已经没有什么壮年男人，包括那些六十多岁的男人，都出来打工了。

你不要装糊涂！身下的程小桂训斥他说，要知道人家上合村那些人现在连饭还没吃上呢！

是啊！李水库感慨着。

程小桂显然并不满足这样的话，说，是什么，我看你什么也不是。

李水库没话说了。

想不到程小桂又在说话，要是不信，你可以到上合路口去看看那些拿着铁锹等活的人。李水库已经记不清程小桂是第几次这样威胁他了，尤其在这种关键的时刻。

李水库感觉自己就像一个癞皮狗，此刻他只想趴在程小桂的身上，哪怕是挨几句骂几句损也无所谓。他有点嬉皮笑脸，说，我才不理什么监不监，老婆，我就是想你那里了。

空气先是沉闷了一会儿，终于，程小桂出现了很大的反应，她先是用力掀翻李水库，人坐得笔直，声音提高了八度，说，我告诉你，这个地方可是被监视的，包括说话的声音！

什么被监视？李水库还是没有反应过来，样子有点懵懂。却见程小桂射过两道凶狠的光。在光的威慑下，李水库光着的身子很快缩小了许多，他抓紧了手中一条内裤，让它遮住自己的私处，像是完全变了一个人。

程小桂用白手指着李水库，厉声道，你吃什么饭的？连这个都不知道！怎么领的工资？这叫渎职你知不知道！李水库感觉程小桂此刻的样子好像是这栋大楼真正的主人。

这是什么？我告诉你，你可别跟我玩心眼。程小桂把一只被扎了几个眼儿的安全套扔到李水库身上。

李水库浑身除了软就只有冷汗了。

睡着的程小桂半睁了双眼，张开大嘴，睡相跟死猪一样难看。

程小桂明显比过去瘦了，瘦了的程小桂让李水库有了一种不踏实感。在老家的时候，程小桂不是这个样子，性格就像一团棉花，最多就是一个人生闷气，闹点小情绪，偷着哭一会儿，跟他撒撒娇，很少会像现在这样发脾气，更不要说讲那些粗话了。一想起这些，李水库觉得还是自己的错，否则好端端的程小桂怎么会跑来深圳呢。

直到程小桂呼噜声音渐渐粗暴，李水库的一只手才又重现，并重新开始有了活力。还是想做成男人，他顺着程小桂的下衣襟拐进了她灰色的西装裤里，他摸到了程小桂的腿根。李水库明确知道自己是想女人的，白天想，晚上想，他觉得自己这一辈子都会想，当然这一定要在吃饱饭的前提下。

李水库想，虽然她的老婆程小桂白天一身职业装，一天到晚还带着一个莫名其妙的白手套，看起来挺威风，可是一到了晚上又变回一个地地道道的农村人。由此说来，他喜欢城市的晚上，城市的晚上他们都没有身份这种东西。在夜晚，他李水库和程小桂就应该是一对夫妻，而不是什么同事，不管程小桂是否承认这一点。

在夜晚，他李水库想的就是程小桂，梦里压住的也是程小桂，尽管绝大多数的时间里他们并不在一起。夜晚的时候，他会想到那些老板模样的男人会与什么样的女人睡觉之类的问题。老板们不会在晚上出现在大楼里，更不会与他在男女事情上有什么分歧。有时他也会想，他和这个城市里面的其他男人也许不在同一个夜晚。因为他们的夜晚是什么样，他李水库并不知道。想过几次以后也就不太想知道了，因为他们的夜晚与他无关。

李水库总是希望在夜里发生一些大事，比如地震或者失火，那程小桂一定会慌里慌张地跑到他这里，穿着在老家时经常穿的花衬衫，而不是平时穿的那种灰色衣服。那个时候，他们将先是紧紧拥抱在一起，随后，在这栋大楼每个人都孤立无援之际，他们手拉着手，以夫妻的名义逃走。哪个人想拦都拦不住，身后全是羡慕的眼睛，这样的场景他想过很多次。

这样的时刻怎么还不到呢。每到他的工资迟发，少发，挨老板骂，或者程小桂拒绝和他亲热的时候，他便会强烈盼望这一时刻的早日到来。

在他的幻想里，他的老婆到了晚上不再是衣服整洁，说话有礼貌的那个人，她还是他原来那个老婆。李水库在自己的想象中脱掉了那个在大楼里身穿工装的清洁组长程小桂的衣服，一次又一次碾着她的身体。他身下的程小桂软弱、疲倦，什么都要依靠他李水库，而他李水库则像一个无敌的勇士，无所不能。

我要吃油条!

好! 我这就给你买去。李水库站起身来，才发现程小桂正闭着眼睛说胡话。

他倒是想为程小桂买油条吃，但是在这个城市里谁还在吃油条呢，要吃也是早茶，而什么是早茶他还没有亲眼见识过，尽管一来到这个城市他就听很多人说起过。他希望程小桂和他有一次这样的机会，留给将来他们回到老家的时候，一起去回忆。可是他知道，即使他提出来，程小桂也会拒绝。毕竟他们不能公开地出现在各种公共场所。

看见了程小桂黑亮的发丝上有一个被压扁的饭粒，于是他扳过程小桂沉闷的脑袋并用手指摘下。做这个事情的时候他故意大手大脚，一点儿也不小心。他太了解她的身体了，所以他不担心对方会醒过来，因为他知道程小桂是一旦睡着了就是扔在马路上也能打呼噜的粗人，根本不是每天说着你好你好的女人。

你是白领吗? 你根本不是! 李水库小声嘟囔着，他以为程小桂已经睡着了。

来深圳后不到一个月，李水库就知道老婆其实就是一个清洁班长。班长同样要做事情，和其他清洁工人一样，每天要面对垃圾和灰尘，甚至是粪便。只是在李水库面前，她总是说一些什么白领这样的话。李水库知道，这一切都是程小桂装出来的。

李水库正想着这些，一直沉睡的程小桂突然对着他翻了一下眼皮，还笑了一下，这样的一个动作，吓了李水库一身冷汗。不过李水库的呆还没发完，就见到程小桂闭了眼，哼叽了一声，把盘着的腿伸开，翻了一个身，又睡了过去。

直到李水库的手再次向前伸出，并碰到了程小桂敏感部位，程小桂才彻底醒了。醒来后的程小桂先是目光呆滞，可连半分钟都不到就开始变得异常凶恶。她先是用眼睛狠狠地剜手脚慌乱、不知所措的李水库，并让目光停滞不前，落在李水库的手上、脸上。这使得李水库的一只手悬在半路，无依无靠。程小桂的目的就是让李水库感觉出自己是一个十足的行为不轨之人。

他刚拿了洗脚店给他提成的一百七十块钱，他想用这笔钱给程小桂买一块手表。来这里也是想征求一下程小桂的意见，看看买什么牌子的好。这样想的时候李水库就有点财大气粗。他壮了胆子说，你就那么累啊，跑到这个地方好像就是为了睡觉。

你不就是来睡觉的吗？不然你一个看大门的保安过来找我干什么。

李水库听了这话，上身开始慢慢变硬，下身变软，他张了几次嘴也没说出话。那封信的事重新开始在脑子里转悠回旋了，又在折磨着他的神经。他不说话了。

你要是真有本事还用到我这里解决问题？程小桂冷笑着逼近。

其实我这也是正当的要求。李水库又快速嘟囔了一句。

程小桂耳朵很是灵敏，这一次连一分钟都没停顿就炸了锅，脸气成了酱油色。

那好啊！你有本事给我活干吗？你有钱给我吗？我看你是站着说话不嫌腰疼。要知道上一次你父母看病的钱还是我出的呢！你可是他们的亲生儿子，为什么要我这个女人来掏这个血汗钱！

这是哪儿跟哪儿的事呢？话怎么扯到了这里。此刻他只想把自己一双大而无神的眼睛停在一个地方，却被仍然不依不饶的程小桂捉住，并狠狠啄了一口。李水库明白程小桂这些话的分量，分明是说分心分家的话。有了这样的话，李水库认为他的家庭已经发生了天大的事情。

过了一会儿，李水库用发抖的手指着程小桂左侧的垃圾桶，结结巴巴嘟囔了一句，你们这里的桶根本没洗干净，好像有味。他想用这句话来引开程小桂的话题，为了不让程小桂再盯着自己看，他转过头，想不到眼泪突然就流了下来。

七

李水库和程小桂吵完了这一架之后，在漫长的几天里，他突然发现自己有了思想。思想的成果是农村人吵架只有一个目的——钱，而绝不是因为什么所谓的感情。

在男女比例一比七的深圳，李水库觉得自己只要想找，就不会找不到女人。程小桂不是自我感觉良好吗，但是她不知道这一架之后的李水库比她有心计了。李水库认为，虽然他眼下是在给城里人守大门，偶尔为人洗脚，可他是有野心的，他的野心可以让他变成一个城里人。这么想的时候他的内心很痛快，他觉得自己走到这一步是程小桂逼的，她对他的态度将会改变他的命运，让他变成一个好命。

如果程小桂不是给他找工作，让他可以赚钱养家，他会那么在意程小桂的感情吗？想到这里，他摇了摇头，最后又点了点头。认识到不是感情问题之后，李水库觉得自己已经不是刚来时那个李水库了，他的内心轻松很多。只要我想，我就会有。李水库想起了每天放置在深圳特区报右侧的一句广告词。他想到那些城里女人的整洁、漂亮，还有她们的财富。这样的时候，他对程小桂身体的兴趣差不多消失了。他想，程小桂有什么了不起啊，我又不是没有女人理我，要我帮助，要我去干。

信没变，还在李水库的上衣口袋里躺着，但李水库的想法变了。现在他开始乐观了。李水库想，这封信或许真的可以成为自己的一个媒人呢，不是气话，更不是幻想，到那时就有程小桂好看的。这一时刻，家信比那封艳信更有了价值，几乎成了他的宝物。

之前李水库曾在心里对张曼丽说，你怎么还不急呢？你装什么呀，你的老爹都得重病了，你知不知道？现在李水库则用鼻子拼命吸着张曼丽身后飘浮起来的香气。香气和张曼丽的神气让李水库不再那么内疚，他的思路被香气熏过之后开始急速转弯。此刻他也不再觉得家信对张曼丽有多么重要。在这个城市里，好像什么都不属于自己的，包括老婆，偷看一封家信当然也不是什么过分的事，再说又不是故意的，就是故意的又能怎样呢，他没有理由对这些新鲜的东西无动于衷。

到时可以对张曼丽说，信是丢在收发室的桌子上，后来被他偶然发现，那时已经被其他同事拆开了。他不仅严厉地批评了同事，还把信送了回来。想了几次之后，李水库有些相信自己的这一说法了，的确不是自己的过失。如此说来，到那时，她不仅认识了他，他还成了有功的人，距离从此就会拉近。

谁说不是因祸得福呢。李水库开始了兴奋，他准备从这封信开始筹划人生的下一步。

终于，李水库在洗脚店里等到了张曼丽。

这是李水库给自己找来的机会。他掌握了张曼丽的路线图。他观察到，张曼丽偶尔会一个人到这个地方消费，其他的业余时间都是和别的男人在一起。张曼丽脖子上挂着一个白金项链，两只手上分别戴着钻戒，一只白色，一只蓝色。张曼丽进来站在前台说了几句什么话，就转身进了里间。

洗脚店里面服务员女的多，男的少，现在很多女客人喜欢男服务员。之前李水库和其他的一些保安一直都是偷偷摸摸来打这种工，彼此心知肚明，互不道破。只是一定要避开大楼里的人。否则，被人知道了，肯定就被炒掉。

一个钟就有五块钱赚，这种钱是程小桂也不知道的。这样一来他就可以存到一起偷偷寄给父母亲。当然他还存下了一点钱准备为程小桂买一块机械手表，这是程小桂还没结婚时就想要的。

放了各种草药的热水已经由店里的服务员放好，李水库从小妹手上接过按摩油和毛巾，准备按摩。尽管灯光昏暗，张曼丽却坐在沙发上拿着一本厚书在看，眼睛根本没看一眼穿着一身日本和服的李水库。他偷偷看了一眼张曼丽，他突然发现城里的女人个个都很相像。皮肤白净，身段苗条，说话轻声细语，自己的老婆再过两年会不会也是这个样子呢？如果变成了这个样子，自己不应该难受才对啊，可自己为什么总是要难受呢？

李水库有点走神，心里想，程小桂现在早就不看书了，更不要说写什么诗。

一双让人浮想联翩，低到脚面的漂亮镂空丝袜被李水库脱下后，李水库有些吃惊，想不到张曼丽长着一双结过老茧的粗实大脚，而且还患有严重的脚气，大脚趾一侧已腐烂变形。这样的脚让李水库的气定下来，不再那么害怕了，他一把抓过张曼丽两只脚放进装满了热水的木桶中。很快张曼丽的脚就温顺了下来，虽然上身还在沙发上挺着。

李水库依照平时的程序，在脚上涂些玫瑰精油按了一会儿，就开始偷偷把目光移到张曼丽手上。张曼丽的手上拿着一本财会方面的书。她的手虽然看起来光洁，白嫩，但是关节异常粗大，还有几颗发黄的老茧。

过了一会儿，张曼丽突然皱起了眉头，显得不耐烦。李水库明白是外面的声音很吵。

张曼丽放下书，又从旁边的沙发上取过一张《深圳晚报》。

看见张曼丽认真地看着报纸，李水库放下了心，想着自己的计划，他需要慢慢引出信的事情，并因此建立起他们之间非同寻常的联系。

李水库看见了报上面是范冰冰整容的消息。这个演员李水库也知道，只是不喜欢，他喜欢那种看起来贤惠、懂情理的女人，或者可以改变他眼下处境的女人。程小桂的一系列表现刺激了他，也改变了他以前的想法。

很明显，手上这双脚曾经下过水田，受过苦，跟李水库、程小桂的并没有区别。这双脚让李水库感到贴心贴肺。更让李水库想不到的是，此刻，张曼丽一下子把一双脚完全递给了正在乱想事情的李水库。好在坐稳了，不然就差一点向后仰翻过去。

不知何时，张曼丽手上报纸掉在了地上，她歪着头，头发一丝不乱，闭上了眼睛，睡姿非常好看，张曼丽甚至发出了鼾声。这样的声音差不多就是程小桂那种呼噜声了。他装出若无其事的样子去偷看张曼丽，她上身的衣服非常整齐。下身是一个长度到小腿以上的中裙，因为脚被抬起的缘故正鼓动起来。

李水库见到了一个式样普通的方角内裤，甚至有些陈旧。这样的东西为什么穿在这样一个外表光彩夺目的成功女人身上呢？在那种成人录像中，李水库知道城里女人都是穿粉红或黑色底裤的。

现在，张曼丽的手、脚还有底裤这些朴实的东西，让李水库突然动了感情。他想到了老家。这就是他们农村人的思维——外表光鲜，而苦在里面。难受了一下之后，他的手也动了情，慢慢地开始向前移动了，先是在张曼丽的裙子里摆出了几种花样，一会儿是兰花指，一会儿是大灰狼，最后直达张曼丽的腿根，似乎失控了，飞行在要害的前沿，他知道，很快将接近终点。

终于，他停了下来，李水库被自己的大胆举动吓了一跳。李水库听见自己心脏快要跳出来。

李水库一双农村人的粗实大手在发着抖，变得无着无落。他实在招架不了，承受不了，他怎么走进城里女人的这样一个地方？他得到过谁的允许呢。他的呼吸变得急促，关于那封信引出的问话竟然在这一时刻全忘光了。

直到看见张曼丽睫毛出现了抖动，才想起是自己的手机在振动。手机放在裤袋里，他都忘记了，忘记自己手机的存在，这在李水库来说是罕见的。除了睡觉，平时他每隔五分钟都要摸索一下这个宝物。

明显感觉到张曼丽的变化，这是一个不再年轻的女人的失落和无望。就连程小桂的那种骄傲和蛮横也没有，她的嘴角有一种求助，那种求助，不知道为什么，他觉得这一时刻她是自己的亲人，他有了心疼的感觉。

电话竟然是程小桂打来的。程小桂打电话干什么呢？之前她已经懒得理睬李水库了。李水库试图压住手机的声音，可是张曼丽还是慢慢地睁开了眼睛。好像睡了很久，她用陌生的眼睛看着正惊慌失措的李水库。看着看着，突然她认出了眼前的李水库。她一直在盯着他，好像要把他的脸盯出一个窟窿，她也许永远也想不到，在这样的一个地方可以遇见熟人。

李水库却发现近处的张曼丽有一对很大的眼袋。显然，她不再年轻。

终于，被盯得再也受不了，他从沙发上拿起一沓文件，递给女人，并说出了这样的一句话，你一会儿要去开会吧？然后他把脸向窗外扭了一下。

是啊！你怎么知道？张曼丽脸上变成了傲慢。

李水库说，看得出你是一个有文化的人，你这种人当然要开会的。

这是周日，根本不用上班。李水库被自己的声音吓了一跳。张曼丽并没有听他在说什么，而是快速并有力地夺过李水库手中的文件袋，并用冷冷的眼神打量正在发呆的李水库。在这样的注视下，李水库讷着的一张脸重新又变回了农村人。

怎么，连你这样的小马仔也懂得文化？你也敢说开会什么的？张曼丽放下眼皮，发出了一声：哼！李水库听出了言下之意，你认出我又能如何呢！她把手上的文件有条不紊地放进包里。

信的事又快速回到李水库脑子里。

毕竟张曼丽读过中专，哪里会不明白这个道理。他如果不快点说出来，张曼丽也会来追查这个事情的。倒不如自己主动坦白，任她处理，反正是自己造成的，这样自己也能放心睡个好觉了。他可以向她承认错误，也准备接受经济罚款，只是恳求她不要让大楼里面管事的人炒了他。谁都明白，在这个大楼里任何一个工作人员都可以让他离开的，何况是她。再不说已经没有机会，他说，张经理，你老家好像在北方吧！

张曼丽还是很冷的样子，说，是啊，不过我的祖籍还是在深圳这边儿。

是吗？李水库明显有些失落。

张曼丽说，因为我的母亲是深圳人。

李水库讨好地说，噢，那你算是半个广东人啦？

什么半个啊，我就是这里的人。说到这里的时候，张曼丽突然已经换成了广东腔——不过我也在你们北方生活了几年。你们北方好冷啊！除了居住条件很差之外，吃的东西也很粗糙，不管什么东西，就这么一大锅一大锅去煮。还有，你们那边的人特别不讲卫生，一年到头也不洗澡。还有，还有……你们总是喜欢吃窝窝头……

听到最后，李水库分明觉得张曼丽在使用同情和怜悯了，这让他无言以对，他垂下了高粱穗一样的脑袋之后，就不知道再说什么了。

低头的时候，李水库一边看着自己的人造革皮鞋。他一边犯糊涂，是不是自己真的弄错了呢？越这样想，李水库越觉得这封信上的事与张曼丽无关。除了张曼丽的手和一双脚，张曼丽光洁饱满的额头，洁白的牙齿都不像从农村出来的人。再想想，这样的字，这样的地址，还有这样的内容，反倒像是自己的家信。

最后李水库还想用家乡话试试，他说，张经理，你也喜欢吃麻雀吗？是不是很多年都没吃过了。他记得信上面提到过这个，信上说张曼丽的父亲曾经说一定要坚持吃，只有这样她的哮喘病才能彻底治好。李水库知道那是一种很可怕的病。

张曼丽左眼下面的肉剧烈地跳动了一下，发过愣后说，你在讲什么呢？我看你这个人有些莫名其妙！

噢，对不起，我刚才说了一句我们家乡话。李水库说。

见张曼丽没吱声，李水库又说，我是问你喜欢吃没长毛的麻雀吗？这回他一板一眼用的是普通话。

不喜欢！张曼丽动了肝火，一下子变得心烦意乱，发出的声音尖锐、刺耳。只有你们那种又穷又冻的地方，人人才喜欢吃那类脏东西呢！

最后，她激动地站起身，猛烈地用自己一双有着细长鞋跟的皮鞋去踢身体左侧白白的墙壁。张曼丽自己也能听出，她的声音变了调。

只是快到门口的时候，张曼丽的表情又恢复了进门时的样子，她轻轻抚好衣服和裙子，让它们严谨地包裹着自己。李水库以为张曼丽会多看一眼自己，结果他并没有等到。张曼丽只留下一个强有力却透着冷漠的背影。

空气变得沉闷，没想到最后是这样一个结果。李水库的计划不仅落空，而且陷入了更大的恐慌。

八

程小桂的电话是约李水库晚上见面。

一进去，李水库就明显感觉出了程小桂和平时不一样。仅有的一小块地面被擦得很干净，还有，她的头发梳得非常整齐，脸上荡漾着微笑。在过去，她对李水库是一副盛气凌人的表情。

程小桂对他态度的转变，使他除脑子有些乱，同时身体也发生了一些重要变化。

怎么说都是自己的女人，自己未来孩子的亲娘，他的身体慢慢变得有些不一样了，最后竟然是生动活泼。

程小桂一张黄脸上出现了少有的潮红。程小桂低着头，把一张宽大的纸皮铺在地上，然后坐了上去。此刻，她的眼睛不看李水库，而是盯着纸皮上面的字。

这样的一个地方显然两个人不能平躺，只能叠起来做那事，他们心里都知道。

洗手盆上面的水龙头在漏水，滴答滴答地发出了和李水库心跳一样的声音。

这让程小桂有点不好意思，她是第一次有这样的表情，害得李水库像一个准备偷吃而又被人看穿的男人那样。他急着腾出一只手去拧水龙头，却还是不管用。

这个时候程小桂说话了，她说，别拧它了，早就坏了。

李水库收回手的时候竟然把程小桂头顶的拖把弄翻了，拖把从一侧倒下来，李水库没接住，溅了李水库和程小桂一脸的水。两个人都笑了起来。尽管李水库心里还是有疙瘩，不过笑过之后，李水库感觉比以前好了很多，因为程小桂一点清洁班班长的架子也没有了。他甚至想趁着她高兴让她把手套也脱下来。装白领可以理解，但是这样的地方实在没必要，都是夫妻谁不知道谁呀，其实没必要装的。再说你戴上手套就浪费了好看的一双手。当然这只能是他心里的话，他怕此刻说出来会扫了程小桂的兴，还是把话压了回去。

你猜咱家猪有多大啦？李水库对程小桂说。

猪？程小桂一脸茫然。好像她从来没见过猪一样。不过，只过了几秒钟，她就笑了。那猪很可爱呢，我记得当时还喂过它一次呢。

她的回答显然是城里人方式。不得已，李水库还是回到了自己要面对的问题上。

他在想：大楼里的人知道了信的事情会怎么样呢？程小桂从此不会原谅他，两个人可以偷着亲热的事显然再也没有了。如果家里人知道，老家人不仅会说他是败家子，而且还会说他李水库刚进城就学坏了。他真是左右为难。

不过，程小桂终归还是自己的老婆，这是一个不小的事情，她来的时间长，见识多，或者会有一个好办法呢。再说了，如果不告诉她，他心里的难受就没有一个人分担。

想了一下，他对程小桂说，我有个事情一直想跟你说。

让李水库想不到的是，听了这话，程小桂突然坐直身子，重新恢复了白天的样子，很严肃地看着正准备说话的李水库。她用白手指拢了拢自己的头发，说，那好，你说吧。

见程小桂这么快就变回这副神情，李水库身体打了一个激灵，差一点就挣脱出来的话，突然来了一个急转弯。他觉得这些话，还是放在自己肚子里安全。

他说，我看见饭堂那个洗碗的阿芳在里面拿了一袋子东西出去，还特意绕开了一楼的监控器，如果说她没做什么心虚的事，她为什么要绕开呢，本来他们是不能随便拿东西出门的。

看着程小桂好奇地盯着自己，李水库还是有点心虚，他慌忙补充了一句，看那个口袋的形状很像是一些米粉。

李水库被自己的话都吓住了，自己何时学会了造谣呢。这几天他的眼里除了信和信的主人，哪里还有什么食堂人和他们的影子呢。

轮到程小桂说话了，她说，你眼里怎么全是那些人呢，真是没品位。大楼里那个又漂亮又有权的女人，你知道吧，她才不得了呢。

谁？李水库问。

程小桂说，当然也有人说那个人是一个没人要的婊子，其实，她都三十四五了。

啊！李水库有些吃惊。不过他还是表现得漫不经心。

哪个女人啊？他心里打起了鼓。

程小桂之前表现得很镇定，可是几分钟不到，她就显出了慌乱，她连着看了几眼紧闭的铁门，声音开始变了，没有什么，不要多问了，我可什么也没说。

我也不知道你乱七八糟说的是谁。李水库笑着说完这句话的时候，看见程小桂也放松了下来。

李水库用的是看录像时学到的姿势。

即使是在老家没吃饱的时候，李水库也是很勇猛。他准备用新学的方式去教训一下老婆，让她感到自己的厉害，从而恢复他作为丈夫的地位，同时也让她明白，他也不是那个初来乍到的李水库了。

李水库想起初来深圳时，自己随时要摔倒的情景。现在可是一点问题也没有的，快步行走甚至奔跑了。电梯就更不在话下，坐在上面上上下下他很舒服，什么不愉快的面部表情也没有，他的胃和心都在原地安放得很好，每次进到里面，如果没有紧急的事情，他都希望上来一个漂亮的女人，与他在空中单独待上一会儿，最好还能说上几句。他经常想起第一次坐电梯时那个温暖的声音。他恨自己当时不争气，因为他连那个女孩子究竟什么模样都没有看清。

想不到程小桂用的是一些更刺激人的招数。她先是把两只脚抬得很高，然后嘴里发出像猫一样的叫唤。这样一来，两个人都吓了一跳。不过李水库还是感到了兴奋。

只是好景不长，才折腾几下，他就感到后背有一双眼睛，像是一个摄像头，随后李水库脑子里就浮现出一个老人的脸和张曼丽哭泣的表情。

突然不行了。身体没有了力量，马上就松懈了。

对不起！李水库说。

他草草收兵，脑袋枕着手躺回原地。想不到，李水库除了心里乱成麻之外，身体更是变得说不出的糟，再也没有了往日威风，作为男人，他开始了害怕。

这样的情景程小桂第一次见。她有些吃惊地看着李水库。程小桂笑骂他是一个软包的时候，他只能让嘴咧了一下而说不出话来。怎么会变成这样了呢？

显然，他还是忘不了信的事情。他知道，还是需要把信交给张曼丽。可是怎么对她说呢？说是捡的？或是随便地扔在一个角落里，最后再让她发现？或是按照原来准备的那些话？想过几遍以后，李水库否定了几种做法。那样的话她肯定会来追查。收信的时候正是他值班，为什么是他发现而不是别人？保安室里一共才有几个人，显然没有人会替他背这个黑锅。到时候，过去的一些事情也会被追查。包括拿了一个人落在保安室里的运动服，他没有向大队上缴，而是当天晚上就送给了帮自己介绍洗脚工作的老乡。还有一次自己用值班电话，偷着打了一个声讯台，这一切的一切都将因此而暴露出来。

怎么都不行。万一被发现了，这份让家乡人眼红的工作一定是没有了。除此之外，作为介绍人——程小桂的工作显然也保不住了。此刻李水库满脑子都是这些。

不能再耽搁，还是需要马上就对程小桂说清楚，两个人要快点想个办法出来，想到这里，他下了决心。

这时，他却看到程小桂咽了一下口水，随后发出了声音。她的样子看起来像是漫不经心，她说，你有没有想过这样的事情？

李水库赶紧把自己的话压了回去，他问，什么事情啊？

程小桂突然有些不好意思，吭哧半天，最后她坐了起来。很快她就恢复了白天的神态，大方地说，如果你找了这个大楼里的一个女的去相好，我又和深圳的一个男的结婚，你说我们还会这么穷吗？家里的老人还会一天天唉声叹气吗？我们将来的孩子一定也不用发愁了，到时候就可以一会儿住在你家里，一会儿又住在我家里，你说那是多好的事情啊。

想不到程小桂说出这样的话，李水库把到嘴边的话完全咽回肚子里，心里却好像打翻了五味瓶。

他用力张了两次嘴都说不出话。如果不在一起，怎么会有共同的孩子呢？程小桂把他给气糊涂也绕糊涂了。

他睁大一双眼睛，躺在地上，看着天花板上的黄色水印，再也不想多说一句话，脑子里一会儿是一个老人的表情，一会儿就是程小桂说话的脸，身上的力气彻底消失了。

他想深沉一点，目的是让程小桂为自己的话感到难堪，却没想到，刚想坐起来说话，一只拖把从墙壁一侧狠狠地砸中他的头顶。他痛得坐了起来。

因为痛，他有了胆，咧着一张嘴，对着正在看自己的程小桂说，你是不是找了？我看你就像！我早就看出你不对劲了。

程小桂缓过神，对着李水库笑了，她说，嘿嘿！我要是真找了还和你在这里呀！早就忙着找我家老板去了。程小桂翻了一下白眼，又说，现在不是在跟你商量吗？

这句话让李水库先是放下了心，过后，心里又不痛快了。心想，什么我家老板，在老家，老板就是对自家男人的称呼。商量？这种事要商量？真亏她想得出。

他蹲起身子，用脚跟狠狠踩住一个白色饭盒，脸上的肉开始僵硬。

程小桂见了他这个样子说，看你那个小气样，还像不像个男人了，我又没怎么样！

那你想怎么样？李水库梗着脖子大声说。

我怎么样，我怎么能知道！倒是程小桂声音开始变小了。

李水库希望自己平静地想一想事情，这个时候他需要转移话题。他想起了自己那个问题。也许这个时候说信的事儿不会让她生气，毕竟她说了不应该说的话，是她错在先。刚想着让这个话怎么开头，程小桂又说话了，她说，其实我说的事你也好好想想吧，这对我们两个人还有将来的孩子都有好处。

程小桂你不是人！李水库在心里开始了咒骂，你程小桂有什么了不起！只要我想，我就能搞到城里的女人。我还要让城里的女人给我生个孩子！你看我行不行！他在心里发着狠。

想到这儿，他突然笑了。他的笑让程小桂吓了一跳。她吃惊地看着李水库。

李水库看着程小桂的脸说，不用想了，这个问题我早想过。你说得对，你不是跟我提大楼里面那个又漂亮又有权力的女人吗？她早跟我提起过这种事，我也一直想找你说，总是没机会。你现在主动提出来太好了，真的就成全了我们，这样一来，你也不用那么辛苦，我也不用当保安了。人家都答应我了，只要我同意，就给我买房子和汽车，还说只要同意马上就和我办手续。我说这个事情也不能太急，毕竟我也是有老婆的人，我要先把婚离了才能和你结婚。

直到看见程小桂的脸由白变成了灰色，李水库才停止了说话。想着程小桂的脸色，他甚至想跳起来，程小桂难受的表情让李水库兴奋得一塌糊涂，原来程小桂也有这样的时候。

九

还没到上班时间，他就站在了大楼的门口。他要快点儿找到一个女人，不管是谁，一定要赶在程小桂采取行动之前。

他先是把眼睛盯住了门前排队办事的女工身上。此刻他心里绝对明白工厂里那些女工们的想法，那些女工哪个不是对男人一副讨好的样子呢？在李水库看来，如果他想来点非分之举是很容易得手的。过去他怎么没有想过这个问题，现在是程小桂改变了他的思维，也给了他勇气，因为想到了别的女人，他的身体膨胀起来。

一定要找一个愿意和他好的女工。当然也要看着顺眼。这样的话，他就省下了泡女孩子的钱。不过李水库也知道，泡这类女孩子最多也就是花点咸水花生和菊花茶饮料的钱。她们似乎从来没有认为自己还有什么价值。他想，女工们也许正等着他前去说话或者带着她们开房呢！

李水库始终黑着一张脸，因为他早就知道，无须讨好谁，他们这些男人就是这个男女比例失调的城市里最受欢迎的群体。他一定要表现得比她们优越很多倍。

不能太主动，太主动就显得低贱，主要是不能对她们微笑，他明白，如果那样的话，他的想法会暴露无遗，再说，他的笑一点也不好看，因为他的牙齿并不白净。

他留意到有个女孩子一直在偷偷看他，在捕捉他的眼光。他有些犹豫，要不要过去打个招呼？快到十点半的时候，他趁另一个保安去打电话，才径直走向了排队的人群。还没接近目标，他的手就有些发抖了。终于，靠近了。想不到，想不到女孩子从自己腰部以下很低的位置递来一张纸条。纸条被折合成长方形，进入李水库手掌中心的速度很快，没有半点犹疑，以至李水库连脚步都没有停下就准确接住。

他看也没看就握紧了，脸上和身上的表情与动作并没有因为他的手而有丝毫变化。手里的东西有些湿润，肯定是这个女工的汗。他走到队伍的尽头，然后拐进了另一排才返回来，以此压抑自己的兴奋。从头到尾他没有说话，一颗心像是要跳出体外。最后他装出什么事情也没有发生，回到了来人登记用的桌子前，站下，停了两分钟，最后他又拐到柱子后面，摊开手。想不到竟然是三十块钱，有一张二十，一张十元，并不是他想象中的什么情信和有着电话号码的纸条。他有一些失落，显然那女孩子想插队，而不是看上了他。

他面无表情地站到队伍的前面，招了一下右手，女孩跑过来。女孩子快要到的时候，他冷漠地用了挥手的动作表示让她快点儿上楼办事。女孩子对他笑了，然后一步两个台阶地跑到了三楼大厅，去办理暂住证手续。

李水库记得她下身穿了一条有点夸张的牛仔裤，这种裤子把女孩子的屁股包裹得又大又圆。这是深圳女工普遍的打扮。李水库脑子里回想了一下女孩子的相貌。想起来了，这个女孩子长得不够文静，主要是嘴难看，笑起来把所有的牙都露在了外面，很像一只大河马。女孩子办好了事，下楼。下到最后一个台阶的时候，李水库迎向她，并笑着对女孩子说，靓妹，事情办好了吧？要是一会儿有时间，想不想一起去吃个炒河粉？

女孩子愣了一下，笑着说，我很忙啊，今天是跟班长请了假才出来的，现在还要急着赶回去上班呢。

李水库突然有些泄气，他感觉不远处有两个同伴看见了他难受的样子。李水库感到自己丢了面子，要知道，在深圳他可是第一次约女孩子呢，听说很多保安都能把女工约到看录像，最后又弄到床上去。受到这样的打击，他脸上有些发热，正在女工准备向门口迈步的时候，李水库突然从上衣口袋里掏出一个白色的信封。他故意用衣角遮住信封的一半，然后拉到两个人腰部的位置上，他压低了声音说，谁不忙啊，你以为我很闲着吗？你看吧，这封信就是这个楼里面那个女经理的，她特别有权力，我不骗你，这绝对是她的信，不信，你可以看上面的名字。对，张曼丽，就是她。她所有的信件都在我这儿。

见女工没说话，他又小声地说，你不信吗？她家里的一些大事小事还都是让我帮忙处理呢，他爹最近出事啦。

听了这些话，本来紧着脸的女工突然笑了。

李水库站直了身子，问，你笑什么呢？

女工笑着说，你真会搞笑，如果她是一个深圳人，怎么可能要你这种外地人去安排她们的事情呢，她们又不是傻子！对了，你拿着人家信干吗？还不还给人家！

十

李水库也不是没有想过程小桂的话，要是他们分别被这个城里有钱有势的男人女人看上，那什么都会改变了。那是怎样让人羡慕的日子呢，他也会像这个大楼里男人们那样威风，他也可以穿得整齐体面，对着民工指手画脚吗？

坐在保安室里，李水库想了很多。在别人看不到的地方，他用剪刀剪下自己认为有用的东西。在报上，看到了深圳的很多故事。他最关注的是那些关于民工工资方面的报道。当然也看到了不少谈工作方法的文章，上面说无论做什么都不要蛮干死干，这是最新的观念。他认为说得特别有道理，所以他工作起来很懂分寸。

深圳人什么都好，房子跟电影里面差不多，房间内的音响就差不多要两万多块，床和书柜比电影里还要好，光是一个小孩的房间就什么都有，深圳真是太好啦。这都是程小桂说的。

记得程小桂说这个话的时候，李水库心里是生气的。好个屁啊！后来他还想过程小桂的话，程小桂怎么什么都知道呢，连人家城里人小孩子的房间她也知道。现在李水库想起当时那些话竟然吓出一身冷汗，程小桂的确不再是原来那个程小桂了。

除了看报纸，最近他常在贴满了广告的站牌下寻找招聘单位。不过每次站到那个地方，是啊，这样的工作的确太难得了，他用眼睛偷偷打量身边那些满面愁容找工作的人。这样想着的时候，他就会想起自己所在的那个大楼的种种好处。不过他也发现了自己的变化，现在他的眼睛也会溜向那些应聘高中毕业生的广告。

已经是第六次跟踪自己老婆了。李水库清楚地看见过程小桂进了距离上合村不远的宝雅花园。那是宝安最著名的高尚住宅小区之一。

程小桂的样子鬼鬼祟祟，到底是哪个老板呢？或者是那个收报纸的男人？

李水库有太多问题不能问，也有太多的问题不能说。在跟踪程小桂的时候，李水库第二次发现城里的女人个个都很像，甚至程小桂的样子都有点像城里面那些个女人了。人前有些不可一世，而到了没人的地方，她们简直就是一溜小跑。

为了气程小桂，李水库有一次在楼梯的拐角处等到了程小桂，李水库没话找话，他对神情也有些不对头的程小桂说，你说我们俩用那个方法真的可以留在城里吗？孩子到底是上半个月住在你家还是下半个月住在我家呢？

他就是想挑起那个话题，让程小桂生气。程小桂没有接李水库的话。她呆呆地看了一会儿李水库，什么也没说。

李水库发现，程小桂最近总在发呆，人显得不太正常。

十一

最担心的事情还是发生了，到了下午六点多，河南平台的信又来了，与上一封才隔了不到十天。

李水库躲在洗手间里仔细看了几遍信封上的字。不是同一个人写的字，地址却是一模一样。

为什么这么快就来信了呢？为什么不留给他点儿时间再做工作，让他想出办法使张曼丽的良心发现呢？他把信放进了口袋里。

只是十分钟不到，李水库就感到了事情不妙。

如果是催钱的，那还好办些，可李水库害怕是其他内容。

再也没有办法了。他站住。

终于，他关上了保安室的门，咬着牙撕开了这一封与他命运密切相关的家信。

信比上一封长了点儿，是一个男人的笔迹。

李水库的预感得到了应验。

上封信刚寄出，张曼丽的爹就被赶出院了，一周不到，就死在了家里。信里说，临死之前，爹再三交代不要去麻烦她，还嘱咐家里人要把那封信追回来。爹说让她在外面好好工作，不要被家里的事儿拖累了，也不要因为家里的事而让别人看不起，最后影响了前途。信里说，本来不准备说的，可是爹知道自己活不了几天了，还是想说出来，张曼丽是家里收养回来的孤儿，是狠心的城里人丢下的孩子。虽然是这样，可是当爹的一直以有她这样有出息的孩子而骄傲。因为有了这个孩子，爹在村里是腰杆挺得最直的，爹的威信也是全村最高的……

在十七楼和十八楼之间，他让自己躺了下来，然后闭上了眼睛。李水库脑子出现了空白。

不知什么时候开始，他开始跑步了，不过，他认为自己不应该穿着皮鞋跑。那是一双三十块钱买的鞋，这种鞋不需要鞋油就很光亮。如果不遇上水，不认真看，很难看出是人造革的，他怕自己跑得太快，把鞋跑坏了。

李水库逃跑的方向好像是西南，不知为什么，最初太阳在左侧，后来就完全看不见了。近处的山后面正下雨，雨越下越大。这样的天气让李水库迷路了，前面是那条与老家公路同样的路，他走了上去，可是让他差点儿滑倒。再抬起头的时候天完全黑了下来，像个锅盖压在头顶。有一个时刻半点光亮也没有。过了不知多久，他才看见了脚下有一个小土包，上面竖着一个高高的石碑。李水库眼睛有些看不清上面的字，努力睁大了眼睛，把脸贴在上面，才看出上面的字竟然是父亲的名字。他忍不住喊了一声，爹啊！爹！你怎么不等等俺呢？你有病为啥不跟俺说。什么信啊？俺没有收到信啊？

李水库被自己最后的这声哭喊给弄醒了。

他睁开眼，发现外面的天完全黑了。

他走到窗前，借着外面的光，再一次看那封家信。上面歪歪扭扭的字，像是有表情，再看的时候，李水库忍不住鼻子酸了，而且一直酸到鼻子的根部，因为这些字越看越像他爹的字。

走之前他与爹狠狠地吵过架，李水库现在再也控制不住地想他了。爹的头发已经全白了，到了夜晚就拼命地咳嗽。有一回咳嗽是因为吃香蕉，那回爹发高烧昏迷了两天才醒，一睁开眼就说要吃香蕉。爹从来没有提出过自己要吃什么，突然这么说，全家都有了不祥的预感，害怕得要命。李水库哭着跑到了县城里买了回来，家里人还是第一次吃到这种南方的水果。爹不舍得吃，他是在李水库的呵斥之下才硬是把剥好了皮的香蕉吃下了半条，没想到吃进去以后竟然拼命地咳嗽。知道全家人正看着他，爹停止咳嗽时就怪罪家里人说，让我吃这个干啥？这有啥好！刚进嘴里就化了，在肚子里成了痰，吃了还会咳嗽的，你们都看见了！显然爹醒过来了，醒过来的爹在心疼钱。爹的话惹出了全家人不断地傻笑。为了配合大家的笑，爹又咳嗽了起来。

爹最近身体怎么样了，如果病重，他们会来信吗？他们的信会不会在路上丢失？李水库的脑袋发涨，他一直在想着怎么办。怎么办？他的眼前不停地浮现一个躺在床上的老人。这个老人长得很像张曼丽，越来越像。连细细的纹路也越发清楚，到了最后，他脑子里的老人竟然一点一点变化成了他李水库的父亲。

脑子里全是父亲躺在床上的样子。他狠狠地甩了几次头，父亲却还是立在那里，不说一句话，只是看着他笑。父亲平时很少笑，这样的笑，让李水库心里发毛。李水库脑子里满满的都是与自己父亲很像的老人。张曼丽呀张曼丽，你怎么不想想家？为什么非要逼我呢？你为什么不给家里打个电话？你为什么非要害我丢了工作呢？丢了工作我就等于丢了老婆。我本来还要带她回家呢。李水库自言自语地说着。他几乎要哭了，要知道为了娶这个老婆，家里欠了多少债啊。

他甚至觉得自己方才不是在做梦，好像爹真的已经离开了自己。此刻他的头已经开始痛了。脑子里一会儿是生病的父亲，一会儿是自己戴着手铐和追赶警车的父母亲……

再这样想下去，他知道自己就要疯了。

错过了开饭的时间，李水库只好到大排档上吃快餐了。

李水库的食欲一直很好，到了深圳以后，他认为一个人要学着向前看，还要学城里人想事和做事的思维方法，同时还要让自己吃好点，健康是第一位的。

李水库见到菜牌上的第八行写着辣椒炒麻雀时，他的眼睛有意地避开了，这种东西无疑也是张曼丽愿意吃的，他们是同乡，口味当然相同。他用力摇了一下头，想把脑袋里的事情赶走。

他喊来服务员，点了一个鱼香茄子煲和两碗米饭。这是他最想吃的菜，有这种菜他可以吃下五碗饭，其实还能吃更多，只是怕旁边的人笑话。

想不到饭和菜上来的时候，他突然一点儿也不想吃了。

他叫过服务员拿来一瓶金威纯生啤酒，就着碟子里免费的几条红色的辣椒，喝了起来。

又打开了一瓶。喝了酒的脑子和人似乎已经分离，最近他总是想喝酒。夜晚的大街上也射出白光，和白天一样晃眼，他希望此刻能黑一点，要能黑得把自己的心事和不争气的眼泪可以藏起来。

眼泪流到了满是油垢的大排档桌子上，于是他索性伏在了上面。脸压在手臂上，让半张嘴悬在桌子下面。

……走走走走走啊走，走到九月九……不知道为什么他突然唱起了歌。过去他很少唱歌。

他反复唱这两句，他感到自己喝了酒的眼睛有些发红。

看着远处闪烁的车灯，这样的车灯让他想起老家那些小孩子手上的纸灯笼。

他再次把手放在了胸口，摸着那封信。什么人的胸口有口袋呀？他有。这是他自己缝的，平时这里放着手机，有人说会辐射，但是李水库不信。这个手机是他目前最贵重的物品。是他到深圳后唯一给自己买的贵重物品，虽说是个二手货，他却喜欢得不得了。除了程小桂，他还没有给其他人打过，更别说是其他的女人。他很清楚这样的手机是连着老家的。他知道只要拨过去，老家人就可以听见他说话了。他还没有打过，主要是家里那边的电话设在村委办公室里。村里也有些人家里安了电话，但是安了电话的人家都是那些很不好商量的人，李水库不想让自己的家里人因为听电话这样的事情而受委屈，所以他都忍着不打。不过，有没有手机是不一样的，有了手机即使不打他也感觉到自己离家很近。

可是这次他想的并不是自己的家，而是与手机贴在一起的那封信。想到这里，他从口袋里拿出一张纸，上面有一个电话号码。他看了一下，随后就拨通了电话。

电话响了很长时间，终于有人接了，听到张曼丽的声音，李水库突然把电话挂断了。

下了那么大的决心，话却还是没有说出来。他把手机放回口袋里。

他努力着想办法让自己的情绪尽可能缓和下来。终于，他从口袋里摸索出一支笔，随后，又掏出一个印着深圳特区的红色信纸，铺在石阶上面，写下几个字：亲爱的。停了半天不知下面写什么。这是一封要写给谁的信呢，亲爱的是谁，他不知道。

他闷得快要爆炸了，他就是想找一个人说出自己心里面的话。

手机突然在半空中响了，一个女人的声音，是张曼丽打回来的。

你是谁？对方问。

你好！我是保安室的李水库。李水库说话的时候，人有点发抖。

她说，这么晚了你找我做什么？怎么，就连你也都有手机了吗？

嗯，是刚买的。李水库听到自己的声音。

张曼丽问，有事吗？

他没想到张曼丽这么快就让他不知道说什么好了。李水库本来都已经打了腹稿，腹稿是这样的：这里收到了一封信，拿来前就已经被撕开了，最近邮局总是出现问题……

可此时此刻他突然明白自己绝对不能这样讲，这个谎言被自己都识破了，更不要指望对方会信。到那时，她一定会找到送信的人问个明白。那样的话事情也就真相大白了，过去那些丢信的事全部会扯出来，包括把前面那个保安的事也安到他的头上，那就倒大霉了！就不是被炒那么简单，首先，他的老婆程小桂将马上会受到牵连，工作没了不算，两个人还极有可能被送进监狱。

他对着话筒说，对不起，打错了。

她突然笑了，说，打错了，我可知道你是谁。好了，别装模作样了，这可是睡觉时间呀，给我电话，你就不怕我不方便么？

李水库额头冒汗了，他说，对不起呀，张经理，不好意思，我忘记现在已经十点多了，请你先好好休息。真对不起，我放了。他拿着电话，站在夜空下，李水库双腿站得笔直，他感觉自己正在发抖。

不要放！这是电话里面张曼丽发出来的声音，不要放电话！李水库惊住了，以为自己听错了，他问，什么？

这么晚了，你找我到底有什么事情？张曼丽声音显得有些缠绵。

张经理……我打扰了，对不起你和姐夫！

什么姐夫？小子，我还没结婚呢！

你上次不是……

李水库当然记得那一次窃听，女人在办公室里面说话，凭什么让她进户口，而我没有？你想一想，我做了多少年了，我付出了多少！

那个男的说，你不要太小气，顾全大局一点好不好，以前你不是这个样子。

张曼丽说，你以前不是这样对我的。

男人说，记住不要再这样跟我说话，别忘了，你是一个什么身份。

……哈哈！张曼丽笑了。那个人啊，少提他，他死啦！真笨，做戏！不懂吗？她又继续说道，小老弟，拜托你了别给我乱安老公好么，虽然我年纪不小了，可是我还没结婚呢！没结婚的话全世界的男人就都有可能成为我的老公。没有老公我也可以做成任何事情，到时看看谁还会说我的命不好！

李水库长这么大第一次听到一个女人这样对他说话，正在他心惊肉跳，不知怎么回话的时候，电话里的张曼丽说，你不是要找我吗，那现在就来吧，顺便把我放在杂物间那只水果篮和微波炉带回来。

李水库拿着手机站在月光下很久，最后他仔细看了五次手机上面显示的号码，他知道自己刚才并不是做梦。他感觉到，这个张曼丽情绪失控，也许正像大楼里面传说的那样，又被男人甩了。

李水库此刻更加痛恨自己，张曼丽多么可怜啊，失恋的同时也失去了父亲，而这一切，都与他有关。所以无论如何他今晚都应该把话说出来，任凭她发落。

想不到快要出大门之前碰上了程小桂，她的脸色很难看，看得出她是有意在等李水库。李水库此刻并不想跟她说话，他的脚步不想停下来。程小桂只好大声叫住了李水库。

有什么事？李水库冷冰冰地问。

程小桂停了一下才说，告诉你吧，我一早就见到她了。

李水库很镇定。他说，她就在这个大楼里工作，谁都能看见，我也看见了。

程小桂说，我是说，她大清早就从老板办公室跑出来，刚开始，还以为别人没看见。这回我才知道为什么八楼不安装监视器了，之前的那天晚上她根本就没回去住。还有我去打扫房间的时候，发现里面有那个东西。真是晦气啊，他们根本就不知道尊重人，这种东西应该自己收拾，大清早的。程小桂故意显得有些委屈。

李水库心里一动，程小桂说这番话，明显是对他撒娇，可是李水库依然表现得很冷淡。

程小桂说，你不要什么事都管。

李水库停了两分钟，他说，你对我说这些是什么意思？

我就是想告诉你这个。程小桂小声说。

李水库脸上出现了微笑。说，那又怎么了。

他迈步向外走的时候，程小桂又说话了，我是说你不要再想着人家。程小桂这一次生了气的声音和平时完全不同。

想她怎么啦？李水库头也不回地说。他要气她。

程小桂继续说话，别想了，人家不会看上你的，你根本就没有这个本事找上她。

李水库昂着头，说，她能不能看上我，不关你的事，你是不是关心过了头？来到深圳，李水库第一次这样理直气壮说话，他感到了痛快。

程小桂说，你们的身份不一样。

李水库说，你不就是想告诉我，她跟别的男人上过床吗？可是我不在乎。这样，我和她就拉平了，我也不用那么自卑，她也不会计较我的出身了。

程小桂说不出话了。

直到李水库走出了三米多的时候，程小桂突然大喊，水库！千万别去啊！

十二

脱了鞋，李水库发现自己右脚的袜子露出了个小洞，两个脚趾不知何时钻了出来，要知道平时自己的保安服可是整齐得很。与此同时，喝过酒的李水库还发现地板像镜子一样光亮，比大楼里的更加刺眼。在他的理解中，张曼丽是个大龄女性，被男人抛弃过，按理说，不会比他的处境好很多，这样的女人在这个城市有很多，他听说过。家里也应当很零乱才对，没想到这个房子装修得非常堂皇，把他李水库弄得反倒成了需要同情和安慰的人。这样一来，李水库原来好不容易产生的一点儿自信也没了，想起来的话也忘得差不多了。

这是什么？张曼丽指着李水库包裹里的麻雀问。

拿给你吃的，我想你也会特别喜欢，我们老家的人都爱吃这东西。

你们的生活方式真是奇怪啊！这是人吃的东西吗？张曼丽的手对着一排晒干的麻雀问。你是说你们北方人喜欢吃麻雀？不是吧？你知不知道那是一种可爱的小东西？你懂不懂环保啊？你们这些农村人怎么什么都敢吃呢？我看你们简直就是一个残酷！

李水库说，这个还可以治病！他差点儿就说出哮喘两个字。

似乎他是来专程讨水喝的，水被他一口就喝完了。杯子不再遮脸的时候，他看见了张曼丽的眼睛。张曼丽一直看着他笑，根本没有他想象的那副神情。他以为她会哭哭啼啼，可是没有。她新染了栗子色的头发，弯曲着，妩媚地站在电视机的左侧，遮了一半的电视画面。上面正在播出伊朗的一部儿童电影。房间的灯光太亮了，像白天的深圳，刺得李水库智力低下，他不知说什么才好。电视里跑出一个弱视的小孩子，掉进一条正在奔流的河里。而孩子的父亲正在对着这个一直拖累自己的孩子犹豫……

在李水库低头想事的时候，张曼丽突然发出了女主持一样的声音，她说，李水库，你那个工作不好吗？还是另外有什么事儿？

李水库头皮发麻。

张曼丽看出了李水库的紧张，笑了，要是嫌太清闲了，你可以去参加义工之类的。

李水库还是不知说什么，他最近才明白什么是义工。

她接着说，那样的话，你就不会像现在这样，每天游手好闲做错事了。李水库突然想起自己兼职被张曼丽发现……

在李水库受到惊吓的时候，张曼丽捏出两颗维生素在眼前，她把它们放进口里，说话了。当然了，也不是什么人都可以成为义工的，如果你这样的人参加了，呵呵，你信不信，人家只会让人认为你是个吃饱了没事干的人。

看着李水库还是不明白的样子，她笑得有点花枝乱颤了。

她又说，说白了就是做好事啊！到老人院、孤儿院捐钱，做点善事。不过像你这种身份的人如果到了那里，也就是去干点粗活累活，还好，你平时就是做这个的，你知不知道像我这样漂亮而且有身份的人去捐钱，人家可是没见过。说着话，张曼丽返回身从柜子里拿出一份三个月前的晚报给李水库，你看一下，这个就是我，她指着上面的照片说，随后，她又拿出一个红色证书。

李水库腿上放着报纸，在听张曼丽说话，你知不知道，钱这种东西关键是要花对地方。

嗯。李水库答应着。

好。看你就是一个明白事的人。张曼丽笑了，她竟然伸出手摸了一下李水库的头。

那你跟我说说吧，你有什么特长。张曼丽今晚显得有些高兴。

我，我是我们村最好的泥水工。李水库低着头。

那也叫特长吗？哈哈！从来没听过还有这样的一个特长。那你给我表演一下吧。

在张曼丽的笑声中，李水库站了起来，手举了一半，停在那里不动了。一会儿便软下来，一双手像是怪物，它们先是抚在细腻的水果上像个忸怩而惴惴不安的螃蟹，丑陋、不灵活、沉重无比，让他无法控制。

看见李水库这个样子，张曼丽双手捂着嘴大笑起来，手腕上白金手表，晃着李水库眼睛。

李水库犯了一会儿困之后，张曼丽身穿睡裙站在了李水库眼前。李水库想起自己对这个女人曾经的念头，突然口渴，他又喝了一杯水。这时张曼丽却从茶几的水果盘里挑个苹果削好，递给正低着头，发着抖的李水库。

清醒啊！他在心里喊着，并偷偷掐了自己一把。让张曼丽意想不到的是，李水库低着头，冒一句话，当然声音还是有些发闷，他说，张经理你说城市好还是农村好？

张曼丽被李水库问得愣住了，可是她很快就笑了，反问他，那你说呢？如果农村好，你为什么跑到城里？

李水库说，我觉得还是农村好，农村有新鲜空气，有美丽的庄稼……

讲这些话的时候，他完全忘记了张曼丽那双好看的眼睛正一动不动地盯着他。张曼丽并不说话，她看着李水库的嘴，这导致李水库也好像看见了自己那个吊在半空中的嘴了，李水库从张曼丽的眼睛里看见了自己说话的样子，他觉得自己就像个超级骗子，正在推销一种谁也不想买的东西。这样的人被他多次挡在大楼的门外。那些人有时推销的是些昂贵的工具书，有时推销的是一柄柄雪亮的菜刀。

他知道自己很多部位都失控了。可是他此刻必须要把话说出来，哪怕眼前架着刀子。他已经连续失眠了很多个夜晚，他知道，这一次再不说出来整个人就要崩溃了。

张曼丽先是打量自己的手指，随后大笑，大笑终于戛然而止，她冷冷地说，现在农村还有新鲜的空气吗？到处都在挖山挖石头，大片大片的土地荒掉了，你在哪儿见到了美丽的庄稼？你真是一个臆想狂。

张曼丽又接着说话，美丽的庄稼？这不是歌词吗？而且早过时了，你不嫌酸啊？如果看你们的外表，个个都像老实人啊，有你们这么朗读歌词的吗？

此刻，他觉得张曼丽正在一步一步地逼他。他把眼睛从地板挪到电视机上，电视里那个弱视的孩子与他一样，突然被父亲扔到了那条奔流的河里。

让张曼丽没想到的是，没有太多文化的李水库固执地要把话说完，他说，也许你我的老家还有善良的父母亲，也许他们正躺在病床上。

如李水库所愿，张曼丽的神情终于不正常了，她的脸色惨白，过了一会儿，情绪好像才稳定，她说，李水库，你没有病吧？

张经理，我没有病。对不起！只是今天我想家了。我以为我一天天有吃有喝应该不想家了，没想到还是想，比什么时候都想，比我在家里时候还想。

连李水库自己也没想到，他突然间失控成另外一个自己也不认识的外星人李水库。这是计划外的表现。而让李水库想不到的是张曼丽再次大笑起来，她说，想家？你这个人好奇怪啊！哪个人会不想呢？我当然也想我爹地和妈咪啦！

李水库木着脸说，是吗？你爹爹和妈妈现在在哪儿呢？

当然住在他们的别墅里面啊，不过我的爹地是位高级领导，每天工作很忙，除了周末家里举办的宴会，我并不是总能见到我爹地。

李水库站起了身，他需要马上离开，他认为已经开始失控。

张曼丽拿了一小袋腊肠和衣服送给李水库，感谢你替我跑了腿。

我不要！李水库用力摇了一下头。

拿去送人吧！这些东西我没什么用。张曼丽说。

寄回给你的二妹吧！那封信的落款就是你二妹。李水库停下来，低低地说。

什么？什么二妹？张曼丽问。

对。是你的二妹！李水库发现自己的声音里拖着哭腔，他像是在哀求。

哈，可惜我是家中的独女，我要这些做什么呢？他们也都有许多钱，不用我这些，他们还总是想给我，可是我已经有太多了。我什么也不少，现在我有的是钱，你知道吗？渐渐地，这个声音开始不像是张曼丽发出来的，而像是一个吃了兴奋剂的人。

我什么都不缺。张曼丽说。

可是你有一个二妹。李水库声音变了。

李水库，我看你是喝醉了！

李水库没说话。他也没有再去看一眼张曼丽。

不用看，李水库知道张曼丽的表情。他抓住自己的外衣，向外冲去。

他来到了深圳宝安上合路上。

不要以为我不敢撕掉！谁也不要逼我啊，我什么也不怕！把它扔进黑井里，没有人知道。只是他的手刚一触到信，身子瘫软了，最后他蹲在了地上。

身后是那些明亮的灯火，李水库蹲在没了盖子的沙井边上，不知为什么，他此刻就想这样待着。他看见一对乞丐夫妻拿着盆子向外打清水。他伏在上面看了一会儿，不理解这样的地方竟然还有清水。一直以为这里面只有污秽的东西。可是他们在里面找到了清水。李水库耳边回荡着那对夫妻的家乡话，路上并没有人多看一眼垂头丧气的他。

他站到了自己所在的那个大楼的楼顶。

第一次站在这么高的地方看深圳。深圳的夜晚到处灯火通明，灯火一闪一闪像是老家清明节时候看到的鬼火。

只有天空是深蓝色的，他看不见星星。本来以为换个季节会看见，结果还是不行。这个城市怎么没有星星呢？想到星星的时候，他想到了自己的老家乡下。没想到这次想家的时候，他的神情竟然是恍惚的，注意力并不是很集中，心里像是长了草，是那种高高的米色的蒿草，这样的草顺着心长到了他的喉咙里，末梢的部分摇晃着，让他发痒，这样的痒，并不会让他笑起来，却让他的胸口发闷，喉咙异常难受。

打开了身上小小的收音机。他用手机拨通了一个电话到《夜空不寂寞》。是著名女主持胡小梅的声音，每晚他都要收听她的节目。

听了一阵广告之后才轮到他的电话。

对方提示他讲话。

你叫什么名字，在哪一间工厂，喂，喂，你听到没有。你怎么不说话呢？是那个温暖的声音。

李水库说，你别管我姓什么了，我只想问一个事情。

电话里的声音，请你说吧，碰到了什么事情。

我……我拆了别人的信，是无意的，怕丢了工作，一直也不敢说，想不到，最后耽搁了人家收到这封家信，现在那个人的爸爸因为没有收到信，没有钱看病，后来死了。

犯罪！——对方没等他把话说完，接着说道，这是什么年代了，这是一个法治社会，竟然还有这样的事情发生，好了，我相信你应该知道自己怎么做了。主持人很快换了一种声调，说，听众朋友，下面我们听一首歌曲……

李水库！我叫李水库！

他大声念着自己的名字，你怎么刚进了城就偷看别人的家信，这样的事情都能做出来，为了保住面子和工作，拖着不告诉人家，终于害出了人命，还不敢承认。犹犹豫豫总是不想告诉人家，李水库你这还算是个人吗！

喊完了自己的名字之后他又喊程小桂的名字。

程小桂！程小桂你也不是一个人！你别以为现在这个样子了，你就是深圳人了，没有人这么认为。他大喊。

终于声音小了，程小桂！这一次，他喊得有些温柔。

在深圳这个城市，没有人知道他李水库，当然也不会有谁知道程小桂。在这样的夜里，在这个城市，李水库喊着自己的名字和程小桂的名字，他要用这种方式为他们最后圆一次房。

十三

还没到上班时间，他就在大楼的门口站住了。不过他没有等到张曼丽出现。她生病了吗？她是不是已经联想到了什么？她是不是已经听出了他在广播里的声音，她是不是已经报了案？

到了下午，还没有看见张曼丽的身影。

喂，我想问你最近有没收到过信？有个人站在门口问他。

并不是她。

现在与信有关的事情都会让他心惊肉跳，尽管他已经有了自己的计划。他说，信，信，哦，没看见！

问信的人刚离开，手机突然就在当空炸响。李水库一个激灵。他竟然感觉手机发出的声音像警笛鸣叫。

是张曼丽打来的。记住，从现在开始，你要给我闭上嘴！否则我会让你们家连你的全厂都找不到。

就在李水库还没明白什么事的时候电话就"啪"的一声挂断了。

李水库正在发呆的时候，有一个女孩子的声音在耳边响起，请问你叫什么名字，谢谢你啊，你现在的身体好了吗？我看你的样子就觉得亲切！

神情有些恍惚的李水库面前站着刚刚办好暂住证的女孩子。

上班的时候，他看见一个长相秀气，样子有些亲切的女工站在门口排队办事，他走过去喊那个女工过来，让她先上去。李水库看见排队的人里有人对他指指点点，这一次，他没有理会。也许最后一次利用职权为自己办事情。现在她正像个小孩子，感谢着他，她说，真开心啊！这回我可以去看地王和深南大道啦！

女孩子的声音温柔，让李水库感到亲切。那张粉脸，那种形象的女工正是李水库一直喜欢的类型，可是此刻的李水库面无表情，他摆摆手让女孩子走开。

女孩子离开两分钟还不到，李水库就突然想起了一件事情，对方正是第一次坐电梯时和他说话的那个女孩。

李水库的左脚在自己的右脚上狠狠踩了一下，用了很大力气，他的脸因疼痛而变了形。

十四

李水库的腰被人突然抱住的时候，他正在收拾行李。当时身子颤了一下，手脚顿时变得冰凉，他知道，到底还是被发现了，也许她去报案了？真的再也躲不过了吗？

李水库闭上了眼睛，身子一动不动。

半天没有声音。再过了一会儿，他明白身后不是警察，而是一个温热的身体，不用回头他也知道是谁。在这个城市里他还认识谁呢？李水库很想说一句，松开我！可是他说不出口。那是他每天晚上都想念的身体，要知道当时他们连蜜月都没过完。

程小桂拖着乡音说，别生气啊，我都知了，都知了啊，别怪我啊！上次吵完架之后我就在偷偷跟踪你。

李水库不说话。

程小桂说，你刚来深圳，还有一些事情不懂呢。程小桂向李水库撒着娇。

对，我当然没有你懂！李水库冷冷地说。

程小桂说，我没有别人懂，可是我比你强一点点，你只要遵守城里人的规矩，相信你早晚会懂的。

李水库说，可惜你说晚了，我现在不想懂了，因为我已经犯了罪。

程小桂不说话了，眼睛呆呆地看着地面。

李水库也低下头，看着一双白色的手，冷冷地说，快松开吧，还是不要搞脏了你的手套。

程小桂没说话，贴着李水库的身子开始慢慢变冷，她松开了李水库。然后，她慢慢地褪下自己的手套。

李水库本来备好的一句：我们各走各的吧，我不想耽误你。可是还没等到他把话说出口，就被眼前的情景惊住了，他看见程小桂其中的一只手已经完全变成了暗灰色，指甲差不多没了，剩下五个光秃秃的指头，有一只还在溃烂，另一只手套褪不下来，因为已被流出来的浓血黏住。

李水库的嘴张开了两次，却说不出一句话。

李水库眼圈红了。他轻轻碰了一下程小桂的手，想不到程小桂突然就扑在他的背上。很快李水库的后背就湿了一大块，自从认识以来，他们从来没有过一次这种时候。

李水库一言不发，他突然推开程小桂，飞快地离开宿舍，他下了楼。

过了一会儿，李水库眼圈红肿地跑回来。他发现程小桂此刻就像一个无助的女孩子，一动不动站在原地。

李水库手上捧着一包止血贴——幸福牌止血贴。忍着胸腔里发出的唏嘘，他用自己又大又粗的手轻轻抚摸着程小桂完全不敢相认的一双手。在李水库蹲下身子向手上吹气的时候，程小桂的手和身子一直在发抖，她的下巴顶住了李水库又硬又短的白头发，很明显，他们有意把这个时间拖长了。

用了几条止血贴都没有用，急得李水库头上流出了很多细汗。

显然这双手不是流血的问题，手早已经被化学用品烧坏，止血贴已经粘不住程小桂的皮肤。李水库站在地上，看着一脸平静、安详的程小桂。

别费事了！我全都试过，没用，听医生说真皮已经坏了。程小桂笑了，随后细声细气地说话。程小桂来到深圳后，进到工厂两个月不到手就被磨烂了。

其实很多女工都是如此。

这个地方没好人！李水库站直了身子，气愤地把拳头砸向了铁架床上的栏杆，想不到铁架子猛地回弹了一下，一下子痛得他咧了嘴。

程小桂看了李水库半天，突然说，你知不知道，帮助你来到这个大楼的那个人是谁。如果不是她把我招进来，我现在还在工厂里呢。就是她让我带上这个，到这里上班的。程小桂指着床上的纯白色手套。

李水库不说话了，他实在不知道此刻该说什么。他茫然而又警惕地看着程小桂。

终于，李水库听见了那个女人的名字。那是两次家信上面的名字，也是让李水库害怕并失眠的名字。

其实你并不知道，她也在工厂做过，受的苦一点儿也不比我和其他姐妹们少。程小桂踮起脚从李水库的上衣口袋里掏出那封家信。她让这封信贴在自己的眼睛上，信被程小桂一双泪水浸湿了。

还是一起离开这个地方吧！这个地方再好，也不是我们的。李水库终于说出这样的话。此刻他心如刀割，再也不知讲些什么。

程小桂想了一下说，你不要把那个事情想得太严重了，她的手机换了好几次，就是想躲开家里那些不断向她要钱的人。跟你说吧，她压根就不想知道这封信！

李水库说，那是她的事，可是，说不说出来，是我的事！

程小桂不说话了，她看着窗外，那些脚手架上有穿着黄色工装的建筑工人。

你还记得吗，我也会做那种泥水活！李水库也把目光移向窗外，声音里有着一丝温柔和伤感。

程小桂沉默了，她没有接李水库的话。

不知时间过去了多久，李水库从口袋里掏出一个米色的小盒子，说，这个手表买了很久，总也没机会给你。

程小桂沉默了一下才说，不用了，你带回去吧，我已经有了。程小桂慢慢撸高了一只袖子，伸出手臂给李水库看，是一个闪着光的精巧坤表——深圳产的中国名牌——飞亚达手表。

还有……李水库从枕头下面拿出了一个精美的笔记本，里面有程小桂写的诗歌。这是程小桂离开家之后，李水库花了几个晚上重新拼好的。

程小桂的泪水终于夺眶而出。

两封信整齐地叠起，放在张曼丽抽屉里。

辞工信则放在保安室的台面上。关于离开，他没有告诉任何人，不然的话，这个大楼管事的人会压住他两个月的工资。他是刚领了工钱就买好汽车票的。否则他怕自己会后悔，他怕自己会改变主意。这个挺拔而漂亮的大楼和这座城市是他喜欢的地方，他实在骗不了自己。尽管站在楼顶他看不见星星，站在地上，他望不见楼顶。可是，可是，他真的喜欢这里。

约好了时间是早晨四点钟，一刻也不等。说好了，如果一起回去就是那个时间。又给了自己一个半小时，直到天就快要亮了。

程小桂不会来了。他的预感还是得到了应验。

凌晨五点半，他看了一眼镶嵌在这个大楼上方的巨大时钟。这个时候的天差不多要完全亮了。他认真地看了一眼这个还没有醒来，颜色有些发蓝的深圳宝安，然后一只脚开始踏上即将驶向远方的长途汽车。

车还没有开到深圳的最后一站——深圳松岗镇，李水库就被收音机里面一个声音吸引住了，是一篇配乐散文。

　　……也许你只看过我的光鲜的外表，可你并不知我的曾经，不知我用幸福藏住了疼痛……

扬起一阵黑烟后，汽车重新开走了，关外大道上只留下李水库和他的行李。

原载《中国作家》2007 年第 7 期
第一届"中国小说双年奖"